शुभ्रा

शुभ्रा

भगवान सिंह

बीज कथा

सुरेन्द्र कुमार शर्मा

वाणी प्रकाशन

प्रकाशन के उत्कृष्टतम 63 वर्ष

सजिल्द पहला संस्करण : 2000
सजिल्द दूसरा संस्करण : 2026

vaniprakashan.com

वाणी प्रकाशन

4695, 21-ए, दरियागंज, नयी दिल्ली-110 002

फ़ोन : + 91 11 23273167, 23275710

शाखाएँ

अशोक राजपथ, पटना-800 004, बिहार

कॉफ़ी हाउस कैम्पस, महात्मा गांधी मार्ग, प्रयागराज-211 001, उत्तर प्रदेश

महात्मा गांधी अन्तरराष्ट्रीय हिन्दी विश्वविद्यालय, वर्धा-442 001, महाराष्ट्र

sales@vaniprakashan.in
vaniprakashan@gmail.com

Shubhra
by Bhagwan Singh

ISBN : 978-81-7055-692-3
Novel

मूल्य : ₹ 695

जी.एस. ऑफ़सेट, दिल्ली-110 095 में मुद्रित

वाणी प्रकाशन का लोगो मक़बूल फ़िदा हुसैन की कूची से

क्लेयर शर्मा को

श्रीधर देवेश को लगभग भूल चुका था। उसे लंबे समय तक स्टेट्स में रहना पड़ा था। देवेश की याद सालों बाद कभी आती तो अपने तई हँस लेता। बच्चों की नजर पड़ती और वे पूछ बैठते कि वह हँस किस बात पर रहा था तो उन्हें इसका कारण तक नहीं समझा पाता। कह देता, 'यूँ ही। जी में आया हँसू तो हँस पड़ा। हँसने की भी क्या कोई वजह होती है ?'

पोते को मुँह लगा रखा था। कहता, 'दादा जी की चोरी पकड़ी गई।'

श्रीधर नकली क्रोध करता, 'क्यों बे, मैंने क्या चोरी की ?'

कहता, 'बात तो कुछ है जरूर दादा जी, पर ऐसी जो आप हमें बताना नहीं चाहते। अब पता चला, बच्चों की तरह बड़े भी कुछ बातें छिपा जाते हैं।'

श्रीधर उसका कान उमेठते हुए कहता, 'सच है मेरे दादा। एक मित्र की याद आ गई थी।'

'किसकी ?' वह श्रीधर की जान को पड़ जाता।

'तुमने उसे देखा तक नहीं है।'

'पर, इसमें हँसने की क्या बात थी ?'

श्रीधर कहता, 'कहा न, हँसने की कोई वजह नहीं होती। आदमी अपनी परछाँई देखकर भी हँस सकता है कि रोशनी का कोण बदलते ही कैसे बामनदास महामानव बना दिए जाते हैं और महामानव के सिर पर पड़ती रोशनी उसे समेट कर कैसे उसी के पाँवों के नीचे ला रखती है। हँसने वाला तो किसी बच्चे को शैतानी करते देखकर या किसी शैतान बच्चे की याद आने पर हँस सकता है कि भीतर से मैं भी ऐसा ही हूँ। हाँ, रोने की वजह जरूर होती है। कहो तो एक जोरदार धौल लगाकर बता दूँ।'

'नहीं, बाबा। मैं इसी तरह भला हूँ।'

'वजह तो फिर भी हर चीज की कोई न कोई होती ही है। हँसने की भी और रोने की भी। पर इसका सबसे अधिक संबंध इस बात से है कि तुम चाहते क्या हो, हँसना या रोना। जो रोना चाहता है उससे कहो, तुम्हारी एक लाख की लाटरी निकल आई है। वह कंगाल ही क्यों न हो, रोते हुए कहेगा, बस एक ही लाख की।

मैं तो एक करोड़ के सपने देखा करता था। और जो हँसना चाहता है, उसकी दुर्घटना में एक टाँग टूट जाए, उसे बैठाया जाए तो उसमें खराबी आ जाए, डॉक्टर कहें, अब तुम्हें ताजिंदगी लंगड़ाते हुए और बैसाखी का सहारा लेकर चलना होगा, 'वह हँस कर कहेगा, लेकिन एक बात तो मानोगे डॉक्टर, मैंने जमराज की ऐसी की तैसी कर दी। चले थे कुचल कर मुझे मारने और मैंने मौत को अपनी टाँग पर झेल लिया।' तो हँस इस बात पर रहा था कि एक जमाना था, हम बहुत अंतरंग थे। हम अपनी कोई बात दूसरे से छिपाते नहीं थे। और आज उसकी याद इतने साल बाद आ रही है। इस बीच खबर तक नहीं ली कि वह जिंदा भी है या मर गया।'

जिस खास वजह से हँसी आती थी उसका जिक्र तो वह अपने पोते से कर भी नहीं सकता था।

दिल्ली आने पर श्रीधर को देवेश की याद बार-बार आती रही। उसका पता लगाना भी आसान नहीं था। वह कब का रिटायर हो चुका होगा। वह जानता था कि दिल्ली वह गुफा है जिसमें आने के निशान तो मिलते हैं पर जाने के निशान नहीं मिलते। आने वाले इसकी खाक में मिल जाते हैं। यदि वह दूर तक पसरी दिल्ली में ही कही रहता हो तो भी कहाँ होगा, यह जानना आसान नहीं था।

टेलीफोन डाइरेक्टरी की मदद लेनी चाही, पर देवेश नाम की इतनी लंबी सूची कि किसी से यह पूछने तक का साहस न हुआ कि वह अमुक देवेश तो नहीं है।

श्रीधर को यह विश्वास नहीं था कि उससे इस तरह मुलाकात हो जाएगी। वह घूमते टहलते कॉफी हाउस की ओर चला गया था। जिन चीजों की याद आ रही थी उनमें यह भी था, गो जिस नशेमन के कारण इसकी याद आ रही थी वह तो उसकी आँखों के सामने उजड़ गया था। वहाँ वह यह सोचकर नहीं गया था कि कोई परिचित मिल ही जाएगा।

जो लोग वहाँ विराजमान थे उनके चेहरे से ही प्रकट था कि ये अलग दुनिया के लोग थे। सिर्फ एक जगह कई मेजों को सटा कर, एक बड़ी मेज बनाकर, उसको घेर कर बैठे और दूसरों से अधिक ऊँची आवाज में बहस करने वाले हुजूम को देखकर लगा, ये पुराने टीहाउसियों के नए उत्तराधिकारी ही हो सकते हैं।

श्रीधर उनमें से किसी को जानता नहीं था, इसलिए उस मेज के करीब ही एक खाली मेज देखकर दूर कोने से एक कुर्सी खींच लाया और चुपचाप बैठ गया। रुख उसने अवश्य उस मजमे की ओर कर रखा था।

कॉफी हाउस का यह सदा से नियम रहा है कि सतयुग में टेबल पर बैठे आदमी के पास बैरा पानी का गिलास तो त्रेता में ही रख जाता है पर त्रेता में की गया फर्मायश कलयुग में आकर पूरी होती है, इसलिए श्रीधर के पास खाली बैठे इधर-उधर ताकने और बीच-बीच में अपने आप में डूबने-उतराने के अलावा कोई काम नहीं था।

हठात् उसने पाया कि कुछ दूरी पर, एक अलग मेज पर, बैठा एक आदमी उसे कुछ गौर से देख रहा है और कुछ याद करने की कोशिश कर रहा है। श्रीधर को उसके माथे पर आए तनाव के साथ उसकी भौंहों की सिकुड़न भी दिखाई दे रही थी।

पहले उसने सोचा, उसकी शक्ल उसके किसी परिचित से मिलती होगी। फिर लगा वह सचमुच उसी को पहचानने की कोशिश कर रहा है। अब इसने भी दिमाग पर जोर देना शुरू किया, यह कौन हो सकता है ? आयु में वह श्रीधर के आसपास ही लग रहा था। श्रीधर पचीस साल बाद लौटा था। वह पचीस साल पीछे लौट कर उसे देखने लगा, कौन हो सकता है वह ?

अब उसे लगा वह उसे पहचान गया है। वह अपनी मूछों और दाढ़ी के बीच से मुस्करा रहा था। उसने अब कुछ अधिक ध्यान से देखा। चेहरा कुछ परिचित सा लग रहा था फिर भी कुछ याद नहीं आ रहा था।

कुछ देर तक वह श्रीधर की हैरानी का मजा लेता रहा और फिर अपनी मेज से उठ कर सीधे उसके सामने आ गया। कुर्सी तो थी नहीं। वह खड़ा-खड़ा मुस्कराता रहा। श्रीधर अब भी पहचान न पाया।

'आप श्रीधर हैं न ?'

'हूँ तो, पर मैं आपको पहचान नहीं पाया।'

'यहाँ बैठोगे तो अपने को भी नहीं पहचान पाओगे।' वह आप से सीधे तुम पर आ गया। उसने उस बड़ी मेज की ओर इशारा किया जिसके गिर्द एक साथ बैठे होने के बाद भी लोग छोटी-छोटी टुकडियाँ बनाकर बातें कर रहे थे और कुछ जो मेज के एक सिरे से दूसरे सिरे तक पहुँचने वाली आवाज में बहस में लगे थे उनके बोलने में यह भी निहित था कि अधिक ऊँची आवाज में कही गई बात अधिक प्रभावशाली होती है।

उसकी आवाज, नहीं, आवाज नहीं, शब्दों के उतार चढ़ाव और उनके बीच की दूरी से पैदा होने वाली लय कुछ पहचानी सी लगी पर इतनी नहीं कि अपरिचय दूर हो पाता।

'उठो, उधर चलते हैं।' उसने अपनी मेज की ओर इशारा किया और श्रीधर के उठ कर खड़ा होते ही कुर्सी उठाकर उस ओर बढ़ गया।'

श्रीधर अपने दिमाग पर जोर देता हुआ उसके साथ उसकी मेज तक आ पहुँचा, 'मैंने अभी तक आपको नहीं पहचाना।' उसने कुर्सी पर बैठते हुए कहा।

'उल्लू की दुम, तू देवेश को नहीं पहचानता !'

अरे, श्रीधर तो सोच भी नहीं सकता था, 'नालायक, तूने दाढ़ी कब रखनी शुरू कर दी ? और तेरी आवाज कुछ फट सी रही है।'

'जिन्दगी भर बजते रहने के बाद घिस कर सपाट हुआ रिकार्ड। क्या इसमें ठनक बची रहेगी।'

अब दोनों एक-दूसरे से गले मिल रहे थे।

वे बैठे तो श्रीधर ने क्षमाप्रार्थी के से स्वर में कहा, 'मैं तो जब से आया तुम्हें याद कर रहा था, पर समझ में नहीं आ रहा था कि संपर्क कैसे करूँ। इस तरह मुलाकात हो जाएगी यह तो सोच ही नहीं सकता था। तुमने न पहचाना होता तो मैं तो तुम्हें सचमुच पहचान भी न पाता।'

'तुम्हें तो दिल्ली तक पहचान में नहीं आ रही होगी, मैं किस खेत की मूली ठहरा। बदल तुम भी गए हो, नहीं पहचानने में इतना समय न लगता।'

'बदल तो गया हूँ।' उसने स्वीकार किया।

'समय हर चीज को बदल देता है।'

'और बदलने के बाद भी हर चीज में कुछ ऐसा बचा रहता है जो कभी नहीं बदलता।' वे पुरानी तर्ज पर बहस कर रहे थे जिसमें हर वाद का प्रतिवाद हुआ करता था, क्योंकि इसी से वे यह दिखाया करते थे कि कोई दूसरे से कम नहीं है। इसमें अक्सर इतना विषयांतर हो जाता था कि लंबी और लच्छेदार बातचीत के बाद भी हासिल सिर्फ यह होता था कि इतना समय मजे में कट गया।

देवेश कुछ देर तक चुप रहा। फिर कुछ इस अधिकार से, जैसे उसने अंतिम सत्य को खोज लिया हो, बोला, 'नहीं, महाकाल के सामने कुछ भी ठहर नहीं पाता। कुछ भी नहीं।' इसके साथ वह उदास हो गया। उसका स्वर भारी हो गया।

श्रीधर ने इसे लक्ष्य किया तो उसके जी में आया अब इस पर आगे कुछ न कहा जाए। कुछ देर तक वह मेज को निहारता रहा फिर धीरे से, कुछ रुकते हुए, दिलासा देने के से स्वर में कहने लगा, 'कुछ चीजें ऐसी होती हैं जिन्हें काल भी नहीं मिटा पाता। पता नहीं किस तरह वे उसके बाद भी बची रह जाती हैं।'

'हो सकता है। तभी तो हम एक-दूसरे को पहचान सके।' देवेश के स्वर का भारीपन कम हो गया था।

'मैं रूप परिवर्तन की बात नहीं कह रहा हूँ जो शुक्राणु से लेकर प्रौढ़ मानव बनने तक और फिर ढल कर शव बनने तक होता रहता है। उस अबूझ चीज की बात कर रहा हूँ जो रूप बदलने के साथ तो बनी ही रहती है, मिटने के बाद भी बची रह जाती है। काटने, जलाने, सुखाने के बाद भी बची रह जाती है।'

'आत्मा की बातें आजकल तुम लोग ही अधिक करते हो। इधर देख रहा हूँ पश्चिमी देशों में रहने वाले भारतीय अधिक पुरातनपंथी और कट्टरपंथी होते जा रहे हैं जब कि आधुनिक सोच उधर से ही आई थी और उसी ने हमें मध्ययुगीन मानसिकता से बाहर निकाला था। मोटी समझ रखने वाले भारतीयों के दिमाग से भी जो चीजें व्यर्थ होने के कारण खारिज हो रही थीं, या हास्यास्पद समझी जाने लगी थीं, वे विदेशी भारतीयों के रास्ते नई पीढ़ी में समाती जा रही हैं।'

'अरे नहीं भई, मैं आत्मा वात्मा की बात नहीं कर रहा था। उस गंध की

बात कर रहा था जो किसी रहस्यमय ढंग से बीज से लेकर तने और छाल और पत्ती और फूल में ही नहीं बनी रहती, पेड़ के उकठ और सूख जाने, यहाँ तक कि उसे जला कर कोयला बना देने पर भी जिसकी पहचान नहीं मिटती।'

'तुम उसी बात को कुछ अधिक तराश कर कह रहे हो, पर यह है तो उसी पुरानी मान्यता का आख्यान। शब्दावली बदल जाने से क्या होता है।'

'बात शब्दावली की नहीं है। बात मर्म की है। इस देश में रहने का वह कौन सा दंड है कि जहाँ कोई बात तुम्हारे अतीत से जुड़ती है, तुम्हें उसमें सड़ाँध आने लगती है ? तुम्हारा दिमाग काम करना बंद कर देता है ? विचारों के संचार पथ अवरुद्ध हो जाते हैं और रटी हुई गालियाँ या हिकारत भरी लफ्फाजी बीयर की झाग की तरह उमड़ने लगती है ? क्यों ? बताओगे ?'

'छोड़ो इस पर बहस क्या ? इतने दिनों बाद तो मिले हो।' देवेश उस दिशा की ओर देखने लगा जिधर से बैरे का आना था।

'बहस कौन करना चाहता है। भई जब तक बैरा नहीं आ जाता, तब तक समय काटने के लिए तो कुछ करना होगा।'

देवेश ठहाका लगाकर हँसा।

'क्यों क्या हो गया ?'

'कुछ नहीं। 'समय बिताने के लिए करना है कुछ काम, शुरू करो अंत्याक्षरी लेकर हरि का नाम' की याद आ गई।

इस बार श्रीधर भी ठहाका लगाकर हँसा, 'यही मैं कह रहा था तो तुम्हारी समझ में कुछ आ ही नहीं रहा था। बाल सफेद हो चले, काया ढीली पड़ गयी, जो कमी थी वह दाढ़ी और मूँछ के झबरेपन से पूरी हो गयी। इतना कुछ बदल गया पर तुम्हारे भीतर का वह शैतान अभी तक जिंदा है और उतना ही जवान है जितना यह कभी था। अगर यह आत्मा ही है तो मान लो तुम्हारे भीतर आत्मा शैतान के रूप में उपस्थित है।'

'मूर्ख भी दो घंटे बोलता रहे तो उसके मुँह से एक बात कायदे की तो निकल ही आएगी। और तुम तो उतने बड़े मूर्ख भी नहीं हो।'

वे भूल गए थे कि वे बूढ़े हो चले हैं। इस समय वे साठ-पैंसठ के खूसठ नहीं, तीन-चार दशक पहले की दिल्ली की मदमस्त पीढ़ी के जवान हो चले थे जिन्होंने आत्मीयता की वह अबे-तबे वाली भाषा ईजाद की थी जो दूरियों को पलक झपकाते पाट दिया करती थी।

'लो आ गए वह जिनके लिए हम थे बेकरार।' उसने अपना मिसरा पूरा भी नहीं किया था कि बैरे ने थालीनुमा ट्रे मेज पर रख दी और भरे गिलास नए सिरे से रख कर कॉफी पॉट, दूधदानी और चीनी की प्याली मेज पर सजाने लगा। उसने मेरे बिना बताए ही लक्ष्य कर लिया था कि आर्डर देने के बाद मैं उस मेज से खिसक

कर कहाँ पहुँच गया हूँ।

उसने काली कॉफी ली। न दूध न चीनी।

'यह बताओ, बाल-बच्चे कितने हैं ?'

'बाल बच्चों की बात न करो। अब पोते-पोतियों की बात करो। एक है दस साल का और वह मेरे बाप का बाप है। ऐसी गढ़ता है जैसे दिमाग में मशीन लगी हो।'

'अब तुम वैदिक बोल रहे हो।' देवेश ने श्रीधर को चिढ़ाने के लिए कहा।

श्रीधर समझ नहीं पाया। उसकी ओर अकचका कर देखने लगा।

'नहीं समझे ? समझोगे भी नहीं। जो इसे समझता है वह बाप का भी बाप हो जाता है—य ईं विजानात् स पितुः पिता सत्।'

'यानी, यह चाइल्ड इज द फादर ऑफ मैन का मुहावरा पाँच हजार साल पहले भारत में ईजाद हुआ था और यहाँ से इसका यूरोप में निर्यात किया गया था !'

'कौन जाने इधर ईजाद होकर उधर गया था या उधर ईजाद होकर इधर आया था या एक ईजाद के बाद दूसरा ईजाद हुआ था, पर दोनों में समानता तो है ही।' वह हँसने लगा, 'तुमसे एक बात पूछना चाहता हूँ श्रीधर, झूठ मत बोलना। उस समय तुम कुछ उत्तेजित हो गए थे इसलिए टाल गया था। तुम्हारी बात तो अलग है। यह बताओ, पश्चिम में कुछ साल बिता कर आने वाले या मौका मिलने पर वहीं बस जाने वाले, अशिक्षा और दरिद्रता के शिकार आम भारतीयों की तुलना में भी बज्रबुद्धि क्यों होते हैं।'

'बज्रबुद्धि ?' यह शब्द मेरी समझ में नहीं आया।

'ब्लाकहेडेड कह लो। बुरा मत मानना। यह गाली तुम मुझे दे चुके हो। बदला तो मुझे लेना ही था। पर मैं यह सवाल गाली का बदला लेने के लिए नहीं कर रहा हूँ। पूरी गंभीरता से पूछ रहा हूँ। पश्चिम से रोटी जुटाने वाले हिंदू पहले से कम इंसान और अधिक हिन्दू, मुसलमान, पहले से कम इंसान और अधिक मुसलमान, यहाँ तक कि पश्चिम से इमदाद पाने वाले ईसाई तक पहले से कम इंसान और अधिक ईसाई क्यों हो जाते हैं ?'

'सच पूछो तो मैं तुम्हारा सवाल समझ ही नहीं पाया। पर जितना समझ पाया हूँ उसका भी जवाब मेरे पास नहीं है। इस पर कभी सोचा ही नहीं। यह जाना ही नहीं कि ऐसा कुछ है भी। तुम्हें ऐसा लगता है तो इसका कोई कारण जरूर होगा।'

'नहीं सोचा है तो अब सोचना। सोचना, जो कुछ कह रहा हूँ वह सच है या नहीं। यदि यह सच लगे तो सोचना, ऐसा क्यों है ?'

इस वाक्य ने श्रीधर को उलझन में डाल दिया। वह अपने आप में इस तरह खो गया कि कॉफी के घूँट गटकने की भी सुध न रही। लगा, बातें तो सच है, धर्म और पंथ के नाम पर बहुत से उपद्रवी तत्त्व भी वहाँ पलते तो हैं और वैसा ही संदेशा इस देश को भी भेजते है। पर यह उतनी सच नहीं लग रही थी, जितनी

बताई जा रही है। वह स्वयं पहले वामपंथी रुझान रखता था। वे बहुत सी चीजें जो तब बकवास लगती थीं, अब उसे गहन अर्थवत्ता से भरी लगने लगी थीं, और स्वयं वामपंथ दिमागी फितूर लगने लगा था। श्रीधर देर तक चुप सोचता रहा। क्या अपनी संस्कृति से जुड़ाव किसी तरह उसकी इंसानियत को कम करता है ?

'अरे भई, कॉफी तो पियो।'

श्रीधर ने अनमनेपन से प्याला उठाया और एक घूँट लेकर उसे वापस रख दिया।

'मेरे सवाल का तुमने बुरा तो नहीं माना ? इस तरह गुमसुम क्यों को गए ?'

'बुरा मानना होता तो उतनी परेशानी न होती। मुझे लगता है तुम्हारा सवाल अपनी जगह है पर मेरे पास उसका कोई जवाब नहीं है। जो है उसे तुम शायद समझ न पाओ।'

'मैं क्या करूँगा इसे तुम छोड़ो, यह बताओ, तुम्हें जो जवाब सूझ रहा है, वह है क्या ?'

'एक हो तब तो बताऊँ। एक साथ अनेक उत्तर हैं। तुम्हारा सवाल भी एक सवाल नहीं है। कई सवालों का एक सवाल है। तुमने सभी को सपाट बना दिया। उत्तर तो इसके अनेक होंगे ही। हमें अपनी जगह पर सभी ठीक लगते हैं और तुम्हें वे गलत लग सकते हैं।'

'मिसाल के लिए।'

'मिसाल के लिए एक ही चीज को जब हम एक जगह से देखते हैं तो वह जैसी दिखाई देती है, दूसरी जगह से वह ठीक वैसी दिखाई नहीं देती। हिन्दुत्व या इस्लाम को तुम न्यूयार्क या लंदन में बैठ कर देखो तो वह वैसा नहीं दिखाई देगा जैसा भारत में दिखाई देता है।'

'घुमा कर बातें न करो। साफ कहो।'

'साफ ही कह रहा हूँ। भारत में एक प्रबुद्ध और आधुनिक आदमी की पहचान इस बात पर निर्भर करती है कि उसने पश्चिम के विचारों को कितना आगे बढ़ कर लिया है और पुरानी मान्यताओं से कितनी मुक्ति पाई है। पश्चिम में रहने वाला भारतीय यही करे तो उसकी निजी पहचान तक मिट जाएगी, इसलिए वहाँ वह प्रबुद्ध और जीवंत बने रहने के लिए उस निजता की खोज करता है जो पश्चिम का दिया या लादा हुआ न हो और वह अपने सांस्कृतिक अतीत में लौट कर ही अपनी निजता तलाश पाता है। जिसे तुम अनुपयोगी, प्रतिगामी मान कर एक सिरे से नकार देते हो, उसमें बहुत कुछ ऐसा मिलता है जो उसकी आधुनिकता और स्वाभिमान का पर्याय बन जाता है। पूरी तरह पश्चिमी मूल्यों में ढला आदमी तो उन्हें अपनी भोंड़ी नकल प्रतीत होता है। उसका वहाँ उतना सम्मान संभव नहीं जितना सांस्कृतिक रूप में अपने अतीत से जुड़े व्यक्ति का।

'अस्तित्व मेटने का अर्थ है भिन्नता को मिटा देना। उनके समरूप होना। होने का अर्थ है भिन्न होना। अलग होना। यह हमें कम मानवीय बनाता है, ऐसा कभी नहीं लगा। इसलिए हिन्दू या मुसलमान होते ही आदमी इंसान के रूप में हीन हो जाता है और ईसाई होकर, नहीं ईसाई नहीं, पश्चिमी ईसाई होकर इंसान बना रहता है, ऐसा कभी नहीं लगा। उल्टे लगता यह है कि इसके बिना आदमी चुने हुए विचारों और कार्यभारों से भरा हुआ एक रोबोट बन कर रह जाता है। भारत में प्रबुद्ध लोगों के बीच पश्चिमी विचारों और मूल्यों से भरे मानवीय रोबोट अधिक दिखाई देते हैं, इंसान कम। अपनी निजी सांस्कृतिक पहचान के बिना वे आदमी रह ही नहीं सकते।'

देवेश चुप रहा। श्रीधर ने कॉफी का प्याला उठाया तो पाया काफी ठंडी हो गई है। एक छोटी सी घूँट लेकर प्याला एक ओर को सरका दिया।

'अभी उसमें और होगी। दूसरी बना लो।' देवेश ने कॉफी पॉट की ओर इशारा करते हुए कहा।

'नहीं, अब इच्छा भी नहीं है।' श्रीधरने कहा। वह अब अपनी बात पूरी करने के लिए बेचैन हो रहा था।

'और एक कारण यह समझ में आता है कि सांप्रदायिकता की फसल उगाते रहने और साथ ही इससे घबराहट अनुभव करने के कारण तुम्हें लगता है कि यदि हम यह भूल जाएँ कि हम हिंदू या मुसलमान हैं, भूल जाएँ कि हमारा कोई अतीत रहा है, या कोई ऐसा नकली अतीत गढ़ सकें जो दूसरे को सुहावना लगे, भले वह तुम्हें तुच्छ और मेरुहीन बनाता हो, तो तुम्हारी समस्या सुलझ जाएगी। यह हमारी पैदा की हुई समस्या है। इसके हमारे आजमाए हुए समाधान हैं जो समस्या को हल करने की जगह स्वार्थसाधन के आसान रास्ते होने के कारण उसे अधिक उग्र बनाते चले जाते हैं। पश्चिम में अपनी पहचान के संकट का सामना तो करना पड़ता है, पर सांप्रदायिक तनाव का सामना नहीं करना पड़ता, इसलिए वहाँ से देखने पर यहाँ के भोंड़े और छिछले समाधानों पर हँसी आती है। कभी-कभी शर्म भी। यहाँ के वातावरण में हम बहुत आवेश से इनका समर्थन करते हैं।' श्रीधर चुप हो गया।

'कुछ और नहीं लगता तुम्हें ?'

'फिलहाल तो कुछ नहीं। बाद में कुछ और भी सूझ सकता है।'

'एक कारण और भी हो सकता है।' देवेश ने मुस्कराते हुए कहा।

'बताओ।'

'भारत से पश्चिम को भाग कर जाने वाले और वहाँ अपना भविष्य तलाशने वाले अधिकांश तकनीकी जानकारी रखने वाले लोग होते हैं। सुयोग्य और सुप्रशिक्षित होते हुए भी एक खास अर्थ में अशिक्षित या अपशिक्षित लोग। मशीनों और पदार्थों के बारे में अधिक जानकार और मनुष्यों और इनके संबंधों के बारे में अज्ञ या लगभग अबोध लोग। इनमें आँकड़े और कौशल भर कर एक उपयोगी उपकरण के रूप में

तैयार किया जाता है और इनकी अपनी समस्या अपने को अधिक उपयोगी, अधिक सक्षम और बाजार की दौड़ में दूसरों से आगे निकल जाने या उनकी बराबरी पर आने तक सीमित रहती है। रोबोट वाली बात उन्हीं पर लागू होती है। साहित्य, इतिहास, धर्म, दर्शन, मनोविज्ञान, आदि मानविकी के विषय ही मनुष्य को मनुष्य रूप में जीने और दूसरों को समझने में मदद करते हैं। ऐसे लोगों के लिए वहाँ न के बराबर स्थान है इसलिए उनकी कोई प्रभावशाली भूमिका हो ही नहीं सकती। यही कारण है कि तुम्हारे टेकनोक्रैट अपनी पहचान धर्म और विश्वास के ऐसे हास्यास्पद पहलुओं को अपना कर कायम करते हैं जिनका वैज्ञानिक शिक्षा और सोच से कोई संबंध नहीं है। इनके माध्यम से यह इस देश में आयात किया जाता है क्योंकि विकसित देशों का लाभ विकासशील देशों को पिछड़ा बनाए रखने में है। बहुत चतुराई से इस प्रवृत्ति को वहाँ उकसाया भी जाता है और तुम्हें लगता है इसके कारण तुम्हें अधिक सम्मान मिलता है।'

श्रीधर हँसने लगा, 'छोड़ो, यहाँ बैठे तुम इस बात को समझ नहीं सकते। इतने दिनों बाद मिले भी तो इतना कीमती समय बकवास में निकाल दिया। यह बताओ, शुभ्रा के क्या हाल हैं ?'

'वह तो मर गई।' देवेश ने कहा तो गंभीर होकर, पर श्रीधर को खिन्न होते देखकर मुस्कराने लगा।

'मुस्करा क्यों रहे हो ? क्या उसके मरने का कोई अफसोस नहीं। तुमने दूसरा विवाह तो नहीं कर लिया ?'

'दूसरा विवाह क्या मुस्कराने की बात होती है ? वह तो नरक के साथ समझौता होता है। मैं हँस इसलिए रहा था कि कहना चाहिए था मैंने उसे मार डाला और कहा मर गई।' वह गंभीर तो था पर इस गंभीरता में एक आयास भी था, इसलिए यह नकली लग रही थी। हाँ, नरक के साथ समझौते वाली बात तो यह तब तक नहीं कह सकता था जब तक इसे इसका अनुभव न हो।

'बात क्या है ? तुम...' उसकी समझ में नहीं आ रहा था कि आगे क्या कहे।

'घर चलो तो पता चलेगा।' उसने बैरे को इशारे से अपनी ओर बुलाया।

इस समय उसके घर जाने का कोई तुक नहीं था। देर हो गई थी। श्रीधर ने अपनी असमर्थता प्रकट करते हुए अगले दिन आने का वादा किया, पर देवेश कुछ सुनने को तैयार ही न था।

उसके पास साधन था। वह जहाँ भी ठहरा हो वहाँ लौटना चाहे तो उसे वापस पहुँचा भी देगा। अब श्रीधर को आनाकानी करने का अवसर ही नहीं था।

वे चले तो श्रीधर को लगा वे एक से एक सटे कई शहरों को पार करते चले जा रहे हैं एक अनंत यात्रा पर। दिल्ली के विस्तार के बारे में तो उसने सुन

रखा था पर इस दिल्ली की तो उसने कल्पना भी नहीं की थी।

'इतनी दूर रहते हो तुम ?' श्रीधर ने बीच ही में ऊब कर कहा।

'अभी तुम्हें पता ही नहीं कि मैं जहाँ रहता हूँ उससे कितने आगे तक फैली हुई है यह नगरी। इसका विकास नहीं हुआ है। विस्फोट हुआ है। और इस विस्फोट से उड़े हुए परखचों को पुरियों और विहारों और जाने किन-किन मोहक नामों से पुकारा जाता है। समान नामों वाली इतनी तो बस्तियाँ हैं कि जाना हो जमुनापार तो पहुँच जाओ दक्षिण दिल्ली में। सालों को नाम तक रखने नहीं आता।'

सड़क पर वाहनों की भीड़ अधिक थी।

'इतनी सारी गाड़ियाँ !' श्रीधर ने कहा ही था कि देवेश ने तेजी से ब्रेक लगाया। बगल में हटने की जगह नहीं थी। बातचीत में रफ्तार में जरा सी कमी आई थी और आगे की गाड़ी से फासला इतना हो गया था कि उसमें एक और गाड़ी अँट जाए। इसे देखकर तेजी से एक स्कूटर वाला मुड़ कर उसकी लेन में आने की कोशिश में उससे टक्कर खाते-खाते बचा था।

देवेश के मुँह से उसके लिए झिड़की तक नहीं निकली। वह फिर सामान्य होकर गाड़ी चलाने लगा।

'बड़ा नालायक था। अभी मर जाता तो। और तुमने इतनी तेजी से ब्रेक लगाया। इसमें तो तुम्हारी गाड़ी भी ठुक सकती थी।' श्रीधर ने खीझ कर कहा।

देवेश हँसने लगा, 'गलती उसकी नहीं, मेरी थी। मैंने अपने आगे इतनी जगह होने क्यों दी कि उसमें एक स्कूटर समा जाए। यह अपवाद नहीं था, नियम है। विदेशों में रह कर तुम लोग भारत को भूलते जा रहे हो।'

2

मकान दूर भले था, कालोनी अच्छी थी। सड़कों के दोनों ओर लगे पेड़ कुंज की सी छटा पैदा कर रहे थे। मकान भी उसने अच्छा ही बनवाया था। घर में शांति थी। भीतर कहीं से टेप पर कीर्तन बज रहा था और उसकी आवाज बाहर तक आ रही थी।

घंटी देने के बाद भी उन्हें देर तक खड़ा रहना पड़ा।

'बात क्या है ? कहीं ऐसा तो नहीं...' श्रीधर को अखबारों में जिस तरह के समाचार लगभग रोज पढ़ने को मिल रहे थे उनके कारण उसके मन में जो आशंका पैदा हुई उसे वह व्यक्त करने का साहस न जुटा सका।

'घबराओ नहीं, आरती हो रही है।'

अब देवेश समय बिताने के लिए करना है कुछ काम वाली मुद्रा में बाल बच्चों की ओर मुड़ गया था, 'अकेले आए हो या बच्चे भी साथ हैं।'

'अकेला ही आया। वे आने को तैयार ही नहीं होते। यहाँ की हर चीज उन्हें अटपटी लगती है। सबसे अधिक यहाँ की प्रगति।'

देवेश को हैरानी हुई, 'क्यों, तुम लोगों को पुरातनता से इतना प्रेम हो गया है कि तुम्हें इस देश की प्रगति तक अच्छी नहीं लगती।'

'तुमने सुना नहीं, मैंने प्रगति को कुछ तान कर कहा था, प्र-ग-ति के रूप में। प्रगति से किसी को क्या असंतोष होगा, पर प्रगति का एक आधार भी होता है, संस्कार भी होता है, अनुशासन भी होता है। प्रगति को इनसे शून्य कर दो तो यह लूट या उचक्कापन बन जाती है। घड़ी है पर समय से पहुँचेंगे नहीं। गाड़ी है, पर अपनी लेन में चलेंगे नहीं, बीच में फासला रखेंगे नहीं, बत्ती लाल हो जाने पर भी छलांग मार जाएँगे। सुविधाएँ हैं पर उनका उपयोग नहीं करेंगे क्योंकि उनकी सफाई और रखरखाव पर ध्यान नहीं दिया जाता, इसलिए सड़क को संडासघर बना देंगे। उद्योग हैं पर माल में मिलावट और घटियापन इस कदर कि दुनिया में कहीं बाजार नहीं मिल सकता। हमने अर्जित नहीं किया है। उड़ाया है। अर्जित किया होता तो इसके संस्कार भी आते। यही हाल वैचारिक स्तर पर भी है। रहन-सहन के स्तर पर भी। ये जो विदेशों से लौट कर आने वाले भारतीय हैं वे भी भारत में आते ही भारतीय हो जाते हैं। नक्शेबाजी तो दिखाई देगी पर संस्कार पीछे ही छोड़ आते हैं। जो नहीं छोड़ पाते वे ऊब कर भागना चाहते हैं। यही मेरे बच्चों के साथ भी है। खैर, वे तो यहाँ पैदा भी नहीं हुए। किसी से उनकी आत्मीयता भी नहीं है।'

दरवाजा खुला। दोनों भीतर घुसे। शुभ्रा को श्रीधर ने देखा नहीं था। जो कुछ देवेश ने बताया या लिखा था उतना ही जानता था। शादी के बाद उसने एक फोटोग्राफ तो भेजा था परंतु उसकी कोई याद दिमाग में न थी और होती भी तो पचीस साल बाद के चेहरे को उसके सहारे पहचान पाना शायद ही संभव होता। लेकिन सबसे बड़ी बात यह कि उसने यह उम्मीद ही न की थी कि घर पहुँचने पर शुभ्रा से मुलाकात होगी। देवेश ने मर गई और मार दिया कहते हुए मुस्करा कर इसको झुठलाया तो था, फिर भी इन शब्दों का असर मन पर बना रह गया था, इसलिए फोटो सामने होती तो भी वह शुभ्रा से मिलान करने की नहीं सोचता।

देवेश ने परिचय कराते हुए कहा, 'शुभ्रा, यह है मेरा अभिन्न मित्र श्रीधर। और यह है शुभ्रा।'

श्रीधर को ऐसा झटका लगा कि वह उछलते-उछलते रह गया।

'आपकी चर्चा अक्सर किया करते हैं, देवेश।' शुभ्रा ने बड़ी मधुर और प्रकट आत्मीयता के बावजूद कुछ निस्संगता से कहा।

'मैं इसकी बात नहीं किया करता था। जिसकी बात करता था वह तो मर

गया और इसी के भीतर दफन हो गया। आजकल यह गोरा साहब हो रहा है और भारत के बारे में उसी भाषा में बात करता है जिसमें औपनिवेशिक दौर में फिरंगी बात करते थे।'

परिचय अभी-अभी हुआ था पर आत्मीयता का अधिकार इतना था कि वह शुभ्रा से भी खुल कर बात कर सके।

'आप पुनर्जन्म में विश्वास करती हैं ?'

शुभ्रा के चेहरे पर एक चमक उभर आई, 'क्यों, यह सवाल क्यों कर रहे हैं ?'

'यह बताने के लिए कि यह देवेश जो है, पिछले जन्म में चिड़ीमार हुआ करता था। आज भी जान लेने, मारने से कम की कोई बात ही नहीं करता। जानती हैं आपके बारे में क्या कह रहा था ?'

'जानती हूँ।' वह हँसने लगी, वही सन्यासिनों वाली शान्त हँसी जिसमें आवाज नहीं थी।

'कैसे जान सकती हैं, मैंने तो कुछ बताया नहीं।'

'अब बैठिए भी या खड़े-खड़े ही बात करते रहेगे।'

श्रीधर बैठ गया। देवेश विनोद में कान पकड़ने का अभिनय करते हुए बैठा। शुभ्रा भी बैठ गई, 'कुछ बातें बिना बताए भी जानी जा सकती हैं।'

श्रीधर ने सोचा शुभ्रा सोच रही है कि देवेश ने उसकी तारीफ की होगी इसलिए कह बैठी कि वह जानती है क्या कहा होगा।

'यह आपकी तारीफ नहीं कर रहा था। कह रहा था, 'मैंने शुभ्रा को मार डाला।'

'वह नहीं कह रहे थे। यह मैं कहती हूँ। उसी को दुहरा रहे थे। इन्होंने सचमुच उस शुभ्रा को मार डाला जिसके बारे में कभी आपको कुछ बताया होगा। मुझे डर तो पहले से ही था, इसलिए यह सच हुआ तो मन शान्त हो गया। सोचा इससे इतना डरती क्यों थी।'

देवेश बीच में कूद पड़ा। मैं इनके कहने से नहीं कहता। इसलिए कहता हूँ कि इन्होंने सचमुच अपने को मार डाला। उसमें अपराध मेरा भी है। कभी कठोरता से इन्हें जिंदगी में वापस लाने का प्रयत्न नहीं किया। यह अध्यात्म की कब्र में से बाहर निकल कर बोलती, बात करती हैं और फिर उसी में वापस चली जाती हैं। योग को तो पश्चिम ने भी बहुत प्रचारित किया है न !'

शुभ्रा गर्व से इतराती सी उठ कर खड़ी हुई, 'मैं तो चाय पानी देना भी भूल गई।'

थोड़ी देर बाद वह पानी के गिलास ला कर मेज पर रखने लगीं।

'इससे क्या होना है। शीशा और जाम का कुछ जुगाड़ हो तो बात भी बने। इतने दिनों के बाद तो मिला है मेरा यार।' वह श्रीधर की ओर मुड़ा, 'तुम्हें परहेज तो होना नहीं चाहिए।'

'ऐसी कोई पाबंदी नहीं।'

'तो ठीक है। उसी का इंतजाम करती हूँ।' वह गिलास रख कर भीतर जाने लगी, 'मुझे पहले से ही लग रहा था कि आज कोई खास मेहमान आएगा।' वह बहुत खुश थी।

श्रीधर खिलखिला कर हँसा, 'अरे यार, मरा तो कुछ भी नहीं है। इनमें तो वही इल्हाम वाली लड़की जिंदा है जो पचीस साल पहले थी।'

देवेश ने हार मान ली, 'तुम ठीक कहते थे। कुछ है जिसे कालदेव भी नहीं छीन पाते। याद की हल्की सी चिनगारी अतीत को इस तरह जीवित कर देती है जैसे वह बीता ही न हो।'

चीयर्स के साथ बात फिर परिवार की ओर लौट आई, 'कैसे आना हुआ ? क्या परिवार में कोई शादी-व्याह है ?'

'परिवार से अब संबंध नहीं रह गया है। अपनापा दिखाने वाले सभी इस फेर में रहते हैं कि विदेश में बसे हुए आदमी को किस तरह मूड़ा जाए। हार्दिकता कुछ पाने की उम्मीद के रूप में ही प्रकट होती है। वे यह मान कर चलते हैं कि ऐसे लोग बहुत मालदार होते हैं और सभी का दुखड़ा दूर कर सकते हैं, पर यह नहीं समझ पाते कि उन देशों के सामान्य नागरिकों की तुलना में वे किस स्तर का जीवन जीते हैं और उनकी निगाह में क्या होते हैं। मुझे वहाँ टिके रहने के लिए जो पापड़ बेलने पड़े उनके लिए वे खुद किसी कीमत पर तैयार न होंगे, पर उसमें अपना हिस्सा जरूर चाहेंगे। यही सब देखकर नाता ही तोड़ लिया।'

'यह केवल विदेश जाने वालों के विषय में ही सच नहीं है। अपने किसानी परिवेश से बाहर जा कर नौकरी या व्यवसाय करने वाले लोगों के प्रति भी यही रवैया रहता है। इसको लेकर क्या रोना।' देवेश चुप हो गया।

कुछ देर दोनों में कोई नहीं बोला और जब चुप्पी भारी लगने लगी तो देवेश ने फिर छेड़ा, 'तो फिर तफरीह के लिए चले आए होगे। अपने देश और परिवेश की याद में कि देखें उसके क्या हाल हैं ?'

श्रीधर का स्वर कुछ बुझा हुआ सा था, 'वह भी है। पर अब सोचता हूँ यहीं रह जाऊँ। या न भी रहूँ तो रहने का कुछ ठिकाना बना जाऊँ।'

इस बार देवेश को इतना आश्चर्य हुआ कि वह बिना कुछ बोले उसकी ओर सारस की तरह गर्दन तान कर देखता रहा। उसकी आँखें फैल कर गोल हो गई थीं। उसे देखने का अपना यह ढंग स्वयं को भी अटपटा लगा और अपनी झेंप मिटाने के लिए उसने एक घूँट लिया और सिर को नीचे झुकाए हुए ही बुदबुदाया, 'बच्चे वहाँ और तुम यहाँ ! क्या अपने बुजुर्गों के प्रति जिस उपेक्षा की बात की जाती है...' वह आगे बोल नहीं पाया। उसकी जरूरत भी नहीं थी।

श्रीधर खुल कर हँसा। नहीं, वह बात नहीं है। वह बात नहीं है। मैं वहाँ बड़े मजे में हूँ। कारण दूसरा है। कनाडा में वह दौर आरंभ हो गया है जिसे औद्योगिक

पूँजी का पलायन कहते हैं। वहाँ के उद्योगपति उन देशों में अपने कारोबार जमाने लगे हैं जहाँ मजदूर सस्ते हैं और कच्चा माल वहीं उपलब्ध है इसलिए बेकारी बढ़ रही है। लोगों के पास जो ठाट-बाट के सामान हैं, बंगले, कारें, फर्नीचर सब किश्तों पर है। किश्तें तक पूरी करने में समस्या आ रही है। लोग औने-पौने दाम अपनी जायजाद बेचने लगे हैं। कोई खरीदनेवाला नहीं। इसलिए कोई दिन ऐसा भी आ सकता है कि भारतीय मूल के लोगों को वहाँ से कूच तक करना पड़ जाए। इसलिए सावधानी के लिए सोचता हूँ यहाँ कोई मकान या फ्लैट लेकर रख लूँ। स्थिति सुधर गई तो उसे बेचा तो कभी जा सकता है। यहाँ तो जायदाद की कीमत गिरने से रही।'

देवेश ने कहना चाहा, 'विचार तो अच्छा है।' पर यह वाक्य उसके मुँह से निकल नहीं पाया। यह विचार है ही नहीं। यह तो चूहे वाली वह बुनियादी समझ है जिसमें वह अपने बिल के कई रास्ते और कई कोठे बनाए रखता है कि एक ओर से आपदा आने पर दूसरी ओर से जान बचाकर निकल सके। इसमें तो अपने देश और समाज के प्रति वह अनुराग भी नहीं है जिसकी कल्पना करके वह कुछ भावुक होने लगा था। जब श्रीधर औद्योगिक पूँजी के पलायन की बात कर रहा था तो उसके मस्तिष्क में एक साथ यह कौंधा था कि वही पूँजीवाद जिसने अपनी जरूरत से राष्ट्रवादी भावनाओं को उकसाया और मजबूत किया था वह किसी ऐसे अदृश्य संकट से गुजर रहा है जिसमें राष्ट्रवाद के आधार पर ही कुठाराघात कर रहा है। आज की स्थिति में राष्ट्रवाद पूँजीवादी गिरावट, मिलावट, भ्रष्टाचार और अवसरवाद से लड़ने का एक औजार भी हो सकता है। वह इस पर अधिक जानकारी लेना और देर तक बात करना चाहता था, पर उसकी भी इच्छा मर गई थी। 'कोई सौदा किया ?' उसने दुनियादारी के तकाजे से मशीनी आवाज में पूछा।

'एक-दो देखा तो है। देखो।' श्रीधर की आवाज में वही निष्प्राणता थी जो देवेश की अपनी आवाज में।

शुभ्रा इसी बीच मेज पर खाना लगाने लगी थी। गिलास खाली हो गए थे, 'और लेना है ?' देवेश ने बोतल उठाते हुए पूछा।

'नहीं।' श्रीधर ने संक्षिप्त सा उत्तर दिया।

'चलो, अब खाना खाते हैं।'

3

आज से सैंतीस साल पहले की बात है जब देवेश की पहली मुलाकात शुभ्रा से हुई थी।

तब दिल्ली कुछ और हुआ करती थीं। जो दफ्तर अँगरेजी राज में बैरकों में

लगते थे, उनके लिए भवन तैयार हो रहे थे और उन्हें भवन ही कहा भी जाने लगा था। विभिन्न देशों के दूतावास अपने देश के स्थापत्य का नमूना पेश करते हुए वीरानों को ऐसे दृश्यों में बदल रहे थे जिनके लिए कभी नयनाभिराम शब्द गढ़ा गया था, पर जिसे आज प्रयोग में लाएँ तो वे दृश्य छुईमुई की तरह सिकुड़ जाएँगे। विस्थापित होकर आए लोग विभाजन की त्रासदी भुला चुके थे और नए क्षितिज खोल रहे थे। नई दिल्ली में खेतों, खलिहानों, जंगलों और अनजान शहरों-गाँवों से आए, आत्मविश्वास से भरे, नए लोग छाए हुए थे, और तस्वीर जैसे इस नगर में लदबद पाँव रखते हुए चलने का तरीका सीख रहे थे। इतने सारे नए और अजनबी लोग, इस अजनबीपन से ही एक-दूसरे को पहचानते और एक-दूसरे के करीब आते हुए और एक-दूसरे के लिए जगह बनाते हुए लोग, पुराने दिल्लीवासियों को हमलावरों की नई जमात जैसे लगते। पर इन सभी के कारण ही पहले की नई दिल्ली नवेली जैसी लगती और पुरानी अपनी नाक-आँख पोंछती बुढ़िया जैसी।

पुरानी दिल्ली में पुराने लोग, एक-दूसरे की सात पुश्तों को जानते और सत्रह को जानने का दावा करते, पर इस तरह कसे और गुँथे, और एक-दूसरे पर रखे हुए कि जगह खुद उनके सपनों के लिए भी कम पड़ रही थी। उसमें काम-धंधे, जमीन-आसमान सब एक के ऊपर एक लदे हुए और फिर भी अपनी जगह पर दीखते थे। यहाँ तक कि कबूतरों के फरटि, मुर्गों के टखने, पतंगों के कान और कान की मैल निकालने और चंपी लगाने वालों के पैंतरे तक।

देवेश उन्हीं दिनों बरेली से आया था। बरेली दिल्ली के पास तो नहीं है, पर इतनी दूर भी नहीं कि दिल्ली में कोई छींके तो बरेली में कोई 'सतन जी !' कहता न सुनाई पड़े। उसे दिल्ली की भीड़ और भाड़ दोनों का बरेली में रहते हुए भी पता था, इसलिए वह दिल्ली की ओर अगला पाँव बढ़ाते समय, अपना पिछला पाँव बरेली में ही छोड़ आया था। जो अकेला पाँव नई दिल्ली में दाखिल हो चुका था उससे वह नई दिल्ली की चाल से चलने की कोशिश कर रहा था।

दिल्ली स्वयं भी अपने पाँवों पर खड़ा होने और चलने की कोशिश कर रही थी। बसें एक सिरे से दूसरे सिरे तक चलतीं, इसलिए वर्षों बाद सही नम्बर की बस मिलती। लोग स्टैंडों पर खड़े-खड़े बूढ़े हो जाते। भीड़ इतनी होती कि बाहर निकलने के लिए पावदान पर लटके हुए लोगों के सिर के ऊपर से बाहर को छलाँग लगानी होती और इसमें मुँह टूट जाने का खतरा बना रहता फिर भी बस स्टापों पर फर्स्ट एड का इंतजाम न था। लोग बस के रुकने पर कुछ टेढ़ा-तिरछा होने की कोशिश तो करते पर राड छोड़ने को तैयार न होते। वे जानते थे, उनके हाथ के हटते ही वह प्रतीक्षा में खड़े किसी दूसरे के हाथ में आ जाएगा। जब एक-दो लोग बाहर आते तो उस जगह को भरने के लिए पावदान से एक-दो आदमी भीतर घुसते। इस तरह एक-दो नए आदमियों के लिए राड पकड़ कर लटकने की गुंजायश पैदा हो जाती।

महिलाओं का, विशेषतः युवतियों का लोग इतना खयाल अवश्य करते कि उनके चढ़ने-उतरने के लिए अपने शरीर को पीछे खींच लेते और छाती को कुछ अधिक उचका लेते, पर जगह फिर भी इतनी बन ही जाती कि वे उनसे रगड़ खाती, उन्हें रोमांचित करती हुई चढ़ और उतर सकती थीं।

ऐसी ही एक बस से एक लड़की रीगल के स्टाप पर उतरी थी। उसके उतर जाने के बाद भी उसके कंधे पर टँगा पर्स पीछे फँसा ही रह गया था। लोग जितना खयाल महिलाओं का करते थे उतना उनके पर्स का नहीं करते थे। वह उसे बाहर की ओर खींच रही थी और भीतर घुसते लोगों के साथ वह भीतर घुसता जा रहा था। किसी ने एक झटके से उसे ऊपर की ओर उछाला तो वह पूरा का पूरा बाहर आ गया। अभी वह सँभल भी नहीं पाई थी कि एक आदमी गेट पर खड़े लोगों को बाहर की ओर धक्का देता हुआ रवाना हो चुकी बस से कूदा और लड़की से टकराते-टकराते बचा। लड़की ने घूर कर देखा और उसके चेहरे पर बेचारगी का भाव देखकर उसे झिड़के बिना ही आगे चल पड़ी। यह सब इतनी जल्दी में हुआ कि उसे 'सॉरी' कहने तक का मौका न मिला। उसके जी में आया वह तेजी से बढ़कर कम से कम खेद तो प्रकट कर ही दे, पर डर इस बात का था कि कहीं वह उसे छेड़खानी न मान बैठे, इसलिए सिटपिटाया हुआ उसके पीछे ही फुटपाथ पर चलने लगा।

लड़की को बिना पीछे की ओर पलटकर देखे हुए ही यह आभास हुआ कि कोई उसका पीछा कर रहा है। उसने अनुमान लगाया कि यह वही लड़का होगा जो जानबूझकर, या हो सकता है जानबूझकर नहीं भी, उसके ऊपर कूदा था। वह एक क्षण के लिए खड़ी हो गई, और फिर पीछे की ओर मुड़े बिना ही चल पड़ी, क्योंकि उसे इस बात का भी आभास हो गया कि उसके रुकते ही उस लड़के की चाल धीमी हो गई थी। इससे उसका शक और पक्का हो गया कि वह उसका पीछा कर रहा है। न कर रहा होता तो इस तरह ठिठकता नहीं, पास से गुजर गया होता।

अब वह आउटर सर्किल पर आकर खड़ी हो गई थी। आगे से कोई बस आ रही थी। उसको लगा वह लड़का उसके करीब पहुँच चुका है। उससे बचने के लिए वह बस के गुजरते ही इतनी तेजी से सड़क पार करने को बढ़ी कि बस के पिछले हिस्से से टकराते-टकराते बची। सड़क पार करने के बाद पहली बार उसने पीछे की ओर मुड़कर देखा। वह लड़का इतना ढीठ था कि वह भी सड़क पार करने जा रहा था।

अब वह थियेटर कम्युनिकेशन बिल्डिंग के दरवाजे की ओर बढ़ गई। लड़का सड़क पार करने के बाद कुछ देर के लिए फुटपाथ पर सड़क की ओर रुख करके खड़ा रहा कि कहीं उस लड़की को यह भ्रम न हो जाए कि वह उसका पीछा कर रहा है। कारण, उसके पीछे-पीछे आते हुए भी वह उसका पीछा नहीं कर रहा था।

यह उतना ही सही या गलत था जितना यह सोचना कि वह लड़की इसका अगवा कर रही थी। गंतव्य स्थल एक होने के कारण दोनों बिना किसी इरादे के हमराह हो गए थे। झेंप के मारे लड़का उसके पास से होकर आगे बढ़ना नहीं चाहता था और स्त्री-पुरुष का भेद होने के कारण यह भी संभव नहीं था कि वह उसके पास आ जाए और जहाँ तक दोनों का रास्ता एक था, साथ-साथ चलता रहे। लड़की ने बरामदे में मुड़ने से पहले अपांग से पीछे की ओर देखा और पाया कि लड़का सड़क की ओर रुख किए खड़ा है तो उसके मन में पक्का विश्वास हो गया कि वह उसका पीछा कर रहा था और अब निराश होकर या तो वापस लौटना चाहता है या उसके लौटने की प्रतीक्षा करते हुए वहीं खड़ा रहना चाहता है। उसने सोचा, उसे डर होगा कि यदि वह बिल्डिंग के भीतर घुसा और उसने किसी से शिकायत कर दी तो उसकी पिटाई हो जाएगी, क्योंकि समाज जितना भी नारीद्रोही हो, किसी लड़की के शिकायत करने पर अपरिचित लोग भी लड़कों की पिटाई कर ही देते हैं।

लड़की जिस कमरे में घुसी थी वह कमरा नहीं, एक भवन था। इसका नाम इसके भविष्य का ध्यान करके हिंदी भवन रखा गया था।

यह इमारत उस जगह थी जहाँ आज पालिका बाजार है। यह इमारत तब गिरानी पड़ी जब बाबा खड्गसिंह मार्ग पर विभिन्न राज्यों की शिल्पवस्तुओं के लिए दो तल्लों के इंपोरियम और उनके ऊपर सूचना तथा संपर्क कार्यालय और सभाकक्ष बन गए। इन्हें दिखाकर कभी उसी लड़के ने उस लड़की से कहा था, 'देखो, सिर्फ लोग नहीं, बड़ी इमारतें भी छोटी इमारतों को गिराती हैं।' पर यह कुछ बाद की बात है।

हिंदी भवन के दो कमरों में से एक सभागृह था, अर्थात् इसमें एक दरी और कुछ मसनद पड़े रहते थे और उन्हीं के साथ भोलाराम की मेज और कुर्सी होती थी। दूसरे में आगे पीछे कतारों में सजी अलमारियों में किताबें पड़ी रहती थीं। दोनों कमरे जुड़े हुए थे। लड़की ने किताबें लौटाईं और नई किताबें छाँटने के लिए अलमारियों के पीछे धँस गई।

इसी समय वह लड़का आया और धम्म से जमीन पर बिछी दरी पर पड़ रहा। वह थका हुआ था इसलिए बैठने के साथ ही शिथिल हो गया, 'आज तो मैं पिटते-पिटते बचा।' उसने कुछ मजा लेते हुए कहा। उसे मालूम होता कि लड़की उसी कमरे में है तो वह यह बात न कहता, क्योंकि इसका भी मतलब यही होता कि वह उसे छेड़ना चाहता था।

लड़की ने उसकी आवाज नहीं सुनी थी फिर भी उसे लगा यह वही लड़का होगा जो उसका पीछा कर रहा था। उसने सोचा, 'बहुत धृष्ट है यह तो। इसे किसी बात का डर नहीं।'

भोलाराम ने हँसकर पूछा, 'हुआ क्या ?'

'पहले तो बस से उतरते समय मेरा मुँह टूटते-टूटते बचा। फिर लगा अब पिटा कि तब, पर बच गया।'

'किसी की जेब कट गई थी और तुम्हें किसी ने गिरहकट समझ लिया था ?' पिटाई का कोई दूसरा कारण भोलाराम जी की समझ में नहीं आ रहा था।

'नहीं, जेब तो नहीं कटी थी पर...' वह हँसने लगा। थकान हँसी में भी होती है। लड़की को लगा, यह लड़का जो भी हो, कुछ परेशान भी है।

लड़की ध्यान से यह वार्तालाप सुनती रही। किताबें चुनने का काम कुछ समय के लिए स्थगित हो गया। वह अब भी मान रही थी कि लड़के ने रुख मोड़ने के बाद भी यह ताड़ लिया था कि वह किस कमरे में घुसी है और ठीक उसी में उसका पीछा करते हुए आया है। उसे लगा यह वाक्य उसे छेड़ने के लिए कहा गया है, पर अब लड़के से उसे डर नहीं लग रहा था। यहाँ तक कि पीछा किए जाने की एक ज़ो सनसनी होती है वह भी इसके साथ ही खत्म हो गई थी।

भोलाराम जी कुछ देर तक उन परिस्थितियों का अनुमान करते रहे जिनमें यह घटित हुआ होगा, और फिर केवल इस निष्कर्ष पर पहुँचे कि दिल्ली की बसों में भीड़ बहुत होती है और सवारी पूरी उतरी नहीं कि कंडक्टर सीटी दे देता है। उतरते समय चढ़ने की कोशिश करने वाले एक-दो लोग धक्का खाकर गिर जाते हैं। बस अलग से छूट जाती है इसलिए हाथापाई की नौबत आ जाती है, 'एक बार तो मेरे साथ भी ऐसा ही हुआ था। उसके बाद मैंने बस पर चढ़ना ही छोड़ दिया। कहीं जाना हो तो सायकिल से ही चल देता हूँ।'

'कौन-सी बात दादा। मुँह के बल गिरने वाली या ...'

अलमारियों के पीछे हँसी फूटने और हँसी को रोकने की संयुक्त क्रिया की खिस्स-सी ध्वनि हुई।

'मैंने जिंदगी में कोई ऐसा काम नहीं किया जिसके लिए पिटूँ और तुमलोग तो देवेश बिना पिटे ही पिटे हुए लगते हो।' भोलाराम जी ने कुछ अकड़ के साथ कहा।

इस बार देवेश ने हँसना चाहा पर निकली कराह भरी एक स्वीकृति, 'बात तो आप ठीक ही कहते हैं। हम लोगों की पीढ़ी लक्ष्यभ्रष्ट है जो बनना तो बहुत कुछ चाहती है पर लक्ष्य दिखाई नहीं देता। आप लोग बनना कुछ नहीं चाहते थे, मिटने तक को तैयार थे, पर लक्ष्य आप लोगों के सामने था। पर उस लक्ष्य को पा लेने के बाद मुझे तो आपकी पीढ़ी अधिक लक्ष्यहीन लगती है। जो जहाँ भी, जैसे भी है, अपने ही अतीत का विरुद गाते हुए, अपनी स्तुति आप करते हुए, पूजा कराना चाहता है।'

'कोई जमाना ऐसा नहीं हुआ जिसमें सभी लोग मरने-मिटने को तैयार रहे हों।

सब तरह के लोग हर समय होते हैं। कभी कुछ कम कभी अधिक। सफलता मिलने के बाद सभी शहीद कहलाने को तैयार हो जाते हैं। जब मैं सोवियत यूनियन में था...' वह वाक्य अधूरा छोड़ कर चुप हो गए। उन्हें लगा इसे भी देवेश आत्मस्तुति मान लेगा।

भोलाराम जी में आत्मविश्वास बहुत था, पर वह बहुत नम्र स्वभाव के व्यक्ति थे, जिन्हें मोटे तौर पर सज्जन कहा जाता है। उन्हें देखकर कई बार संदेह होता कि उनका नाम कुछ और होगा, भोलाराम लोगों ने उनके स्वभाव को देखकर कहना आरंभ कर दिया होगा और यही उनका नाम बन गया होगा।

उनका सारा दिन भवन में ही बीतता था। संभव है रात भी बीतती रही हो। कारण भवन के एक कोने में टीन का एक बक्सा भी रखा रहता था। चाय और खाना खाने के लिए या दूसरे छोटे-मोटे कामों से उन्हें बाहर जाना पड़ता था। ऐसे में यदि कोई विश्वस्त आदमी होता तो वह भवन और पुस्तकालय को उसके भरोसे छोड़ जाते। सावधानी बस इतनी कि अलमारियाँ बंद कर जाते, क्योंकि किताबों के मामले में विद्वानों की ईमानदारी पर भरोसा नहीं किया जा सकता।

वह पढ़े-लिखे कम थे और उन्हें अपने कम पढ़े होने पर गर्व भी था, क्योंकि मजदूर के रूप में जो सच्चा जीवन-अनुभव उन्होंने प्राप्त किया था वह पढ़े-लिखे होने पर प्राप्त ही नहीं हो सकता था और उनका वह उपन्यास न लिखा जा सकता था जिसकी तारीफ करते हुए किसी ने कहा या लिखा था कि यह अग्निदीक्षा जैसी चीज है। वह इस वाक्य को अक्सर दुहराते भी थे। इस वाक्य के प्रताप से भोलाराम सोवियत संघ की यात्रा भी कर आए थे। यह उन दिनों की बात है जब सीपीआई के लोग जी आने पर पैदल ही सोवियत संघ को चल देते थे और हिमालय सहित अफगानिस्तान को लाँघते हुए वहाँ पहुँच भी जाते थे।

वह ओवरकोट जिसे वह जाड़ों में पहनते थे लेकिन जो गर्मी के दिनों में भी हिंदी भवन में ही एक खूँटी पर टँगा रहता था, उन्हें मास्को पहुँचते ही उपहार में मिला था और इतना गर्म था कि इसे पहनने पर जाड़ों में भी पसीना आ जाता था।

भोलाराम ने अपने अथक परिश्रम से जो सफलता पाई थी उससे वह बहुत संतुष्ट थे। जब देवेश हताश होता तो भोलाराम जी अपने व्यक्तिगत उदाहरणों से उसका मनोबल भी बढ़ाते।

दोनों में कोई समानता नहीं थी। भोलाराम लेखक बन जाने के बाद भी पढ़ने-लिखने में कोई रुचि नहीं रखते थे। दूसरी ओर देवेश अर्धबेकारी की हताशा से लड़ने के लिए भी किताबें पढ़ता रहता था। एक पचास साल के प्रौढ़ दूसरा उस उम्र में जिसकी मस्ती और बेपरवाही की कद्र करने के लिए इसे गदहपचीसी कहा जाता है। यह अलग बात है कि बेकारी की मार के कारण वह उन मस्तियों और बदकारियों के किस्से ही सुन सकता था, जिन्हें करने की उम्र थी और जब तब फुर्सत

मिलने पर करने का जी हो आता था। हाल यह था कि वह जवान है, यह भी भोलाराम उसे बताया करते थे और वह भी इतने गलत संदर्भों में कि सुनकर उनका मुँह नोच लेने का जी करता था।

मिसाल के लिए वह उसका हौसला बढ़ाने के लिए कहते, 'जवान आदमी हो, हिम्मत क्यों हारते हो !' उसे लगता, कह रहे हैं, 'इतनी-सी बेकारी से घबरा गए ! कुछ दिन और बेकार रहने में क्या हर्ज है। बूढ़े होने तक काम तो मिल ही जाएगा।' गरज कि वह अपनी जिंदगी से काफी संतुष्ट थे। यह वाक्य वह इतनी बार दुहरा चुके थे कि अब देवेश इसे सुनकर मुँह तक नहीं बनाता था।

आज भी उन्होंने यही वाक्य दुहराया तो देवेश कुछ खीझ गया और बोला, 'दादा, यदि आप कहते, जवान आदमी हो। भूखे पेट ही सही, किसी आती-जाती को छेड़ते क्यों नहीं, तो बुरा नहीं लगता और सच तो यह है कि मैं किसी को छेड़ भी बैठता। लेकिन आपके उपदेश से तो लगता है इसके लिए भी बुढ़ापे तक प्रतीक्षा करनी पड़ेगी।'

भोलाराम की उम्र जो भी रही हो, आखिर वह उपन्यासकार थे, इसलिए इस वाक्य पर उन्होंने अलमारियों की ओर उँगली उठाते हुए अपनी हँसी को दबाने के लिए मुँह पर हाथ लगाया और ठीक इसी समय अलमारियों की कुछ कतारों के पीछे किसी के अपनी पतली हँसी दबाने की आहट भी मिली।

'देवेश भाई', भोलाराम अपने से छोटों को भी बड़े स्नेह से भाई ही कहकर बुलाते थे, 'तुम्हारे पास तो फिर भी एक नौकरी है। तुम इतने निराश क्यों हो जाते हो ?'

'नौकरी, साली नौकरी जैसी हो तब तो। यह क्लिर्की भी कोई नौकरी है। उसे तो मैं बरेली में ही छोड़ आया। अब नहीं लौटने का।'

लड़की को इस तरह की बातों में कोई दिलचस्पी नहीं थी, इसलिए उसे जो किताब चाहिए थी वह तुरत मिल गई। वह उसे लेकर बाहर निकली। अपने नाम चढ़वाया और चल पड़ी। वह देखना चाहती थी कि इस बार भी किसी बहाने से निकल कर वह लड़का, जिसका अब उसे नाम भी पता चल चुका था, उसका पीछा करता है या नहीं। वह जितना भी अच्छा या बुरा हो, बरेली का रहने वाला था और वह लड़की स्वयं भी बरेली की रहने वाली थी।

वह बाहर आ गई। बरामदा पार कर लेने के बाद एक बार उसने कनखियों से देखा। लड़का नहीं आ रहा था। वह बाहरी सर्कल के पास आकर कुछ देर तक खड़ी रही। खड़ा रहने का कोई उचित बहाना नहीं मिल रहा था क्योंकि सड़क लगभग खाली थी, इसलिए वह उस किताब को ही, जिसे अभी भवन के पुस्तकालय से लिया था, खोल कर देखना शुरू कर दिया। वह तीन-चार पन्ने पढ़ गई। उसे उम्मीद थी कि लड़का इस बीच निकल आया होगा और उसे खड़ी देखकर ठिठक गया होगा।

उसने दबी आँखों से देखा, वह नहीं दीखा तो सिर उठाकर पीछे को देखा। लड़का न तो आया न आता हुआ दिखाई दिया।

उसंने सोचा हो सकता है वह आते समय भी उसका पीछा न कर रहा हो और इस विचार को लिए दिए वह सड़क पार कर गई।

'यह शुभ्रा जो है, इतना पढ़ती है, इतना पढ़ती है कि लगता है पढ़ने की मशीन है। हर तीसरे दिन दो किताबें पढ़कर लौटाएगी और नई ले जाएगी। पता नहीं यह पढ़ती कब है ?' उसके चले जाने के बाद भोलाराम ने उसका परिचय देते हुए कहा। देवेश की समझ में केवल इतनी-सी बात आई कि यदि वह हिंदी भवन आने का समय कुछ बदल दे तो हर तीसरे रोज उसकी मायूसी कुछ कम हो सकती है।

4

यह संयोग ही था कि शुभ्रा दूसरी बार ठीक उस वक्त पर आई जब भोलाराम देवेश को भवन सौंप कर खाना खाने चले गए थे। शुभ्रा को भी उनके आने तक प्रतीक्षा करनी ही थी।

'क्या करती हैं ?' 'दिल्ली कब आईं ?' जैसे सवालों के बाद, 'अच्छा रिसर्च भी कर रही हैं और वह भी हिंदी में ?'

'क्यों क्या हिंदी में रिसर्च नहीं किया जा सकता ?' शुभ्रा देवेश के स्वर से कुछ आहत हुई थी।

'अरे भई, हिंदी में तो गवेषणा होती है। गायों बैलों की खोज। या होता है अनुसंधान। बड़ा भारी शब्द है, पर मतलब है दूसरे जैसी कर चुके हैं वैसी ही तीरंदाजी। या होता है शोध, यानी पहले किसी ने जो कुछ लिख रखा है उसको पूरा-का-पूरा उड़ा लो और कुछ सुधार कर थीसिस तैयार कर लो। मैंने तो सुना है लोग ठेके पर भी शोधप्रबंध लिखते और लिखाते हैं। रिसर्च तो अंग्रेजी में होता है।'

सुनकर उसे अटपटा तो लगा, पर यह भी लगा कि आदमी है मजेदार, 'आपने अंग्रेजी में एम्मे किया है ?'

'नहीं, बदकिस्मती से अंग्रेजी से नहीं कर पाया, नहीं तो इस तरह चप्पलें न घिस रहा होता। अंग्रेजी बी.ए. तक ही रह गई। हाँ पढ़ता अंग्रेजी की ही किताबें हूँ।'

'आजकल क्या करते हैं ?'

'करता कुछ नहीं हूँ। कुछ भी करने के लिए तैयार रहता हूँ।'

बात शुभ्रा की समझ में नहीं आई।

'कभी आपने वह बाजार देखा है जिसमें सुबह को दिहाड़ी मजदूर अपनी करनी-कूची, आरी-बँसूला, बोरी-टोकरी सँभाले इस उम्मीद में जमा होते हैं कि किस्मत साथ दे गई तो कोई न कोई एक दिन के लिए उन्हें काम पर लगा लेगा। उन्हीं की तरह पढ़ने-लिखने वालों के लिए भी दिहाड़ी काम के नए अवसर खुल गए हैं। इनके भरोसे आधे पेट का भोजन और आधे अंग का तोपन जुटाकर प्रतिभाशाली युवकों की एक पूरी पीढ़ी संघर्ष कर रही है। इन्हीं में मैं भी शामिल हो गया हूँ। जब कोई काम नहीं मिलता तो बैठा-बैठा तस्वीरें बनाता रहता हूँ।' उसने कुछ थके स्वर में जवाब दिया।

'अच्छा, आप चित्रकार भी हैं।'

'हर बेकार आदमी चित्रकार होता है। वह खाली समय में भविष्य के चित्र बनाता रहता है, पर कोयले से और चूँकि उसके पास पूरा का पूरा समय खाली ही होता है इसलिए उसका हाथ और दिमाग कोयले की कालिख और भविष्य की आड़ी-तिरछी रेखाओं से इस तरह भरा होता है कि रेखाएँ भी एक-दूसरे को काटती हुई भविष्य में गायब हो जाती हैं। मेरी तस्वीर का भी यही हाल है। मेरे पास तो तस्वीर नहीं, तस्वीरें हैं।'

शुभ्रा चुप रही।

'पर आपके पास तो सुना काम भी है।'

'काम तो है। काम तो निठल्लों के पास भी होता है, कोई कभी खाली बैठा रह ही नहीं सकता। कम से कम वह जिसके पास दिमाग है और जो शीतनिद्रा में नहीं जाता। पर मेरी मुसीबत यह है कि मेरे पास एक काम नहीं है, तरह-तरह के काम हैं और जाहिर है, कई तरह की योग्यताएँ हैं। पर आदमी में सिर्फ एक योग्यता होनी चाहिए। ऐसा आदमी दूसरों को पीछे छोड़ता तीर की तरह आगे निकल जाता है। कई तरह के काम और कई तरह की योग्यताएँ होने पर, कई तरह के सपने आते रहते हैं, मेरी अपनी परेशानी का असल राज़ यह है।' वह अफसोस करता-सा बोला, गो वह अब अपनी हीनता से बाहर आने का प्रयत्न कर रहा था।

आदमी सचमुच परेशान है। इसे सहानुभूति की जरूरत है। शुभ्रा ने सोचा और कुछ कहना भी चाहा, पर सोच नहीं पाई कि क्या कहे।

'अधिक सपने देखने वाला, अपने यथार्थ से भी निर्वासित हो जाता है।' उसने कुछ रुककर अपने अफसोस को दार्शनिक तेवर देते हुए जोड़ा । शुभ्रा को इस बार लगा कि वह कुछ बातें उस पर असर जमाने के लिए भी कह रहा है। उसे अच्छा लगा।

अब शुभ्रा को कुछ सूझा, 'सपने न देखने वाले जिंदगी से ही निर्वासित हो जाते हैं।' वह बताना चाहती थी कि घास वह भी नहीं छीलती।

देवेश कुछ विस्मय और सम्मान के साथ शुभ्रा को देख रहा था जैसे उसे किसी हिंदी वाले से इतनी भी उम्मीद न रही हो।

उन दिनों के नए पढ़ने-लिखने वाले अपने को प्रबुद्ध दिखाने के लिए बिना जरूरत के भी अस्तित्ववादी शब्दावली का प्रयोग करते थे। भारत में यह अपने दर्शन के साथ कुछ देर से पहुँची थी और पूरा बौद्धिक जगत् ऊब, खीझ, संशय, कुंठा, अनिश्चय, थकान, बेगानापन, घुटन, तनाव, संत्रास, दिशाहीनता, आत्मविच्छिन्नता, व्यर्थताबोध, हताशा, अवसाद और आत्मनिर्वासन से बजबजा रहा था, जब कि जीवन में उमंग और कुछ करने और बनने की ललक भरी हुई थी। बिना जरूरत भी वे इस तरह के शब्दों का प्रयोग करते रहते और प्रयोग को सात्त्विक बनाने के लिए इन्हें अपने जीवन में भी उतारने का नाटक करते थे। जो इनका जितनी अधिक नासमझी से प्रयोग कर सकता था वह उतनी ही तेजी से उछाल पा सकता था, इसलिए यह व्यर्थ होकर भी उपयोगी दर्शन था। जिन हालतों में यह दर्शन पश्चिम में उपजा और लोकप्रिय हुआ था उनके खत्म होते ही वहाँ इस दर्शन का बाजारभाव मंदा पड़ चुका था। भारत में या तो वैसे हालात पैदा नहीं हुए थे या ये यहाँ शाश्वत रूप में विद्यमान थे। कारण बुद्ध के बाद भारत में पैदा हर नेकदिल विचारक और समाजसुधारक 'घर में आग लगी है,' 'जीवन पानी के बुलबुले की तरह नष्ट होने जा रहा है', तेरी चोटी काल ने पकड़ भी ली है, का शोर मचाता रहता था।

इस तरह देखें तो यह दर्शन भारत में बहुत पहले उपजा था और यहीं से इसका निर्यात पश्चिम को हुआ था। अपनी धाक जमाने के लिए अनुकूल परिस्थितियाँ तैयार करने के लिए इसने वहाँ दो-दो विश्वयुद्ध करा दिए थे। 'पश्चिम पश्चिम है और पूरब पूरब' के नारे लगाते हुए आगे बढ़ रहे यूरोप को ललकार कर हमें कहना चाहिए था कि तुम हमारी कंगाली से अपनी खुशहाली भले पैदा करते रहो, पर तुम्हारे संकट काल में हमारा ही दर्शन तुम्हारे काम आएगा।

खैर भारत के पास शब्दावली जरूर कुछ भारी-भरकम थी जो अब पैनी हो गई थी। इसलिए अपने पुराने दर्शन को नई चमक देने वाली इस नई शब्दावली के प्रति आकर्षण तो बढ़ना ही था। पर कारण यही नहीं था। हम आजादी के बाद अंतर्राष्ट्रीय बनने की ललक में जितनी तेजी से पश्चिम के बौद्धिक कबाड़िया बने और उस पर जिस तरह से इतराना सीखा इसकी शुरुआत नेहरू जी के उस नारे से ही हो गई थी जिसे वह आधी रात को सपने में लगाया करते थे—कैच अप विद दि वेस्ट, विद आल इट्स वेस्ट्स, लेट ईस्ट भी पुश्ड डाउन दि पैसिफिक डेप्थ्स। उसके बाद से यह हमारे राष्ट्रीय चरित्र का नाभिकीय बिंदु बन गया।

खैर यह लफ्फाजी इस तरह चलन में थी कि सीधी-सादी भाषा में बात करना, यहाँ तक कि जिंदगी से संतुष्ट दिखना तक, मानसिक पिछड़ेपन का सूचक और कभी-कभी तो फूहड़पन प्रतीत होता था। इसलिए देवेश को लगा यह लड़की निर्वासन

और आत्मनिर्वासन जैसे कीमती शब्दों से भी परिचित है तो कुछ न कुछ तो है ही।

शुभ्रा ने उसे अनिश्चय में देखकर कहा, 'भविष्य का निर्धारण भौतिक परिस्थितियों से नहीं होता, आदमी के सपनों से होता है। जो सपना नहीं देखता वह अपने हाल से समझौता कर चुका होता है। वह सड़ सकता है, पर कुछ बन नहीं सकता। आप तो हर स्तर पर लड़ रहे हैं।'

'पता नहीं लड़ रहा हूँ या घिसट रहा हूँ। अब तो अपनी ही बनाई रेखाओं से खुद डर लगने लगा है।' अस्तित्ववादी दर्शन का मोह इस सराहना को भी ठेलकर अस्तित्ववादी ईमानदारी को उकसा रहा था।

डर की एक वजह यह थी कि जिन संभावनाओं को वह ठुकराकर हमेशा के लिए खत्म मान चुका था, वे भी जब तब सार्थक लगने लगतीं। उलझन के क्षणों में, वह कई बार एक साथ कई संभावनाओं पर सोचते हुए 'यह-या-वह, इदं-वा-तत्' करता रह जाता। लंबे समय तक लगातार सोचते चले जाने के बाद पाता कि सोचने की इतनी जबर्दस्त कोशिश के बावजूद वह कुछ सोच ही नहीं रहा था।

जैसा कि वह सोचता था और दूसरों को विश्वास दिलाना चाहता था, लंबे समय से अपने भविष्य पर सोचते-सोचते देवेश दो हिस्सों में बँट चुका था।

'जानती हैं आप, मैं बाहर से ही एकजुट लगता हूँ। भीतर से दरक चुका हूँ। दरक नहीं, टूट चुका हूँ। मेरी एक निजता वह है जो भविष्य के सपने देखती और उन्हें सहेजती रहती है। दूसरी वह जो मुझे मुहरा बनाकर शतरंज खेलती रहती है। वह दिन-रात यह तय करती रहती है कि मुझे क्या बनाकर आगे बढ़े या पीछे हटे तो, वह दुश्मन को पीट न भी पाए तो, पिटने से बची रहेगी। तीसरी वह जो सिर्फ एक मुहरा न रहकर, मुहरों सहित शतरंज की पूरी बिसात में बदल चुकी है। यह प्यादा, फर्जी, हाथी, वजीर, राजा, और जंग का मैदान, सब कुछ है। ऐसा बिखरा और बँटा हुआ हो गया हूँ मैं। इससे मन में निराशा पैदा होती है और मन उदास हो जाता है। उदास नहीं, उदास नहीं, उदासी के दौरे का शिकार हो जाता है। वह जिसे अंग्रेजी में मेलांकली कहते हैं। हमारी भाषा में तो इसके लिए सही शब्द भी नहीं हैं इसलिए सही ढंग से उदास तक नहीं हुआ जा सकता।'

'विषाद।' शुभ्रा ने कहा और अपनी मुस्कराहट को दबाने की कोशिश करने लगी।

'चलो, वही सही। मैं शरीर, मन और दिमाग, नहीं दिमाग ही नहीं, आत्मा की गहराई तक थक जाता हूँ। किसी से कहूँ तो कोई यकीन नहीं करेगा। सोचेगा ...पता नहीं क्या सोचेगा वह, पर जो कुछ भी सोचेगा उससे मेरा अपमान ही होगा। इसलिए ये बातें किसी से कहता भी नहीं।'

देवेश झूठ नहीं बोल रहा था। वह सचमुच ऐसा ही अनुभव करता था और मजे की बात यह कि ऐसा ही अनुभव करता रहना चाहता था। कारण, अपनी अंग्रेजी

और सामान्यज्ञान बढ़ाने के लिए उसने पिछले दिनों जो किताबें पढ़ी थीं उनमें एक छिन्नमनस्कता पर थी। वह मनोविश्लेषण के पुराने पड़ चुके सिद्धांत को प्रासंगिक बनाने वाला शोधप्रबंध था। उसमें सारे उदाहरण अस्तित्ववादी साहित्यकारों और उनके पात्रों और उन पात्रों के संलापों और प्रलापों से लिए गए थे। यह पुस्तक उसे इतनी पसंद आई कि वह उन लेखकों की बहुत-सी कृतियाँ और उन पर लिखी गई आलोचनाएँ तक पढ़ गया और फिर उसे लगा कि दर्शन यही सही है और इसे अपना जीवनदर्शन भी बनाया जा सकता है। वह सोच-सोचकर उन लेखकों, उनके पात्रों और उनके पाठकों जैसा ही अनुभव करने लगा। वह अकेला ऐसा नहीं कर रहा था। उन दिनों इसकी होड़ सी लगी हुई थी, पर अधिकांश लेखकों के लिए यह केवल लिखने की मेज पर बैठने के साथ आरंभ होता था और रचना पूरी होने के बाद समाप्त हो जाता था। उसके बाद इसका स्थान उत्फुल्लता और रचना प्रकाशित होने के बाद विश्वविजय की आकांक्षा ले लेती थी। परंतु देवेश, एक ईमानदार चिंतक की तरह, इसे अपने जीवन में उतारना चाहता था। उसे सुखी होकर जीना फीका लगता था। उसे दुखी होकर जीना और उस दुख को पूरी गहराई में भोगना उत्तेजक लगता था। अपने को उदास दिखाना भी इसमें शामिल था।

इसलिए वह उन परिस्थितियों से चिढ़ता था जिनमें वह उतना व्यग्र नहीं रह सकता था जितना वह अब था। समस्त असुविधाओं के होते हुए भी दिल्ली में ही रहने का अपना एक आकर्षण था, क्योंकि अपने शहर में वह अपनी अनिवार्य जरूरतों को पूरा करके खुश तो रह सकता था, पर एक क्लर्क की तरह। वहाँ तो चपरासी तक चपरासी की तरह खुश रह लेते थे। गजब यह कि वहाँ कई बार बेकार भी खुश दिखाई देते थे, पर अपने परिवार के संरक्षण के कारण, एक संरक्षित बेकार की तरह। दिल्ली में दुख की रोमानी संभावनाएँ थीं और इस दुख में मस्त रहने वाले दोस्त थे जिनके बीच पहुँचकर एक नशा जैसा छा जाता था। वह अपनी सही जगह पर पहुँच गया था।

शुभ्रा को उसको समझने में कठिनाई हो रही थी क्योंकि उसने दुख देखा था और उससे बहुत संघर्ष करने के बाद मुक्ति पा सकी थी, इसलिए उसमें रोमान की कल्पना वह नहीं कर सकती थी। पर वह जिस तरह इसे बयान कर रहा था उससे उसे स्वयं उसके विषाद योग के प्रति श्रद्धा हो आई थी।

एक विवशता और थी। भोलाराम जी अभी तक नहीं लौटे थे, इसलिए बात का सिलसिला तो चलना ही था। उसने विषय बदल दिया, 'कहाँ रहते हैं ?'

'राजाबाग में। यहीं पास ही है।' देवेश के मुँह से राजाबाजार की जगह राजाबाग निकल गया। अब निकल गया तो निकल गया। राजाबाजार अब उसके लिए राजाबाग ही रहेगा।

शुभ्रा को लगा, हो सकता है इस बहाने वह कह रहा हो रहने का भी कोई

ठिकाना नहीं। जंगल में पड़ा हूँ, 'राजाबाग का नाम कभी नहीं सुना। किस राजा का बाग है ?' वह यह मानकर कि उसने मजाक में ही ऐसा कहा था, हल्के मुस्करा भी रही थी।

'किसी जमाने में शाही बाग रहा होगा।'

'मुग़ल बादशाह तो शाहंशाह थे। महाराजाधिराज। जब उनकी सल्तनत लाल किले तक सीमित रह गई थी, उस समय तक वे यही बने रह गए थे। इसलिए राजाबाग शाही बाग तो हो ही नहीं सकता था।'

'तब मुग़ल बादशाहों में से किसी के मनसबदार हिंदू राजा का बाग रहा होगा। इससे कुछ ही दूर तो जंतर मंतर है जिसे सवाई राजा जयसिंह का खड़ा किया बताया जाता है।'

'यह कुछ ठीक लगता है। उनका महल भी कहीं आस-पास ही रहा होगा, क्योंकि किलाबंद शहर के भीतर ऐसा कोई महल नहीं है जिससे उनका नाम जुड़ा हो।'

'महल उनका जहाँ भी रहा हो, बाग यहाँ उन्हीं का रहा होगा।'

अब इसके बाद बाग पर बात नहीं की जा सकती थी।

अब देवेश ने कुछ मजा लेकर बताना शुरू किया, 'बाग जिसका भी रहा हो, वह बहुत पहले उजड़ चुका था। पहले पेड़ों को काट कर मैदान बनाया गया और फिर उस मैदान में सरकारी कर्मचारियों के क्वार्टर बन गए, इसलिए बाग तो दूर, कहीं हरी घास तक नहीं बची है।'

अब शुभ्रा को सचमुच विश्वास हुआ कि वह सीधी जबान में ही राजाबाग में रहने की बात कर रहा था।

'कुछ दिन बाद आप राजाबाग को देखने आएँ तो वे क्वार्टर भी नहीं मिलेंगे।'

'क्यों ?'

'जो हाल वहाँ लगे पेड़ों का हुआ, वही उन क्वार्टरों का होने वाला है।'

'क्यों ?' शुभ्रा ने दुबारा चौंकते हुए पूछा।

'अरे भई, वे पहले विश्वयुद्ध के ठीक पहले, इस इरादे से बनाए गए थे कि पहले विश्वयुद्ध को भले झेल लें, यदि दूसरे विश्वयुद्ध की नौबत कभी आए तो उसमें अवश्य गिर जाएँ। दूसरे विश्वयुद्ध के बाद उन्हें गिर जाना चाहिए था, पर गलती से इतने मजबूत बन गए थे कि वे दो विश्वयुद्धों को झेलने के बाद स्वतंत्रता संग्राम तक को झेल गए और फिर भी गिरने का नाम नहीं लेते। अब देश को ऊपर उठाने के लिए इन एक मंजिला इमारतों को गिराकर बहुमंजिली इमारतें बनाई जाएँगी। सबको नोटिस दिया जा चुका है। जिस दिन बहुमंजिली इमारतों ने खड़ा होने का इरादा कर लिया, उनके ऊपर आने के साथ ही ये नीचे धँस जाएँगे।'

अब देवेश के लहजे के कारण शुभ्रा को बात करने में मजा आने लगा था,

'फिर कहाँ रहेंगे।'

'रानीबाग चला जाऊँगा। वहाँ मेरा एक दोस्त रहता है। अब भई राजाबाग का रहने वाला, कुछ भी हो जाए, रानीबाग से नीचे तो रह नहीं सकता।' देवेश बात की लच्छेदारी में अपने सारे दुख भूल चुका था।

'वहाँ भी सरकारी क्वार्टर होंगे ?'

'वह स्लम था, स्लम है, और स्लम रहेगा। परंतु शानदार और होनहार स्लम, क्योंकि यह रेल स्टेशन, आर्डनेंस डिपो और पेट्रोल डिपो के पास है। वहाँ रहने पर बस के पैसे न होने पर लोकल से बिना टिकट यात्रा की जा सकती है। मालगोदाम से कुछ माल चुराया जा सकता है और मुफ्त में पेट्रोल की खुशबू ली जा सकती है। और इसके पीछे की सारी जमीन मास्टर प्लान के अधीन नोटिफाई की जा चुकी है, इसलिए किसी भी समय आसपास सुंदर और योजनाबद्ध बस्तियाँ बस कर इसकी साख और भाव बढ़ा देंगी, इसलिए दुनिया के तमाम स्लमों में इसका वर्तमान और भविष्य दोनों अच्छा है।'

शुभ्रा हँसने लगी थी, 'आप बहुत मजेदार आदमी हैं।'

'नहीं, नहीं, यह मत कहिएगा। यह तो कुछ यूँ कहना हुआ कि आपका कबाब बहुत जायकेदार बनेगा।'

शुभ्रा हँसी से लोटपोट हो गई। हँस देवेश भी रहा था।

इसी समय भोलाराम पधार गए थे। उन्होंने भी हँसते हुए ही पूछा, 'किस बात पर हँस रहे हो तुम लोग ?'

शुभ्रा ने कहा, 'हँस तो आप भी रहे हैं सर। आप बताइए, किस बात पर हँस रहे हैं।'

शुभ्रा भोलाराम को सर ही कहती थी और यह उन्हें अच्छा लगता था, 'अरे भाई, मैं किस बात पर हँसूँगा। आदमी को हँसते देखकर हँसी आती है, रोते देखकर रूलाई।' फिर वह बैठते हुए बोले, 'वहाँ सोवियत संघ में मैंने देखा, सारे चेहरे गुलाब की तरह खिले हुए। जैसे पूरा देश ही एक गुलिस्तान हो। लड़के-लड़कियाँ इस तरह आपस में बेझिझक मिलते, हँसते-बोलते दिखाई देते हैं कि लगता है आजादी दिल-दिमाग सभी में बसी हुई है। हँसी तो बस वहीं देखने में आती है।' भोलाराम सोवियत संघ में अक्सर पहुँच जाया करते थे।

अब भोलाराम को निश्छल हँसी से सराबोर होकर निकले देवेश और शुभ्रा पर अपने ऊँचे विचारों की छाप डालना जरूरी लगा। आखिर इन्हें भी समझना चाहिए कि शिक्षा अधिक नहीं है तो भी सोच और अनुभव की गहराई उनमें किसी महान् विचारक से कम नहीं है। वह बताने लगे, 'इस देश की हजारों साल की, ये जाति और धर्म की, जो इतनी सारी समस्याएँ हैं उनका एक ही इलाज है। लड़कों-लड़कियों को पूरी आजादी दे दो। वे जिससे चाहें प्रेम करें, जिससे चाहें विवाह करें। नौजवान

दस साल के भीतर वर्णव्यवस्था की जड़ें हिलाकर रख देंगे। प्रेम करते समय कोई जात-पाँत नहीं देखता।'

जैसा प्रभाव वह पैदा करना चाहते थे उससे कुछ अधिक ही हुआ। किसी ने नहीं सोचा था कि इतनी सादगी से, पुराने ढंग से रहने वाले, कम पढ़े-लिखे भोलाराम इतने खुले विचारों के होंगे।

देवेश न तो उनका नाम ले पाता था, न ही सर कह पाता था न चाचा या अंकल। सदा 'आप' ही से काम चलाता था, पर आज उसे इतनी राहत मिली कि बोला, 'दादा, आप ने भी कभी प्यार किया था या नहीं।'

शुभ्रा बड़ी उत्सुकता से भोलाराम को देख रही थी।

'अरे छोड़ो, बुढ़ापे में क्यों राजफाश कराना चाहते हो।'

इसके साथ फिर तीनों खिलखिलाकर हँसे।

भोलाराम को लगा, युवकों के बीच में बैठने पर आदमी की जिंदादिली बढ़ जाती है। शुभ्रा किताबें लौटाकर नई किताबें छाँटने अलमारियों के पीछे गुम हो गई तो भोलाराम को देवेश के भविष्य की चिंता हो गई, 'मेरी सलाह मानो तो तुम्हें अपनी बरेली वाली नौकरी छोड़नी नहीं चाहिए। रेलवे की नौकरी आसानी से नहीं मिलती।'

'दादा, उसमें रखा क्या है ?'

'एक भरोसा। जब कोई अच्छा चांस मिले तो उसे छोड़ देना।'

'इतनी छोटी और मनहूस जिंदगी के लिए नहीं बना हूँ मैं।' देवेश ने कहा।

ऐसा वह अकेले नहीं सोचता था, उसकी जान पहचान के दायरे में आने वाले जो लोग उसके बारे में कभी-कभार सोच लिया करते थे, वे भी ऐसा ही सोचते थे। खास कर वे मित्र जिनसे उसकी मुलाकात टी हाउस के उस सनसनी भरे माहौल में होती थी जिसका असर वापसी में घर पहुँचने तक, और कभी-कभी बाद में भी, बना रहता था।

बी.ए. में उसने अंग्रेजी साहित्य ले लिया था और इसमें उसे पचपन प्रतिशत अंक मिले थे; हिंदी में केवल पचास प्रतिशत। इससे उसके मन में यह विश्वास पैदा हो गया था कि उसे अंग्रेजी हिंदी से अधिक आती है। हिंदी से उसकी चिढ़ का भी यही कारण था। वह अंग्रेजी से ही एम.ए. करना चाहता था। पर बी.ए. होने के बाद ही उसे रेलवे में क्लर्की मिल गई थी। अब अंग्रेजी की क्लास वह अटेंड नहीं कर सकता था। ला की क्लास शाम को लगती थी, इसलिए उसे लाचारी में एल.एल.बी. करना पड़ा था।

भोलाराम ने समझाया, 'देखो, किसी चीज को पाना कठिन है, खोने के लिए एक मिनट नहीं लगता। रेलवे में क्लर्की मिलना हँसी खेल नहीं है।'

बात सही थी और इसे देवेश ने भी स्वीकार किया, 'हाँ, सो तो है। रेलवे में एक हजार जगह होती हैं तो पाँच लाख अर्जियाँ पड़तीं हैं और इस तरह पाँच

सौ में एक आदमी का चुनाव हो पाता है। हमारे साथ का ही एक लड़का क्लर्की की परीक्षा में फेल हो गया था और उसके अगले ही साल आई.ए.एस. में आ गया था।'

इससे देवेश के मन में अपनी योग्यता को लेकर काफी विश्वास पैदा हुआ था। यह विश्वास अपनी अंग्रेजी की योग्यता में विश्वास से अलग था, क्योंकि सामान्य ज्ञान और असामान्य ज्ञान के कई पर्चे देने के बाद, वह और उसके साथी एक विशाल भीड़ में से छाँट-बीन कर निकाले गए थे।

सच तो यह है कि इससे देवेश ने यह निष्कर्ष निकाला था कि जो रेलवे की क्लर्की की परीक्षा पास कर गया वह कुछ कोशिश करे तो आई.ए.एस. में अवश्य सफल हो सकता है। दोनों में अधिक अंतर नहीं है। फिर भी वह आई.ए.एस. की परीक्षा में बैठने से कतराता रहा। एल.एल.बी. करने के पीछे एक छिपी लालसा यह जरूर थी कि वह कभी जुडिशियल सर्विस की परीक्षा में बैठेगा।

उसकी अंग्रेजी पहले से ही अच्छी थी लेकिन वह उसे और भी अच्छी करता रहता था। जबान में रवानगी लाने के लिए वह कहानियाँ पढ़ता और उनके जुमले याद करता रहता। कई बार उन जुमलों को पक्का करने के लिए ऐसे लोगों से भी अंग्रेजी बोल जाता था, जिनकी अंग्रेजी उतनी अच्छी नहीं हुआ करती थी।

'छुट्टी कितने दिन और बढ़ सकती है ?'

'अब छोड़िए, उसकी बात मत कीजिए।' देवेश ने कुछ खीझे हुए स्वर में कहा।

भोलाराम दूसरों के बारे तब भी चिंतित होते रहते थे जब वह चाहता था कि वह उसकी चिंता करना छोड़ दें, 'यहाँ दिल्ली में क्या रखा है भाई ? क्या भूखों मरना है ?'

'दिल्ली का तो वह चार्म है दादा कि लोग यहाँ रोटी नहीं मिलती है तो जूते तक खाकर दिल्ली नहीं छोड़ते।'

अब भोलाराम क्या कहते।

5

उस दिन देवेश बहुत थक गया था। अखबारों के दफ्तरों का चक्कर लगाते दरियागंज के टाइम्स ऑफ इंडिया तक गया था। पिछले हफ्ते ही उसका एक लेख नवभारत में प्रकाशित हुआ था। उम्मीद थी कि अपनी स्थिति बताकर पैसे ले लेगा। पर पता चला था कि भुगतान के कुछ नियम थे जिनके अनुसार उसे अगले महीने भी पैसा मिल जाए तो उस पर अहसान होगा। किसी से इतना निकट का परिचय भी नहीं

था कि उससे कुछ पैसे उधार माँग सके। जिस सहसंपादक ने लेख प्रकाशित करने में सहयोग किया था उससे कुछ माँगना आगे का रास्ता बंद करने जैसा था। उससे कोई घनिष्टता तो थी नहीं।

वह सुबह चाय पीकर निकला था और अब तीन का समय हो रहा था। अभी तक पानी छोड़ यदि और कुछ गले के नीचे उतरा था तो वह था चवन्नी का चना जिसे उसने राह चलते एक पटरी वाले से खरीदा था और जिसके बल पर ही मकानों और पेड़ों की छाया में चलते हुए भवन—वह हिंदी भवन को भवन ही कहता था, क्योंकि हिंदी जोड़ देने के बाद इसके भवन की गरिमा कम हो जाती थी और यह हिंदी कुटीर जैसा लगने लगता था—तक पहुँचा था । राह चलते पाँवों में छाले पड़ गए थे और जूते की कीलें कदम-कदम पर चुभने लगी थीं—वह जूतों के साथ पैताबे नहीं डालता था, क्योंकि यह उसे बबुआ बनकर निकलने जैसा लगता—अब उसे लगा था कि चवन्नी में से दस पैसे बचा लिए होते तो कम से कम रीगल तक बस से तो आ गया होता। वह नाहक डर गया था कि बस में बैठा तो पिछली बार की तरह मुँह के बल गिरने की नौबत आ सकती है। उसने मोटा हिसाब लगाकर देखा तो पाया कि चवन्नी के चने से जितनी ऊर्जा मिली होगी वह तो वह इस पैदल यात्रा में ही खर्च कर बैठा है। गरज कि यदि कुछ न खाया होता और बस से आया होता तो पंद्रह पैसे की बचत हो गई होती और यदि उतरने की पहले से ही तैयारी कर ली होती तो सीधे उतर भी गया होता। आखिर पिछली बार से पहले वह सैकड़ों बार बस में चढ़ा था और बिना कोई जोखिम उठाए उतर भी आया था।

'भवन' में आकर वह एकदम निढाल पड़ गया। कुछ देर तक माथा इतना गरम रहा कि उससे केवल उबाल उठ सकता था विचार नहीं। साधना की जिन ऊँचाइयों पर विचारशून्यता की अवस्था प्राप्त होती है, उस तक पहुँचने के दूसरे उपाय भी हो सकते हैं। यह पहला विचार था जो कुछ देर तक अचेत-सा पड़े रहने के बाद, सर झटकने के साथ, उसके मन में पैदा हुआ।

इसके साथ वह फिर अवितर्क समाधि में लौट गया और बाहर निकला तो एक सवाल के साथ, 'आपका अनुभव तो बहुत लंबा है, दादा। क्या कभी आपके सामने ऐसी स्थिति आई जब आत्महत्या करने का जी किया हो ?'

भोलाराम जी कुछ बोले नहीं। चुपचाप उसकी ओर देखते रहे। लंबी चुप्पी के बाद उन्होंने विस्फोट-सा कर दिया, 'यह नामर्दों वाली बात तुमने क्यों कर दी ? क्या मैं इतना कमजोर लगता हूँ ?'

'आप तो कमजोर नहीं लगते, पर मैं कभी-कभी बहुत कमजोर पड़ जाता हूँ। जी में आता है आत्महत्या कर लूँ।'

'अगर आत्महत्या का जी करता है तो कर डालो। इस जिंदगी में कुछ रखा नहीं है। यह नामर्दों के लिए नहीं है। जहर खरीदने के लिए पैसे की कमी पड़ रही

हो तो उसका इंतजाम हो जाएगा। इस एहसान के बदले बस एक काम करना। कहीं यह लिख कर न छोड़ जाना कि ज़हर के पैसे का इंतजाम भोलाराम ने किया था।'

'लोग दवा के पैसे नहीं दे सकते पर जहर के पैसे माँगने से पहले ही देने को तैयार हो जाते हैं।' नामर्द शब्द में छिपी ताकत से देवेश अपनी पस्ती पर काबू पा गया था।

उसका उत्तर सुनकर भोलाराम जी हँसने लगे थे। हँस वह भी रहा था पर वैसे जैसे चवन्नी का चना खाकर चार किलोमीटर पैदल चलने के बाद की ताकत से हँसा जा सकता था।

इस हँसी में व्यवधान शुभ्रा के इसी अवसर पर आने से पड़ा था। भोलाराम जी इस समय तरंग में आ गए थे, इसलिए उन्होंने शुभ्रा को भी बैठने क़ा इशारा किया, 'तुमने देखा, ये हैं आज के नौजवान। जवानी में आत्महत्या की बात करते हैं।'

शुभ्रा की समझ में अधूरा-अधूरा-सा कुछ आया। उसने कुछ कहना जरूरी नहीं समझा। उसने सोचा इस आदमी को जिंदा रहने में मदद की जानी चाहिए।

'तुमने किसी मजदूर को आत्महत्या करते देखा या सुना है ?'

देवेश ने कुछ कहा नहीं। 'नहीं' में सिर हिला दिया।

'जो शरीर से काम करता है उसे शरीर की थकान पैदा होती है और कई बार वह उससे मर भी जाता है पर मरते दम तक वह लड़ना चाहता है, मरना नहीं चाहता। जो दिमाग से काम करता है उसे दिमाग की थकान पैदा होती है और वह अक्सर मरने की सोचता रहता है, लड़ने का उसे खयाल ही नहीं आता।' भोलाराम के इस तत्त्वदर्शन से देवेश ही नहीं शुभ्रा भी चकित हो गई।

'तुमने कभी सुना है कि किसी सिपाही ने युद्ध के मैदान में आत्महत्या की ?' पिछले उदाहरण की सफलता के बाद भोलाराम जी में नया आत्मविश्वास आ गया था।

देवेश को यहाँ नहीं में सिर हिलाने की जरूरत नहीं हुई, 'हाँ, कई बार। मोर्चे पर अकेला रह जाने और चारों ओर से बढ़ रहे शत्रुओं से घिर जाने के बाद पकड़े जाने से पहले आत्महत्या की बातें सुनी जाती हैं।'

भोलाराम जी का तत्त्वचिंतक दुविधा में पड़ गया। वह कुछ सोचने लगे, 'ऐसा होता तो है। ऐसा होता तो है।' वह सोचते हुए बुदबुदा रहे थे। उनके चेहरे पर पराजय का भाव उतर आया था कि तभी वहाँ चमक पैदा हो गई, 'वह आत्महत्या नहीं होती। वह शत्रु पर अंतिम प्रहार होता है। बचने और भागने का कोई उपाय न रह जाने पर, जब उसे पता चलता है कि वह शत्रु के चंगुल में पड़कर, उसकी यंत्रणा से घबराकर अपने सैनिक भेद खोलने को लाचार हो सकता है, जब उसे लगता

है अब वह अपने देश के विरुद्ध शत्रु का औजार बन सकता है, तो वह अपने को नष्ट कर देता है। यह आत्महत्या नहीं होती, शत्रु के संभावित औजार पर उसका आघात होता है।'

आज भोलाराम जी यह दिखाने पर आ गए थे कि उन्होंने वह महान् कृति यूँ ही नहीं लिख डाली जिसकी तुलना अग्निदीक्षा से की जा चुकी है और बहुत सारी किताबें पढ़कर ऊँचा हाँकने वाले इन बच्चों में से किसी में इतनी भी नम्रता नहीं कि वे एक भारतीय मजदूर द्वारा लिखी अग्निदीक्षा की बराबरी की कृति को पढ़कर इतना भी बता सकें कि यह कृति उन्हें अग्निदीक्षा से ऊँची लगी, जैसा कि इसे लगना चाहिए था, या बराबर जो यह लग भी सकती थी, या उससे घटकर, जो यह है तो नहीं पर पाठक को अपना विचार प्रकट करने का अधिकार तो होना ही चाहिए।

'तुम यह बताओ देवेश कि जिंदगी के बारे में तुम्हारा रुख क्या है ?'

प्रश्न सीधा था फिर भी देवेश की समझ में नहीं आया।

'मतलब, यह समग्रतः तुम्हारी है जिसका तुम जो भी चाहो करो, किसी को रोकने-टोकने का अधिकार नहीं, या यह भी एक सामाजिक संपत्ति है जिसे नष्ट करने का तुम्हें अधिकार नहीं।'

'क्या मेरी जिंदगी भी किसी दूसरे की संपत्ति हो सकती है ?'

'किसी दूसरे की नहीं। किसी दूसरे की नहीं। जो सामाजिक होता है वह किसी दूसरे का नहीं होता है, सबका होता है, तुम्हारा भी, पर पूरी तरह तुम्हारा नहीं।'

'दादा, आप पहले आदमी हैं जो इस तरह की बात कर रहे हैं।'

'कर रहा हूँ, उसकी वजह है। तुम अपने चुनाव से इस दुनिया में नहीं आए हो। पैदा होने के बाद तुम अपने आप पले और बढ़े नहीं हो। तुम्हें जो शिक्षा मिली है वह अपने आप तुम्हारे भीतर से नहीं पैदा हो गई है। इन सभी में तुम्हारा, तुम्हारे परिवार का और समाज का योगदान है। तुम्हारे ऊपर सभी ने कुछ लागत लगाई है तब तुम इस योग्य हुए हो। तुम अपने को मिटा दो तो उन सभी को क्षति पहुँचती है। यह उन सभी के साथ विश्वासघात है। तुम्हारी स्वार्थपरता का प्रमाण है। यह तथ्य ही तुम्हारी जिंदगी को पूरी तरह तुम्हारी और सिर्फ तुम्हारी चीज नहीं रहने देता। इसे नष्ट करने का चुनाव भी तुम्हारा अकेला नहीं हो सकता। समाज तुम्हें अपने किसी बड़े काम में लगाए या तुम स्वयं अपने चुनाव से किसी बड़े काम में जुटो और उसमें तुम्हारी जान चली जाए, यह तो समझ में आता है, पर तुम खुद इसे नष्ट कर दो, यह समझ में नहीं आता।'

'दादा, मेरी जिंदगी को बचाने की चिंता तो समाज में दिखाई देती नहीं। मेरी सारी योग्यताओं के होते हुए यह समाज इनके बदले इतना भी देने को तैयार नहीं कि जिसके बल पर मैं सम्मान से जिंदा रह सकूँ, पर उसे बचाकर रखने की जिम्मेदारी मेरे ऊपर डाल देता है। मैं अभाव में जीने की यातना से बचने के लिए रास्ता चुनूँ

तो यह अपराध हो जाता है।'

'यही तो बात है। इसीलिए तो हम समाजवाद की बात करते हैं। एक मनुष्य भी अपने राष्ट्र की निधियों में से एक है। जो व्यवस्था उसे बचाकर रख नहीं सकती, उसका सही उपयोग नहीं कर सकती, उसे खत्म हो जाना चाहिए। मैंने देखा वहाँ सोवियत संघ में...' भोलाराम जी अपना वाक्य पूरा करते इससे पहले ही शुभ्रा ने कहा, 'सर, मैं तब तक अपनी किताबें छाँट लूँ ?'

'हाँ, हाँ। जाओ।'

शुभ्रा को जो किताबें लौटानी थीं उन्हें वहीं, उनके पास छोड़कर वह नई किताबें चुनने चली गई। उसके इस तरह उठकर चले जाने से भोलाराम जी को एक झटका भी लगा। वह जिस आवेश में बोल रहे थे उसमें उन्हें पूरा विश्वास था कि कोई बीच में उठकर जा ही नहीं सकता था। वह भी शुभ्रा जैसा अध्ययनशील कोई व्यक्ति।

अब उन्होंने अपना रास्ता बदल दिया। एक तो सोवियत संघ की ओर से मुड़ कर फिर भारत की सरजमीं पर आ गए और दूसरे उनका स्वर भी पहले से ठंडा हो गया, 'देखो देवेश, ऐसा कोई काम क्यों करो जो एक ही बार किया जा सकता हो और उसका नतीजा पहले मालूम ही न हो। यदि जिंदगी को पूरी तरह अपनी मान लिया जाए तो भी जिंदा बना रहना अपने आप में एक उपलब्धि है और खतरों और प्रतिकूल परिस्थितियों के बीच जीते चले जाना तो एक कला भी है। इसका अपना संतोष है।'

उन्होंने देवेश को अपने अधिक पास बुला लिया और अपने जीवन संघर्ष से अर्जित दृष्टि और दर्शन उसे समझाने लगे, 'जरा इस तरह सोचो कि सारे लोग, सारी स्थितियाँ और परिस्थितियाँ तुम्हारी जान के पीछे पड़ी हैं और तुम हो कि जिए चले जा रहे हो। वे तुम्हारा कुछ बिगाड़ नहीं पा रही हैं। यूँ सोचो कि तुम एक मोर्चे पर हो। यह मोर्चा किसी दूसरे देश के साथ लड़े जाने वाले युद्ध का नहीं है। यह अपने ही देश में जिंदा रहने के लिए लड़े जाने वाले युद्ध का है। समाजवादी देशों को छोड़कर सभी देशों में इस तरह के मोर्चे होते हैं। दृश्य ठीक वही होता है, जो फौजी मोर्चे पर होता है। चारों तरफ से गोलियाँ आ रही हैं, तुम्हें साध कर मारी गई गोलियाँ, वे तुम्हें खरोंचकर चली जाती हैं। गोले, और बम आते हैं और तुमसे कुछ दूरी पर गिरकर फट जाते हैं। धूल और धुआँ और दहशत तुम्हारे नथनों में, फेफड़े में, दिमाग में भर जाती है, पर दिल में उसी के अनुपात में जिंदा रहने की लालसा भी बढ़ जाती है। तुम्हारा खून रिस रहा है, पर तुम संकल्प करते हो कि तुम खून के आखिरी कतरे तक जिंदा रहोगे और वह सब करते रहोगे जिससे तुम्हारे दुश्मनों को पता चलता रहे कि तुम जिंदा हो। पता चले कि तुम्हें मारना आसान नहीं। तुम्हारी हड्डियाँ टूट चुकी हैं। दर्द इतना है कि तुम तिलमिला रहे हो। खड़ा नहीं रहा जाता। पर जिंदगी का मोल दर्द की हदों को पार कर गया है। तुम उस

अनमोल को हर कीमत पर बचाना चाहते हो। घिसटने में असह्य पीड़ा हो रही है फिर भी घिसटते हुए स्थान बदल रहे हो और फिर एक गोली अपनी ओर से भी दाग देते हो। किसी की जान लेने के लिए नहीं, सिर्फ यह बताने के लिए कि तुम मरे नहीं हो, किसी को मार भी सकते हो, पर किसी की जान लेने का तुम्हारा इरादा नहीं। तुम बिना आवाज के ही ललकारते रहते हो, हिम्मत हो तो आओ और मुझे मिटा दो और फिर तुम इस तरह छिप जाते हो, मुर्दों के बीच साँस रोके इस तरह पड़े रहते हो कि तुम्हारी तलाश करने वाले तुम्हारे पास से गुजर जाते हैं और वे यह सोच तक नहीं पाते कि यहाँ, उनकी बूटों के ठीक नीचे या पास, एक आदमी आत्मा की इतनी ताकत लिए पड़ा है कि उसको न मौत हरा पाती है, न जिंदगी पनाह दे पाती है।'

अब उन्होंने देवेश से प्रश्न किया, 'बोलो, क्या ऐसी जिंदगी जीना कम गौरव की बात है। क्या जिंदगी के साथ आदमी का कोई कर्तव्य नहीं। उसे वह इतनी आसानी से मिटा देगा, क्योंकि वह उसकी है ?'

देवेश ने कुछ कहा नहीं। आत्महत्या का उसका जोश जरूर कम हो गया था। वैसे यह उस समय जोश के रूप में नहीं, एक खयाल के रूप में ही उभरा था। थकान में अपने को बहुत हताश और निरुपाय दिखाने के रूप में।

भोलाराम उसे ललकारते हुए अपना दर्शन नहीं समझाते तो भी वह कुछ करने तो जा नहीं रहा था। पर भोलाराम ने जब यह समझाया तो उसे लगा वह सचमुच डूब रहा था और उन्होंने उसे खींचकर बाहर निकाल लिया है।

शुभ्रा भोलाराम जी के भाषण से ऊब कर नहीं उठी थी। उसे इस बात का क्षीण आभास हो गया था कि देवेश किसी भारी संकट में पड़कर ही आत्महत्या वगैरह की बातें कर रहा होगा। वह उसकी मनोदशा को समझना चाहती थी और इसके लिए उससे अकेले में बात करना चाहती थी। उसे डर लगा कि यदि भोलाराम का वार्तालाप समाप्त हो गया और उसके बाद वह चला गया और वह इसके बाद किताबें चुनने को उठी तो उससे बात नहीं कर पाएगी।

वह किताबें चुन लेने के बाद फिर वहीं आकर बैठ गई थी। और जब इस महान् दार्शनिक समस्या पर निर्णायक व्याख्यान समाप्त हुआ, उसने किताबों का रजिस्टर उठाकर भोलाराम जी के सामने कर दिया।

किताबें लेकर वह निकली तो बिल्डिंग के सामने कुछ यूँ खड़ी हो गई मानो सामने की सड़क पर यातायात हल्का होने की प्रतीक्षा कर रही हो। उसे विश्वास था कि दो-चार मिनट की देर से देवेश भी बाहर अवश्य निकलेगा। इस तरह के विश्वासों की रक्षा अदृश्य शक्तियाँ करती हैं, सो देवेश भी कुछ देर बाद ही निकल आया। वह उसके पास से सड़क की ओर बढ़ा तो वह भी साथ हो ली। सड़क पार करके उसने पूछा, 'क्या यहाँ कहीं चाय नहीं मिलती ?'

देवेश कुछ चौंककर उसकी ओर मुड़ा जैसे यह प्रश्न अप्रत्याशित हो, 'मिलती क्यों नहीं है। यहाँ तो जिधर मुड़िए उधर ही चाय ले लो, चाय ले लो की पुकार लगाने वाले मिल जाएँगे।'

'मैं अकेले नहीं जाऊँगी, आप भी चलिए।'

खाली जेब किसी लड़की के साथ चाय-कॉफी के लिए जाना उसे अटपटा लग रहा था। यह बताने में उसे संकोच भी हो रहा था। उसने कहा, 'चलता तो, पर आज तो मेरी जेब कट चुकी है। उसी को लेकर तो बात कर रहा था।'

'आपकी कटी है न, मेरी तो नहीं। आइए। कहाँ चलें।'

अपने अभाव के इन दिनों में देवेश को अन्नपूर्णा से अच्छी कोई जगह सूझ ही नहीं सकती थी। फिर एक खयाल यह भी था कि पैसा दूसरे को खर्च करना है। वह शुभ्रा को लिए-दिए उधर ही चला गया। शुभ्रा इस जगह से अपरिचित नहीं थी। उसने बैठते ही कहा, 'मैं अभी आती हूँ।' और कूपन के काउंटर की ओर बढ़ गई। आज उसे भूख भी लग आई थी, इसलिए कॉफी ही नहीं, बोंडा, साँभर और वडा का भी प्रबंध कर आई।

'अरे, इतने सारे कूपन !' शुभ्रा पर्स कंधे पर डाले, दोनों हाथों में साँभर-वडे के बाउल लिये लौटी तो देवेश ने चौंककर कहा।

'भूख लगी है। एक-एक कर लाएँगे। कूपन एक साथ ले लिया।'

वह देवेश की परेशानी पर बात करना चाहती थी, पर बात इस विषय को लेकर होती रही कि कनाट प्लेस के इलाके में खाने-पीने की इतनी सस्ती जगह भी होनी चाहिए, यह जिसने भी सोचा होगा, वह जीनियस रहा होगा। बात काटेज इंपोरियम पर होती रही जिसके नाम के साथ भले काटेज जुड़ा हो, संचालक और खरीदार एलीट हैं। कलावस्तुएँ तो ऐसी हैं जिनको केवल विदेशी ही खरीद सकें। फिर बात भूख की ओर मुड़ गई।

'चीजों का अलग स्वाद होता है और भूख का अपना अलग स्वाद होता है। जब दोनों मिल जाते हैं तो हम लंबे समय तक याद रखते हैं कि कभी ऐसा स्वादिष्ट भोजन किया था।' देवेश हर चीज में अपना एक नुक्ता तलाश कर लेता था।

'आपकी बातों से लगता है भूख का भी सौंदर्यशास्त्र होता है।'

'सभी सौंदर्यशास्त्र भूख से ही पैदा होते हैं। भूख की आग में पककर, भूख के दमन से कई रूपों में ढलकर। सभी कलाओं के मूल में यही तो है। भूख। जो भूख से जुड़ा न होगा वह संहार से जुड़ा होगा।'

'आपको भी इतनी ही भूख लगी थी जितनी मुझे लगी थी ?' शुभ्रा यह जाहिर नहीं होने देना चाहती थी कि उसने यह सोचकर चाय का प्रस्ताव रखा था कि शायद देवेश भूखा हो।

देवेश टाल गया। आज वह इस प्रश्न का सीधा उत्तर देने की स्थिति में नहीं

था, 'अभी तक ऐसा कोई पैमाना तो बना नहीं है जिससे दो आदमियों की भूख को नाप कर मिलान किया जा सके। पर भूख तो मुझे खाना देखकर अपने आप लग आती है।'

'आप कई बार बहुत उदास हो जाते हैं।'

'उदास तो हर आदमी को होना चाहिए। कम से कम इसका अभ्यास तो करना ही चाहिए। यह पूरी तरह संत होने से पहले का चरण है।'

'सच बताइए।'

'अरे भई, दुनिया में बहुत-सी ऐसी बातें हैं जिन पर उदास हुआ जा सकता है। खुश रहना तो बेवकूफों को शोभा देता है। वह शेर नहीं सुना है : जिससे भी पूछा कि दिल खुश है कहीं दुनिया में, रो दिया उसने और इतना ही कहा, कहते हैं। जिसके हिस्से में दुख नहीं पड़ा, उसके हिस्से में जिंदगी पड़ी ही नहीं। दुख के रूप अलग हो सकते हैं, इससे बचा तो कोई नहीं है। नानक दुखिया सब संसार।'

शुभ्रा ने अधिक छेड़ना ठीक नहीं समझा।

'आज आपकी जेब कट गई थी। कितने रुपये थे।'

'जेब ? किसने कहा ?'

'आप ही तो कह रहे थे।'

'अरे वह ! अरे भई घर से चाय पी कर निकला तो जेब में एक चवन्नी थी। कई जगह जाना था। एक अनुवाद किया था, पैसे लेने थे, आदमी मिला ही नहीं। एक अखबार से कुछ उम्मीद थी, उसका नियम मेरा दुश्मन निकला। वापस चला तो भूख लग आई थी। पूरी चवन्नी के चने खरीद लिए और एक-एक दाना मुँह में डालते वापस आया। अब जिसके पास ले-देकर चवन्नी ही रह गई हो और वह भी इस तरह खत्म हो जाए, उसकी जेब तो कटी-कटाई है।' वह हँसने लगा।

हँसने की कोशिश शुभ्रा ने भी की पर एक ओर उसके होंठ फैले दूसरी ओर आँखें नम हो आईं। उसे अपने पुराने दिन याद हो आए थे। देवेश की निगाह से बचने के लिए वह पलटकर काउंटर की ओर देखने लगी और उठकर बोंडे लाने चली गई।

बोंडे ठंडे लग रहे थे पर ब्रेडपकौड़े गरमागरम आ रहे थे। वह पकौड़े ही लेकर लौटी और कॉफी के कूपन देवेश को पकड़ाते हुए बोली, 'अब लगे हाथ कॉफी भी ले ही ली जाए।' उसके चले जाने के बाद वह अपने को व्यवस्थित करने में लगी रही।

'कॉफी तो यहाँ वैसी ही होती है जैसी दानखाते की होनी चाहिए।' देवेश ने कॉफी की प्यालियाँ मेज पर रखते हुए कहा।

शुभ्रा सोच में पड़ गई, क्या इसके पीछे कोई आशय है ? देवेश सामान्य दीख रहा था।

'दानखाते की बात आपने क्यों की ?' शुभ्रा से रहा न गया तो पूछ ही बैठी।

'क्या आपको नहीं मालूम कि यहाँ चीजें सब्सिडाइज्ड रेट पर मिलती हैं ?'

'ओह !' शुभ्रा को राहत महसूस हुई।

अलग होते समय शुभ्रा ने उसे कुछ पैसे देने चाहे, 'अभी रख लीजिए। अनुवाद के पैसे मिल जाएँगे तो लौटा दीजिएगा।'

देवेश ने हँसते हुए इन्कार कर दिया, 'इसकी जरूरत नहीं पड़ेगी।'

'आपकी जेब खाली है।'

'खाली न होगी तो भरेगी कैसे। देखिए, जब वायुमंडल में कहीं खालीपन पैदा हो जाता है, निर्वात की स्थिति आ जाती है तो उसे भरने के लिए चारों ओर से हवाएँ दौड़ती हैं और तूफान आ जाता है। कुछ वैसी ही बात खाली जेब की भी है।'

'पर कल तक खाना-पीना, चाय नाश्ता। उसके लिए ही सही।'

'मैं तो एक ढाबे में माहवारी पर खाता-पीता हूँ।' देवेश ने शुभ्रा को निराश कर दिया।

इसके बाद भी दोनों अलग हुए तो बहुत तुष्ट, बहुत भरे हुए लग रहे थे।

6

भोलाराम देवेश को खुश देखना चाहते थे। उन्होंने लक्ष्य किया कि देवेश ने भवन में आने का समय बदल लिया है। शुभ्रा अब तीसरे दिन की जगह रोज किताबें लौटाने और नई लेने चली आती हैं। यदि शुभ्रा ने अपनी किताब लौटाकर नई किताब छाँट भी ली है पर उस समय तक देवेश नहीं आया है तो किसी न किसी बहाने वहीं तब तक अँटकी रहेगी जब तक देवेश नहीं आ जाता। देवेश भी अब ठीक उस समय आता है जब शुभ्रा के आने का समय होता है जबकि इससे पहले वह शाम के आसपास ही आता था। वह शुभ्रा से मिलने पर इतना प्रसन्न हो जाता है कि कुछ समय के लिए उसकी सारी थकान मिट जाती है।

अब वह किसी न किसी बहाने कुछ देर के लिए भवन से बाहर चले जाते और घंटे-डेढ़ घंटे के बाद ही लौटते। ऐसा करते हुए वह एक क्रांतिकारी काम कर रहे थे। समाज इसी तरह आगे बढ़ता है। उनका यह सहयोग इन दोनों से भी छिपा नहीं था, इसलिए भोलाराम इन दोनों को सचमुच महान् लगने लगे थे।

देवेश इतना भीरु था कि प्रेम के मामले में भी उम्मीद करता था कि लड़की खुद उसके पास आकर कहेगी, 'तुम मुझे पसंद हो। आओ प्यार करें।'

वह डरता था कि यदि वह आगे बढ़कर अपनी दिलचस्पी प्रकट करेगा तो

लड़की उसे छिछोरा मान लेगी।

छोटे शहरों की कस्बाई मानसिकता के कारण उसे यह विश्वास था कि लड़कियाँ सच्चरित्र आदमी का बहुत सम्मान करती हैं। एक बार उसके एक अनुभवी मित्र ने फटकारते हुए समझाया भी था, 'गधे, अगर तुम इतने सच्चरित्र हुए कि उनकी ओर देख ही न सको, उनको यह अनुभव करने का अवसर ही न दो कि वे बहुत सुंदर हैं, या यदि सिर्फ इतना ही जाहिर करके छोड़ दो कि वे बहुत सुंदर हैं पर यह प्रकट न कर सको कि तुम्हारे दिल में उनके लिए तड़प भी है तो उनके लिए तुम्हारा उतना भी महत्त्व नहीं जितना पास से गुजरने वाले एक चूहे का होगा।' उसका सदुपदेश भी बेकार चला गया था।

वह यह जानता ही नहीं था कि हर स्त्री सार्वजनिक रूप से चरित्रवान और निजी तौर पर चरित्रहीन व्यक्ति का सबसे अधिक सम्मान करती है। ऊपरी तौर पर मुँहजोर और दिली तौर पर डरपोक आदमी को वह मुँह तक नहीं लगाती कि इसके बस का तो कुछ है नहीं, बदनामी मुफ्त की करा देगा।

वह अपने चेहरे पर उदासी मढ़े रहता। निराश प्रेमियों वाली। उन दिनों विमल राय की देवदास बहुत लोकप्रिय फिल्मों में थी और देवदास की भूमिका में दिलीपकुमार किशोर मानसिकता के प्रेमियों के बीच इतने लोकप्रिय थे कि वे बिना उस तरह के सदमे से गुजरे ही, उसी तरह निराश और उदास रहने की प्रैक्टिस करते थे और अपनी ओर से उससे मिलते-जुलते संवाद बोलते रहते थे।

यह कोई गलत तरीका नहीं था। इससे युवतियों को यह पता लगाने में आसानी होती है कि यह जगह खाली है और वे उसे अपनी ओर से भरने के लिए कुछ दूर तक आगे भी बढ़ आती हैं। मिसाल के लिए यह पूछ बैठना कि आप इतने परेशान क्यों रहते हैं। या यह कि आपको जरूर किसी की याद आ रही है। या उसे सुनाकर अपनी सहेली से कहना कि अमुक जी जरूर कहीं गहरी चोट खाए हुए हैं। वे दरअसल यह कह रही होती हैं कि जिसके गम में खोए रहते हो उसे भूल जाओ, मैं तो हूँ न !

असल में इससे उनको दुहरी तुष्टि होती है। उनके भीतर सोए मातृत्व की जो किसी को स्नेह देकर, सभी बाधाओं से बचाकर, समग्रतः अपना बनाकर रखने को प्रेरित करता है और दूसरे प्रेयसी की जो एक युवक को समग्रतः पाना चाहती है। सबसे छिपाकर रखना चाहती है।

शुभ्रा को अब अपनी पहुँच के भीतर पाकर उसकी झिझक कुछ टूटी थी। अब वे मिलने पर झूठमूठ के विषय उठाकर बहस में उलझ जाते।

देवेश के हाथ में कोई न कोई अंग्रेजी की किताब होती। वह हिंदी का मजाक उड़ाने का भी कोई मौका नहीं चूकता था। हिंदी अंग्रेजी का स्थान लेने के लिए सत्ता की दहलीज तक पहुँच चुकी थी और अंग्रेजी को कुर्सी से उतारकर स्वयं बैठने

को तैयार हो गई थी। ऐसे में देवेश का अंग्रेजी प्रेम शुभ्रा को खटकता था और यहीं आकर उसे लगता उसमें सामान्य बुद्धि का अभाव है।

'अब अंग्रेजी भाषा अंग्रेजी शासन की तरह अतीत की चीज बनकर रह गई है। भविष्य किसी भाषा का है तो हिंदी का है।' शुभ्रा ने एक दिन उससे कहा था।

वह अपनी रौ में आ गया, 'पहले तो हिंदी आने की नहीं, क्योंकि जिस स्तर तक उसे विकसित करने के बाद उसे अंग्रेजी के स्थान पर रखा जाएगा, उस स्तर तक कोई भी भाषा व्यवहार में आए बिना विकसित हो ही नहीं सकती। जिन भी देशों ने किसी भाषा के स्थान पर अपनी भाषा को कामकाज के लिए स्वीकार किया है उन्होंने सीधे उसका प्रयोग आरंभ कर दिया है। शर्तें लगाने का मतलब है प्रयोग में लाने से इन्कार करना। बहाने तलाशना। और फिर इस कोशिश में लगे रहना कि वह शर्त कभी पूरी होने ही न पाए।'

शुभ्रा हँसनें लगी थी, 'यह तुम्हारा खयाल है।'

'तुम्हें तो कुछ पता ही नहीं है। अरे भई, अंग्रेजों ने जाते-जाते जो गुप्त समझौता किया था, उसमें एक शर्त यह थी कि हम तो चले जाएँगे पर हमारी जबान रहेगी। अब यह हमारी जबान नहीं है। कामनवेल्थ की जबान है। इसे न इंडिका हटाएगी न अमेरिकी। इसलिए ऐंग्लिका आसानी से जाने की नहीं। फिर यह विश्व भाषा है। कोई कुछ भी कहे, अंत में चलेगी यही। यह मत भूलो, जिस तरह की गलत हिंदी अंग्रेज अपनी लाचारी में बोलता था उसी तरह की हिंदी आज के अंग्रेजी स्कूल के बच्चों को कल की बादशाहत के लिए सिखाई जा रही है।'

शुभ्रा ने खीझकर कहा, 'देवेश, तुम्हारे दिमाग में उपनिवेशी संस्कार भरे हुए हैं।' वह उसे हिंदी द्रोहियों का प्रतिनिधि मानकर लड़ पड़ी, 'तुम लोग लाख कोशिश करो हिंदी को आने से अब कोई रोक नहीं सकता।'

वह शुभ्रा का मजाक उड़ाने लगा, 'हिंदी ने तुम्हें संकीर्ण बना दिया है। जिस जबान को सीखने के बाद हमने उन लोगों से, उसी भाषा में, लड़ाई लड़ी जिनकी भाषा यह थी और उन्हें हटा दिया, उसके प्रति हम इतने कृतघ्न कैसे हो सकते हैं कि आजादी पाते ही उसे उखाड़ फेंकें। यह जान लो, वह गई तो आजादी को भी लिए-दिए जाएगी।'

उससे बहस करना बेकार था।

'यह किताब तुम्हारे हाथ में किसकी है, जरा देखूँ तो।' और कुछ नहीं सूझा तो उसने विषय बदल दिया।

'जैक लंडन की। यह मेरा प्रिय कहानीकार है।

'जैक लंडन !' यह नाम शुभ्रा ने सचमुच नहीं सुना था।

'तुम भी क्या लिखते हो ?' वह सुन चुकी थी कि वह अखबारों में कुछ लिखता भी है, पर उसका तात्पर्य कविता-कहानी से था।

'कुछ भी। कोई कुछ भी लिखने को कहे, लिखकर दे देता हूँ। तुम कहो तो मैं तुम्हारा नाम तक लिख सकता हूँ।'

वह हँसने लगी, 'तुम बहुत नटखट हो।'

'कहकर देखो न। सचमुच लिख दूँगा। यूँ तो लिख भी चुका हूँ।'

वह हँसती रही, 'देखूँ तो।'

उसने अपनी कमीज के बटन खोल कर दिखाते हुए कहा, 'देखो।'

वह लाल हो गई।

'एक बात कहूँ ? इंसल्टेड तो नहीं फील करोगी ?'

वह चौंकी, 'क्यों ? ऐसी कौन-सी बात है ?'

'यू ऑर ए परफैक्ट लिली। स्वीट, सॉफ्ट ऐंड सेंसुअस।'

उसे इतना बुरा लगा कि उससे बनावटी क्रोध तक नहीं दिखाया जा सका। वह बेकाबू होकर उठी और किताबें छाँटने अलमारियों के पीछे चली गई। देर तक किताबों के उठाने और फिर रखने की आवाजें आती रहीं, जो पहले नहीं आया करती थीं। देवेश अपनी जगह पर बैठा रहा। फिर एक किताब नीचे गिर पड़ी। उसकी आवाज देवेश को सुनाई दी पर इस पर क्या कहता। वह तो लाइब्रेरियन भी नहीं था कि डाँटता, 'किताबों को बच्चों की तरह सँभालकर उठाते हैं।' जो उसके कालिज के लाइब्रेरियन अक्सर कहा करते थे।

'यह देखो न, यह किताब ऊपरी सेल्फ पर है। इसे उतार दो न।'

देवेश अलमारियों के पीछे चला गया, 'कौन सी ?'

'वह।' शुभ्रा ने हाथ उठाकर दिखाया।

'अरे, तुम्हारा हाथ तो पहुँच रहा है।'

'बुद्धू कहीं के।'

अब देवेश को भी शेल्फ की ऊँचाई समझ में आ गई। वह मुड़ा, शुभ्रा को बाँहों में भरकर उसे चूम लिया। नहीं यह एक भ्रामक शब्द है। इतनी देर तक चलने वाली क्रिया के लिए न तो लिया से काम चल सकता है, न रहा से। पहले इसके लिए अधरपान शब्द चलता था शायद। पर यह उससे भी आगे की स्थिति थी। शुभ्रा के वक्ष उस स्थल को रगड़ रहे थे जहाँ देवेश ने शुभ्रा का नाम लिखा होने की बात कही थी।

7

देवेश कुछ लिखता भी था, पर उसे बताने में उसे संकोच हो रहा था। जैक लंडन को पढ़ने पर कहानी लिखना इतना आसान लगने लगता है कि उसके अधिकांश

पाठक कहानियाँ लिखना शुरू कर देते हैं। देवेश ने भी दूसरों की तरह स्वयं कहानी लिख डाली थी। अर्थात् अंग्रेजी सुधारने से जो कार्यक्रम शुरू हुआ था उसका अंत रचनाकार बनने की कोशिश में हुआ था। उसने चुपके से अपनी कहानी किसी पत्रिका को भेजी जिसने न तो उसे छापा, न लौटाया, न ही यह स्वीकार किया कि कहानी उसे मिल चुकी है।

उसने वही कहानी किसी दूसरी पत्रिका को भेजी, उसने कहानी छापी नहीं, पर कहानी लौटाने की औपचारिकता पूरी कर दी। कहानी को संपादक ने इस टिप्पणी के साथ लौटाया कि कहानी अच्छी तो है परंतु उसकी पत्रिका के लिए कुछ अधिक लंबी हो गई है इसलिए इसे लौटाने का उसे खेद है। उसे यह टिप्पणी पढ़कर अच्छा लगा, क्योंकि संपादक की यह बात सचमुच सही थी कि कहानी लंबी हो गई थी और वह छोटी कहानियाँ ही छापा करता था। इसके बाद भी उसने कहानी की तारीफ की थी। उसे अफसोस भी हुआ कि जैक लंडन की कहानियों का प्रेमी होकर उसने लंबी कहानी कैसे लिख डाली।

अब उसने एक छोटी कहानी लिखी और उसी संपादक को भेजी, परंतु इस बार कहानी किसी उपसंपादक ने अपने हस्ताक्षर से सखेद वापस कर दी, और यह तक नहीं लिखा कि इतनी छोटी कहानियाँ उसकी पत्रिका के लिए कुछ अधिक छोटी पड़ती हैं।

देवेश ने हिम्मत से काम लेते हुए लिखना जारी रखा, पर छपना संभव नहीं हो सका। इसी बीच उसने कभी एक उपन्यास लिखा। उपन्यास कहकर पढ़ने पर वह कहानी जैसा लगता था और कहानी समझकर पढ़ने पर उपन्यास जैसा। इस अनिश्चय के कारण वह कृति कई प्रकाशकों के यहाँ से वापस आ गई, क्योंकि वे भी तय नहीं कर सके कि इसे कहानी मान कर छापें या उपन्यास मान कर। इसके बाद उपन्यास से कुछ छोटी और कहानी से कुछ बड़ी यह रचना उसी के पास पड़ी रही और वह लेखन से उदास हो गया। यह उपन्यास उसने उसी समय पूरा कर डाला था जब वह 'राजाबाग' रहता था।

उसे कई बार इस बात का भी शक हुआ कि नए लेखक को रचना प्रकाशित कराने के लिए संपादकों की कुछ खातिरदारी भी करनी पड़ती होगी। एक कहानी पत्रिका में नए नए लगे एक उपसंपादक को उसने बिना कुछ जाहिर किए दर्जनों बार कॉफी पिलाई होगी, पर उससे भी यह कहने में संकोच कर गया कि वह कहानी लिखता है। जिन दिनों वह उसे कॉफी पिलाया करता था, उन्हीं दिनों चुपके से एक कहानी उस पत्रिका को भेजी थी और सोचा था, उसकी नजर नाम पर पड़ेगी तो वह उसे पढ़ेगा जरूर। जब वह लौट आई तो उसे खासी निराशा हुई।

उसे पूरा विश्वास था कि उपसंपादक ने नाम देखने के बाद कहानी जरूर पढ़ी होगी और उसे वह काम की नहीं लगी होगी। अब उसने अंतिम रूप से मान लिया

कि उसमें लेखकीय प्रतिभा का नितांत अभाव है और इस क्षेत्र में अधिक श्रम करना बेकार है।

परंतु जिस समय शुभ्रा ने उससे पूछा था कि वह क्या लिखता है तब तक निराशा की यह अवस्था नहीं आई थी। वह अभी अपनी किसी रचना के प्रकाशित होने की प्रतीक्षा कर रहा था। किसी को यह बताना कि वह कहानियाँ लिखता है और उसके माँगने पर एक भी प्रकाशित कहानी पढ़ने को न दे पाना, उसे अपने लेखन का अपमान लगता था।

शुभ्रा ने देवेश से कुछ जानने से अधिक यह बताने के लिए प्रश्न किया था कि वह स्वयं कहानियाँ लिखती है और उसकी एक कहानी अभी हाल में ही प्रकाशित हुई है। घटना क्रम ने वैसा मोड़ न ले लिया होता तो उसने उसी दिन बता दिया होता कि उसकी कहानी 'अनन्य' में प्रकाशित हुई है और उसके संपादक ने उसे प्रोत्साहित करने के लिए व्यक्तिगत पत्र भी लिखा है। इस सूचना के लिए उसे अगले दिन तक रुकना पड़ा। यह बताने की जगह कि वह कहानियाँ लिखती है, उसने 'अनन्य' की प्रति उसे देते हुए कहा, 'पढ़कर बताना, कैसी लगी।'

कहानी प्रथमपुरुष में कही गई थी इसलिए इसमें दूसरों के नाम तो आए थे पर नायिका का अपना नाम नहीं था। यह एक ऐसी लड़की के बारे में थी जिसे परिवार की सारी जिम्मेदारियाँ और ऊपर से माँ के इलाज का भार किशोर वय में ही ढोना पड़ा था। नायिका का अपना मकान हुआ करता था। माँ की बीमारी में उसे इसको बंधक रख कर उनकी शर्तों पर कर्ज लेना पड़ा था और अंत में उस मकान से भी हाथ धोना पड़ा था, पर इसके बाद भी उसके मन में किसी के प्रति कोई कटुता नहीं थी। अपने अनुभवों से उसने इस परम सत्य को जान लिया था कि मनुष्य का स्वभाव स्वार्थी होता है और मौका मिलने पर हर आदमी दूसरे को दबाना और उससे लाभ उठाना चाहता है।

उसकी माँ को बिस्तर पर पड़े आठ महीने होने को आए थे। घर में जो गहने-वहने थे वे कभी के बिक चुके थे। उसके पास ले-देकर दो ट्यूशनें थीं जिनसे उसे साठ रुपये मिल जाते थे। उन दिनों वह बी.ए. में पढ़ रही थी। आधी फीस माफ थी। घर का खर्च बीमारी के कारण चल नहीं पा रहा था। उसे तरह-तरह के खयाल आते। मर जाने का जी करता। पर वह एक ऐसे शिकंजे में कसी थी जिसमें से न तो निकल सकती थी, न ही चैन से मर सकती थी।

उसने बहुत कोशिश की कि एक ट्यूशन किसी तरह और मिल जाए, पर मिली नहीं।

उन्हीं दिनों की बात है। रात हो चुकी थी। दस के आसपास रहे होंगे। वह माँ की चारपाई के पास जमीन पर ही बैठी कुछ पढ़ रही थी। यकायक माँ के गले से घुटती हुई सी आवाज आने लगी। उसने देखा तो उसके तो प्राण सूख गए। कुछ

समझ में नहीं आया तो भागी-भागी पड़ोस के रामजतन जी के यहाँ गई। उनकी रुई की आढ़त थी। काम के सिलसिले में वह बाहर भी जाते रहते थे। उस दिन वह घर पर नहीं मिले। वह उनकी सात साल की बेटी को पढ़ाती थी इसलिए घर के दूसरे लोगों को भी जानती थी। उनका लड़का सोनू सिनेमा का शौकीन था। सोनू की सौतेली माँ भी कहीं दिखाई नहीं दे रही थी। घर के नौकर का भी पता नहीं था। वह सोनू की सौतेली माँ के कमरे की ओर बढ़ गई। कमरे का दरवाजा तो बंद था पर खिड़की खुली रह गई थी। उसने उससे झाँककर देखा तो पाया वह नौकर के पास बैठी कोई गीत गुनगुना रही थी और उसे अपने कपड़ों तक का खयाल नहीं था।

वह उल्टे पाँव भागी। वह ड्योढ़ी तक आ चुकी होगी, उसी समय उसे लगा कमरे का दरवाजा खोल कर किसी ने बाहर झाँका भी है।

वह रात भर अपनी माँ को ग्लूकोज मिला पानी देती हुई सुबह होने का इंतजार करती रही। कुछ समझ में नहीं आ रहा था। वह डर से मरी जा रही थी।

जैसे-तैसे तीन घंटे कटे। रात के लगभग एक बजे गली में रिक्शे की घंटी सुनाई दी। वह भागी-भागी दरवाजे तक आई। रिक्शे पर बाबूराम सोनार का लड़का था। उसे वह मुन्नू भैया कहकर पुकारती थी। वह स्वभाव का भी बहुत अच्छा था। उसने मुन्नू को आवाज दी।

मुन्नू घर के भीतर आया। उसकी माँ का हाल देखा तो परेशान हो गया। उसके पिताजी का उसी दिन आपरेशन हुआ था। उसका रुकना संभव नहीं था। वह अस्पताल से ही आ रहा था। उसने उसको धीरज बँधाया और कहा कि वह जाते-जाते डॉक्टर त्रिपाठी को कहता जाएगा। कथानायिका से यह कहते भी न बना कि उसके पास डॉक्टर की फीस या दवा के पैसे नहीं हैं, इसलिए उसने कहा, 'इतनी रात को डॉक्टर को भेजने की जरूरत नहीं। कल जो भी होगा देखा जाएगा।'

मुन्नू उसकी हालत से परिचित था। उसे यह समझते देर न लगी कि ऐसी हालत में वह ऐसा क्यों कह रही है। उसने कहा, 'तुम्हें किसी बात की चिंता नहीं करनी है।' और चला गया।

डॉक्टर आए। उन्होंने उसकी माँ को देखा। एक इंजेक्शन दिया। खाने को कुछ गोलियाँ दीं। उसने डॉक्टर को बताया कि उसके पास केवल दो ही रुपये थे इसलिए वे उतना ही ले लें। बाकी के पैसे वह कल दे देगी।

डॉक्टर ने उसकी बात सुनी ही नहीं। उसने जाते-जाते इंजेक्शनों और कैप्सूलों का सत्तर रुपये का एक नुस्खा लिखकर उसे पकड़ा दिया और कहा, यह बहुत जरूरी है।

सुबह को पता चला कि मुन्नू के पिता की हालत इतनी खराब हो गई है कि वह उनको छोड़कर वहाँ से हट ही नहीं सकता था।

वह फिर रामजतन के घर गई।

उनका लड़का सोनू बैठक में ही था। उसने उसे हवेली के भीतर जाते देखा तो आवाज देकर अपने पास बुलाया। उसे यह समझते देर न लगी कि वह खासी परेशान है। उसने कारण पूछा तो इसने पूरा हाल बयान कर दिया।

सोनू ने उससे बहुत अपनापा दिखाया और समझाने लगा कि माँ की दवा तो उसे हर कीमत पर करनी ही चाहिए। जब उसने बताया कि इसमें सैकड़ों का खर्च आ जाएगा तो सोनू चिंतित होने की जगह उल्टे प्रसन्न हो गया। कहने लगा, पैसा तो आता-जाता रहता है। उसकी फिक्र वह न करे। उसके लिए तो वह हजारों खर्च कर सकता है।

इससे पहले उसने ऐसी टुच्ची बातें नहीं की थीं। नायिका सुनकर हैरान रह गई।

वह लौटने को हुई तो कहने लगा, 'दुनिया तो इसी तरह चलती है। एक हाथ से देना, दूसरे से लेना। बिना कुछ दिए कुछ नहीं मिलता। भीख के लिए भी दुआएँ पहले देनी पड़ती हैं। और तुमको तो कुछ देना भी नहीं है। पाना ही पाना है। जो मजा मुझे आएगा वही तुम्हें भी आएगा। इसमें बुराई क्या है।'

नायिका को विश्वास ही नहीं हो रहा था कि कोई इतना कमीना हो सकता है कि दुख की ऐसी घड़ी में ऐसी बातें करे। उसने उसे कुछ क्रोध और कुछ अचरज के भाव से देखा और बैठक से बाहर चली गई।

उसकी सौतेली माँ से जब उसने इसकी शिकायत की तो वह निर्लज्ज होकर मुस्कराने लगी, 'लड़का जवान हो रहा है। हाथ-पाँव निकल रहे हैं। मुँह से निकल गया होगा।' उसने पैसे की बात सुनी तो उसे भरोसा दिया कि थोड़ी देर बाद ही वह रुपये नौकर के हाथ भेज देगी।

वह लौट गई। दिन भर नौकर के आने की प्रतीक्षा करती रही। शाम हो गई। पड़ोस का घर था। उसे उम्मीद थी कि हालचाल जानने के लिए एक बार सेठानी तो आएगी ही, पर न वह आई, न ही नौकर। उसने एक बार फिर उनके पास जाने का फैसला किया।

नायिका को उसने कुछ अजीब नजरों से देखते हुए कहा, 'क्या हुआ ? अभी तक तुम्हें पैसा नहीं मिला। मैंने तो सोनू के हाथ तुम्हारे जाते ही भेज दिया था। अभी तो वह बाहर गया हुआ है। अब तो वह रात को ही आएगा। रात को उसी के पास चली जाना और पैसे ले जाना।'

नायिका लौट गई। अब उसे दाल में काला नजर आने लगा। सेठानी को यह भनक तो मिल ही गई थी कि उसने उसे रात में नौकर के साथ देख लिया है। अब वह सोनू के साथ मिलकर कुछ ऐसा करना चाहती थी कि नायिका अपना मुँह न खोल सके।

उसकी माँ की दवा ठीक से न हो पाई और वह किसी तरह घिसटती हुई दो साल तक जीती रही। उसके बाद चल बसी। नायिका ने अपनी इज्जत तो बचा ली पर अपनी माँ को न बचा सकी।

उसकी माँ की मृत्यु रात के ग्यारह बजे हुई थी। वह चीखकर रोने लगी तभी सोनू और उसकी सौतेली माँ रुलाई सुनकर भागे-भागे आए। उन्होंने सहानुभूति जताई। नौकर की मदद से लाश को आँगन में चारपाई उल्टी करके डाला। ऐसे मौके पर क्या किया जाता है, यह सलाह भी दी। उसने माँ के सिरहाने ही उपले की आग जलाकर रख दी और प्रेत बाधा के निवारण के लिए हँसिया उसके पास ही रख दिया। उन्होंने हिम्मत न हारने की सलाह दी। सोनू की सौतेली माँ ने सोनू से कहा, 'अकेली लड़की है। घर में लाश पड़ी है। यह रहेगी कैसे। डर जाएगी। सोनू तू आज यहीं रह जा।'

नायिका ने कहा, 'आप रह जाएँ आंटी।'

'रह तो जाती पर घर पर कोई है नहीं। लाला जी बाहर गए हुए हैं। पूरा घर नौकर के भरोसे तो छोड़ा नहीं जा सकता।'

सोनू तैयार हो गया। नायिका ने कहना चाहा कि नहीं, इसकी कोई जरूरत नहीं है, पर उसे लाश के पास अकेले सोते हुए डर भी लग रहा था। फिर सोनू जितना भी मनचला हो, इतना नीच नहीं हो सकता था कि आपदा की ऐसी घड़ी में किसी तरह की बेहूदगी करे। उसे कफन आदि के खर्च के लिए भी अगले दिन इन्हीं लोगों के आगे हाथ पसारना था। यह सोचकर वह नरम पड़ गई। उसने सोचा वह पूरी रात माँ के पास ही बैठकर गुजार देगी। नींद आएगी कहाँ।

उसने आँगन में ही एक चटाई डालकर उस पर गद्दा बिछा दिया। जाड़े की रात थी। सोनू का नौकर सोनू के लिए एक मखमली लिहाफ दे गया। नायिका ने माँ के सिरहाने एक दिया और अगुरु भी जलाकर रख दिया था।

सोनू भी उसी गद्दे पर एक किनारे बैठ गया। नायिका ने कहा भी कि वह कमरे में जाकर आराम से सोए। कोई बात हुई तो बुला लेगी। पर वह नहीं माना, 'ऐसा कैसे हो सकता है कि लड़का होकर मैं सोऊँ और लड़की होकर तुम जागती रहो।'

नायिका को माँ की मृत्यु के दुख के साथ अपनी असहायता का दुख भी दबोच रहा था। वह रोने लगी। उसको रोता देख सोनू कुछ अधिक निकट आ गया। यह क्या करती हो ! धीरज से काम लो। और उसने नायिका के आँसू अपने हाथों से ही पोंछने शुरू कर दिए। उसने उसके हाथ को एक ओर को हटाते हुए रोने पर काबू पा लिया।

नायिका ने जानबूझकर रजाई नहीं ओढ़ी थी कि कहीं नींद न आ जाए। उसने बस एक शाल डाल रखी थी। सर्दी कड़ाके की थी और खुले आसमान के नीचे लग

रहा था अंग ठिठुर जाएँगे।

सोनू ने कहा, 'कुछ और लेकर ओढ़ लो। इस तरह तो तुम्हें ठंड लग जाएगी। तुम्हारी माँ तो नहीं ही रहीं, तुम भी कल बीमार पड़ जाओगी।'

नायिका ने कहा, 'नहीं, मुझे कुछ नहीं होगा। कुछ ओढ़ूँगी तो नींद आ जाएगी।'

'अच्छा तब इसी को थोड़ा ओढ़ लो।' वह उसके पास आ गया और उसने आधा लिहाफ नायिका को उढ़ा दिया। वह काँप उठी। उसकी सिहरन को उसने भी अनुभव किया होगा। वह फिर धीरज रखने की सलाह देते हुए कुछ देर चुपचाप बैठा रहा। उसके मखमली लिहाफ के ही एक कोने को अपने कंधे पर डालने के बाद कुछ अटपटा-सा लग रहा था फिर भी सर्दी ऐसी थी कि वह इसे हटाकर किनारे भी न कर सकी। अभी तक वह जिस तरह बैठा था उससे उसे लगा कि वह उससे सच्ची सहानुभूति रखता है। इसके साथ फिर रुलाई फूटी। इस बार सोनू कुछ अधिक करीब आ गया और दिलासा देने के लिए उसकी पीठ पर हाथ फेरने लगा। उसने मुड़कर अपना सिर सोनू की छाती में गड़ा लिया। सोनू ने उसे सँभालते हुए कहा, 'अब तुम थोड़ा आराम कर लो।' उसने गद्दे पर उसे लिटाना चाहा, पर उसने कहा, 'नहीं इसकी कोई जरूरत नहीं। मैं बैठी ही रहूँगी।'

'जरूरत है, दिन भर की थकी हो। इतनी परेशान हो।' उसने उसको अपनी बाँहों में कसते हुए उसे सुला दिया और वह उठे नहीं इसलिए उसी तरह भरे हुए स्वयं भी उसके पास लेट गया और उसकी पीठ सहलाता रहा। इसके बाद उसने जब उसका वक्ष सहलाना शुरू किया तब उसने कुछ हटते हुए कहा, 'तुम जानवर हो। यहीं मेरी माँ की लाश पड़ी है और तुम...'

सोनू ने नायिका को अपनी ओर खींचते हुए कहा, 'मुर्दे देखते नहीं हैं।' नायिका इतनी देर तक सहलाए जाते रहने के कारण स्वयं भी पसीज चुकी थी। उसमें इस समय तक विरोध करने की शक्ति नहीं रह गई थी।

इसी समय उसके भीतर अपने आप पर घृणा का ऐसा आवेश हुआ कि एक क्षण में सारी आर्द्रता जैसे वापस लौट गई हो और उसके कोमल अंग भी सूखी चमड़ी में बदल गए हों। उसने कहा, 'रुको, जरा रुको तो सही।'

सोनू ने पकड़ ढीली कर दी। वह उठकर खड़ी हो गई और जब तक सोनू कुछ समझे, उसने वह हँसिया उठाकर तान लिया, 'कल एक नहीं, दो लाशें जलाई जाएँगी।'

सोनू काँपने लगा, 'यह क्या कर रही हो ? अरे यह क्या हो गया तुम्हें ?'

वह कुछ पीछे हट गई कि झपटकर वह हँसिया छीन न ले, 'अब चुपचाप निकल जाओ इस घर से। चुपचाप। समझे। और जाओ देखो तुम्हारी माँ नौकर के साथ क्या कर रही है।'

वह सिर झुकाए खड़ा था, 'वह तो मैं जानता हूँ।'

'तो मैं लाला जी से कहूँगी।'

'वह भी जानते हैं।' उसका सिर वैसे ही गड़ा हुआ था।

'तो जाओ, तुम भी उसी के साथ लिपट जाओ। कुत्ते कहीं के।'

वह इतना डर गया था कि लिहाफ वहीं छोड़कर उल्टे पाँव भागा। नायिका को अब प्रेत पिशाच किसी का डर नहीं रह गया था।

कुछ दिनों तक उसकी आत्मा विषाद के ऐसे क्षण में द्रवित हो जाने के लिए उसे धिक्कारती रही। पर बाद में नायिका के जीवन में ऐसा मोड़ आया कि उसने सोचा जिंदा रहने के लिए कोई भी काम किया जा सकता है। जिंदगी से ऊँची कोई चीज नहीं। समाज के सारे नियम, बंधन और आदर्श इसकी रक्षा के लिए बने हैं। जहाँ यही खतरे में पड़ जाए वहाँ सभी आदर्शों को त्यागा जा सकता है।

इसमें तो संदेह ही नहीं कि कहानी असाधारण थी परंतु देवेश के मन में सबसे अधिक क्षोभ इस बात का था कि उसकी एक भी कहानी नहीं छपी और इस लड़की की, जिसका वह बात-बात में मजाक उड़ाया करता था, कहानी छप भी चुकी है। उसने पढ़ने के बाद हँसकर कहा, 'अच्छी है। बहुत अच्छी है। पर इसमें कुछ..' वह बीच ही में चुप हो गया।

'पर इसमें कुछ...।' शुभ्रा ने उससे वाक्य पूरा करने का आग्रह किया।

'पर इसमें कुछ कमियाँ तो रह ही गई हैं।'

'बताओ।'

'देखो, पहली बात तो यह कि कहानी फिल्मी अधिक हो गई है। निरी काल्पनिक। इसे जानबूझकर इस मुकाम पर पहुँचाया गया है जहाँ पाठक की अभिरुचि को ठेस पहुँचती है।'

'पहली बात तो यह कि यह काल्पनिक नहीं, एक लड़की की वास्तविक कथा है। मैंने जानबूझकर इसे ऐसा अंत नहीं दिया है। यदि इससे किसी को ठेस पहुँचती है तो पहुँचे। फिल्मी तो किसी कहानी को कहा जा सकता है। और फिर फिल्में तो इतनी श्रेष्ठ कहानियों पर बनी हैं कि उन जैसा लिखना किसी का सपना हो सकता है।'

'वह तो ठीक है। जिंदगी से बाहर कुछ नहीं होता।' देवेश अब फँस गया था। उसे लगा प्रकाशन में ही नहीं, कला पर बहस में भी वह पिटने जा रहा है। वह कुछ देर तक चुप रहा फिर कहने लगा, 'देखो, कोई कहानी मृत्यु या बीमारी के कारण मार्मिक नहीं हो जाती, इससे होती है कि किसी विषय को किस गहराई में उतर कर देखा गया है। कितनी बारीकी से उसका चित्रण किया गया है।'

'इसमें तुम्हें ऐसा नहीं दिखाई देता ?' वह अब लड़ने को तैयार हो गई थी।

'बुरा मत मानो। मेरी सुनो। तुमने नायिका की माँ की बीमारी और मौत के दौरान हुए अनुभवों को उसके सोच में आए एक मोड़ के रूप में पेश किया, फिर

भी उस बीमारी का नाम तक नहीं लिया, जिसमें मरने के करीब पहुँचकर और सही दवा-दारू न हो पाने के बाद भी कोई साल दो साल तक जीवित रहता है।'

शुभ्रा अब देवेश की बात को कुछ अधिक ध्यान से सुनने लगी। वह कुछ सोचकर ऐसी टिप्पणी कर रहा था।

'डॉक्टर ने उसके लिए इंजेक्शन और कैप्सूल दिए, पर उनका नाम भी उसने नहीं लिया। उसने जो पर्ची तैयार करके नायिका को थमा दी थी, उसे ही देखकर वह कैसे जान गई थी कि इसकी कीमत सत्तर के करीब होगी। पाठक एक बार के लिए इन कमियों को माफ भी कर दे पर आलोचकों को इन्हीं बातों की तलाश रहती है। खुद रचनाकर्म में फिसड्डी होने के बाद रचनाकारों को मुँह बिराने और उनकी रचनाओं को खलियाने का सुख उन्हें ऐसे ही स्थलों से तो मिलता है।'

शुभ्रा ने कटाक्ष किया, 'जैसे इस समय तुम्हें मिल रहा है।'

देवेश हँसा, 'चलो वही सही। बीमारी और मौत ये दो ही तो प्रसंग हैं जिनको इस तरह भुनाया जा सकता है कि पाठक स्वयं आँख पोंछते और नाक सुड़कते हुए खाने-पीने की सुध छोड़कर कहानी को खत्म करने तक उसी में डूबा रहे। तुमने कहानी में बीमारी और मौत दोनों को लिया, यहाँ तक कि नायिका का अपना पुश्तैनी मकान भी दाँव पर लगा दिया और इस सारी विपदा को इस तरह निबटा दिया कि उनसे वैसा भी प्रभाव ही नहीं पड़ता जैसा कि ऐसी ही घटनाओं की अखबारी रपटों से पड़ता है।

'तुम इनके ब्यौरे में जातीं तो इस पर एक कहानी क्या, अच्छा-खासा उपन्यास तक लिखा जा सकता था। उपन्यास के पचास-साठ पन्ने तो बीमारी लगने, उसके बढ़ते चले जाने, घर में तंगी बढ़ते जाने आदि के विवरण में ही लग जाते। सच तो यह है कि पूरा उपन्यास केवल मौत को केंद्र बनाकर लिखा जा सकता था जिसमें जिंदगी की ललक, बीमारी के साथ संघर्ष और मौत और फिर घर की बर्बादी के विवरण इस तरह आते कि पाठक विगलित होकर पढ़ना बंद करता और बेचैन होकर फिर उठाकर पढ़ने लगता। इन सभी प्रसंगों पर तो समर्थ लेखक अलग-अलग चार उपन्यास लिख सकता है। बड़े लेखक एक भुनगे के रेंगते हुए एक पत्ते से दूसरे तक जाने के ब्यौरे में ही पन्ने के पन्ने रँग मारते हैं। यहीं तो पता चलता है कि जीवन और जगत् को लेखक ने कितनी बारीकी से देखा है।'

यह बात शुभ्रा को जँच नहीं रही थी फिर भी उसे लगा जब यह इतना पढ़ता है तो किसी आधार पर ही ऐसा कह रहा होगा।

'पहली बात तो यह है कि तुम्हें किसी लंबी, तकलीफदेह और असाध्य बीमारी के बारे में नाम से लेकर लक्षण और उपचार तबं सबकी जानकारी लेनी चाहिए थी। इनमें बहुत-सी सूचनाएँ किसी डॉक्टर से भी ली जा सकती थीं, पर डॉक्टरों के पास इतनी फुर्सत नहीं होती कि वे तुम्हें अपनी कहानी पूरी करने के लिए उसका ब्यौरा

देते रहें। जो तड़पते हुए बीमारों को भी, बिना फीस लिए, यह तक बताने को तैयार नहीं होते कि बीमारी क्या है और क्या दवा दी जाए, वे भला किसी दूसरे के नाम से छपने वाली कहानी के लिए इतनी जहमत क्यों मोल लेने लगे ?

'पर लंबे समय तक चारपाई पकड़े रहने वाले किसी बीमार से किसी बहाने परिचय करके उसके सभी लक्षणों और कष्टों को तो समझा ही जा सकता था। कहानी को गहराई देने के लिए उस बीमार से इतनी हमदर्दी कायम कर लेनी थी कि दर्द उसे हो तो टीस तुम्हें उठे। फिर सूचना जुटाने के जितने कोण हो सकते थे, सभी से पड़ताल करनी चाहिए थी। मिसाल के लिए बीमारी की पूरी कहानी सुननी चाहिए थी। यह कैसे हुई, कब दवा शुरू की, कब असाध्य लगने लगी, कितने बैद-डॉक्टर बदले, कौन-कौन सी दवाइयाँ लीं, कैसी-कैसी बदपरहेजियाँ हुईं, परिवार के लोगों और मिलने-जुलने वालों से कैसे-कैसे जुमले सुनने को मिले, इस समय क्या दवा चल रही है, दवाओं पर कितना खर्च आता है, उसको लेकर घर परिवार के लोग उसकी पीठ पीछे किस तरह की बातें करतें हैं, अब जीने का मन करता है या जी में आता है इसका अंत हो जाना चाहिए, आदि, आदि। ब्यौरे तो जब लिखने चलो तो एक में से एक निकलते ही जाते हैं। इनको अलग से दर्ज तो किया नहीं जा सकता।

'अब इन्हें नायिका की अपनी परिस्थितियों पर डालकर उसकी अपनी परेशानी और माँ की पीड़ा को इस तरह बयान किया जा सकता था कि पाठक पढ़ते हुए स्वयं बेचैन हो उठे। उसी बीमारी में वह ट्यूशन के लिए समय कैसे निकालती थी ? उस समय माँ को अकेली और असहाय छोड़कर जाते समय उसे किस-किस तरह के अंदेशे घेरे रहते थे ? इन झंझटों में देर हो जाने के कारण उसे ट्यशन लेने वालों के परिवार से किस-किस तरह के आक्षेप या चेतावनियाँ सुननी पड़ती थीं ? घर लौटकर चाय और काढ़े से लेकर खाना बनाने तक उसे किन झंझटों से गुजरना पड़ता था और उस समय कैसा लगता था ? उसी बीच जब माँ उसे आवाज दे बैठती, तो भागती हुई वह कैसे पहुँचती, और इस हड़बड़ी में क्या-क्या चीजें जल या टूट जातीं या उसके अपने साथ क्या अघट घट जाता था। गरज कि बीमारी को केंद्र में लाते ही वर्णन विस्तार की इतनी गुंजायश पैदा हो जाती है कि उसे बयान ही नहीं किया जा सकता। सिर्फ उदासी या निराशा में आसमान की ओर ताकती हुई बीमार माँ की आँखों को बयान करने में ही दूसरों के आँसू निकाले जा सकते थे। ये ब्यौरे जितने ही गहन होते जाते, कहानी का फिल्मीपन उतना ही कम होता जाता। फिर तो कुछ अतिनाटकीय भी हो जाती तो उसकी ओर ध्यान तक न जाता। फिल्मी का तो मतलब ही है हल्के, कामचलाऊ और सस्ते और बार-बार आजमाए नुस्खों का इस्तेमाल। सतही ब्यौरे में कोई घटना फिल्मी हो जाती है, गहराई में उतरने पर ये सभी दोष समाप्त हो जाते हैं और वह एक कलाकृति बन जाती है।'

शुभ्रा को अब देवेश ने सचमुच प्रभावित कर दिया था, 'अब कोई रचना प्रकाशित

होने के लिए भेजने से पहले तुम्हें दिखा लिया करूँगी। इससे सचमुच कुछ लाभ हो सकता है।'

देवेश ने जैसे उसका यह प्रस्ताव सुना ही न हो, 'पर एक बात बताऊँ शुभ्रा। मैं जो आलोचना कर रहा था वह दुनिया के महान् रचनाकारों को ध्यान में रखकर कर रहा था। हो सकता है उनकी आरंभिक कहानियाँ इस स्तर की भी न रही हों। कहानी इन सारे दोषों के बाद भी एक नए लेखक को देखते बहुत अच्छी है।'

शुभ्रा का रोम-रोम पुलकित हो उठा।

वह कुछ देर चुप रही। वे साथ-साथ चल रहे थे। देवेश को लगा शुभ्रा ने कुछ कहा है। वह उसकी ओर मुड़ा। वह सोच में डूबी जमीन की ओर आँखें गड़ाए हुए चल रही थी, 'तुमने कुछ कहा ?'

'कहा तो नहीं, पर कहना चाहती थी।'

'कहो।'

'सोच रही थी, कहूँ या नहीं।'

'कहो न। इतना सोच-विचार क्यों करती हो।'

'तुम जिस कहानी को काल्पनिक कह रहे थे और जिसमें इतने सारे दोष भी गिना दिए थे, उसकी नायिका से मिलना पसंद करोगे ?'

'क्यों नहीं, कब मिला सकती हो ?' देवेश ने उत्साह से कहा।

'आज ही।'

'चलो। इससे अच्छी क्या बात होगी।'

'कहीं जाने की जरूरत नहीं है।'

'तुमने बुला रखा है ?'

'नहीं, वह स्वयं आ गई।' उसने सिर झुकाए हुए ही कहा।

देवेश चारों ओर नजर दौड़ाने लगा।

'वह मैं थी।'

एक क्षण को देवेश स्तब्ध रह गया। उसकी समझ में ही नहीं आ रहा था कि इस सचाई का साक्षात्कार किन शब्दों में किया जाए, 'अच्छा !' उसके मुँह से यह शब्द भी कुछ देर बाद निकला।

'तुम्हें बुरा लगा ?'

वह फिर कुछ देर तक सोचता रहा, 'नहीं बुरा नहीं लगा। दंश जैसा लगा।'

'मैं समझी नहीं।'

'मैं भी नहीं समझ पा रहा हूँ। अपने को भी। इस यथार्थ को भी। इसे लिखने के साहस को भी। पर इसे लिखने की जरूरत को कुछ-कुछ समझ पा रहा हूँ। उसने सँभल-सँभल कर बोलते हुए कहा, 'वह विष जो इस अनुभव ने तुम्हारे भीतर भर दिया था उससे मुक्ति इसे लिखकर, इसे सार्वजनिक बनाकर, ही मिल सकती थी।'

शुभ्रा ने कोई उत्तर नहीं दिया। वह अपनी जगह पर खड़ी रह गई। उसकी आँखें भरी हुई थीं और आगे का रास्ता सूझ नहीं रहा था। देवेश एक कदम आगे बढ़ आया था, पर उसे पिछड़ता देख मुड़ गया। कुछ देर तक चुपचाप खड़ा रहा, फिर उसका खाली हाथ अपने हाथ में लेते हुए कहा, 'चलो।'

वह खड़ी रही, 'चला नहीं जा रहा है। पाँव थरथरा रहे हैं।'

देवेश को घबराहट-सी हुई, 'क्या हुआ ?'

'मुझे यह तुमसे कहना नहीं चाहिए था।'

'फिर किससे कहतीं तुम ?' देवेश ने उसे हल्की झिड़की दी।

'मैं जिस सहेली के साथ रहती हूँ उस तक को नहीं बताया कभी। किसी को नहीं। तुमने ठीक कहा, लिखने से मन कुछ हल्का जरूर हुआ, पर ये बातें दिमाग से जाती नहीं हैं।'

'मैं इसका अनुमान कर सकता हूँ। कहाँ रहती हो तुम ? चलो मैं तुम्हें घर तक छोड़ आता हूँ।'

'वह चल पड़ी। दूर नहीं। यहीं, मंटो ब्रिज के पार।'

'किसके साथ रहती हो ?' उसे हैरानी हो रही थी कि अभी तक यह सवाल उसने शुभ्रा से पूछा ही नहीं था।

'कहा तो, एक सहेली के साथ।' उसने संक्षिप्त-सा उत्तर दिया।

अब वे भीतरी सर्कल पार करके बीच के पार्क से चल रहे थे। बात करते हुए चला जा सकता था। पर इसकी जरूरत नहीं अनुभव हो रही थी।

सोनू नाम के उस अज्ञात लड़के की याद करके उसका मन घृणा से भर गया था। उसने पढ़ रखा था कि सेक्स की बुभुक्षा में मनोविकृत व्यक्ति यह आभास मिल जाने पर कि किसी महिला का शव दफन किया गया है, कब्रिस्तानों से मुर्दों को खोद कर निकाल लेते हैं और उनके साथ भी सहवास कर बैठते हैं। यह लड़का उसे उसी जमात का लग रहा था। वह उसके प्रति अपनी घृणा को शुभ्रा से प्रकट करके उसकी ग्लानि को कम करना चाह रहा था। जी में आया कह भी दे, पर कुछ बोला नहीं गया। उसने अपना ध्यान इस विषय से हटा लिया और चुप चलता रहा।

एकाएक उसके मुँह से निकला, 'कैसे-कैसे कमीने लोग होते हैं इस दुनिया में।' और तब उसे पता चला कि वह लगातार उसी विषय पर सोचता चला आ रहा था।

'वे तो होते हैं, होते रहेंगे। पर अपने को क्या कहेगा कोई।'

फिर उन्होंने कोई बात नहीं की।

मंटो ब्रिज से आगे का मतलब उसने कम से कम बाजार सीताराम तक की दूरी से तो लगाया ही था। पर वह सचमुच मंटो ब्रिज के ठीक पार ही रहती थी।

यह दो कमरों का एक सरकारी क्वार्टर था, 'तुम्हारी सहेली क्या सरकारी नौकर

है ?' उसने क्वार्टर के भीतर घुसते हुए पूछा।

उसके सामने सात फुट ऊँची दीवार थी जिसके आगे आँगन था और उससे आगे एक बरामदा जिसके एक ओर बाथरूम और दूसरी ओर रसोई थी। आगे को दो कमरे जिनकी निकास आगे की ओर से लगती थी पर आगे की ओर से एक कमरे से होकर ही बरामदे में आया जा सकता था और फिर दूसरे कमरे में घुसा जा सकता था। वह रसोई से सटे उस कमरे में रहती थी जिसका दरवाजा आँगन की ओर के बरामदे में खुलता था, इसलिए वह आँगन को घेरने वाली दीवार में बने पीछे वाले दरवाजे से घुसी थी।

'नहीं। इस क्वार्टर को देखकर सोच रहे थे ?'

'हाँ।'

उसने बताया तो पता चला कि यह गाजियाबाद रहने वाले किसी सरकारी कर्मचारी के नाम था, जो केंद्रीय प्रेस में काम करता था। वह गाजियाबाद आता-जाता रहता था। क्वार्टर किराए पर दे दिया था। मिला यह उसकी सहेली के किसी रिश्तेदार के माध्यम से ही था जो कि प्रेस में ही काम करते थे।

शुभ्रा ने चाय बनाई। दोनों चुपचाप पीते रहे। बात करने का जी किसी का नहीं कर रहा था, इसके बाद भी मौन दीवार नहीं सेतु बना सा लग रहा था। देवेश चलने लगा तो शुभ्रा ने कहा, 'मैं तो दोपहर तक ही खाली हो जाती हूँ। यह आफिस में है। कुछ देर से आती है। यहीं आ जाया करो न।'

देवेश ने कहा, 'ठीक है। कल से।'

8

अब देवेश और शुभ्रा साथ-साथ दिखाई देने लगे थे। लाइब्रेरी भी वे अक्सर साथ ही पहुँचते। भोलाराम देखते तो उनकी अंतरात्मा प्रसन्न हो जाती। उन दोनों की प्रसन्नता और निकटता को वह एक ऐसे बिरवे के रूप में देखते जिसे सींचने और बचाने का काम उन्होंने किया था, इसलिए यह उनको अपनी व्यक्तिगत उपलब्धि भी मालूम होती।

एक दिन शुभ्रा को लेकर देवेश अपने 'राजाबाग' के कमरे पर भी चला गया था। उस समय उसके कमरे में मकान-मालिक के बच्चे फर्श पर ही बैठे पढ़-लिख रहे थे। जंगला खुला ही था। एक ने उसे आते हुए देख लिखा तो चीखा, 'फिलासफर चाचा आ गए।'

अब दोनों अपनी किताबें-कापियाँ समेटने लगे। देवेश इतने पास पहुँच गया

था कि बच्चों की आवाज उसके कान में पड़ी। शुभ्रा अभी कुछ समझ नहीं पाई थी। जब वे उसी कमरे में घुसे जिससे बच्चे पीछे की ओर से निकल रहे थे तब उसे पता चला कि फिलासफर चाचा देवेश को ही कहा जा रहा था।

कमरे में फर्नीचर के नाम पर एक चारपाई थी। उसका टीन का बाक्स भी जरूरत पर फर्नीचर का हिस्सा बन जाया करता था। सरकंडे का एक मोढ़ा एक कोने पड़ा था। उन्हें चारपाई पर ही बैठना पड़ा।

वे अभी-बैठे ही थे कि एक बच्चा टीन की एक ट्रे में पानी के दो गिलास रखे हुए आया और उनके सामने पेश कर दिया। शुभ्रा को इस व्यवहार पर कुछ विस्मय हुआ। देवेश मुस्कराता रहा। कुछ देर बाद चाय भी आ गई और चाय वे आराम से बैठकर पी सकें इसलिए काठ की दो कुर्सियाँ और स्टूल पहले ही खींचकर कमरे में लाए जा चुके थे।

अब वे आराम से बैठे चाय पी रहे थे।

'तुम्हारे मकान-मालिक तो बहुत अच्छे आदमी हैं।' शुभ्रा को अब लगने लगा था, देवेश अपने रिश्ते के ही किसी व्यक्ति के साथ रह रहा है।

'मकान-मालिक लोग हमेशा अच्छे ही हुआ करते हैं। ये तो किराएदार हैं जो किराएदार की तरह रहकर उनको मकान-मालिक बनाकर अपने से दूर ठेल देते हैं।'

'तुम्हारी पहले से जान-पहचान रही होगी।'

'जैसे तुम्हारे साथ थी।'

बात सीधी-सी थी पर शुभ्रा समझ नहीं पाई, 'मेरे साथ ?'

'खैर तुम्हारे साथ जान-पहचान तो न थी, पर जब हुई तो पता चला कि हम दोनों के बीच एक संबंध था। दोनों के बरेली में कभी रह चुके होने का संबंध। वह न होता तो किताबें पढ़ने के शौक का, या कुछ लिखने की कोशिश करने का संबंध निकल आता। बस मौका मिलना चाहिए था, संबंध सामने आ जाते और फिर इस तरह बढ़ते चले जाते कि यह सोचने पर हैरानी होती कि कोई ऐसा समय भी था जब हम एक-दूसरे को जानते भी नहीं थे।'

'तो यहाँ भी कुछ गाढ़ा ही हो गया लगता है ?'

'देखा नहीं, दूसरों के बच्चे अपने बच्चों की तरह मेरे कमरे को आबाद किए रहते हैं और किसी मित्र के साथ आऊँ तो पानी और चाय का भी इंतज़ाम हो जाता है।'

'पानी और चाय ही नहीं। आज तो तुम्हारा मुँह भी मीठा कराऊँगी, देवर जी।' यह मकान-मालकिन श्रीमती शर्मा की आवाज थी।

इसी बीच उन्होंने किसी बच्चे को बाजार दौड़ा दिया था। वह सचमुच एक प्लेट में गरमागरम समोसे और दूसरे में रसगुल्ले रखे चली आ रही थीं। उनके पाँव जमीन पर नहीं पड़ रहे थे।

'चाय तो हम लोग पी चुके।' शुभ्रा ने उनको ध्यान से देखते हुए कहा।

'फिर बन जाएगी। चाय में क्या रखा है।' प्लेटें उन्होंने उसी ट्रे में रख दीं जो पहले चाय के प्यालों के साथ आई थी, और स्वयं खड़ी हो गईं।

'बैठ जाइए न।' शुभ्रा ने चारपाई की ओर इशारा किया।

'नहीं। तुम लोग बैठे बातें करो। मेरा यहाँ क्या काम।' वह प्याले लेकर चली गईं।

शुभ्रा सचमुच हैरान थी। वह चालीस के आसपास की महिला थीं। बच्चे दस-बारह साल के हो गए थे। शक्ल बहुत साधारण और वेशभूषा से भी यही लग रहा था कि वह अधिक पढ़ी-लिखी नहीं हैं, फिर भी उनमें एक आकर्षण था। उसे लगा स्वभाव का अपना लावण्य होता है जो सीधे आत्मा की उज्ज्वलता को सामने ला देता है।

'सचमुच बहुत अच्छे लोग हैं।' शुभ्रा को शब्द नहीं मिल रहे थे।

'मैं क्या तुम्हें बुरा नजर आता हूँ ?' देवेश ने उसे छेड़ा।

'देखने में तुम भी बुरे नजर नहीं आते, लेकिन मैं इंसान के अच्छे होने की बात कर रही थी।'

दोनों हँसने लगे पर इस अहसास के साथ कि वे किसी अन्य परिवार के भीतर हैं।

वे लौटने लगे तब भी चर्चा देवेश के मकान-मालिक को लेकर ही होती रही। मैंने तो आज तक लोगों को अपने मकानमालिकों से झगड़ते और उनकी शिकायत करते ही सुना था। ऐसा तो पहली बार देखा कि कोई अपने सगों की तरह प्यार भी करता हो।'

'यह समझ की गड़बड़ी के कारण होता है। यदि किसी ने किसी कारण अपना एक कमरा किसी को किराए पर दे दिया तो आप मान बैठे कि वह मकान का मालिक है और आप उसके असामी। तनाव और अविश्वास तो इसके साथ ही शुरू हो जाता है। मेरी इसकी अपनी फिलासफी है।'

'फिलासफी तो होगी। वे बच्चे भी तुम्हें फिलासफर चाचा कह रहे थे।' शुभ्रा हँसने लगी।

देवेश झेंप गया, 'उसकी बात अलग है। वह भी बताऊँगा। अच्छा पहले वही बताता हूँ। बच्चे तो मुझे फिलासफर कहते हैं पर हरीश जी, यानी उनके पिता, मुझे सचमुच फिलासफर मानते हैं। उनकी समझ से फिलासफर वह सनकी आदमी होता है जिससे बहस करो तो वह तुम्हें बेवकूफ साबित कर देगा और जिसकी बात मान लो तो सारी दुनिया तुम्हें बेवकूफ समझेगी। इसलिए यह न समझ लेना कि वे मुझे फिलासफर कहते हैं तो इसका मतलब दार्शनिक होता है। इसका मतलब ऐसा पगलेट होता है जिससे बचकर रहो तो वह तुम्हारा कोई नुकसान नहीं कर सकता।'

'और इसके बावजूद वे तुम्हें अपने घर में बसाए हुए हैं।' शुभ्रा के लिए अपनी हँसी को रोक पाना कठिन हो रहा था।

'घर में नहीं, दिल में बसाए हुए हैं। बहुत प्यार करते हैं वे लोग। लगता ही नहीं, पराया परिवार है। खैर, वह फिलासफर वाली बात बताऊँ। इसकी शुरुआत मेरी एक बदतमीजी से हुई थी।' देवेश सचमुच कुछ उदास हो गया था।

उसने जो कुछ बताया उसके अनुसार, बदतमीजी यह थी कि एक दिन उसने एक रेढ़ीवाले से हरीश जी को 'ताजी' सब्जियाँ खरीदते देख लिया। सब्जी एक तो 'ताजी' थी दूसरे परिवार को देखते हुए इतनी अधिक थी कि उसकी चटनी ही बनाई जा सकती थी। अभी वह आया भी नया-नया ही था और वह भी दूसरों की तरह तब तक यही समझता था कि जिसके नाम कोई क्वार्टर अलाट हो गया वह मकान का मालिक हो जाता है और मकानमालिक होने के कारण ही मालदार भी हुआ करता है। इसलिए उसे कुछ शरारत सूझ गई। उसने उन्हें बड़े अपनेपन से समझाया कि ये रेढ़ी वाले बहुत लूटते हैं। फिर ताजी सब्जी को ताजी रखने के लिए पानी के छींटे ऊपर से डालते रहते हैं जिससे उसका वजन एक चौथाई तो वैसे ही बढ़ जाता है। ताजी सब्जी में ताजी के नाम पर होता क्या है, पानी। तो सब्जी खरीदनी ही हो तो चार कदम पर ही मंडी है। वहाँ एक दिन पहले की सब्जी आधे दाम पर मिलती है और यदि एक दिन और पहले की ली जाए तो तिहाई दाम में मिल जाती है। उसमें पानी भी नहीं होता, क्योंकि इसके ताजी हालत में पड़े पानी के छींटे अब तक सूख चुके होते हैं। नए डाले नहीं जाते कि सड़ने में तेजी आ जाएगी। इसका अपना भी पानी घट चुका होता है। इस तरह प्राकृतिक और कृत्रिम जल से रहित सब्जी लें तो दाम तिहाई और माल तीनगुना मिलता है। यानी नौ गुने का फायदा होता है।

हरीश जी ने उसके इस कथन को उसके अब तक के व्यवहार से मिलाते हुए समझने की कोशिश की तो यह तय नहीं कर पाए कि यह बात उपहास में कही गई है या सदाशयता से, इसलिए वह उसे संदेह से देखते रह गए। अब स्थिति की गंभीरता को समझते हुए उसने स्वर को गंभीर बनाकर कहा, 'मैं ढाबे में खाता हूँ। उसका मालिक यही करता है और खाना कुछ कम लजीज तो होता नहीं। भीड़ लगी रहती है। वहाँ खाने वालों में से किसी की सेहत पर भी अभी तक तो आँच आई नहीं।'

मकानमालिक ने गौर किया तो पाया कि कम से कम यह बात तो सच है। ढाबे वाले तो बासी और बची-खुची और कभी-कभी सड़ी और गली हुई सब्जी खरीदते ही हैं। देवेश जिस ढाबे की बात कर रहा था उस पर सचमुच इतनी भीड़ लगी रहती कि बैठने को जगह नहीं मिलती। लोग सामने के पार्क में बेंच पर बैठे चटखारे लेकर खाते रहते।

उन्हें कुछ सोचते हुए देखकर उसने आगे समझाया था, 'सच बात तो यह है कि जो लोग फ्रिज रखते हैं वे अक्सर पूरे हफ्ते की सब्जी एक साथ खरीद कर उसी में रख लेते हैं और दिन के दिन उसे ही चलाते रहते हैं। अब आप चाहे तीन गुना दाम देकर ताजी सब्जी खरीद कर लाएँ और उसे अपने घर में बासी होने दें, और फिर उसे खाएँ, या सीधे दूकानदार से ही, तिहाई मोल पर, तीनगुनी बासी सब्जी लाएँ और उसी दिन बनाकर मजे से खाएँ, फर्क क्या पड़ता है। हाँ, पैसे में फर्क जरूर पड़ता है।'

बहस अब शास्त्रीय हो गई थी। अब सवाल हरीश जी की सब्जी और उससे बचने वाले पैसे का नहीं रह गया था, अब यह सब्जी की विविध अवस्थाओं और गुणों का और पैसे से उसके सापेक्ष संबंध का हो गया था। इसमें हरीश जी को, जो भले लोअर डिवीज़न क्लर्क ही थे और पढ़ने के नाम पर केवल अखबार पड़ोसी से माँग कर या दफ्तर के वाचनालय में लंच के दौरान पढ़ते थे, और लिखने के नाम पर फाइल पर 'अमुक से अमुक विषय पर अमुक पत्रांक अमुक तिथ्यांकित आज प्राप्त हुआ है, जिसमें अमुक बात कही गई है। विचारार्थ प्रस्तुत।' लिखते थे, फिर भी नियमित अखबार न पढ़ने वाले अवर श्रेणी क्लर्कों की तुलना में उन्हें अपनी श्रेष्ठता का बोध था। वह पहले भी राजनीति से लेकर मँहगाई तक पर, किसे कितना ओवरटाइम मिला और किन लोगों को ओवरटाइम देने में पक्षपात किया जा रहा है जैसे सार्वजनिक रुचि के विषयों पर मित्रों से बहस किया करते थे, और बहस में अक्सर जीत भी जाया करते थे, अब सब्जी के आत्मनिरपेक्ष उपभोक्ता होकर देवेश से बहस में आ जुटे थे।

हरीश जी ने देवेश के सुझाव का मजाक उड़ाते हुए कहा, 'तब तो आप कहेंगे कि यदि सड़ी या लगभग सूखी सब्जी खरीदी जाए तो वह मुफ्त में ही मिल जाएगी, क्योंकि उसे तो दूकानदार को फेंकना ही पड़ता है।'

देवेश ने कहा, 'इसमें हर्ज क्या है। मेरे तो एक दोस्त कहा करते थे कि ताजी सब्जियाँ बेवकूफ खरीदते हैं, और चुन कर वैसी ही सब्जियाँ खरीदते थे, जिसे सब्जीवाला फेंकने का मन बना चुका होता था।'

अब चर्चा फिर कुछ व्यक्तिगत हो गई थी, क्योंकि इस परिभाषा के अनुसार हरीश जी भी बेवकूफों की जमात में ही आ जाते थे, क्योंकि उन्होंने अपनी समझ से 'ताजी' सब्जी ही खरीदी थी। वह हँसने लगे, 'तब फिर अधिक समझदार लोग भूसा खाते होंगे। आप बीच की चीज़ की सलाह क्यों देते हैं।'

देवेश ने तो इस पर गंभीरता से विचार कर रखा था, वह क्यों विचलित होता। बोला, 'बिल्कुल ठीक कहते हैं। वैसे भूसे की सब्जी बन नहीं सकती, पर भूसे में ताकत हरी घास से कुछ अधिक ही होती है। जानवर को भूसा खिलाओ, हट्टा-कट्ठा बना रहता है। जाड़े के उतार पर जब भूसे की कमी पड़ जाती है तो लोग हरा

चारा खिलाने लग जाते हैं और जानवर छेरने लगते हैं। उनकी हड्डियाँ चमड़ी के बाहर आ जाती हैं। सबसे अधिक जानवर उन्हीं दिनों में मरते हैं। यह है सूखे और हरे का फर्क। आखिर ये जितनी जड़ी-बूटियाँ हैं, सबमें उनके तत्त्व तो बचे ही रहते हैं। चाय को सुखा देने पर भी उसका असली तत्त्व तो बचा ही रहता है। उसे सुखाया ही नहीं जाता, सड़ाया भी जाता है। उसका रंग तो देखिए। क्या यह किसी सूखी पत्ती का रंग है। और फिर दूर कहाँ जाना, अनाज को ही लीजिए न, उसे सालों साल खाते हैं, या नहीं ! सिर्फ हरा दाना खाने चलिए तो चार दिन में जी ऊब जाएगा और सेहत भी गिर जाएगी।'

इस बीच हरीश जी केवल सुन ही नहीं रहे थे, सोच भी रहे थे। उन्हें सोचते हुए देखकर उसने कहा, 'देखिए साहब, हम जो सोचते हैं कि बासी होने पर या सड़ जाने पर वस्तुओं के गुण नष्ट हो जाते हैं वह कोरा भ्रम है। बहुत सारी चीजों का अर्क और रस तो उनको सड़ाकर ही निकाला जाता है।'

हरीश जी ने मोर्चा सँभाले रखा, 'पर सड़े फल और सब्जियाँ खाने से लोगों को हैजा हो जाता है, यह तो आपने भी सुना होगा।'

'अब आपने की है पते की बात। चीजों के सड़ने का मतलब होता है उनमें बैक्टीरिया का पैदा हो जाना। अब सभी बैक्टीरिया नुकसान ही नहीं देते। दही को ही लीजिए। सिरके को लीजिए। अरे साहब यह जो वाइन है उसे लीजिए। कितने गुणकारी हैं ये। तो कुछ बैक्टीरिया जानलेवा भी हो सकते हैं, इसलिए इस मामले में असावधानी नहीं बरती जा सकती। फल के मामले में मैं यह सलाह किसी को नहीं दूँगा। लेकिन सब्जी को तो जलाने-पकाने के समय बैक्टीरिया वैसे ही नष्ट हो जाएँगे। वह अगर कुछ गली हुई भी रही तो नुकसान तो होने से रहा और जैसा कि मैंने कहा, पोषक तत्त्व तो उसमें भी होते हैं। तो जो साँप के बिल में हाथ डाले उसे मंतर तो आना ही चाहिए।'

उनको यह बात कितनी जँची यह उन्होंने जाहिर न होने दिया, पर अगले दिन से वह सचमुच सब्जी के लिए सब्जी मंडी जाने लगे और उससे अधिक खुश रहने लगे। उन्होंने ही उसे पहली बार फिलासफर की पदवी भी दी थी, 'आप छोटे-मोटे फिलासफर हैं देवेश जी।'

इस पर उसने कहा था, 'बात आपकी ठीक है पर छोटे मत कहिए, मोटे से ही मेरा काम चल जाएगा। हो सकता है आपके इस आशीर्वाद से ही शरीर पर कुछ चर्बी चढ़ जाए।'

'उसी के बाद बच्चे भी मुझे पीठ पीछे फिलासफर चाचा कहने लगे। श्रीमती शर्मा अवश्य देवर जी ही कहती हैं।'

'वह तो मैंने सुना था। उन्होंने देवर जी भी इतना इतराकर कहा था कि मैं सोचती रह गई थी कि वह 'देवर जी' ही कह रही हैं न !

देवेश ने शुभ्रा की इस टिप्पणी की ओर ध्यान ही नहीं दिया, 'मैंने उसकी साधनहीनता को उनकी कंजूसी मान लिया था और उन पर व्यंग्य कर बैठा था। एक तरह से देखो तो यह मेरी क्रूरता थी। इस तरह की क्रूरताएँ हम अक्सर करते रहते हैं और इनके इतने आदी हो जाते हैं कि इनकी नोटिस तक नहीं लेते। हरीश जी, बेचारे चार का परिवार लेकर दो कमरे के एक क्वार्टर में रहते हैं। पहला कमरा बैठक बना रखा है। उसमें दिन में सोफे की जगह एक चौकी और दो कुर्सियाँ सजी रहती हैं। दूसरा कमरा मुझे दे रखा है। रात को मियाँ-बीवी बैठक में उसी चौकी पर सोते हैं और बच्चे नीचे चटाई पर। सोचो, किस आर्थिक दबाव में यह सब करना पड़ता है। स्वयं चाय नहीं पीते। घर में चाय होती है, किसी के आने पर पेश करने के लिए। और आज तो उसी में से मुँह मीठा कराने की भी धुन सवार हो गई। इस तंगी के बीच में भी आदमी कितना कुछ कर सकता है, सोचो तो हैरानी होती है। पर उसके भीतर सोई हुई इस उदारता को बाहर लाने के लिए जिस अपनत्व की जरूरत होती है वह अक्सर हम व्यवहार में नहीं दिखाते।

'मैं किराया देता हूँ, पर किरायेदार के रूप में नहीं रहता। जानता हूँ जगह की तंगी है, कमरे में ताला नहीं लगाता। अलमारी खुली रहती है। टीन का बक्स भी खुला रहता है। उसमें कुछ पैसे भी रहते हैं पर आज तक कभी एक पैसा गायब नहीं हुआ। मेरी अनुपस्थिति में बच्चे उसमें पढ़ते हैं और मुझे यह व्यवस्था माफिक आती है। कभी कमरे में सफाई स्वयं नहीं करनी पड़ती। अपना गम गलत करने के लिए बच्चों को छेड़ता रहता हूँ।'

'मिसेज शर्मा को तो नहीं छेड़ते।'

'अरे, वही दोनों मुझे छेड़ते रहते हैं। पीछे पड़े रहते हैं कि मुझे अब शादी तो कर ही लेनी चाहिए। रोटी का हिसाब नहीं, पर शादी कर ही लेनी चाहिए। देखा नहीं तुम्हें देखकर कितनी खुश थीं। शर्मा जी आएँगे तो बारात की तैयारियाँ भी शुरू हो जाएँगी।'

9

श्रीमती शर्मा ने देवेश को उसके नाम आई चिट्ठी दी तो लिफाफा देखकर उसकी पहली प्रतिक्रिया यह हुई कि अब उसकी नौकरी खत्म करने की औपचारिकता पूरी की जाने वाली है। 'कोई बात नहीं। इसके लिए तो मैं तैयार ही था।' उसने लिफाफे से कहा।

'पहले खोलकर देखो तो सही।' लिफाफा बुदबुदाया।

और जब उसने इसे खोलकर पढ़ा तो खुशी से उछल पड़ा। वह लेखा की पहली विभागीय परीक्षा, अपेंडिक्स वन, पास कर गया था। इन परीक्षाओं को पास करते हुए लेखा विभाग के लोग पहले डिप्टी के ओहदे तक पहुँच चुके हैं। पहली परीक्षा पास करने उसे जल्द ही लेखा अधिकारी न भी बनाया जाए तो भी सहायक का पद तो मिल ही जाएगा। आगे की परीक्षाएँ पार नहीं भी कर पाया तो भी लेखा अधिकारी होने से तो कोई रोक नहीं सकता।

अब उसे लगा नई दिल्ली सुंदर और हरी-भरी जितनी भी हो, दूर तक लहराते सरसों के फूलों से भरे किसी खेत से सुंदर तो हो नहीं सकती, पर उन खेतों और बगीचों में रुकना कौन चाहता है। जिन पहाड़ों की सुंदरता से खिंचे लोग पहाड़ियों पर जाते रहते हैं उन्हीं के लोग उस सुंदरता को छोड़, भागे हुए मैदानी शहरों में चले आते हैं। सुंदरता को भोगने के लिए जो फुरसत चाहिए, जिस तरह की निश्चिंतता चाहिए, जो संबल और सुविधाएँ चाहिए, उनके बिना तो आदमी उसके पास से इस तरह गुजर जाता है जैसे पीठ पर पहाड़ लादे, जानवर की तरह आधा झुका, नीचे की ऊबड़-खाबड़ जमीन को निहारता, मोटिया।

अब उसे गोरे मालिकों द्वारा विद्रोही गुलामों के यातनावध का वह विवरण याद आने लगा जिसमें उनके पाँवों और हाथों को किसी पटरे से सटाकर उनमें कील गाड़ दी जाती थी और जीवित छोड़ दिया जाता था। उन्हें भूखा रखा जाता था। जब यह विश्वास हो जाता था कि वे भूख से छटपटा रहे हैं और यह छटपटाहट कीलों से होने वाले दर्द को भी पार करने लगी है तो उनके सामने ठीक इतनी दूरी पर रोटी के टुकड़े लटका दिए जाते थे जिन्हें देखकर उन्हें लगता कि वे हाथ-पाँव और गर्दन को तनिक और तानें तो रोटी उनके मुँह में आ जाएगी, पर बार-बार प्रयत्न करने पर भी से सफल नहीं हो पाते थे। इस प्रयत्न में वे अपने शरीर को स्वयं आगे की ओर खींचते थे और इससे जो असह्य पीड़ा होती थी, उसे देखने के लिए जुटी गोरों की भीड़ हँसती, किलकारियाँ भरती उन्हें फिर प्रयत्न करने के लिए उकसाती रहती थी।

उसे लगा नई दिल्ली में इतने समय तक वह इसी स्थिति में जीता रहा। उसकी दशा तो उस गुलाम से भी बुरी है, उसे इस तरह की यातना देने वालों से नफरत तो होती थी। वह तो इस बात को भी नहीं समझ पाया और इस नामुराद शहर को इतनी बेबाकी से प्यार करता रहा। नहीं, अब वह इसे कदापि सहन नहीं कर सकता।

इस जोरदार तर्क शृंखला से गुजरते हुए भी भीतर कहीं दिल्ली के लिए तड़प लगातार बनी हुई थी। यह नई दिल्ली के लिए नहीं थी, उस शहर के लिए थी जिसमें शुभ्रा रहती थी। शुभ्रा से परिचय के बाद दिल्ली का समस्त वैभव उसी में सिमट आया था।

उसने भोलाराम को यह सूचना दी तो वह उछल पड़े, 'मैं तो पहले ही कह रहा था कि रेलवे की नौकरी आदमी को छोड़नी ही नहीं चाहिए।'

शुभ्रा ने पूछा, 'सचमुच जाओगे ?'

वह इस प्रश्न से विचलित हो गया, 'तुम क्या सोचती हो ?'

'मैं कुछ नहीं सोचती। मैं सोचना ही नहीं चाहती। मैं चाहती हूँ तुम सुखी रहो।'

देवेश ने कहा, 'सोचना तो तुम्हें ही होगा। तुम्हारे सुख से अलग मेरा कोई सुख नहीं है। होगा वही जो तुम कहोगी।'

वह कुछ देर चुप रही फिर कमजोर-सी आवाज में कहा, 'जाना तो चाहिए। तुम जैसा सोचो।'

उसने समझाया, 'कोशिश करने पर तबादला हेडक्वार्टर में भी हो सकता है। या फिर दिल्ली के ही किसी सब आफिस में। नहीं तो तुम्हारे लिए बरेली कालेज में भी कोशिश की जा सकती है।'

शुभ्रा ने 'हूँ' कहा और फिर जोड़ा, 'तुम आते रहना।'

देवेश ने जैसा कहा था, आता भी रहा। पर उतनी जल्दी-जल्दी नहीं।

पहली बार तो आते-आते भी दो महीने लग गए। एक तो लंबी छुट्टी लेने के लिए जिस बीमारी का बहाना बनाता आया था उसी के ठीक होने का प्रमाण चाहिए था। फिर परीक्षा पास करने के साथ ही उन्नति तो हो नहीं जाती। जगह खाली होने का सवाल था। उसके बाद भी वह बरेली ही रहे या किसी दूसरे आफिस में भेज दिया जाए, यह तय नहीं था। इन सबका डौल बैठाना था।

अब उसकी दूसरे शुक्रवार और रविवार की रात ट्रेन में कटतीं और शनिवार का दिन और रात और रविवार का दिन दिल्ली के नाम रहता।

एक बार देवेश जब दिल्ली लौट कर आया तो पाया कि शुभ्रा जिस सहेली के साथ रहती थी, वह तो जा चुकी है और एक लड़का उस कमरे में रह रहा है। हुआ यह था कि उसके पति ने उसका तबादला फरीदाबाद करा लिया था जहाँ से उसे रोज आना-जाना पड़ता था। कमरा खाली था और अकेले उसे कुछ डर भी लगता था इसलिए अपने साथ काम करने वाली एक सहेली के कहने पर इसे उसके रिश्ते के एक भाई को दे दिया था। उसने बताया था कि लड़का बहुत सीधा है और लड़का सचमुच सीधा ही था। वह कविता भी लिखता था, जिसमें उसने अपना उपनाम सरल रखा था। शुभ्रा का कहना था कि नाम तो दूसरों के रखे होते हैं इसलिए किसी नाम से मनुष्य के स्वभाव का पता नहीं चलता, पर उपनाम वह स्वयं रखता है इसलिए यह मनुष्य के अपने स्वभाव को प्रकट करता है। वह इसलिए भी मानती थी कि सरल सरल ही है। यह वह दौर था जिसमें किसी रहस्यमय कारण से कवियों ने उपनाम रखना बंद कर दिया था और जो रखते थे वे हीन प्रतिभा के गलाबाज गीतकार

समझे जाते थे। इसलिए सरल का अर्थ शुभ्रा के लिए सरल भले था, देवेश को वह इस नाम के कारण ही चुगद दिखाई देने लगा था।

देवेश आया था दो दिन की आकस्मिक छुट्टी लेकर और दूसरे शनिवार और रविवार को मिलाकर। शुभ्रा के पास ही ठहरा भी। वह इस सवाल को लेकर कई तरह से उसे समझाने का प्रयत्न करता रहा। उसने कुछ खीझे हुए स्वर में कहा, 'साथ रहने के लिए तुमको और कोई नहीं मिला था ?'

शुभ्रा ने कहा, 'उसे मकान की बहुत सख्त जरूरत थी। जितना किराया देने की उसकी हैसियत थी उसमें कोई ढंग की जगह मिल नहीं सकती थी।'

देवेश उसकी खिंचाई करने लगा, 'जरूरत तो बहुत सारे लोगों को बहुत तरह की होती है। तुम किस-किस की जरूरत पूरी करती रहोगी और फिर एक अविवाहित हमउम्र की जरूरत सिर्फ कमरे की तो होती नहीं।'

शुभ्रा ने कुछ खीझते हुए कहा, 'वह वैसा नहीं है।'

'वह कैसा है यह मैं नहीं जानता, लेकिन इस लड़के में तीन दोष हैं।'

'दोष ? मैंने तो इसे लक्ष्य ही नहीं किया।' शुभ्रा ने चौंककर कहा।

'यदि लक्ष्य नहीं किया तो चार दोष हैं।'

'सुनूँ तो।'

'पहले तो यह तुम्हारा हमउम्र है, दूसरे सुंदर है, तीसरे, बहुत सीधा है और चौथे, जैसा तुमने कहा, उसमें तुम्हें कोई दोष तक नजर नहीं आता।'

देवेश हँस पड़ा। शुभ्रा भी हँसने लगी। एक बार उसके जी में आया था कि कह दे कि दो युवतियाँ एक साथ रहें तो इसके खतरे कभी-कभी उससे भी अधिक हो सकते हैं जितने किसी युवक के पास रहने पर, परंतु इसे इसलिए रोक गई कि देवेश पता नहीं उसका क्या अर्थ लगाए। कुछ रुककर कहा, 'तुम बालू में से भी तेल निकाल सकते हो ?'

शुभ्रा के स्वर की हल्की खराश देवेश से छिपी न रही, फिर भी उसने विनोद के स्वर में ही कहा, 'वह जमाना चला गया जब तेल सिर्फ तिल से निकलता था। आज दुनिया का सबसे जरूरी तेल बालू से ही निकल रहा है।' फिर वह कुछ गंभीर हो गया।

'एक बात तो मानोगी शुभ्रा, हम एक समाज में रहते हैं और उसकी कुछ सीमाएँ होती हैं।' देवेश ने भूमिका तैयार करते हुए कहा।

शुभ्रा ने उसके आशय को ताड़कर कहा, 'जब समाज आगे बढ़ता है तो ये सीमाएँ टूटती भी हैं। ये सिकुड़ती रहें तो समाज पुराने गोत्रसमूहों या कबीलाई जमातों की ओर लौटता चला जाएगा। इसलिए समाज की सीमाओं की बात करते समय केवल एक ही बात की जा सकती है कि कहाँ और किस रूप में ये हमें कुंठित और पीड़ित करती हैं और उन्हें किस तरह तोड़ा जाना चाहिए।'

'तो तुमने जो कुछ किया है वह उन सीमाओं को तोड़नें के लिए किया है ?'

'बात समाज की दार्शनिक व्याख्या से हटकर मुझ पर कहाँ से आ गई। हम तो अमूर्त में बातें कर रहे थे।'

'हम अमूर्त में बातें नहीं कर रहे थे। न मैं, न तुम। हम ढाल सामने करके बातें कर रहे थे, नहीं, वह भी ठीक नहीं होगा। हम अभी म्यान घुमा रहे थे, पर इसमें यह संदेश भी था कि म्यान के भीतर जो है वह बाहर भी आ सकता है।' देवेश हँस कर अपने तर्क की चोट को कुछ नरम बनाने की कोशिश कर रहा था।

'तो जो कहना हो सीधे कहो न। तलवार की धार तो सामने आए।'

'देखो, एक दिन भोलाराम जी ने एक बड़े पते की बात कही थी। तुम भी वहीं थीं इसलिए उसे दुहराऊँगा नहीं। यह तब की बात है जब मैं किसी कारण से आत्महत्या पर बहस कर रहा था। उन्होंने कहा था यह जिंदगी जिसे तुम नितांत निजी समझते हो वह भी सामाजिक है। उसे ही विस्तार देकर कहूँ तो कह सकता हूँ, मनुष्य ने जो कुछ बनाया, बचाया और विकसित किया है वह सब सामाजिक है। हमारी चेतना, ज्ञान, मूल्य, नैतिकता, अंतरात्मा और ईश्वर तक। नितांत निजी कुछ नहीं है।'

'न ही कुछ भी ऐसा है जो नितांत सामाजिक हो। जो सामाजिक है उसमें हमारा हिस्सा भी है। इसलिए इसे आगे ले जाने और बदलने में हमारी भूमिका भी मानी रखती है। वह केवल नष्ट करने के अधिकार पर सवाल उठा रहे थे, चुनने, बदलने और आगे ले जाने के सवाल पर नहीं। वह पढ़ते कम हैं पर सोचते बहुत ईमानदारी से हैं। हम किताबों को बीच में लाकर सोचते हैं। समस्या पीछे चली जाती है, किताब आगे आ जाती है। किताबों को—शास्त्रों और मान्यताओं को—अलग हटा कर बात करो।'

देवेश घिर गया था। उसने पैंतरेबाजी बंद कर दी, 'तुम्हें किसी लड़के को अपने साथ नहीं रखना चाहिए था, या रखना था तो इसके परिणामों के लिए तैयार होकर ऐसा करना चाहिए था।'

शुभ्रा चुप रही। यह सवाल उसके मन में भी कई बार उठा था कि उसने जो कुछ किया है वह ठीक है क्या ? परंतु उसे अब पीछे लौटने का रास्ता नहीं दिखाई दे रहा था। अकेली वह रह नहीं सकती थी और किसी महिला को साथ रहने के लिए आवाज लगाती घूम नहीं सकती थी। इससे बड़ी बात यह कि वह सरल से यह भी नहीं कह सकती थी कि वह वहाँ से कहीं अन्यत्र चला जाए। यह उसके स्वभाव में नहीं था। जब इसी बात को देवेश ने उठाया तो इसका अर्थ भी बदल गया था।

'तुम किस परिणाम की बात कर रहे हो ?'

'इसकी कि हम समाज की अपेक्षाओं की उपेक्षा करते हैं तो लोगों के बीच

रहते हुए भी समाज से अलग जा पड़ते हैं। वह हमारा साथ छोड़ देता है। हम अधिक अरक्षित हो जाते हैं। यदि हमारे साथ कुछ अघट घट जाए तो परिचित लोग भी तमाशबीन बने देखते रह जाते हैं, हमारा साथ नहीं देते।'

शुभ्रा कुछ देर तक चुप सोचती रही। उसके आसपास के दूसरे क्वार्टरों में रहने वाले उसे कुछ उत्सुकता से देखते थे। वह उनके बीच से तनी हुई, बिना किसी ओर देखे, बिना किसी की ओर मुड़े, गुजर जाती थी। सरल सिर को कुछ झुकाए हुए, यह दिखाते हुए कि वह दूसरों से अलग है और अपने आप में खोया रहता है, निकलता था। इसलिए दोनों की किसी से बोलचाल न थी। शुभ्रा को लगा देवेश की बात में दम है परंतु इसे सीधे स्वीकार करने के स्थान पर उसने पूछा, 'और तुम ? तुम मेरा साथ दोगे या नहीं ?'

'मेरी बात मत करो। मैं तुमसे अलग नहीं हूँ। तुम चूक करोगी तो उसका परिणाम मुझे भी भोगना पड़ेगा। जिस कारण तुम अपने को अरक्षित बनाओगी उसी के चलते मैं भी अरक्षित हो जाऊँगा। तुम्हारे निर्णय मुझे भी प्रभावित करते हैं इसलिए तुम्हें ऐसा करने से पहले मुझसे पूछ लेना चाहिए था। तुम यह मत भूलो कि तुम एक भारतीय नारी हो जिसका एक सामाजिक परिवेश है और इसमें ऐसा कोई आचरण या व्यवहार जो किसी दूसरे समाज में सामान्य लगेगा, विचित्र ही नहीं, विद्रोह जैसा लगेगा और सभी समाज विद्रोह का दमन करना अपने अस्तित्व की रक्षा के लिए जरूरी समझते हैं।'

शुभ्रा ने तुरत कोई जवाब नहीं दिया। उसकी समझ में नहीं आया कि वह इस पर क्या प्रतिक्रिया प्रकट करे। देवेश के कथन में सचाई थी पर इसके निहितार्थ इतने व्यापक थे कि इसमें उसके चरित्र पर संदेह से लेकर एक धमकी तक कुछ भी पढ़ा जा सकता था। इसे लेकर उसे बार-बार चुभन होती रही। पर वह इसे उस समय सह गई।

10

देवेश बरेली वापस लौटा उसके लगभग एक महीने बाद एक ऐसी दुर्घटना घट गई जिसने शुभ्रा को हिलाकर रख दिया। वह अपने भविष्य को लेकर इतनी भयभीत हो गई कि उसे रातों में दुःस्वप्न आने लगे। देवेश ने जो बातें उससे की थीं उनका उस समय जो भी अर्थ रहा हो, अब उनका अर्थ ही बदल गया था। उसने सोचा कि उसे देवेश को पत्र लिखकर स्थिति स्पष्ट कर लेनी चाहिए नहीं तो इसके परिणाम अनिष्टकर हो सकते हैं।

शुभ्रा ने पत्र में उन्हीं बातों को लेकर अपनी सफाई दी जिनको लेकर देवेश उससे कई तरह के सवाल करता और अपने दृष्टिकोण को समझाता रहा था। असहमति लगभग उसके हर एक विचार या प्रस्ताव से थी, परंतु कुछ का जवाब उसने सहज भाव से और कुछ का आक्रामक तेवर में दिया था।

उसने लिखा कि उसे ऐसा लगता है कि देवेश के मन में शुभ्रा के विषय में कुछ संदेह हैं। पहले वह उसे नई रोशनी का आदमी समझती थी, अब उसके शक से उसका पहले का यह विश्वास खंडित हो गया है।

हर पुरुष अपनी प्रेमिका या पत्नी को तभी नई रोशनी का मानता है जब उसे उसके इतर संबंधों पर आपत्ति न हो, बल्कि वह उन्हें आग्रह करके बुलाती और स्वागत-सत्कार करके उनको उचित अवसर प्रदान करने के लिए संभावित क्रीड़ास्थल से गायब हो जाती हो। इसी तरह हर स्त्री को पुरुष नई रोशनी का तभी दिखाई देता है जब वह उसके तमाम यारों के बीच एक और इस एक होने से ही संतुष्ट रहने के कारण, उसे अनन्य लगे। कुछ ऐसा ही खयाल शुभ्रा का भी था।

अपनी जिज्ञासाओं और सुझावों के कारण देवेश उसे नितांत संकीर्ण लगने लगा था और उसके मन में उसके प्रति प्रेम के स्थान पर क्रोध उमड़ने लगा था। इससे उसे कितनी चोट पहुँची थी, इसे वह शब्दों में बयान नहीं कर सकती थी, इसलिए उसने इतना ही बताकर संतोष कर लिया था कि वह इसे शब्दों में बयान नहीं कर सकती। उसकी समझ से नई रोशनी का आदमी पुरानी समस्याओं को पीछे छोड़कर केवल नई समस्याओं पर ध्यान देता है और उनका समाधान करता हुआ आगे बढ़ जाता है। इस कसौटी पर देवेश सही नहीं उतरा था। वह नई समस्या का समाधान देना तो दूर, कोई नई समस्या पैदा किए बिना ही, ऐसा सुझाव देकर चला गया था, जिसे अब मानने न मानने से कोई फर्क नहीं पड़ता था।

इसके आगे शुभ्रा का स्वर सख्त और चुनौती भरा हो गया। उसने बेलौस लिखा कि वह अपने को नारी मानती है। एक औरत। जिस तरह देवेश को अपने को मर्द समझने का अधिकार है उसी तरह उसे अपने को औरत समझने का अधिकार है। अधिकार वाली बात यहाँ कुछ लोगों को बेमानी लग सकती है, क्योंकि अधिकार के बिना भी वे औरत और मर्द ही थे और जो थे उसे घोषित करने के लिए इतनी ओजस्वी भाषा की जरूरत नहीं थी।

इसके आगे उसने कुछ शरीरविज्ञान के सवाल उठाते हुए यह बताया था कि दुनिया में हर जगह मर्द मर्द होता है और औरत औरत। उनकी आवश्यकताएँ और आकांक्षाएँ एक जैसी होती हैं। जलवायु और प्रजाति के अनुसार कुछ भिन्नता भले मिल जाए पर इंसानों के बीच मर्द और औरत को छोड़ दूसरी कोई जाति नहीं होती।

इस भूमिका के बाद उसने देवेश से सवाल किया था कि उसने 'भारतीय नारी' जैसी एक अलग जाति कहाँ से निकाल ली। उसने लिखा कि वह जानती है कि

भारतीय नारी से देवेश का तात्पर्य न तो उन अनगिनत भिखारिनों से रहा होगा जो भारत में रहते हुए भी भारत शब्द को नहीं जानतीं, न तस्करी करने वाली युवतियों से होगा जो भारत की सभी सीमाओं को पार करती रहती हैं और यायावर पक्षियों की तरह जिनके बारे में यह तय करना कठिन हो जाता है कि वे किस देश या किन देशों की हैं। वह यह भी जानती थी कि उसका आशय देह व्यापार करने वाली वेश्याओं से भी नहीं होगा यद्यपि वे सदा से रही हैं। उन्हें भारतीय नारी माना गया होता तो भारतीय नारी से उतनी पवित्र आकांक्षाएँ नहीं पाली जातीं, जो अक्सर पाल ली जाती हैं।

शुभ्रा ने देवेश पर व्यंग्य करते हुए लिखा कि उसका आशय भारतीय नारियों के बीच सिर्फ उन औरतों से था जो पति का पेट भरने के लिए खुद भूखी रह जाने के बाद भी अपने चेहरे पर तृप्ति की एक मुस्कान लिए उसकी सेज सजाती हैं। जो परपुरुष का स्पर्श होते ही आग में कूद जाती हैं। जो बीमार रहते हुए भी दिसंबर और जनवरी की ठंड में भी भोर में ही नहा-धोकर चूल्हा सुलगाने लगती हैं। जिनके आदर्श के रूप में पुराणों में उन चरित्रों की रचना की गई है जो अपने वेश्यागामी पति के कोढ़ी हो जाने और स्वयं वेश्या के पास चलकर जाने में अशक्त हो जाने के बाद, उसे अपने कंधे पर चढ़ाकर वेश्या के कोठे पर पहुँचाती हैं। वे जिनका पारिवारिक संपत्ति में कहीं कोई अधिकार नहीं होता, इसलिए जो बचपन में अपने माता-पिता के ऊपर बोझ मानी जाती हैं, विवाह के बाद दासी बनकर रहती हैं और दासी बन पाने के सौभाग्य पर गर्व करती हैं और बुढ़ापे में अपनी संतान के ऊपर भार बनकर मौत का रास्ता देखती हैं।

इसके बाद उसने देवेश से प्रश्न किया कि वह स्वयं बताए कि उसने उसकी आदर्श भारतीय नारी की सही तस्वीर पेश की है या नहीं ?

शुभ्रा ने लिखा कि स्त्री में बच्चे जनने, चूल्हा जलाने और सेज सजाने से अलग भी कुछ योग्यताएँ हो सकती हैं जिनके विकास के अवसर देवेश की आदर्श भारतीय नारी में हैं ही नहीं।

उसने देवेश को नसीहत दी थी कि वह अपने बनाए हुए इन फालतू बंधनों से निकलने का प्रयत्न करे नहीं तो समाज को दलदल से बाहर निकालने की कोशिश में वह खुद और उसका समाज दलदल में धँसता चला जाएगा। कहा कि वह समय के साथ चलने का प्रयत्न करे, नहीं तो आगे बढ़ती दुनिया में वह और उसका समाज पिछड़ जाएगा और आगे बढ़ने वाले इसे कुचलते हुए निकल जाएँगे।

वह इसके आगे समाजशास्त्रीय–पता नहीं इसे समाजशास्त्रीय कहना ठीक होगा या अर्थशास्त्रीय कहना–विवेचन में उलझ गई थी। लिखा, औरत की गुलामी का कारण आर्थिक परनिर्भरता रही है। पुरुष ने स्त्री के लिए ऐसी परिस्थितियाँ पैदा कर दीं कि वह हर मामले में उसी का मुँह जोहती और उसी की इच्छा पूरी करती

रह जाती है और इस बात पर संतोष जताया था कि वह आर्थिक दृष्टि से स्वतंत्र है। इस स्वतंत्रता के बल पर वह अपनी इच्छा के अनुसार अपना जीवन चला सकती है। वह अपनी समझ से जिसे ठीक समझेगी वही करेगी, जैसे रहना चाहेगी वैसे रहेगी, और यदि उसे कोई किसी बंधन में रखना चाहेगा तो उसकी रत्ती भर परवाह न करेगी।

इसके बाद उसने सरल के चरित्र के बारे में देवेश का भ्रम दूर करने के लिए एक घटना का जिक्र किया।

वह एक बार लाइब्रेरी से लौट रही थी। वहाँ उसकी शिष्याओं ने एक नाटक खेला था। वह पहले से जानती थी कि नाटक का मंचन सफल नहीं होगा, पर वह जितना खराब हुआ था, उसका उसे भी अंदाज नहीं था।

उसका मन बहुत उदास था। उसे कालिज अधिकारियों पर भी क्रोध आ रहा था। वह बता चुकी थी कि रिहर्सल ठीक नहीं हुआ है। नाटक का मंचन अभी करना ठीक नहीं रहेगा पर उनकी जिद के आगे उसे झुकना पड़ा था। इसलिए उसकी उदासी में क्रोध का पुट होने के कारण वह बार-बार झुँझला रही थी। उसने सोचा कुछ घूम-फिर ले तो शायद जी हल्का हो जाए। कालिज से लौटते समय वह कनाट प्लेस की ओर निकल गई थी। सरल ने उसे वहीं देख लिया था। वह उसके पास आया। वह अपने नाम के अनुसार बड़ी सरलता से व्यवहार कर रहा था। उसने उसी के साथ थोड़ी मटरगश्ती करनी चाही।

वह कॉफी पिलाने के लिए उसे एक रेस्त्राँ में ले गया। दोनों एक केबिन में बैठे। बातों के दौरान कुछ उत्तेजित होकर उसने शुभ्रा का हाथ पकड़ लिया लेकिन शुभ्रा ने किसी प्रकार की उत्तेजना या उद्वेग नहीं प्रकट किया। वह कुछ यूँ बनी रही जैसे कुछ विशेष हुआ ही न हो। इससे उसका उत्साह ठंडा पड़ गया और जल्द ही वह अपने आचरण पर लज्जित-सा अनुभव करने लगा। कॉफे से बाहर निकलते ही वह किसी जरूरी काम का बहाना बनाकर भाग खड़ा हुआ।

रात में शुभ्रा उसकी प्रतीक्षा करती रही पर वह न आया। उसे लग रहा था कि उसने सरल के साथ अच्छा सलूक नहीं किया था।

अगले दिन लौटी तो पाया वह अभी तक नहीं आया है। वह रात को पौने नौ बजे आया और अपने कमरे में चला गया। वह इतना उखड़ा-उखड़ा लग रहा था जैसे बेचैनी के कारण पिछली रात सो न पाया हो और सारे दिन मारा-मारा फिरता रहा हो। उसके कोट पर शिकन थी और टाई गले में इस तरह लटक रही थी जैसे ढीली रस्सी का फंदा हो।

शुभ्रा चाय बना रही थी। उसने एक चाय सरल के लिए भी बनाई और लेकर उसके कमरे में चली गई। वह कपड़े बदले बिना ही चारपाई पर लेटा सूनी आँखों से छत को देख रहा था।

शुभ्रा ने आवाज दी, 'सरल'।

उसने कोई जवाब नहीं दिया। वैसे ही चुपचाप पड़ा रहा। किसी खयाल में खोया हुआ।

शुभ्रा ने चाय मेज पर रख दी और चुप खड़ी रही।

उसने उसकी ओर नजर डाली और फिर सँभलकर बैठ गया।

सरल ने समझा था कि शुभ्रा अब लौट जाएगी, पर वह उसके पास ही चारपाई पर सटकर बैठ गई। वह उसकी उद्विग्नता को खत्म करना चाहती थी। थोड़ी देर बाद बिना कुछ बोले वह फिर लेट गया। शुभ्रा को जाने क्या हुआ कि उसने झुककर उसका माथा चूम लिया और अपने कमरे में लौट आई।

शुभ्रा का कहना था कि सरल इतना सरल है कि वह अभी तक अपनी झेंप से मुक्त नहीं हो पाया। वह हमेशा उससे बचने का प्रयत्न करता रहता है। इसे उसने उसकी सज्जनता की मिसाल के तौर पर दर्ज किया था। शुभ्रा को उससे किसी तरह की अपेक्षा नहीं थी। वह इस घटना को पत्र में दर्ज करके देवेश को यह समझा रही थी कि सेक्स उसके लिए भले जीवन-मरण का प्रश्न हो, शुभ्रा के लिए नहीं है। यह दूसरी जरूरतों की तरह एक शारीरिक जरूरत है जिसके साथ तब तक नैतिकता नहीं घुसेड़ी जा सकती जब तब इसकी पूर्ति छल, बलप्रयोग या किसी अन्य दबाव के सहारे न की गई हो।

इसके बाद फिर समाजशास्त्र और जीवविज्ञान आदि की भारी-भरकम बातें लिखकर कुछ पन्ने बर्बाद किए और फिर आगे लिखा कि पिछली बार देवेश उसे बहुत उलझा हुआ लगा था। उसके दुहरे चरित्र को देखकर वह अपने भविष्य पर दुबारा सोचने को मजबूर हुई है। वह जानना चाहती है कि यदि उसका देवेश के साथ विवाह हो तो क्या वे दोनों अपने जीवन में सुखी रह पाएँगे ?

लिखा कि देवेश स्वभाव से हठी है और स्वीकार किया कि वह भी कुछ कम हठी नहीं है। इसीलिए वह विवाह से पहले ही अपना दृष्टिकोण साफ कर देना चाहती है। उसे डर था कि पारिवारिक जीवन को सफल बनाने के लिए उसे बार-बार झुकना पड़ेगा और झुकना उसे स्वीकार नहीं था। सम्मानपूर्वक रहना तभी संभव था जब देवेश अपने हठ के गौरीशंकर से नीचे उतरे और दोनों बराबरी के स्तर पर रहकर जीने को तैयार हों। यदि यह संभव नहीं तो वह इस संबंध को यहीं खत्म कर देना चाहती है।

पत्र को अपनी समझ से उसने बहुत प्रभावशाली बनाना चाहा था। इस प्रयत्न में पत्र कुछ अधिक लंबा और भारी हो गया था।

11

जिस समय शुभ्रा का पत्र देवेश को मिला, वह अपने किसी मित्र के विवाह में जा रहा था। यात्रा ट्रेन से करनी थी। ट्रेन डेढ़ घंटे लेट हो गई थी, इसलिए इस बीच पत्र को पढ़ने का और पत्र मिलने की सूचना देने का समय था।

उसने लिखा कि उसे शुभ्रा का पत्र मिल गया है। इतनी साफगोई से पत्र लिखने के लिए उसने शुभ्रा को बधाई दी। बताया कि वह किन परिस्थितियों में पत्र लिख रहा है और आश्वासन दिया कि लौटने पर विस्तार से लिखेगा। यह जरूर लिखा कि उसका पत्र उसे विवाह से पहले ही तलाक की नोटिस जैसा लग रहा है। उसने शुभ्रा से इस बात का भी अनुरोध किया कि जब तक उसे उसका सविस्तार पत्र नहीं मिल जाता तब तक वह कोई बड़ा फैसला नहीं लेगी।

बारात बनारस गई थी।

बनारस को जो पहली बार देखता है उसे बनारस बनारस जैसा लगता है; दूसरी बार देखता है तो तमाम शहरों में से एक शहर जैसा, पर बनारस के लोग बनारसी बने रहने की कोशिश में इस तरह लगे रहते हैं कि मरने के बाद उनकी राख भी बनारसी लगती है।

बारात से लौटने के बाद उसने शुभ्रा को जो विस्तृत पत्र लिखा था उसमें उसने बनारस की एक-एक चीज का बहुत उत्साह से वर्णन किया था। वहाँ के दर्शनीय स्थलों का वर्णन तो आना ही था। भारत माता का मंदिर, दशाश्वमेध घाट, सारनाथ, पुराने रामनगर का वैभव, विश्वनाथ मंदिर के वर्णन के बाद लोगों की जानबूझ कर अपने को उजड्ड दिखाने की सनक का वर्णन किया था। इस सनक के पीछे भी उसे आत्मविश्वास और मस्ती झलकती दिखाई दे रही थी, जिसमें उनका भाँग और मगही पान का प्रेम और बड़े-बूढ़ों का भी सिर्फ अंगोछा डाले घाट की ओर जाने और नदी में उतर जाने की लापरवाही भी शामिल थी।

उसने लिखा कि यह शहर पूरी दुनिया से सचमुच जिद ठानकर अलग रहना चाहता है और दुनिया है कि इसे अपने चपेट में न जो यह है वह रहने दे रही है, न यह जो हो सकता है वह बनने दे रही है।

इसके साथ ही उसने बंगाल से आई उन बाल विधवाओं का भी जिक्र किया था जिन्हें उनके परिवार वाले काशीवास के लिए छोड़ जाते हैं कि वे पिछले जन्म के उस पाप को धो सकें जिसके कारण उन्हें बाल वैधव्य भोगना पड़ा। लिखा था कि वे पूरी तरह अपने भाग्य के भरोसे छोड़ दी गई हैं। जैसे चाहें, रहें। जो जी आए, करें। जहाँ जी आए, जाएँ। उनके अच्छे-बुरे से उनके खानदान की नाक तो बची रहे। जवानी जैसे भी कटती हो, उतनी दयनीय नहीं लगती, यद्यपि उसमें उस तरह की प्रकट चंचलता नहीं दिखाई देती जो इतनी विषम स्थिति में संभव थी।

उसने बूढ़ी और अशक्त हो चुकी विधवाओं का कुछ विस्तार से वर्णन किया था जिनको निर्वाह के लिए भीख माँगनी पड़ती है। इनकी संख्या अधिक और दाताओं की संख्या कम होने के कारण उन्हें इतना भी नहीं मिल पाता कि एक वक्त भी पेट भर सकें। ये धर्म, अर्थ और काम तीनों से शून्य अपने मोक्ष की प्रतीक्षा कर रही हैं।

देवेश ने लिखा कि वह शुभ्रा को कोई सफाई नहीं देना चाहता। सफाई उसे भी नहीं देनी चाहिए थी। सफाई तो किसी दोष या चूक की होती है। विचारों की भिन्नता हो तो खुलकर बात करनी चाहिए। उसने सराहना की थी कि शुभ्रा ने ऐसा किया भी है। लिखा था कि वह स्वयं भी यही करने जा रहा है। उसने अनुरोध किया था कि उसके पत्र को वह बिना किसी आवेश या उत्तेजना के पढ़े और जल्दबाजी में किसी नतीजे पर न पहुँचे।

'कोई दो आदमी, भले उनका लिंग, परिवेश, शिक्षा, ज्ञान और मेधा समान हो, किसी भी समस्या पर अलग-अलग ढंग से सोचते हैं। जुड़वाँ बच्चे जिनके सादृश्य की अतिरंजित कहानियाँ कही जाती हैं, वे भी इसके अपवाद नहीं। वे सभी अपनी नजर में सही होते हुए भी सही नहीं होते। जहाँ उन्हें दूसरे के विचार से असहमति होती है, वहाँ भी दूसरा आदमी गलत दिखाई देते हुए भी गलत नहीं होता। जो बात किसी को एक समय में सही लगती है वही, उसी व्यक्ति को, दूसरे किसी समय या परिस्थिति में गलत लगती है। अपनी समझ से सही निर्णय लेते हुए पूरी जिंदगी गुजार देने वाले लोगों से पूछो तो बताएँगे कि दुबारा जीने का मौका मिल जाता तो वे ऐसी बहुत सी गलतियाँ न करते जो उनसे लगातार होती रहीं। सच तो यह है कि इस मुकाम पर सही निर्णयों की तुलना में गलत निर्णयों की संख्या अधिक दिखाई देती है। पर यदि किसी को हजार बार पिछली गलतियाँ न दुहराते हुए, सब कुछ सही-सही जीने का मौका मिले तो भी, वह बेवकूफियों से बाज न आएगा। इतिहास में हजारों करोड़ों लोगों के अनुभव हमारे सामने हैं और फिर भी हम यह नहीं कह सकते कि हम उन गलतियों को नहीं दुहराते जिनके नतीजे हमारे सामने हैं और जिनके लिए हम अपने बुजुर्गों को दोष देते रहते हैं।'

उसने लिखा था, 'अभी तो हमने अपने प्यार के ताजमहल की नींव रखी है। अपने आवेश में आकर इस नींव को ही उखाड़कर मत फेंक देना।'

शुभ्रा को उसका पत्र मिला तो उसने इसे सरसरी नजर से पढ़ा और फिर रख दिया। फिर जब दुबारा पढ़ा तो उसे लगा कई बातें व्यंग्य में लिखी गई हैं। बनारसी लोगों की मस्ती में उजड्डता, आत्मविश्वास और मस्ती के जिस मेल की बात उसने लिखी है वह जरूर उसके पत्र की भावना का उपहास करने के लिए लिखी है नहीं तो किसी अज्ञात नगर के निवासियों के चरित्रविश्लेषण की जरूरत क्या थी। बालविधवाओं की बात तो उसने निश्चित रूप में यह समझाने के लिए लिखी है कि जिस बराबरी की बात शुभ्रा ने की थी वह एक कल्पना है। स्त्री स्वतंत्र

होने पर जिस दशा को पहुँचती है उसका नमूना यह है। पुरुष के साहचर्य में ही वह धर्म, अर्थ, काम और मोक्ष को प्राप्त कर सकती है। उसे इतनी खीझ आई कि एक बार को हुआ कि इसको फाड़कर चिंदी-चिंदी कर दे। फिर उसे लगा, यह एक जरूरी सबूत मिटाने जैसी बेवकूफी होगी और इसे सँभालकर रख लिया।

अगले दिन उसने फिर उसी पत्र को पढ़ा तो उसे अपने ही पिछले दिन के विचार पर संदेह होने लगा। वह एक सीधी-सी बात को इतना तूल दे रही थी, यह सोचकर उसे हँसी भी आई, पर तभी उसका ध्यान इस बात की ओर गया कि उसने जल्दी में कोई फैसला न कर बैठने की सलाह दी है। इसका मतलब यह कि वह समझ बैठा है कि कहीं मैं हताशा में कुछ उल्टा-सीधा न कर बैठूँ। मिसाल के लिए आत्महत्या।

वह चुपचाप अपने आप में खोई बैठी रही। उसके मस्तिष्क ने काम करना बंद कर दिया था। इस घबराहट के पीछे प्रेम की जो गहनता थी उसने उसे अभिभूत कर दिया था। उसने पत्र को अपने वक्ष से लगा लिया और तभी खयाल आया कि कोई गलत फैसला करने से उसका मतलब सरल के साथ विवाह का फैसला तो नहीं। तो इसका मतलब है वह मानता है कि मेरा सरल से संबंध है। मैं दो के साथ एक समय में ही संबंध रख रही हूँ। उसे गुस्सा आया, 'ब्लडी फूल !' उसके मुँह से उसके अनचाहे ही निकल गया और चेहरे पर खिंचाव आ गया।

आवाज कुछ तेज हो गई थी, नहीं तो सरल के कान में न पड़ती। वह दौड़ा-दौड़ा आया, 'आपने मुझसे कुछ कहा है ?'

शुभ्रा ने कहा, 'हाँ।' अब वह मुस्करा रही थी।

सरल चुप प्रतीक्षा करता रहा। शायद उसके कान में आवाज ही पड़ी थी, शब्द नहीं। इसके बाद भी जब शुभ्रा ने कुछ नहीं कहा तो उसने स्वयं पूछा, 'बताया नहीं कि आपने क्या कहा था ?'

वह खड़ी हो गई, 'मैंने कहा था, तुम परले सिरे के बेवकूफ हो।'

सरल उसे कुछ इस तरह देख रहा था जैसे कोई परले सिरे का बेवकूफ ही देख सकता था, 'मैंने समझा नहीं। क्या मुझसे कोई गलती हो गई।'

शुभ्रा ने आगे बढ़कर उसके गाल पर एक हल्की-सी चपत लगाई, 'हुई नहीं, लगातार हो रही है। पर अभी जाओ।'

12

देवेश दो-चार दिन बाद ही आ गया। शुभ्रा का सामना होते ही उसने कहा, "बड़ी मुश्किल से जान छुड़ा कर आया हूँ। इतनी छुट्टियाँ ले चुका हूँ कि अब छुट्टी मिल

ही नहीं सकती थी। किसी तरह बॉस को पटाया, तब कहीं भाग पाया।'' उसका सूटकेस अभी उसके हाथ में ही टँगा था।

शुभ्रा ने कुछ कहा नहीं, "हाथ बढ़ा कर सूटकेस ले लिया और चुपचाप लौट गई।''

देवेश उसके पीछे-पीछे मंत्रचालित-सा चलता हुआ, उसके कमरे तक गया और फर्नीचर के नाम पर उसमें रखी पढ़ने-लिखने की एक मात्र कुर्सी पर बैठ गया, कुछ दिनों के लिए तुम भी वहीं क्यों नहीं चलतीं।'

'तुम चाहते हो, कहूँ, यहाँ से निकल जाओ ?'

देवेश को इसकी उम्मीद नहीं थी। वह शुभ्रा का मुँह देखता रह गया।

'तुम इतनी घबराहट में बातें क्यों कर रहे हो ? अभी आकर ठीक से बैठे भी नहीं, और...' वह कोने में रखी सुराही की ओर बढ़ गई। उसके पास ही एक स्टूल पर गिलास रखा था। उसने पानी ढाला और लाकर देवेश के सामने कर दिया, 'तुम्हारा गला सूख रहा है और आते ही सफाई और अगली पंचवर्षीय योजना पर बहस !'

देवेश को राहत अनुभव हुई, 'प्यास तो लगी थी। गर्मी कितनी है। पर सोचा आते ही-आते पानी पीने पर जुकाम भी हो सकता है।'

शुभ्रा ने उसे जवाब देना जरूरी नहीं समझा। वह अब रसोई की ओर चली गई और वहाँ से स्टोव जलाने की आवाज आने लगी।

ज़ब वह लौटी तो ट्रे में चाय के प्याले, दो मठरियाँ, थोड़ी-सी भुजिया और पेठे की मिठाई थी। उसने ट्रे पढ़ने की मेज पर रख दी, 'अधिक भूख लगी हो तो पराठे सेंक दूँ। अचार से खा लेना। इस समय घर में कोई सब्जी नहीं है।'

'जरूरत हुई तो ले आएँगे बाजार से जाकर करेला और। तुम बैठो तो सही। जब से आया हूँ मुँह चुराने का कोई न कोई बहाना लिए भागती फिर रही हो।'

वाक्य सहज विनोदवश कहा गया था, पर शुभ्रा को लगा इसके पीछे कोई गूढ़ संकेत भी है। वह एक क्षण तक इसे ताड़ने के लिए उसकी ओर देखती रही, फिर प्याला उठाकर उसे थमा दिया, 'पुरुष तो अपने सामने रखा प्याला तक नहीं उठाता है न ! यह काम स्त्री का है कि वह उसे उठाकर पुरुष को थमाए।'

'स्त्री के सामने बच्चा बना रहना चाहता है इसलिए। स्त्री के सामने वह आजीवन बच्चा बना रहना चाहता है, इसलिए।' देवेश ने एक हाथ बढ़ाकर उसे अपनी ओर खींचना चाहा।

'क्या करते हो ! चाय गिर जाएगी।' वह एक कदम पीछे हट गई थी, 'पहले चुपचाप चाय पियो। ठंडा पानी पीने से जुकाम हो सकता है, पर गर्म चाय पीने से आज तक किसी को बुखार होते नहीं देखा गया।'

वह अपनी चाय लेकर पास ही बिछी चारपाई पर कुछ हटकर बैठ गई थी,

'तुमने बताया नहीं, भूख लगी है या नहीं।'

'तुम्हें देखने के बाद क्या भूख-प्यास लगी रह सकती है ?'

'यह वक्त ऐसे सवालों का नहीं है। पराठा ऑर नो पराठा का है। रोटी भी बन सकती है, पर वह अचार के साथ ठीक जमेगी नहीं। जल्दी बोलो।'

'जल्दी नहीं है। रास्ते भर बोरियत से बचने के लिए भारतीय रेलयात्री कुछ न कुछ खाता रहता है और यदि उसी डिब्बे में कोई विदेशी होता है तो वह हैरान होकर सोचता रहता है कि इस देश में खाद्यान्न की कमी की बात लोग क्यों करते हैं ? यदि वह है तो किसके कारण है ? और फिर वह मुँह बनाकर खिड़की से बाहर देखने लगता है। मैं भी रास्ते भर कुछ न कुछ खाता पीता ही आया हूँ। और फिर अब खाना खाने का समय भी नहीं रहा। ट्रेन लेट न हुई होती तो कभी का आ गया होता। धूप थोड़ी नरम पड़ जाए तो बाहर निकलेंगे। कहीं इत्मीनान से बैठेंगे और कुछ खाने का जी हुआ तो खा भी लेंगे।'

'इत्मीनान से बैठने की जगह तो इससे अच्छी नहीं मिलेगी। अच्छा, तब तक तुम कपड़े बदलकर थोड़ा आराम कर लो। बैठे-बैठे कमर अकड़ गई होगी।' वह कमरे से बाहर निकल गई। आँगन में एक चारपाई दीवार के सहारे उल्टी खड़ी थी। उसने उसे उठाया ही था कि देवेश उठकर उसकी ओर भागा, 'यह काम तुम्हारा नहीं है। मैं ले आता हूँ।'

चारपाई धूप से गर्म हो रही थी। उसने उसे शुभ्रा से लगभग छीन-सा लिया। लाकर उसकी चारपाई के पास ही बिछा दिया।

'रहने दो। वह गर्म है। तुम इस पर ही आराम करो। मैं वैसे भी दिन में नहीं सोती। कापियाँ भी जाँचनी हैं।' उसने कमरे में ही एक कोने में बड़े बक्स के ऊपर तहाकर रखे गए कपड़ों में से एक चादर निकाली और पुरानी चादर बदलने लगी।

देवेश सोच रहा था, सब कुछ इतना सामान्य है फिर इसने इतने तंनाव में पत्र क्यों लिखा था, 'तुम पुरुष की बराबरी क्यों करना चाहती हो, शुभ्रा। तुम तो स्त्री होने के अधिकार से इतनी ताकतवर हो कि जब से आया हूँ, लगातार हुक्म चला रही हो।'

वह तय नहीं कर पाई कि यह बात चापलूसी में कही गई है या देवेश सचमुच ऐसा ही अनुभव भी करता है, 'तुम सो जाओ।' वह कापियों का बंडल खोलने लगी।

देवेश चारपाई पर पड़ा छत को निहारता रहा। उसे नींद नहीं आ रही थी। शुभ्रा अपने को व्यस्त दिखाने के लिए कापी में आँखें गड़ाए थी। देवेश उस ओर देख नहीं रहा था फिर भी उसे लग रहा था कि उसका मन कहीं और है। कापियों में कतई नहीं। फिर उसे हँसी आ गई।

शुभ्रा ने यह तक जानना नहीं चाहा कि वह हँसा किस बात पर है। देवेश मुड़कर उसे देखता रहा। शुभ्रा ने जरूर भाँप लिया होगा कि देवेश उसे निहार रहा

है। उसने दृष्टि घुमाए बिना ही कहा, 'तुम सोते क्यों नहीं। हँस क्यों रहे थे ?''

'सोच रहा था इस समय जिस भी लड़की या लड़के की कापी तुम्हारे सामने होगी उसे या तो डिस्टिंक्शन मिलेगा या वह फेल हो जाएगा।'

'क्यों ? ज्योतिष कब से करने लगे ?' वह कापी में ही आँखें टिकाए रही।

'तुम आँखें तो कापी में गड़ाए हो, पर देख कुछ नहीं पा रही हो और अंक फिर भी देने ही होंगे, इसलिए सोच बैठा।'

अब उसने कापी को एक झटके से उठाकर किनारे रख दिया। उसे मुड़ते देखकर देवेश ने मजा लेने के लिए बच्चे की तरह पलकें बंद कर लीं। शुभ्रा मुस्कराने लगी। वह बंद पलकों से भी उसे मुस्कराते हुए देख रहा था।

'शैतान !' वह फिर मुड़कर उसी कापी को उठाने लगी।

कागज की सरसराहट सुनकर देवेश ने कहा, 'मैं सोच रहा था, हर स्त्री पहले माँ होती है और फिर स्त्री। स्त्री उसे होना ही इसलिए पड़ता है कि वह माँ होती है।'

'तुम चुप नहीं रहोगे तो इसी तपती लू में मैं निकल कर बाहर चली जाऊँगी। समझे !'

वह चुप कर गया। देर तक आँखें बंद किए सोने का प्रयत्न करता रहा। फिर एकाएक आँख लग गई।

जगा तो दिन डूबने को था। शुभ्रा ने जग में पानी और तौलिया लाकर रख दिया। 'अभी पानी आने में कुछ देर है। हाथ-मुँह धो लो। नहाना तो नहीं ?'

वह स्वयं नहाई हुई सी लग रही थी।

उसने सिर हिलाया और जग और तौलिया लेकर बेसिन की ओर बढ़ गया। जग हाथ में था पर आदत बस टेप खोल दिया और इसके साथ सूँ की तेज आवाज ने उसे आश्वस्त कर दिया, 'अरे, पानी तो आने वाला है। अब तो नहा लेना ही ठीक रहेगा।' वह जग लिए दिए लौट पड़ा।

'कभी-कभी आ जाता है। इस देश में कोई चीज कभी कायदे से तो चलती नहीं। अब आधे घंटे पहले आ गया तो कब चला जाए इसका ठिकाना नहीं।' शुभ्रा ने कुछ इस तरह कहा जैसे उसकी हार हो गई हो।

देवेश लौटकर सूटकेस से तौलिया, कच्छा और बनियान निकालने लगा।

'यह भी प्यार का ही एक अंदाज है।' देवेश ने सूटकेस में सिर गड़ाए-गड़ाए ही कहा।

शुभ्रा चौंककर उसे देखने लगी। वह देवेश को पढ़ रही थी, 'क्या ?' उसने हारकर पूछा।

यही, असंतोष। शिकायतें करते रहना। हम जिसे प्यार करते हैं उसे इतना अच्छा, इतना निखोट, सबसे इतना अलग और ऊँचा देखना चाहते हैं कि उसकी

छोटी से छोटी कमी शूल की तरह चुभती है। तुम इस देश को इतना प्यार करती हो कि तुम्हारी उम्मीद से पहले इसमें कोई अच्छा काम भी हो तो तुम्हें इस बात की खुशी न होगी कि हालत में सुधार हो रहा है, दुख इस बात का होगा कि इसका चरित्र बदल रहा है।' वह सूटकेस बंद कर चुका था इसलिए उसके चेहरे पर उभरी शरारत भरी चमक शुभ्रा को भी दिखाई दे रही थी।

'कुछ और कहना हो तो वह भी कह लो।' देवेश को कुछ कहने का मौका दिए बिना ही शुभ्रा रसोई की ओर बढ़ गई। वह स्टोव जलाने लगी तो उसने वहीं से टोक दिया, 'अब कुछ नहीं। चाय बाहर ही पिएँगे। शाम का खाना भी बाहर ही खाएँगे।'

शुभ्रा के लिए उसके आदेश का कोई अर्थ नहीं था, 'कपड़े भी बाहर ही पहन लेना। बाजार में मिलते हैं।' उसने रसोई से ही कहा।

देवेश हँसने लगा, 'मुझे तो कोई पहचानता नहीं। झेलना तुम्हीं को होगा।' वह अब बाथ में घुस गया था। उसकी आवाज किसी आदिम गुफा से सहस्राब्दियाँ पार करके सीधे बीसवीं सदी में और उसमें भी शुभ्रा के कान में बरसती-सी लगी। उसे तत्काल कोई उत्तर नहीं सूझा। वह चुप लगा गई।

13

वे निकले तो यूँ ही मटरगश्ती करते रहे। उन दिनों कनाट में मटरगश्ती करने का अपना ही सुख था। खास कर इस मौसम में। फुटपाथों और सड़कों पर इतनी भीड़ नहीं हुआ करती थी। सड़कों की चौड़ाई और गाड़ियों की विरलता के कारण इनको पार करते, यहाँ तक कि कुछ दूर बीच सड़क से चलते समय भी किसी से टकराने या रगड़ खाने का उससे कम अंदेशा रहता था जितना परंपरागत भारतीय बाजारों में फुटपाथ पर चलते हुए। वहाँ तो पूरा बाजार आपके ऊपर लदा हुआ या आपसे रगड़ खाता-सा लगता है। यहाँ दूकानों में घुसने के बाद भी हर चीज अपने से दूर लगा करती थी। कुछ यूँ जैसे आप किसी बाजार से नहीं किसी विराट संग्रहालय से गुजर रहे हों जिसकी चीजों की विचित्रता हमें जितनी भी चौंकाए, उनमें से किसी की सही समझ हमें न हों। उनमें रखे सामान केवल देखने और पास से गुजर जाने के लिए होते थे। दूकानों में इतनी कम भीड़ और उसके बाद भी इतने कीमती सामान, सधे खड़े हुए इतने सहायक कि किसी सामान की कीमत पूछते हुए भी डर लगता था।

पास-पास चलते हुए, किसी न किसी नुक्ते पर बोलते हुए भी, वे एक-दूसरे से बात करने से बचते रहे। मौसम अच्छा था। वसंत का उतार जिसमें खुश्की इतनी

बढ़ जाती है कि हल्के से झोंके के साथ भी जमीन की धूल उड़कर आँख-नाक सभी को भर देती है, फिर भी इसमें एक ऐसी मादकता होती है, जिसे आदमी केवल जवानी के उठान में ही महसूस करता है। जवानी के उतार के बाद अनुभव नहीं करता, या करता है तो जवानी के दिनों की याद के साथ ही।

'दिल्ली रेगिस्तान के सिरे पर जंगल में बसा एक परिस्तान है।' उन दिनों दिल्ली उसे ऐसी ही लगती थी। ऊँची इमारतों पर चढ़कर देखने पर लगता जंगल के बीच जगह-जगह कुटीर बने हुए हैं। तब बहुमंजिली इमारतें भी पाँच तल्ले से अधिक की नहीं थीं और दिल्ली के लोग, खास कर सुंदरियाँ, उसे, उसकी जानी हुई दुनिया से अलग, किसी दूसरे लोक की लगती थीं।

शुभ्रा चुप रही।

'हर साल दो मिलीमीटर रेत के नीचे दबता जा रहा है, यह शहर।' शुभ्रा को चुप पाकर उसने कहा। वह सिर्फ कुछ कहने के लिए बोलता जा रहा था। इस समय वे इनर सर्कल पार करते हुए सेंट्रल पार्क की ओर जा रहे थे।

शुभ्रा ने फिर भी कोई जवाब नहीं दिया।

'तुम चुप हो।' देवेश ने याद दिलाया।

'जवाब देने के लिए इसमें कुछ था क्या ? यह तो एक सूचना थी। गणित अच्छी होती तो हिसाब लगाती कि उस रेगिस्तान में ये इमारतें दबेंगी या रेगिस्तान बनने से पहले ही गिरकर रेगिस्तान की प्रतीक्षा करेंगी। पर्यावरण विशेषज्ञ होती तो बताती कि रेगिस्तान के इस हमले को रोका कैसे जा सकता है।'

अब वे पार्क में एक कोने में बैठ गए थे। उन दिनों इसमें सचमुच बैठा जा सकता था। इसके चारों ओर मँडराती इक्की-दुक्की गाड़ियों और स्कूटरों की आवाज़ शोर नहीं, संगीत की पृष्ठभूमि तैयार करती थी। इसमें बैठना सुभाष पार्क में बैठने जैसा नहीं था, जहाँ आपके बैठते ही मालिश वाले या कान की मैल निकालने वाले, आपके आस-पास चक्कर लगाने लगते थे और इस-उस कोने में कोई थका-हारा मजदूर अंगोछा पसारकर खर्राटे भरता दिखाई दे जाता था। यहाँ पुलिस इस बात पर भी नजर रखती थी कि बैठने आए हुए लोग सिर्फ बैठें और बातें करें, बैठने का कोई और लाभ न उठाएँ।

'अच्छी जगह है। ऐसी जगहें हर शहर में, जगह-जगह, होनी चाहिए।' उसने बैठ जाने के बाद कहा।

'तुम्हारे पास बात करने के इतने विषय हैं कि तुम चाहो तो इस हवा से भी बात कर सकते हो, जो जवाब में कुछ और गुबार तुम्हारे सिर पर जमा कर सकती है।'' उसने अपने पर्स से एक छोटे तौलिये जैसा नैपकिन निकाला, 'अपना चेहरा तो देखो। लो इससे साफ कर लो।'' वह अपना रूमाल निकाल कर खुद अपना चेहरा साफ करने लगी।

देवेश समझ रहा था इधर-उधर के विषय पर बातें करते सुनकर वह ऊब रही है, इसलिए उसने विषय पर आते हुए कहा, 'अच्छा शुभ्रा, तुमसे सफाई किसने माँगी थी जो तुमने इतना लंबा खत लिख डाला और वह भी इतने तनाव में कि मैं घबरा गया। वैसा न होता तो बारात से लौटने के बाद ही उत्तर देता। मुझे लगा उस बीच तुम जाने क्या-क्या सोचती रहोगी। मेरे बहुत सगे मित्र की शादी थी, नहीं तो बनारस जाने की जगह दिल्ली के लिए रवाना हो गया होता।'

शुभ्रा अपनी मनोदशा को स्वयं नहीं समझ पा रही थी। उसे इतना ही मालूम था कि उसका व्यवहार नार्मल नहीं है और वह अपने भीतर भी नार्मल नहीं है। कुछ कहना जरूरी लग रहा था, पर क्या कहे, यह समझ में नहीं आ रहा था। वह अपने आपको सहेजने में लगी हुई थी। कुछ देर इसी मनोदशा में रहने के बाद उसने कुछ सोचते और रुकते हुए कहा, 'सफाई नहीं माँगी थी, यह तो सच है। पर सच यह है कि तुमने सफाई तक नहीं माँगी थी।'

वह एक दूब नाखून से तोड़कर उसे उँगलियों में दबाए, यंत्रवत दाँतों से कुतरती जा रही थी।

देवेश ने उसकी हथेली अपने हाथों में ले ली, 'जरूरत थी उसकी ? मैंने तो एक सलाह दी थी। मानना या न मानना तुम्हारा काम था।'

हठात् शुभ्रा तैश में आ गई, 'तुमने सलाह नहीं दी थी। सलाह नहीं। सलाह नहीं। सलाह उस तरह नहीं दी जाती। निर्देश। बोलो, क्या तुमने मुझे निर्देश नहीं दिया था कि मैं कैसे रहूँ, क्या करूँ और किससे बातें करूँ या न करूँ !'

'चलो, निर्देश ही सही। जिसे कोई अपना समझता है उसे ही निर्देश भी देता है। इसमें बुराई क्या है ?' देवेश उसके चेहरे पर नजर टिकाए था।

'नहीं, अपना नहीं, अपने अधिकार में समझा जाता है, उसे दिया जाता है निर्देश। अपने नौकरों को, नीचे के लोगों को।' शुभ्रा के स्वर में अकड़ बनी हुई थी।

'अपने बच्चों को, पत्नी को, भाई को, बहन को नहीं दिया जाता ?'

'दिया जाता है, जब उन्हें अपने से छोटा समझा जाता है तब। अपनी संपत्ति समझ लिया जाता है तब। बड़ों को भी दिया जाता है, जब वे तुम्हारे ऊपर पूरी तरह निर्भर करने लगते हैं तब।'

'निर्भरता के कारण नहीं। जब लगता है कि उनकी भलाई इसी में है, और वे किसी कारण से उसका ध्यान नहीं रख पा रहे हैं। एक नर्स अपने मरीज को निर्देश देती है। सड़क के बीच खड़ा एक सिपाही आने-जाने वाले हजारों लोगों को निर्देश देता है कि वे कैसे चलें, कब तक रुके रहें। कानून और समाज के नियम-कायदे हमें निर्देश देते हैं कि हम क्या करें और क्या न करें। कभी सलाह के रूप में, कभी अपेक्षा के रूप में, कभी चेतावनी के रूप में और कभी झिड़की के रूप में, हमसे लगातार माँग की जाती हैं कि हम कैसे रहें, क्या करें। यह तुम भी कर सकती हो।

कोई भी। बहुत कुछ हमारी समझ पर भी निर्भर करता है। कई बार झिड़की तक के पीछे सिर्फ प्यार होता है, भर्त्सना नहीं।'

'प्रभुत्व का बोध और अपने ऊपर निर्भरता की चेतना, इन्हीं से पैदा होता है, कोई भी निर्देश। यह मेरे ऊपर कैसे चल सकता है ? मुझमें यह समझ है कि मेरा हित या अहित किस चीज में है। और मैं अपने पैरों पर खड़ी हूँ, किसी के ऊपर निर्भर नहीं। मैं किसी दूसरे के इशारे पर नाचने वाली कठपुतली बनकर अपनी जिंदगी नहीं गुजार सकती। यह बात समझ लो, मैं अपनी स्वतंत्रता का सौदा नहीं कर सकती। किसी कीमत पर नहीं।' वह फिर उत्तेजित होने लगी थी।

देवेश की समझ में नहीं आ रहा था कि इतनी सीधी-सी बात का वह उल्टा ही अर्थ क्यों लेती जा रही है। लगातार। उसने एक बार को सोचा, यदि इसका यही स्वभाव है तो क्या इसके साथ जिंदगी गुजारी जा सकती है ?

इस समय बात जारी रखना, झगड़ा मोल लेने जैसा था। बचाव का एक ही रास्ता दीखा। बोला, 'चलो, इस समय तुम्हारा मूड अच्छा नहीं है। और देखो, वह गजरे वाला लड़का इधर ही चला आ रहा है।'

'मूड मेरा कभी खराब नहीं रहता। नाराज होती भी हूँ तो सिर्फ अपने ऊपर, किसी दूसरे पर नहीं।'

'अपनों पर भी नहीं ?' देवेश ने मुस्कराते हुए पूछा।

'कोई अपना हो तो सही। सभी अपने-अपने लिए अपनापा दिखाते हैं।'

'याज्ञवल्क्य ने यही बात मैत्रेयी को समझाई थी। तुम तो ब्रह्मवादियों वाली भाषा में बात कर रही हो।' देवेश ने शुभ्रा का हाथ ढीला कर दिया कि यदि वह पीछे खींचना चाहे तो खींच ले और उठने की तैयारी करने लगा।

'जब साफ बात करनी हो तो तुम कन्नी काट जाते हो। मैंने स्वतंत्रता की बात की तो तुम्हें चलने की याद आ गई।' उसने उठने की सुगबुगाहट तक नहीं दिखाई।

देवेश फिर अपनी जगह पर जम गया, 'तुम स्वतंत्र हो। यह तुम्हें अच्छा भी लगता होगा। पर मैं स्वतंत्र नहीं रहना चाहता। मैं बँधकर रहना चाहता हूँ। बँधेगी वह भी जिससे मैं बँधूँगा। स्वतंत्रता महिलाओं के लिए नया शब्द है। बुजुर्गों ने उनकी स्वतंत्रता पर रोक लगा रखी थी, इसलिए। इसके बावजूद आज भी यह सच है कि जैव सीमा के कारण स्त्रियाँ अधिक अरक्षित हैं और उन्हें संरक्षण की जरूरत होती है। स्वतंत्रता का मैं ठीक वही अर्थ नहीं लेता जो तुम लेती हो।'

'क्या अर्थ लेते हो तुम, जरा सुनूँ तो।'

गजरे बेचने वाला बिल्कुल पास आ गया था। मोतिया की खुशबू का एक झोंका आया तब उसका ध्यान उसकी ओर गया। वह उसकी ओर मुड़ी, 'हे, फूटो यहाँ से।'

वह बारह-तेरह का लड़का था। चौंककर पीछे हटा तो उसे हँसी आ गई। वह रूमाल मुँह से लगाकर अपनी हँसी को रोकने लगी।

'जिस स्वतंत्रता की बात तुम कर रही हो उसका अर्थ है, अपने में ही सिमटकर रहना, दूसरों से कटकर रहना, किसी के प्रति जिम्मेदार न रह जाना, सब कुछ अपने विवेक पर छोड़ देना, जब कि सौ में नब्बे मामलों से यह झक और मनचलेपन का ही दूसरा नाम हुआ करता है। जानती हो, जिस तरह की स्वतंत्रता की कामना तुम कर रही हो उसमें आदमी किसी दूसरे से जुड़कर रह ही नहीं सकता। किसी दूसरे से प्यार कर ही नहीं सकता। यह आत्मरति का ही दूसरा नाम है।'

'आ गए न अपनी पर। यह तो मैं पहले से जानती थी।' शुभ्रा की हँसी खीझ में बदल गई, 'तुमने जितना स्वार्थी मुझे समझ रखा है उतनी स्वार्थी मैं नहीं हूँ। तुम्हारी बात नहीं जानती।'

बत्तियाँ कभी की जल चुकी थीं। पास ही एक खंभे पर जल रही नियोन की हंड़िया से आती रोशनी उनके चेहरों पर पड़ रही थी। इस रोशनी में उनका रंग बदल गया था। इस ओर उसका ध्यान पहली बार गया।

'तुम बोलती हो तो लगता है कुछ छिपा रही हो। इस रोशनी की तरह।'

शुभ्रा ने कुछ कहा नहीं, अपनी घड़ी देखने लगी।

'क्या हो गया ? क्या समय हुआ ? चलना है ? अभी तो तुम स्वतंत्रता पर बात करना चाहती थीं।'

वह कुछ बोली नहीं, उठने लगी।

कुछ देर तक वे चुपचाप चलते रहे। चुपचाप, पर पास-पास।

'नेरुला में चलते हैं।' देवेश के प्रस्ताव पर न तो उसने हाँ की, न ना। चुपचाप उसके साथ चलती रही।

भीतर घुसते हुए दरवान ने झुककर सलाम किया तो उसके जी में आया जवाब में वह भी इसको तस्लीम करे। यह उसे मनुष्यता का और शिष्टाचार का अपमान-सा लगता है कि कोई, उसकी कैसी भी स्थिति हो, झुककर सलाम करे और आप उसकी उपेक्षा करते हुए उसके पास से गुजर जाएँ, पर लोक व्यवहार के चलते उसने भी दूसरों जैसी ही उपेक्षा दिखाई। कोई और विषय सूझ नहीं रहा था इसलिए मेज पर बैठने के साथ शुभ्रा से यही बात कही तो उसने कहा, 'उसे इसी काम के लिए रखा गया है। झुककर दरवाजा खोलना। एयर इंडिया के महाराजा की तरह। होटल वाले हर चीज का पैसा तुम्हारे बिल में शामिल रखते हैं, उसके सलाम का भी।'

उसने मीनू लेकर देखना शुरू किया तो शुभ्रा ने उसके हाथ से मीनू छीन लिया, 'बताओ, क्या लेना है।'

'मेरा बस चले तो पहले मैं एक बीयर लूँ।' उसने केवल उसे खिझाने के लिए कहा था।

'तो लो न। मना कौन करता है ?'

बैरा पानी रखने आया तो उसने खुद ही फर्मायश की, 'एक बीयर, एक कोक।'

देवेश ने टोक दिया, 'बियर एक नहीं दो। कोक एक भी नहीं। और स्नैक्स।' वह शुभ्रा की ओर मुड़ा, 'आज मेरी चलेगी।'

शुभ्रा को अच्छा लगा। उसने हल्का प्रतिवाद किया, 'कभी ली नहीं है।'

'हर चीज कभी न कभी पहली बार ही ली जाती है।'

बैरा चला गया तो शुभ्रा ने ही बात छेड़ी। बीयर के नाम ने ही उसे रिलैक्स कर दिया था, 'आज कल तुम कविता भी करते हो शायद।'

'यह तुमसे किसने कहा ?' वह कविता नहीं लिखता था।

'खत में तो शायरी बघारते ही हो।' वह पहली बार सलीके से बात कर रही थी।

'समझा नहीं।'

'वह प्यार के ताजमहल की नींव वगैरह की बात।'

क्या है, इस जगह में कुछ खास बात है क्या ? देवेश इतने अरसे से इसी के लिए तो तरस रहा था।

'लेकिन प्यार के लिए ताजमहल की याद करना बेवकूफी है। वह एक मकबरा है, प्रियतमा की मृत्यु का मर्मरी लेख। प्यार के लिए किसी बहाने या उपमा की जरूरत नहीं होती। उसकी उपमा नहीं होती।'

गजरे वाले लड़के के करीब आ जाने पर जैसी महक आई थी वही इस समय पूरे हाल में फैल गई थी। देवेश के जी में आया शुभ्रा को चूम ले, पर वह उसे सिर्फ एक ऐसी नजर से देखता रहा जिसमें स्पर्श भी था।

बैरे ने दो बड़े गिलास मेज पर रखे। बीयर की बोतल खोलकर उसे गिलासों में ढालना शुरू किया। दोनों झाग से भरे गिलासों को निहारते रहे।

उन्होंने एक-एक घूँट ली और इसके साथ ही मुँह बिदकाया।

'तुम पीते हो ?'

'नहीं।'

'पहले कभी पी थी ?'

'नहीं।'

'फिर क्यों मँगा ली ?'

'नहीं पी थी इसलिए। पी होती और जानता होता, इसका स्वाद इतना कड़वा होता है, तब तो मँगाने का सवाल ही नहीं था।'

'मैं जानती होती कि इसका स्वाद इतना कड़वा होता है तो पहले भी आजमाया होता।'

दोनों एक साथ हँसे।

बीयर ने उन्हें रिलैक्स कर दिया। अब कड़वाहट भी अच्छी लग रही थी, 'अच्छा लग रहा है।' देवेश ने प्रसन्न होकर कहा।

उसने सवाल नहीं किया था, फिर भी शुभ्रा ने कहा, 'हाँ। और थोड़ा-सा हल्का भी।'

खाने का आर्डर शुभ्रा ने ही दिया। वे चुपचाप खाते रहे।

खाना खा लेने के बाद और मुँह साफ करने के बाद जब देवेश ने नैपकिन किनारे रखा तो शुभ्रा ने अपना नैपकिन मेज पर रखते हुए कहा, 'तुमने नैपकिन को इस तरह मसल क्यों दिया।'

उसे भीतर ही भीतर झेंप लगी, पर फिर सँभल गया, 'नैपकिन स्त्रीलिंग है इसलिए।'

'मर्दानगी दिखाने का इससे अच्छा अवसर हो भी नहीं सकता था।' शुभ्रा को उसका जवाब अच्छा नहीं लगा था।

देवेश बात बनाने लगा, 'जिस तरह तुमने सँभालकर रख दिया उसमें तो वह गलती से दुबारा भी किसी को दे सकता है। धुलना तो इसे है ही, फिर तह करके रखो या मसल कर।'

'तुम दुराग्रही हो। तुममें इतनी भी नम्रता नहीं कि इतनी छोटी-सी चूक पर भी स्वीकार कर सको कि ऐसा असावधानी में हो गया। जो कर दिया, सब सही है।' वह हँस तो रही थी पर इस हँसी में कुछ कसैलापन भी आ गया था।

'इतनी छोटी-सी बात को इतना तूल दे रही हो तुम ?' देवेश ने भी हँसते हुए ही कहा, पर इसमें एक अपील थी, 'छोड़ो भी इसे।'

'छोटी है इसीलिए तो तूल देना पड़ा। छोटी बातें ही आदमी के चरित्र को सामने लाती हैं। बड़ी बातों में तो वह सावधान हो जाता है। तुम पुरुष हो और इसका तुम्हें बोध भी है।'

'कैसी बातें कर रही हो तुम !'

'पागलों जैसी, यही कहना चाहते हो न ! तुम कुछ भी कह सकते हो क्योंकि तुम...'

'पुरुष हो। यही न ? कुछ तो ध्यान करो कि हम कहाँ बैठे हैं।'

उसने सचमुच इसका ध्यान किया। एकदम चुप हो गई। मुँह फूलकर पिचक गया।

'देखो, कोई आदमी, कोई भी प्राणी, अभी उस अवस्था से पूरी तरह मुक्त नहीं हो पाया है जिसमें वह उभयलिंगी था और अपने को ही तोड़कर एक से दो कर लेता था। हमारे भीतर की कोशिकाएँ आज भी यही करती हैं। जिन्होंने अर्धनारीश्वर की कल्पना की थी या जिन्होंने यह कल्पना की थी कि पुरुष की पसली से औरत बनाई गई है, वे रूपकीय भाषा में शायद इसी बात को बयान कर रहे थे। हमारे भीतर जो स्त्री है उसी से हम स्त्री को समझ पाते हैं और स्त्री अपने भीतर के पुरुष से पुरुष को समझती है।'

शुभ्रा चुप रही। सुनने के लिए नहीं। इस अंदाज से कि तुम बकते रहो, अपनी बला से। पर अब उससे नहीं रहा गया, 'मैं स्त्री हूँ और यही होकर प्रसन्न हूँ। मुझे उभयलिंगी नहीं बनना।'

बैरा पास आ रहा था। वह इसका बोध होते ही चुप हो गई। उसने बिल रखा तो देवेश हाथ बढ़ाता उससे पहले ही शुभ्रा ने उठा लिया। उसने पर्स निकालकर पैसे अदा किए। बैरा चला गया।

दोनों ने सौंफ उठाकर फाँकी और चुपचाप उठकर बाहर निकल आए।

वे पैदल ही लौट रहे थे। दोनों चुप थे।

'सोचा था, एक-दो दिन ठहरूँगा। अब सोचता हूँ, लखनऊ मेल पकड़ लूँ।' देवेश ने घर के निकट पहुँचकर कहा तो शुभ्रा ने कोई जवाब नहीं दिया।

वह जल्दी-जल्दी अपना सामान समेटने लगा। सँभालने को अधिक कुछ था भी नहीं। कच्छा, बनियान, तौलिया। सब सूख गए थे। उसने उन्हें सूटकेस में भर लिया। जो कमीज रास्ते में पहनकर आया था वह सूटकेस के ऊपर ही पड़ी थी, धुले कपड़ों के साथ उसे रखना ठीक न लगा, 'पुराना अखबार होगा।' उसने पूछा।

'हो और दे दूँ तो इतना एहसान झेल पाओगे ?' वह पास ही तनी खड़ी थी।

देवेश ने सिर उठाकर शुभ्रा की ओर देखा। वह मुस्करा पड़ी।

'अजीब बात है ? तुम्हें मैं समझ ही नहीं पाता।' देवेश ने कहा।

'स्त्री को अपने भीतर की स्त्री से ही समझते हैं न। तुम्हारे भीतर वह होगी ही नहीं। इसीलिए तो कह रही थी, तुम अहंकारी हो। निरे पुरुष और पुरुष होने के बोध से पीड़ित।'

'अहंकारी मैं तो नहीं हूँ।' उसने कहना चाहा, 'तुम जरूर हो', पर उसकी जबान रुक गई।

'न होते तो इतनी-सी बात पर रूठकर सूटकेस न सँभालने लगते।'

देवेश सूटकेस के पास ही उकड़ूँ बैठा था। उठा और उसने बढ़ कर शुभ्रा के होठों को चूम लिया। भारतीय शैली से आरंभ करके यूरोपियन चुंबन तक। उसने उसे अपनी बाँहों में कस लिया था। शुभ्रा ने अपना मुँह अलग करने या अपने को छुड़ाने तक का प्रयत्न नहीं किया।

14

रविवार था इसलिए शुभ्रा को भी कहीं जाना नहीं था। सरल भी घर पर ही था। इस छोटे से क्वार्टर में वाशबेसिन और टॉयलेट एक ही था, इसलिए टकराते रहने

के मौके मिलते रहते थे। सरल देवेश को पहले कुछ चौंकी निगाहों से देखा करता था, इस बार उसे न देखने की कोशिश में गर्दन जरूरत से अधिक झुकाए आ-जा रहा था और फिर भी आईने में आँखें घुमाकर या कनखियों से उसे बार-बार देख रहा था। वह नहा कर निकला था और उसी तरह कनखियों से देखता अपने कमरे की ओर जा रहा था।

'सरल जी आइए, चाय पीजिए।' देवेश ने मजा लेते हुए उसे पुकारा।

उसने कोई जवाब नहीं दिया। आया भी नहीं।

'चाय पी लो, सरल।' शुभ्रा ने भी अपनी ओर से कहा।

'नहीं, बहन जी। मुझे अभी-अभी निकलना है। वहीं पी लूँगा।'

'बहनचो !' देवेश ने दबी आवाज में सरल की मूर्खता का मजा लेते हुए कहा।

'छिः, तुम कितने बदजबान हो। इतने सीधे लड़के को...।' शुभ्रा रुक गई।

'तुम ठिठक क्यों गईं ?' देवेश ने कहा तो विनोद में ही परंतु वाक्य पूरा करते-करते उसके चेहरे पर खिसियाहट-सी उभर आई।

शुभ्रा को लगा यह मात्र विनोद नहीं है। उसने कोई जवाब नहीं दिया। वह बाहर आँगन की ओर देखने लगी। सरल केवल बाहर ही नहीं निकल रहा था, वह कुछ हड़बड़ी में बाहर निकल रहा था, जैसे जता रहा हो कि मैं तुम दोनों के बीच रह कर रसभंग नहीं करना चाहता। चलते हुए वह, बिना किसी चीज से टकराए, डगमगा सा रहा था।

उसने सोचा, देवेश के मन की शंका इससे और पक्की होगी, पर कर क्या सकती थी। फिर उसने इस भय को एक ओर झटकते हुए सोचा, 'होती है तो हो। मैं क्या कर सकती हूँ।'

'मैं कह रही थी, वह बहुत अच्छा लड़का है।'

'जब कोई जवान लड़की किसी जवान लड़के को अच्छा कहे तो उसका मतलब सिर्फ अच्छा नहीं होता। कुछ अधिक अच्छा होता है।'

शुभ्रा चुप हो गई। इस आदमी के मन में जहर भर गया है।

'बुरा मत मानो। मैं तो तुम्हें खिझाने के लिए कह रहा था। अच्छा यह बताओ, तुम्हारी उसके साथ जान-पहचान कैसे हुई ?'

'मैं बाजार में टहल रही थी। वह दीख गया। पसंद आ गया। मैं अपने को रोक नहीं पाई। बढ़कर उसका हाथ पकड़ लिया। कहा, 'मेरे साथ चलो।' वह आ गया और मैंने उसे रख लिया। बस। और कुछ सुनना चाहते हो तो बताओ।'

अब देवेश बगलें झाँकने लगा, 'तुम नाराज हो रही हो, पर यह सवाल तो कोई भी पूछ सकता है।'

'तुम कोई हो ? क्या मैंने उसके बारे में कुछ लिखा नहीं था। उस समय तो लिखा था, इस सफाई की क्या जरूरत थी। और हाल यह है कि गुबार झाड़ू फेरने

के बाद भी भीतर ही बना रह गया है।'

'तुमने जो सफाई दी थी उस पर झाड़ू फेरता गया है, वह लड़का। देखा नहीं, उसके पाँव किस तरह लड़खड़ा रहे थे ? वह घायल पक्षी की तरह तड़पता हुआ निकला है, यहाँ से। वह मुझे अपना रकीब समझता है।' देवेश भी कुछ तल्ख हो गया था।

'क्यों नहीं समझेगा ! क्या उसमें कोई कमी है ? वह पुरुष नहीं है ? तुम्हें जलन हो रही है कि कहीं वह भी मुझसे प्यार न करता हो। मैंने उसे अच्छा कहा तो जल गए कि कहीं मैं भी उससे प्यार न करती होऊँ। प्यार तो करती हूँ, उससे। यह तो मैंने कभी छिपाया नहीं। छिपाया है क्या ? क्या एक स्त्री दो पुरुषों से प्यार नहीं कर सकती ? करती नहीं हैं क्या ? क्या पुरुष दो स्त्रियों से प्यार नहीं करते हैं ? क्या मैंने तुमसे कभी पूछा कि तुमको किसी दूसरी लड़की से प्यार तो नहीं।'

'होता तो भी तुम मुझसे प्यार करतीं ?' देवेश ने शुभ्रा की आँखों में झाँकते हुए पूछा।

'करती नहीं, इतना करती कि मैं तुम्हें उससे छीन लेती। मैं उसे बर्वाद कर देती।' शुभ्रा अभी तैश में ही थी।

देवेश हँसने लगा, 'यही तो डर है। यही तो कि कहीं यह लड़का तुम्हें मुझसे छीन न ले। तुम जिस तरह उससे लाड़ जताती हो उसमें कुछ भी असंभव नहीं।'

'वह छीन सकता था, पर छीनेगा नहीं। जिस दिन मैंने उसे कातर देखकर चूम लिया था, उस दिन यदि वह उठकर मुझे अपनी बाँहों में जकड़ लेता और कुछ भी करना चाहता तो मैं एतराज करती क्या ? नहीं । मैं ढल जाती उसके सामने। सच तो यह है कि मैं स्वयं चाहती थी, अब भी वह कुछ करे तो सही। यह वह था जिसके कारण मैं...' वह कहने जा रही थी 'बच गई', पर तभी खयाल आया कि इसके कहते ही वह अपनी ही नजर में गिर जाएगी, उसने वाक्य बदल दिया, 'अतृप्त रह गई।'

देवेश के मुँह से निकला, 'नामर्द था, साला।'

'सुनो देवेश, नामर्द तो वह था। मर्द होता तो, माफ करो, कहते हुए मुझे खुद शर्म आ रही है, पर मर्द होता तो वह अपना ही एक अंग होकर रह गया होता। मर्द की यही परिभाषा तुमने गढ़ी है। अपने को मर्द साबित करने के अहंकार में अपने एक ऐसे अंग के बराबर हो जाते हैं, तुम जैसे लोग, जिसका इस्तेमाल वे सिर्फ गालियों में करते हैं। अपने को मर्द साबित करने वाले पुरुषों के लिए इससे बड़ी गाली कौन-सी हो सकती है। तुम भी सिर्फ वही हो, यह सोचकर मुझे शर्म आती है।'

देवेश ने अपना सिर गड़ा लिया। फिर जब सिर ऊपर उठाया तो उसके चेहरे पर झेंप जैसी कोई चीज नहीं थी, 'देखो शुभ्रा, सुनने में यह जितना भी बुरा लगे, पर जब स्त्री या पुरुष अपने स्त्री या पुरुष होने की बात करते हैं, तो अंततः अपना

एक अंग ही रह जाते हैं। डिहृयूमनाइज्ड। आत्मविच्छिन्न। प्रकृति के अंध संवर्धन के विवश औजार। विवेकशून्य। केवल मानवीय सरोकार ही मनुष्य को मनुष्य बनाते हैं। बाकी समय वह सिर्फ जानवर बना रहता है। जब वह मूल प्रकृति की ओर दौड़ता है तो सिकुड़कर अपने कद से भी छोटा हो जाता है। अंध विवर की ओर अचेत और निःशब्द हाहाकार करता हुआ दौड़ता है वह।'

शुभ्रा चुप सिर झुकाए अपना नाखून कुतरती रही। वह सुनकर भी अनसुनी कर रही थी।

देवेश को अपनी बात में मजा आ रहा था। अब वह शुभ्रा से नहीं, अपने से ही आलाप कर रहा था, आलाप भी नहीं, अपनी ही पिछली बात की जुगाली कर रहा था वह, 'प्रकृति के अधीन पुरुष बार-बार आदिप्रकृति के उसी गर्भ की ओर दौड़ता है जिससे वह निकला है और आदि प्रकृति बार-बार अपने उस गर्भ में ही उसे समेटती है जिससे उसने उसे मुक्त किया है।'

शुभ्रा को वहाँ बैठे रहने में परेशानी हो रही थी। वह उठी, अखबार उठाया और पढ़ने लगी। उसके कुछ पन्ने उसने देवेश की ओर बढ़ा दिए, 'लो, पढ़ो, और चुप रहो।'

देवेश ने पन्ने हाथ में ले लिए, परंतु अखबार लेकर भी उसे पढ़ नहीं रहा था। उस पर एक नजर डालकर फिर शुभ्रा को ही देखने लगा। उसके सामने फैले पन्ने के पार उसके अदृश्य चेहरे को पकड़ने का प्रयास करता हुआ वह कुछ सोचता रहा।

'अरे शुभ्रा, एक बात की ओर कभी तुमने ध्यान दिया है ? हमारी जो एकांत साधना है उसमें भी वही तत्त्व है। अपने अंधविवर की ओर वापसी। तभी तो सारे एकांत साधक बड़ी आसानी से पंचमकारी हो जाते रहे हैं।'

शुभ्रा ने एक क्षण के लिए अखबार सामने से हटाया, कुछ बोलने को हुई और फिर अखबार ऊपर कर लिया।

'और एक और बात। हमारा जो सांख्य दर्शन है न। पता नहीं सांख्य ही नाम है या कोई और। उसमें जो कहा है कि पुरुष प्रकृति के संपर्क में आया और उसी से सृष्टि आरंभ हो गई, वह गलत है। वह तो उसी में था। उसके जी में उससे बाहर निकलने की लालसा पैदा हुई, कुछ बनने की लालसा पैदा हुई और सृष्टि आरंभ हो गई। जब पुरुष या स्त्री अपना वह बनने से इन्कार करता है जिसको लेकर गाली दी जाती है, तभी वह कुछ ऐसा कर पाता है, जिसे सर्जना कहा जा सके। अन्यथा वह प्रकृति का औजार बनकर आवृत्ति करता रहता है।'

शुभ्रा तमककर उठी, कपड़े बदलने लगी, 'मुझे तुम्हारी फालतू बातों से अधिक जरूरी काम है। सब्जी लाने बाजार जा रही हूँ।'

'मैं ला देता हूँ।' देवेश उठकर खड़ा हो गया।

'तुम्हें कुछ समझ भी है। सड़ी-पकी उठा लाओगे।'

देवेश हँसने लगा, 'साथ चलूँ ?'

'रास्ते भर बकवास करोगे। बैठे रहो। तुम यहीं अच्छे हो।' वह टोकरी उठाकर बाहर चली गई।

उसके निकलने के कुछ ही देर बाद सरल कुछ घबराया हुआ सा आया, 'एक बहुत जरूरी चीज़ भूल गया था।' उसने बिना देवेश की ओर देखे ही सफाई दी। वह अपने कमरे में गया। कुछ उलटता-पलटता रहा और फिर बाहर निकल गया।

'बेचारा !' देवेश ने उसके चल जाने के बाद कहा। उसे सरल की दशा पर तरस आ रहा था।

शुभ्रा लौटी तो सब्जियों की टोकरी एक किनारे रखकर, बिना कुछ पूछे ही कहने लगी, 'कभी-कभी तुमसे बहुत डर लगता है।'

'इसी से तुम भाग गई थीं ? बताया तो होता।' देवेश ने उसका उपहास करते हुए कहा।

शुभ्रा अभी खड़ी ही थी, 'मजाक नहीं करती हूँ। सच कहती हूँ। जिस तरह की बातें तुम सरल को लेकर करते हो न, उससे मुझे शारदा की याद आ जाती है। जैसे उसकी हत्या उसके देवर ने कर दी थी, उसी तरह एक दिन तुम भी मेरी हत्या कर सकते हो।'

देवेश जोर से हँसा। देर तक हँसता रहा। फिर उसकी दृष्टि शुभ्रा के चेहरे की ओर गई। वह सचमुच डरी हुई लग रही थी। भय उसके चेहरे पर लिखावट की तरह दर्ज था। उसने हँसकर उसकी बात को उड़ाना चाहा था, पर इससे भय बढ़ा ही था, शायद। वह चुप उसे एकटक देखता रहा। फिर उठा, उसको अपने बाजू में समेटता हुआ चारपाई पर आ बैठा, 'यह क्या सोच बैठती हो तुम। क्या मैं ऐसा हूँ ?'

शुभ्रा ने कोई उत्तर नहीं दिया। उसके कंधे पर सिर टिका दिया और चुप पड़ी रही। कुछ सँभली तो बोली, 'जब तुम आदि प्रकृति की बात कर रहे थे तो मुझे कुछ सुनाई नहीं दे रहा था, सिवाय इसके।'

'पर मैं क्या ऐसा हूँ ?' देवेश ने फिर वही सवाल दुहराया।

'हो तो नहीं। पर कुछ होने से पहले कोई तो नहीं होता। तुम्हें मैं जानती ही कितनी हूँ। अपने को भी कितना जानती हूँ। शारदा को भी क्या पता था कि उसके साथ वैसा हो जाएगा।'

'देखो, तुम इस शारदा को अपने मन से निकाल दो। पहले जब लोग भूत-प्रेत में विश्वास करते थे तो भूत उन्हें पकड़ लेते थे। अब जब विश्वास नहीं करते तो वे खुद ही भूत को पकड़ लेते हैं। परिणाम दोनों मामलों में एक ही होता है। सताया जाना। समझीं। तुमने शारदा के भूत को पकड़ लिया है और अपने को सताती हुई

मजे ले रही हो। अपने को निरीह बनाकर। जालिम लोगों का शिकार बनने की कल्पना करके।'

शुभ्रा चुप रही।

'और एक बात और समझ लो। यदि तुम्हारी जान सचमुच किसी ने ली, तो, यह काम यह सरल ही करेगा। तुम इसे भी इस घर से निकाल दो। अकेले डर लगता हो तो किसी वर्किंग गर्ल्स हास्टल में चली जाओ।'

'उससे मुझे कोई डर नहीं। वह बहुत सीधा है। वह ऐसा एक शब्द भी नहीं कह सकता जिससे मुझे दुख हो। और तुम मुझे लगातार सताते रहते हो।'

'खतरनाक ऐसे ही लोग होते हैं। चुप्पे। झेंपू। कायर। हत्या कभी बहादुर आदमी नहीं करता। पर एक बार हत्या कर लेने के बाद हो सकता है उस कायर का आत्मविश्वास इतना बढ़ जाए है कि, यह साबित करने के लिए ही कि वह कायर नहीं है, भारी जोखिम उठाकर भी वह, एक पर एक, यही काम करता चला जाए। इसलिए चुप्पे और झेंपू आदमी को सज्जन समझ लेना बेवकूफी है। तुम इसे भगाओ यहाँ से।' अब देवेश सचमुच खीझकर बोल रहा था।

शुभ्रा ने इस बार सरल का पक्ष नहीं लिया। चुप सुनती रही। फिर उठी, रसोई से चाकू ले आई और सब्जी छीलने-काटने पर जुट गई।

देवेश ने कहा, 'लाओ मैं तुम्हारा हाथ बँटाता हूँ।' और अपना हाथ बढ़ा दिया।

'नहीं, तुम अपना हाथ काट लोगे।' वह सिर झुकाए मुस्कराने लगी, 'और अभी-अभी जो मैं सोच रही थी उसमें छुरी तुम्हारे हाथ में दूँगी ?' अब वह अपने भय पर काबू पा चुकी थी।

'गला दबाने से तो नहीं रोक पाओगी !'

'रोकूँगी भी नहीं।'

देवेश ने उठकर अपना सूटकेस खोला और उसकी जेब से शुभ्रा की चिट्ठी निकाली, 'मैं तो इसके कारण आया था कि इसके एक-एक नुक्ते पर बात करूँगा। तुमने इसका अवसर ही नहीं दिया। जब भी बात करना चाहा, कोई न कोई दूसरा प्रसंग आ गया, या तुमने सुनना ही नहीं चाहा।'

'वह भी आदि प्रकृति का ही विधान होगा।' शुभ्रा ने मुस्कराते हुए जोड़ा, 'वह नहीं चाहती होगी कि उस विषय पर लौटा जाए।'

'वह, या तुम ?'

'मान लो मैं भी उसी के हाथ की कठपुतली हूँ।'

'पर लिखा तो तुम्ही ने था।'

'उफ ! देखो तुमने मेरी उँगली कटवा दी न !' उसने अपनी उँगली सामने कर दी। उसमें खून छलछला आया था।'

'मैंने नहीं कटवाई है। तुमने खुद काट ली है कि बात हो ही न सके।' उसने

बढ़कर शुभ्रा की उँगली पकड़ ली और अपने मुँह में दबा ली। फिर उसे बाहर निकालते हुए नकली गुस्सा दिखाते हुए बोला, 'मैं तुम्हारा खून पी जाऊँगा।'

'नरभक्षी !' शुभ्रा ने उसे झिड़का।

'नरभक्षी नहीं, नारीभक्षी। एक बात है। तुम्हारा खून बहुत स्वादिष्ट है।' देवेश ने चटखारा लेते हुए कहा, 'वह तुम जान लेने वाली बात कर रही थीं न, वैसा तब तो नहीं सोचता था, लेकिन अब सोचता हूँ तुम्हें काटने में बड़ा मजा आएगा।'

शुभ्रा को भी मालूम था कि देवेश मजा लेने के लिए ही ऐसी बातें कर रहा है, पर इस वाक्य पर वह सिहर गई। देवेश ने भी इसे लक्ष्य कर लिया, 'डर गईं। मैं तो मजाक कर रहा था।'

'मैं भी जानती हूँ। पर मजाक में कही बातें भी आत्मनिर्देशन का काम करती हैं। वे भी दिल और दिमाग में उतरकर दर्ज होती जाती हैं और कई बार मजाक करते-करते आदमी वही काम सचमुच कर बैठता है।' इस बार उसे फिर सिहरन हुई।

'तुम मुझसे डरती हो ?' देवेश के स्वर में विस्मय था।

'तुमसे नहीं, मनुष्य के स्वभाव से। प्रकृति से।' ऐसा ही कुछ तो कह रहे थे तुम। मेरे कानों में तुम्हारे शब्द तो नहीं पड़ रहे थे, पर एक गूँज-सी पहुँच रही थी जिससे ऐसा ही कोई आशय निकलता है।'

'तुमसे तो बात करना भी मुश्किल है शुभ्रा, तुम तो पता नहीं क्या-क्या सोच लेती हो।'

'चलो, मैं कुछ सोचती हूँ, तुमने यह तो माना।'

देवेश चुप हो गया। गर्दन उठाकर चुपचाप छत की ओर देखने लगा। पंखा बंद था। उस पर कालिख जम गई थी। एक-दो जाले उसी से लटके हुए थे। रोशनदान पर धूप का एक टुकड़ा तिरछा होकर टँगा हुआ था। एक छिपकली किसी कीड़े के घात में ध्यान लगाए चिपकी हुई थी। कीड़ा उसे दिखाई नहीं दे रहा था। उसने गौर से देखा, कुछ नजर नहीं आया। कमरे के एक कोने में बरसात से रिसे पानी का निशान बना रह गया था। वह इसी तरह की व्यर्थ चीजों की तलाश करते हुए, उन पर खाली दिमाग से सोचते हुए, अपने को व्यस्त रखने का प्रयत्न कर रहा था। उसका ध्यान शुभ्रा की आवाज से टूटा।

'तुम भाग्य में विश्वास करते हो देवेश ?' शुभ्रा सब्जी काट चुकी थी और अब फुर्सत में थी। वह उसी की ओर देख रही थी।

'भाग्य की बात तुमने कहाँ से उठा ली ?'

'उठाई नहीं, उठ गई। भाग्य में नहीं है तो कोई भी कुछ कर कैसे सकता है। जो होना है वह तो पहले से तय है, जब होना है, होकर रहेगा। सो, इस समय यह बात मेरे द्वारा उठाई जानी तय थी और उठ गई। बताओ न, तुम भाग्य को

मानते हो या नहीं।'

देवेश हँसने लगा, 'फिर मैं यह बता कैसे सकता हूँ ? जब बताने का समय आएगा तब जिसे बताना होगा वह बता देगा।'

'बताओ न ! तुमको बताना पड़ेगा।' शुभ्रा हठ करने लगी।

'क्या तुम भाग्य को मानती हो ?' देवेश ने पूछा।

'पहले नहीं मानती थी। तुम्हारी बातें सुनकर मानने लगी हूँ।'

देवेश हैरान होकर उसे देखने लगा, 'मैंने तो ऐसी कोई बात की नहीं।'

'बात न करने से कोई बात होती ही नहीं है, तुमने यह क्यों मान लिया। जो बात होनी है, वह हो जाती है।' शुभ्रा ने कहा और उठ खड़ी हुई, 'जरा दाल का पानी रख आऊँ।' वह उठी और कटी हुई सब्जी लेकर रसोई की ओर चली गई।

स्टोव जलाया, पानी रखा और वापस आ गई।

'हाँ, अब बताओ। तुम भाग्य को मानते हो या नहीं।'

'तुम शैतानी कर रही हो। सच कहूँ तो तुम मुझे खिझा रही हो। पहले तुम बताओ कि मेरे मुँह से कब भाग्य की बात निकली। और यदि निकली ही, मैंने मान ही लिया कि मैं भाग्यवादी हूँ तो फिर पूछने की जरूरत क्या है।'

'तुमने कहा नहीं कि तुम भाग्यवादी हो। कह भी नहीं सकते, जब तक इसे कहने का समय न आ जाए।' उसके स्वर से ही लग रहा था कि वह देवेश के साथ खिलवाड़ कर रही है। फिर वह अकस्मात गंभीर हो गई, 'देखो देवेश, तुम मेरे पत्र पर बात करने के लिए ही बरेली से यहाँ तक आए हो। मैं स्वयं भी उन मुद्दों पर बात करना चाहती थी। इसके बाद भी उन पर बात करने का अवसर ही नहीं मिल रहा है। यह कौन है जो नहीं चाहता कि बात हो और अब जब तुम यह चिट्ठी खोल कर कह रहे हो कि इस पर बात करनी है तो मुझे बात करने की जरूरत ही नहीं रह गई।'

'स्त्रियाँ होती ही भाग्यवादी हैं।' देवेश के मुँह से निकला।

'मैं जानती थी तुम यही कहोगे। मैं जानती थी कि यदि मैंने तुम्हारे साथ जीने का फैसला किया तो सारी उम्र यही सुनना पड़ेगा। छोटी से छोटी बात पर। गलत से गलत बात पर। स्त्रियाँ जैसी भी होती हों, अभी मैं एक कुमारी लड़की हूँ और अब मैंने ठान लिया है कि आजीवन कुमारी ही रहूँगी, नहीं तो जिससे भी विवाह करूँगी उससे यह सुनना पड़ेगा कि स्त्रियाँ कैसी होती हैं, भले पुरुष उससे भी अधिक वैसे होते हों। जैसे भाग्यवादी। रास्ता चलते फुटपाथों पर किसी न किसी धूर्त के आगे हाथ फैलाए हुए दीख जाएँगे, सैकड़ों, पर होती स्त्रियाँ वैसी हैं।'

'तुम तो छोटी से छोटी बात का बुरा मान जाती हो। तुम्हारे साथ तो सचमुच किसी आदमी की जिंदगी नरक हो जाएगी।' देवेश तल्ख हो गया।

'इसीलिए, मैं किसी को भी नरक में नहीं डालूँगी। मैं तो चाहूँगी कि पूरी स्त्री जाति को पुरुषों को नरक से बचाकर अकेली रहने की आदत डालनी चाहिए।'

'सभी स्त्रियाँ उतनी हठी नहीं हो सकतीं जितनी तुम हो।' अब देवेश ने भी फैसला कर लिया था कि वह शुभ्रा के साथ कोई वास्ता नहीं रखेगा।

'होंगी क्यों नहीं ? मुहावरा नहीं सुना है राजहठ, बालहठ, त्रियाहठ। पुरुषों की नजर में पूरी स्त्री जाति ही हठी होती है। सिरफिरी। वह सिर्फ तब तक मुगालते में जीती है जब तक किसी पुरुष से उसे यह सूक्ति सुनने को नहीं मिल जाती। तुम्हारे बताने से पहले मैं भी नहीं जानती थी कि मैं हठी हूँ।'

देवेश चुप हो गया। वह असमंजस में पड़ गया। क्या उसने शुभ्रा को सचमुच चोट पहुँचाई है ? वह खिन्न हो गया। स्त्रियों के साथ तो होता ही है। सुना है वे ऋतुकाल के आसपास कुछ चिड़चिड़ी हो जाती हैं। कुछ तो छोटे-मोटे अपराध तक कर बैठती हैं। किसी को चोट या नुकसान पहुँचाने के लिए नहीं। क्षणिक आनंद के लिए। वे अपने को रोक नहीं पाती हैं। बस उनसे ऐसा हो जाता है। अंतःस्रावी मामला होगा। उत्तेजना के उस क्षण के बीत जाने के बाद उन्हें इस पर दुख और ग्लानि भी होती है। उसने यह कहीं पढ़ा था। इसका उसे ध्यान क्यों नहीं आया।

'देखो शुभ्रा, मैं तुम्हारा जी दुखाना नहीं चाहता था। मुँह से निकल गया। बस। अब कोई भी आदमी, एक-एक शब्द इतना नाप तोल कर तो बोलता नहीं है।' उसे अब सचमुच ग्लानि हो रही थी।

शुभ्रा ने उसकी बात का जवाब ही नहीं दिया। उससे बात करने में उल्टे उसका नुकसान ही हो गया था। अभी तक स्टोव पर रखा पानी उबल रहा था और वह उसमें दाल डालना तक भूल गई थी। वह उठकर रसोई में चली गई। गई तो फिर वहीं ठहरी भी रह गई। वह अब आटा भी गूँध लेना चाहती थी। उसने आटा निकाल कर गूँधना शुरू किया तो जाने क्यों रुलाई आने लगी। उसने अध-सने आटे से भरी थाली को ठेलकर आगे सरका दिया कि कहीं उसमें उसके आँसू न गिर पड़ें और आटा सना हाथ लिए ही अपने घुटनों पर माथा टिकाए रोने लगी। उसे डर लग रहा था कि कहीं उसके सुबकने की आवाज बाहर न पहुँच जाए। उसने अपनी कोहनी से ही साड़ी का पल्ला सरकाकर उसे लगभग चबाते हुए मुँह में भर लिया।

देवेश बैठा उसकी प्रतीक्षा करता रहा। जब कुछ देर हो गई और किसी चीज़ के खनकने या खटकने की आवाज नहीं आई तो वह उठकर रसोई में गया। स्टोव पर रखी दाल उफनकर उस पर गिर रही थी और उससे स्टोव बुझ गया था पर तेल गर्म बर्नर से गैस बनकर निकल रहा था। वहीं पास अपने घुटनों पर सिर झुकाए शुभ्रा बैठी थी। जड़। निष्कंप।

देवेश ने झुककर शुभ्रा का सिर उठाया तो उसने मुँह फेर लिया और उठ कर हाथ धोने चली गई। बोली कुछ नहीं।

देवेश उसके पास चला गया। अब वह अपने हाथ धो चुकी थी। उसने उसको बाजू से पकड़कर, कमरे में ले आना चाहा तो उसने उसका हाथ झटक दिया, पर दिनेश ने नरमी से कहा, 'मुझे सचमुच दुख है, शुभ्रा। मैंने तुम्हें नाहक रुला दिया। आओ, इधर आओ।'

वह उसे लिये हुए कमरे में आ गया और उसे कुर्सी पर बैठा कर स्वयं चारपाई पर बैठ गया, 'मेरी कौन-सी बात तुम्हें बुरी लगी थी। बताओ। आगे फिर कभी वैसी बात नहीं करूँगा।' उसने एक अपराधी बच्चे की तरह माफी माँगने जैसे अंदाज में कहा।

शुभ्रा ने बोलने के लिए मुँह खोला तो नाक बह आई। उसे आँचल से ही साफ करना पड़ा। देवेश ने बढ़कर तौलिया उठाया और उसे दे दिया।

'मैं तुम्हारी किसी बात पर नहीं रो रही थी।' शुभ्रा ने सिर गड़ाए-गड़ाए ही कहा।

'फिर ?'

'यूँ ही रोना आ गया था। मुझे खुद पता नहीं कि किस बात पर।' उसके आँसू इस समय भी बहते जा रहे थे।

'नहीं। तुम बताओ तो सही। तुम्हें बताना ही होगा।'

'सच कह रही हूँ।' अब वह हँसने की कोशिश कर रही थी, 'मैं नहीं जानती क्यों। कभी-कभी मुझे जानें क्या हो जाता है। पर देखो, इस बार यह मत कह बैठना कि सभी स्त्रियाँ आधी पागल होती हैं।' देवेश उससे सटे पास ही चारपाई पर बैठा हुआ था। यह कहने के साथ ही उसने अपना सिर बढ़ाकर उसके कंधे पर डाल दिया।

अब देवेश उसे सांत्वना देने के लिए उसकी पीठ सहला रहा था और वह चुपचाप पड़ी हुई थी।

15

देवेश ने अपना सामान सहेज लिया था। उसे लखनऊ मेल पकड़नी थी। अभी दो घंटे का समय था। पहले तो वे समय काटने के लिए ही इधर-उधर की बातें करते रहे, फिर देवेश को जैसे कुछ याद हो आया, बोला, 'शुभ्रा, यह बताओ, तुम कल रोने क्यों लगी थीं।'

'मैं जब भाग्य की बात कर रही थी तो तुमने उसे टाल क्यों दिया था।'

'उस समय तो तुम कह रही थीं कि तुम्हें स्वयं मालूम नहीं था कि तुम क्यों

रो रही थीं।'

'उस समय सचमुच नहीं मालूम हो रहा था। मेरी समझ में ही नहीं आ रहा था। भीतर से रुलाई उमड़ी पड़ रही थी और फिर ऐसी हालत हो गई कि मैं अपने को सँभाल नहीं पाई।'

'फिर कैसे कह सकती हो कि उसी कारण रोना आ गया था।'

'सिर्फ उसी कारण नहीं आया था। जिन कारणों से आया था उनमें एक वह भी था। तुम जानते हो, मुझे ईश्वर में विश्वास नहीं है, परंतु सगुन-असगुन में बहुत विश्वास है।'

देवेश ने उसे इस बार इसके लिए झिड़का भी नहीं। समझाने का जी हुआ पर अपने को रोक लिया। चुपचाप सुनता रहा।

'और जानते हो, मुझे इलहाम भी होता है।'

'इलहाम !' अब देवेश अपनी हैरानी को न रोक पाया।

'कई बार, बाद में होने वाली घटनाएँ पहले ही दीख जाती हैं और बाद में वे लगभग उसी तरह घटित होती हैं। मैं नहीं जानती, यह सब कैसे होता है, पर मुझे लगता है कि इस दुनिया को जितना हम जानते हैं उससे आगे बहुत कुछ छिपा रह गया है। इसकी रचना को हम जानते ही नहीं।'

'वह तो ठीक है। दुनिया बहुत जटिल है। यह जो प्रकृति है, उसने अपने भीतर अनंत रहस्य छिपा रखे हैं और जैसा कि एक बार न्यूटन ने कहा था, हम जो कुछ जानते हैं वह अनंत महासागर के तट पर आकर छूट गई कुछ कौड़ियों और सीपियों से अधिक नहीं है। इस पर कोई बहस कैसे कर सकता है।'

'मैं वह बात ही नहीं कर रही हूँ। मैं कुछ दूसरी बात कर रही हूँ। यह जो काल है, वह भी दिक की तरह पहले से ही नियत है।' शुभ्रा देवेश को समझा रही थी।

'नियत तो है ही। हम सभी जानते हैं, दिन है तो रात होगी। अमुक मौसम है तो इसके बाद अमुक मौसम होगा। बादल घिरेंगे और सांद्रता अधिक हुई तो वे बरसेंगे भी। इस साल के बाद अगले साल में भी इसी तरह यह सब होगा। इससे भी आगे जाओ, तो कुछ वर्षों के बाद निश्चित अंतरालों पर ग्रहणों की आवृत्तियाँ होंगी। निश्चित अवधियों के बाद कुछ धूमकेतु धरती से नियत दूरी से होकर गुजरेंगे। कुछ हजार सालों के बाद हिम युगों की आवृत्ति होगी। इसी तरह के अनुभवों के आधार पर हमारे पूर्वजों ने कल्पना की थी कि इसी तरह पूरी सृष्टि का भी लय हो जाता होगा और फिर नई सृष्टि होती होगी।' देवेश अपनी रौ में बोलता गया।

शुभ्रा इस बीच चुप रही थी। जब उसने अपनी बात पूरी की और उसकी ओर ध्यान से देखा तो पाया वह उसे सुन नहीं रही थी, खीझ में तनी बैठी थी, 'तुम को बोलने की इतनी आदत क्यों है कि किसी बात को पूरी सुने बिना ही बीच

में कूद पड़ते हो और लगातार बोलते चले जाते हो। क्या यह मुझे नहीं मालूम। मैं कालिज में पढ़ाती हूँ। दूध पीती बच्ची नहीं हूँ। मैं जो कह रही थी वह बिल्कुल अलग ही बात थी।'

'तो तुमने बीच में टोका क्यों नहीं।' देवेश झेंप गया था।

'रेल इंजन के सामने कूदकर जान गँवानी थी !'

'अच्छा बताओ। क्या मतलब था, तुम्हारा ?'

'मैं अपने अनुभवों की बात कर रही थी। कल या परसों होने वाली घटना के पूर्वभास की बात कर रही थी। कह रही थी कि यदि जो कुछ कल होना है वह पहले से ही नियत है और किसी स्थिति में इसका पूर्वाभास भी मिल जाता है, तो इसका अर्थ हुआ सब कुछ पहले से ही नियत है। हम कुछ भी करें, होना वही है। हम करेंगे भी वही जो हमारे लिए नियत है, परंतु सोचेंगे कि जो कुछ कर रहे हैं वह अपने निर्णय और विवेक से कर रहे हैं, जब कि सचाई यह है कि हमें सिर्फ जुतना है और भोगना है।'

देवेश का जी खुलकर हँसने को हुआ, पर उसने अपने को रोक लिया। सचेत रूप में गंभीरता अपनाते हुए कहा, 'गीता में जो निमित्त वाली बात कही गई है, कुछ उस तरह की बात सोच बैठी थीं तुम।'

'तुम इस तरह बातें न करो, नहीं तो मुझे फिर रोना आ जाएगा। इसी पर तो रोना आया था। तुम नहीं जानते उसकी मेरे लिए क्या अहमियत थी।' वह सचमुच उदास हो गई थी।

देवेश घबरा गया। वह चलते चलाते किसी सीन के लिए तैयार नहीं था, 'बताओ, बताओ।'

'अब जब तक मैं चुप न हो जाऊँ, तुम बीच में कूदना नहीं। मुझे जैसे तब नहीं मालूम था, उसी तरह इस समय भी यह नहीं मालूम कि रोना आया किस बात पर था। अनुमान ही लगा सकती हूँ, क्योंकि बाद में सोचा तो लगा कि यह इस बात पर आया होगा कि हम होनी के सामने कितने लाचार हैं कि मैं किसी को एक ऐसी बात समझाना चाहती हूँ जिसका हमारे जीने मरने से संबंध है, और वह इसे सुनने को ही तैयार नहीं। बार-बार अड़ंगा ही नहीं डाल रहा है, बल्कि, हँसकर, इसका उपहास करके, मुझे इसके लिए अपमानित भी कर रहा है। और यह वह आदमी है जिसे मैं इतना प्यार करती हूँ। अपना सब कुछ समझती हूँ। जो, जितना मैं जानती हूँ, मुझे भी बहुत प्यार करता है। वह अपने चाहते कोई ऐसा काम नहीं कर सकता जिससे मुझे दुख हो, इसके बाद भी वह मेरी बात सुनने को तैयार नहीं।

'उस समय मुझे लगा, क्या हम अदृष्ट के हाथों इतने लाचार हैं कि किसी से अपना दुखड़ा सुनाने चलें तो यदि सुनना बदा न होगा तो वह इसे सुनेगा ही नहीं। उल्टे अपने उपहास से हमें अपमानित करता और हमारे दुख को असह्य बनाता

जाएगा। मैं जरूर यही सोचकर इतनी व्यग्र हो उठी होऊँगी कि अपने को सँभाला न गया होगा और रोना इस तरह आ गया होगा कि मैं यह जान भी नहीं सकी हूँगी कि मैं रो क्यों रही हूँ।'

'तुम्हारी बात पूरी हो गई ? क्योंकि तुम चुप हो गई हो और मैं कुछ बोलूँगा तो तुम...' उसके जी में आया कहे, 'रोने लगोगी', पर उसने अपने को सँभाल लिया। कहा, 'बुरा मान जाओगी।'

'हाँ।'

'तुमने अनुमान लगाया कि तुमने यह सोचा होगा और उस सोचने का ठीक उसके बाद तुम्हें बोध ही नहीं था, यह कैसे हो सकता है ?' देवेश ने जिरह करने वाले स्वर में पूछा।

'क्या समझते हो, सभी विचार भाषा का ही रूप लेकर उमड़ते हैं। नहीं, यह बात केवल हम जैसे लोग ही जान सकते हैं कि हमारे अनंत विचारों और आवेगों में से सिर्फ कुछ को ही भाषा मिल पाती है और उनमें भी अधिकांश को सही भाषा नहीं मिल पाती।'

शुभ्रा कुछ रुकी तो देवेश ने कहा, 'हाँ, हाँ, बोलती जाओ।'

'और जिन विचारों को भाषा नहीं मिल पाती उन्हें जैसे हम दूसरों तक नहीं पहुँचा पाते हैं उसी तरह वे हमारे चेतन तक भी नहीं पहुँच पाते। वे अतिभाषिक अभिव्यक्ति पा जाते हैं जिस पर हमारा वश नहीं होता। हम स्वयं इसका कारण जानना चाहें तो जान नहीं सकते। अक्सर हमें यह भी पता नहीं चलता कि यह व्यक्त हो गया या कितनी तीव्रता से व्यक्त हो गया। रोना, उदास होना, आँखों में खालीपन भर जाना या चमक का बढ़ जाना, चेहरे पर मुर्दनी छा जाना या लाली उतर आना, सब अतिभाषिक अभिव्यक्तियाँ ही तो हैं। पर इन सभी के साथ एक भाव या विचार या आवेग होता है।'

देवेश हैरान था, 'तुमने कहाँ पढ़ा यह सब ?'

'पढ़ा नहीं। सोचा। जब मैं अपनी रुलाई का कारण तलाश रही थी उसी समय यह सब कुछ सूझा। यह गलत भी हो सकता है, पर मुझे लगा, ऐसा ही है।' शुभ्रा ने देवेश का दाहिना हाथ अपने हाथों में ले लिया था और उसकी एक उँगली से खेल सी रही थी। देवेश को यह बहुत आत्मीय लग रहा था।

'तुम बहुत कोमल हो। बहुत संवेदनशील।'

'तुमने ऐसा क्यों लिख दिया था ? मैं उसके बाद से इतना डर गई कि मैंने तय कर लिया कि अब मैं विवाह करूँगी ही नहीं।'

'डराने वाली कौन-सी ऐसी बात लिख दी थी मैंने ? निकालो तो वह चिट्ठी।' देवेश स्वयं भी उलझन में पड़ गया।

'वही तलाक की नोटिस वाली। इतनी अशुभ बात तुमने क्यों लिख दी। मैंने

कहा न, कि मैं शुभ-अशुभ में बहुत विश्वास करती हूँ। अपने जीवन में परखकर देखा है मैंने। तो मैंने तभी सोच लिया कि अब मेरा तुम्हारे साथ विवाह नहीं हो सकता। किसी के साथ नहीं हो सकता। होगा तो तलाक जरूर हो जाएगा।'

'मैं तो यह भी नहीं कह सकता कि तुम परले सिरे की बेवकूफ हो। कहूँगा तो कहोगी मैं तुम्हारा अपमान कर रहा हूँ। अरे भई, इस आशय की बातें तो तुमने ही कही थीं। मैंने तो इससे तुम्हें बरजा था। मैंने कहा था, अभी से ऐसी बातें तो न करो। कहा था, आकर समझाऊँगा। और तुम हो कि मुझे ही दोष दे रही हो।'

'बेवकूफ कहने से तुम्हारा मन भरता है तो कह लो। पर तुम्हें वह शब्द नहीं लिखना चाहिए था। जो बातें मैंने लिखी थीं, वे तो होती ही रहती हैं। तुमने उससे भी कड़ी बात लिख दी होती तो कोई हरज न था। पर वह शब्द। वह अशुभ था। पढ़ते ही मुझे धक्का लगा। कई रातों को मैं सो न सकी। एक ही सपना देखती कि मेरा तुमसे विवाह हुआ है और होने के तुरत बाद ही तलाक होने जा रहा है। मेरे ये सपने गलत नहीं होते। मैंने आजमा कर देखा है। कई बार तो मैं दूसरों को यह समझाने के लिए बता देती हूँ कि कहीं वे यह न कहें कि जो हो गया उसको जान लेने के बाद मैं बातें गढ़ रही हूँ। ये कभी गलत नहीं होते।'

'क्या बात करती हो शुभ्रा। कोई ऐसा भी है जो सपने न देखता हो। जागते हुए सपने और सोते हुए सपने। पर सपने तो हमारे खयालों की दुनिया से पैदा होते हैं। इनको इस तरह तूल देने लगें तब तो जीना दूभर हो जाए।' देवेश ने समझाने का प्रयत्न किया।

'सपने मुझे भी आते हैं, मैं उस तरह के सपनों की बात ही नहीं कर रही हूँ। ये जो पूर्वाभास देने वाले सपने होते हैं, मैं उनकी बात कर रही हूँ। वे सपने रोज-रोज नहीं आते। जब आते हैं तो मैं उन्हें दूसरे सपनों से अलग पहचान लेती हूँ। यदि इनसे अनिष्ट की आशंका होती है तो सपने में ही मेरे दिल में एक हूक-सी पैदा हो जाती है। नींद इस हूक के साथ ही टूट जाती है। नींद टूट जाने के बाद भी देर तक यह हूक बनी रहती है। मैं इस सपने की बात कर रही हूँ। यह कभी गलत नहीं जाता।'

'चलो, इस पर हम अगली बार बात करेंगे। अभी तो ट्रेन का समय हो रहा है।' देवेश ने घड़ी पर निगाह डालते हुए कहा। समय अभी था, पर वह इस विषय को अधिक खींचना नहीं चाहता था।

'अगली बार नहीं। अब हम कभी नहीं मिलेंगे। मिलेंगे तो जरूर वह घटकर रहेगा। मैं जीवन में नहीं चाहती कि लोग मुझे परित्यक्ता कहें। यह किसी स्त्री के लिए बहुत बड़ा अपमान है।

'यदि अपमान है तो केवल स्त्री के लिए ही क्यों ? अपमान तो दोनों के लिए है।'

'आज हम अंतिम बार के लिए एक साथ हैं। अभी समय है। मैं तुम्हें रोकना नहीं चाहूँगी पर तुम्हारी ट्रेन छूट जाए, इसकी भी मुझे चिंता नहीं। आज मैं तुमसे सब कुछ कह लेना चाहती हूँ जिसे कहने का इसके बाद अवसर नहीं मिलेगा। तुम मुझसे मिलने आओगे भी तो मैं मिलने से इन्कार कर दूँगी। मैं यहाँ मिलूँगी ही नहीं। तुमने ठीक कहा था, मुझे किसी वर्किंग गर्ल्स हास्टल में चला जाना चाहिए। इस सरल की भी छुट्टी कर दूँगी।'

खयाल बुरा नहीं था। इसका सुझाव भी स्वयं देवेश ने दिया था। पर यह जिंदगी के जिस मोड़ पर कहा जा रहा था उससे देवेश विचलित अनुभव कर रहा था, 'तुम बहुत भावुक हो। बहुत।'

'वह तो मैं हूँ। जो हूँ, वह हूँ। किया क्या जा सकता है। परंतु यह जान लो कि मैं जो निर्णय कर लेती हूँ उससे पीछे नहीं हटती। हट ही नहीं पाती। चाहूँ तो भी नहीं। मुझे लगता है इसके साथ ही मैं मिट जाऊँगी।' शुभ्रा के वाक्य में दृढ़ता थी पर स्वर कोमल बना हुआ था। कुछ-कुछ अंतर्मुखी सा। वह अपनी इस नियति पर कुछ खीझती हुई सी इसे स्वीकार कर रही थी।

'कहो, क्या कहना है।' देवेश ने ढीला पड़ते हुए कहा।

'तुम इसके बाद कभी मुझसे मिलने का प्रयत्न नहीं करोगे। कभी कोई पत्र नहीं लिखोगे। मैंने कहा न, मिलने आओगे तो मिलने से इन्कार कर दूँगी। पत्र लिखोगे तो उसका जवाब नहीं दूँगी। इसमें तुम्हारा अपमान होगा। मैं तुम्हें अपमानित नहीं करना चाहती।'

देवेश की समझ में नहीं आ रहा था कि वह इसका क्या उत्तर दे। चुप शुभ्रा को देखता रहा। फिर उसे खयाल आया शुभ्रा के सपने का। उसने कहा, 'तुम तो कह रही थीं कि तुम्हारे सपने कभी गलत जाते ही नहीं।'

'कहा नहीं था, सचमुच नहीं जाते।'

'और यह भी कहा था कि होनी के सामने हम विवश हैं। हम न चाहेंगे तो भी वह होकर ही रहेगी।'

'यह सच है, चाहे तुम इसे मानो या न मानो।'

'तब जैसा कि तुमने सपने में देखा था विवाह तो होकर ही रहेगा। तलाक तो उससे बाद की स्थिति है न, उसे देखा जाएगा। इससे पहले ही इतनी घबराहट क्या ?'

'हो तो गया वह। हम चार दिनों के लिए उसी तरह रहे जिस तरह कोई विवाह के बाद रहता है और अब यह तलाक हो रहा है। गलत तो कुछ नहीं हुआ। सपने में पूरा सच जैसे का तैसे तो आता नहीं।'

देवेश की आँखों के कोने गीले हो गए थे, 'तुम वहमी हो। यदि विवाह यही था, और तलाक तुम्हें ही देना था तो इसमें इतना भय क्या। इसे तो तुम रोक ही

सकती थीं। अच्छा, चलो, कुछ दिन के लिए रूठी रहना। पत्र का जवाब भी न देना और मैं तुमसे मिलने भी न आऊँगा। तुम्हारे अशुभ का निवारण हो जाएगा। फिर...'

देवेश ने अपना वाक्य पूरा भी नहीं किया था कि शुभ्रा ने बीच में ही टोक दिया, 'फिर नहीं, फिर कुछ नहीं। उसी का तो डर है।'

देवेश की समझ में कुछ नहीं आ रहा था, 'अब डर किस बात का। जो सबसे अशुभ बात थी वह तो बीत चुकी।'

'फिर साथ रहने का प्रयत्न किया तो तुम मुझे जरूर जान से मार दोगे। यही तो था उस सपने में। इसलिए उसके बाद कुछ नहीं। सब कुछ इसी के साथ खत्म। तभी तो मैं कह रही थी कि तुमसे डर लगता है। तुम मेरी जान भी ले सकते हो। तुमने सरल की बात उठाई तो उससे भी इसकी पुष्टि ही हुई।'

'पर उसके बाद तो तुम बेफिक्र हो गई थीं। गला दबने का भी डर नहीं रह गया था।'

'मैंने सोचा, अभी तो तलाक हुआ नहीं, अधिक से अधिक वही हुआ है जिसे विवाह के निकट कहा जा सकता है, फिर अभी तो कोई खतरा है ही नहीं। खतरा तो उसके बाद आएगा। यह सोचने के साथ मेरा डर दूर हो गया था।'

'मैं तुम्हें कभी समझ नहीं पाऊँगा, शुभ्रा। तुम्हारा मन हल्का हो तो पत्र लिखना।' वह उठकर चलने को हुआ। चलने से पहले उसने शुभ्रा का एक चुंबन लेना चाहा।

'नहीं, ऐसा न करना। इससे तलाक में व्यवधान आ जाएगा।'

'अभी वह हुआ कहाँ है। अभी तो हम साथ हैं। वह तो इसके बाद की बात है न!'

शुभ्रा ने स्वयं अपने होंठ देवेश की ओर बढ़ा दिए।

16

शुभ्रा ने कह तो दिया कि देवेश उसे पत्र न भेजे, पर वह जानती थी, वह अपने को रोक नहीं पाएगा। वह स्वयं भी उसके जाने के बाद से लगातार उसी के बारे में सोच रही थी। उसने अपने को समझाया, यदि इस अवस्था में अलग होने की बेचैनी इतनी अधिक है तो विवाह के बाद यदि तलाक होता, जो होना तो था ही, तब तो वह पागल ही हो जाती। यह तर्क काम नहीं आया। तर्क जिस दुनिया के लिए बने हैं वह दुनिया उससे अलग थी, जिसमें बेचैनी पैदा हो रही थी। देवेश की अनुपस्थिति की तल्खी को इस तरह उसने इससे पहले कभी अनुभव नहीं किया था। यह लगातार एक ताप की तरह बनी हुई थी। कई बार उसके जी में आया वह अपना

बुखार नापे पर फिर यह सोचकर टाल गई कि यह मात्र बुखार ही तो नहीं है। हर चीज को लेकर जो खीझ पैदा होती है, उसका क्या इलाज है।

उसे चार दिन बाद ही देवेश का पत्र मिला। लिखा था :

'मैं जानता हूँ, तुमने इतनी जल्द नई व्यवस्था न की होगी। अभी तुम वहीं होंगी। तुमने पत्र लिखने को मना किया था इसलिए यह पत्र होकर भी पत्र नहीं है। एक बात चलते समय कहना भूल गया था, उसी के लिए लिख रहा हूँ। तुम जहाँ भी रहना उसका पता मुझे लिख भेजना। कभी किसी भी अवस्था में मुझे पता चले कि तुम्हें मेरी जरूरत है तो आ सकूँ, या मुझे कुछ हो जाए तो उसकी सूचना तुम्हें मिल सके।'

अंतिम वाक्य ने शुभ्रा को अस्थिर-सा कर दिया। कहीं वह आत्महत्या की बात तो नहीं सोचने लगा है। उसके साथ कुछ हो सकता है, इस तरह के विचार उसके मन में आए ही क्यों, पर उसने अपने को संयत कर लिया। पत्र का उत्तर देने का अर्थ था फिर एक नए चक्र का आरंभ। वह इससे नहीं बच सकी तो परिणाम वही होगा जिसको उसने सपने में देखा था।

वह बहुत व्यग्र थी। उसने क्वार्टर के एलाटी को सूचित कर दिया था कि इस महीने के बाद उसे क्वार्टर की जरूरत नहीं रहेगी। वह अब हास्टल में रहेगी।

वह इस बात पर खुश हो रही थी कि उसने सामान नहीं बढ़ाए। हास्टल में जाने पर उसे इस बात का अफसोस नहीं होगा कि अमुक चीज इतने चाव से खरीदी थी उसे कबाड़ी को बेच देना पड़ा और अमुक को अमुक ने यूँ ही समेट लिया।

हास्टल में उसे रहने को केवल एक पलंग, एक मेज, एक कुर्सी और एक वार्ड्रोब मिलने वाला था। बस। उसे अधिक से अधिक थोड़े से बर्तन और स्टोव वगैरह किसी को देने पड़ेंगे। इसके लिए उसकी दाई से अच्छा कौन हो सकता था। अपनी यह इच्छा उसने दाई पर प्रकट भी कर दी। सुनकर वह खुश हो गई, 'अब कहाँ रहोगी, बीबी जी ? जगह तो यह अच्छी थी। हर चीज पास-पास।'

'हास्टल में रहूँगी। वह जगह भी दूर नहीं है।' उसने हास्टल का नाम नहीं बताया।

अगले दिन उसे क्वार्टर खाली कर देना था। संयोग ही था कि सिर्फ दो दिन पहले भेजी गई देवेश की चिट्ठी उसे आज ही मिल गई :

'प्रिय शुभ्रा,

छह दिन पहले तुम्हें एक पत्र डाला था। वह तुम्हें मिल गया होगा। तुमने क्वार्टर छोड़कर हास्टल में जाने की ठान ली हो तो भी यह काम महीना पूरा होने से पहले तो करोगी नहीं, इसलिए सोचता हूँ, मेरा पिछला पत्र तुम्हें अवश्य मिला होगा। तुम्हारे बरजने के कारण और मेरे पिछले पत्र पर चुप लगा जाने के कारण,

अब मैं तुम्हें कुछ लिखना नहीं चाहता था, पर यहाँ की एक लघुपत्रिका में तुम्हारी एक कहानी छपी है। संपादक मेरे वरिष्ठ सहकर्मी हैं। उनकी साहित्य की समझ जैसी भी हो, महिलाओं की समझ अच्छी है। उनकी पत्रिका में लेखिकाओं की रचनाएँ अधिक छपती हैं और जिनकी रचनाएँ छपती हैं उनसे उनकी रचनाओं की तारीफ करते हुए वह जो पत्रव्यवहार आरंभ करते हैं उसका विकास अगली रचना के आग्रह और हाल के फोटोग्राफ और प्रेमपत्रों के आदान-प्रदान और जब-तब प्रणयाचार में हो जाता है। निकट मित्रों के बीच वह इसकी डींग भी हाँकते रहते हैं।

एक वयस्क महिला अपनी कहानियों के साथ लगातार अपने छात्र जीवन की फोटो छपाती रही। उस फोटो से उन्हें इतना प्रेम हो गया कि जब उससे मिलने की नौबत आई और यह पता चला कि वह उतार पर है तब भी उसमें उस फोटो को तलाश कर उससे प्रेमालाप करते रहे। मुलाकात लेखिका के घर पर ही हुई थी और जब उसने फोन करके अपने पति को भी बुला लिया तब उन्हें पता चला कि उनके प्रेमपत्रों का जवाब उसके पतिदेव ही लिखवाते थे और संपादक जी के पत्रों को कई बार पत्नी से छीनकर पहले वही पढ़ा करते और उसके बाद उसे पढ़ने को देते। इन्हें वह साहित्यकारों की दरियादिली के सबूत के रूप में जमा कर रहे थे। जब संपादक महोदय उनके यहाँ से चलने लगे तो पति ने उनके पत्रों का पुलिंदा उन्हें एक पैकेट में बंद करके देते हुए कहा, 'आप मेरे घर पधारे। बड़ी प्रसन्नता हुई। हम आपको अधिक कुछ तो नहीं दे सकते, पर यह छोटी-सी भेट तो आपको स्वीकार करनी ही होगी।' संपादक महोदय ने जब उसे घर आकर खोला तो उनको लगा उनके ही अपने पत्र उनके ऊपर जूते बनकर बरस रहे हैं।

खैर, वह ऐसी लेखिकाओं की प्रशंसा किसी दूसरे से नहीं करते। अक्सर स्वयं कई नामों से प्रंशसापूर्ण प्रतिक्रियाएँ लिखकर छाप देते हैं। जब उन्होंने शुभ्रा नामक लेखिका की कहानी की कुछ बढ़-चढ़कर प्रशंसा आरंभ की तो कुछ तो उनकी प्रशंसा के कारण और कुछ तुम्हारे नाम की समानता के कारण, कहानी देखने की इच्छा हुई। कहानी के साथ पता भी छपा था इसलिए कोई दुविधा नहीं रह गई कि यह तुम्हारी ही लिखी कहानी है।

संपादक जी को कहानी पसंद आई थी, इसके कई कारण हो सकते हैं। वह ब्यूटीफुल को अपनी ओर से भी बोल्ड बनाने की कोशिश करते हैं, फिर वह पहले से ही बोल्ड हो तब तो वह उसके सामने कलैया मारने तक को तैयार हो सकते हैं।

कहानी में तुमने क्या लिखा है इसे बताने चलूँ तो मूर्खता होगी। तुमने एक ही युवती का एक साथ दो व्यक्तियों से जो प्रेम दिखाया है, उसे संपादक एक मौलिक नजरिया बता रहे थे। पर उनकी नजर में सबसे मौलिक बात यह थी कि जब उसका वास्तविक प्रेमी जिससे आँख बचाकर वह एक विदेशी से संबंध रखती है, आगे चल

कर एक दुर्घटना में सचमुच अंधा हो जाता और जब उसे उसकी सहानुभूति की सबसे अधिक आवश्यकता होती है, वह उसे छोड़कर उस विदेशी के साथ चली जाती है जो डिप्लोमैटिक सेवा में भारत आया था और जो संभवतः पहले से विवाहित भी था।

संपादक को इसमें क्रांतिकारी नजरिया दिखाइं दे रहा था। यह कि आज की स्त्री पहले की तरह भावुक नहीं रह गई है कि अपने को सती सिद्ध करने के लिए अपना भविष्य ही चौपट कर दे। उसे आगे बढ़ने का अवसर चाहिए और इसके लिए वह किसी भी सीमा तक जा सकती है क्योंकि उसके लिए यह बात गौण हो जाती है कि जिससे वह प्रेमसंबंध रखती है, वह विवाहित है या विधुर या कुमार। प्रेमी के अपाहिज हो जाने के बाद उससे चिपके रहना गिजगिजी भावुकता के अतिरिक्त कुछ नहीं, जिसका अंत आजीवन पश्चात्ताप और झगड़ते रहने में ही हो सकता था। उसे पुरुष से सिर्फ तुष्टि चाहिए। वह कोई भी हो। कितने भी हों।

यह उनके दिमाग की उपज भी नहीं थी। उनका कहना था कि उन्होंने कहानी पढ़ने के बाद लेखिका को बधाई देते हुए उससे इसके दार्शनिक पक्ष पर भी प्रकाश डालने को कहा तो उसने स्वयं ऐसा लिखा था। हो सकता है यह संपादक जी की कल्पना हो, क्योंकि वह झूठ बहुत बेशर्मी से बोलते हैं, परंतु जब-तब हमारी आपस में जो बातें होती रही हैं उनसे लगता है, ऐसा तुमने लिखा भी हो सकता है। मुझे कहानी की नायिका, रेणु, में तुम्हारे अपने यथार्थ और दिवास्वप्न की छाया दिखाई देती है। सचाई भी हो तो कोई कैसे जान सकता है।

यह मत सोचना कि तुमने मुझसे संबंध खत्म कर लिया उसकी तिक्तता में ऐसा लिख रहा हूँ। बल्कि मैं तो सोचता हूँ कि तुमने संबंध खत्म ही इसलिए किया है कि तुम मुक्त होकर अपने भविष्य का निर्णय कर सको।

यदि इस पत्र से तुमको क्लेश हो तो यह जानकर मुझे भी क्लेश होगा। कहानी सचमुच अच्छी है, इसलिए खास तौर से बधाई की हकदार हो।

यह बताना कि क्या तुम्हारी सचमुच विदेश जाने की योजना है। अब मुझे किसी ऐसी चीज से कोई दुख न होगा जिससे तुम्हें सुख मिले, इसलिए लिखने में संकोच न करना।

तुम्हारा,
देवेश

शुभ्रा ने कहानी लिखते समय एक ही बात का ध्यान रखा था कि स्त्रियों के लेखन में मुक्त सेक्स की बात आए तो पाठकों को इतनी पसंद आती है कि उनमें से अनेक को अब मिली अब मिली के सपने आने लगते हैं। वे उसे सिर पर उठा लेते हैं। फिर यह साहसिक लेखिकाओं का दौर भी था जो प्रतिस्पर्धा में लेखकों

को पीछे छोड़ती जा रही थीं। विरोध का स्वर इसमें भी था। पूरे शरीर में कुछ ही अंगों और समस्त क्रियाओं में कुछ ही क्रियाओं का चित्रण साहित्यिक ख्याति का छोटा रास्ता तो था ही, बौद्धिक तेजस्विता का भी मानदंड था।

उसके जी में आया, एक बार, कम से कम एक बार के लिए वह अपनी प्रतिज्ञा भूल कर उसे पत्र लिखकर यह बता ही दे कि उसने कहानी को जीवन का यथार्थ मानकर गलती की है। कहानियाँ इस तरह लिखी जाएँ तो कोई कहानीकार जीवन में एक ही कहानी लिख सकता है। पर फिर उसे लगा कि इस सवाल पर पत्र लिखना तो और भी बेवकूफ़ी होगी। यह एक तरह की हार भी होगी। आखिर, पुरुष तो ऐसा आए दिन करते रहते हैं, एक स्त्री ऐसा क्यों नहीं कर सकती ?

उसने उसी पत्रिका में प्रकाशन के लिए देवेश के विचारों को एक पाठक का विचार बताते हुए उस पर अपनी टिप्पणी तैयार की :

कहानी में रेणु का चित्रण उस रूप में करते समय उसका आशय केवल यह था कि आज कोई स्त्री ऐसा भी करे तो उसे गलत नहीं कहा जा सकता है, क्योंकि स्त्री को एक ओर तो परदे में रखा जाता रहा और दूसरी ओर उसी को लेकर अभिव्यक्ति के सर्वोत्तम रूपों—साहित्य, चित्रकला, नृत्य और मूर्तिकला—द्वारा उसे लगातार नंगा किया जाता रहा है। आज अपनी रचना के द्वारा वह कहना चाहती है, नंगा होना कोई अपराध नहीं, न शर्म की बात है। पर कोई दूसरा किसी को नंगा करे तो नंगा करना अपराध है और इसे सहना शर्म की बात। आज तक पुरुषों ने यह अपराध किया है और उनमें सुसंस्कृत समझे जाने वालों तक को इस बात की कभी ग्लानि नहीं हुई है कि वे अपराध कर रहे हैं। स्त्रियों ने इस अपमान को सहा है, पर उन्हें इतना दबाकर रखा गया था कि वे यह तक नहीं कह सकीं कि उनका अपमान हो रहा है। बेशक वे इन विवरणों को पढ़कर और दृश्यों को देखकर लज्जा से अपना मुँह फेर लेती रही हैं।

स्त्री को सामाजिक रूप से परदे और पहरे में रखना और सांस्कृतिक रूप में नंगा और मुक्त रखना, दोनों एक ही मानसिकता की अभिव्यक्तियाँ हैं। आज पहली बार स्त्री कह रही है कि मैं तुम्हारे परदे और पहरे से बाहर आ रही हूँ। मैं जब चाहूँगी परदे से बाहर आकर और तुम्हारे सारे पहरे तोड़ कर कहूँगी, यह परदा और पहरा यदि इतना मूल्यवान है तो इसे अपने लिए अपना लो। मैं वह करना चाहती हूँ जो तुम मेरे साथ आज तक करते रहे हो। मेरी सर्जना इसी में नष्ट होती है तो हो। कोई पुरुष विवाह के पहले किसी प्रेयसी के अपंग हो जाने पर क्या उससे विवाह करने को तैयार हो सकता है ? वे तो एक के जीवित रहते दूसरी और तीसरी पत्नियाँ रख लेते रहे हैं और उन्हें यह याद तक नहीं आता रहा कि उन्होंने किन मर्यादाओं को तोड़ा और कितनों की भावनाओं को ठेस पहुँचाया है। फिर ये सारी अपेक्षाएँ स्त्री से ही क्यों ?

उसने अपनी टिप्पणी पूरी ही की थी कि इसी समय सरल अपने कमरे से निकलता दिखाई दिया।

'तुमने अपना कुछ प्रबंध किया सरल ?' उसने एक हफ्ते पहले ही बता दिया था कि तीस तक उसे मकान खाली कर देना होगा। आज उनतीस थी, परंतु सरल ने यह नहीं बताया था कि उसके रहने का कोई प्रबंध हुआ भी या नहीं। इससे वह भीतर ही भीतर अपने ऊपर खीझ रही थी। आखिर यह काम कुछ और समय लेकर भी तो किया जा सकता था।

इससे पहले जब उसने यह निर्णय लिया था, उसे लगा था, यह काम जल्द से जल्द हो जाना चाहिए। विलंब जितना ही अधिक होगा, खतरा बढ़ता चला जाएगा। देवेश ने सरल के दब्बू स्वभाव के बारे में जो कुछ कहा था उसका उस समय तो उसने प्रतिवाद किया था, परंतु कुछ सोचने के बाद उसे लगा था, इसमें सचाई थी।

'अपने एक साथी के साथ रह लूँगा। वह भी एक सरकारी क्वार्टर में एक कमरा लेकर रहता है। पहले मकान-मालिक को कुछ आपत्ति थी, पर जब उन्हें पता चला कि किराया भी कुछ बढ़ा देंगे तो वह तैयार हो गए। सामान समेट लिया है। आटो लाने जा रहा हूँ।'

'ऐं, क्या कहा ? तुमने तो मुझे हैरान कर दिया। सचमुच छिपेरुस्तम निकले तुम तो।' उसे प्रसन्नता ही हुई, पर तभी उसे लगा, जल्दबाजी करके उसने सचमुच बुद्धिमानी की है। अब देवेश का वाक्य उसे ब्रह्मवाक्य जैसा लगने लगा था। यह लड़का जो इतने समय तक साथ रहता रहा, चुपके-चुपके इतना सारा इंतजाम कर चुका और एक बार भनक भी नहीं लगने दी। अब जाने की पूरी तैयारी करके, आटो लाने जा रहा है, और मैं न पूछती तो यह भी नहीं बताता। सामान लादकर चुपचाप चल देता। ऐसा आदमी तो कुछ भी कर सकता है। हत्या भी।

17

सरल को उसने जब बताया था कि उसने अब गर्ल्स हास्टल में रहने का तय कर लिया है और वहाँ व्यवस्था भी कर आई है, तो उसे झटका लगा था, 'क्या मेरे यहाँ रहने से आपको असुविधा हो रही थी, दीदी ?'

'यह दीदी, दीदी, क्या लगाए रहते हो तुम। क्या मैं तुम्हारी बहन हूँ ? मेरा नाम नहीं जानते ?' उसने सरल को जिस स्वर में झिड़का उसकी उसे आशा नहीं थी। पर शुभ्रा को वह जब भी दीदी कहता था, उसे खीझ होती थी। जिस लड़के ने कभी उसका हाथ अपने हाथों में लेने की कोशिश की हो, उसका, निराश होते

ही भाई में बदल जाना उसे विचित्र लगा था।

‘दुनिया में जितने लोग हैं क्या सभी के बीच पारिवारिक संबंध हों तभी कोई संबंध हो सकता है ?’ उसने उसे चुप देखकर कहा।

‘आप मुझसे बड़ी हैं, इसलिए नाम लेने में संकोच होता है, इसलिए दीदी...’ वह अपना वाक्य पूरा नहीं कर पाया।

‘बड़ी हूँ, बूढ़ी तो नहीं हूँ। जवान लड़कियाँ जवान लड़कों से कभी बड़ी नहीं होतीं। समझे ? उनका नाम लेने पर उन्हें अच्छा ही लगता है। दिखाने के लिए नाराज होती हैं तब भी।’

‘ठीक है, ठीक है। दीदी, अब आगे से...’ उसने क्षमायाचना करते हुए कहा।

शुभ्रा को हँसी आ गई, ‘तुम सचमुच गधे हो, अब आगे कुछ भी नहीं। शुभ्रा कहने का भी मौका नहीं मिलेगा। अगले हफ्ते तक कोई प्रबंध कर लो। मैंने यह क्वार्टर लौटा दिया है। इस महीने के अंत तक ही यह मेरे पास है। समझे।’

‘मेरे कारण कोई असुविधा थी तो मुझे बताया होता। मैं कोई व्यवस्था कर लेता। आप आराम से रहतीं। वहाँ तो सुनते हैं कुछ भी ठीक नहीं है।’

‘तुम क्या वहाँ किसी को जानते हो ?’

‘नहीं, जानता तो नहीं, पर लोग बातें तो करते ही हैं।’

‘क्या बातें करते हैं लोग ? वहाँ ऐसा क्या है जो कहीं और नहीं हो सकता ? और वहाँ क्या है जो किसी को उस तरह रहने न दे जैसे वह रहना चाहे ?’

‘लोग जो बातें करते हैं वह मैं आपके सामने कह नहीं सकता। मैं आपका इतना आदर करता हूँ दीदी ...’

वह शुभ्रा का इतना आदर करता था कि दीदी कहकर चुप लगा गया था।

शुभ्रा के जी में आया कहे, ‘देखो सरल, लड़कियाँ जहाँ रहेंगी वहाँ कहानियाँ भी रहेंगी। दुनिया की सभी महान् और तुच्छ कहानियाँ लड़की से शुरू होकर बर्बादी पर खत्म होती हैं। लड़की है तो बर्बादी भी होगी। पुरुष की बर्बादी का लड़की से और लड़की की बर्बादी का पुरुष से गहरा संबंध है। जिन कहानियों में लड़की होती ही नहीं, वे सारी की सारी बकवास होती हैं। बिना किसी भ्रष्ट लड़की के अच्छी नीतिकथा तक नहीं बन पाती।’ पर उसने कहा, ‘जो कुछ तुम सुनते रहते हो, वह सुनने का तुम्हारा मन करता है, या नहीं ?’

सरल ने शरमाकर मुँह नीचे कर लिया, ‘आप तो मजाक करती हैं, दीदी।’

शुभ्रा ने झिड़का, ‘मैंने कुछ देर पहले क्या कहा था तुमसे ?’

‘इतने दिनों की आदत है। निकल जाता है, मुँह से। क्या मैंने जानबूझ कर कहा है ?’

शुभ्रा ने सोचा, जाते-जाते इसकी यह झेंप तो मिटानी ही होगी। यह इतना झेंपू है कि जीवन में कहीं टिक ही नहीं पाएगा, ‘सुनो, तुम यही न कहते हो कि

वहाँ रहने वाली लड़कियों के बारे में लोग उल्टी-सीधी बातें करते हैं।'

सरल ने सिर नीचे किए हुए ही सहमति में सिर हिलाया।

'वे बातें तुम्हें उल्टी-सीधी लगती हैं, उन्हें नहीं। तुम जानते हो दुनिया में कई समाज ऐसे हैं जिनमें औरतें खुलकर रहती हैं और मर्द पर्दा करते हैं। वे घूँघट काढ़ कर रहते हैं और घूँघट उठाने पर हमारे समाज की औरतों की तरह शर्माते हैं। उल्टा क्या है, सीधा क्या, यह कोई किसी दूसरे के लिए कैसे तय कर सकता है ? जो काम कोई करता है, यदि उसे अच्छा लगता है तो वह उसके लिए उल्टा-पल्टा कैसे हो सकता है ? यह तो उसका चुनाव हुआ। होता केवल यह है कि वहाँ रहने वाली लड़कियों को परिवार और समाज के दबाव से थोड़ी मुक्ति मिल जाती है। इसमें वे अधिक स्वाभाविक जिंदगी जीती होंगी।'

'जहाँ लड़कियाँ ही लड़कियाँ हों वहाँ स्वाभाविक जिंदगी तो हो ही नहीं सकती।' उसने अपना मुँह दूसरी ओर फेर कर कहा।

'ओह ! अब समझी।' शुभ्रा को जोर की हँसी आई थी और वह हँसते-हँसते अपने कमरे में भाग गई थी।

आज जब सरल ने बताया कि वह आटो लाने जा रहा था तो उसे बहुत बुरा लगा। पर फिर खयाल आया कि वह अपने ही एक साथी के साथ रहने जा रहा है तो उसे एक शरारत सूझी। उसने पूछा, 'सरल, उस दिन तुम कह रहे थे, जहाँ लड़कियाँ ही लड़कियाँ रहती हों वहाँ वे स्वाभाविक जिंदगी कैसे जी सकती हैं, तो यह बताओ जहाँ लड़के ही लड़के रहते हों वहाँ वे क्या स्वाभाविक जिंदगी जी सकते हैं ?'

सरल को ऐसे सवाल की उम्मीद नहीं थी। वह समझ नहीं पाया क्या जवाब दे। उसके होंठ काँपे, वह कुछ कहने को हुआ और फिर चुप लगा गया।

शुभ्रा ने सोचा, इस बेचारे से कैसा खतरा हो सकता था, उसे। वह देवेश की बात में आकर बेबात डर गई थी। पर एक बात थी। देवेश से संबंध तोड़ लेने के बाद यदि वह यहाँ रहती तो वह इसका जो अर्थ लगाता उसमें वह सचमुच वैसा कुछ कर सकता था, जिसकी दहशत उसके मन में थी। निर्णय उसने ठीक ही लिया है।

सरल इतने समय से उसके साथ रह रहा था। एक-दो बार उसे लगा था कि यदि वह किसी तरह की पहल करे तो उसे अच्छा लगेगा। पर आज जब उसने देखा कि वह जाने को है, उसे हठात् लगा शिकार उसके हाथ से निकला जा रहा है। उसने कहा, 'जाने के लिए तो अभी कल तक का समय है। इतनी जल्दी क्या है। आज नहीं जाओगे तुम। मैं अकेली रह जाऊँगी।'

'आप कहती हैं तो रह जाता हूँ। आपके लिए तो मैं कुछ भी कर सकता हूँ।' वह कुछ दिलेर होने की कोशिश कर रहा था।

'तो सुनो, इधर आओ।'

सरल पास आ गया।

'इस तरह खड़े क्यों हो। आओ, इधर बैठो। मेरे पास।'

सरल झिझक रहा था। उसने उसे खींच कर अपने पास बैठा लिया और उसे अपने एक हाथ से लपेट लिया, 'तुम मेरे लिए क्या कर सकते हो ? किसी की जान लेने को कहूँ तो ले सकोगे ?'

सरल इस तरह घिरा हुआ कुछ असुविधा भी अनुभव कर रहा था और उसे यह अच्छा भी लग रहा था, 'वह बात नहीं, लेकिन, और कुछ भी...' वह सटा होकर भी कुछ अलग होने का दिखावा कर रहा था।

'तुम इतने बड़े हो गए हो, फिर इस तरह झेंपे-झेंपे से क्यों रहते हो।' शुभ्रा ने जानबूझ कर उसे कुछ दबा दिया। कुछ इस तरह कि उसके स्तन का हल्का सा दबाव भी उसे महसूस हो सके।

'मैं आपका सम्मान करता हूँ। बस। आप मेरी दीदी की कलीग हैं, इसलिए। बस। और आपको...'

'अब यह मत कह देना कि आपको भी अपनी दीदी समझता हूँ, इसलिए। बस।' वह खुद अपने वाक्य पर हँस पड़ी। पिछले दिनों देवेश के साथ रहते उसके भीतर जो रस ग्रंथियाँ सक्रिय होने लगी थीं, वे इस समय फिर सक्रिय हो रही थीं। उसे सरल को देवेश की दी हुई गाली याद आई।

उसने देवेश को त्याग दिया था, इसलिए वह मुक्त अनुभव कर रही थी। 'यदि इस समय कुछ भी हो जाए तो, किसी के साथ कोई विश्वासघात नहीं होगा।' उसने सोचा और सरल को खींच कर चूम लिया। उसे इसी समय जाने क्यों लगने लगा कि इतने समय तक इसके साथ रहने के बाद इसे भोगे बिना रह गई तो एक ऐसे स्वाद से वंचित रह जाएगी जो जीवन में फिर कभी नहीं मिलेगा। इतना कोमल, शर्मीला और अपने नाम जैसा ही सरल। वह स्वयं उसे सहला रही थी और उसके हल्के दबाव से जब वह बिछ-सा गया तो आगे के काम भी उसे ही करने थे।

भले यह स्थिति के कारण ही हो, उसे इसके साथ विजय का भी अहसास हो रहा था।

वह अलग हटी तो हाँफ रही थी, 'स्वाभाविक तो यह भी नहीं था न ?'

इतना कुछ हो जाने के बाद भी सरल इतना निष्क्रिय रह गया था जैसे उसके साथ बलात्कार हुआ हो और उसने इसे सिर्फ हो जाने दिया हो।

सोचें तो हुआ भी था।

'अब तुम आज भी जा सकते हो।' शुभ्रा ने कहा और अपने को सँभालती हुई, उठकर खड़ी हो गई।

18

लतिका ने जब से 'आभा' में सलाह का कालम लिखना आरंभ किया, उसके नाम पत्रिका के माध्यम से तो ढेर सारी चिट्ठियाँ मिल ही जाती थीं, कई लोग जाने कैसे पता लगाकर सीधे उसे ही पत्र लिखा करते थे। हास्टल की वार्डन, श्रीमती चौधरी स्वभाव की हँसमुख थीं। उसे छेड़तीं, 'अरे लतिका, तेरे इतने सारे दोस्त हैं, एकाध को तो कह दे कि वे मुझे भी चिट्ठियाँ लिख दिया करें। इस उम्र में इसकी और जरूरत होती है।'

लतिका इससे खुद झेंप जाती, 'मैडम, आप तो किसी को नहीं बख्शती हैं।'

एक बार जब शुभ्रा के सामने ही उन्होंने लतिका से यही मजाक किया तो लतिका कुछ कहती इससे पहले वही कूद पड़ी, 'आप तो मैडम, अपना पता देते हुए अपनी तस्वीर ही किसी अखबार में छपवा दें तो डाकघर वालों को एक डाकिया आप के नाम आने वाली चिट्ठियाँ पहुँचाने के लिए ही लगाना पड़ जाएगा। और वह डाकिया आप को देख लेगा तो दूसरों की चिट्ठियों के साथ एक अपनी भी लेता आएगा।'

श्रीमती चौधरी खिलखिलाकर हँसीं, 'तू तो बहुत शैतान है रे।'

आने वाली चिट्ठियों में अनेक छोटी-मोटी कहानी बन जाया करतीं। कई तो इतनी अच्छी कि लतिका के जी में आता वह लिखने वाले या वाली की समस्या का समाधान करने के स्थान पर यह सलाह लिख भेजे कि उसमें कहानी लिखने की क्षमता है और यदि वह इस पर ध्यान दे तो उसकी समस्या अपने आप सुलझ जाएगी; एक और लाभ लगे हाथ हो जाएगा।

परंतु उस दिन की डाक में जो पत्र आया था वह दूसरे पत्रों से अलग था। इसमें उससे कालम लेखिका के रूप में सलाह नहीं माँगी गई थी; व्यक्तिगत स्तर पर सहायता माँगी गई थी।

लिखा था, 'मेरी एक उलझन है जिसमें मैं आपकी निजी सहायता चाहता हूँ।'

आगे की बातें कुछ घुमाकर पेश की गई थीं, 'एक लड़के को एक लड़की से प्रेम हो गया है। लड़की भी उसे प्यार करती है। लेकिन लड़की हठी है।' फिर उसे लगा था, मुखौटा हटाकर सामने आ जाना ही ठीक है इसलिए आगे लिखा था, 'थोड़ी देर के लिए मान लीजिए वह लड़का मैं ही हूँ। मानना क्या, हूँ ही। और वह लड़की आपकी रूममेट शुभ्रा है। वह कुछ बातों में बहुत हठी है यह तो आप जानती ही होंगी। साथ ही वह कुछ फितूरों का शिकार भी है। उसका खयाल है कि उसे बाद की घटनाओं का पूर्वाभास सपनों में मिल जाता है और इसी तरह उसे यह पूर्वाभास मिल गया कि यदि वह मुझसे विवाह करेगी तो आगे चलकर तलाक हो जाएगा और यदि तलाक से बचना चाहेगी तो मैं उसकी हत्या कर दूँगा। अजीब बेसिर-पैर के

विचार हैं पर ये इतने प्रबल हैं कि इनके कारण उसने मुझसे अपना संबंध ही तोड़ लिया है।

मैंने उसे कई पत्र लिखे पर वह किसी का उत्तर नहीं देती। पता नहीं, उसे सचमुच वहम है या उसने ऐसा सोचकर किया है। मुझसे मुक्ति पाने के लिए।

मैंने आपके बारे में कुछ जानकारी हासिल कर ली है। आप भी उसे पसंद करती हैं, यह भी मुझे मालूम हो चुका है। मैं कई बार आपके हास्टल तक गया। जी में आया किसी सूरत से संपर्क भी करूँ, परंतु फिर खयाल आया, शुभ्रा का वहम इससे और बढ़ सकता है। वह सोच सकती है कि मैं उसकी हत्या के इरादे से वहाँ चक्कर लगा रहा हूँ और इस तरह उसका संताप घटने के स्थान पर बढ़ जाएगा। इसलिए मैंने तय किया है कि अब मैं उस इलाके में भी नहीं जाऊँगा जिसमें आपका हास्टल है। मैं इसके बारे में कुछ बाद में लिखूँगा।

जिंदगी के बारे में भी उसके विचार कुछ ऐसे हैं जो हमारे समाज की अपेक्षाओं से मेल नहीं खाते। मैंने उसे कई बार समझाना चाहा कि कोई भी आदमी अपने बनाए हुए काल्पनिक संसार में नहीं रहता। रहने के लिए उसे एक बना बनाया संसार मिलता है जो अपने को बहुत धीरे-धीरे बदलता है और लोगों से अपेक्षा करता है कि वे भी उससे सध कर रहें। यह बात शुभ्रा की समझ में नहीं आती।

वह मानती है कि जी में जो भी आता है वह सहज और स्वाभाविक है, और उसकी पूर्ति किसी तरह की जाए, उसमें कुछ भी अनुचित नहीं है। वह कुछ लिखती-पढ़ती भी है और आज कल साहित्य में एक ऐसा आंदोलन आया हुआ है, जिसमें झाग अधिक है, और उसी के ऊपर एक पूरी पीढ़ी तैर रही है! उसका वजन झाग से भी हल्का होगा। जो भी हो, लेखन में अपने को अधिक तेज तर्रार दिखाने के साथ वह इसे अपने जीवन के लिए भी उचित मानती है। वह कहती है, जो व्यक्ति स्वयं अपने लिखे के अनुसार जी नहीं सकता, कहे के अनुसार आचरण नहीं कर सकता, उसके लिखने या बोलने का कोई अर्थ ही नहीं रह जाता। उसे लिखना और बोलना बंद कर देना चाहिए। उसने लिखा अधिक नहीं है, छपी तो बहुत कम है, परंतु तेवर क्रांतिकारी हैं। इसके बाद भी, अभी तक, उसके जीवन में किसी खास तरह का भटकाव नहीं आया था। संभव है वह मेरे कारण भी रहा हो।

अब जब वह पूरी तरह अकेली हो गई है और मुझसे इतनी दूरी बना चुकी है कि मैं उसके करीब आ ही नहीं सकता, यहाँ तक कि उसे सीधे पत्र भी नहीं भेज सकता, तो उसके बारे में तरह-तरह की आशंकाएँ होती हैं। मैं आपके कालम पढ़ता हूँ और आपके विचारों से भी परिचित हूँ, इसलिए यह जानकर थोड़ा संतोष भी है कि आप शुभ्रा के साथ ही रहती हैं।

लड़की बहुत सीधी है। बहुत अच्छी। उसका दोष एक ही है कि वह खयालों की दुनिया को ही सचाई की दुनिया समझती है। एक बार हम दोनों साथ जा रहे

थे। एक लड़की अकेली पास से गुजरी। उसने जींस और कमीज पहन रखी थी। कमीज के पीछे छपा था 'चेज़ मी'। वह अकड़ी तनी फुटपाथ पर चली जा रही थी। एक-दो लड़कों ने उसे देखकर सीटी मारी। उसकी चाल में और अकड़ और ऐंठन आ गई। उसने उनकी ओर मुड़कर देखा भी नहीं पर इस तरह चलती रही जैसे सचमुच अपेक्षा कर रही हो कि कोई बढ़कर उसका रास्ता रोक ले।

मैंने कहा, 'बड़ी बदतमीज है।'

उसने कहा, 'क्यों, इसमें बुराई क्या है। एक मौज है। इस उम्र में यह खयाल तो सौ में सौ के दिमाग में आता है, बस सभी में हिम्मत नहीं होती। इस लड़की में हिम्मत है। बस। तुम्हें वह खराब इसलिए लग रही है कि उसमें दो अच्छाइयाँ हैं। एक उस उम्र से गुजरने की जिसमें यह तरंग पैदा होती है और दूसरी इस तरंग पर परदा न डालने की।'

मैंने कहा, 'तुम्हें यह दिखाई नहीं देता कि राह चलते लड़के सीटी मार रहे हैं।'

'हर लड़की चाहती है कि वह चले तो जहाँ से भी गुजरे, सारी निगाहें उसकी ओर मुड़ जाएँ, दो-चार दीवाने राह चलते पैदा हो जाएँ, दो-चार सीटियाँ भी मिनट दो मिनट पर बजती रहें। सारा बनाव सिंगार इसी के लिए तो होता है। हाँ इसके बाद भी सभी की किस्मत में यह सुख नहीं होता। कुछ को तो जीवन में एक बार भी नसीब नहीं होता।'

मैंने उसे समझाना चाहा, 'ऐसी लड़कियों को भ्रष्ट होते देर नहीं लगती।'

'भ्रष्ट !' वह हँसने लगी। 'यह तुम्हारा शब्द है। तुम्हारी नजर से देखने पर जो भ्रष्टता लगती है, उसे स्त्री की नजर से देखो तो वह 'मुक्ति' प्रतीत होगी।'

मैं नहीं जानता कि वह ऐसी बातें जान बूझकर मुझे आहत करने के लिए करती थी या सचमुच इसे ठीक समझती थी। मैंने पूछा, 'क्या तुम इसी तरह की पोशाक में, इसी तरह, चल सकती हो ?'

बोली, 'चल तो नहीं सकती, लेकिन चल न पाना कोई अच्छाई है और इस तरह की पोशाक पहनते या इस तरह चलते ही मैं पतित हो जाऊँगी, ऐसा मैं नहीं मानती। संस्कारों का दबाव मुझ पर उससे कुछ अधिक है, बस।'

उसने जिस तरह की प्रतिक्रिया दिखाई थी, उसमें मैं एक बात उससे नहीं कहना चाहता था, पर अपने को रोक नहीं पाया तो कह बैठा, 'कोठेवालियों में जो अधिक मालदार थीं उन्होंने नई कालोनियों में सामान्य नागरिकों की तरह रहना शुरू कर दिया है, पर अपना धंधा नहीं बदला है। अपने बच्चों-बच्चियों को वे पहले नाच और गाना सिखाती थीं, अब फर्राटे की अंग्रेजी सिखाती हैं और इससे उनकी पहुँच और दर दोनों आसमान छूने लगी हैं। उन्हीं परिवारों में से होगी यह भी।'

वह कहने लगी, 'तुम भी कैसी बातें करते हो, देवेश। ये लड़के जो उसके पीछे सीटी मार रहे थे, उनको क्या ऐसे ही परिवारों से आया मानोगे। तुम्हें पीड़ा

इसलिए हो रही है कि अभी तक शरारत करने की छूट लड़कों को ही मिला करती थी। आज यह छूट कुछ लड़कियाँ भी लेने लगी हैं। मजा तो इसमें आता ही है और जब मजा आता है तो इसमें अपराध क्या हो गया।'

मैंने हार मानते हुए कहा, 'तुमको समझाया नहीं जा सकता।' तो बोली, 'जो दूसरों की बात समझना नहीं चाहते वे ही सारी दुनिया को समझाते रहते हैं। वे समझ सकें तो यह भी समझ जाएँगे कि एक कोण से जो बात गलत लगती है, दूसरे कोण से वही सही और जरूरी लग सकती है।'

वह मेरे सामने इस तरह की बात करती थी तो मुझे लगता था कि इसके जीवन में भी जरूर ऐसा कुछ हो सकता है। उसके साथ ही एक दूसरा लड़का भी रहता था। खैर, वह इतना दब्बू था कि उसके साथ तो कोई सवाल ही नहीं उठता था। फिर भी मुझे लगा, हो सकता है यह भी सच हो। इसका उससे संकेत किया तो उसे अच्छा नहीं लगा। सच तो यह है कि इसी समय से वह मुझसे कुछ दूर होने की कोशिश करने लगी और अंत में पूरी तरह अलग हो गई। इतनी अलग, जितने दो तलाकशुदा लोग भी न होते होंगे।

लगता है, उसने इसी के लिए पूर्वाभास वगैरह की कहानी गढ़कर मुझे अपने से पूरी तरह अलग कर लिया।

दिल्ली जैसे शहर में कुछ भी हो सकता है। यह उचक्कों का शहर है। उचक्के तो खैर हर शहर में होते हैं, पर वहाँ उचक्कापन को एक सम्मान का दर्जा मिला हुआ है। इसलिए मैं आप से एक ही विनय करता हूँ कि आप उसको बचाकर रखिएगा। वहाँ आकर्षणों की कमी नहीं है। इतनी रंगीन रोशनियाँ कि आदमी की आँखें अंधी हो जाएँ।

'यदि कभी, किसी रूप में मैं किसी काम आ सकूँ तो इसमें मुझे बहुत खुशी होगी। मैं आज भी उससे बहुत प्यार करता हूँ। बहुत। वह इतनी पारदर्शी है कि उसकी उपस्थिति लगातार मेरे पास बनी रहती है और इसे मेरे अतिरिक्त कोई नहीं देख पाता।'

उसने अपना पता देते हुए लिखा था कि जब भी जरूरी हो, लतिका उसे याद कर सकती है।

19

लतिका देवेश का पत्र पाकर कुछ परेशान हो गई। एक ही कमरे में रहने के बाद भी शुभ्रा ने उससे एक बार को भी देवेश का नाम नहीं लिया था। उसने किन

परिस्थितियों में हास्टल में रहने का निश्चय किया यह जानना जरूरी नहीं था। दिल्ली में उसके अपने रिश्ते या परिवार का कोई आदमी नहीं था, इसलिए अकेली वह हास्टल में ही रह सकती थी। वह चुप रहती थी। किसी से हँसती-बोलती थी तो इस तरह कि 'हँसना जरूरी ही है तो, लो, मैं हँस दे रही हूँ।' 'बोलना ! क्या बोलना ? किससे ? सबसे तो बोलचाल है। किस बात पर ? नहीं गुमसुम तो नहीं रहती। दिन भर बक-बक करने से कोई लाभ ! कहो, क्या बोलना है, बोल दे रही हूँ।'

एक विचित्र खालीपन से गुजर रही थी वह।

कभी-कभी वह अपने एकाकीपन को तोड़ कर बाहर आने का जोरदार प्रयत्न करती। इसमें वह ऐसे फिकरे कसती कि उसे जानने वालियों को लगता इसमें उसकी कूज और उस ख़ोल के टूटने की आवाज एक-दूसरे में घुल गई है जिसमें वह लिपटी हुई थी।

जब तक वह स्वयं कुछ न कहे, वह उसे यह भी बताना नहीं चाहती थी कि उसे देवेश नाम के किसी युवक का पत्र मिला है। उसने देवेश का पत्र मिलने के एक हफ्ते बाद तक किसी अनुकूल अवसर की प्रतीक्षा की और जब लगा बात करना संभव नहीं है तो उसने अपनी ओर से ही देवेश को लिख दिया था कि उसका पत्र उसे मिल गया है। शुभ्रा के मन में किसी तरह की चंचलता या उद्विग्नता नहीं है। 'उद्विग्नता' लिख कर उसने काट ही नहीं दिया, उसे इस तरह मिटा दिया कि प्रयत्न करने पर भी अनुमान न लग सके। उसे लगा ऐसा लिखना देवेश को धोखे में रखना होगा। इसके स्थान पर उसने 'शिथिलता' लिख दिया। उसने उसे आश्वासन दिया कि वह शुभ्रा का अपनी छोटी बहन जैसा ध्यान रखेगी और यह भी लिखा कि जब कभी उसे लगेगा कि देवेश किसी भी स्थिति में उपयोगी हो सकता है, वह इसकी सूचना भी देगी।

इसके बाद देवेश का पहले से अधिक भावुक उत्तर आया जिसमें लिखा था कि उसने शुभ्रा को खो दिया है, पर त्यागा नहीं है। त्यागा उसने है। देवेश के लिए शुभ्रा जैसी भी है, जिस भी हालत में है, उसकी है। अपने समस्त दोषों और गुणों के साथ। दोष तो उसमें हो ही नहीं सकते। वह इतनी पारदर्शी है कि छोटा से छोटा विकार भी हो तो दिखाई उसका पूरा व्यक्तित्व नहीं देता, केवल वह बिंदु देता है जहाँ विकार होता है और दिखाई भी इस तरह देता है जैसे यही उसका पूरा व्यक्तित्व हो। इसके अतिरिक्त उसमें और कुछ हो ही नहीं। मटियाले पानी की तरह अर्धपारदर्शी या दूध की तरह अपारदर्शी लोग अपने हजार अपराध छिपाने के बाद भी चंदन में लिपटे या दूध के धुले दिखाई देते हैं।

जैसा कि भावुक लोग अक्सर करते हैं, उसने लतिका को अपनी बड़ी बहन मान लिया था और लिखा था, 'दीदी, मैं शुभ्रा से दूर रह सकता हूँ, उसकी उपेक्षा सह सकता हूँ, पर किसी अन्य के साथ जीने की कल्पना भी नहीं कर सकता। मैं

भले अंशतः भी उसका न रह गया होऊँ, वह समग्रतः मेरी है। समग्रतः ! मैं उसकी अच्छाइयों, बुराइयों, विकृतियों के साथ उसे प्यार करता रहूँगा और जब तक वह अपने भविष्य का कोई ऐसा रास्ता नहीं चुन लेती जिसमें मेरे लिए कोई स्थान ही न रह जाए, मैं उसकी प्रतीक्षा करता रहूँगा।'

इसके बाद लतिका के लिए कुछ लिखना जरूरी नहीं रह गया था। शुभ्रा के बारे में जितना वह जानती थी, और देवेश से जो नई जानकारी मिली थी उसमें उसे डर इस बात का था कि यदि उसे देवेश के पत्र का पता चला तो जाने उसकी क्या प्रतिक्रिया हो। वह उससे सदा के लिए अपना संबंध तोड़ सकती थी। कमरा एक ही होने के कारण वह देवेश के पत्र को भी बहुत सँभालकर ही रखती थी फिर भी कई बार उसके जी में आता कि शुभ्रा की निगाह उस पर पड़ जाए, वह उसे पढ़े और फिर लतिका देखे कि इस पर उसकी क्या प्रतिक्रिया हुई।

ऐसा हो भी गया। वह नहाने गई हुई थी। जिस किताब के बीच उसने उन पत्रों को दबा रखा था वह किताब उसके वार्ड्रोब के ऊपर ही रखी थी। समय काटने के लिए शुभ्रा ने वह किताब उठा ली। लतिका इसी समय नहाकर लौटी थी। देखते ही उखे झटका लगा, फिर यह उत्सुकता में बदल गया। किताब उसी पन्ने पर खुली जहाँ लिफाफा रखा हुआ था। लिफाफों पर उसकी नजर पड़ी तो उसने कुछ ध्यान से देखा फिर उसने उन्हें उठाकर लतिका की ओर बढ़ा दिया, 'इसमें आपकी चिट्ठियाँ थीं।'

'वे मेरे नाम जरूर हैं पर हैं तुम्हारे ही बारे में। पढ़ लो।'

'मेरे बारे में ? यहाँ ? किसका पत्र है ?'

लतिका का खयाल था कि शुभ्रा ने भेजने वाले का नाम-पता भी देख लिया होगा। अब वह जिस तरह पूछ रही थी, उससे लगा, उसने या तो देखा नहीं था, या यह प्रकट नहीं करना चाहती थी।

'देवेश जी का।'

'आई सी !' कहकर वह कुछ सोच में पड़ गई। वह सोच रही थी कि आखिर देवेश ने यहाँ का भी पता मालूम कर ही लिया।

'पढ़ लो।'

'आपका पत्र मैं क्यों पढ़ूँ।' वह मुड़कर अपने बिस्तर की ओर जाने लगी।

'मैं कहती हूँ, पढ़ लो। यह हम दोनों का पत्र है।'

'तब भी। मुझे किसी के पत्र का इंतजार नहीं। न कोई उत्सुकता है।'

लतिका ने बढ़कर उसका हाथ पकड़ लिया, 'देखो शुभ्रा, मेरे जीवन में व्यक्तिगत और गोपन जैसा कुछ नहीं रहा। मैं खुली पुस्तक की तरह अपनी बाकी जिंदगी भी बिताना चाहती हूँ, पर तुम अपना सब कुछ छिपाकर रखना चाहती हो। उसे भी जो मुझे ज्ञात है। ऐसा क्यों है ? औंर नहीं तो मेरा मन रखने के लिए इसे पढ़ जाओ।'

शुभ्रा ने इसके बाद 'नहीं' नहीं किया। लिफाफे लेकर खत पढ़ने लगी। उसके चेहरे पर कोई प्रतिक्रिया नहीं थी। वह इसे किसी समाचारपत्र की तरह पढ़ रही थी जिसकी सूचनाएँ हमारी जानकारी के लिए होती हैं। किन्हीं दूसरों के बारे में, किन्हीं दूसरों की लिखी।

उसने पढ़ने के बाद उन्हें फिर लिफाफों में बंद किया और लतिका को लौटा दिया। लतिका हैरान थी।

'तुमने कुछ पूछा नहीं ?'

'इसमें पूछने को क्या है ? आपने कहा, पढ़ लो, पढ़ लिया। यदि किसी अध्यापिका की तरह परीक्षा लेना चाहती हैं तो पूछिए इसमें क्या लिखा है, बता दूँगी। मेरी याददाश्त बहुत अच्छी है।'

'वह तो है, मैं जानती हूँ। भूलने की ताकत भी अच्छी है, यह भी मान ले रही हूँ।'

'नहीं दीदी, भूलती नहीं हूँ। किनारे रख देती हूँ। दफ्तरों में जैसे फाइल बंद करके कागज रख देते हैं और उनसे अलग हो जाते हैं।'

'तुम्हें, कुछ अच्छा या बुरा नहीं लगा।'

'लगा क्यों नहीं। लगा। अच्छा लगा कि आपने इतने अधिकार और अपनापे से कहा, 'इसे पढ़ जाओ।' बुरा लगा कि आपने ऐसी चीज पढ़ने को कहा जिसको पढ़ने का कोई मतलब नहीं था। जो लोग पिछले पड़ाव का काठ-कबाड़ सब उठाकर चलना चाहते हैं वे बहुत दूर तक नहीं जा सकते। वे जल्द ही थक जाते हैं।'

'कम से कम मुझ पर नाराज ही हो गई होतीं।'

'आप पर ! क्यों भला ?'

'एक ही कमरे में रहते हुए मैंने तुमसे यह छिपाए रखा कि देवेश का कोई पत्र मेरे नाम आया है। तुमसे पूछे बिना ही उन्हें पत्र भी लिख दिया और उसका जवाब आया तो उसे भी छिपा गई।'

'बस, इसके लिए ? आपको तो बहुत सारे लोग लिखते रहते हैं। और आप पत्रिकाओं से लेकर निजी पत्रों तक में उनको जवाब देती रहती हैं। किसका-किसका बुरा मानूँगी ?'

'देवेश बहुत सारे लोगों में नहीं आते, शुभ्रा।'

'तो कुछ लोगों में आते होंगे। क्या हो गया इससे।'

लतिका शुभ्रा को बहुत ध्यान से देख रही थी। वह उसके शब्दों से अधिक चेहरे पर पड़ने वाली मन की छायाओं से जानना चाहती थी कि उस पर क्या बीत रही है। उसने अपने चेहरे को इस तरह भावशून्य बना रखा था कि उससे उतना भी पता नहीं चल पा रहा था, जो शब्दों से पता चल रहा था। शब्दों में कम से कम हल्का व्यंग्य तो तलाशा जा सकता था। चेहरे पर उसकी भी छाया नहीं

थी। जिस तरह की दहशत की आशंका देवेश ने प्रकट की थी वैसा भी कुछ नहीं।

उसे इस बात पर घबराहट होने लगी। उसे लगा, सदमा इतना गहरा है कि यह न उसकी भाषा तक पहुँच पा रहा है न मन की बाहरी उपस्थिति के रूपों तक। मन के किसी कोने में गाँठ की तरह समाया हुआ और विरोधी क्रियाओं से अपने को व्यक्त करता हुआ। उलटबाँसी कविता की ही जरूरत नहीं, जीवन का भी यथार्थ है। जिसके लिए भाषा की सभी युक्तियाँ रीत जाएँ उसे विरोध से कहो। सौंदर्य उस सीमा तक पहुँच जाए जहाँ सौंदर्य के दायरे टूट जाएँ तो जुगुप्सु से कहो। दुख अगर इस तरह मन में घर कर जाए कि उदासी और बेचैनी तक उसे वाणी न दे सकें तो स्थितिप्रज्ञता से कहो और उससे भी आगे चला जाए तो अट्टहास से कहो। उसे असह्य सदमे की दशा में एकदम चुप लगा जाने वाले या हँसी के दौरों से बेहाल होकर पागलपन की अवस्था में पहुँचने वालों की याद आई और वह घबरा गई।

यह उस तरह की असाध्य स्थिति नहीं थी, जिसका अंत पागलखाने में होता है। यह बीच की स्थिति थी जिसमें आदमी जीवन भर झुलसता रहता है और किसी को बताने चलता है तो उसकी समझ में नहीं आता।

महीने दर महीने 'आप की समस्याएँ : हमारे समाधान' के कालम रँगने वाली लतिका को लगा, किसी समस्या का कोई समाधान होता ही नहीं। समाधान करने वाला अपनी समस्याओं का समाधान तलाशता रहता है न कि किसी दूसरे की समस्या का और समाधान अपनी समस्या का भी नहीं हो पाता। फिर भी हम चाहते हैं कि कोई हो जिससे अपनी समस्या कह सकें। हम जो सोचते हैं उसे सही या गलत बताकर जो हमें बल दे सके या गलत होने से रोक सके।

शुभ्रा ने देवेश से संबंध तोड़ लिया था, जिसका कारण उसकी समझ में नहीं आ रहा था। परंतु लतिका को तो सचमुच तलाक लेना पड़ा था। उसे उसके बाद की जिंदगी किस तरह बितानी पड़ी है, इसे दुहराकर भी वह शुभ्रा को शायद ही समझा पाए। बताने को कुछ है ही नहीं, सब कुछ वह जानती है।

जैसा देवेश ने लिखा था, यह जानकर कि देवेश उसके बारे में इस हद तक जानकारी जुटा चुका है कि उसके रूममेट से भी संपर्क बना चुका है, यदि उसके मन की दहशत सचमुच बढ़ जाती, वह यह भी सोच बैठती कि उसके खिलाफ कोई षड्यंत्र रचा जा रहा है और उस रचे जा रहे षड्यंत्र में लतिका भी शामिल हो गई है, तो भी उस तक पहुँचने का एक रास्ता तो दीखता।

हास्टल के किसी दूसरे सदस्य से बात करके कोई रास्ता निकालना, या कम से कम, अपना जी हल्का करना, खतरे से खाली नहीं था। यदि उसने किसी रूप में कुछ कह या पूछ दिया तो शुभ्रा को लगेगा कि लतिका उसके किस्से फैला रही

है। लतिका से तो उसका संबंध खराब हो ही जाएगा, वह अपने भीतर भी टूट जाएगी।

अचानक उसे सुरजीत की याद आई। वह भी उसी हास्टल में रहती थी और उसी कालिज में काम करती थी जिसमें शुभ्रा करती थी। दोनों की आपस में पटती भी थी। सच तो यह था कि उसी के माध्यम से शुभ्रा ने हास्टल में जगह ली थी। उसकी नियुक्ति किसी की छुट्टी की अवधि के लिए अस्थायी तौर पर हुई थी। छुट्टी से वह वापस आ गई थी इसलिए सुरजीत की छुट्टी हो गई थी। इसी बीच उसका विवाह भी तय हो गया था इसलिए वह हास्टल छोड़कर, जालंधर, अपने परिवार में वापस जा रही थी।

सुरजीत ने सामानों के कुछ पैकेट अपनी चारपाई पर ही फेंक रखे थे और पंखा खोल कर उन्हीं की बगल में पाँव नीचे लटकाए पड़ी हुई थी।

कमरे के पल्ले खुले ही थे। लतिका ने यह दृश्य देखा तो घुसते ही कहा, 'तुम थकी लग रही हो।'

आवाज सुनते ही वह उठ बैठी, 'आइए, आइए। थकी नहीं हूँ, बस अभी बाजार से लौटी थी, पसीना सुखा रही थी।'

'मुझे तुमसे एक सलाह लेनी है।'

'मुझसे।' सुरजीत ने जोर का ठहाका लगाया, 'आपने तो कमाल कर दिया दीदी। सारी दुनिया को सलाह आप देती फिरती हैं, और खुद मुझसे सलाह लेने की बात करती हैं।'

'मजाक नहीं कर रही हूँ। सचमुच एक उलझन में हूँ। पहले तो यही समझ लो कि तुम्हें छोड़ मैं किसी दूसरे से इसके बारे में बात नहीं कर सकती। तुमको भी यहाँ रहना होता तो डरती कि बात करना ठीक होगा या नहीं। शुभ्रा से तुम्हारी अधिक निभती है, उसे जानती भी मुझसे अधिक हो, यहाँ से जा रही हो इसलिए उसे इसका पता भी नहीं चलेगा कि मैंने तुमसे इस विषय में बात की है, यही सब सोचने के बाद तुमसे सलाह लेने की हिम्मत हुई।'

अब सुरजीत सचमुच गंभीर हो गई थी, 'बात क्या है ? वह बहुत सेंटिमेंटल है, यह तो जानती हूँ। क्या उससे कोई बात हो गई ?'

लतिका ने पूरी बात विस्तार से समझाई और अपनी आशंका प्रकट की तो सुरजीत भी गंभीर हो गई, 'देवेश के बारे में पहले वह बहुत उत्साह से बातें करती थी। जब उसे पता चला मेरी शादी की बात चल रही है तो एक बार बड़े उत्साह से कहा था, देखें तेरी पहले होती है या मेरी। मैंने उसे छेड़ने के लिए कहा था, दोनों की एक साथ, एक ही समय पर भी तो हो सकती है।

'उसने कहा, कैसे ?

'हमी दोनों एक-दूसरे से शादी कर लें। मैंने मजा लेते हुए कहा, न कहीं जाना होगा, न किसी से डरना। मैंने बढ़कर उसके गाल काट लिए थे। और वह छोड़ तेरा

कोई भरोसा नहीं कहती हुई पीछे हट गई थी। इस पर मैं देर तक हँसती रही थी और वह सचमुच शरमाई सी हँसने लगी थी। लेकिन इधर जब भी मैंने पूछा, तेरी शादी का क्या हुआ ? कब कर रही है ? तो वह इसका जवाब टालू ढंग से ही देती है।

'एक बार मैं जिद करने लगी तो बोली, शादी क्या इतनी जरूरी है कि इसके बिना रहा ही न जाए। मैं किसी से शादी नहीं करूँगी। करते ही बँध के रह जाना होता है। मैं बँधकर नहीं रह सकती। तो मैं तो समझती हूँ कि इसका उस लड़के से जी भर गया होगा और इसने उससे पल्ला झाड़ लिया होगा।'

लतिका चुप सुनती रही। अब बोली, 'तो तुम्हारा खयाल है, कोई गंभीर समस्या नहीं है। कम से कम इस रूप में कि उसके दिल-दिमाग पर इसका कोई बुरा असर पड़ा हो।'

'मैं तो यही समझती हूँ। एक बार हम यूँ ही बैठी हाँक रही थीं तो उसने कहा था, 'अगर मैं किसी राज्य की महारानी होती तो उसी तरह यारों का हरम बसाती जैसे पुरुष राजा बसाया करते थे। एक बार के लिए एक। बस।' बात तो यूँ ही शगल के लिए हो रही थी, लेकिन इस तरह के खयाल भी सब के मन में तो आते नहीं। कम से कम मेरे मन में तो कभी नहीं आए।'

'तू पागल है, इस तरह के फिकरों में किसी के चरित्र की छाप देखना ठीक नहीं।'

'लेकिन यह तो उसने कभी छिपाया नहीं कि उसका देवेश के साथ ऐसा संबंध था जिसके बाद कोई लड़का किसी लड़की से शादी के लिए तैयार नहीं होता।'

'सच !' अब लतिका को जिज्ञासा में मजा आ रहा था।

'मैंने कहा, तुझे कुछ रह गया तो क्या होगा। कुछ इंतजाम करती है या यूँ ही। तो कहने लगी, रह गया तो रख लूँगी। उसमें क्या है। वह हर स्थिति के लिए तैयार है। तो मैं तो समझती थी कि वही इससे मुँह फेर लेगा, पर इस बात की तो कभी कल्पना भी नहीं की थी कि वह इसके लिए आज भी इतना बेचैन है और इसने ही उससे पल्ला झाड़ लिया। इसीलिए सोचा कि हो सकता है उसके मन में सचमुच, एक बार के लिए एक न सही, एक दौर के लिए एक, बस। फार्मूला घर कर गया हो। बँधकर न रहने का तो मतलब यही होता है।'

लतिका को थोड़ी हैरानी भी हुई, पर राहत भी मिली। चलो, कम से कम उसके बारे में बहुत चिंतित होने की जरूरत नहीं है। देवेश ने भी इस ओर इशारा तो किया ही है।

20

शुभ्रा गुमसुम नहीं थी। वह खुश भी नहीं थी। वह भीतर से खाली थी। जिस तरह की बातें वह उमंग में कहा करती थी वे मशीन में भर दी जाएँ तो सही लगती हैं, जिंदगी में उतरने पर बेमानी। वह यह स्वीकार नहीं करना चाहती थी कि देवेश के बिना वह जी नहीं सकती। उसकी याद आती थी तो उसे वह झटककर अलग कर देती थी। उसे अपने स्वप्न के संकेत पर जीवन के सच से अधिक भरोसा था। वह उसका अवांतर सच था। पर इसने कभी दहशत का रूप नहीं लिया था। अब देवेश से संबंध तोड़ने के बाद वह उस ओर से निश्चिंत थी।

जब वह उन सपनों की व्याख्या करती तो उससे उनकी सचाई और उभर आती। सुरजीत ने ठीक ही कहा था, विवाह से पहले की भाषा और बाद की भाषा में अंतर होता है। तुमने जिसे अपने को दे दिया उससे विवाह भी कर लिया तो उसे तुम्हारे चरित्र पर जीवन भर संदेह बना रहेगा, भले तुमने उसे छोड़ किसी और को जाना ही न हो। यदि किसी दूसरे का चुनाव किया तो कोई उँगली तक नहीं उठा सकता।

शुभ्रा ने अपना सच लिखते हुए देवेश को पूरा सच नहीं बताया था। उसका कई बार कई कारणों से उपयोग हुआ था और उसे कभी यह वैसा नहीं लगा था जैसा नारी संगठनों की आंदोलनकारी भाषा में बताया जाता है। मिसाल के लिए शोषण। डर जरूर लगा था। पर पहली बार तो डर को उत्सुकता ने दबा दिया था और बाद में उस सुख की लालसा ने। बाद में वह कुछ तरीके भी सीख गई थी इसलिए डर का कारण नहीं रह गया था। इसी तरह के परिवर्तनों ने मन में यह लालसा पैदा की थी कि यदि यही जीवन भर चलता रहे तो हर्ज क्या है। अनेक पुरुष ऐसा कर लेते हैं तो वह क्यों नहीं कर सकती। इसलिए अब उसे डर किसी से संबंध हो जाने पर नहीं लगता था बल्कि यह सोचकर लगता था कि कहीं यह संबंध गाढ़ा न हो जाए। इसके साथ भावना का जुड़ाव न हो जाए। देवेश के साथ यही हो गया था और इसलिए वह सोचती कि देवेश शादी के लिए जोर देगा तो वह 'नहीं' नहीं कर पाएगी। ऐसे में वह अपने को भीतर से मजबूत करने लगती। वह देवेश के साथ आचरण में स्वच्छंदता को लेकर बहस भी इसीलिए करती कि कम से कम इससे बिदककर ही वह विवाह का खयाल छोड़ देगा। या यदि कर ही लिया और उसने कभी विवाह के बाद वाली भाषा बोलनी शुरू की तो कह देगी कि यदि ऐसा किया है तो इसमें बुराई क्या है। तुमसे तो मैंने कुछ छिपाया नहीं। वह उन दिनों सचमुच विवाह के सपने देखने लगी थी और इसी उत्साह में आकर उसने सुरजीत से कह दिया था कि देखें दोनों में किसकी शादी पहले होती है।

शारदा की मौत ने उसे सचमुच डरा दिया था। वह बात गलत नहीं थी। उन्हीं

दिनों उसे वह सपना आना शुरू हुआ था और कई दिन तक दुहराया जाता रहा था। जब पुलिस यह जानकर कि शारदा उसकी प्रिय शिष्या थी जाँच के सिलसिले में उससे भी पूछने आई कि क्या उसने कभी कोई ऐसी बात की थी जिससे लगे कि उसे किसी से जान का खतरा था तो उसने सब कुछ इस शर्त पर बता दिया था कि अगर आगे की जाँच से ऐसा कोई सबूत मिलता हो उसी को काम में लाया जाए। गवाही के लिए वह कहीं जा नहीं सकेगी। पुलिस ने उसका नाम गुप्त रखने की शर्त पर उससे पूरी कहानी सुन ली थी और फिर उसे किसी रूप में तंग नहीं किया था। फिर भी उसे डर लगता कि पुलिस का कोई भरोसा तो है नहीं। पता नहीं किस-किसका नाम गवाही में रख दिया हो। यदि कहीं अदालत में जाना पड़ा तो वह बचाव पक्ष के उन बेहूदे सवालों का सामना नहीं कर पाएगी जिसका डर दिखाकर महिला गवाहों को ऐसे मामलों में चुप करा दिया जाता है।

जाने कैसे अदालत में गवाही ने सपने में मिले पूर्वाभास को भी तीखा कर दिया था। उसके बाद वह देवेश से संबंध तोड़ने के बहाने तलाश करने लगी थी। बहाना कोई भी हो सकता था, इससे फर्क नहीं पड़ना था। एक बार उसके जी में आया कि कह दे कि उसके इतने व्यक्तियों से संबंध रह चुके हैं। उसने सोचा था, इसे वह कदापि झेल नहीं पाएगा। परंतु कहने का साहस नहीं हुआ था।

दिल्ली के कुछ नवविवाहितों के एक गुप्त क्लब की बात कभी सुरजीत ने ही बताई थी। उसकी भाभी ने अपनी किसी सहेली के माध्यम से सुनी थी और, इस बात से बेखबर कि कोई पास के कमरे में जगा उनकी खुसफुस सुन रहा है, अपने पति को बता रही थी। वे किसी एक के घर दावत आदि पर मिलते। रमी वगैरह खेलते। शराब वगैरह पीते और अदल-बदल कर सोते। सुनकर उसे विश्वास नहीं हुआ था। सुरजीत ने यह बात शुभ्रा को बताई थी।

शुभ्रा ने यह बात जब देवेश को सुनाई तो उसने पूछा था, 'तुम भी ऐसा करना चाहोगी क्या ?'

शुभ्रा से 'हाँ' या 'न' कहते न बना था। सच तो यह कि जिस मुक्ति की बात सोचकर वह भीतर सनसनी अनुभव करती थी वह इस तरह की मुक्ति थी ही नहीं। यह किसी भी अर्थ में मुक्ति नहीं थी।

जब उसने सुरजीत से कहा था, वह महारानी होती तो यारों का एक हरम बनाती, तब वह उसे चकित करना चाहती थी। उसमें कामना का अंश भी नहीं था।

उसकी मुक्ति की कामना में मुख्य बात यह थी कि व्यक्ति की एक जरूरत की पूर्ति इतना बड़ा बंधन न तैयार कर दे कि इसके बाद के सभी निर्णय इसकी रक्षा करते हुए ही करने पड़ें और रक्षा में बाधा पड़े तो उस आकांक्षा की ही बलि चढ़ानी पड़े।

देवेश ने एक बात बहुत महत्त्वपूर्ण कही थी। जब मनुष्य अपनी जैव सीमा

को तोड़ कर किसी बड़े प्रयोजन से जुड़ता है तभी वह मनुष्य हो पाता है। जो कुछ वह दूसरों के लिए करता है उसी में वह जीवन की सार्थकता अनुभव करता है। केवल अपने लिए जीने की आदत के क्रम में मनुष्य छोटा होता चला जाता है और अक्सर अपना ही शिश्न या उदर बनकर रह जाता है।

वह अपने आप से बाहर निकलना चाहती थी। वह तय नहीं कर पाती थी कि वह दूसरों के लिए क्या कर सकती है जिसमें सार्थकता अनुभव हो सके। यह सोच उसे देवेश से जोड़ती भी थी और उससे मुक्त भी करती थी।

विवाह का आकर्षण एक बार फिर उसके मन में एक गंध की तरह फैला। यह तब की बात है जब सुरजीत ने उसे पति और भरे-पूरे परिवार और उनके बीच अपनी राजरानी जैसी स्थिति का वर्णन करते हुए पत्र लिखा।

उसके पिता की मृत्यु एक दुर्घटना में छोटी उम्र में ही हो गई थी। उसके बाद उसे माँ ने ही पाला था। रिश्ते में ले-देकर एक बुआ थीं जो किसी दूसरे शहर में रहती थीं। माँ के मायके से पहले तो कोई आ भी जाता था पर उसके पिता की मौत के बाद केवल उनकी तेरहवीं में आए थे। उसके बाद जाने क्या सोचकर आना बंद कर दिया था। बुआ जब आतीं तो माँ को इस बात के लिए डाँटती रहतीं कि उसने शुभ्रा को कुछ अधिक ही चढ़ा दिया है, इसलिए शुभ्रा को वह पसंद नहीं आती थीं।

एक बार तो उसने कह भी दिया था, 'आप मेरे घर आती क्यों हैं ?' इस पर उसकी माँ ने उसे कसकर एक चपत लगाई थी, 'बेवकूफ, बड़ों से इसी तरह बात की जाती है !'

शुभ्रा का माथा झनझना गया था। इसके बाद भी उसे अपनी माँ पर क्रोध नहीं आया था। इस पिटाई के लिए वह बुआ को ही दोषी मानती रही और इसके बाद उनके प्रति उसकी चिढ़ नफरत के करीब पहुँच गई थी। यह तब भी बनी रही जब उसकी समझ में आने लगा कि बुआ ने अंपनी समझ से उसके भले के लिए ही माँ को झिड़का था।

इसलिए शादी के प्रति आकर्षण उतना दांपत्य सुख की लालसा से नहीं था, अपितु उसके भरे-पूरे परिवार के कारण था। परिवार को उसने जाना ही नहीं था और जब भी किसी के बड़े परिवार की बात सोचती या ऐसे किसी परिवार में जाती तो उसे लगता, उसका प्रत्येक प्राणी एक बड़े साम्राज्य का स्वामी है जिसमें उसकी चिंता करने वाले ढेर सारे लोग है। उसके जी में आया, यदि सचमुच ऐसा कोई परिवार मिल जाए तो वह सुखी हो सकती है।

पर यह विचार ठहर नहीं पाता क्योंकि देवेश का परिवार तो पहले से ही बँटा हुआ था। एक भाई और भाभी और उनका एक लड़का। वह भी कहीं जमशेदपुर में नौकरी पर रहते थे।

देवेश को छोड़ वह किसी दूसरे से विवाह की कल्पना नहीं कर सकती थी।

इतने सारे लोगों से गुजरने के बाद भी लगता उसका जीवन में एक ही व्यक्ति से संबंध हुआ है। इससे पहले जो कुछ किसी के साथ हुआ था, वह मात्र अनुभव था। देवेश उसके भीतर तक उतरा हुआ था और उसे कोई वहाँ से हटा नहीं सकता था।

पत्र में सब कुछ लिखने के बाद सुरजीत ने पूछा था, 'अब तेरे क्या इरादे हैं ?' तो उसने लिख दिया, 'नियति ने सभी को किसी एक ही काम के लिए तो बनाया नहीं है। कुछ जीवों में प्रजावृद्धि को प्रकृति ने इतना प्रबल बना दिया है कि वे अपनी संतान के लिए अपने को ही उनका भक्ष्य बना देते हैं और कुछ में अहंता को इतना प्रधान कि वे अपनी आकांक्षा की पूर्ति के लिए अपनी संतान का भी वध कर सकते हैं। तुझे जो चाहिए था, मिल गया। खुश रह। मुझे जो चाहिए वह मुझे भी मालूम नहीं। उसकी खोज में लगी हूँ।'

21

हास्टल में तहलका मच गया। एक लड़की को पुलिस ने पकड़ लिया था और समाचार अखबारों में छप गया था। वह उस हास्टल में नहीं रहती थी। अपनी एक सहेली से मिलने कभी-कभी आ जाया करती थी। वह कालगर्ल्स के एक रैकेट से जुड़ी हुई थी। वह कहीं सौदा करते हुए पुलिस के जाल में फँस गई थी और अपने परिवार की इज्जत बचाने के लिए बता दिया था कि वह उसी हास्टल में अमुक कमरे में रहती है और उसका नाम अमुक है। उसने अपने बयान में यह भी कह दिया था कि उस हास्टल की अधिकांश युवतियाँ कालगर्ल का काम करती हैं और यह सब वार्डन की भी जानकारी में, बल्कि उनकी सहमति से, होता है। संयोगवश जिस लड़की का उसने नाम लिया था वह लड़की हास्टल में ही थी और बुखार में पड़ी हुई थी।

वार्डन, श्रीमती चौधरी, की हालत खराब। उन्होंने अखबारों को फोन किया कि उन्होंने खबर की पुष्टि किए बिना ही इसे छाप कैसे दिया। बड़े विचित्र उत्तर सुनने को मिल रहे थे :

'मान लिया एक मामले में यह गलत ही है पर वह लड़की तो कह रही है कि अधिकांश लड़कियाँ यह काम करती हैं। नाम बताने में कोई चूक हो गई होगी।'

'क्षमा कीजिएगा श्रीमती चौधरी। हम आपका वर्सन भी छाप देंगे। लिखकर भेज दीजिए।'

'आप भी क्या बात करती हैं श्रीमती चौधरी। यह समाचार तो इतने विलंब से मिला था कि इसकी पुष्टि कराने चलते तब तो वह तारीख ही निकल जाती। दूसरे समाचारपत्रों से हमारा अखबार पीछे रह जाता। सत्तर प्रतिशत लोग ऐसी चटक

खबरों के लिए ही तो अखबार पढ़ते हैं। बाकी खबरें तो रेडियो और टेलीविजन से मिल ही जाती हैं। गंभीर मामलों में उनकी कोई दिलचस्पी नहीं होती।'

'देखिए, हमने जो छापना था छाप दिया। निराधार तो छापा नहीं है। पुलिस से पता चला है। आपको जो करना होकर लीजिए। इसका खंडन भेजेंगी तो उसे भी छाप देंगे।'

इसका खंडन-मंडन तो छप गया पर जिस तरह यह छपता है उस पर उनकी नजर नहीं जाती जिनको एक अखबार ने अपने पाठकों का सत्तर प्रतिशत बताया था। इसके बाद यह बताते हुए भी हास्टल की लड़कियों को संकोच होने लगा कि वे कहाँ रहती हैं।

शुभ्रा को अपने आप से भय लगने लगा। वह पहले भी यह मानती थी कि यह पुरुषों का समाज है जिसमें स्त्री नितांत अरक्षित है। वह परदे के बाहर आने के बाद भी एक-दूसरे परदे के भीतर ही रह सकती है। एक अपवित्र साजिश के तहत उन्हें ऐसे मामलों में भी मूक बने रहने को बाध्य किया जाता है जिनसे उनका मान-सम्मान जुड़ा रहता है।

वह श्रीमती चौधरी के पास गई, 'मैडम हमें कुछ करना चाहिए।'

'क्या कर सकते हैं हम ! अभी तो सभी अखबारों में खंडन छप गया फिर भी मिनिस्ट्री तक से चिट्ठियाँ आ रही हैं। किसी ने संसद में भी सवाल पूछ दिया है। इस मामले को विपक्ष के लोग इस तरह तूल दे रहे हैं जैसे यह सब सचमुच यहाँ हो ही न रहा हो, बल्कि सरकार तक की मिलीभगत से हो रहा हो। क्या किया जा सकता है !'

'इसीलिए तो कह रही हूँ, हमें कुछ करना होगा। चुप रहने से काम नहीं चलेगा।'

'क्या कर सकते हैं हम, बताओ तो।'

'हम यहाँ के नारी संगठनों से मिलकर एक जुलूस निकालें और इसे उन अखबारों के दफ्तरों तक यह माँग करते हुए ले जाएँ कि वे अपुष्ट समाचारों को छापने के लिए लिखित क्षमायाचना करें।'

'क्या हो जाएगा इससे। वे कहेंगे हमने खंडन छाप दिया। हमारा काम पूरा हो गया। क्षमायाचना कर ही देंगे तो उसका हम क्या करेंगे। प्रमाणपत्र बनाकर टाँगेंगे।'

'इससे एक नया समाचार बनेगा। इस तरह का समाचार ही उस लांछन का पूरा जवाब बन पाएगा जिसके लिए आप परेशान हो रही हैं।'

'मेरी समझ में कुछ नहीं आता। तुम एक और आफत मोल ले रही हो। जुलूस के साथ कुछ हो गया तो और फजीहत होगी। इसके लिए मुझे विभाग की भी अनुमति जरूरी होगी।'

'कुछ जरूरी नहीं होगा। अपने चरित्र पर लगे लांछन के लिए, या संस्था पर लगे लांछन के लिए जुलूस निकालने का अधिकार तो वेतन बढ़ाने आदि के लिए

किए जाने वाले आंदोलनों से भी पहले आता है।'

'मुझे तो डर लग रहा है। पर तुमको यदि यह ठीक लग रहा है तो जैसा सोचो। पहले उन नारी संगठनों से बात तो करो। वे भी तैयार होती हैं या नहीं।'

शुभ्रा ने जब यह प्रस्ताव लतिका के सामने रखा कि वह यहाँ के नारी संगठनों में सक्रिय महिलाओं से बात करके समय ले और फिर उनसे मिलकर रणनीति तैयार की जाए तो उसने कहा, 'विचार तो गलत नहीं है। कुछ न कुछ तो करना ही होगा। मैंने तो तुम्हारे बारे में कुछ अलग ही खयाल बना लिया था।'

'आपने ? क्या ? सुनूँ तो।'

'वह कभी बाद में। तुममें इतना जीवट है, यह जानकर बड़ी खुशी हुई। हमें हास्टल की सभी लड़कियों को तो इसमें शरीक करना ही होगा। मैं अभी संपर्क करती हूँ। 'नारी शक्ति' की अध्यक्षा से मेरी कुछ जान-पहचान भी है। उनकी बच्ची मेरे ही स्कूल में पढ़ती है। एक बार पेरेंट्स-टीचर्स मीट में उनसे मुलाकात हुई थी। उन्होंने मेरे कालम भी पढ़े थे और उनकी बच्ची मेरी तारीफ करती होगी, इसलिए भी वह पहले से ही मुझे जानती थीं। बहुत अच्छी महिला हैं। अच्छी बात यह कि उनके पति एक बड़े अखबार में न्यूज एडिटर हैं। इससे हमारी खबर छपने में भी मदद मिल सकती है।'

'वाह दीदी। आपने तो कमाल कर दिया। अब एक बात और की जाए। लेकिन छोड़िए। पहले आप समय लीजिए और श्रीमती चौधरी के साथ उनसे मिलकर कार्यक्रम तैयार कर लें। फिर उस पर भी अमल करेंगे।'

लतिका ने श्रीमती चौधरी के कमरे से ही फोन किया और श्रीमती कपूर ने उन्हें बताया कि वह एक घंटे में अपने आफिस पहुँच रही हैं। वे वहीं आ जाएँ।

'चलो, तुम भी चलो। तुम्हारा तो जवाब नहीं, शुभ्रा।' चलने का समय हुआ तो लतिका ने कहा।

'आप जाएँ। इसमें आसानी होगी। दो से अधिक की जगह आटो में होती नहीं।' उसने अपने को रोकते हुए कहा।

'तो टैक्सी ले लेंगे। इसमें क्या रखा है। तैयार हो जाओ।'

'तीन की संख्या शुभ नहीं होती।' शुभ्रा के मुँह से निकला।

'हत्तेरे की ! कैसी बातें सोचती हो।' लतिका ने झिड़का।

'मैं मानती हूँ। और कुछ हो न हो, इससे कुछ नर्वस तो हो ही जाऊँगी।'

'ठीक है, ठीक है। साथ में अरुणा को भी ले लेंगे। अरे, उसका होना तो बहुत जरूरी है। उसी के कमरे का तो नंबर बताया था उसने। गनीमत है कि अखबार वालों ने या तो नाम बदल दिया या गोल कर गए, नहीं तो आफत आ जाती बेचारी पर। बुखार उसे बना हुआ है, पर टैक्सी में कोई फर्क नहीं पड़ेगा। जाओ, उसे भी तैयार कर लो।'

22

श्रीमती कपूर सचमुच बहुत अच्छी महिला थीं। शुभ्रा को वह इसलिए भी अच्छी लगीं कि बातचीत के बीच जब उसने कहा, 'मैडम, पुरुषों के लिए, पुरुषों द्वारा, जो पुरुषों का समाज बनाया गया है, उसमें महिलाओं को साँस लेने का कोना तक नसीब नहीं है। हमें स्वयं लड़कर वह कोना हासिल करना होगा। तभी हमें सम्मान से रहने का अधिकार भी है। दान में दिए हुए आत्मसम्मान पर जो जीना चाहते हैं, उनका कोई आत्मसम्मान होता ही नहीं। जो अपने अधिकार को लड़े बिना पाना चाहता है, उसे दया मिलेगी, अधिकार नहीं। और दया कभी वापस भी ली जा सकती है। अभी तक स्त्रियों को जो कुछ मिला है, वह पुरुषों का दयापूर्वक दिया हुआ ही मिला है। हम उसे भोग भले लें, वह हमारा नहीं है। वह भी हमारा तभी होगा, जब पुरुषों को पता चल जाए कि हम उसके लिए भी लड़ सकती हैं।'

श्रीमती कपूर ने कहा, 'यह लड़की बोलती बहुत है। इसके दूध के दाँत भी नहीं टूटे और एक घंटे का लेक्चर पिला दिया।' तो शुभ्रा को लगा, सब कबाड़ा हो गया।

उन्होंने कहा, 'इधर तो आ।' तो उसे लगा, अब वह उसे बुलाकर कम से कम कान जरूर उमेठेंगी और कहेंगी, जहाँ बड़े मौजूद हों वहाँ छोटों को अपनी जबान की लंबाई नहीं दिखानी चाहिए। फिर भी वह कुछ झिझकती हुई उनके पास चली गई।

'तुझमें तो बहुत आग है रे ! इतनी आग से तो पूरा एटमबम बनाया जा सकता है।' और उसे खींच कर एक बाँह से लपेट लिया, 'ईश्वर करें, तुझ जैसी एक आध लड़कियाँ हर परिवार में पैदा हों।' उनकी आँखों में यह कहते हुए आँसू आ गए।

शुभ्रा को लगा, जीवन में सुख के जितने रूप उसने देखे थे, नितांत लौकिक होते हुए भी, उनसे यह इतना अलौकिक है कि इसके लिए प्राण तक दिए जा सकते हैं।

पूरी कहानी सुनने के बाद श्रीमती कपूर ने कहा, 'हम तुम्हारी लड़ाई में पूरी तरह तुम्हारे साथ हैं। हम कल ही जुलूस निकालेंगे। कार्यकारिणी से निर्णय लेना होगा। पुलिस को खबर करनी होगी। दोनों में कोई बाधा नहीं आएगी।' उन्होंने फोन खटकाना शुरू कर दिया, 'आज ही एक आपातिक बैठक है। शाम सात बजे। आपको आना ही है। नहीं कोई बहाना नहीं चलेगा। बहुत जरूरी है।' वह कार्यकारिणी के एक-एक सदस्य को तो बुला ही रही थीं, कुछ आंदोलनकारी गुटों को भी फोन कर रही थीं। अपनी ओर से उन्होंने आश्वासन दिया, 'जुलूस कल ही निकलेगा। यदि कोई खास बात हुई तो मैं खुद सूचना दूँगी।'

वहाँ से लौटने के बाद शुभ्रा बहुत उत्साहित थी। उसने श्रीमती चौधरी की

पहल से हास्टल की सभी महिलाओं को डाइनिंग हाल में बुलवाया, क्योंकि दूसरी कोई बड़ी जगह नहीं थी। उसने स्वयं उनके सामने एक प्रस्ताव रखा कि सभी अपनी समझ और प्रतिभा के अनुसार महिलाओं के प्रति अखबारों के बाजारी रवैये के विरोध में जितने पोस्टर बना सकती हों बनाएँ। आज ही, पूरी रात जागना पड़े तो कोई बात नहीं। कल तड़के हम इन पोस्टरों को जुलूस के पूरे रास्ते में जगह-जगह चिपकाएँगे। अभी रंग और ब्रश आदि की व्यवस्था स्वयं कर ली जाए। कागज के लिए अखबार के पन्ने ठीक हैं। अखबारों के रवैये का विरोध करने के लिए अखबार से बढ़िया कागज क्या हो सकता है। सभी को अपने आत्मसम्मान की रक्षा के लिए लड़ना है। इसलिए कोई पीछे न रहे।

जुलूस बहुत सफल रहा। कई संपादकों ने स्वयं आकर क्षमायाचना की और इस अभियान की खबर छापने का भी वचन दिया। एक अड़ियल था। उसका इन्होंने घेराव कर लिया। उसने पुलिस बुलाई, पर पुलिस चुपचाप बैठी रही, 'जब तक कोई तोड़-फोड़ नहीं होती, हम कुछ नहीं कर सकते।'

पूरे तीन घंटे के बाद उसका होश ठिकाने आया और उससे इन्होंने लिखित क्षमायाचना ली। यह वही संपादक था जिसने कहा था, हमें जो करना था, कर दिया। आपको जो करना होकर लें।

अगले दिन अखबारों में मुखपृष्ठ पर यह समाचार छपा। भाषण देते हुए और नारे लगाते हुए नेताओं का चित्र भी कई अखबारों में छपा। दो में शुभ्रा का भाषण देते हुए चित्र था।

23

श्रीमती कपूर ने घर में घुसने के साथ ही आवाज दी, 'वीरा बच्चे कहाँ हैं ?' वह पूरे उल्लास में थीं।

'वे साहब के साथ बाहर गए हैं। चाय बनाऊँ मेम सा'ब ?'

'तो साहब भी नहीं हैं !' उनका उत्साह कुछ ठंडा पड़ गया।

'चाय लाऊँ ?'

'अभी रहने दे।' वह एक पत्रिका उठाकर उलटने लगीं। पत्रिका पिछले महीने की थी पर उसमें भी वह अपने सफल अभियान की गूँज पाना चाहती थीं। वह पन्ने इधर-उधर पलटती हुई थक गईं और पत्रिका को बंद करके रख दिया। अब उनको लगा कि आज चार घंटे के हंगामे में पैदल चलते, भाषण देते, नारे लगवाते वह थककर निढाल हो गई हैं। वह ढीली होकर सोफे के ऊपर फैल गईं। उनके मुँह से निकला,

'उफ, गर्मी बहुत थी।'

जवाब देने वाला कोई था नहीं। पर उन्हें लगा सिर्फ गर्मी की बात करके उन्होंने अपनी परेशानी को कम आँक दिया, 'गर्मी ही नहीं, उमस भी।' उनके मुँह से निकला।

वीरा भीतर कोई काम कर रही थी। बढ़कर आई, 'आपने कुछ कहा, मेम सा'ब।'

'एक चाय बना ही ले।' उन्होंने झेंपकर कहा।

वीरा भीतर चली गई। इसी बीच बच्चों के हँसते-किलकते दौड़ते हुए आने की आवाज आई और कपूर साहब भी आ पहुँचे, 'आज तो भई मजा आ गया।' श्रीमती कपूर की सारी थकान हवा हो गई। वह सँभलकर बैठ गईं।

उन्होंने अपने बच्चों, माला और परमू, को कुछ इशारा किया और अपनी पत्नी से बोले, 'अच्छा बताओ, हम क्या लाए हैं ?'

'नानकिंग की मिठाई। और क्या।' श्रीमती कपूर ने कहा।

बच्चे तालियाँ बजाकर हँसने लगे, 'नहीं, गलत। मम्मी नहीं बता पाईं।' वे नाच रहे थे।

श्रीमती कपूर ने उनके हाथ के डिब्बे की ओर एक नजर डाली, 'सुबह ईयररिंग लाने को कह रहे थे। वही लाए होंगे। और क्या !'

अब कपूर भी हँसने लगे, 'इतने बड़े डिब्बे में क्या ईयररिंग आते हैं ? आ गईं न चक्कर में।'

श्रीमती कपूर के लिए पतिदेव कोई उपहार लेकर आए थे, यह प्रसन्नता की बात थी। पर वह चाह रही थीं कि जल्द वह अपना नाटक बंद करें और वह अपनी सफलता की बात करें।

'सुनो, आज एक बड़ी मजेदार बात हुई। तुम तो अपने संघ-वंघ के काम से गई हुई थीं। आज मेरी छुट्टी थी सो बच्चों को घुमाने के लिए चला गया। मैंने सोचा आज इन्हें पूरी छूट होगी। जो चाहें, करें। आज इनका दिन है। मैं किसी बात पर इन्कार न करूँगा। इसलिए इनके लिए कॉमिक की किताबें, नानकिंग की मिठाई, तुम्हारे लिए ईयररिंग, अपने लिए कमीज और सभी के लिए रीगल के आज के शो के टिकट लेने पड़े। तुम्हारे लिए यह साड़ी भी है जिसे माला और परमू ने पसंद किया है। अगर शिकायत हो तो इन्हीं से करना।'

साड़ी अच्छी थी। बच्चों की पसंद थी इसलिए और भी अच्छी थी, पर श्रीमती कपूर जो कुछ कहना चाहती थीं उसके लिए समय ही नहीं मिल रहा था। ऊपर से फिल्म के टिकट। कपूर बच्चों को समय नहीं देते थे, इसकी शिकायत श्रीमती कपूर को बराबर रहती थी, और आज जब उन्होंने उनके साथ इतना लंबा समय बिताया था, उन्हें शिकायत हो रही थी कि वह अपनी बात पूरी क्यों नहीं करते।

वह अभी उत्साह में ही थे, 'मैंने तो सोचा ही नहीं था कि इतना मजा आएगा।'

अभी वह बैठे नहीं थे, 'अरे भई, अब चाय वाय तो पिलवाओ। वीरा ! ओ वीरा !'

'आई बाबूजी।'

'चाय लाना।'

वीरा ने चौके से ही इनकी आवाज सुन ली थी इसलिए पानी की मात्र बढ़ा दी थी। इस हुक्म के साथ ही उसने चाय की ट्रे लाकर हाजिर कर दी तो उन्होंने उसकी ओर प्रशंसा भरी दृष्टि से देखा। 'कमाल है, बोलने के साथ ही पेश कर दिया।'

प्रशंसा से उसके चेहरे पर एक गर्व भरा संतोष फैल गया।

'आपको पता भी है मैं कितनी देर से आपका इंतजार कर रही हूँ ?' अब श्रीमती कपूर अपने को नहीं रोक पाईं।

'अरे हाँ, आज तो तुम लोगों का वह जुलूस-वलूस था न। मैंने तो पूछा ही नहीं।' वह धम्म से उनके पास ही बैठ गए, 'हाँ, जल्दी बताओ। हुआ क्या ?'

'होना क्या था। नाक रगड़वा दी सभी से। सभी को माफी माँगनी पड़ी और वादा करना पड़ा कि भविष्य में महिलाओं और महिला संस्थाओं के नाम से जुड़े समाचारों को वे पूरी छानबीन किए बिना नहीं छापेंगे। एक अड़ गया तो हमने उसका घेराव कर दिया और तीन घंटे तक जमी रहीं। फिर उससे लिखित क्षमायाचना और आश्वासन प्राप्त किया।'

'वाह ! कमाल कर दिया तुम लोगों ने।'

'चलो, तुमने माना तो कि हम भी कुछ कर सकती हैं।' श्रीमती कपूर गद्‌गद् थीं।

अपनी प्रशंसा से तृप्त होने के बाद श्रीमती कपूर ने कहा, 'मेरा तो कुछ खास नहीं था। आधे से अधिक तो उस लड़की ने किया था। शुभ्रा ने। गजब की लड़की है।' उन्होंने पूरे घटनाक्रम को सुनाने के साथ ही उसकी वह टिप्पणी भी सुना दी जो शुभ्रा ने उनके आफिस में की थी।

कपूर हँसने लगे, 'अब तो तुम लोगों से डरकर रहना पड़ेगा। बुलाओ, कभी उसे यहाँ भी बुलाओ। उसकी सफलता के लिए बधाई तो दूँ। दिलेर लड़की है।'

श्रीमती कपूर ने अगले दिन उसे फोन कर अपने दफ्तर में आने को कहा। वह लतिका के साथ ही गई। उन्होंने उसे बधाई दी और कहा, 'आप जैसी ओजस्वी लड़कियों की जरूरत हमारे संगठन को भी है। कोई खास काम नहीं रहेगा। कभी-कभी आ जाया करें।'

'यह तो एक तरह का पुरस्कार हुआ। इसे स्वीकार करने में हमें क्या आपत्ति हो सकती है। हम दोनों आपके संगठन से जुड़े रहेंगे।' उसने लतिका से पूछे बिना ही उसकी भी सहमति जता दी।

'हाँ, हाँ। बिल्कुल ठीक कहती है, यह। आप के संगठन के लिए हमसे जो कुछ हो सकता है, करने को सदा तैयार रहेंगे।

'एक बात और। आप दोनों को एक दिन हमारे यहाँ चाय पर आना है। मेरे पति भी आप लोगों से मिलना चाहते थे। वह बहुत खुश थे हमारी सफलता पर। बोलिए, कब सुविधा होगी।'

'हम तो आप जब भी बुलाएँ हाजिर हो सकती हैं। हास्टल की चाय पीते-पीते चाय का रंग और स्वाद तक भूल गया है। आप अपनी सुविधा देख लीजिए।' लतिका ने कहा।

'तो कल ही सही।' श्रीमती कपूर ने कहा।

'ठीक है।'

24

दोनों नियत समय पर ही आईं। शुभ्रा ने आसमानी रंग की साड़ी, उसी रंग का ब्लाउज पहन रखा था। कानों में बड़े-बड़े कुंडल। उसकी सुगठित काया और आकर्षक व्यक्तित्व से आत्मविश्वास प्रकट हो रहा था। उसके हाथों में चाकलेट का एक पैकेट था जिसे उसने रास्ते में बच्चों के लिए खरीद लिया था।

लतिका ने भी वैसी ही साड़ी और ब्लाउज पहन रखा था। दोनों ने एक बार एक साथ यह खरीदारी की थी और आज पहली बार इन्हें पहना था। वेशभूषा एक होने के बाद भी लतिका की चाल में हल्की थकान थी। कुछ सहमा-सहमा सा भाव। लतिका की उम्र अधिक नहीं थी, पर उसने नियति के सम्मुख समर्पण कर दिया था।

श्रीमती कपूर ने बढ़कर उनका स्वागत किया, 'आइए।' उन्होंने अपने दोनों हाथ डैनों की तरह फैला दिए।

शुभ्रा ने नमस्कार के साथ अपना सिर कुछ झुका दिया। और फिर बढ़कर परमू को गोद में उठा लिया। लतिका के भीतर यह अवरोध बना रह गया था कि वह माला की अध्यापिका है और स्नेह चाहे जितना भी हो, कुछ दूरी बनी रहनी चाहिए। पर इसके बाद उसने भी बढ़कर माला का हाथ पकड़ लिया। दोनों को चाकलेट मिले तो वे कुछ संभ्रम में पड़ गए।

'ले लो, कोई बात नहीं।' श्रीमती कपूर ने कहा।

बच्चे चाकलेट लिए, एक-दूसरे के हाथ में हाथ डाले किलकारियाँ भरते भीतर चले गए।

'दीदी, कपूर साहब घर पर नहीं हैं क्या ?' लतिका ने इधर-उधर देखते हुए पूछा।

कपूर स्टडी में थे। आवाजें उनके कानों में भी पड़ गई थीं। वह अपने आप निकलकर बाहर आ गए।

दोनों ने उन्हें नमस्कार किया और अब सभी सोफे पर जम गए।

'ज्योति ने आप लोगों के बारे में बताया उसी समय से उत्सुकता थी। यह तो शुभ्रा हैं न ?' उन्होंने शुभ्रा की ओर इशारा किया।

उत्तर में शुभ्रा केवल मुस्कराकर रह गई। उसके चेहरे पर इस अलग पहचान से ही उत्फुल्लता आ गई।

बातचीत का कोई अनुकूल विषय न पाकर कपूर ने पूछा, 'घर तलाशने में कोई कठिनाई तो नहीं हुई न ?'

'कोई खास नहीं। दीदी ने बहुत अच्छी तरह समझा दिया था।'

फिर बातचीत बँगले के लान से लेकर दिल्ली की गंदी और साफ-सुथरी बस्तियों तक, साहित्य और राजनीति तक बदलती रही। शुभ्रा इतने सहज भाव से बातें कर रही थी मानो उसे प्रथम परिचय का बोध ही न हो। लतिका अवश्य कुछ झिझक रही थी। वह बीच-बीच में कुछ खो भी जाती थी।

श्रीमती कपूर इसे बहुत ध्यान से लक्ष्य कर रही थीं। वह लतिका को पहले से जानती थीं। उन्हीं के कारण उनका शुभ्रा से भी परिचय हुआ था। इसके बाद भी उनकी हिचक और शुभ्रा की सहजता दोनों विचित्र लग रही थीं। इससे पहले उन्होंने सोचा भी नहीं था कि लतिका के जीवन में कोई अवसाद हो सकता है, परंतु अब लग रहा था इसके अतिरिक्त दूसरा कोई कारण नहीं हो सकता।

'आपका कालम मुझे बहुत अच्छा लगता है।' श्रीमती कपूर ने उनकी झिझक दूर करने के लिए कहा।

'क्या आप लिखती भी है ?' कपूर ने चौंक कर पूछा।

'लिखती नहीं हैं, बहुत अच्छा लिखती हैं। इनके जवाब पढ़कर इनकी उम्र का अनुमान ही नहीं हो सकता। लगेगा बहुत लंबे अनुभवों से गुजरने के बाद ही कोई जिंदगी के बारे में इतनी समझदारी हासिल कर सकता है।' श्रीमती कपूर लतिका के बोलने से पहले ही बोल पड़ीं।

कपूर लतिका की ओर ही देखते रहे, 'किस विषय पर लिखती हैं, आप ?'

'यूँ ही किसी ने कुछ पूछ दिया तो इधर-उधर से टटोलकर जवाब तैयार कर लेती हूँ। विषय कोई नहीं। लोग कालम लिखने वालों को सर्वज्ञ समझते हैं और हारी-बीमारी से लेकर घर-परिवार, शिक्षा, मानसिक उलझन किसी भी प्रकार का प्रश्न उछाल देते हैं। कालम ही ऐसा है, 'आपकी समस्याएँ : हमारे समाधान'। कई बार बहुत मेहनत करनी पड़ती है। जी में आता है छोड़ दूँ।'

'तब तो आप बाल-बच्चों को समय ही नहीं दे पाती होंगी।' श्रीमती कपूर के मुँह से निकल गया।

लतिका का चेहरा एकाएक बुझ-सा गया लेकिन उसने अपने को तुरत सँभाल लिया, 'घर-परिवार होता तो हास्टल में क्यों रहती। डाइवोर्स ले लिया था। निभ नहीं पाया।' वह झेंप भरी हँसी हँस रही थी।

रंग इस बीच शुभ्रा का भी उतर आया था, पर उधर किसी का ध्यान नहीं गया।

'ओह ! सों सॉरी !' श्रीमती कपूर सचमुच यह प्रश्न पूछकर अपराधी-सा अनुभव कर रही थीं, 'हमारी कभी इस पहलू पर बात नहीं हुई थी न ! मैं तो समझती थी कि हास्टल में केवल शुभ्रा रहती है। उससे आपका परिचय होगा इसलिए उसका साथ देने के लिए आप भी मेरे पास चली आई होंगी।'

वह कपूर की ओर मुड़ीं, 'जानते हैं, यह माला की टीचर भी हैं। बहुत तारीफ करती है इनकी।'

कपूर ने हैरानी प्रकट की, 'यह बात तो तुमने कभी बताई ही नहीं।'

'मैं सचमुच बहुत शर्मिंदा हूँ, लतिका जी। मैं आपको हर्ट नहीं करना चाहती थी।' श्रीमती कपूर के दिमाग पर अभी तक अपनी भूल छाई हुई थी।

'इसमें शर्मिंदा होने की क्या बात है। जो सच है वह सच है। इसे छिपाकर तो रखा नहीं जा सकता।' लतिका ने अपने को सँभाल लिया था। अब उसकी हँसी में भी पहले की तुलना में स्वाभाविकता आ गई थी, 'यह कालम न हो तो मैं बिखर जाऊँ।'

कपूर ने कहना चाहा, 'अभी तो आपकी कोई खास उम्र भी नहीं है और आज पहले जैसा जमाना तो रहा नहीं।' पर कुछ सोचकर रह गए।

लतिका ने कई बार तलाकशुदा महिलाओं की समस्याओं का भी समाधान दिया था। वह इस मौके पर काम आया, 'समाज जैसे-जैसे आगे बढ़ेगा, महिलाओं को बाहर आने और दुनिया देखने का मौका मिलेगा, पारिवारिक समायोजन में कठिनाइयाँ पैदा होंगी। खास करके कामकाजी महिलाओं के मामले में।' उन्होंने तटस्थ होकर कहा, जैसे अपने विषय में बात न कर रही हों, अपने कालम का कोई उत्तर लिखकर किसी को सुना रही हों।

'आप ठीक कहती हैं। तलाक महिलाओं के लिए ही नहीं, पुरुषों के लिए भी समस्या पैदा करता है, पर महिलाओं के लिए यह उनके स्वाभिमान का प्रश्न है, नई चेतना का सूचक है, जब कि पुरुषों के मामले में यही उनकी पिछड़ी मानसिकता का द्योतक है। इसलिए यदि इस पर किसी को ग्लानि अनुभव करना हो, तो पुरुष को ही करना चाहिए।'

इस पर लतिका ने कुछ नहीं कहा। यह दिलासा देने वाली बात हुई, जो मनोबल

को ऊँचा नहीं करती, सिर्फ यह याद दिलाकर रह जाती है कि तुम अपने भीतर धँसी हुई हो और हम कृपा करके तुम्हें उससे उबारने का प्रयत्न कर रहे हैं।

'कुछ दुर्घटनाएँ ऐसी होती हैं जिनके लिए कोई दोषी नहीं होता। परिणाम उनके भले दुखद हों।' शुभ्रा का यह कथन सभी को कुछ विचित्र लगा।

कपूर कुछ इस तरह मुस्कराए कि उनके होंठ फैलकर कुछ तिरछे हो गए। बोले कुछ नहीं।

'मैं समझी नहीं।' श्रीमती कपूर ने स्थिति सँभालने का प्रयत्न किया।

'समझती तो मैं भी नहीं। पर कुछ है जिसे हम टालना भी चाहें तो टाल नहीं सकते। घट कर ही रहता है। नियति कह लीजिए।' शुभ्रा ने कहा।

यह बात कुछ और विचित्र लगी। आत्मविश्वास से भरी शुभ्रा की उम्र की किसी लड़की को देखते यह बहुत अटपटा उत्तर था।

'क्या आप नियति को मानती हैं ? जानती हैं कि इसका क्या अर्थ होता है ?' कपूर ने अब कुछ बुजुर्गाना तेवर अपनाया।

'बस इतना ही कि हम किसी महान् और समझ में न आ सकने वाली योजना के औजार भर हैं। कोई है जो हमसे कुछ करा लेता है। ऐसा न होता तो हम क्रोध या आवेश में दूसरे बहुत से लोगों के रोकने-टोकने और यह जानने के बाद भी कि इससे भविष्य में हमारा नुकसान ही होगा, कई काम न कर बैठते।'

'इसका अर्थ है, स्वतंत्रता का अभाव। विवेक का अभाव। अनुभव और ज्ञान का अभाव।' कपूर ने जोर देते हुए कुछ इस तरह कहा जैसे वह अपने पिछले वाक्य से आगे बोल रहे हों।

'होता तो है। निमित्त के रूप में हमारे पास सब कुछ है, अपनी पूँजी के रूप में कुछ भी नहीं।' शुभ्रा अपनी बात पर अड़ गई।

'शुभ्रा एक साथ दो युगों में जीती है। कुछ मामलों में इतनी वहमी है, इतनी कमजोर...'

लतिका अपना वाक्य पूरा करती इससे पहले ही शुभ्रा कूद पड़ी, 'कमजोर नहीं। कमजोर नहीं।'

'हाँ, कमजोर तो मैं भी नहीं कह सकती। इतनी बहादुर लड़की को कमजोर तो मैं भी नहीं कह सकती।' श्रीमती कपूर ने शुभ्रा का साथ दिया।

'वहमी हो सकती हूँ। वहम के कई रूप होते हैं। हो सकता है वे लोग जिन्हें यह वहम है कि वे सचमुच जानते हैं, यह दुनिया सचमुच उनकी इच्छानुसार चल सकती है, काम उनके निर्णयों के अनुसार हो रहे हैं, वे स्वयं वहम के शिकार हों। फिर भी यह मान सकती हूँ कि मेरे मन में कुछ वहम हैं।'

इस पर सभी हँस पड़े। वातावरण फिर हल्का हो गया।

'उस दिन आपके दफ्तर आना था। मैं और श्रीमती चौधरी आ रही थीं। इससे

कहा, 'तुम भी चलो', तो पहले तो टालने की कोशिश की, फिर कहा, 'तीन की संख्या अशुभ होती है।' लतिका ने कहा।

इस बार फिर सभी हँसे। हँसी में शुभ्रा भी शामिल थी।

इसी समय चाय आ गई। चाय, पेस्ट्री, पैट्री, सैंडविच और दो दिन पहले आई नानकिंग की मिठाइयाँ। श्रीमती कपूर चाय ढालने चलीं तो शुभ्रा ने बढ़कर केतली थाम ली, 'कहना तो चाहिए, पर यह नहीं कहूँगी कि इतनी सारी झंझट की क्या जरूरत थी, क्योंकि मुझे ये सभी चीजें अच्छी लगती हैं। पर जब इन्हें खाना ही है तो पहले पानी आ जाए। ढालने पर चाय तो तब तक ठंडी हो जाएगी।' शुभ्रा अभी चौबीस-पचीस की ही थी। सुंदर थी। खासी सुंदर। इतने अल्प परिचय के बाद भी यह नहीं लग रहा था कि वह इस परिवार से वर्षों से घुली-मिली नहीं है।

अब वे पेस्ट्री खा रहे थे।

'क्या आप सचमुच भाग्य वगैरह को मानती हैं।' कपूर ने बीच में ही कहा। अब उनका स्वर बदला हुआ था।

'अनुभव को नकारा तो नहीं जा सकता। कदम-कदम पर तो होता रहता है इसका अनुभव।'

कपूर कुछ बोले नहीं। वह केवल शुभ्रा की ओर देख रहे थे। उनके माथे पर बल पड़ गए थे।

'इन हिप्पियों को देखा है कभी, आपने। ड्रग का जो चलन बढ़ रहा है, उस पर सोचा है कभी आपने। इनका सेवन करने वाला पहला डोज लेने के पहले से जानता है कि इसके बाद वह उछालकर एक ऐसे नरक में फेंक दिया जाएगा जहाँ से वापसी संभव नहीं है। इसके बाद भी वह अपने को रोक नहीं पाता। इसे इस तरह से भी कह सकते हैं कि इसके बाद भी कोई है, जो उसी के भीतर उसके विनाश की लालसा पैदा करके, उसे उस नरक में फेंक देता है। वह समझता है वह स्वयं चुनाव कर रहा है, अपने विवेक का इस्तेमाल करते हुए, केवल एक बार के लिए एक प्रयोग कर रहा है, जब कि यह उसका निर्णय है ही नहीं। उसके माध्यम से किसी दूसरे का निर्णय है। या कहें, उसका इस स्थिति में पहुँचना पहले से तय था, वह इससे बच ही नहीं सकता था। कम से कम मैं इसे इसी रूप में मानती हूँ।' शुभ्रा के स्वर में दृढ़ता थी।

'मैं बताती हूँ आपको, यह कहती है इसे कभी-कभी बाद की घटनाओं का पूर्वाभास देने वाले सपने आते हैं।' लतिका ने समझाया।

'सचमुच !' कपूर ने हैरानी से कहा। उनके स्वर में व्यंग्य नहीं था, अविश्वास अवश्य था।

'यह कहती है हम केवल कभी-कभी ही जान पाते हैं कि ऐसा होना है, पर होता तो सभी मामलों में होगा।'

'क्या यह संभव है। यदि है तो कुछ लोगों को ही क्यों ऐसा होता है, और कुछ मामलों में ही क्यों होता है ?'

'यह मैं नहीं जानती। जो होता है, उसकी बात कर सकती हूँ। हो सकता है जैसे प्रतिभा और इंद्रियबोध के मामलों में होता है, लोगों में अंतर होता हो। कुछ में यह बोध प्रबल होता हो। हो सकता है, प्रकृति विकास की प्रक्रिया से गुजर रही हो। मनुष्य में एक छठी इंद्रिय के विकास की दिशा में प्रयोग चल रहे हों। विकास के पिछले चरणों पर भी ऐसा ही हुआ होगा। इसी तरह हजारों, लाखों, करोड़ों वर्ष तक प्रयोग चलता रहा होगा। कुछ जीवों में प्रकाशग्राही बिंदुओं का अधिकाधिक ग्रहणशील होना और इसके परिणामस्वरूप एक जटिल प्रकाशग्राही प्रणाली का विकास, जिसे हम आँख कहते हैं। अघटित या भविष्य के गर्भ में ओझल परंतु आज भी घटित होने के लिए नियत को देखने की क्षमता का विकास कुछ ऐसा ही हो सकता है। कभी यह विकास बहुत सारे लोगों में हो जाएगा और जिनमें न हो पाएगा वे पीछे रह जाएँगे।' शुभ्रा ने अपना पक्ष समझाया।

'या हो सकता है विकास के पिछले चरणों में मनुष्य में यह क्षमता रही हो और तार्किकता बढ़ने के साथ यह क्षीण होती गई हो।' अब कपूर भी अपना तीर-तुक्का भिड़ाने लगे थे।

लोग कितनी आसानी से अपनी सोच की दिशा बदलते हैं, इसका अच्छा नमूना उपस्थित हो रहा था। कारण ठीक इसी समय लतिका भी कहने लगी, 'हो भी सकता है। आखिर हमारे ऋषियों-मुनियों को त्रिकालदर्शी कहा ही जाता था। वे आगे की घटनाओं और परिणामों को भी देख लेते रहे होंगे।'

'ऐसा तो कुछ सूफियों और फकीरों के बारे में भी कहा जाता है। पता नहीं वह कौन-सा बादशाह था, अलाउद्दीन था क्या, जिसने अपने सिपहसालारों में से कई को शेख सलीम चिश्ती का मुरीद होता देखकर दक्षिण में यह कहा था कि वह लौटते ही उनको मौत के घाट उतार देगा और यह सुनकर चिश्ती ने हँसकर कहा था, 'दिल्ली दूर अस्त।' दिल्ली दूर है। और वह सचमुच रास्ते में ही मर गया था। दिल्ली पहुँच ही नहीं पाया।' श्रीमती कपूर ने भी पाला बदल लिया था।

'खैर, हो जो भी। है खतरनाक। यदि यह सच हो तो भी। इससे अज्ञान और अंधविश्वास और अकर्मण्यता ही फैलेगी। यदि नियत है तो होकर ही रहेगा, इसलिए कुछ करने की जरूरत क्या है। सोचने की जरूरत क्या है। किसी विकास की योजना बनाने का मतलब क्या है। यह किसी भी देश और समाज को रसातल की ओर ले जाने वाला विचार है। मैं कम से कम इस आधार पर ही इसे मानने के पक्ष में नहीं हूँ।' कपूर ने दृढ़ता के साथ कहा।

'मानती तो मैं भी नहीं हूँ।' शुभ्रा की बात पर सभी फिर हँसे। लतिका ने इस बीच चाय ढाल ली थी और हँसी के दौर के साथ प्याला हिला तो कुछ चाय

छलक कर उसकी साड़ी पर भी गिर गई।

'वाश बेसिन किधर है ?' वह उठकर खड़ी हो गई और हँसती हुई ही बेसिन की ओर भागी।

कपूर खाँसने लगे, और खाँसी पर काबू पाने के लिए जल्दी-जल्दी पानी पीने लगे। खाँसी रुकी तो बोले, 'भई वाह। कमाल कर दिया आपने।'

'बात यह है कि मैं मानती तो हूँ कि ऐसा हो सकता है, परंतु अपना प्रयत्न नहीं छोड़ती। बल्कि इससे अधिक निर्भय होकर काम करती हूँ। यह सोचती हूँ कि जब होना वही है जो होना है, तो अनिष्ट का या हानि का डर क्या। किसी के सामने झुकने, किसी से दबने, डरने या लोभ में फँसने की जरूरत क्या। इसलिए पूरी ऊर्जा उसी काम में झोंक देती हूँ।'

'बात तो ठीक कहती है यह।' श्रीमती कपूर ने ताईद की, 'इसको काम करते देखकर यह लगता है कि यह एक व्यक्ति नहीं, शक्तिपुंज है जिसमें उससे अधिक ऊर्जा भर गई है जो इस जैसी लड़की में संभव है। बात तो इसकी ठीक है।'

शुभ्रा इस प्रशंसा पर कुछ झेंप-सी गई।

'यही तो कहा था भगवान कृष्ण ने कि काम अवश्य करो। सब कुछ मुझे समर्पित कर दो। अर्थात् यह मान लो कि तुम्हें निमित्त बनाकर वह काम मैं कर रहा हूँ। यह विचार आते ही उसके परिणाम तो होंगे, पर उनमें तुम्हारी आसक्ति न होगी। परिणाम को उल्टे-सीधे तरीके से पाने की चालाकी न होगी। परिणाम मिलने में विलंब हुआ तो बेचैनी न होगी। परिणाम तो कार्य की परिणति है। वह तो होगा ही, पर उसके फल भोगते हुए भी तुम उसके लिए कातर न होगे।' श्रीमती कपूर अब गीता दर्शन लेकर बैठ गई थीं।

'गीता की बात मैं नहीं जानती। मुझे लगता है, इसे ठीक से समझा जाए तो इससे निष्क्रियता, या पिछड़ापन नहीं पैदा होगा। हाँ, निडरता आ जाएगी। क्षुद्रताएँ समाप्त हो जाएँगी। समाज आगे बढ़ेगा। मन में जो दुचित्तापन बना रहता है, वह खत्म हो जाएगा।' शुभ्रा ने इस बार अपनी बात रुकते हुए, एक-एक वाक्य पर, बल्कि एक-एक शब्द पर बल देते हुए कहा।

'भई, ये दुधारी तलवार है।' कपूर ने मुँह बिचकाते हुए कहा।

'और इसे किसी ऐसे अनाड़ी के हाथ में नहीं थमाया जा सकता जिसे तलवार पकड़ना न आता हो, नहीं तो वह अपना गला ही काट लेगा।' श्रीमती कपूर ने अपने पति की ताईद इस तरह की कि हँसी का दौर फिर चला।

'सँभलके। नियति पर हँसने चलोगे तो नुकसान होगा। पीछे देखा नहीं।' कपूर ने हँसते हुए ही वाक्य पूरा किया।

जब चेतावनी देने वाला ही हँस रहा हो तो दूसरे क्यों न हँसते। हाँ, इस बार वे सभी कुछ सँभलकर अवश्य हँस रहे थे।

'खैर, मेरा मजाक तो सभी उड़ा रहे थे, लेकिन कुरेदकर देखा तो पता चला मैं ही नहीं, हम सभी एक साथ दो युगों में जीते हैं और तनिक-सी फिसलन होने पर एक युग से दूसरे में प्रवेश कर सकते हैं।' शुभ्रा ने मुस्कराते हुए कहा।

'दो युगों में ही क्यों। तीनों युगों में क्यों नहीं। यानी तीनों कालों में क्यों नहीं। अतीत की सोचते, भविष्य की कल्पना करते और वर्तमान में जीते हैं। ऐसा नहीं है क्या ?'

'बिल्कुल सही कहा आपने भाई साहब। सोलह आने सही।' शुभ्रा ने कहा।

'सोलह आने नहीं, सौ पैसे।' लतिका ने टोका।

'चलो वही सही। जिसे हम वर्तमान कहते हैं वह वर्तमान होने के कारण ही भूत और भविष्य भी होता है।'

'और हम एक साथ अपने को ही नहीं जीते हैं, कई-कई लोगों को जीते हैं जिनमें हमारे आदर्श पुरुषों से लेकर अपना काम साध कर आगे बढ़ जाने वाले बहुत से घटिया लोग भी होते हैं। वे हमारे निर्णयों को बदलते रहते हैं।'

'अब गंभीर बातें बहुत हो गईं। एक दिन के लिए ये काफी हैं।' श्रीमती कपूर ने कहा।

'नाश्ता उससे भी गंभीर हो गया।' शुभ्रा ने कहा और सैंडविच का हाथ में बचा हुआ आखिरी टुकड़ा मुँह में डाल लिया।

'भई, आप लोगों से मिलकर इतना मजा आया कि क्या बताऊँ।' कपूर ने वातावरण को हल्का बनाते हुए कहा।

'हमें उससे कुछ अधिक ही आया होगा। युगों की बात चली थी इसलिए कहूँ युगों बाद घर जैसा माहौल मिला और इतना अपनापा।'

'मैं तो आप लोगों को बधाई देना चाहता था। आप लोग अखबारों में तो छा ही गईं, अखबार के दफ्तरों में भी छा गईं। लोग मजे ले-लेकर इसके चर्चे कर रहे थे। उन्हें इसकी उम्मीद ही नहीं थी।'

'हमारे करने से क्या होना था भाई साहब। वह तो बहन जी का सहयोग मिल गया, नहीं तो हमारा तो मन इतना बैठ गया था कि खुलकर रोने की भी हिम्मत नहीं रह गई थी। ज्योतिदी ने इस तरह का उत्साह दिखाया, इस तरह हमारा मनोबल ऊँचा किया, आनन-फानन में फोन पर फोन खटकाने लगीं कि जैसे यह हमसे अधिक इनका काम हो। केवल हमारा अपमान न हुआ हो, इनका भी अपमान हुआ हो। इतना खुला दिल और इतनी अद्‌भुत संगठन क्षमता तो इससे पहले देखी ही नहीं थी।' शुभ्रा केवल बोल नहीं रही थी, विभोर हो गई थी।

श्रीमती कपूर ने नम्रता दिखाई, 'हमारा तो संगठन ही इसी के लिए है। यह तो उसका अपना काम है ही। और संगठन तो लोगों के जुड़ने से बनता है। अब आप ही लोगों ने आश्वासन दे दिया कि आप हमारे साथ हैं, तो शक्ति तो इसी

तरह बढ़ती है न।'

लतिका को लगा, उसे भी कुछ कहना चाहिए, 'मैं तो भाई साहब को भी धन्यवाद देती हूँ कि इन्होंने आपको इस काम के लिए मुक्त कर रखा है, नहीं तो कौन पुरुष चाहेगा कि उसकी पत्नी स्त्रियों के अधिकार के लिए पुरुषों की दुनिया में तहलका मचाए।'

'अरे, इस धोखे में न रहिएगा। इनसे भी मैंने यह अधिकार लड़कर ही लिया है। यह तो शिकायत करते रहते हैं, 'तुमने यह क्या बवाल मोल ले लिया है ज्योति। न खाने का समय, न आराम का। कोई न कोई शिकायत लिए आता ही रहता है। इनका वश चलता तब तो कभी की सब कुछ छोड़-छाड़ कर बैठ गई होती।'

'भई, पुरुष जो ठहरा। कौन बेवकूफ चाहेगा अपनी सल्तनत कमजोर करना।' कपूर ने मजा लेते हुए कहा।

'भाई साहब, उस कालगर्ल ने तो हमें बहुत अपमानित किया। पर एक बात बताइए, हर बार ये कालगर्ल्स ही क्यों पकड़ में आती हैं। पुलिस उन पर हाथ क्यों नहीं डालती जो उसी कुकर्म के लिए इनको भाड़े पर बुलाते हैं। काम तो यदि यह जघन्य है तो दोनों के लिए हुआ न। यदि यह बुराई है तो कंटक तो दोनों हैं न। जो पैसे के लोभ में ऐसा करता है उसकी तो कोई मजबूरी भी हो सकती है। पर जो निरी ऐयाशी के लिए, पैसे के बल पर ऐसा करते हैं, असली अपराधी तो वे हैं जो कभी पकड़े ही नहीं जाते। इनके लिए कोई पुरुष-निकेतन बना हुआ है, ऐसा तो मैंने सुना नहीं।'

कपूर हँसने लगे, 'कारण तो आप बिना बताए ही जानती हैं। वे पुरुष हैं। फिर पैसे वाले हैं। फिर उनको पकड़ना आसान नहीं। कोई कैसे जानेगा कि किसने, किसके लिए, किसी को बुलाया था।'

इसी बीच बच्चे आ गए। झगड़ते हुए, 'मम्मी, आप ही फैसला कीजिए।'

'क्या है ? क्या हो गया।'

'मैं कह रहा हूँ यह वाली आंटी मेरी रहेंगी और यह उसकी। वह मानती ही नहीं। कहती है वही वाली आंटी उसकी रहेंगी। और यह वाली मेरी।'

'समस्या तो बहुत पेचीदी है। तुम बड़े हो, तुम्हीं मान जाओ न।' श्रीमती कपूर ने हँसते हुए कहा और परमू को गोद में उठा लिया।

'वह तो मेरी टीचर हैं। वह मेरी आंटी कैसे हो सकती हैं ?' माला भी मचली।

'बात यह भी कायदे की है।' श्रीमती कपूर ने उसी गंभीरता से कहा, 'लेकिन तुम भैया से छोटी हो। अच्छा आज से दोनों आंटियाँ तुम दोनों की हो गईं। अब तो ठीक है न।'

'ठीक है।' परमू गोद से उतर गया और ताली बजाता हुआ घर के भीतर की ओर भागा। माला उसके पीछे।

सभी होंठ भींचे मुस्करा रहे थे।

'अब आपको अक्सर आते रहना होगा। बच्चों से भी हम दो के अलावा कोई तीसरा हँसने-बोलने को तो मिलता नहीं है। देखिए कितने खुश हैं।'

यह फिर आने का आग्रह तो था ही, एक तरह से विदा का संकेत भी था। दोनों ने उठकर नमस्कार किया, 'अब चलेंगे।'

25

श्रीमती चौधरी को जुलूस और प्रदर्शन के बाद बड़ी राहत मिली थी। वह शुभ्रा और लतिका को अपनी बच्चियों की तरह प्यार करने लगी थीं। पर हास्टल के नियमों के पालन में अब पहले से अधिक कठोरता आ गई थी। पहले किसी का फोन आ जाता तो उसे बुला लिया जाता था। अब श्रीमती चौधरी खुद पूछतीं, किस नंबर से फोन कर रहे हैं ? आप कौन हैं ? अमुक के क्या लगते हैं ? उन्हें कैसे जानते हैं ? क्या काम है ? क्या काम इतना जरूरी है कि अभी बुलाया जाए ? क्या काम ऐसा है जिसे आप मुझे नहीं बता सकते ? आदि इतने सारे प्रश्न पूछतीं कि कई बार तो फोन करने वाला झुँझलाकर, उन्हें कोसता हुआ फोन रख देता, 'अजीब चांडाल है,' 'जान खा गई', 'स्साली बुढ़िया', 'चुड़ैल कहीं की', और उसकी आवाज उनके काम में पहुँच जाती तो उनकी आत्मा तृप्त हो जाती।

'पकड़ लिया, यह कोई लफंगा होगा' वह सीधे इस नतीजे पर पहुँच जातीं और जिस महिला के नाम वह फोन आया होता उसके बारे में वह इतनी सजग हो जातीं कि उसकी पूरी दिनचर्या पर ध्यान देने लगतीं। वह मिस सालवान पर भी शक करने को तैयार हो गई थीं जिनकी उम्र उनसे मिलती-जुलती थी, और जो एक हायर सेकंड्री स्कूल में प्रिंसिपल थीं।

शुभ्रा उस समय वहीं थी जब उनका फोन आया था। जब तीन-चार सवालों के बाद उस आदमी ने फोन इस तरह पटका कि उसकी आवाज बगल में खड़ी शुभ्रा के कान तक पहुँच गई तो उसने पूछा, 'किसका फोन था।'

'सालवान का, और किसका ! देखो तो, बाल सफेद हो गए पर पेशियों में जुंबिश बाकी है।' श्रीमती चौधरी ने इस लहजे में कहा जैसे उन्होंने मिस सालवान की पेशियों की जुंबिश को अपनी आँखों देखी ही न हो अपितु उसको रेक्टर मान से भी नाप लिया हो।

शुभ्रा ने कहा, 'आप भी क्या बात करती हैं, मैडम। उनकी उम्र आपके आसपास ही होगी।'

'तू अभी बच्ची है। तू कुछ नहीं समझेगी। ऐसे मामलों में किसी का भरोसा नहीं किया जा सकता। बाल सफेद हो गया तो क्या मन भी उजला हो गया। तू बच्ची है।'

शुभ्रा के जी में आया कहे, 'मैडम बच्ची तो मैं भी नहीं हूँ और वर्जित फल चख ही नहीं चुकी हूँ, कोई मौका मिला तो फिर चख लूँगी, पर अगर आप कहती हैं कि इस मामले में उम्र पर भरोसा नहीं किया जा सकता, तो वह भी ठीक ही होगा।' पर उसने कहा कुछ नहीं।

श्रीमती चौधरी का काम बढ़ गया था। वह किसी तरह का खतरा मोल नहीं लेना चाहती थीं। वह अब एक रजिस्टर में फोन करने वाले का नाम और नंबर लिखतीं और उसके बाद काम पूछकर उसकी एक चिट बनाकर भेज देतीं। जो काम नहीं बताता उसका फोन आया था, यह सूचना भी संबंधित महिला को नहीं मिल पाती। इस मामले में युवतियाँ और प्रौढ़ाएँ सभी के साथ एक जैसा व्यवहार हो रहा था।

सुषमा हिंदी शिक्षण योजना में अध्यापिका थी। वह संस्कृत से बी.ए. थी। श्रीमती चौधरी को देखकर वह मजा लेते हुए गुनगुनाती, 'पिता रक्षति कौमार्ये चौधुरि रक्षति यौवने। सैव रक्षति बार्धक्ये न स्त्री स्वातंत्र्यमर्हति।' एक बार श्रीमती चौधरी के कान में भी इसकी भनक पड़ी तो उन्होंने जवाब तलब किया। सुषमा ने कहा, 'मैडम, हमारे शास्त्रों में भी लिखा है कि स्त्री को कभी स्वतंत्र नहीं छोड़ा जा सकता। वह इसके योग्य नहीं है। जो काम पहले माता, पिता, पति, पुत्र सभी को बारी-बारी से करना पड़ता था, वह सारा अकेले आपको एक साथ करना पड़ता है। आप इसे सँभाल कैसे पाती हैं ?'

श्रीमती चौधरी की समझ में नहीं आया कि इसके पीछे व्यंग्य है या आदर। उन्होंने शिकायत भरे स्वर में कहा, 'कोई मानता है इस अहसान को ?'

'मैं तो मानती हूँ, मैडम। मेरी तो आप ही सब कुछ हैं। माता, पिता, पति, परमेश्वर, सब कुछ।'

'तुम्हारी बात और है। माँ-बाप ने अच्छे संस्कार दिए हैं। नहीं तो, देखो न उस अरुणा को। साथ करने गई तो कैसी लड़की से।'

उस समय तो हास्टल की पूरी ताकत अरुणा के बचाव पर लगी हुई थी, परंतु अब जब तूफान छँट गया था, श्रीमती चौधरी को अरुणा के चरित्र को लेकर संदेह होने लगा था। कारण, यदि यह इतनी सीधी होती तो उस लड़की से इसका मेलजोल हो ही कैसे सकता था। यह जरूर मौका निकालकर कहीं जाती रही होगी।

श्रीमती चौधरी ने जब अपना अंदेशा एक-दो लड़कियों से प्रकट किया तो संदेह का दायरा बढ़ने लगा और धीरे-धीरे सभी उसे कुछ बदली हुई निगाहों से देखने लगे। अभियोग के समय की बेचारी, दुखियारी, और सताई हुई अरुणा अब घुटी

हुई, धंधेबाज, लड़की लगने लगी थी। मजे की बात यह थी कि जिन लड़कियों के चरित्र को लेकर किस्से उछला करते थे, वे उससे सबसे अधिक चिढ़ती थीं।

एक दिन श्रीमती चौधरी ने कुछ साहस जुटाकर अरुणा से कह ही दिया कि वह अपने रहने की कोई दूसरी व्यवस्था कर ले। उसने हैरानी से देखा, 'आप कह क्या रही हैं मैडम। क्या आप भी ऐसा सोचती हैं ?'

अरुणा को अपने साथ की दूसरी महिलाओं के बर्ताव का तो कुछ आभास था, पर वह यह नहीं जानती थी कि इसकी शुरुआत कहाँ से हुई है।

'सोचती तो मैं कुछ नहीं। लेकिन एक तरह से देखो तो यह हास्टल की साख का सवाल है। लोग क्या सोचते होंगे।'

वह भन्ना उठी, 'लोग क्या सोचते होंगे, इसकी मुझको चिंता नहीं। आप बताइए, आप क्या सोचती हैं ?'

'मैं तो यही सोचती हूँ कि तुम्हें हास्टल छोड़ देना चाहिए।' श्रीमती चौधरी अब दो टूक बात पर आ गईं।

'हास्टल तो मैं छोड़ती नहीं। आपको जो भी आरोप लगाना हो लगाकर मुझे दीजिए। मैं उसका जवाब दूँगी। आपने अपने को समझ क्या रखा। है।'

श्रीमती चौधरी को यह पता नहीं था कि अपनी उपेक्षा और अपमान को झेलते-झेलते अरुणा भीतर से कितनी कटु और इसके साथ ही कितनी मजबूत हो गई थी।

'देखो, तुम्हारे कारण कई दूसरी लड़कियाँ यहाँ रहना नहीं चाहतीं।'

'तो उन्हें जाने दीजिए। मैं क्यों जाऊँ।'

अब श्रीमती चौधरी लड़कियों को राह चलते पकड़कर अरुणा की धृष्टता की शिकायत करने लगीं।

सुनने वाली हैरानी में इतना बड़ा मुँह खोलती कि उसमें पूरी अरुणा समा सकती थी, 'ऐसा कहा उसने ! आप उसकी माँ की उम्र की हैं और ऐसा जवाब दिया उसने !'

शुभ्रा को इस घटना की जानकारी कुछ देर से हुई। उसके ऊपर श्रीमती चौधरी इतनी प्रसन्न थीं कि यदि कोई नौजवान भी उससे मिलने आ जाता तो वह उसे उसके कमरे तक जाने की अनुमति दे देतीं। कई बार वह सोचतीं कि काश ऐसा होता तो वह ऐसा करके दिखा सकतीं कि आदमी की पहचान उन्हें है। उन्होंने कह रखा था कि उसको किसी को फोन करना हो तो बेखटके कर सकती है। दूसरी महिलाओं के लिए फोन की मनाही हो गई थी। उस पर ताला लगा रहता।

इसलिए जब शुभ्रा को यह पता चला कि श्रीमती चौधरी ने अरुणा से हास्टल खाली करने को कहा है तो वह सीधे उनके पास गई, 'मैडम, अरुणा तो यहीं रहेगी। उसको किसी भी तरीके से निकालने की बात आई तो अगला आंदोलन मुझे आप के खिलाफ करना होगा।'

श्रीमती चौधरी जानती थीं कि यह अगर कहती है तो कर भी सकती है, इसलिए सकपका गईं।

'और एक बात और जान लीजिए। आपने दहशत में आकर हास्टल को जो जेल बना दिया है, अब यह भी नहीं चलेगा। आपको पता है, इससे सभी को कितनी घुटन हो रही है।'

'मैंने तुम्हें तो कभी किसी बात के लिए रोका नहीं। कोई पाबंदी लगाई है, तुम्हारे ऊपर ?'

'मेरे अकेले की बात नहीं है। और है भी। जब चारों ओर घुटन हो तो उसमें कोई एक खुलकर साँस कैसे ले सकता है। आप खुद बताइए। आपको क्या घुटन नहीं होती !'

श्रीमती चौधरी ने इस पर तो ध्यान ही नहीं दिया था। सचमुच, सबसे अधिक घुटन तो उन्हें ही हो रही थी। काम इतना बढ़ गया था और उससे भी अधिक बढ़ गया था मन का संदेह। उन्हें लगता, पीठ पीछे सारी लड़कियाँ उनके खिलाफ षड्यंत्र कर रही हैं।

'घुटन तो होती है। तुम ठीक कहती हो। पर हास्टल की बदनामी तो सहन नहीं की जा सकती।' उन्होंने कुछ झेंपते हुए कहा।

'यहाँ रहने वालों में कोई बच्चा नहीं है। सभी अपनी जिंदगी का फैसला करने के योग्य हैं। यहाँ इसलिए नहीं रह रही हैं कि उन्होंने कोई अपराध कर रखा है और उसकी सजा इस जेल में काटनी है। रह इसलिए रही हैं कि बाहर यदि वे अपने ढंग से रहना चाहें तो एक तो खर्चा अधिक पड़ेगा और दूसरे असुरक्षित अनुभव करेंगी। उनके अनचाहे भी उनके साथ कुछ भी हो सकता है। यहाँ उनके साथ कोई ऐसा नहीं कर सकता। बस। और चीजों का भार आप पर नहीं है।'

'लेकिन, कुछ हो-हवा जाए तो जवाब तो मुझे ही देना पड़ेगा।' श्रीमती चौधरी ने अपनी परेशानी बयान की।

'जवाब देना हो तो यही लिख दीजिएगा। लिख दीजिएगा, मेरी जिम्मेदारी केवल यहीं तक है कि हास्टल के परिसर में कोई बाहरी व्यक्ति नहीं आ सकता। यहाँ के खान-पान और रख-रखाव में कोई कमी नहीं आएगी। जो महिलाएँ यहाँ रहती हैं वे आपस में कोई कलह-फसाद नहीं करेंगी। इसके बाद बाहर जाने पर वे क्या करती हैं, क्या नहीं, यह आपका सरदर्द नहीं है।'

श्रीमती चौधरी अवाक्।

26

जिन खबरों में आपकी दिलचस्पी हो वे उड़कर भी आप तक पहुँच जाती हैं इसलिए देवेश को देर-सवेर यह पता चल ही गया कि हास्टल में कोई घटना घटी थी और उसमें और जो कुछ हुआ हो, जो विरोध प्रदर्शन हुआ उसमें शुभ्रा की विशेष भूमिका थी। सच तो यह है कि उसके हाथ उस दिन के अखबार की एक प्रति दिल्ली से गए किसी मित्र के माध्यम से लग गई थी जिसमें नारे लगाते हुए शुभ्रा का चित्र छपा था। जो खबर छपी थी उसमें नेताओं में से किसी का नाम नहीं छपा था। केवल महिला संगठन का नाम था, इसलिए देवेश को यह संदेह होना स्वाभाविक था कि इसके लपेटे में किसी न किसी रूप में शुभ्रा आ गई है।

उसके जी में आया वह तुरत भाग कर दिल्ली चला आए और शुभ्रा से मिलकर उसका हालचाल जान ले। पर वह जानता था कि शुभ्रा उससे मिलने से इन्कार भी कर सकती है और वैसी स्थिति आने पर उसे अच्छा नहीं लगेगा।

उसने महिला संगठन को और लतिका को पत्र लिख-लिखकर वस्तुस्थिति का पता लगाना चाहा।

लतिका को उसने लिखा, 'मैं आपका बहुत ऋणी हूँ कि आपने मेरे पत्र का जवाब देकर मेरी चिंता दूर कर दी थी। मैं आपको बार-बार कष्ट नहीं देना चाहता। यह पत्र अपनी ओर से लिखने का तो सवाल ही न आता, यदि अखबार की एक रपट में आपके हास्टल में किसी लड़की के प्रति कुछ उल्टा-सीधा हो जाने का समाचार न होता और उसके साथ आंदोलन प्रदर्शन जैसा कुछ न होता और उसमें शुभ्रा का चित्र न छपा होता। रपट में कहानी जिस तरह दी गई है उसमें यह पता नहीं चलता कि असल घटना क्या है। लिखा है हास्टल की किसी लड़की के विषय में मिथ्या खबर छापने और ऐसा करने से पहले हास्टल से इसकी छानबीन न करने के कारण वहाँ रहने वाली महिलाओं और नारी संगठनों को रोष था और इसके लिए उन्होंने अपने हास्टल से अखबारों के दफ्तरों तक जुलूस निकाला। इस समाचार से ऐसा भी लगता है कि इसमें कोई लड़की भी पकड़ ली गई थी। इस समाचार ने मुझे डरा दिया है। कृपया विस्तार से लिखें कि वास्तविकता क्या है। इसमें कही शुभ्रा के साथ तो कुछ नहीं हो गया था।'

श्रीमती कपूर को जो पत्र मिला था वह अधिक औपचारिक था। इसमें बताया गया था, 'अखबारों में कामकाजी महिलाओं के हास्टल की किसी समस्या को लेकर आपके संगठन ने कोई विरोधप्रदर्शन किया था। उसमें नारा लगाते हुए शुभ्रा का चित्र भी था। उसमें उसका नाम तो नहीं छपा था परंतु फोटो से उसकी शक्ल पहचानी जा सकती थी। मैं उसका एक मित्र हूँ और उसके सुख-दुख के बारे में चिंतित रहता हूँ। यदि आप बता सकें कि वास्तविक घटना क्या थी तो मैं आपका बहुत उपकार मानूँगा।'

पत्र मिलने के बाद ही श्रीमती कपूर ने शुभ्रा को फोन करके अपने पास बुलाया था। शुभ्रा की आदत थी कि साथ के लिए वह अक्सर लतिका को ले लेती थी इसलिए लतिका को उस दिन भी जाना पड़ा। लतिका को यह बताने का अभी तक साहस नहीं हुआ था कि उसे शुभ्रा के बारे में देवेश का पत्र मिला है। उसने अपने पत्र पर बाहर की ओर अपना नाम नहीं लिखा था। यूँ भी लतिका की चिट्ठियाँ संख्या में इतनी अधिक हुआ करती थीं कि किसी दूसरे को यह देखने की फुर्सत नहीं हो सकती थी कि उसके नाम किस-किसके पत्र आए हैं।

श्रीमती कपूर ने पहले तो शिकायत की कि शुभ्रा और लतिका उनसे वादा करके भी आज तक दफ्तर में नहीं आईं और आज आईं भी तो उनका फोन मिलने के बाद ही।

दोनों ने क्षमायाचना करते हुए कहा, 'हमें यह खयाल था कि जब भी कोई जरूरत होगी आप हमें बुला लेंगी और फिर जो काम करना होगा उसके लिए तो हम तैयार हैं ही।'

'नहीं भई, ऐसे थोड़े चलेगा। अरे यहाँ तो इतने काम रहते हैं कि काम का कोई एक या दो दिन नहीं होता। ढेर सारी चिट्ठियाँ आती हैं।' वह लतिका की ओर मुड़ी, 'आपकी डाक से भी भारी डाक होती है हमारी और हमसे जो सवाल पूछे जाते हैं वे आपसे भी नहीं पूछे जाते होंगे।'

लतिका हँसने लगी, 'मैं भला आपका मुकाबला कैसे कर सकती हूँ, मैडम।'

'नहीं, मुकाबला तो कर सकती हैं। आप अपनी चिट्ठियों का जवाब स्वयं दे लेती हैं। मुझमें इतनी योग्यता और ताकत नहीं इसलिए मुझे आप जैसे लोगों की सहायता की जरूरत होती है।'

'बताइए, क्या करना है ?' अब वे बैठ गई थीं, 'आपके लिए तो हम कुछ भी करने को तैयार हैं।'

'आज तो बस इस चिट्ठी का जवाब देने के लिए याद किया था।' उन्होंने लिफाफा निकालकर शुभ्रा की ओर बढ़ा दिया।

शुभ्रा ने उस पर एक नजर डाली, कोने में भेजने वाले का नाम देखा और लिफाफे के भीतर से चिट्ठी निकाले बिना ही उसे लतिका की ओर बढ़ा दिया।

श्रीमती कपूर हँसने लगीं, 'अरे मैडम, ध्यान से पढ़िए, यह आपका ही पत्र है। लतिका जी का नहीं।'

लिफाफे पर नजर डालते हुए लतिका ने कहा, 'इसने देख लिया है। यह इनके पत्र का जवाब नहीं देती।'

'क्यों, क्या बात है ? इसमें तो इन्होंने तुम्हारे बारे में काफी चिंता जताई है, लिखा है तुम्हारे मित्र हैं।' श्रीमती कपूर ने हैरानी प्रकट की, 'जान-पहचान तो होगी, या वह भी नहीं है।'

'थी। अब नहीं है।' शुभ्रा ने संक्षिप्त-सा उत्तर दिया।

'थी। क्या ? जान-पहचान या मित्रता ?'

लतिका पत्र पढ़ने में लगी थी कि इसी बीच बोल उठी, 'दोनों से कुछ अधिक। पर यह शुभ्रा जो है न, अपने ढंग की अकेली ही है।'

'बात क्या है ?' कपूर बोलीं।

लतिका ने अपने पर्स से देवेश का लिफाफा निकाला, 'देखिए, यह लड़का कितना परेशान है। पत्र मुझे भी लिखा है, लेकिन शुभ्रा का जैसा मिजाज है उसमें इसे यह खत देने का मुझे साहस नहीं हुआ। इतना अच्छा लड़का है कि..'

'और इतनी खराब यह लड़की है कि...' शुभ्रा ने लतिका से पहले ही वाक्य पूरा कर दिया और हँसने लगी, जैसे उसका इस बात से कोई लगाव ही न हो।

'खैर, यह तुम्हारा निजी मामला है। मैं इसमें नहीं पड़ती। मैं यह भी नहीं पूछँगी कि उससे तुम्हारी किस बात को लेकर अनबन चल रही है। कभी-कभी यह भी होता रहना चाहिए, नहीं तो जिंदगी का मजा ही नहीं रह जाता। लगातार मीठा खाते-खाते जी भर जाता है। हाँ, एक बात कहूँगी। वह तुम्हें लेकर परेशान है, इसलिए उसे जो भी उचित हो लिख देना। इससे कम से कम कोई गलतफहमी तो नहीं पैदा होगी।'

श्रीमती कपूर को कहते समय भी लग रहा था, वह दीवार से बात कर रही हैं। शुभ्रा के चेहरे पर एक खिंचाव तो उभरा था, पर वह भी बहुत हल्का। उसने प्रतिवाद में कुछ नहीं कहा।

कुछ देर चुप्पी छाई रही। फिर श्रीमती कपूर कुछ सोचती हुई बोलीं, 'एक बात और करनी थी तुमसे। बहुत जरूरी थी लेकिन इस समय याद नहीं आ रही है।'

वह अपने माथे पर जोर डालने लगीं, 'याद करो तो चीजें और भूलने लगती हैं। इतनी जरूरी बात थी और अभी याद थी। जब आप लोग आए तो सोच रही थी पहले उस पर बात करूँ या यह लिफाफा दूँ और अब अपने ही दिमाग के जंगल में जाने कहाँ गुम हो गई।'

उन्होंने हार मान ली, 'चलो, याद आएगी तो बताऊँगी। है बहुत जरूरी, और तुम्हें पसंद भी आएगी।' उनका इशारा शुभ्रा की ओर था।

'अरे हाँ, तुमने उस दिन कपूर साहब से कहा था न कि आखिर हर बार ये कालगर्ल्स ही क्यों पकड़ी जाती हैं। वे क्यों नहीं पकड़े जाते जो अपने जाल में इन्हें फँसाते और धंधा कराते हैं। उस समय तो कपूर साहब ने एक चालू-सा जवाब दे दिया था, लेकिन बाद में मैंने सोचा तो लगा तुम्हारी बात में वजन है। यह व्यवस्था भेदभाव के साथ दंड देती है। उसी अपराध के लिए एक को दंडित करती है और दूसरे को छोड़ देती है। धंधा करने वाले अड्डों पर छापे मारे जाते हैं तो धंधा करने

वाली औरतों को नारी निकेतन भेज दिया जाता है, वहाँ जो पुरुष पकड़े जाते हैं उनको किसी निकेतन में बंद किया जाता है या नहीं, यह किसी को पता नहीं चलता। सारी कालगर्ल्स का एक छोर होटलों से जुड़ा होता है। उनमें कभी छापा मारकर किसी को गिरफ्तार नहीं किया जाता।

अभी तक महिलाओं के शोषण और उत्पीड़न पर जो कुछ पढ़ने को मिलता है वह पुरुषों का लिखा होता है। महिलाएँ बहुत-सी बातें किसी पुरुष को तो दूर अपने पति तक को नहीं बता सकतीं। बताने में संकोच होता है। पुरुष जिस बात को जान भी जाते हैं उसे पुरुष की आँख से ही देखेंगे। हमें कभी इस पहलू का स्वयं अध्ययन करना चाहिए। यह भी समान न्याय के लिए एक औजार बन सकता है। तुम्हारा क्या खयाल है।'

'खयाल तो बुरा नहीं है। पर है टेढ़ा। अकेले-दुकेले का काम नहीं हो सकता यह।' लतिका ने शुभ्रा के कुछ बोलने से पहले ही अपना मत प्रकट कर दिया।

'नहीं, जरूरी नहीं कि सभी काम बड़े पैमाने पर ही हों। थोड़ी-बहुत टोह, काम शुरू करने से पहले भी जरूरी है।' शुभ्रा ने टोकते हुए कहा।

'वही तो बात है। बाद में तो ठीक है कि एक टीम की जरूरत होगी। इसके कानून से लेकर समाजशास्त्र, अर्थशास्त्र और चिकित्सा से जुड़े बहुत से कोण उभरेंगे और पूरी रपट तैयार करने में काफी समय भी लगेगा, पर उसके लिए तो संगठन है ही।'

शुभ्रा चुप रही। लतिका को भी आगे कुछ सूझ नहीं रहा था। श्रीमती कपूर को भी आगे कुछ नहीं कहना था। अब उन्हें चाय-कॉफी की याद आई, 'आप लोग इतनी देर से बैठी हैं मैंने चाय तक के लिए नहीं पूछा। क्या लेंगी ?'

'कुछ नहीं। यहाँ दफ्तर में हर आने-जाने वाले के साथ चाय पीना पड़े तो आपको भी नुकसान ही करेगा।' लतिका ने कहा तो शुभ्रा ने भी हामी भरी गो उसकी तबीयत चाय की कर रही थी।

यह एक तरह की आधी रजामंदी भी थी, इसलिए श्रीमती कपूर ने कुछ जोर से आग्रह किया, 'नहीं, चाय तो पीनी ही पड़ेगी। आप लोग मेरे लिए हर आने-जाने वालों में नहीं हैं। सच तो यह है कि मुझे भी तलब हो रही थी।' उन्होंने घंटी बजाई और चपरासी हाजिर हुआ तो उसे चाय लाने को कहा।

अब खाली समय को भरने की समस्या थी, 'आपको इस संगठन से जुड़ने की प्रेरणा कहाँ से मिली, दीदी। समाजसेवा की भावना तो होती नहीं।' लतिका के मन में श्रीमती कपूर का वह वाक्य जो उन्होंने शुभ्रा और देवेश के तनाव को लेकर कहा था अभी तक घुमड़ रहा था। उसे लग रहा था कि जरूर इनके जीवन में भी कोई ऐसा मौका आया होगा जिसमें इन्हें किसी नारी संगठन की सहायता लेनी पड़ी होगी और फिर जिस तरह ये हमसे अपेक्षा करती हैं कि हम इसके लिए समय दें,

उसी तरह इनसे भी किसी ने कहा होगा और फिर इस काम से जुड़ने के बाद उन्हें इसमें मजा आने लगा होगा। उसे लग रहा था कि यदि ऐसा कुछ हो तो इससे उसे संतोष ही मिलेगा।

श्रीमती कपूर हँसने लगीं, 'सच कहूँ तो हँसने लगेंगी आप।'

'नहीं, हँसने की क्या बात है। जानकर प्रेरणा ही मिलेगी।'

'तो सचाई तो यह है कि समाजसेवा का भी एक रैकेट है। मैं भी उस रैकेट का हिस्सा बन गई और तब से इससे जुड़ी हूँ।' कपूर इस पर भी हँस रही थीं।

'मजाक छोड़िए दीदी। सच बताइए।' लतिका ने फिर आग्रह किया।

'सच ही बता रही थी। लेकिन सच यह है कि यदि सच को सच-सच बताया जाए तो अक्सर लोग उस पर विश्वास नहीं करते। उसे विनम्रता या पाखंड कुछ भी समझने के लिए तैयार हो जाते हैं। यहाँ भी यही है।' वह चुप हो गईं।

'आप कुछ भी कर सकती हैं, रैकेट का हिस्सा नहीं बन सकतीं, इतना मैं जानती हूँ।' शुभ्रा ने कुछ आवेग के साथ कहा।

'यह भी ठीक है। इसमें आने के बाद, कहो, इसका काम अपने हाथ में लेने के बाद मैंने इस रैकेट को भी तोड़ दिया।' अब वह भी कुछ गर्व से बोल रही थी।

अब अविश्वास करने का कोई कारण नहीं था। रैकेट से उनका आशय रैकेट सें ही रहा होगा।

'रैकेट किस अर्थ में कह रही थीं आप ?'

'भई, प्रभामंडल कायम करने का, बड़े लोगों से जुड़ने का, बड़ी हस्ती बनने का, कुछ फर्जी संस्थाएँ कायम करके देश से लेकर विदेश तक से पैसा हड़पने का यह भी एक साधन है। काम कुछ खास नहीं करेंगे, पर शोर इतना मचाएँगे कि लगेगा पूरे स्त्री समाज का प्रतिनिधित्व इनके हाथ में आ गया है। फिर दूसरे देशों की ऐसी संस्थाओं से जुड़िए। शिष्टमंडलों में या आदान-प्रदान कार्यक्रमों में देश-विदेश की यात्राएँ कीजिए। ऐसा ही होता था, मेरे आने के समय तक। मैंने इसे दिखावे की संस्था से एक जुझारू संस्था में बदल दिया। इतना जरूर मानती हूँ।'

'वह तो हमने देखा ही है। लेकिन आपने यह नहीं बताया कि आपको इसकी प्रेरणा कैसे मिली ?'

'बोरडम से। खाली वक्तों में आने वाली जमुहाई से। समय काटने का कोई अच्छा-सा बहाना होना चाहिए था। पढ़ने-लिखने में खास दिलचस्पी थी नहीं, नहीं तो किताबें ही पढ़ा करती। लेकिन कोई कितनी किताबें पढ़ेगा। थकान तो उससे भी लगती है। कपूर साहब राजनीति में भी कुछ दिलचस्पी रखते हैं। उन्होंने ही सुझाया कि मुझे महिलाओं के मोर्चे पर सक्रिय होना चाहिए और जुड़ गई। उस समय बाल बच्चे थे नहीं। नहीं तो इसकी भी जरूरत न पड़ती। फिर जुड़ गई और बाल बच्चे हुए उसके बाद भी इसमें इतना मजा आने लगा था कि मैंने इसे छोड़ा ही नहीं।

फिर तो आप काम करते हैं तो उसी के अनुसार आपकी जरूरत और आपका प्रभाव भी बढ़ता जाता है और वह अवस्था भी आ जाती है जब आप इसका संचालन अपने हाथ में ले सकें या अलग होकर स्वयं कोई संस्था खड़ी कर सकें।' श्रीमती कपूर की स्पष्टवादिता से दोनों महिलाएँ विशेष रूप से प्रभावित लग रही थीं।

चाय बनी बनाई, प्यालों में ही आई। श्रीमती कपूर ने एक ओर से ग्लास कुशन निकालकर शुभ्रा और लतिका की ओर बढ़ाए और स्वयं एक लेकर चाय की प्लेट उसके ऊपर रख ली।

'अपने खाली समय का उपयोग आप लोग किस तरह करती हैं ?' श्रीमती कपूर ने चाय की एक चुस्की लेने के बाद पूछा।

'मेरा तो आप जानती ही हैं। लोगों के सवालों के जवाब तैयार करने में ही काफी सारा समय निकल जाता है। और यह जो शुभ्रा है यह कुछ लिखती-पढ़ती रहती है।'

'क्या लिखती हैं ?'

'कहानियाँ लिखती है।' इस बार भी लतिका ने ही जवाब दिया जब कि सवाल शुभ्रा से ही किया गया था, 'इसकी कई कहानियाँ छप भी चुकी हैं।'

'सच ! तब तो भई आप दोनों ही हमारे लिए बहुत बड़ी एसेट हुईं।'

अब केवल समय काटने के लिए कुछ बातें हो रही थीं, 'पहले मैं भी कविताएँ लिखती थी। फिर छूट गया।'

'अच्छा !' लतिका ने हैरानी प्रकट की।

'ऐसे सभी लोग जो किसी न किसी बड़े काम से जुड़ते हैं कभी-न-कभी कविता लिख चुके होते हैं। वे शब्दों की कविता को अपने लिए अपर्याप्त पाकर कविता को कर्म में बदलने लगते हैं।' शुभ्रा ने बड़े उल्लास से कहा।

'नहीं, ऐसी बात नहीं है। मैं बहुत अच्छा नहीं लिखती थी। कई जगह छपने को भेजा, कहीं छपी ही नहीं। जब अपनी हैसियत का पता चला तो छोड़ दिया।'

'आपकी बात सही हो सकती है, पर मैंने जो कुछ कहा, वह भी गलत नहीं है। सभी क्रांतिकारी कविता करते थे।' शुभ्रा अपनी जिद पर कायम थी।

'खराब लिखते रहे होंगे इसलिए सोचा होगा इस दुनिया को ही बदल दो जिसमें हमसे अच्छी कविताएँ नहीं बन पा रही हैं।' श्रीमती कपूर प्रसन्न भाव से हँसने लगीं।

जब वे वहाँ से विदा हो रही थीं तो एकाएक लतिका ने पूछा, 'कल भी आप दफ्तर आएँगी ?'

'क्यों कोई काम है ? बताइए, अभी बताइए।' श्रीमती कपूर उन्हें छोड़ने के लिए दरवाजे तक आई थीं कि ठिठक गईं।

'नहीं, ऐसी कोई बात नहीं है। यूँ ही पूछ लिया। मौका मिला तो मैं भी आ जाऊँगी।'

'इससे अच्छी बात क्या होगी। मेरा तो यह रोज का धंधा रहा। इसी में बच्चों का भी ठीक से ध्यान नहीं रख पाती।'

लतिका को लग रहा था कि शुभ्रा के विषय में सलाह के लिए श्रीमती कपूर से अच्छा कोई दूसरा नहीं मिल सकता। उनकी बात का उस पर असर भी होगा।

वे चलने लगीं तो श्रीमती कपूर ने एक बार फिर दुहराया, 'आइएगा जरूर। मैं प्रतीक्षा करूँगी।'

27

लतिका अकेले ही श्रीमती कपूर से मिलने गई थी। उसने देवेश का नया पत्र कपूर के सामने रखते हुए कहा, 'आपने तो उसका रवैया देखा ही है। वह कहने पर भी उसे कुछ लिखेगी नहीं। उसकी समस्या यह है।' इसके साथ ही उन्होंने उसका पिछला पत्र उनके सामने रख दिया।

कपूर उसका पत्र कुछ समय तक ध्यान से पढ़ती रहीं फिर पत्र किनारे रख दिया। कुछ देर तक चुप रहीं। इसी समय चपरासी ने आकर कहा, 'कोई मिलना चाहता है।'

'अभी कुछ देर रुकने को कहो।' वह चपरासी से लतिका की ओर मुड़ीं, 'वह बहुत तेज लड़की है यह तो आप जानती ही हैं।'

लतिका को हामी भरने की भी जरूरत नहीं अनुभव हुई। उसके सुनने में अधिक तल्लीनता अवश्य आ गई। उसने देखा कि कपूर उसकी राय जानने के लिए रुकी हुई हैं तो उसने कहा, 'तेज़ भी और तर्रार भी।'

'इस उम्र में सभी होते हैं। आप भी रही होंगी।' कपूर ने कहा।

'पता नहीं।'

'न होतीं तो किसी ने आपको कालम लिखने के लिए नहीं कहा होता।'

'वह तो बात ही अलग थी। मेरा समय काटे न कटता था। उसी में एक बार खयाल आया कि बच्चों की शिक्षा संबंधी समस्याओं पर क्यों न लिखूँ। फिर मैंने ही 'आभा' से संपर्क साधा। यह बालकों के लिए अलग से एक स्तंभ चलाती ही है। शुरू में नकली नामों और पतों से स्वयं समस्याएँ पेश करके उनके उत्तर देती रही। सवाल कुछ इस तरह के होते, 'मेरा पढ़ने में मन नहीं लगता', 'मुझे इतिहास पढ़ना अच्छा नहीं लगता', 'पढ़ते समय मुझे नींद बहुत आती है', 'लड़के मुझे चिढ़ाते हैं, क्योंकि मैं बहुत कमजोर हूँ ', 'मेरे माता-पिता मुझे खेलने नहीं देते।'

'यह स्तंभ इतना लोकप्रिय हुआ कि न केवल ढेरों पत्र आने लगे, पत्रिका की

बिक्री भी बढ़ गई। फिर मैंने पाया कि बच्चों की समस्याएँ भी बच्चों से न तो आरंभ होती हैं न ही बच्चों पर खत्म होती हैं। अब मैंने बड़ों के भी कुछ प्रश्न स्वयं गढ़ लिए, 'मेरा लड़का बहुत जिद्दी है। वह किसी की कोई बात ही नहीं मानता।' 'मेरे पति बहुत गुस्सैल हैं। हम दोनों में अक्सर झगड़ा हो जाता है, क्या इसका बच्चों पर बुरा असर पड़ता होगा ?' 'मेरे पति शराबी हैं, कहते हैं मैं तुम्हें छोड़ सकता हूँ, शराब नहीं छोड़ सकता, मैं क्या करूँ ?' यह कहते ही लतिका खिलखिलाकर हँसी, 'कई बार तो मैं ऐसा प्रश्न गढ़ लेती थी जिसका जवाब देने की योग्यता मुझमें होती ही नहीं थी। फिर प्रश्न इतना अच्छा लगता कि मैं सोचती, इसका उत्तर देने के लिए चाहे मुझे आकाश-पाताल एक करने पड़ें, पर मैं इसको रखूँगी अवश्य। खैर। तो मेरा लिखना कोई प्रतिभा के कारण नहीं था। पर यह शुभ्रा जो है, यह बहुत अच्छा लिखती है।'

'वह तो मैंने देख लिया। मैं यह कह रही थी कि ऐसे लोगों को समझाया नहीं जा सकता। समझाने वाले की समझ पर उन्हें भरोसा ही नहीं होता। उसकी सदाशयता पर भरोसा हो सकता है, समझ पर नहीं। दुनिया का कोई आदमी, बड़ा से बड़ा चिंतक और दार्शनिक, उन्हें या तो बीता हुआ लगता है, या रीता हुआ। नई ऊर्जा, नया चिंतन, नई युगदृष्टि केवल उनके पास होती है। उनके पास और उनसे मिलते-जुलते विचार वालों के पास। इसलिए इन्हें समझाने की कोशिश करना मूर्खता है।'

'कुछ किया नहीं जा सकता ?'

'नहीं, कुछ नहीं। अपने को अतिरिक्त समझदार समझने वाला प्रचंड मूर्खों से भी दस कदम आगे होता है। मूर्ख तो छोटा-मोटा नुकसान करने के बाद ही सही-गलत का फर्क कर लेता है। ये लगातार नुकसान उठाते चले जाते हैं और बहुत देर से जब उन्हें अपनी भूल का बोध होता है तब तक इतना गँवा चुके होते हैं कि कई बार जिद के कारण पुरानी गलतियों को ही दुहराते चले जाते हैं। तब भी कोई उन्हें समझा नहीं सकता। बर्बाद हो जाते हैं ऐसे लोग। यदि किसी देश या समाज का भाग्य इनसे जुड़ जाए तो ये उसे बर्बादी के कगार पर पहुँचाकर भी यह नहीं स्वीकार कर पाते कि इनके हाथों उसका अनिष्ट भी हुआ है। सीखते और समझते भी हैं तो अपनी गलतियों से ही। किसी के समझाने से नहीं।

'उस दिन वह नियति की बात कर रही थी न ! हो सकता है इसी को नियति कहते हों। बुद्धि है, पर नियति साथ नहीं है तो आप उसका सही उपयोग तक नहीं कर सकते।'

लतिका निराश हो गई, 'कुछ तो करना ही चाहिए।' उसने अँधेरे में टटोलते हुए कहा।

'क्या किया जा सकता है ! कुछ करने का मतलब है उसकी जिद को और

बढ़ाना और उसी गलती पर अधिक तेजी से बढ़ने को उकसाना। इस संस्था में काम करते हुए, दूसरों की समस्याएँ सुनते हुए, मैंने जो कुछ समझा है उसके आधार पर तो मैं यही कह सकती हूँ।'

लतिका ने दर्द भरे सुर में गाते हुए कहा, 'कोई सूरत नजर नहीं आती।'

'कोई नहीं। जब तक वह स्वयं आप से कोई सलाह न माँगे तब तक देने की भूल भी मत कीजिएगा।' वह एक क्षण के लिए रुकीं, फिर कहा, 'मैं तो बल्कि आप के बारे में कुछ सुनना चाहती थी।'

लतिका कुछ कहती इससे पहले ही चपरासी फिर हाजिर हो गया। उसके हाथ में एक चिट था, 'उन्हीं सा'ब ने दिया है।'

'अरे, मैं तो भूल ही गई थी।' कपूर ने चिट पर नजर डाली, 'ऐं, आपने बताया क्यों नहीं। बेवजह इतनी देर तक वेट कराते रहे।'

लतिका की समझ में कुछ नहीं आया, 'किसकी बात कर रही हैं, आप ?'

'क्या ये आप के साथ नहीं आए हैं ?' कपूर ने चिट लतिका की ओर बढ़ा दिया, 'भेजो, उन्हें अभी भेजो।'

'विचित्र संयोग है।'

देवेश भीतर आया, 'क्षमा कीजिएगा, मुझे वापसी की ट्रेन पकड़नी है, नहीं तो मीटिंग में व्यवधान न डालता' तो कपूर ने उत्साह से कहा, 'आइए, आइए। बैठिए। इनसे मिलिए, ये हैं लतिका जी।'

विस्मित देवेश को भी होना ही था। उसे आशा ही नहीं थी कि वह उनसे मिल पाएगा। हास्टल में जाने का उसका साहस ही नहीं था, उसने मुड़कर लतिका को नमस्कार किया।

'अभी हम आपके पत्रों पर ही बात कर रहे थे।'

'यहाँ कुछ हुआ था। क्या हो गया था ?' उसने सूखे गले से पूछा।

'कुछ नहीं हुआ था। या हुआ था तो ऐसा रोज इस शहर में होता रहता है। किसी बाहरी लड़की के साथ कुछ हुआ था और उसने हास्टल का नाम ले लिया था। अखबार वालों को पुलिस ने जैसे का तैसे बता दिया था। उनको तो अपनी कारस्तानी दिखानी होती है। सब्र तो होता नहीं। अखबार वालों ने हास्टल के वार्डन से पूछे-जाँच बिना ही उसी रूप में समाचार छाप दिया था। उस पर हम लोगों ने विरोध प्रदर्शन किया था जिसमें शुभ्रा ने अधिक सक्रियता से भाग लिया था। बस।'

देवेश ने राहत की साँस ली, 'हे प्रभु ! मैं तो डर गया था।'

'आप उसे बहुत चाहते हैं ?' लतिका की समझ में नहीं आ रहा था कि वह देवेश से क्या कहे।

'मैं नहीं जानता। बस, उसके बारे में फिक्र लगी रहती है। वह बहुत...'

'पारदर्शी है, यही न ?'

देवेश खीझ भरी हँसी हँसा, 'नहीं, वह बात नहीं। पर दूसरों से बहुत अलग है, यह तो मानेंगी ?'

'दूसरों से अलग आप भी हैं। बहुत अलग।' कपूर ने कहा।

देवेश इन दोनों महिलाओं के बीच कुछ अव्यवस्थित-सा अनुभव कर रहा था, 'अब चलूँगा। ट्रेन पकड़नी है।' वह उठकर नमस्कार करने लगा।

दोनों ने उठकर नमस्कार में हाथ जोड़े। वह दरवाजे तक गया और फिर लौट पड़ा, 'दीदी, कभी-कभी आप उसके बारे में लिख दिया करें। विश्वास करें, मैं आपको या उसे कोई पत्र नहीं लिखूँगा।'

'कुछ खास हुआ तो जरूर लिखूँगी।' लतिका ने आश्वासन दिया तो वह संतुष्ट हो गया। अब वह दुबारा नमस्कार कर रहा था, 'अच्छा।'

वह चला गया।

कुछ देर तक दोनों महिलाएँ चुप रहीं। चुप नहीं, शांत । देवेश चले जाने के बाद भी वहाँ बना रह गया था।

'बहुत भला लड़का है।' लतिका ने आह भरने के से स्वर में कहा।

'हाँ, प्यार आदमी को बहुत अच्छा बना देता है।'

28

'मैं तो आपके बारे में सुनना चाहती थी।' लंबी खामोशी के बाद कपूर ने अपना पुराना आग्रह फिर दुहराया।

लतिका ने अपनी कहानी बयान करनी शुरू कर दी।

'मुरादाबाद जिले के चंदौसी कस्बे में धनपतराय नाम के एक सज्जन रहते थे। संयुक्त परिवार था। अपने पिता की एकमात्र संतान थे। रिश्ते के एक चाचा और चाची के साथ ही उन्होंने बचपन काटा था। बचपन में ही पिता का साया सिर से उठ गया था। जब वह जवान हुए तो उनकी शादी हो गई। संयुक्त परिवार की काफी संपदा थी जिसके अधिकांश की स्वामिनी रिश्ते की एक दादी थीं। दादी के बाद ही संपत्ति का बँटवारा हो सकता था। दादी का कत्ल हो गया। चाचा-चाची ने उस कत्ल में धनपतराय को ही फाँसना चाहा। भाग्य से वह बच गए और घर छोड़ कर बरेली चले आए। बरेली में ही उन्होंने व्यापार में काफी धन कमाया। अब उनको किसी तरह का अभाव न था। मैं उनकी ही संतान थी।

'मैं इतने लाड़ में पली थी कि स्वभाव में हठ और बेपरवाही गहरे उतर गई थी। मैं कुछ भी कह दूँ, वह पूरा होकर रहता।

'सुबह जब स्कूल जाती तो कई लड़के छेड़खानी करते। लौटते समय भी दो-चार फ़िकरे सुनने में आ जाते। इन लड़कों में ही एक लड़का धीरे-धीरे पसंद आने लगा। उसका नाम मोहन था।

'पहले थोड़ी इशारेबाजी वगैरह हुई और फिर जब उसे पता चल गया कि करीब आने में कोई खतरा नहीं है तो बीच-बीच में बातचीत भी होने लगी। अब दूरियाँ कम होने लगीं और फिर एकदम खत्म हो गईं। कई बार हम दोनों स्कूल छोड़ कर पूरा दिन एक साथ गुजार देते। बात फैली और चर्चे होने लगे। बात उस हद तक पहुँच गई जहाँ अभिभावकों को भी असलियत का पता चल जाता है।

'पिता ने कठोरता दिखानी शुरू की तो मैंने घोषणा कर दी कि मोहन के बिना मैं जिंदा नहीं रह सकती। किसी दूसरे से विवाह कर ही नहीं सकती। शायद मोहन ने भी अपने घर में ऐसा ही विद्रोह किया।

'समाज से लज्जित दोनों अभिभावकों ने बहुत साधारण ढंग से दोनों के फेरे डलवा दिए। अब पहले के प्रेमी पति-पत्नी बन चुके थे और इसके बाद आवेग की गर्मी कम होने लगी। इसी बीच मोहन की बैंक में नौकरी लग गई थी। पहले वह पौने दस घर से निकलता और सवा पाँच तक घर पहुँच जाया करता था, पर फिर उसके आने में विलंब होने लगा। वह मेरे प्रति उदासीन रहने लगा। उसकी बेरुखी बढ़ती गई। इसके साथ ही उसकी विधवा बहन और सास-ससुर का भी चिड़चिड़ापन बढ़ने लगा। सच तो यह है कि उन्होंने पहले भी मुझे केवल स्वीकार किया था पर हृदय से अपनाया नहीं था। मोहन की जिद के सामने उन्हें झुकना पड़ा था और अब जब वही उदासीन हो रहा था तो वे भला क्यों सहानुभूति रखते।

'उदासीनता अकारण नहीं थी। न ही मोहन के स्वभाव को देखते अप्रत्याशित। वह जब मेरी ओर आकर्षित हुआ था उस समय मुझे इस बात का संदेह तक न हुआ था कि इसका एक पक्ष आर्थिक भी था। पिताजी की संपन्नता देखते हुए उसे लगा होगा कि शादी के साथ ही वह मालामाल भी हो जाएगा जो हमारे निर्णय पर पिताजी की खिन्नता के कारण हो नहीं पाया था। मैं आज भी बहुत विश्वास से तो नहीं कह सकती कि उसके मन में यह विचार आरंभ से ही था, पर किसी न किसी चरण पर यह भी उसमें शामिल हो गया था।'

कपूर ने बीच में ही टोका, 'क्या उसने इसका आभास भी दिया था या अनुमान ही लगा रही हैं।'

'अनुमान ही समझिए। पर इस अनुमान का आधार यह है कि जिस दूसरी लड़की को फाँस लिया था वह बहुत साधारण थी पर थी एक अमीर बाप की इकलौती बेटी। खैर, मोहन स्वयं बहुत सुंदर था और ऊपर से देखने में बहुत कोमल, बहुत भावुक, बहुत नेक दिखाई देता था। इसी से तो मैं धोखा खा गई थी। वह जल्द से जल्द अमीर बनना चाहता था। यही उसकी दुर्बलता थी। मुझे तो काफी अरसे

तक पता ही नहीं चला कि वह इतना समय लगाता कहाँ है। फिर पता चला कि वह एक ट्यूशन करता है। कोई बहुत अमीर आदमी है। उसकी लड़की को गणित पढ़ाता है। क्योंकि वह कहने लगा था कि आदमी को आगे बढ़ने के लिए बहुत अधिक पैसों की जरूरत होती है।

'मैं उस समय नहीं समझ पाई, पर बाद में सोचा शायद वह इस तरह का व्यवहार करके और ट्यूशन की मजबूरी दिखाकर मुझसे यह उम्मीद करता रहा हो कि मैं पिताजी से कुछ दहेज वगैरह के रूप में हासिल करूँ। यह मेरे स्वाभिमान के विपरीत था। अब मैं अपने पिता के परिवार की नहीं, अपने पति के परिवार की प्रतिनिधि थी और पिता से किसी बात की याचना करना मुझे केवल अपना ही नहीं अपने पति और उनके परिवार का भी अपमान लगता था। यह बता दूँ कि उसने भी इस तरह का कोई प्रस्ताव खुले रूप में मेरे सामने नहीं रखा, इसलिए, सोचती हूँ, उसने ऐसा सोचकर ही ट्यूशन शुरू की होगी। जो भी हो, मैंने पिताजी से न तो शिकायत की, न ही कुछ माँगा। शहर एक ही था, परंतु पिताजी ने अपने रोष के कारण न तो इस बीच मुझे बुलाया था, न ही मुझे वहाँ जाने का मौका मिला था।

'यह क्रम चलता रहा। फिर वह कुछ पी-पाकर भी आने लगा। और इसके बाद मुझे जली-कटी भी सुनाने लगा। उसके अनुसार उसे मैंने ही फंदे में फाँस कर उसका जीवन बर्बाद कर दिया था नहीं तो अभी तो उसके पढ़कर आई.ए.एस वगैरह करने के दिन थे। मेरे भुलावे में आने के कारण, वह मर-खपकर क्लर्की कर रहा था और भविष्य सुधारने के लिए ऊपर से ट्यूशन करनी पड़ रही थी।

'इसके कुछ समय बाद उसने आने में और विलंब करना आरंभ कर दिया। मैंने रोने, रूठने, शिकायत करने के सारे हथकंडे अपनाए, पर किसी बात का उस पर असर न हुआ। आखिर उसने यह घोषणा कर दी कि उसे उस लड़की से प्यार हो गया है और अब वह उससे शादी भी करेगा।

'मेरी समझ में नहीं आया कि यह बात वह मुझे डराने-धमकाने के लिए कर रहा है या इसमें कोई सचाई भी है। मैं यह सोच भी नहीं सकती थी कि कोई आदमी अपनी बेटी किसी ऐसे लड़के से ब्याहने को तैयार होगा जिसकी शादी हो चुकी है और पहली पत्नी जीवित है।

'वह उस लड़की को किसी न किसी बहाने घर भी लाने लगा और मेरे सामने ही उसके साथ ऐसा व्यवहार करने लगा जिसे कोई भी स्त्री सहन न कर सकती। मेरी सास और ससुर ने न तो उसे कभी इस बात पर टोका, न ही मुझे किसी प्रकार की सहानुभूति दी। वह उसे लेकर मेरे सोने के कमरे में भी चला आता और किसी न किसी बहाने मुझे बाहर भेज कर कमरा भीतर से बंद कर लेता और आधे आधे-घंटे तक बंद रखता।

'एक बार मैंने कमरे से निकलने से इनकार कर दिया तो उसने न केवल मुझे उसके सामने ही पीटा अपितु मेरी आँखों के सामने उसे लेकर पड़ रहा। मुझे ही शर्म और अपमान से वहाँ से भागना पड़ा।

'मेरे सामने दो ही रास्ते थे। आत्महत्या करना या माँ-बाप के पास वापस लौटना। मैं पिता के पास लौट कर जाने का अपमान सहन नहीं कर सकती थी, इसलिए आत्महत्या के बारे में सोचने लगी। शायद आत्महत्या करने वाले जितने साहसी होते हैं उतनी साहसी मैं नहीं थी। इसमें देर हो रही थी कि इसी बीच पिताजी को जाने क्या सूझा कि वह मुझे बुलाने आ गए और मैं उनके साथ ससम्मान अपने मायके वापस लौट आई। अब उस पति के साथ रहने का कोई प्रश्न ही नहीं उठता था।

'बाद में पता चला कि वह लड़की पेट से रह गई थी और उसके पिता को मजबूर होकर न केवल उससे शादी करनी पड़ी थी, बल्कि दो बड़े मकान भी उसे दहेज में देने पड़े। खैर, वह उसकी अकेली लड़की थी इसलिए मिलना तो सब कुछ उसी को था, फिर भी उसने अपने चरित्र का परिचय तो दे ही दिया।

'पढ़ाई पहले ही छूट गई थी। अब वापस लौटने पर फिर सिलसिला शुरू किया। बी.ए. सेकंड क्लास से किया। फिर एम.ए. किया। एम.ए. में डिवीजन आते-आते रह गया। इसके बाद बी.एड. और फिर नौकरी। मैं पिताजी के पास रहना नहीं चाहती थी क्योंकि लोग पूछते कि वह वापस कब जा रही है तो उन्हें तो कचोट होती ही थी, मुझे भी बहुत अपमानजनक लगता। अवसाद में कई बार वह सिर झुका कर बैठ जाते, परंतु इसके बाद भी उन्होंने न तो कभी व्यंग्य में मुझे मेरी नासमझी के लिए कुछ कहा, न क्रोध में बिफरे। सब कुछ अपने भीतर ही झेलते रहे। इसलिए कुछ दिनों तक उनके साथ रहने के बाद ही मैं हास्टल में रहने लगी थी और नौकरी के मामले में भी इस कोशिश में लगी रही कि यह अपने शहर से बाहर ही मिले।

'अकेले इस मामले में भाग्य ने साथ दिया और एक अच्छे स्कूल में नौकरी मिली जिसमें बड़े घरों के ही बच्चे पढ़ते हैं। ऐसा न होता तो शायद आप से भी मेरा परिचय न हो पाया होता। मेरे दिल्ली में हास्टल में रहने का भी यही कारण है।'

कपूर ने सुनने के बाद सहानुभूति में एक शब्द भी नहीं कहा। देर तक चुप रहीं। फिर कहा, 'एक साथ कितने मोर्चों पर लड़े कोई। पूरी व्यवस्था ही सड़ी हुई है।' वह अपनी कोहनियाँ मेज पर जमाए और ठुड्डी को हथेलियों पर टिकाए, कुछ सोचती हुई, बैठी रहीं फिर कहा, 'बहुत ताकत है आप में।' फिर उन्हें लगा कि असल बात तो कह ही नहीं पाईं, 'और बहुत समझदारी भी। आपका तलाक कब हुआ ?'

'तलाक नहीं हुआ। वह तलाक माँगता रहा, पर मैंने अपनी ओर से नहीं दिया। दूँगी भी नहीं।' कम से कम इतना तो मैं कर ही सकती हूँ। पर कई बार सोचती

हूँ तो लगता है यह स्थिति तलाक लेने से भी बुरी है। खैर, अब है तो है। क्या करें।'

'उसने अपनी ओर से कोई कोशिश नहीं की ?'

'किस बात की, मुझे वापस ले जाने की ?'

'नहीं, हाँ चलिए, वह भी सही। पर अपनी ओर से डाइवोर्स का मुकदमा चलाने की।'

'सुनते हैं, एक बार एक नोटिस उसने पिता के पते पर भेजा था। खोल कर पिताजी ने पढ़ा तो पहुँच गए उसके दरवाजे पर। कहा, 'मेरी लड़की का तो जो होना था हो गया। एक बार मेरे ऊपर किसी के कत्ल का इल्जाम लगा था। वह मैंने किया नहीं था इसलिए बच भी गया। लेकिन अगर तुमने मेरी बेटी पर इतना घटिया आरोप लगाकर उसे अदालत में हाजिर होने को मजबूर किया तो इस बार मैं सचमुच तुम्हारे बेटे का कत्ल कर दूँगा और अपना बचाव भी नहीं करूँगा। कबूल कर लूँगा कि इन कमीनों के इस अपराध का दंड दिया है। सरकार मुझे जो चाहे दंड दे सकती है।'

'इसके बाद उनकी हिम्मत नहीं रही कि कोई कदम उठा सकें। परंतु कोई बता रहा था कि उसने जालसाजी से तलाक की डिग्री हासिल कर ली है।'

29

श्रीमती कपूर के 'नारी शक्ति' में काम उतना नहीं था जितना उन्होंने बता दिया था। जब काम होता तो फिर तूफान की तरह। बैनर बन रहे हैं, पोस्टर तैयार हो रहे हैं, हैंडबिल छप रहे हैं, प्रेस के लिए वक्तव्य लिखा जा रहा है और फोन पर फोन खटकाए जा रहे हैं। जब नहीं होता तो समय काटना कठिन हो जाता। इसलिए दो-चार बार आने के बाद ही शुभ्रा और लतिका दोनों को पता चल गया कि सबसे बड़ा काम साथ बैठ कर गप्पें मारना और यह प्रभाव पैदा करना ही है कि कार्यालय चल रहा है और लोग अपने काम में व्यस्त हैं। कुछ दिनों के लिए यह क्रम अच्छा था। बाहर निकलने का एक बहाना भी। पर थोड़े ही दिनों में हर रोज की उपस्थिति भारी लगने लगी और स्वयं श्रीमती कपूर को ही कहना पड़ा, 'जब कभी फुर्सत हो और अच्छा लगे, इधर आ जाया कीजिए। यहाँ नहीं तो घर पर ही सही।'

इसका एक परिणाम यह हुआ कि शुभ्रा और लतिका दोनों की कपूर परिवार से प्रगाढ़ता इतनी बढ़ गई कि वे उन्हें घर के सदस्यों जैसे लगने लगे। बच्चों को माँ की कार्यव्यस्तता और पिता के लिखने-पढ़ने में अधिक समय देने के कारण

अधिकतर नौकरों के साथ ही समय बिताना पड़ता। इनके आने पर सबसे अधिक प्रसन्नता उनको ही होती थी। वे एक-दो दिन के बाद इनको फोन भी कर दिया करते थे और बीच-बीच में आने का आग्रह भी करते रहते थे।

चौधरी का पहले का रवैया कुछ नरम पड़ गया था पर फोन करने की छूट वह इन दो को छोड़कर किसी को नहीं देती थीं और आने वाले फोनों के लिए कोई आपदा हो तो ही किसी दूसरी को बुलाया जाता था।

सुरजीत जब अपने पति के साथ दिल्ली घूमने आई और शुभ्रा से मिलने गई तो लंबी बातचीत के बीच कपूर परिवार का नाम आए बिना रह न सका। सुरजीत ने कहा, 'उनसे तो हम भी मिलना चाहेंगी।'

'अभी फोन करती हूँ।' वह उठी और श्रीमती कपूर से पूछा, 'दीदी, एक बात बताइए। आज आप चार-पाँच मेहमानों का आतिथ्य कर सकती हैं या नहीं ?'

'क्या कहती हो तुम। तुम्हारा घर है। इसमें क्या कोई पूछने की बात है। बोलो कब आ रही हो।'

'तो ठीक है। आज ही शाम को लगभग पाँच, साढ़े पाँच बजे।'

शुभ्रा बहुत खुश थी। लौटते ही कहा, 'चल, इसमें देर क्या। आज शाम का ही तय कर लिया।'

'आज शाम का ? अरे, तब तो गड़बड़ हो जाएगी।' सुरजीत ने चौंककर कहा।

'क्यों, क्या हुआ ?' शुभ्रा ने पूछा।

'शमशेर का विचार आज फिल्म देखने का था। बहुत अच्छी फिल्म है। गरम कोट। आज ही अंतिम दिन है।'

'तब ? अब दुबारा जाकर फोन करना तो अच्छा रहेगा नहीं। क्या करें ?' शुभ्रा परेशान हो गई, 'और एक वह मिसिज चौधरी हैं। बाहर से कुछ नहीं कहेंगी, पर भीतर से तो कुढ़ेंगी ही। अब तो पहले वाला नियम रहा नहीं जिसमें फोन करने से पहले रजिस्टर में अपना नाम और फोन का नंबर लिखना होता था और फिर महीने के अंत में हिसाब होता था। अब तो जाने वाले फोन बंद। आने वाले में, आप कौन हैं, क्या लगते हैं, क्या काम है, का ताँता लग जाता है। वह तो कहो, मैंने जो उत्साह दिखाया उससे श्रीमती चौधरी इतनी अभिभूत हैं कि हमारे बारे में उनका भूत कुछ देर से उतरेगा। पर यह जान लो, वह बहुत डर गई हैं। पहले जैसे सभी से हँसी-मजाक करती रहती थीं, उसमें परिवार के संरक्षक से अधिक कुछ लगती ही नहीं थीं। अब लगता ही नहीं कि यह वही श्रीमती चौधरी हैं। लगता है उनकी काया में किसी पुलिस अफसर की आत्मा प्रवेश कर गई है। एक छोटी-सी घटना, जो यहाँ हुई तक नहीं, जिसके साथ हास्टल का केवल नाम जुड़ गया, उसने ही उन्हें कितना बदलकर रख दिया है।'

'हद है। उनसे तुम लोगों को बात करनी चाहिए।' सुरजीत ने खीझकर कहा।

घटना के बारे में तो उसने आने के साथ ही सुन लिया था।

'वह बहुत तनाव में रहती हैं। कुछ है जो सिर्फ उन्हें मालूम है और वह किसी दूसरे को बताना नहीं चाहतीं। नहीं तो इतनी छोटी-सी बात पर कोई इतना नहीं बदल सकता।'

'तब भी पूछना तो चाहिए ही।' उसने दुहराया।

शुभ्रा को लगा बात तो ठीक कह रही है। यह सब उसके दिमाग में क्यों नहीं आया। या तो वह बताएँ कि इसका कोई अतिरिक्त कारण भी है या नहीं, या अपना तरीका बदलें। उसे और लतिका को अपनी सक्रियता के कारण उन्होंने जो रियायत दे रखी थी वह उन्हें अपनी ही नजर में छोटा बना रहा था। आखिर दूसरी लड़कियाँ क्या सोचती होंगी।

'चल, तू भी चल। इस बहाने मिलना भी हो जाएगा और तू बहाने-बहाने से इसका भी जिक्र कर देगी।'

'चल।'

30

श्रीमती चौधरी सुरजीत के आने पर सचमुच प्रसन्न थीं। उसे नहीं लगा कि उनमें कोई वैसा परिवर्तन आया है जिसकी शिकायत शुभ्रा अभी कुछ पहले कर रही थी। उसके पारिवारिक जीवन के बारे में बहुत सारी बातें सुनती और पूछती रहीं, जैसे वह केवल उनकी वार्ड न रही हो, अपनी बच्ची हो।

'सुना, कुछ दिनों से आप बहुत तनाव में रहती हैं।' सुरजीत ने पूछ लिया।

'तनाव है और नहीं भी है। देखो तो, सारी बला टल गई और हमारे ऊपर कोई आँच नहीं आने पाई, लेकिन सब कुछ पहले जैसा रह गया हो, ऐसी बात भी नहीं।'

इस विषय पर आते ही उनका स्वर बदल गया था। बोलते समय लग रहा था, प्रत्येक शब्द के साथ खेद या ग्लानि का स्पर्श जुड़ा हुआ है। वह कुछ कहना चाह रही थीं जिसे छिपा भी रही थीं।

'आखिर हुआ क्या है ? आप साफ-साफ बताइए।'

'बहुत-सी बातें होती हैं जो सबको नहीं बताई जा सकतीं। बात एक बार जबान से निकल गई तो उसको फैलने से रोकना मुश्किल हो जाता है।' उन्होंने कहा और उठ कर अल्मारी खोलकर उसमें से अपना पर्स निकाला। पर्स को खोलकर उसमें से एक कागज निकाला। लाकर उसे सुरजीत को दिया, 'देखो, मैंने तो सोच लिया

है जिस दिन कोई ऐसी बात हो गई जो मेरी अंतरात्मा पर भारी पड़े उसी दिन इसे पेश कर के अलग हो जाऊँगी। कुछ नुकसान होगा, पर उसकी चिंता मुझे नहीं है।' अब वह तैश में आ गई थीं।

कोई बात सचमुच इतनी गंभीर थी इसका अनुमान तो शुभ्रा को हुआ ही नहीं था। वह बात क्या थी यह अभी तक पता नहीं चल पाया था।

'मैडम, अब तो आपको बताना ही पड़ेगा। आप त्यागपत्र दे देंगी और इस तरह चुपके से चली जाएँगी और हमें यह जानने का भी मौका नहीं देंगी कि आपको किस बात से चोट पहुँची है और वह कौन-सी बात है जो आत्मसम्मान के विरुद्ध है ?' अब शुभ्रा जिद पर आ गई, 'आप क्या समझती हैं कि आपके साथ कुछ उल्टा-सीधा हो जाएगा और हम चुपचाप बरदाश्त कर लेंगी ?'

'इसे तुम मुझ तक ही रहने दो तो अच्छा।' श्रीमती चौधरी ने कुछ झिझकते हुए कहा।

'नहीं, अब नहीं। जो दुख आपको खाए जा रहा है उसे जाने बिना मैं अब चैन से नहीं रहूँगी। आप इतने तनाव में हैं और हमें पता तक नहीं।' वह अड़ गई।

'इसीलिए तो तुझसे डर लगता है। तू तूफान मचा देगी।' वह तय नहीं कर पा रही थीं कि यह बात उन्हें शुभ्रा को बतानी चाहिए या नहीं।

'नहीं, मैं कुछ ऐसा नहीं करूँगी जिसे आप उचित न समझें। आपसे पूछे बिना कुछ नहीं। किसी से इसकी बात भी नहीं। अब बताइए, हुआ क्या है।'

श्रीमती चौधरी ने बढ़ कर कमरे का पल्ला बंद कर दिया और वापस लौट आईं। सोफे पर बैठते हुए उन्होंने कहा, 'मैं तो खुद चाहती थी तुझसे बात करूँ, पर फिर डर भी जाती थी।'

शुभ्रा ने कुछ कहा नहीं, ठुड्डी पर हथेली लगाए, अधिक सावधान होकर उनकी ओर देखने लगी।

'सालवान का उस दिन फोन आया था, उस पर उसे नहीं बुलाया था तो तुम्हें बुरा लगा था न !' श्रीमती चौधरी ने शुभ्रा को याद दिलाया।

'बुरा नहीं, विचित्र लगा था। कुछ अटपटा। हमारी उम्र का कोई हो, उसके साथ आप ऐसी सख्ती बरततीं तो उतना बुरा नहीं लगता।' उसने सफाई दी।

'तो सुनो। वह जो फसाद हो गया था उसके बारे में जवाब माँगा गया था यह तो तुम जानती हो।'

शुभ्रा को इसका पता था।

'बात तो खत्म हो गई थी। अखबार वालों ने भूलसुधार भी छाप दिया था। बाद में हमने उन्हें क्षमायाचना के लिए भी बाध्य कर दिया था। तो वही सब लेकर और अपना जवाब बनाकर ले गई थी। संसद में उठे प्रश्न का भी जवाब ले गई थी। डाइरेक्टर को दिया तो बोले, 'आप सीधे मंत्री जी से मिल लीजिए। उनका

ऐसा ही हुक्म है।'

'मुझे जाना पड़ा। पहले तो बहुत सलीके से बात करते रहे। मेरा जवाब देखकर खुश भी हुए। कहा, 'आपने इतना अच्छा जवाब तैयार किया है कि लगता है आपको इसका अनुभव है।'

'मैं समझ रही थी, वह मेरी तारीफ कर रहे हैं, इसलिए भीतर से प्रसन्न अनुभव करते हुए, नम्रता से कहा, 'अनुभव तो नहीं है, सर। पहली बार संसद के किसी प्रश्न का उत्तर देना पड़ा है। जो सूझा सो लिख दिया।' पर उन्होंने यह प्रश्न व्यंग्य में किया था।

'तो फिर संसद में प्रश्न न उठे, इसका कोई इंतजाम रखती होंगी।' उन्होंने मुस्कराते हुए, आँखें लफंगों की तरह नचाते हुए कहा। मैं उनसे इस शैली में बात करने की उम्मीद नहीं करती थी।

'मैं कुछ समझी नहीं, सर।'

'भई इतना सब कुछ होता रहता है आप के यहाँ और फिर भी संसद में पहली बार प्रश्न उठा तो इसका कुछ न कुछ इंतजाम तो कर रखा होगा।'

'हमारे यहाँ कुछ भी ऐसा नहीं है, सर, जिसको लेकर कोई उँगली उठा सके। इस बार भी जो कुछ हुआ उसका हमारे हास्टल से कोई संबंध नहीं था।'

'था क्यों नहीं। उसे क्या इलहाम हुआ था कि आपके हास्टल के कमरा नंबर 23 में अरुणा नाम की कोई लड़की रहती है। उसका ऐसी लड़की से मेलजोल था और उँगली उठाने लायक कोई बात ही नहीं है।' मंत्री जी अब तमक रहे थे।

'मैंने कहा, 'सर वह लड़की अरुणा के साथ पढ़ चुकी थी। उसी समय की जान-पहचान थी। एक बार कभी आते-जाते दोनों की मुलाकात हो गई थी। अब यह बेचारी क्या जानती थी कि वह इस तरह के धंधे में भी हो सकती है। जैसे कि कोई भी सहेली कहेगी, इसने भी उससे कभी आकर मिलने को कह दिया और अपने कमरे का नंबर बता दिया। बस इतनी-सी बात है।'

'इतनी-सी बात नहीं है। मैडम, मुझे साफ बोलने की आदत है। आप इसे घटा कर इसलिए पेश कर रही हैं कि यह सब आपकी जानकारी में हो रहा है। आप खुद इसमें शामिल हैं।'

'मैंने कहा, 'मैं जा सकती हूँ ?'

'मंत्री ने मेरे सवाल का जवाब नहीं दिया, 'आज शाम को आप उस लड़की को, क्या नाम है उसका, अरुणा, आप उसे मेरे बँगले पर भेजिए। मैं खुद उससे पूछताछ करूँगा।'

'वह बीमार है।'

'ठीक है, तब इस लड़की को भेजिए, कौन है यह, जिसकी फोटो छपी है।'

'क्षमा करें, सर, मैं ऐसा नहीं कर सकती। जब तक मैं वहाँ की वार्डन हूँ,

आप को जो सवाल करना है मुझसे कीजिए। मैं ऐसा नहीं होने दूँगी।'

'क्या नहीं होने देंगी आप ? क्या कर रहा हूँ मैं ? जो काम मिस सालवान कर सकती हैं, आप क्यों नहीं कर सकतीं। आखिर आपको इतना अनुभव है। मिस सालवान ने तो कभी इन्कार किया नहीं। किसी पर शक होता है तो खुद लेकर चली आती हैं कि सर आप खुद ही इस लड़की से पूछ कर समझ लीजिए।'

'मैंने कहा न, सर, मुझमें और सालवान में फर्क है और उस फर्क को मैं कायम रखना चाहूँगी।' अब मैंने उनसे आने की अनुमति भी नहीं ली और नमस्कार करके चली आई।'

'मैडम, आपके तो पाँव छू लेने का जी होता है।' शुभ्रा ने बढ़कर सचमुच उनके पाँव छू लिए, 'यू आर ग्रेट ! आप कहिए तो इसी पर एक कहानी लिखकर छपवा दूँ किसी पत्रिका में। हंगामा मच जाएगा।'

'नहीं, नहीं, ऐसा मत करना। मैं इसीलिए चाहती थी कि वह लड़की हास्टल छोड़ कर चली जाए। सारा काँटा ही कट जाए। लेकिन तुम्हारी समझ में तो यह बात आ नहीं सकती थी। मैं बताती भी तो क्या।'

'हूँ !' शुभ्रा ने लंबी साँस ली, 'लेकिन उसे निकालने से क्या होता। उसे तो कोई बहाना चाहिए था। वह नहीं रही तो कोई दूसरा बहाना ढूँढ़ लेगा। आपने जो स्टैंड लिया वही ठीक है। हिम्मत से काम लेना होगा और लड़ने के लिए तैयार रहना होगा।'

'हम क्या लड़ेंगे इन राक्षसों से। इसने कोई उल्टा-सीधा हथकंडा अपनाया तो अपनी नौकरी बचाना ही भारी पड़ जाएगा।'

'मैं एक काम करती हूँ मैडम। उसने आप पर हाथ डाला तो उसका मुँह काला कर दूँगी मैं।'

'तुम कुछ नहीं करोगी। अभी तो वह सहम गया होगा लेकिन अगर उसे पता चल गया कि यह बात फैल चुकी है तो उसे अपने बचाव के लिए कुछ भी करते देर न लगेगी।' श्रीमती चौधरी उसको हाथ जोड़ने लगीं।

'पहले सुनिए तो। किसी के कान पर जूँ तक नहीं रेंगेगी। मैं करूँगी यह कि एक पत्र लिख कर यह सारी घटना उसमें दर्ज कर दूँगी। फिर उसे आज ही रजिस्टर्ड पार्सल से 'नारी शक्ति' को भेज दूँगी। उस पर डाकघर की तारीख और मुहर तो होगी ही। लिफाफा सीलबंद भी रहेगा। अब उस पर लिखा रहेगा 'प्रेषक का अनुरोध होने पर किसी मजिस्ट्रेट के सामने ही खोला जाए।'

इसके बाद उसने कुछ भी किया तो हमें आंदोलन करके यह बताने का अवसर मिलेगा कि आपके विरुद्ध यह कार्रवाई क्यों की गई है, और इसे वापस लेने की माँग करेंगे। सबूत के रूप में इस पत्र को रखेंगे। इसे हम नेशनल ईश्यू बना देंगे। उसका राजनीतिक भविष्य खत्म हो जाएगा। आप समझती क्या हैं।'

'तेरा दिमाग तो बहुत चलता है रे।' श्रीमती चौधरी गद्‌गद हो गईं। 'ठीक है। लेकिन इसे तू नहीं लिखेगी। मैं लिखूँगी। अपने हाथों। तू लिखेगी तो लगेगा कि मैंने इसको प्रचारित करके मंत्री को बदनाम करना चाहा है। फिर बाद का वह सबूत भी कमजोर पड़ जाएगा। ये बड़े घाघ होते हैं। तू बस इतना ही करेगी कि इस बात की पक्की व्यवस्था कर लेगी कि यह लिफाफा खोला न जाए और बहुत सँभालकर रखा जाए। किसी गलत आदमी के हाथ न पड़ने पाए।'

'इसके बारे में आप निश्चिंत रहें।'

श्रीमती चौधरी के कमरे से निकलते हुए शुभ्रा बहुत प्रसन्न अनुभव कर रही थी। प्रसन्न सुरजीत भी थी, 'मैंने कहा था न, कोई और बात होगी। बात करनी चाहिए।'

'भई, अब तू घर परिवार सँभाल रही है। अनुभवी हो गई। दिमाग खुल गया है। तेरा कोई मुकाबला है।'

'अच्छा अब बता उस कार्यक्रम का क्या होगा। शमशेर का बहुत मन था इस फिल्म को देखने का। हमारे शहर में भी लगी थी, पर देख नहीं पाया। यहाँ लगी देखा तो कहा, आज यह फिल्म तो देखनी ही है।'

'ऐसा करेंगे कि शो का टिकट श्रीमती कपूर के परिवार के लिए भी ले लेंगे। पाँच साढ़े पाँच का समय दिया है। खाने के लिए वहाँ नहीं रुकेंगे। चाय वहाँ पियेंगे। उनकी गाड़ी है, रीगल तक जाने में पाँच मिनट का तो समय लगेगा। वहाँ से सभी सिनेमा चले चलेंगे।'

'तू भी ग्रेट है यार।' सुरजीत ने शुभ्रा को बाँहों में भर लिया।

31

पाँच बजे के लगभग जब शुभ्रा, लतिका, जसबीर, सुरजीत और शमशेर के साथ कपूर के बंगले में घुसीं तब श्रीमती कपूर बाहर लान पर कुर्सियाँ लगवा रही थीं। फाटक खुलने की आवाज के साथ ही उनकी दृष्टि इनकी ओर गई तो वह आगे बढ़ आईं, 'आइए। हम बहुत बेसब्री से आप लोगों की प्रतीक्षा कर रहे थे।'

लतिका को लगा कपूर साहब भी दफ्तर से आ गए होंगे। वह कहीं दिखाई नहीं दे रहे थे, 'कपूर साहब भी आ गए हैं ?'

'आए नहीं हैं, पर आ ही रहे होंगे। मैंने शुभ्रा का फोन आने के साथ ही उन्हें फोन करके कह दिया था कि आज कोई दूसरा कार्यक्रम न रखें। सीधे घर आ जाएँ। उन्होंने पूछा, 'क्यों' तो कहा, अभी नहीं, आने पर ही बताएँगे। अब आते ही होंगे।'

शुभ्रा ने परिचय कराना आरंभ किया, 'सुरजीत, मेरी सबसे अच्छी दोस्त और शमशेर, इसके सब कुछ और मेरे भी कुछ-कुछ।' वह शरारत से हँसी।

'और आपके विषय में तो कुछ बताना जरूरी नहीं, फिर भी रस्म के नाते, श्रीमती कपूर। 'नारी शक्ति' की अध्यक्षा और हमारी स्थानीय सब कुछ।' वह श्रीमती कपूर की ओर मुड़ी, 'बच्चे कहाँ हैं ?'

'कहीं भीतर होंगे। अभी बुलवाती हूँ, अजीत, जरा माला और परमू को बुलाना। उनकी आंटियाँ आई हैं।'

अजीत के घर में घुसने के साथ ही बच्चे भीतर से दौड़ते हुए से आए और शुभ्रा और लतिका से लिपट गए। वे उनके लिए आज कुछ विशेष उपहार लाई थीं जो रैपर में बंद था। दोनों को अपना-अपना उपहार मिला तो वे 'थैंक्यू' कहकर उसे रखने कमरे की ओर भागे।

'अभी तो धूप है, भीतर ही चलते हैं।' श्रीमती कपूर ने कहा। गाड़ी की आवाज सुनकर उनका ध्यान गेट की ओर गया, 'लो वह भी आ गए।'

अजीत गेट खोलने के लिए दौड़ा।

'दीदी, प्रोग्राम कुछ बदल गया है।'

'क्यों क्या हुआ ?'

'हमने तो तय कर रखा था कि यहाँ पूरी शाम बैठकर गप्पें लड़ाएँगे और फिर ...लेकिन यह शमशेर जो हैं इनसे 'गरम कोट' जलंधर में मिस हो गई थी।'

'पिक्चर तो सुना है अच्छी है। देखी हमने भी नहीं है। कपूर साहब तो बलराज साहनी के दीवानों में हैं। फिर देख लेंगे।' श्रीमती कपूर ने आग्रह किया।

'आज उसका आखिरी शो है। इसलिए यह अपने को रोक नहीं पाए। टिकट सबके लिए ले आए हैं। आप सबको भी चलना होगा।'

'पहले बैठो तो सही। अभी तो काफी समय है।' कपूर साहब अपनी गाड़ी पोर्टिको में खड़ी करके इधर की ओर मुड़े, 'लगता है, मैंने कुछ देर कर दी।'

'नहीं, हम लोग भी अभी-अभी आए हैं।' अब वे बैठक की ओर लौट रहे थे।

'अब सबका परिचय नए सिरे से कराया गया। परिचय पहले भी अधूरा ही हुआ था। नाममात्र को। इस बार शुभ्रा ने विस्तार से बताया कि सुरजीत उसकी कितनी अभिन्न सहेली है और विवाह के बाद पहली बार अपने पति को लेकर वह शहर देखने और दिखाने आई है जो उसके बिना कुछ उदास हो गया है। और जसबीर उनके साथ इसलिए आया है कि किसी और को उदास देखे तो उसे बहला सके।

कपूर साहब अतिथियों से बेतकल्लुफी जताने के लिए कुछ हल्की-फुल्की बातें करने लगे, 'भई जैसे बदायूँ को मैं शकील के कारण जानता हूँ, लुधियाना को साहिर के कारण, सुलतानपुर को मजरूह के कारण, गोरखपुर को फ़िराक़ के कारण और

मलीहाबाद को उसके आमों से अधिक जोश के कारण, उसी तरह जलंधर को हफीज के कारण। इन उर्दू शायरों ने अपने शहर का नाम अपने नाम के साथ जोड़ कर अपना नाम तो रौशन किया ही है, अपने शहर का नाम भी रौशन कर दिया है। वे उसके चलते-फिरते राजदूत हैं।'

'राजदूत न कहिए, नगरदूत कहिए। नहीं तो भारत में इतने राज हो जाएँगे कि इसे सँभालना मुश्किल हो जाएगा।'

कपूर साहब हँसने लगे, 'ठीक पकड़ा तुमने। नगरदूत। या कहो, नगर देवता। जैसे हमारे यहाँ पहले ग्राम देवता और गृहदेवता होते थे, उसी तरह। कितनी बड़ी बात है।'

'एक हमारी राष्ट्रभाषा के कवि हैं, पुष्प, सुमन, विकल, आकुल, भ्रमर, दिनकर, दिवाकर, निराला, अधीर। पता ही नहीं चलता किस देश और किस युग के हैं। धरती से लगाव ही नहीं।' लतिका ने कहा।

शुभ्रा कुछ बेचैन-सी हो गई, वह जिस भाषा की लेखिका थी उसके कवियों का अपमान उसके सामने ही हो रहा था। उससे कुछ उत्तर देते नहीं बन रहा था इसलिए कुछ बुझे हुए स्वर में कहा, 'नहीं, ऐसी बात नहीं है।'

'भई, बात तो ऐसी ही है। इसीलिए देखो तुम्हारे कवियों की कविताएँ किताबों में बंद रहती हैं। पाठ्यपुस्तकें न हों तो कोई उनका नाम तक न जाने। और इन कवियों की कविताएँ लोगों की जबान पर सवार रहती हैं।' मजा लेने के लिए उन्होंने मुहावरा बदल दिया था इसलिए सवार का उच्चारण भी कुछ अतिरिक्त जोर देकर किया था।

'यह बात तो ठीक नहीं है कि हिंदी कवियों को लोग उनकी कविताएँ पाठ्यपुस्तकों में आने के ही कारण जानते हैं। पाठ्यपुस्तकों में तो उन्हें विख्यात हो जाने के बाद स्थान मिलता है।'

'भई, जो भी कहो। मुझे तो कभी किसी दुख-सुख में तुम्हारे इन हिंदी कवियों की एक भी पंक्ति याद आती नहीं। जिंदगी का साथ तो इन्हीं के शेर देते हैं।'

'साहित्य की आपकी समझ दूसरे लोगों से अलग है, पर है गौर करने के काबिल।' शमशेर ने पहली बार जबान खोली। हमारे पंजाबी के कवियों का हाल हिंदी वालों से भी बुरा है।

शुभ्रा को कुछ घुटन-सी होने लगी थी। उसने कहा, 'देखिए कपूर साहब, आप की जानकारी और समझ दोनों का कोई मुकाबला तो हो नहीं सकता, लेकिन एक बात है। वह जो आप ने उर्दू कवियों के साथ जगह का नाम जुड़े होने की बात की थी, वह तभी जँचता है जब किसी जगह का कोई एक ही उम्दा शायर हो। उर्दू में भी यह नया चलन है। सौदा, इकबाल, नासिख, गालिब, मीर, ज़ौक, मोमिन, ज़फर, के साथ जगह का नाम नहीं है इसलिए ही उनका न तो जमीन से जुड़ाव

कम हो जाता है, न देश से। और जो शमशेर जी कह रहे हैं कि पंजाबी के कवियों की हालत हिंदी वालों से बुरी है तो वह यह भूल जाते हैं कि पंजाब के तो अदना लोग भी अपने गाँव का नाम अपने नाम के साथ जोड़ लेते हैं। शहरों के लोग भले ऐसा न करें।

'एक बात और है। कविता का जबान पर चढ़ा होना एक अच्छी बात है, पर इसी को ऊँची कविता की कसौटी नहीं बनाया जा सकता। खुद गालिब के जो सबसे अच्छे शेर माने जाते हैं वे लोगों की जबान पर नहीं चढ़ पाए हैं। जबान पर सबसे अधिक तो सूक्तियाँ चढ़ी होती हैं, पर आलोचकों ने उन्हें हल्के स्तर का काव्य माना है। मुहावरे चढ़े होते हैं और फिकरे चढ़े होते हैं। क्या इसलिए इन्हें ऊँचे दर्जे की रचना भी कहा जा सकता है ?' उसे लगा, हवा में आक्सीजन की मात्रा बढ़ गई है।

'अब, मैं पेशेवर आलोचक तो ठहरा नहीं, पर ये सूक्तियाँ और मुहावरे या फिकरे क्या मामूली चीज हैं। इनके पीछे लाखों-करोड़ों लोगों की सृजनशक्ति लगी होती है। इनका जादू ऐसा है कि एक बार लिखी गई सूक्तियों को लोग बोलचाल में ही नहीं दुहराते जाते हैं, बल्कि बार-बार अनुवाद करके, बिना कुछ नया लिखे, कवि बन जाते हैं।'

'कुछ उसी तरह की पुनरावृत्ति उर्दू कविता में भी पाई जाती है। इससे लोगों का एक रेस्पांस विकसित हो जाता है। नई रचना समझने में समय लगता है।'

'अब यह तो एक गुण को जिसके हजार गाहक दिखाई दें, घटा कर तौलने जैसा हुआ।' शमशेर ने कहा।

'अगर इसे कसौटी मानें तब तो दुनिया के किसी दूसरे देश के कवि उर्दू के शायरों और हमारे भक्त कवियों के सामने बौने दिखाई देंगे, जिनके शेर, दोहे और पद निरक्षर लोग तक मगन होकर सुनाते और गाते मिल जाएँगे।'

'नहीं, ऐसी क्या बात है। अंग्रेजी में भी शेक्सपियर को लोग बात-बात में कोट करते रहते हैं। उसके नाटक तो सूक्तियों से भरे हुए हैं।'

'यही न, यही न। आप यही कह रहे हैं न कि शेक्सपियर के बाद और उससे पहले अंग्रेजी का साहित्य ही नहीं है।' शुभ्रा अपने मोर्चे पर डटी हुई थी।

'अब इस पर राय तो अलग-अलग हो सकती है, लेकिन अगर दोनों बातें एक साथ मिलें तो कविता की ऊँचाई बढ़ जाती है। और जहाँ तक सूक्तियों की बात है, नीत्शे कहता है, 'मैं सूक्तियों में बोलता हूँ। मैं चोटियों से चोटियों पर कदम रखता हुआ चलता हूँ।' तो बुलंदी तो यहीं आती है।'

बहस खिंच रही थी इसलिए श्रीमती कपूर ने हस्तक्षेप किया, 'आप दोनों न हारने की कसम खा कर बात कर रहे हैं इसलिए नतीजा तो कुछ निकलना नहीं। चाहें तो पूरे साल इसी पर बात करते रहें।'

कपूर साहब हँसने लगे, 'बात यह भी गलत नहीं है। और फिर ऊपर से गृहस्वामिनी की बात गलत हो तो भी माननी पड़ती है।'

बैठक समवेत हँसी से भर गई।

अब इसके बाद कपूर साहब शमशेर और जसबीर की ओर मुड़े और उससे उसके काम-काज के विषय में बातें करने लगे। महिलाओं का एक अलग दल बन गया और दोनों को तब तक इस बात का पता नहीं चला कि दूसरा दल किस विषय पर बात कर रहा है जब तक चाय तैयार होकर सामने न आ गई।

श्रीमती कपूर प्लेटें उठाकर उसमें मिठाइयाँ और नमकीन रखने लगीं तो, शुभ्रा बढ़कर चाय ढालने लगी। श्रीमती कपूर ने प्लेट शमशेर की ओर बढ़ाते हुए कपूर साहब की ओर मुड़कर कहा, 'इन लोगों ने हम सबके लिए गरम कोट का इवनिंग शो का टिकट ले रखा है। चलने का आग्रह कर रहे हैं।'

'खयाल बुरा तो नहीं है। पर यह टिकट लाने का काम तो हमारे ही जिम्मे होना चाहिए था।' वह कुछ असुविधा अनुभव करते हुए बोले।

'होनी को अनहोनी किया जा सकता है पर हुए की अनहोनी तो होने से रही। अब तैयार हो लीजिए।'

'हमें क्या तैयार होना। दफ्तर से आए हैं। कपड़े भी नहीं उतरे हैं। थोड़ा मुँह धो लूँगा। धूल कम हो जाएगी। तैयार तो महिलाएँ होती हैं और इस तरह कि शीशा तक चटकने लगता है।' वह हँसकर श्रीमती कपूर की ओर देखने लगे।

'अजी साहब, यह सुरजीत तो इतना वक्त लेती है कि उस बीच मैं एक झपकी ले लेता हूँ। मेरी भी समझ में नहीं आता कि इतनी लंबी तैयारी की क्या जरूरत रहती है।'

'महिलाएँ तैयार होकर निकलती हैं हमला करने के इरादे से। हम लोग दुबके हुए निकलते हैं शिकार होने का खतरा मोल लेकर।' मिस्टर कपूर अपनी बात पर खुद ही हो-हो कर हँसने लगे और उनके साथ ही दूसरे भी। महिलाएँ हँसने के साथ शर्माने का भी कुछ अभिनय कर रही थीं।

चाय नाश्ते के बाद शुभ्रा को छोड़ सभी महिलाओं को बारी-बारी से गुसल तक जाने की जरूरत हुई। उन्होंने शीशे में देखकर संतोष कर लिया कि सब कुछ ठीक है। श्रीमती कपूर ने स्वयं तैयार होते-होते वीरा को माला और परमू को भी तैयार कर देने को कहा। चलते-चलाते कपूर साहब ने अजित को बुलाकर कहा कि शाम का खाना उन सबके लिए बनाने की जरूरत नहीं। खाना वे बाहर ही खाएँगे।

पिक्चर सचमुच बहुत अच्छी थी। बलराज साहनी अपनी बुलंदी के साथ। पूरे समय शांति छाई रही। इंटरवल हुआ तो शुभ्रा ने कहा, 'आज हम एक बहुत बड़ा भंडाफोड़ करने वाले थे। इसी के लिए आपके यहाँ की शाम चुनी थी।'

'बताओ, बताओ। क्या बात है।' श्रीमती कपूर जानने के लिए बेताब हो गईं।

'अभी नहीं। अभी उसे स्थगित कर दिया है। अब अपराधियों को घटनास्थल पर ही पकड़ना होगा।'

'तुम सीधी से सीधी बात में एक पेंच पैदा कर लेती हो। बहुत शैतान हो तुम।'

शुभ्रा हँसने लगी, 'जिस दिन शैतानी खत्म हो जाएगी उस दिन शुभ्रा भी खत्म हो जाएगी। आप लोगों को अल्ला ने अपने हाथ से बनाया है और मुझे शैतान ने अपनी रूह फूँक कर गढ़ा है।'

पिक्चर खत्म हुई तो कपूर साहब ने पूछा, किसी का व्रत हो तो बता देना। कुछ फल वल लेते चलें।'

शुभ्रा ने कहा, 'सुरजीत को छोड़ किसी का नहीं।'

सुरजीत हँसने लगी, 'क्यों मेरी दुश्मन बनी रहती है। मैंने तेरी जान छोड़ दी अब मेरी जान तो छोड़।'

वे स्टैंडर्ड की ओर मुड़ लिए।

'हाँ, अब बताओ। वेज या नॉनवेज।'

'यह सरदारनी तो सीधे बकरा हजम कर सकती है। शमशेर और जसबीर को भी नॉनवेज से कोई एतराज नहीं। रही मैं, तो हूँ तो वेजिटेरियन पर कोई ऐसी पाबंदी नहीं जो टूट न सके।'

'अब एक ऐसा आदमी तलाश करना होगा जो तेरी बोलती बंद कर सके।' सुरजीत ने शुभ्रा के कान के पास मुँह सटाकर कहा।

'मैं वह बला नहीं जो कलेजे के पार हो।' शुभ्रा ने कुछ मुखर स्वर में कहा और खुद ही हँसने लगी।

32

सुरजीत अपने पति को दिल्ली दर्शन कराने नहीं लाई थी। शमशेर दिल्ली को सुरजीत से अधिक जानता था। उसकी कई रिश्तेदारियाँ दिल्ली में ही थीं। उन्हीं में से एक के यहाँ वह ठहरा भी था। वह जसबीर की शादी में आई थी।

सुरजीत ने अपनी शादी में लतिका और शुभ्रा के अलावा अपने हास्टल की कुछ दूसरी लड़कियों को भी बुलाया था। पहले कोई जाने को तैयार न था। फिर लतिका को लगा, इस घुटन भरे माहौल से निकलने का यह अच्छा बहाना हो सकता है। उसने शुभ्रा को भी मना लिया। शुभ्रा तो सुरजीत के बहुत निकट भी थी।

जसबीर उन्हें वहीं मिला था। वह सुरजीत के ताऊ का लड़का था। ताऊ लोग

तो कई मानों में बछिया के ताऊ होते ही हैं, उनके बच्चे भी कई बार बछिया के ताऊ ही होते हैं। खास कर प्यार के मामले में। दोनों पूरे तीन दिन उसी घर में रहीं, और आते-जाते जनाब न देखने की कोशिश करते हुए दोनों को देखते भी रहे, पर अपना वश चलता तो नाम तक न पूछ पाते। सुरजीत के कारण, नाम पता चल गया था, पर दोनों में कौन नाम किसका है इसे लेकर भी गलती कर जाते। जब यह समस्या भी सुलझ गई तो उनको नामों के अर्थ का खयाल आया।

'आपका नाम तो बहुत सुंदर है, जी। मैंने तो इससे पहले कभी सुना नहीं। क्या मतलब होता है इसका।'

'नाम का मतलब होता है मैं। यदि नाम शुभ्रा न होता श्यामा होता तो भी उसका मतलब तो मुझसे ही होता न।'

'आप तो बहुत अच्छा मजाक कर लेती हैं। फिर भी कुछ मतलब तो होगा ही इसका।'

उसे खिझाने में शुभ्रा को भी मजा आ रहा था। वह किसी बहाने उससे देर तक बात भी करती रहना चाहती थी, इसलिए कहा, 'शुभ्रा का मतलब श्यामा का उल्टा होता है।'

'मैं समझा नहीं।' जसबीर भी बात को खींचना चाहता था।

'शुभ्रा का मतलब होता है उजली, गोरी, चिट्टी।'

'मैं तो समझ रहा था कि नाम तो शुभ होगा, लड़की होने के कारण आप लोग नाम में भी फर्क करते हो इसलिए शुभा हो गया होगा। तो सोचा बोलने में गलती हो रही होगी या मेरे सुनने में ही फर्क पड़ रहा है, जिससे शुभा का शुभ्रा सुन रहा हूँ।'

'आपके नाम का क्या मतलब है जी ?' अब कहीं उसका साहस लतिका से कुछ पूछने का हुआ।

लतिका ने अपने स्वभाव के अनुरूप कुछ गंभीरता से उसे अपने नाम का मतलब बताया।

'मैंने तो सुना था उसे लता कहते हैं, और आप लतिका कह रही हैं।'

लतिका कुछ बोलती उससे पहले ही शुभ्रा बोल पड़ी, 'लता तो वह होती है जो किसी पेड़, पौधे या सहारे से चिपकी होती है। उसे खींचकर देखो तो भी इस तरह चिपकी रहती है कि छुड़ाना मुश्किल हो जाता है। लतिका नई लता को कहते हैं जो जरा कोमल होती है और जिसे सहारे की तलाश होती है। उसके पास जो भी चला जाए उसी से चिपक जाती है और लता बन जाती है। इससे जरा बचकर रहना।'

जसबीर का चेहरा लड़कियों की तरह शर्म से लाल हो गया। चोरी पकड़ी न जाए इसलिए वह आगे कुछ बोले बिना ही भाग निकला। दोनों लड़कियाँ उसके बाद

देर तक हँसती रहीं।

फिर वह उनसे कुछ सँभलकर, बचने की कोशिश करता हुआ, करीब से गुजरता रहा। टिकट कटाने का मौका आया तो सुरजीत ने ही कहा, 'वीर जी, अपना टिकट लेने जाना तो शुभ्रा और लतिका का भी टिकट ले लेना।'

अब बात का एक नया मौका मिला, 'आप लोग दिल्ली में कहाँ रहते हैं, जी ?'

'हम तो दिल्ली की हवा में रहते हैं।' शुभ्रा के जी में आया कह दे, 'उड़ती हुई परियों की तरह' पर सोचा यह कुछ अधिक हो जाएगा।

'आप तो हर चीज का मजाक बना देती हैं। मैं सचमुच पूछ रहा हूँ।'

'हम दिल्ली के दिल में रहते हैं।' उसे जसबीर को सताने में खास ही मजा आ रहा था। वह उम्र में उससे दो-चार साल बड़ा होगा, शरीर भी सधा हुआ, पर बातें ऐसे करता था जैसे किशोर बच्चे करते हैं जिनका बोला हुआ ही नहीं, लिखा हुआ शब्द भी थरथराता रहता है। उससे बात करते हुए उसे लगता, उसकी आवाज की तरंगें उस तक आकर उसे छू रही हैं और यह सोचने पर उसे रोमांच होने लगता था।

'आप नहीं बताना चाहतीं तो ठीक है। मैं तो सचमुच जानना चाहता था।'

'हम लोग उसी हास्टल में रहते हैं जिसमें सुरजीत रहा करती थी। वह कनाट प्लेस से इतने पास है न, इसीलिए यह उसे दिल्ली का दिल कहती है।' लतिका ने उसे समझाते हुए, लगभग सहलाते हुए बताया।

लतिका यह सोच भी नहीं सकती थी कि जसबीर की दिलचस्पी उसमें हो सकती है। उसने यह लक्ष्य तो किया था कि आते-जाते वह अक्सर निगाहें झुकाए हुए उसकी ओर देख लेता था। पर शुभ्रा और वह दोनों लगभग एक साथ ही रहती थीं, इसलिए उसे लगता था वह शुभ्रा को ही देखता होगा। उम्र में दोनों करीब पड़ते थे। शुभ्रा उससे छेड़-छाड़ भी करती रहती थी। लतिका तो उससे कई साल बड़ी थी। उसमें रुखाई तो नहीं आ रही थी, पर शुभ्रा से अपने को मिलाकर देखती तो अंतर साफ नजर आता।

एक बार जब एकांत मिला तो जसबीर ने कहा, 'आप मुझे बहुत अच्छी लगती हैं।' वह कहने जा रहा था, आपका स्वभाव मेरी माँ जैसा है, लेकिन अपने को रोक लिया। उसकी माँ उसे इतना प्यार करती थीं कि वह इतना बड़ा होकर भी अपनी मम्मी दा पुत्तर ही बना रह गया था। उसे अपने से कुछ अधिक उम्र की लड़कियाँ ही अधिक पसंद आती थीं। अधिक चंचल, हम उम्र या कम उम्र लड़कियों को वह छिछोरी मान बैठता था। इसलिए लतिका का कम बोलना, बिना खिझाए समझाकर बोलना, बहुत हल्के मुस्कराना, चमकती आँखों से देखना उसे इतना अच्छा लगता था कि एकांत मिलता तो वह उसकी गोद में सिर रखकर उसे लगातार देखता ही रहता।

सुरजीत ने उसे एक बार झिड़का भी, 'वीर जी आप इन दोनों से इतना झेंपते क्यों हैं। इतने बड़े हो गए, इक्जीक्यूटिव जॉब पर हैं, वहाँ कैसे काम करते होंगे।'

'झेंपता तो बिल्कुल नहीं हूँ। तुझे ही ऐसा लगता होगा। कुड़ियों से क्या गले में हाथ डालकर बात की जाती है ?'

'डाल लो हाथ। किस पर डालना है। लो, मैं आँखें बंद कर लेती हूँ। कोई नहीं देखेगा।' सुरजीत को भी उसे छेड़ने में मजा आ रहा था।

लतिका ने ही उसे झिड़का, 'क्यों तंग करती हो इन्हें।'

जसबीर लतिका को देखता रह गया। चुप, एकटक। सुरजीत को बरजती हुई वह उसे नितांत अपनी लग रही थी। उसे फिर खयाल आया, माँ की तरह और उसने एक झटके से अपने को काटा, नहीं माँ की तरह नहीं, फिर भी कुछ बातों में उसके करीब।

सुरजीत की निगाहों से यह भाषा छिपी न रह सकी। कुछ देर बाद उसने जसबीर को अपने पास बुलाया, 'वीर जी, आपको लतिका जी अच्छी लगती हैं ?'

जसबीर चुप रहा। कुछ सोचता रहा फिर एक झटके में बोला, 'अच्छी हैं तो अच्छी तो लगेंगी ही।'

फिर सुरजीत ने उसे लतिका की कहानी बताई।

जसबीर चुप सुनता रहा। कुछ बोला नहीं। चलने लगा। सुरजीत ने उसे रोक कर पूछा, 'क्या इसके बाद भी आपको वह अच्छी लगती हैं।'

अब जसबीर ने हिम्मत से काम लिया, 'अच्छे लोगों के साथ कोई धोखा हो जाए तो क्या वे बुरे हो जाते हैं ? तब तो वे और भी अच्छे लगते हैं।'

सुरजीत ने यह बात लतिका को बताई तो उसे लगा उसके दिल की धड़कन तेज हो गई है और उसको सँभालने के लिए कोई हाथ उसकी छाती को धीरे-धीरे सहला रहा है और यह हाथ जसबीर का है। अब तक वह सोचती थी, तलाक ने उसे दुखी ही नहीं किया है, अपमानित भी कर रखा है। वह उस आदमी की निगाह से उस क्षण ही कुछ नीचे गिर जाती है जिसे उसकी इस दशा का पता चलता है। पहली बार किसी ने इसे भी उसकी अच्छाई के रूप में देखा है। पहली बार एक ऐसा युवक मिला है जिसकी नजर में वह गिरी नहीं है बल्कि कुछ ऊपर उठ गई है। बस। इसी बोध से पैदा खुशी ने उसकी धड़कनों को बढ़ा दिया था और उस स्वप्न को एक क्षण के लिए उभार दिया था जिसमें जसबीर उसे अपनी छाती पर हाथ फेरता सा लगा था। यह इतना ठोस अनुभव था कि उसे उसके हाथों की गर्मी तक का अहसास हुआ था। वह प्रयत्न करके उस दिवास्वप्न में खोई रही थी। उसने अपनी आँखें बंद कर ली थीं और उन बंद आँखों के कोरों से आँसू की बूँदें छलककर नीचे बहने लगी थीं। आँसू तो उसे बहुत बार बहाने पड़े थे, पर उसके गालों पर बहते इन आँसुओं की गर्मी में एक चुंबकीय असर आ गया था जिसका अनुभव इससे पहले कभी नहीं हुआ था।

सुरजीत इसे देखती रही थी। उसकी भी समझ में नहीं आया था कि इसका

अर्थ क्या है। वह लतिका का बहुत आदर करती थी। आदर और प्यार दोनों। अपने जीवन में इतनी दुखी होने के बाद भी वह दूसरों के दुख से कितनी कातर हो जाती थी और उसे दूर करने के लिए कितनी व्यग्र हो जाती थी, यह उसने उसी समय देखा था जब वह हास्टल से विदा होने वाली थी और लतिका शुभ्रा और देवेश के संबंधों में आए तनाव से पीड़ित होकर उसके पास सलाह लेने आई थी। ऐसे लोग कितने होते हैं दुनिया में।

सुरजीत ने पूछा, 'आपको कैसा लगता है जसबीर ?'

लतिका ने कोई जवाब नहीं दिया था। इस प्रश्न से उसका दिवास्वप्न टूट गया था। वह अपनी आँखें खोलकर आँचल के छोर से अपने आँसू पोंछने लगी थी। फिर वह उठकर वहाँ से चल दी थी।

इसके बाद वह जसबीर को देखती तो सिर झुकाए आगे बढ़ जाती। वह दिवास्वप्न टूट कर भी पूरी तरह टूटा नहीं था। एक गंध की तरह उसके चारों ओर बना रह गया था। उसे डर लगता था कि उसने जसबीर को खुली निगाहों से देखा तो वह उड़कर समाप्त भी हो सकता है।

वह उसके बारे में सब कुछ जानना चाहती थी। दिल्ली में वह कहाँ रहते हैं ? कैसे रहते हैं ? खाने-पीने की क्या व्यवस्था है ? क्या करते हैं ? पर अब सुरजीत से भी यह सब पूछने का साहस नहीं हो रहा था।

सुरजीत ने ही इस बदलाव को लक्ष्य किया था। वह बिना पूछे ही उससे कहने लगी, 'आपने तो बताया नहीं कि वह आपको कैसे लगे, लेकिन सभी लोग पसंद करते हैं उन्हें। वह इंडियन आयल में नौकरी करते हैं। इतनी अच्छी पोजीशन मिली है, पर लगता ही नहीं कि वह कहीं से बदले हों। जीआलजी में टॉप किया था। फिर सिलेक्ट होकर दो साल ट्रेनिंग में रहे। अब इक्जीक्यूटिव हैं। देखकर कोई कह सकता है ?'

लतिका सुनती रही। बोली कुछ नहीं। एक तो उम्र का अंतर दूसरे यह ब्यौरा दूरी को कम करने की जगह बढ़ा रहा था। शुभ्रा तो फिर भी कालिज में है। पर वह, मात्र स्कूल टीचर, वह भी सेकंड्री की।

उसने एक लंबी साँस ली। उसका सपना उस साँस में घुलता-सा लगा।

अब वह जसबीर को दूर-दूर से देखती और उसको करीब आता देखकर किसी दूसरी दिशा में देखने लगती। उसके गुजर आने के बाद हवा में कुछ छूटा रह जाता। वह उसकी साँसों से भीतर उतरता-सा लगता। इतना सुख भी बहुत है। वह सोचती और उसी ओर आँखें टिकाए रहती जिधर जसबीर से बचने के लिए फेरा था।

जीवन में उसे ऐसा कभी अनुभव नहीं हुआ था। तब भी नहीं जब वह किशोरी थी। जब वह मोहन के फिकरों पर सनसनी-सी अनुभव करती उसके करीब होती-होती मिट गई थी।

33

शुभ्रा को समझ में नहीं आ रहा था कि लतिका दी' उससे अब अलग रहना क्यों पसंद करती हैं। पहले तो उसे लगा वह स्वयं अधिक वाचाल हो गई है। उनके साथ वह जिस सम्मानजनक निकटता के साथ व्यवहार करती रही थीं, उसे इस वातावरण ने जैसे खत्म कर दिया है। उसकी ठिठोलियाँ पसंद न आती होंगी। खासकर इसलिए कि विवाह के अवसर पर अपने विवाहित जीवन की विफलता की याद मन में कचोट पैदा करती होगी।

लतिका ने अपना एक अलग एकांत गढ़ लिया था जो दूसरों की उपस्थिति में भी उसके साथ बना रह जाता था। शुभ्रा को अपने एकांत में वह इतनी पूर्ण लगतीं कि उन्हें किसी के पास होने या न होने का बोध तक नहीं होता था। बोलतीं तो वह पहले भी कम थीं। पर अब इसमें एक नया तत्त्व जुड़ गया था। वह सुनने भी कम लगी थीं।

शुभ्रा लतिका का ध्यान आकर्षित करने के लिए कुछ ऐसी बातें कहती कि वह सुनकर उछल पड़ें, पर वे बेकार जातीं। कई बार इस प्रयत्न में विफल होने पर उसे कुछ खिन्नता भी हुई। उसने जान बूझकर, उनसे बदला लेने के लिए, कुछ ऐसी बातें कहीं जिनसे वह चिढ़ जाएँ। यह प्रयोग भी बेकार गया। उसे लगा, वह लतिका दी के सामने इस योग्य भी नहीं रह गई कि वह उन्हें चिढ़ाना चाहे तो वह उसकी नोटिस लें। कई बार वह इस तरह देखती रह जातीं जैसे उनकी समझ में ही न आया हो कि कोई बात उन्हीं को लक्ष्य करके कही गई है। सुनतीं तो ऐसे चौंक कर जैसे किसी दूसरी दुनिया से एक झटके के साथ वापस लौटी हों।

उसका सामना ऐसी लतिका से हो रहा था जो उस लतिका दी' से भिन्न थी जिन्हें वह जानती थी। उसे अब एक नया कोण उभरता दिखाई दिया। अब उसे लतिका से किसी तरह की खीझ नहीं, अपने प्रति ग्लानि अनुभव हो रही थी। इस उल्लास भरे वातावरण ने उनके मन को आहत कर दिया है।

जब लतिका ने सुरजीत के विवाह में सम्मिलित होने में उत्साह जताया था, उसने उसी समय यह क्यों नहीं सोचा कि इस वातावरण का प्रभाव उन पर उल्टा पड़ेगा। वह अपने को इतना मेधावी और दूसरों से इतना अधिक जिम्मेवार समझती थी कि उनकी भूलों के लिए भी अपने को ही दोष दे लेती थी। उन्हें इसकी समझ नहीं थी तो उसे तो होनी चाहिए थी। उसने ऐसा क्यों होने दिया ? यह उनकी भूल नहीं थी। जिस समय उन्होंने उसकी जानकारी में वह बात ला दी, उसके बाद, उसकी जिम्मेदारी थी कि वह किसी बहाने ऐसे उल्लास के आयोजन में शामिल होने से उन्हें रोक ले।

पर वह इस पहलू से भी उनके व्यवहार को समझ नहीं पा रही थी। उनके

चेहरे पर न तो कोई खिंचाव था, न ही व्यवहार में खीझ। उल्टे वह इतनी प्रसन्न लग रही थीं जितना प्रसन्न उसने उन्हें कभी देखा ही न था। वह हँसती नहीं थीं, अकारण मुस्करा कर रह जाती थीं और उस समय उनका अंग-अंग हँसता हुआ प्रतीत होता था।

अब उसके आगे इसका एक नया अर्थ उजागर होने लगा। निश्चय ही लंबे अरसे से हास्टल के नीरस वातावरण में रहते-रहते जो एकरसता बनी हुई थी उसके टूटने से, पारिवारिक परिवेश में लौटने से, उन्हें इतना उल्लास अनुभव हो रहा है कि वह आत्मविभोर हो गई हैं। ओह ! इसे तो उसने सोचा ही नहीं था। यह बदलाव उनके लिए कितना जरूरी था। तभी तो वह इसके लिए इतना जोर दे रही थीं। सुरजीत उसकी सहेली थी, उसके साथ पढ़ाती थी, उसकी अंतरंग बातें भी उसे मालूम थीं, फिर भी वह उसके विवाह में आने का मन नहीं बना पा रही थी और वह थीं कि इसके लिए लगातार जोर दे रही थीं।

जसबीर से चुहल करते हुए उसे भी मजा आ रहा था। काफी दिनों बाद किसी युवक से छेड़छाड़ करने का अपना ही आनंद होता है। पर इसके बाद उसे एक खालीपन भी महसूस होने लगता था। एक युवती के जीवन में एक पुरुष कितना जरूरी है और उसके बिना वह कितनी खाली रह जाती है, यह बोध उसके इस दर्प को तोड़ रहा था कि वह चाहे तो अकेली भी रह सकती है। संतुष्ट होने के लिए स्नायविक तनाव के क्षणों में मात्र किसी नर का संयोग नहीं, उससे भी अधिक कुछ चाहिए। एक उपस्थिति जो उसकी अनुपस्थिति में भी बनी रहती है। एक अधिकार जो उसके हठ के क्षणों में झुकते हुए भी बना रह जाता है। दूसरों के सामने वह खिलखिला कर हँसती और अकेली होने पर वह खिलखिलाहट उसके भीतर कई सीलन भरी दीवारों से टकराती हुई एक सिसकी में बदलने लगती और तब वह बहुत बेचैनी से लतिका की तलाश करने लगती।

घर में एक साथ मेहमानों की भीड़ हो जाने के कारण सभी के लिए चारपाइयाँ नहीं मिल सकती थीं इसलिए बिस्तर जमीन पर ही लगाए गए थे। इतना ही बहुत था कि इन दोनों को एक छोटा-सा कमरा अलग मिल गया था। रात के अँधेरे में दिखाई कुछ नहीं देता, पर साँसों की गति में परिवर्तन और अपनी सिसकी रोकने के प्रयत्न में होंठों के कंपन को लक्ष्य कर लतिका उसे टटोलने की कोशिश करती तो वह विवश सी अपना सिर उसकी छाती में गड़ाकर अपने को इस तरह सुन्न कर लेती जैसे आगे न कुछ बोलना हो, न हिलना-डोलना।

'दीदी कहाँ हैं !' दोपहर की झपकी के बीच उसे हठात् लगा, उसकी बगल में कुछ खाली हो गया है। वह उठकर देखने लगी। वह अभी यहीं तो थीं। उसके ठीक पास लेटी हुई। अभी तो उसकी आँख भी नहीं लगी थी। थोड़ी तंद्रा-सी आई थी कि तभी उसे लगा, वह बहुत सावधानी से, चुपके से उठी हैं और उसके पास

की जगह खाली हो गई है। बस।

उसने देखा, कमरे के पल्ले भिड़े हुए थे। उनकी पतली फाँक से रोशनी भीतर आ रही थी। वह कमरे में नहीं थीं।

वह उठी, किवाड़ को धीरे से खोला, जैसे वह भी किसी को आहट न होने देना चाहती हो। देखा, वह कमरे के बाहर ही, कपड़े सुखाने के तार को पकड़े खड़ी थी। अचल, आत्ममुग्ध।

'दीदी, आप कब बाहर निकल आईं ? आप पास नहीं रहती हैं तो मुझे डर लगता है।' उसने शिकायत की।

'उम्र की कुछ दहलीजें ऐसी होती हैं जिसमें डर लगना भी अच्छी बात होती है। फिर तो डर भी साथ नहीं देता। देखो तो, जब तुम मेरे पास होती हो तो मुझे डर लगने लगता है।' उसने शुभ्रा की ठोड़ी को तर्जनी से दबाते हुए कहा।

'क्यों भला ! सुनूँ तो।'

'मुझे लगता है तू मुझे लूट लेगी।' यह कहने के साथ लतिका के गालों पर एक चमक-सी आ गई थी। उसने शुभ्रा को अपनी बाँहों में लपेट लिया था, 'चलो, अब थोड़ा सो लो। गर्मी की दोपहर की नींद नशे की तरह बेबस कर देती है। मेरे कारण तुम्हारी नींद टूट गई।'

'टूट गई तो टूट गई। जो आते-आते चली गई, अब नहीं आने की।' शुभ्रा लतिका के पास ही बैठी, उसके कंधे पर सिर अड़ाए शिथिल हो गई।

'आप कुछ बदल गई हैं।' शुभ्रा ने शिकायत की।

'हाँ।' लतिका ने बिना प्रतिवाद किए कहा।

शुभ्रा इस सहज स्वीकार से इतनी चौंकी कि अपना सिर हटाकर लतिका को देखने लगी।

'बात क्या है ?' शुभ्रा ने पूछा।

'कुछ नहीं। बिना किसी बात के ही बदल गई हूँ। कोई बात होती तो क्या तुझे न मालूम होती !' वह हँसने लगी।

शुभ्रा लतिका को विस्मय से देख रही थी। कुछ कह न पाई।

दोनों कुछ देर तक चुपचाप बैठी रहीं। फिर लतिका ने कहा, 'तू जानती है, मुझे बहुत विचित्र सवालों के जवाब देने होते हैं।'

शुभ्रा चुप उसे देखती रही।

'एक बार किसी महिला ने प्रश्न किया था, क्या यह सच है कि हमारे भीतर एक अमृत कोष होता है और उससे जब रस फूटता है तो हमारे पोर-पोर में भर जाता है और तब सूखे जीवन में भी आनंद की ऐसी अनुभूति होती है जैसी वसंत में हरी होती सूखी लताओं को होती है ?'

'आपने क्या उत्तर दिया ?'

'उत्तर क्या देती। मैं तो उसका प्रश्न भी नहीं समझ पाई थी। कह दिया 'भीतर कोई अमृत कोष नहीं होता। आनंद भीतर से नहीं फूटता। यह हमारी सफलताओं से मिलता है। जब हम दूसरों के लिए कष्ट उठाकर भी कुछ ऐसा करते हैं जिससे उनका भला हो तो दुनिया का बड़ा-से-बड़ा सुख इसके सामने तुच्छ लगने लगता है ?'

'गलत तो नहीं कहा था, आपने। फिर कैसे कहती हैं कि उसका प्रश्न भी नहीं समझ पाई थीं ?'

'आ, आ तुझे दिखाती हूँ।' लतिका ने शुभ्रा का बाजू पकड़ लिया और उठने लगी।

'देख। इसे देख। जरा ध्यान से।' बाहर, बरामदे से आगे एक पाये से सटकर कामिनी की एक लता लगी हुई थी। वह उसी के पास आकर खड़ी हो गईं। इसी के पास तार को पकड़े वह कुछ देर पहले भी खड़ी थीं। वह चुपचाप उस लता को निहारती रही थीं, यह बात उसकी समझ में अब आई। वह भी उसे देखती रही। उसमें कलियों के गुच्छे निकलने लगे थे।

'इसमें गुच्छे निकल रहे हैं। यही न ?'

'जरा ध्यान से देख न।'

'कुछ समझ में नहीं आया।' शुभ्रा ने कुछ देर तक देखने के बाद हार मान ली।

'ध्यान से देख, इसमें कुछ है जो रहस्यमय है। वह उस प्रश्न की याद दिलाता है।'

शुभ्रा रहस्यमय की तलाश में अपने माथे पर बल डालती हुई उसे देखती रही।

'मैं जानती थी, तुम इसे देखकर भी नहीं देख पाओगी। इस सूखी हुई टहनी को देखो। यह आगे सूखी है। पूरी तरह। तोड़ो तो चिटककर टूट जाएगी। उससे पीछे का पोर उतना सूखा नहीं रह गया है और उसके एक किनारे से एक हरी-सी रग दौड़ गई है। जो भाग सूखा है उसे नाखून से दबाओ तो पाओगे उसमें हल्की-सी नमी भी है जिससे वह दब-सी जाती है। और उससे नीचे के पोर में हरियाली की मात्रा अधिक है और गाँठों से शाख के अंकुर उभरने के चिह्न दिखाई देने लगे हैं। उससे पीछे पूरी हरियाली। उसके पीछे की गाँठ से शाख भी निकलने लगी है। शाख और उसके बीच से कलियों के गुच्छ का दंड।'

शुभ्रा ने ध्यान दिया, 'आप ठीक कहती हैं। आपकी निगाह बहुत पैनी है।'

'जाड़े में यह लता लगभग सूख-सी गई थी। फिर हवा में ऊष्मा की मात्रा बढ़ने के साथ किसी अमृत कोश से रस आगे की ओर बढ़ने लगा। नमी नहीं, रस नहीं जो हरे छिल्कों के पर्दे में बहता है। अमृत, जो सूखे रंध्रों में भी फैलने लगा और यह लता हरी हो आई। हरी होती चली जा रही है और फिर फूलों से इस तरह

लद जाएगी कि यह सोचना तक कठिन हो जाएगा कि जिन शाखों पर सफेद कलियों के गुच्छे खिलते हुए क्रमशः लाल होते चले जा रहे हैं वे कुछ समय पहले तक निष्प्राण पड़ी हुई थी।'

शुभ्रा सोच रही थी, क्या उल्लास संवेदना को इतना प्रखर बना देता है कि वह मूक प्रकृति के भीतर चलती हलचलों को भी देख सके और उनकी भाषा को समझ ले। पहली बार लतिका के लिए उसके मन में सम्मान पैदा हुआ। लोग यूँ ही अपनी समस्याएँ उनके सामने नहीं पेश करते रहते हैं। पर वह कुछ बोल नहीं पाई।

'देखो तो, केवल पशु ही नहीं, लताएँ और वृक्ष भी शीतनिद्रा में चले जाते हैं।'

'आप बहुत बारीकी से देखती हैं, हर चीज़ को।'

लतिका ने उसकी प्रशंसा पर ध्यान ही नहीं दिया, 'कामिनी ! पता नहीं किसने सोचा होगा इसका यह नाम। कितना सही है।'

अब शुभ्रा को इसकी ध्वनि पकड़ में आई, 'और आपका भी दीदी। लतिका !'

लतिका ने मौन स्वीकार कर लिया।

शुभ्रा हैरान ! उसने लतिका का यह रूप तो देखा ही नहीं था। उसने सोचा विवाह की धूमधाम को देखकर लतिका के मन में भी कामनाएँ उदित होने लगी हैं। परंतु इसके बाद भी वह यह नहीं समझ पाई थी कि उन्हें ऊष्मा का कोई स्रोत मिल गया है।

उसकी कल्पना में भी यह बात नहीं आ रही थी कि लतिका का खिंचाव जसबीर की ओर हो चुका है। यह सोचना तो उसके लिए असंभव था कि जसबीर ने अपनी ओर से उनमें किसी तरह की रुचि दिखाई होगी। दोनों में कोई मेल ही नहीं था। इसलिए जब ठिठोली करते हुए शुभ्रा ने लतिका का अर्थ समझाते हुए कहा था, 'लतिका जरा कोमल होती है और उसके पास कोई जाए, उससे चिपक जाती है। इससे जरा बच कर रहना।' तो न चाहते हुए भी वह उसकी बढ़ चली उम्र का उपहास कर बैठी थी। ऐसा अकारण नहीं हुआ था। जसबीर ने जब उसके नाम का अर्थ जानने के बाद लतिका के नाम की भी सराहना की थी तो उसे यह सहन नहीं हो पाया था, क्योंकि समस्त स्नेह और सम्मान के होते हुए भी वह रूप और प्रतिभा में अपने को लतिका से इतना ऊपर समझती थी कि उसके साथ अपनी तुलना उसे सहन नहीं हो सकी थी। उसकी ईर्ष्या के पीछे, यही बात थी। अन्यथा वह लतिका का इतना सम्मान करती थी कि कोई ऐसा काम कर ही नहीं सकती थी जिससे उसे ठेस पहुँचे। पर इस अवसर पर उसके न चाहते भी यह वाक्य निकल गया था और उसे इस वाक्य के निकलते ही हल्की-सी खीझ भी हुई थी कि लतिका को जाने यह कैसा लगा हो। इसकी क्षतिपूर्ति उसने आवश्यकता से अधिक हँसकर की थी

और हँसी में अकेली पड़ जाने के बाद ही चुप हुई थी। हँसी में अकेली पड़ जाने पर उसे लगा था कि उसके इतने सारे प्रयत्न के बाद भी दूसरों की समझ में यह आ गया है कि उसने लतिका पर कटाक्ष किया है।

'समझ में आता हो तो आए, मैं क्या कर सकती हूँ।' उसने अपने को कठोर बना लिया था, 'सचाई तो यही है। इसे दबाना क्या संभव है !' उसकी ग्लानि कुछ कम हो गई थी, पर कुछ ही कम।

सचाई तो यह है कि उसे लतिका नाम स्वयं भी बहुत वाहियात लगता था। जेलीफिश की तरह चिपचिपा और पिछड़ा और चरित्रहीन। अरे भई, लता तो अपने आप में ही इतनी कोमल होती है कि वह अपनी कोमलता के भार से ही दूसरे पर लद जाती है और कई बार उसका भार सहते-सहते उस वृक्ष तक को झुक जाना पड़ता है जो उसे सँभाले रहता है। फिर ऊपर से यह नजाकत। जेलीफिश से पीछे क्या मिलेगा, जैव द्रव्य। वह जब भी 'लतिका' नाम पर विचार करती तो लगता, लतिका दी' कितनी कमअक्ल हैं कि आज तक लतिका बनी हुई हैं। उसे खास चिढ़ यह सोचकर लगती थी कि यह नाम उन्होंने स्वयं अपने नाम को कुछ और लोच देने के लिए चुना था—मैं नाजनी हूँ मुझे दूर से देखो साहब, नजर की आँच भी मुझको खराब कर देगी। वाह री लतिका जी ! उसे लगता, यह नाम उन्होंने अपनी बढ़ती हुई उम्र की हताशा को कम करने के लिए चुना था।

वह देर तक व्यग्र रही थी। कारण, उत्तर तो उसने गढ़ लिया था पर उस उत्तर को वह स्वयं अपर्याप्त मान रही थी। वह अपनी ओर से भरपूर प्रयत्न के बाद भी अपने को रोक नहीं पाई थी। उसने रात को सोते समय पूछा था, 'दीदी, आपको मेरी बात बुरी तो नहीं लगी ?'

पहले तो लतिका को यह समझ में ही नहीं आया कि वह किस बात की बात कर रही है। जब उसने समझाया कि बात क्या है तो वह हँसने लगी, 'तेरे दिमाग में क्या-क्या चलता रहता है, शुभ्रा। क्या मैं यह सोच सकती हूँ कि तू कुछ ऐसा कह या सोच या कर या करा सकती है जिससे मुझे ठेस पहुँचे ! छिः, कैसी बात कर दी तुमने।'

असल ग्लानि तो इसके बाद शुरू हुई थी। इसे उसने शब्दों से नहीं प्रकट किया था। वह चुपचाप रोती रहीं थी। लतिका दी' के प्रति उससे इतना बड़ा अपराध क्यों हो गया। वह अपने अपराध से दुखी नहीं थी। दुखी इस बात से थी कि इस अपराध ने उसे लतिका से तुच्छ बना दिया था। उसकी अपनी ही नजरों में। उनके प्रतिवाद के बिना ही। वाह री महिमा ! आपने ईर्ष्या में सुलग कर व्यंग्य किया है और दूसरा यह सोच कर कि वह जिसे इतना स्नेह करता है वह इतना अधम नहीं हो सकता कि उस पर व्यंग्य करे, इसे समझ ही नहीं पाता। उस व्यंग्य को भी सरलोक्ति मान कर उसी पर मुग्ध है और अपने इस विश्वास से ही उसे कुचलता जा रहा

है और फिर भी उसे पता नहीं कि इस बीच किसी का मानमर्दन भी कर दिया है।

जसबीर को वह केवल परिहास के लिए छेड़ रही थी। पर जब उसे पता चला कि जसबीर की दिलचस्पी किसी रूप में लतिका में है तो सन्न रह गई। भला उसके चिपचिपे नाम और चमड़ी के नीचे वसा में झुर्रियों के रेशे बनने के बाद भी जसबीर जैसे सुंदर नौजवान को वह पसंद कैसे आ सकती है। जरूर उसने शुभ्रा को अपने लिए दुर्लभ मान लिया होगा।

अब वह इस स्पर्धा में जुट गई थी कि यदि जसबीर सचमुच लभ्य है तो यह उसका ही लभ्य हो सकता है। वह इतनी सुंदर थी और सुंदरता के साथ ही इतनी कम आयु की लगती थी, और इस आयु के बावजूद, इतनी हाजिरजवाब थी कि वह जिसे पाना चाहे वह उसकी उपेक्षा कर ही नहीं सकता था। उसे विश्वास था कि जो नजर के दायरे में आ गया उसे यदि उसने देख लिया तो जीत लिया।

जसबीर के बारे में तो पहले उसने सोचा तक नहीं था। फिर भी, शगल के लिए उससे चोंच लड़ाते हुए उसे यह खयाल तक नहीं रह जाता था कि उसने विनोद में ही अपनी कई ऐसी पर्तें खोल दी हैं जिनके किसी और तरीके से खुल जाने पर उसे मलाल बना रह जाता।

इसलिए जब बिदा होते समय सुरजीत ने कहा था, 'दीदी, कहीं ऐसा न हो कि आप ही मुझे भूल जाएँ और मैं आपको विदा देने न आ सकूँ। वीर जी तो वैसे भी हमें किसी गिनती में नहीं लेते।' तब उसका संदेह पक्का होने लगा कि इस बीच कुछ हो चुका है जिसका उसे पता तक न चला।

यह एक तरह से उसका अपमान भी था। यदि जसबीर ने उसके सामने कोई प्रस्ताव रखा होता और उसने अपनी लाचारी प्रकट करते हुए उसे निराश किया होता और फिर उसने किसी से, यहाँ तक कि लतिका से ही, जो उससे उम्र में बढ़कर, रूप और अक्ल में घट कर थीं, कोई पहल की होती तो उसे बुरा न लगता। उसका मान तो अपनी ओर से इन्कार करने के साथ ही रह जाता, जो वह करती भी। पर अब यह जानना उसे भीतर से कचोट रहा था और इसे छिपाने का वह जितना भी प्रयत्न करती, कचोट और बढ़ जाती थी। और जब उसे लगा कि इतनी महत्त्वपूर्ण सूचना लतिका दी' ने उससे छिपा रखी थी तब तो उसे भीतर ऐसा लगा कि उसे सर्पविष की सुई चढ़ा दी गई है। पर उस स्थिति में भी उसने अपने आपको सँभाल लिया था, 'अच्छा, तो कुछ ऐसा भी है जो मुझसे छिपाया जा रहा था।'

यह उसका अपमान था। इसलिए नहीं कि लतिका ने इसे छिपाया था। इसलिए कि वह इतनी मेधावी होते हुए भी यह ताड़ ही नहीं पाई कि असलियत क्या है और इसे समझने के लिए जाने किन-किन अँधेरी गलियों में भटकती रही थी।

और उसी शुभ्रा को श्रीमती कपूर को फोन करना पड़ रहा था, 'दीदी, कल आपको दो चोरों को पकड़ने और हथकड़ियाँ पहनाने के लिए विवाह के रजिस्ट्रार

की अदालत में शाम के चार बजे उपस्थित रहना है', तो ऊपर से विनोद करती हुई भी वह भीतर से सुलगती जा रही थी।

श्रीमती कपूर स्वयं भी हैरान थीं। उन्हें कुछ आभास तो मिल ही गया था, इसलिए वह फूलों का एक स्तवक लिए आई थीं। पर अंतिम समय तक वह असमंजस में बनी रही थीं और जब यह दूर हुआ तब वह हैरानी में इतनी भावविभोर हो गई थीं कि लतिका और जसबीर को इस तरह चूमने लगी थीं जैसे कोई गाय अपने बछड़ों को चाट रही हो।

34

'एक बात तू मेरी मानेगी, शुभ्रा ?'

शुभ्रा चुप रही। उस एक बात को सुनने के लिए तैयार।

'अब तू भी सोच।'

लतिका की यह बात शुभ्रा को बुरी लगी। खास करके इसलिए कि जसबीर भी साथ ही था। पर अब वह उनका दिल नहीं दुखाना चाहती थी, 'मैं तो पहले भी हर पल आपकी ही सोचती रहती थी दीदी। आगे भी सोचती रहूँगी।'

'मैं अपनी बात नहीं कर रही हूँ।' लतिका ने नकली गुस्सा दिखाते हुए कहा।

'जसबीर की बात कर रही हैं। वह तो आपके जाने के बाद इधर मुड़कर भी नहीं देखेंगे। नहीं तो मैं तो उन्हें सपनों में भी न छोड़ूँ।'

जसबीर चुप, अपनी जगह पर ही कसमसा रहा था।

'ऐसा है तो चल, मेरे साथ ही चल।' अब लतिका को उसका मुँह बंद करने का एक ही तरीका नजर आया।

'अभी एक को तो सँभालें। दो के बीच पिस कर रह जाएँगे बेचारे। थक जाइएगा तो मुझे भी बुला लीजिएगा।' अब जसबीर के लिए बैठना मुश्किल हो गया। वह उठकर चल दिया।

उसे जाता देखकर शुभ्रा खिलखिलाकर हँसी, 'बेचारे ! डर गए कि कहीं हाँ न करनी पड़े।'

'तुम उन्हें बहुत परेशान करती हो।' लतिका ने शिकायत की।

'परेशान करती नहीं हूँ, परेशान हो जाती हूँ। इनकी अदाएँ देखकर। देखो तो जरा, बेकरारी सी बेकरारी है।' उसने उसी मजाकिया सुर में कहा।

'देख, यह दिल्लगी छोड़। जिंदगी बहुत लंबी होती है। तू कहे तो मैं देवेश को पत्र लिखूँ।'

'आप मुझे बहुत कम जानती हैं दीदी। मैंने कभी कुछ छिपाया नहीं, फिर भी, मुझे बिल्कुल नहीं जान पाईं। लगता है कुछ बातों को जाहिर करने चलो तो वे उससे भी रहस्यमय हो जाती हैं जितनी लोग अफवाहों और अटकलों के सहारे समझ चुके रहते हैं।'

'मैं तुझे उससे अधिक जानती हूँ, जितना तू अपने को जानती है।'

'दीदी, मैंने आपसे सैकड़ों बार कहा होगा, मैं उन लड़कियों में नहीं हूँ जो किसी की पत्नी बनकर संतुष्ट हो लेती हैं।' शुभ्रा अब अपने तेवर में आ गई थी।

'मुझे याद है, तुमने सैकड़ों बार यह बात कही है। सौ बार दुहराने से कोई बात सौगुनी सच नहीं हो जाती।'

'जो सच है उसे हजारों बार कहना पड़े तो कहने में झिझक नहीं है, मुझे।'

'किसी बात को सैकड़ों या हजारों बार दुहराने की जरूरत पड़े, इसी से यह प्रकट है कि वह सच नहीं है। सच का तो होना ही काफी होता है। कहने की जरूरत तक नहीं पड़ती। कहने के साथ ही उसकी सचाई संदिग्ध हो जाती है और बार-बार कहने पर तो वह अपने गलत होने का प्रमाण स्वयं बन जाती है।'

'आप स्तंभ लिखती रही हैं, न। वे ही चालू मुहावरे। इनसे किसी दूसरे का काम भले चल जाए। मेरा नहीं चलने वाला।'

'चलता तो किसी का नहीं हैं। सुझाव देने वाले का भी नहीं। जब उसकी जिंदगी में वही सवाल आता है तो वह यह सोचकर हैरान रह जाता है कि उसने किसी को कोई सुझाव देने की हिम्मत कैसे की। पर जब उसी घबराहट में वह किसी के सामने अपनी समस्या रखता है और वह कोई बेतुका सुझाव भी दे देता है तो जी हल्का हो जाता है। बड़ा अपना लगता है, वह।'

'और जो यह समझता है कि उसमें सुझाव देने की योग्यता ही नहीं और चुप रह जाता है वह।'

'जो कोई सुझाव ही नहीं देता, चुप लगा जाता है, उसकी नीयत पर शक होने लगता है। लगता है, वह हमारे भले-बुरे की चिंता ही नहीं करता।'

शुभ्रा कुछ सोचती-सी लगी। बोली कुछ नहीं।

'इसलिए सलाह की भी अपनी जगह होती है। पर मैं तुझे सलाह नहीं दे रही हूँ। सचाई बता रही हूँ। तू सोचती है कि तू अपने को जानती है और मैं सोचती हूँ कि तू तो यह भी नहीं जानती कि तू लड़की है भी या नहीं।'

'क्या कहा आपने दीदी ! लड़की नहीं हूँ मैं तो क्या हूँ मैं ?' वह भीतर ही भीतर तिलमिला उठी। उसने सोच लिया कि लतिका क्या कहने वाली है। वह जरूर कहेगी कि तू पूरी औरत हो चुकी है।

'लड़की होने का भ्रम।'

शुभ्रा को जोर की हँसी आई, 'कमाल कर दिया आपने भी दीदी।'

'सच कहती हूँ। जैसे बादलों में या धुएँ में आकृतियाँ बनती हैं और हम मान लेते हैं कि यह सचमुच वही है जिसकी आकृति बन गई या बनती जा रही है, जब कि हम जानते हैं कि जो कुछ बना है, या बन रहा है, वह उसी तर्क से कुछ और बन जाएगा और तब हम उसे पहचान तक नहीं पाएँगे, उसी तरह तू इतने रूप अपना लेती है कि मुझे ठोस से अधिक भाप की बनी लगती है जो जरूरत होने पर उड़कर लापता भी हो सकती है।'

व्याख्या सुनकर शुभ्रा को अच्छा नहीं लगा। जो कुछ अच्छा नहीं लगा वह लतिका का वाक्य नहीं था, वह आत्मविश्वास था जिससे वह लगातार बातें कर रही थी और शुभ्रा को अपनी अनुकंपा का पात्र समझ रही थी। पर बात इतने सलीके से कही गई थी कि इस पर दाद न देती तो वह अपनी ही नजर में गिर जाती, 'दीदी ! आप पिछले जन्म में या तो फिलॉसफर रही होंगी या कवि और अधिक संभावना इस बात की ही है कि एक साथ दोनों ही रही हों।'

'मैं क्या रही हूँ, क्या नहीं, यह मुझे न बता। सीधे बता, क्या देवेश को पत्र लिखूँ ?'

'देवेश को कौन-कौन पत्र लिखता है, इसका हिसाब तो मैं रखने से रही। मैंने उस पर अपना प्रापर्टी राइट छोड़ दिया है। जब आपने मुझसे पूछे बिना लिखा और पता चला तो भी ऐसा नहीं लगा कि आपने कुछ गलत किया है, अब भी लिखती रहें तो गलत न होगा। हाँ जसबीर से बचाकर लिखिएगा। मर्दों को ये बातें बुरी लगती है। अपनी मर्दानगी में उन्हें बट्टा लगता दिखाई देता है।'

'तुझसे बात करना मुश्किल है, शुभ्रा।' लतिका खीझ गई थी। उसकी परेशानी यह थी कि उसे शुभ्रा का जीवन बर्बाद होता लग रहा था। उसके साथ ही एक ऐसे युवक की जिंदगी बर्बाद होती दीख रही थी जो उसे आदमी से अधिक शुद्ध प्रेम की, कल्पना में गढ़ी हुई, तस्वीर-सा दीखने लगा था। वह शुभ्रा को तो देख ही रही थी, इसलिए इसकी एकांत घुटन की कल्पना कर लिया करती थी, पर देवेश की छटपटाहट को तो वह फुर्सत के क्षणों में अपने को पुरुष मान कर भोगने लगती थी। इस भोग से उसका देवेश के साथ ऐसा अपनापा कायम हो गया था कि इस समय वह शुभ्रा की चिंता के कारण नहीं, देवेश की भावनाओं का अपमान होते देखकर शुभ्रा को निष्ठुर, भावनाशून्य, और कई बार तो स्त्री से कुछ कम समझने लगी थी। एक औरत और हिजड़े के बीच की चीज। इसीलिए उसने कहा भी था कि शुभ्रा लड़की नहीं, लड़की होने का भ्रम है। उसका स्वभाव शुभ्रा की तरह लड़ाका होता तो वह यह कह भी गई होती। पर ठीक मौके पर उसे बादलों वाली आकृतियाँ याद आ गई थीं और बात बन गई थी।

'मुझसे बात करना मुश्किल नहीं है, दीदी। मुझसे कोई ऐसी बात करना चाहे जिस पर मैं बात नहीं करना चाहती तो उसे मुश्किल का भी सामना करना पड़ेगा।

मैं जिस विषय पर बात नहीं करना चाहती, जो मेरे लिए एक बीता हुआ अध्याय है, उस पर बात करने पर एक ऐसी दीवार से टकराना होगा जो किसी का सिर भी नहीं फोड़ सकती, महज उसके सिर के आघात से लचककर जगह बनाती हुई, उसे व्यर्थ करती हुई, फिर सीधी खड़ी हो सकती है। वह दीवार मैं हूँ। मुझे जो करना है वही करना है। जो बनना है, वही बनना है। मेरी चाहत ही मेरे भाग्य का निर्माण करती है। मेरी इच्छा के विपरीत मुझसे कोई कुछ नहीं करा सकता।'

शुभ्रा को पता था कि वह इस समय उद्धत हो गई है। वह अपने को संयत भी करना चाहती थी। होश में होना क्या होता है यह वह नहीं जानती, पर जितना ही वह अपने को संयत करना चाहती थी, उद्विग्नता उतनी ही बढ़ती जाती थी। अपनी पूरी भाप निकालने के बाद उसे लगा वह मर्यादा भूल गई थी। इसके साथ ही वह इस तरह चुप हुई जैसे किसी ने उसे गाल पर थप्पड़ मार कर कहा हो, 'चोप्प।' और उसे लगा हो, चुप रहने के अलावा कोई चारा नहीं, और चुप साध गई हो।

'इच्छाओं का तो कोई अंत नहीं है, शुभ्रा। इनको तो सपने तक सहन नहीं कर पाते। वे भी सेंसर लगा देते हैं। जिन्हें सपनों की दुनिया में भी पूरा नहीं किया जा सकता उन्हें सचाई की चिलकती धूप में कैसे पूरा कर पाएगी, शुभ्रा ?'

'इच्छाओं को आप इतना बेजान समझती हैं, दीदी ? वे जो हमें संचालित करती हैं, वे जो हमें इतनी ऊर्जा से भर देती हैं कि पूरा ब्रह्मांड हमारे सामने तुच्छ दिखाई देने लगता है, उनका कोई मोल ही नहीं है ?'

'वे मरीचिका गढ़ती हैं। बस।' लतिका ने बहस को खत्म करते हुए कहा।

'हम अपने को अपनी इच्छाओं से जानते हैं इसलिए हम सिर्फ अपनी इच्छाओं को ही जान पाते हैं, अपने को नहीं। हम अपनी इच्छाओं के ही पुंजीभूत रूप हैं। बाकी मामलों में तो कोई भी आदमी, या पेरिस प्लास्टर का बुत किसी दूसरे के समान हो जाएगा।'

अब लतिका का स्तंभ लेखक सामने आ गया, 'हम अपनी इच्छाओं को जान पाते हैं क्या ?'

'हम न जानेंगे तो कौन जानेगा उन्हें ?'

लतिका ने सीधा उत्तर देना जरूरी नहीं समझा, 'जान पाते तो दुनिया में उतनी त्रासदियाँ और उतनी दुर्घटनाएँ नहीं घटतीं, जो आए दिन घटती रहती हैं।'

शुभ्रा सोचती-सी चुप रही।

'सोचना। फिर सोचना। दूसरी आदतें हजार बुरी हों, सोचने की आदत बुरी नहीं होती। दूसरी बुरी आदतें भी सोचने से इन्कार करने के कारण ही जारी रहती हैं।'

बात यह भी शुभ्रा को बुरी लगी पर उसने कहा, 'सोचूँगी।'

लतिका को पता था कि जिस स्वर में 'सोचूँगी' कहा गया है उसमें दूसरा

कोई काम किया जा सकता है पर सोचा नहीं जा सकता। पर इसके बाद कुछ भी कहना उस अठोस दीवार से, जो आघात के साथ दब जाती थी, सिर मारना नहीं, बल्कि हवा से बात करने जैसा था।

35

लतिका चली गई, एक खालीपन छोड़ कर। उसमें सिर्फ खालीपन ही नहीं था, बुसी हुई गंध भी थी। जैसे यह कमरा लंबे अरसे से खुला ही नहीं था और इस समय भी जब इसके किवाड़ खुले थे और पंखा घूम रहा था, शुभ्रा को लग रहा था जैसे यह बंद ही पड़ा हो—इसमें दीवारों में छिपी सीलन और चूने की खिरन से निकलते रसायन की गंध मंडरा रही हो।

यह बुसापन उसकी अनुपस्थिति का नहीं था। यह उस हल्के से विष का था जो वह शायद न जानते हुए ही पीछे छोड़ गई थी। वह अपने जीवन के विषय में कितनी आश्वस्त लग रही थी। वह थी तो वही जिसे उसकी हताशा और थकान की अवस्था में देखकर वह लतिका को उदासी से बाहर लाने के लिए इतनी वाचाल हो जाया करती थी। पर सामाजिक स्थिति में इस बदलाव के कारण ही वह अपने को शुभ्रा से कितनी ऊपर अनुभव कर रही थी।

उससे जब सहन नहीं हुआ था तो उसने लतिका से कहा था, 'आप में और मुझमें कुछ फर्क है, दीदी। आप जिस जिंदगी में प्रसन्न रह सकती हैं उसमें मैं प्रसन्न नहीं रह सकती। प्रसन्नता मेरी जिंदगी की तलाश ही नहीं है।'

लतिका को सचमुच हैरानी हुई थी, 'क्या कह रही है तू ?'

'सच कहती हूँ। मैं प्रसन्नता नहीं, तुष्टि चाहती हूँ। अपने अहंकार की तुष्टि। चाहे इसके लिए कष्ट ही क्यों न उठाना पड़े। मैं कुछ ऐसा करना चाहती हूँ, जैसा मुझसे पहले किसी ने न किया हो। कुछ ऐसा जिसे मैं भी नहीं जानती, पर जो बाहर आने के लिए मेरे भीतर बेआवाज शोर मचाता रहता है।' शुभ्रा ने यह प्रसंग तो इसलिए छेड़ा था कि लतिका को उसकी औकात बता सके, पर यहाँ आकर वह कमजोर पड़ गई थी। उसकी बेचैनी बाहर आ गई, 'मैं नार्मल नहीं हूँ। मैं लगातार अपने भीतर किसी चीज से लड़ती रहती हूँ।' वह इतना बुझ गई कि लगा अब रो पड़ेगी, पर जल्द ही उसने अपने को सँभाल लिया।

लतिका कुछ देर तक गुमसुम बनी रही। उसकी समझ में नहीं आ रहा था कि वह शुभ्रा को कैसे समझाए। फिर उसने डरते-डरते कहा, 'यह तेरे भीतर का मातृत्व है शुभ्रा। यह जो तू कहती रहती है कि 'मैं अकेली रह लूँगी, विवाह नहीं

करूँगी, इसकी मुझे जरूरत नहीं।' यह आवाज बाहर ही नहीं फैलती है, लौट कर तेरे भीतर भी जाती है। उस मूलप्रकृति से टकराती है जिसने स्त्री को मादा फूल की तरह अपने विस्तार के लिए सिरजा है। वह इस आघात से तिलमिला उठती है। उसके पास भाषा नहीं है इसलिए वह व्यग्रता के रूप में सामने आती है। यह तेरा मातृत्व है, शुभ्रा। वही तुझे कुछ ऐसा करने के लिए बेचैन रखता है, जिसे तू जानती तक नहीं।'

शुभ्रा खिलखिलाकर हँसी थी, 'उसके पास भाषा नहीं है, पर आप उसके इशारों को समझती हैं और उन्हें भाषा में ढाल देती हैं। लेकिन सचाई यह है दीदी कि आप की भाषा मेरे दिल और दिमाग तक पहुँचने के साथ ही फिर उसी भाषाहीनता में पहुँच जाती है जिसमें इशारे तक नहीं होते। आपकी बात मेरी समझ में आ ही नहीं पाती। मुझे आवाज सुनाई देती है, शब्द नहीं सुनाई देते। मुझे आपकी बुजुर्गी दिखाई देती है, पर आप नहीं दिखाई देतीं।' 'बुजुर्गी' पर शुभ्रा ने कुछ अधिक जोर दिया था, जिससे लतिका को पता चल जाए कि उसमें और लतिका में क्या अंतर है।

लतिका ने उस पर ध्यान ही नहीं दिया। वह सोच ही नहीं सकती थी कि शुभ्रा कुछ भी ऐसा कर सकती है जिससे उसका अपमान हो। यह नहीं कि उसने इसे लक्ष्य नहीं किया। आयु और रूप से संबंधित किसी फिकरे पर ध्यान न दे पाए वह तो स्त्री है ही नहीं। साधारण अक्ल और सूझ के कमीने लोगों ने अपने से कई गुना समझदार सज्जनों को हजारों बार सिर्फ इस बूते पर ठग लिया है कि वे यह सोच ही नहीं सकते थे कि उनसे इतना निकटता रखने वाला व्यक्ति किन्हीं मामलों में इतना निकृष्ट हो सकता है और जब पता भी चला है तो मुस्कराकर रह गए हैं, 'अच्छा ऐसा भी होता है !' और अपने प्रति अपघात करने वाले को क्षमा कर दिया है।

लतिका को केवल शुभ्रा की चिंता सता रही थी इसलिए उसने बुजुर्ग का अर्थ उसकी तुलना में अधिक समझदार लिया और खुश हो गई कि वह उसका कितना सम्मान करती है। उसे यह पता चल गया होता और वह बदला लेना चाहती, और जाहिर है कि ऐसी स्थिति में कोई भी, किसी से भी बदला लेना चाहेगा, तो वह उसको समझाने की जगह उसकी खब्त को बढ़ा देती, 'जा मर, तू इसी के काबिल है।' और प्रकट कहती, 'तू बिल्कुल ठीक कहती है। तू सृष्टि की अपनी जैसी पहली रचना है और तू जैसी है उसे उसके चरम तक पहुँचाना तेरा कर्तव्य भी है।'

पर वह ऐसा न तो सोच सकती थी, न ही कर सकती थी। उसने शुभ्रा की नजर में एक मूर्खा की तरह अपनी बकवास जारी रखी, 'तू क्या करना चाहती है, बता तो सही।'

'यही तो नहीं जानती। जिस दिन जान लूँगी उस दिन उसे पूरा करने के लिए बड़ी से बड़ी यातना सहने के लिए तैयार हो जाऊँगी।'

'एक दिन तू हिप्पियों की बात कर रही थी ?' लतिका की आँखों में सहानुभूति थी।

'आप कहना क्या चाहती हैं ?'

'मुझे अभी-अभी लगा, वे भी तेरी ही तरह आत्मप्रताड़ित लोग हैं। शायद तेरी ही तरह उन्होंने भी ठाना हो कि वे कुछ ऐसा करेंगे जैसा किसी ने न किया हो। किसी ऐसे संसार में विचरेंगे जिसमें कोई न पहुँचा हो, और फिर एक ऐसी लत में फँस गए जिसमें से बाहर निकलने का कोई उपाय ही न रह गया।'

'यह आप सोचती हैं न ! हो सकता है वे बाहर आना ही न चाहते हों।' शुभ्रा को इस समय उस हिप्पी की याद आई जिसे उसने कनाट के बरामदे में एक खंभे से सटकर बैठे देखा था। उम्र तीस-बत्तीस के आसपास रही होगी। उसके शरीर पर पूरे कपड़े भी नहीं थे। जो थे वे भी मैले। बाल अस्त-व्यस्त। वह सिर को एक ओर को लटकाए निढाल पड़ा हुआ था। उसके चेहरे पर एक ऐसी बेचारगी भरी थकान थी कि राह चलते को भी उस पर करुणा आ जाए।

जिस दूकान के सामने के खंभे से सटा वह बैठा था, उसमें घरेलू उपयोग की कई तरह की चीजें बिकती थीं इसलिए उसके कई काउंटर थे, या कहें उसके लंबे काउंटर पर पीछे की ओर सामान लगे थे और उनके अनुसार अलग-अलग सेल्सगर्ल्स और सेल्समेन खड़े रहा करते थे। वह उसमें ही कोई चीज लेने घुसी थी। घुसते ही दाईं ओर को गेट से सटे काउंटर पर उसने पहला सवाल यही पूछा था, 'यह कौन है ? यहाँ इस तरह क्यों बैठा है ?'

उसने पहली बार उसके मुँह से हिप्पी शब्द सुना था। उसके बाद तो कई को कई रूपों में, कई जगह, देखने का मौका मिला। काउंटर गर्ल ने घृणा और करुणा के मिले-जुले भाव से कहा था, 'रोज यहीं आकर बैठ जाता है। कई बार तो पूरे दिन बैठा रहेगा। रात को कहाँ जाता है, क्या करता है, नहीं मालूम। देखो न, किस मस्ती में है।'

हिप्पियों से अपनी तुलना होते देखकर शुभ्रा अपने बचाव पर आ गई थी, 'जिन्हें दूर से देखने पर मन में दया उपजती है उन्हें करीब से देखें तो पाएँगे वे अपने आप में संतुष्ट हैं। उन्हें हमारी दया या सहायता की जरूरत नहीं।'

लतिका खीझ गई, 'तुम्हें कोई नहीं समझा सकता, शुभ्रा। जो कुछ सुनना ही न चाहे, समझना ही न चाहे, हर बात पर तन कर खड़ी हो जाए, उसे कोई नहीं समझा सकता। उसका अपना अनुभव भी नहीं।'

'यह जानते हुए आप इतनी देर से पत्थर से सिर क्यों टकरा रही थीं, दीदी ? मेरे बार-बार समझाने के बाद भी आपने मुझे समझने में इतना समय लगा दिया। समझा भी तो जाने से ठीक पहले, जिसका मुझे कोई लाभ नहीं मिल सकता।'

लतिका से शुभ्रा ने इतनी रुखाई से कभी बात नहीं की थी। उसने चुप साध

लिया था।

उस समय तो उसके जी में जो आया बक गई थी, पर अब, जब वह कमरे में अकेली थी और लतिका के चले जाने के बाद निपट अकेली पड़ गई थी, उसके अपने ही वाक्य हवा में झरते हुए चूने की खटास की तरह उसी में मिलकर उसकी व्यग्रता को और बढ़ा रहे थे।

उसे अब लग रहा था कि लतिका से एक छिपी स्पर्धा उससे परिचय के साथ ही आरंभ हो गई थी। वह उम्र में उससे कुछ ही बड़ी थी पर स्वभाव से इतनी गंभीर कि हास्टल के सभी लोग उसको बहुत सम्मान से देखते थे। उसकी आपबीती सुनने के बाद उसे लगा था, वह जीवन से निराश हो जाने के कारण हिंदू विधवाओं जैसी शालीनता ओढ़ कर अपने दिन काट रही थी। वह उसके प्रति जो सम्मान प्रकट करने लगी थी वह सम्मान से अधिक सहानुभूति थी। इसे सम्मान का कलेवर दे रखा था, पर भीतर से किसी भी सहानुभूति देने वाले की तरह उससे अपने को ऊपर समझती थी। पर यह बात आज तक उसकी समझ में ही नहीं आई थी।

पहली बार उसे अपनी ईर्ष्या का बोध तब हुआ था जब उसने देवेश का पत्र उसकी पुस्तक में देखा था और वह उसे पढ़ने का आग्रह करने लगी थी। यह मात्र आग्रह नहीं था, यह शुभ्रा को अपनी सहानुभूति से दबाकर ऊपर उठने का प्रयास था जिसे वह झेल नहीं सकती थी। इसलिए जब पत्र पढ़ भी लिया तो भी अपने मनोभावों को इतना दबाए रही कि लतिका उसके ठंडेपन से सहम उठी थी।

वह उसे दीदी कहकर भी यही याद दिलाती रहती थी कि लतिका उससे उम्र में बड़ी है और प्रौढ़ा हो रही है। इसके बाद लतिका ने जब भी देवेश की आड़ में या किसी दूसरे रूप में उससे ऊपर उठने की कोशिश की, उसने उसे जमीन पर खड़ा कर दिया।

जब सुरजीत के विवाह के अवसर पर उसने लतिका को आत्ममुग्ध अवस्था में देखा था तो पहली बार उसे लगा था लतिका में कुछ ऐसा आ गया है जिससे वह सदा के लिए वंचित हो गई है और इसके ऐसे सभी कारण तलाश कर अपने को संतोष देती रही थी जो जसबीर के आकर्षण से इतर हो सकते थे। उसने जब कामिनी की सूखी हुई टहनियों में भीतर से भरते अमृत की बात की थी तब भी वह उसके सुख के स्रोत को नहीं समझ पाई।

बाद में जब उसे पता चला कि बात तो कहीं बहुत आगे बढ़ गई थी, इसके बाद भी लतिका ने उससे इस भेद को छिपाए रखा था तो उसने उलाहना देते हुए पूछा था कि उसने ऐसा क्यों किया ? इस शिकायत के साथ ही वह कमजोर पड़ने लगी थी।

लतिका ने जवाब में कहा था, 'मुझे सब कुछ के बाद भी विश्वास नहीं हो पाता था कि मेरा सौभाग्य इतना बड़ा है। डरती थी कि कह दिया और फिर जसबीर

ने उदासीनता दिखाई तो यह मेरे जीवन की दूसरी त्रासदी हो जाएगी।' यह लतिका के अनुरूप ही था और इससे शुभ्रा फिर सँभल गई थी। इससे उसके मन को बहुत संतोष मिला था और हारने की कसक कुछ कम हो गई थी।

लतिका ने इसके बाद उसे कभी अपनी बराबरी पर नहीं आने दिया। वह जितनी बार उसे अपने भविष्य पर विचार करने का सुझाव देती, उसे लगता वह परोक्ष रूप में उसे यह बताना चाहती है कि देखो, जसबीर को मैंने हासिल कर लिया। वह अपनी पूरी ताकत लगाकर उसके प्रस्ताव से लड़ती रहती थी, पर लड़ते हुए भी हार का बोध कम नहीं हो पाता था। लड़ने की जगह, यदि उसने अपनी हार स्वीकार कर ली होती, केवल इतना ही मान लिया होता कि किसी पुरुष का संरक्षण पाकर ही स्त्री सुखी रह सकती है, तो भी उसकी चुभन इतनी बेधक न होती। जाते-जाते तो लतिका ने उसे पूरी तरह रौंद कर रख दिया था।

शुभ्रा ने जब कहा था कि वह कुछ ऐसा करना चाहती है जैसा उससे पहले कोई न कर पाया हो, और जब बताया था कि वह सचमुच नहीं जानती कि वह क्या है, या हो सकता है तो इसमें केवल दिखावा नहीं था। वह सचमुच उसे तलाशना और पाना चाहती थी।

वह समझ नहीं पा रही थी कि वह क्या है। वह चुपचाप रोने लगी। बिना सिसकी भरे। बिना आवाज के। बस, आँसू बहते रहे और इसका बोध भी उसे तब हुआ जब आँसू ढलक कर गाल पर आ गए। उसने उन्हें पोंछने का भी प्रयत्न नहीं किया। ये पराजय के आँसू नहीं थे। किस बात के थे यह भी वह नहीं जानती थी।

'आदमी को अकारण भी रोना चाहिए कभी-कभी।' उसने अपने आप से कहा और रूमाल निकालकर आँखें पोंछने लगी।

वह देर तक निष्क्रिय बैठी रही। लगा उसके दिमाग तक ने काम करना बंद कर दिया है। और फिर उसके सामने जाइरोस्कोप की तरह कई तरह के पैटर्न बनने लगे जो बनने के साथ इस तरह मिट जाते थे कि उन्हें पकड़ पाना तक असंभव हो रहा था। उसे लगा वह पागल होने जा रही है। वह अपने पागलपन से लड़ने के लिए उठकर खड़ी हो गई और इसी समय उसे खयाल आया, यदि बिना किसी सूचना के वह सीधे देवेश के पास पहुँच जाए तो कैसा रहे। बिना किसी को बताए। पहुँच कर कहे, 'तुमने कहा था, कुछ दिन आकर मेरे साथ क्यों नहीं रहतीं। लो मैं आ गई।'

पर यह खयाल फेन की तरह नीचे बैठ गया था।

36

चौधरी के फोन ने कपूर परिवार में खलबली पैदा कर दी। पहले तो उन्होंने पूछा कि कहीं शुभ्रा उनके पास तो नहीं गई है ? उन्होंने फिर जानना चाहा कि क्या वह किसी ऐसे व्यक्ति को जानती हैं जिसके यहाँ वह जा सकती हो। वह ले-देकर जिस एक व्यक्ति का नाम जानती थीं उसका नाम बता दिया।

'वहाँ पता कर लिया। वह लतिका के पास भी नहीं गई है।'

'फिर !'

'उसकी एक सहेली और थी, नाम तो उसका याद नहीं, पर वह आपके हास्टल में ही रहती थी और फिर शादी के बाद नौकरी या तो छोड़ दी या अपनी ससुराल में ही कर रही है।'

'नहीं वहाँ भी नहीं है। सुरजीत कौर नाम था उसका। वह बीच-बीच में मुझे याद कर लिया करती है इसलिए उसका फोन नंबर मेरे पास था। उसे चेक कर लिया।'

'हुआ क्या है ?'

'किसी ने उसका अपहरण कर लिया।' श्रीमती चौधरी ने अब अपना संदेह निर्णय के स्वर में सुना दिया।

'क्या कहती हैं आप ?' श्रीमती कपूर घबरा गईं।

'दूसरा कुछ हो नहीं सकता। उसकी एक चिट्ठी मिली है। क्या आप कुछ समय के लिए यहाँ आ सकती हैं ?'

'आ रही हूँ।' श्रीमती कपूर ने इतना कहकर रिसीवर क्रैडल पर रख दिया। फिर कुछ सोचकर रिसीवर हाथ में उठाया। पतिदेव को फोन पर बताया कि शुभ्रा के साथ कुछ बहुत गड़बड़ हो गया है और हो सकता है उसका किसी ने अपहरण कर लिया हो। अभी कुछ साफ नहीं है। मैं उसके हास्टल की वार्डन के पास जा रही हूँ। बच्चे स्कूल से आएँगे तो वीरा उन्हें सँभाल लेगी। घबराने की बात नहीं है। मैं पूरी स्थिति समझकर फिर फोन करूँगी।'

पर कपूर को घबराने के लिए पत्नी की सलाह की जरूरत नहीं पड़ती थी। वह बोले, 'ठीक है, तुम जाओ। मैं भी जल्द ही आ रहा हूँ।'

श्रीमती कपूर को किसी से श्रीमती चौधरी के सैट के बारे में पता नहीं करना पड़ा। हास्टल के गेट पर ही एक चपरासी उनकी राह देख रही थी। उनके गाड़ी रोकते ही वह बढ़कर उनके पास आ गई, 'आप कपूर मैडम हैं न ?'

श्रीमती कपूर ने मुस्कराते हुए 'हाँ' का संकेत देना चाहा, पर होठों पर एक खिंचाव आकर रह गया।

'मैडम ने आप ही के लिए मुझे यहाँ खड़ा कर रखा था। आइए।' वह जिस

तरह तेज कदमों से चल रही थी उससे प्रकट था कि यह बात उसे भी मालूम हो चुकी थी और वह अपनी हड़बड़ी से यह दिखाना चाह रही थी कि वह भी किसी से कम चिंतित नहीं है।

हास्टल के अधिकतर कमरे बंद थे। लड़कियाँ, जैसा कि उन्हें अधेड़ हो जाने के बाद भी कह लिया जाता था, अपने-अपने काम पर गई हुई थीं। श्रीमती चौधरी स्वयं भी कहीं से गेट की ओर नजर लगाए हुई थीं, क्योंकि उनके आफिस में घुसने से पहले वही बढ़कर उन्हें लेने आ गईं। हो सकता है, चपरासी की चाल में आई तेजी से उन्होंने जो अनुमान लगाया था वह गलत रहा हो। कारण, उसे उन्होंने एक जरूरी काम से बाहर भेज दिया। उठकर दरवाजा बंद किया। फिर बड़े जतन से उन्होंने अपनी दराज में से एक लिफाफा निकाला और उसे ज्योति कपूर की ओर बढ़ाकर कुछ चौकस होकर उनकी ओर देखने लगीं।

ज्योति ने एक नजर चिट्ठी पर डाली और फिर सिर उठाकर पूछा, 'यह लिखावट उसी की है न ?' उनकी शुभ्रा से बातें तो इतनी बार हुई थीं पर उसका लिखा कुछ पढ़ने का अवसर नहीं मिला था।

'हाँ। हस्ताक्षर भी उसी के हैं।' श्रीमती कपूर के प्रश्न को उन्होंने एक तरह से अपनी आशंका की पुष्टि समझा था इसलिए उनके चेहरे पर चिंता की रेखाएँ कुछ अधिक गहरी हो गई थीं।

पत्र बहुत संक्षिप्त था।

आदरणीय वार्डन महोदया,

मैं एक विशेष काम से कुछ दिनों के लिए बाहर जा रही हूँ। जल्दबाजी कुछ ऐसी थी कि हास्टल छोड़ने से पहले आप से अनुमति लेना चाहते हुए भी, ले नहीं पाई। काम कुछ ऐसा है जिसे अभी बताना उचित नहीं समझती। जब तक मैं लौटकर न आ जाऊँ किसी प्रकार की चिंता न करें। लौटने के बाद ही मैं अपने अनुभव बता सकूँगी।

भवदीया,
शुभ्रा

श्रीमती कपूर ने पूछा, 'आपने यह कैसे समझ लिया कि उसका अपहरण हुआ है ?'

'देखिए, यह हास्टल जब बना था तब परिवार से बाहर रहकर काम करने वाली लड़कियों की संख्या बहुत कम थी। अब यह काफी बढ़ चली है। नए हास्टल बने नहीं। हमें उनकी मजबूरी को देखते हुए जगह देनी पड़ती है। फिर ऊपर के अधिकारियों, सांसदों और मंत्रियों तक की सिफारिश लेकर लड़कियाँ चली आती हैं। इसलिए एक-एक कमरे में अक्सर दो-दो लड़कियों को रहना पड़ता है। पहले वह लतिका के साथ रहती थी। अब लतिका के स्थान पर एक दूसरी लड़की आ गई

है। उससे उसने कहा था कि वह कुछ सामान खरीदने बाजार जा रही है। इसलिए किसी काम से दिल्ली से बाहर जाने का तो सवाल ही नहीं उठता। हो यही सकता है कि बाजार से लौटते समय किसी ने उसका अगवा कर लिया हो। फिर उसको सता या धमकाकर उससे यह पत्र लिखवा दिया। यही कारण है कि इसमें न गंतव्य स्थल का नाम और पता है, न किसी काम का उल्लेख जिससे उसे जाना पड़ा, न ही यह कि वह कितने दिन बाद वापस आएगी।'

श्रीमती कपूर कुछ समय तक सोचती रहीं, 'कुछ समझ में नहीं आ रहा है। यह भी तो हो सकता है कि वह खरीदारी इसलिए करने गई हो कि उसने बाहर जाने का मन बना लिया था। हो सकता है पहले से रिजर्वेशन करा रखा हो। उसी सिलसिले में बाजार को निकली हो और लौटकर आई हो उस समय इतना कम समय रह गया हो कि तुरत आपको सूचित करने में ट्रेन छूटने का अंदेशा रहा हो। जल्दी में चल दी हो और फिर बाहर जाकर लिखा हो।' श्रीमती कपूर समझा तो रही थीं लेकिन वह स्वयं भी जानती थीं कि वह अपने को दिलासा दे रही हैं।

'उसके कमरे में जो दूसरी लड़की रहती है, नीरव, वह बता रही थी कि वह लौटकर आई ही नहीं। और फिर रिजर्वेशन वगैरह की बात होती तो उससे उस बारे में कोई बात तो हुई होती।'

'बाजार से सीधे जाने की बात...' श्रीमती कपूर खुद दुविधा में पड़कर रुक गईं।

'बाजार का सामान लेकर कोई कैसे निकलेगा। वह भी कई दिन के लिए। इसके लिए तो अपनी दूसरी चीजें भी लेनी होंगी।'

'वही तो मैं भी सोच रही थी। समझ में नहीं आता। दूसरे शहरों के बारे में तो कुछ सुना है पर दिल्ली में ऐसा कभी हुआ नहीं।' कपूर को कोई रास्ता दिखाई नहीं दे रहा था।

'हो तो कहीं कुछ भी सकता है। आपने भी सुना होगा, कुछ दिन पहले एक बड़े मंत्री के लड़के ने जनपथ पर बाजार करती किसी लड़की को देख लिया। उसका पीछा करता रहा और जब उसको इसका भान हुआ तो वह बढ़कर अपनी गाड़ी में बैठ कर वापस लौटने लगी। साहबजादे के साथ उनके मनचले दोस्त भी थे। उनकी गाड़ी वहाँ से दूर थी, इसलिए पास ही खड़ी एक गाड़ी को उसके मालिक के देखते-देखते ही उड़ा लिया और उसी में उसका पीछा करने लगे। इधर उस आदमी ने पुलिस को खबर की और पुलिस ने इनका पीछा करना शुरू किया तो लड़की का पीछा छोड़कर अपनी जान बचाने के लिए भागने लगे और मेहरौली से आगे जाकर पकड़े गए। मिनिस्टर की बात थी सो पुलिस ने दबा दी लेकिन इसका पता तो पूरे शहर को लग ही गया। ऐसी घटना दुबारा न हो इसलिए बाप ने लड़के को बिना जरूरी योग्यता के ही आगे पढ़ने के लिए इंग्लैंड भेज दिया, जहाँ वे इंजीनियर न बनने

के लिए इंजीनियरी पढ़ते रहे।'

श्रीमती कपूर ने भी सुन रखा था इसके बारे में और दूसरे लोगों की तरह उन्हें भी विश्वास था कि ऐसा ही हुआ होगा, पर ऐसी बात पर एकांत में भी हामी भरना उन्हें अपनी गरिमा के अनुकूल नहीं लगा, 'देखिए बड़े लोगों के बारे में लोग अटपटी बातें सुनने के लिए इतने लालायित होते हैं कि कोई झूठी खबर भी उड़ा दे तो उसे वे इस तरह मान लेते हैं जैसे अपनी आँखों देखा हो और इसी विश्वास से दूसरों को सुनाते भी रहते हैं। बादशाहों के जमाने में तो अंदरमहल के किस्से सड़क बाजार का चक्कर लगाते फिरते थे और महल वालों को उनकी भनक तक नहीं मिलती थी।'

'वह तो ठीक है, पर इसका एक नुक्ता ऐसा है जिसे सोचकर घबराहट हो रही है। इन राजनीतिज्ञों का कोई भरोसा नहीं है। ये मगरमच्छ कुछ भी कर सकते हैं।'

अब श्रीमती कपूर के कान खड़े हो गए। कुछ ऐसा भी है जिसे श्रीमती चौधरी अभी तक उनसे छिपाए हुई थीं। उन्होंने भोलेपन से पूछा, 'राजनीतिज्ञों की बात इसमें कहाँ से आ गई ?'

'जब हमारे हास्टल के बारे में कुछ-उल्टा सीधा छपा था तो हमने जो कुछ किया था, वह तो आपके सहयोग के बिना संभव ही नहीं था। अखबारों में रपट भी बहुत सलीके से आई थी और उसमें नारा लगाते हुए शुभ्रा की फोटो भी छपी थी। उसे आप से क्या बताना। उस समय एक बात ऐसी भी हुई थी जिसके कारण एक रजिस्टर्ड सीलबंद लिफाफा हमने आपको भी भेजा था और आपसे अनुरोध किया था कि इसे प्रेषक के अनुरोध करने के बाद किसी मजिस्ट्रेट की उपस्थिति में ही खोला जाए।'

'हाँ, हाँ। भेजा तो था। वह आज भी हमारे आफिस में अलमारी के सेफ में रखा हुआ है। शुभ्रा ने भी इसके बारे में हमें बताया था और यही आग्रह उसने भी किया था।' श्रीमती कपूर ने चौंककर कहा।

'खैर, वह तो मैंने लिफाफे पर ही लिख दिया था। यह उसी की सूझ थी। बड़ी दबंग लड़की है। उसे अब आप खोल सकती हैं। या नहीं। अभी मत खोलिए। हो सकता है इसकी जरूरत आगे किसी मौके पर पड़े। मैं उसकी प्रति आपको देती हूँ। उसे पढ़िए, उससे आपको असलियत का अनुमान हो जाएगा।'

श्रीमती चौधरी उठीं और अपने रिहायशी कमरे में चली गईं। वहाँ से एक लिफाफा ले आईं जिसके भीतर उनका वह पत्र रखा हुआ था। लिफाफा खुला हुआ था पर इस पर कपूर को भेजे गए लिफाफे की तरह ही उनका पता और 'अतिगोपनीय' लिखा हुआ था।

कपूर पत्र निकालकर पढ़ने लगीं। इसमें हांस्टल के विषय में छपी खबर से

लेकर मंत्री से मिलने तक के पूरे घटनाक्रम को विस्तार से लिखा गया था और अंत में यह आशंका जताई गई थी कि मंत्री महोदय बदला लेने के लिए उनके विरुद्ध कोई घृणित चाल चल सकते हैं इसलिए सावधानी के तौर पर ऐसा करना पड़ रहा है जिससे जरूरी होने पर इसे प्रमाण के रूप में पेश किया जा सके।

श्रीमती कपूर उस पत्र को पढ़ते हुए एक बार क्रोध से तिलमिलाईं, फिर जाने क्या सूझा, वह संयत हो गईं और अपने आप में खोई-सी मुस्कराने लगीं। पत्र पूरा करने के बाद उन्होंने एक लंबी साँस ली।

'इसमें एक बात लिखना मैं भूल गई।' श्रीमती चौधरी ने खेद जताते हुए कहा, 'सोचा भी, पर लिख नहीं पाई। डर गई कि मान लो, किसी एक मामले में ही सही, यह पत्र किसी दूसरे ने दुस्साहस में खोल लिया और उसने पढ़ लिया तो यह बात शुभ्रा को पता चले बिना तो रहेगी नहीं और वह क्या बवाल कर बैठे, इसका निश्चय नहीं। इसलिए जब उससे यह सारी बात हुई तो वह बात मैं उससे भी छिपा गई थी।'

'वह बात क्या थी ?' श्रीमती कपूर ने उसी पत्र पर दुबारा नजर डालते हुए पूछा।

'शुभ्रा के बारे में ही थी। उसकी फोटो तो अखबारों में छपी ही थी। वह सुंदर भी बहुत है, वह आपको क्या बताना। मंत्री ने कहा, आप उस लड़की को नहीं भेज सकतीं तो इसे मेरे बंगले पर भेजिए। मैं इससे पूछताछ करूँगा। मैं जिस बात पर उठकर चली आई थी, वह उनका यही वाक्य था।'

'आइस्सी' श्रीमती कपूर कुर्सी की पीठ का सहारा लेने के लिए पीछे को झुक-सी गईं।

वह कुछ देर तक सोचती रहीं फिर पूछा, 'हुआ क्या हो सकता है ? इसके पीछे इरादा क्या हो सकता है ? आपने इस पर कुछ सोचा ?'

'मेरा तो दिमाग ही काम नहीं कर रहा है। कई तरह के खयाल आते हैं। एक तो यही कि कोई पहले से उसकी टोह लेता रहा हो। उस दिन भी उसका पीछा करता हुआ किसी बहाने उसके साथ ही दूकान में घुसा हो। उसी बीच किसी बहाने उससे जान-पहचान कर ली हो। फिर निकलते समय कहा हो वह भी उसी रास्ते जा रहा है, यदि बुरा न मानें तो वह उन्हें हास्टल तक अपनी गाड़ी से छोड़ सकता है। दिन का मामला था। आप ठीक ही कह रही थीं कि दिल्ली में ऐसा सुनने में नहीं आता इसलिए उसे किसी तरह की आशंका न हुई हो और वह उसके साथ बैठ गई हो। और इसके बाद उसने मौका देखकर कुछ भी ऐसा कर दिया हो जिससे वह न तो शोर मचा सकी हो न ही उनके चंगुल से बच सकी हो। फिर तो आगे किसी तरह की धमकी देकर उससे यह पत्र लिखवा दिया हो कि मैं पुलिस में रपट भी न करा सकूँ।' श्रीमती चौधरी ने घटनाक्रम का एक क्रमबद्ध विवरण तैयार कर रखा था।

'आपका सोचना भी कुछ गलत नहीं लगता।' श्रीमती कपूर ने बेजान से स्वर में कहा।

'मुझे डर इस बात का है कि वे इसके साथ मनमानी तो करेंगे ही, इसके गायब होने की बात भी उसकी रूममेट से होते हुए पूरे हास्टल में फैलेगी और फिर यह उस कमीनी के कान में गई तो मंत्री के पास पहुँचते देर नहीं लगेगी। अगर उसने यह खुद कराया होगा तब तो किसी बहाने अपनी ही पहल से वह इस मामले को उठाकर मुझे, मेरे प्रबंध को इसके लिए जिम्मेदार ठहराकर मेरे खिलाफ कुछ उल्टा-सीधा करेगा ही। वार्डेन के स्थान पर सालवान को रखेगा और फिर तो यह हास्टल अड्डा बनकर रह जाएगा। ये लोग बहुत कमीने होते हैं। इस माने में। खास कर इस माने में।'

इसका मतलब चौधरी का अनुभव इस मंत्री तक ही सीमित नहीं था। कपूर कुछ कहने या पूछने की जगह उनका मुँह देखने लगीं।

चौधरी ने इसे लक्ष्य किया। उन्होंने कुछ कहने के लिए मुँह खोला, फिर अपने को रोक लिया, 'छोड़िए वह सब। अब आप मुझे बताइए, मुझे क्या करना चाहिए।'

'क्या करेंगी आप ? इस हालत में क्या करेंगी आप ?' कपूर की समझ में नहीं आ रहा था, वह चौधरी को क्या सलाह दें।

'रपट। पुलिस में रपट।'

'किस चीज की ? आपके पास प्रमाण क्या है ?' उत्तेजना में कपूर को लगा, वह मंत्री को लपेटते हुए उन पर शुभ्रा का अगवा करने का आरोप लगाते हुए, रपट लिखवाना चाहती हैं।

'प्रमाण की क्या जरूरत है। उसकी गुमशुदगी की रपट, कि मुझे इस तरह की चिट्ठी मिली है और इसके पीछे मुझे कुछ काला नजर आता है। उस हालत में मुझ पर कोई यह आरोप तो नहीं लगा सकेगा कि मैंने इस पर परदा डालने की कोशिश की।' वह घबराहट में हकलाने लगी थीं।

ठीक इसी समय कपूर को देवेश की याद आई। उनकी आँखों में चमक आ गई। अरे, इस ओर उनका ध्यान क्यों नहीं गया, 'इतना बड़ा कदम अभी उठाना ठीक नहीं लगता। मान लीजिए वह अपने परिवार के लोगों से मिलने चली गई हो।'

'इस पर परदा डालने की क्या जरूरत होती उसे। पहली बात तो यह कि उसका अपना कहने को कोई नहीं है। अकेली है। दूसरे, जैसा मैंने कहा, होता भी तो यह क्यों कहती कि जिन परिस्थितियों में मुझे जाना पड़ रहा है, उसे बता नहीं सकती। कब लौटेगी यह भी नहीं लिखा है। इसके पीछे सोची-समझी चाल है।'

'उसका कोई प्रेमी भी तो हो सकता है। वह बच्ची तो है नहीं। बहुत बोल्ड है इसका यह मतलब तो नहीं कि उसे किसी से प्रेम भी नहीं हो सकता।' कपूर हँस रही थीं। उन्हें अब पक्का विश्वास हो चला था कि शुभ्रा देवेश से ही मिलने

गई होगी और वह खुद नहीं जानती होगी कि उसके साथ उसे कितने दिन रहना होगा। जब तक जी लगेगा रहेगी, फिर लौट आएगी। हो सकता है, उससे विवाह का इरादा करके ही गई हो।

'आप हँस रही हैं ?' चौधरी को हैरानी हुई।

'आप कुछ मत कीजिए। आपके पास यह चिट्ठी है। लड़की का मामला है। आप इतना कठोर कदम केवल अनुमान के आधार पर कैसे उठा सकती हैं। मुझे पक्का विश्वास है कि वह अपने प्रेमी से मिलने गई है।' चौधरी की उनके नाम लिखी चिट्ठी की प्रति अभी तक कपूर के हाथों में ही थी। वह उसे चौधरी को लौटाने लगी।

'लड़की जाएगी लड़के से मिलने ?' कपूर के स्वर में लौटे विश्वास के कारण चौधरी को भी कुछ राहत मिली थी।

'क्यों नहीं जाएगी ? आप ही तो कह रही थीं कि वह बहुत बोल्ड है। वह क्या ऐसा नहीं कर सकती।' कपूर ने पूछा।

'कर तो सकती है।' चौधरी ने कुछ सोचते हुए कहा, 'असंभव तो नहीं लगता।'

कपूर उठने लगीं, 'मैं दो एक दिन में पता करके आपको फोन करूँगी।'

'ऐं, सचमुच ! क्या आप किसी को जानती हैं ?' चौधरी के चेहरे पर चमक भी लौट आई थी।

'जानती तो खास नहीं, पर देखती हूँ।' अब दोनों महिलाएँ बाहर निकल रही थीं।

चलते हुए चौधरी कुछ कहना नहीं चाहती थीं। किसी के कान में एक भी शब्द पड़ गया तो पता नहीं क्या कहानी बन जाए, पर उनके दिमाग में अब एक नई कहानी तैयार भी होने लगी थी। हुआ यह होगा कि उस लड़के से इसकी मुलाकात कालिज जाते या लौटते समय हो गयी होगी। दोनों ने बाजार में कहीं मिलने का तय किया होगा। उसी के कहने पर शुभ्रा खरीदारी करने निकली होगी। वहाँ लड़के ने उस पर इतना दबाव डाला होगा कि वह अपने को रोक नहीं पाई होगी और दोनों वहीं से कहीं चले गए होंगे। यह कहानी इसलिए जरूरी थी कि चौधरी शुभ्रा को बोल्ड मानते हुए भी ऐसी लड़की नहीं मानती थीं जो स्वयं किसी लड़के के पास पहुँच जाए। इतना बड़ा जोखिम कोई भली लड़की कैसे उठा सकती थी।

इसके तीन दिन बाद जब कपूर का फोन फिर आया कि उनका अनुमान गलत निकला, शुभ्रा उस लड़के के पास भी नहीं गई है, न ही उसे किसी बात की जानकारी है, तब तो चौधरी के पाँवों के तले से जमीन ही खिसक गई। उन्होंने व्यर्थ ही इसमें कपूर से सलाह लेनी चाही। ये महिला कल्याण की संस्थाएँ चलाने वाली महिलाएँ तो खुद राजनीति करती रहती हैं और उनसे बनाकर रखती भी हैं। इनका क्या।

पर उनकी समझ में अब भी नहीं आ रहा था कि वह क्या करें।

37

नीरव ने जो बात चौधरी को बताई थी वह अधूरी थी। पूरी बात वह किसी को बता ही नहीं सकती थी।

वह खुद बहुत रंगीन स्वभाव की थी। उसके एक-दो नहीं, कई दोस्त थे और उसे इस बात पर गर्व था कि इतने सारे लड़के उस पर जान देते हैं। उन्हीं में से एक हरिपाल भी था जिसे वह हरी कहकर पुकारती थी। वह बहुत बड़े घर का लड़का था और उसके लिए कभी-कभार होटल का कोई कमरा भी बुक करा लिया करता था। वह उसे कीमती तोहफे दिया करता था। दोनों जिसे प्रेम कहते थे वह अपनी-अपनी आग को एक-दूसरे में झोंक देने का ही दूसरा नाम था। दोनों समझदार थे, इसलिए किसी को इससे आगे कोई संबंध बनाने का भ्रम नहीं था। प्रेम होते ही विवाह की बात सोचने वालों को दोनों पिछड़े दिमाग वाला मानते थे, क्योंकि ये दोनों दो अलग चीजें हैं, थीं, और रहेंगी। प्रेम और विवाह का संयोग तभी तक संभव था जब आठ साल की लड़की ग्यारह साल के लड़के से ब्याह दी जाती थी और उस कच्ची उम्र से ही पियामिलन के सपने देखते हुए दिन गुजारती थी और पिया मिलन के बाद पिया का प्रेम बच्चे के प्रेम के नीचे दब जाता था।

हरी नीरव को वास्तविक और काल्पनिक दोनों प्रकार के सुख देता था इसलिए वह मिलने पर कुछ ऐसी पत्रिकाएँ और तस्वीरें भी लाता था जिसके अनुसार वह खुद भी वर्जिश करता था और नीरव से भी कराता था। इनमें अनेक में बहुत रंगीन कहानियाँ और सेक्स की दुनिया के अपने दर्शन और प्रदर्शन हुआ करते थे जिसमें प्रकृत से लेकर अतिप्रकृत तो होता ही था, प्रकृति की सीमाएँ तोड़ने वाले विवरण भी हुआ करते थे, जो अक्सर निरे काल्पनिक और स्त्रियों के नाम से भी पुरुषों द्वारा लिखे हुए होते थे। इन पत्रिकाओं और पुस्तकों के कुछ अंशों का वे साथ-साथ पाठ अपने को दूसरी-तीसरी बार जगाने के लिए करते थे। इनमें से कुछ किताबें और पत्रिकाएँ वह अपने साथ लाती और चोरी चुपके से पढ़ती थी।

शुभ्रा ने उसे फुर्सत के क्षणों में लगातार कुछ न कुछ पढ़ते देखा तो उसके मन में उसके प्रति सम्मान भाव पैदा हुआ। एक बार उसे उत्सुकता हुई और उसने देखना चाहा कि इसका विषय क्या है तो उसने किताब को झटपट बंद कर लिया, 'यह बच्चों के लिए नहीं है। इसे पढ़ने के लिए जिंदगी का अनुभव चाहिए।' फिर उसने उसे अपने वार्ड्रोब में रखकर उसमें ताला लगा दिया था।

एक बार जब उसकी चोरी पकड़ में आ गई और शुभ्रा ने हैरानी जताई, 'तुम इस तरह की चीजें पढ़ती हो !' तो उसने कहा, 'जिंदगी में और रखा भी क्या है, यार।' यह चोरी पकड़ी नहीं गई थी, नीरव ने जानबूझ कर ऐसा कुछ किया था कि शुभ्रा उसे देख ले। वह प्लेब्वॉय पढ़ते-पढ़ते एकाएक उठी, 'जरा उसे फोन तो कर

लूँ।' और पत्रिका को एक खास पन्ने पर उल्टा छोड़कर कमरे से बाहर हो गई।

शुभ्रा ने पत्रिका उलटकर देखा और फिर उसे ज्यों-का-त्यों रख दिया।

'मैं तो फोन भी नहीं कर पाई। उल्टे पाँव भागना पड़ा कि कहीं तुमने मेरी मैग्ज़ीन न उठा ली हो। मेरी तो जान ही चली गई थी।' वह सचमुच लगभग दौड़ती हुई ही आई थी और यह कहते हुए हाँफ रही थी।

ऐसे में शुभ्रा का प्रश्न सुनकर उसे सचमुच झेंप जाना चाहिए था, जब कि वह, उल्टे, बड़ी बेफिक्री से कह रही थी, 'जिंदगी में और क्या रखा है यार।'

यह पहला अवसर था जब उसने शुभ्रा को 'यार' कहकर संबोधित किया था। इससे पहले वह उसे शुभ्रा कहा करती थी जहाँ वह शुभ्रा जी से उतरकर आई थी।

शुभ्रा को उसके इस संबोधन पर भी हैरानी हुई। कारण, एक कमरे में रहते हुए भी किसी रहस्यमय कारण से दोनों में औपचारिक दूरी बनी रह गई थी जिसे कम करने का प्रयत्न न तो नीरव ने कभी किया था, न ही जिसकी जरूरत शुभ्रा ने अनुभव की थी। शुभ्रा लतिका के चले जाने से पैदा अपने अकेलेपन में गुमसुम पड़ी रहती थी। हारी और थकी हुई।

'तुमने जब देख ही लिया तो पढ़ भी लो।' नीरव ने पत्रिका शुभ्रा की ओर बढ़ाते हुए कहा।

शुभ्रा ने कोई उत्सुकता नहीं दिखाई। उसने पत्रिका लेने के लिए हाथ तक नहीं बढ़ाया।

'ऐसी चीजें अकेले पढ़ने में मजा नहीं आता है। कोई साथ पढ़ने वाला हो तो मजा दूना हो जाता है। बात करते हुए पढ़ना और पढ़ते हुए कल्पना करना। तुम जरा देखो तो सही। मजा न आए तो न पढ़ना।'

शुभ्रा खीझ उठी, 'मैंने कहा न, ऐसी चीजें पढ़ने में मेरी कोई दिलचस्पी नहीं।'

'इन्कार जितना ही जोरदार हो, तलब उतनी ही जोरदार होती है। हाँ का तो इसमें मतलब ही नहीं होता।' वह पत्रिका लिए दिए उसके बिस्तर पर आ बैठी, 'अब तो तुम बचना भी चाहो तो बच नहीं सकती। मैंने तुम्हारे बारे में तो बहुत सुना है पर समझ लो मैं भी कोई मामूली चीज नहीं हूँ।' उसने बढ़कर शुभ्रा को प्रेमियों जैसे आवेग से चूम लिया।

शुभ्रा ने उसे झटककर अलग कर दिया, 'मुझे ऐसी बातें पसंद नहीं हैं।'

'पसंद तो बनाने से बनती है।' नीरव ने झिड़की की ही तरह झटकने का भी बुरा नहीं माना, 'ऐसा तो है नहीं कि तुम ठंडी हो। हो तो भई, बात ही दूसरी है।'

'शटअप ! मुझे बत्तमीजी पसंद नहीं।' शुभ्रा सचमुच तमतमा उठी।

नीरव पर कोई असर नहीं हुआ। वह खिलखिलाकर हँसी, 'मैं जानती थी तुम यही कहोगी। इसी तरह। जानती थी तुम्हारे होंठ इसी तरह काँपेंगे और गाल इसी

तरह सुर्ख हो जाएँगे कि दुबारा चूमने को जी हो जाए।'

शुभ्रा गुस्से में उठ खड़ी हुई, 'अब मैडम चौधरी से शिकायत करनी पड़ेगी। मैं नहीं बरदाश्त कर सकती यह सब।'

शुभ्रा सचमुच कमरे से बाहर निकलने को मुड़ी कि नीरव ने रास्ता रोक लिया। उसकी आँखों में आँसू आ गए थे, 'मुझे माफ कर दो। मैडम ने सुन लिया तो हास्टल से निकालकर ही दम लेंगी।'

शुभ्रा हँसने लगी, 'मैं तुम्हें डरा रही थी। अब आगे से ऐसी बत्तमीजी मत करना।'

नीरव इसके बाद सचमुच कुछ डरी-सहमी-सी रहने लगी। उसका यह रूप शुभ्रा को और भी अटपटा लग रहा था, इसलिए एक दिन उसने खुद कहा, 'लाओ, जरा अपनी वह मैगजीन तो लाओ। देखें इसमें क्या रहता है। सुना बहुत है इसके बारे में, देखने की कभी इच्छा नहीं हुई।'

इस तरह आरंभ हुई थी अपरिचय से प्रगाढ़ता की वह यात्रा जिसमें नीरव की सारी झिझक गायब हो गई थी, 'अरे यार, मैं तो तुम्हारे डर से अधमरी चुहिया हो गई थी। सीरियस रीडिंग की आदत नहीं और चुप बैठा नहीं जाता। मेरी तो समझ में ही नहीं आ रहा था कि वक्त कैसे काटूँ।'

शुभ्रा नीरव को यार-वार तो नहीं कहती, पर 'शगल के लिए, सच कहती हूँ, सिर्फ शग़ल के लिए' वह उन किताबों को उलटने लगी थी, जिनमें उम्र और रूप की सीमाओं को तोड़ कर आदमी और औरत, आदमी और आदमी, जानवर और आदमी, जानवर और औरत और औरत और औरत में फर्क न करते हुए उनकी क्रियाओं और इनकी तलबों के ऐसे रोमांचक विवरण होते जो जीवन में संभव ही नहीं हैं।

और इसी क्रम में नीरव की उससे इतना पटने लगी कि वह कभी-कभी जो कुछ करके और कह-सुनकर आती थी उसे बिना किसी दुराव के उससे बयान कर लेती थी और वह स्वयं भी रस लेकर उसके किस्से सुनती थी। हरी से उसकी कब और कैसे मुलाकात हुई थी से लेकर, कब-कब, कहाँ-कहाँ, मुलाकात होती रही, ये सारी बातें सुना गई थी।

लेकिन उसको जो मजा कमल के साथ आता था, वह किसी के साथ नहीं आया, 'अरे वह ऐसा हरामी है कि तुम्हें बता नहीं सकती। कुछ भी नहीं छोड़ता। पक्का मादरचो।'

शुभ्रा को नीरव की बदजबानी पर हैरानी हुई, 'कैसी बातें करती हो तुम, नीरव। ऐसी जबान कहाँ सीखी। जिस आदमी के साथ घूमती-फिरती हो उसके बारे में ऐसी बात निकालते शर्म नहीं आती।'

'अरे यार, यह मैं थोड़े कह रही हूँ। वह खुद कहता है। अपनी तारीफ करते

हुए उसने खुद ही कहा था, मैं पक्का माद...'

'अब चुप रहो। वह क्या कहता है, क्या नहीं कहता, यह उसकी बात हुई। तुम जब इसे दुहरा रही हो तब तुम्हारी जबान गंदी हो रही है और मेरे कान और दिमाग में यह गंदगी पहुँच रही है, यह तो सोचो। बार-बार दुहराते रहो तो ऐसे शब्द बिना सोचे-समझे भी निकल जाते हैं और तब लोगों को पता चलता है कि तुम क्या हो और किन लोगों के बीच पली-बढ़ी हो। किनके बीच रहती हो। समझीं, अब फिर कभी ऐसे शब्द जबान पर मत लाना।' शुभ्रा उसे समझाती हुई देर तक झिड़कती रही।

नीरव सिटपिटा तो गई पर वह किस्सा बयान किए बिना उसे चैन नहीं पड़ सकता था जो कमल ने उसे अपने को यह गाली देने के बाद सुनाया था।

वह गाजीपुर के एक छोटे से गाँव, मझौली, का रहने वाला था। उसकी माँ का निधन जब वह अठारह साल का हो चुका था तब हुआ। पिता दो साल तक तो मातम मनाते रहे। घर में कोई रसोई पकाने वाला नहीं था। स्वयं राँधते, पकाते। फिर एक गरीब कन्या का उद्धार करने का इरादा बना बैठे और इस तरह सोलह साल की एक कन्या उसके बावन साल के पिता की पत्नी बना दी जाने की लाचारी में बीस साल के लड़के की माँ बन बैठी।

कमल की छोटी बहन से भी दो साल छोटी थी यह लड़की। सामाजिक सहमति की आड़ में प्रकृति की भाषा में यह पिता-पुत्री का विवाह था। अपने पति से उसने यही सवाल किया था, 'बाल-बच्चे सब तो थे। आपको अपना विवाह करने की क्या पड़ी थी। यह भी नहीं सोचा कि वे क्या सोचेंगे।'

पिता ने पवित्र जवाब दिया था, 'घर में कोई रसोई पकाने वाला नहीं था न!'

'नहीं था, तो कमल बबुआ की शादी कर देते।' उसने कहा था।

'बबुआ अभी पढ़ाई कर रहे हैं, न। शादी होने से ध्यान बँट जाता।' उन्होंने सफाई दी थी।

कमल कलकत्ता में रहकर पढ़ाई कर रहा था। पिता को एक गरीब कन्या का उद्धार करना था, इसलिए विवाह का काम इतनी सादगी से हुआ था कि उसे इसका पता तक नहीं चला था। पूजा की छुट्टियों में घर आया तो घर में उससे भी कम उम्र की एक माँ विराजमान थी।

यह जानकारी मिलने के बाद ही कि पिता ने विवाह कर लिया है, उसे सिर से पाँव तक आग लग गई थी। इस जानकारी के लिए घर तक पहुँचने की जरूरत नहीं हुआ करती। लोग मजा लेने के लिए रास्ता रोक कर खबर कर दिया करते हैं।

परंपरावादी संस्कार थे। वह पिता से यह भी नहीं पूछ सका कि उन्होंने यह क्या किया है। तिलमिलाकर रह गया। सोचा अब वह इस घर में नहीं रहेगा। कल सुबह ही कलकत्ता लौट जाएगा।

पिताजी दरवाजे पर ही मिल गए थे। उसने उनके पाँव तो छुए, पर एक शब्द बोले बिना ही सिर झुकाए घर के भीतर चला गया। अपना बक्स और झोला लिए उस कमरे में चला गया जो उसका कमरा हुआ करता था और जो उसके कलकत्ता निवास के बाद भी उसी का कमरा रह गया था, क्योंकि उसकी किताबें और पत्रिकाएँ उसी में रखी रहती थीं। उसकी चारपाई जरूर दीवार के सहारे खड़ी कर दी गई थी जिससे झाड़ू लगाने में रोज-रोज की खींच-तान न रहे। चारपाई गिराकर बिना बिस्तर चादर के ही वह उस पर लेट गया था।

'उठिए। ईहो कौनो सूतने का तरीका है। पीठ में साटि पड़ जाएगी।' इसके साथ ही माँ बना दी गई उस षोडशी के हाथों का स्पर्श सा अनुभव हुआ और कमल अपराधी की तरह उठकर एक ओर को खड़ा हो गया।

सुंदर, मांसल किशोरी। उठती जवानी के पसीने में कस्तूरी से मिलती-जुलती अर्धमूर्च्छित करने वाली जो खास गंध होती है, उससे कमरा भर गया था।

माँ बना दी गई किशोरी का पुत्र से कैसा परदा। उसने आँचल कुछ इस तरह ढीला छोड़ दिया था कि उसके कसे हुए स्तनों का स्पंदन तक दिखाई दे रहा था, 'तनी पानी पी लीजिए। एतना दूर से गोड़-गोड़े आए हैं। करेजा सूख गया होगा।' उसने पानी से भरा गिलास कमल की ओर बढ़ा दिया था, 'तनी कुल्ला कर लीजिए। केतना त धूरि माटी लगा होगा राही में।'

'आप जाइए।' कमल ने संक्षिप्त-सा उत्तर दिया था।

'बहुत बेसी नराजी है का ? हमसे नराज होके त पापे बिटोरिएगा।'

कमल ने उस किशोरी की ओर भरी नजर से देखा था। उसकी आँखों के कोने भीग आए थे। उसने चुपचाप गिलास उसके हाथ से ले लिया था और एक घूँट भर कर सचमुच उसके सुझाए हुए पर अमल क़रने के लिए बाहर की ओर निकलने को हुआ था।

'एतना दूर जाने का का दरकार है। ऐंही कर दीजिए। कच्ची माटी है, देखते-देखते सोख लेगी।'

कमल फिर भी ओसारे तक गया था और आँगन में कुल्ला करके वापस लौट आया था।

वह पानी पीने जा रहा था कि उसने गिलास उसके हाथ से पकड़कर पीछे खींच लिया, 'तनी अल्थिल हो के बैठिए। पेड़वा में से एक दू ठो मुँहवा में डाल के पनिया पीजिए, नाहीं त हिक्का पकड़ लेगा।'

कमल चुपचाप चारपाई पर बैठ गया था और वह उसके सामने जमीन पर बैठ गई थी।

कमल ने पानी पी लिया तो उसने उसके दोनों हाथ अपने हाथों में ले लिए, 'ए बाबू, एक काम कीजिएगा ?'

कमल उसकी ओर देखने लगा, बोला कुछ नहीं।

'आप मेरे समउरी के हैं। माई कहिके मत बोलाइएगा।' यह कहने के साथ उसकी आवाज हिचकियों में खो गई थी। वह उठकर वहाँ से बाहर चली गई थी। लड़खड़ाती-सी, अर्धविक्षिप्त।

कुछ देर बाद ही वह सँभल गई थी। इस बार बिस्तर, चादर और तकिया लिये आई थी। उसके आने की आहट पाते ही कमल उठकर कमरे से बाहर हो गया था। उसका जी किसी से बात करने का नहीं हो रहा था। वह अपने ही गाँव के भीतर उस पगडंडी से सिर झुकाए चला जा रहा था जहाँ से हँसता, चहकता, दुआ-सलाम करता और लोगों के हाल-चाल पूछता गुजरता था। एक-दो बड़े-बूढ़े रास्ते में दिखे तो उनकी भी अनदेखी करता उस पोखर की ओर निकल गया जिसके किनारे वह घंटों अकेले बैठा जाने क्या-क्या सोचता रहता था।

कमल देर तक गुमसुम बैठा रहा। उसे क्रोध नहीं ग्लानि का अनुभव हो रहा था। जैसे हवा के भीतर निर्वात के बुलबुले बन जाते हैं उसी तरह उसके भीतर भी एक निर्वेद उभर आया था जिसमें वेदना, क्रोध, क्लेश कुछ नहीं, केवल विमूढ़ता की एक स्थिति मात्र थी जिसकी भी इस रूप में प्रतीति नहीं हो रही थी।

तालाब में पानी भरा हुआ था। अगली फसल की सिंचाई के लिए पानी उलीच लिए जाने पर वह सिमटकर अपनी पेटी में चला जाएगा। वह थिराए हुए पानी में चमकते आसमान के भीतर अपने आपको तलाशता देर तक बैठा रहा और फिर चुपचाप उठा और लौट कर अपने कमरे में चला गया। कमरा उसने भीतर से बंद कर लिया और चारपाई पर पड़ गया।

वह अपनी बेचैनी को समझ नहीं पा रहा था। यह एक ऐसा अवसाद था जिसमें कई तरह के अभाव और कुभाव मिलकर सघन और पीड़क होते चले गए थे। वह रो रहा था। रोने से यह अवसाद घटने के स्थान पर बढ़ता जा रहा था, फिर भी रोने का जी कर रहा था। वह अपने लिए नहीं, उस किशोरी के भविष्य को लेकर रो रहा था जिसका सत्यानाश उसके पिता ने कर दिया था

दरवाजे पर थाप हुई। कमल ने उसकी अनसुनी कर दी। फिर साँकल खटखटाई जाने लगी तो वह खीझ कर उठा।

'कुजून हो गया। खाना नहीं खाना है का ? दू बार केंवाड़ भड़भड़ा के लौट गई। आप त गजबै का सोते हैं।'

कमल सोया नहीं था। केवल विचारों में खोया था। उसे याद नहीं आया कि दरवाजे के भड़भड़ाने की आवाज उसने सुनी थी। हो सकता है इस बीच तंद्रा भी आ गई हो, उसने अपने को समझाया।

'पिताजी को खिला दीजिए। मुझे नहीं खाना है।' कमल का जी सचमुच खाने का नहीं हो रहा था।

'ऊ खा चुके। ओही समय बोलाया था, लेकिन आप नाहीं जागे। खाली हमही आप बाकी हैं। आप नहीं खाइएगा त हमरे गंटई में कवर कइसे उतरेगा। एक बात अवरो है, हम्मे आप कहिके न बोलाइए, हमार नाँव सोभा है। चाहे नाँव से बोलाइए, चाहे तुम कहिए। उमिर आप से छोटै होगी।'

कमल ने कोई जवाब नहीं दिया। वह उठकर चली गई। थोड़ी देर बाद वह गिलास में पानी लिये आई और उसे उसके पढ़ने की मेज पर रख दिया। फिर कुछ सोच, उसे हाथ में उठाया और कुछ देर तक हाथ में ही लिए रही। फिर दुबारा उसे मेज पर रखकर कुर्सी को उसकी चारपाई की ओर कर दिया। वापस जाकर थाली में खाना सजाकर ले आई और कुर्सी पर रख दिया। चावल को दबाकर उसकी पिंडी बना दी गई थी। चपातियाँ चुपड़कर उसके ऊपर। दाल, सब्जी, अचार और दही कटोरियों में।

वह कुछ देर तक कुर्सी पर रखे थाल को देखता रहा। न तो खाने का मन हो रहा था, न यह कहने का साहस कि वह उसे उठा ले जाए। वह फिर उसकी चारपाई के पास, कुर्सी से कुछ हटकर, जमीन पर ही बैठ गई थी।

'आप खाइए। मेरा जी नहीं है।' उसने दबे स्वर में कहा।

'हमने आप बोलने को मना किया था न ! फिर आप बोल दिया।' शोभा ने चपाती का एक टुकड़ा तोड़ा, उससे थोड़ी-सी सब्जी उठाई, 'तरकारी त हमसे ठीक बनबे नहीं करती है' और उस टुकड़े को उसके होंठ से सटा दिया, 'बेसवाद लगै तो डाँटिएगा मत।'

उसने उस निवाल को न तो परे हटाया, न खाने के लिए मुँह खोला। कुछ देर ऐसे ही बैठा रहा, फिर कहा, 'अच्छा, आप जाइए। मैं खा लूँगा।'

'अइसे नहीं जाऊँगी। जेवाँ लूँगी तब्बै उठूँगी।'

'जाइए, आप अपना खाना तो खाइए। इतनी देर हो चुकी है।'

'आजु नाहीं। आजु त हमरे जिद्द चलेगी। आपके उप्पर हमारा बिसवास नहीं है। चलिए, खाइए।'

कमल ने शोभा का हाथ एक ओर को हटा दिया। बच्चों की तरह दूसरे के हाथ से खाना उसे बहुत बेतुका लग रहा था। वह अपना हाथ बढ़ाकर रोटी तोड़ने लगा। शोभा ने हाथ परे खींच लिया। आगे अपने हाथ से कुछ भी खिलाने का आग्रह नहीं किया।

वह कुछ देर तक चुप कमल को खाना खाते देखती रही। उसने झूठ ही कहा था कि तरकारी उससे अच्छी नहीं बनती। लोग इस बात के लिए उसकी तारीफ किया करते थे और वह तारीफ वह कमल से भी सुनना चाहती थी। पर वह चुपचाप बेमन से खाता रहा।

'ए बाबू, आपका बियाह हो जाता तो पढ़ाई से आपका मन उचट जाता ?'

कमल ग्रास मुँह में लेने जा रहा था कि इस वाक्य के साथ ही हाथ रोक लिया। वह विस्मय भरी उलझन से शोभा को देख रहा था।

'आप खनवा तो खाइए। एह तरे का देख रहे हैं।'

'यह सवाल तुम क्यों कर रही हो।' कमल को 'आप' से 'तुम' पर आ जाने पर स्वयं हैरानी हुई। उसने उठा हुआ निवाला मुँह में डाल लिया था।

'ई हमारा सवाल नहीं है। ई आपके पिताजी का जबाब है। हम पूछे कि हमारा आपका तो कोई जोड़ी बनता नहीं। आपके लड़िका सयाना हो गए हैं। उनका बियाह क्यों नहीं कर दिया, त इहे जबाब ऊ दिए थे।'

'अब आप जाइए, मैं खाना खा लूँगा।' उसने शोभा को टालते हुए कहा।

शोभा ने आग्रह नहीं किया। उठकर चली गई। स्वयं खाना खाने के बाद थाल वापस लेने आई तो देखा उसके जाने के बाद कमल ने मुश्किल से दो-चार निवाले खाए होंगे। बाकी सारा खाना थाल में पड़ा था और वह चारपाई पर पीठ के बल लेटा हाथ से माथे को ढके, आँखें बंद किए पड़ा था।

'हम एही वास्ते इहाँ से नहीं जा रही थी। आप त कुछ खइबै नहीं किए। उठिए। अच्छा नहीं बना है तब्बो दू चार कवर अउर खा लीजिए।'

कमल ने बहाना बनाया, 'तबीयत अच्छी नहीं है। सिर में दर्द है।'

'त बताने को चाहिए था न।' वह थाली गिलास सँभालती हुई बाहर निकली और थोड़ी देर में तेल की शीशी लिए वापस आकर सिरहाने, जमीन पर ही, बैठ गई। जब तक कमल का ध्यान उधर जाता, उसने हथेली में तेल ढालकर उसके माथे पर चुपड़ दिया।

'यह क्या कर दिया आपने ?' कमल ने सर झटककर अलग हटाना चाहा।

'बस चुपचाप पड़े रहिए। बेसी बोलने का दरकार नहीं है। ए मौसम में दिन में एतना तेज घाम कि हिरना काला हो जाय और रात में एतनी ठंढी कि हुरहुरी छूटने लगे। कपार त बथबे करेगा।'

वह तेजी से उसके बालों में उँगलियाँ फिराती हुई उसके सिर के इतने निकट झुक आई थी कि उसकी साँस कमल की साँस का हिस्सा बन गई थी। उसने अपने को निढाल छोड़ दिया। और कुछ देर इसी अवस्था में पड़े रहने के बाद उसने अपना बायाँ हाथ पीछे की ओर बढ़ाकर शोभा के सिर को आगे की ओर खींच कर अपने गालों से सटा लिया। उसने कोई प्रतिरोध नहीं किया। उसी तरह सटी पड़ी रही और फिर उसकी साँसों की गति तेज होने लगी। उसने अपने को सँभाला और एक झटके से उठ खड़ी हुई।

'अब नहीं।' कमल ने उठकर उसे अपनी बाँहों में भर लिया।

जब शोभा ने कहा था, 'आप हमारे समउरिया हैं' और यह कि उसके पिता से उसने शिकायत की थी कि 'उनके साथ उसकी जोड़ी नहीं बनती, उन्होंने अपने

लड़के की शादी क्यों नहीं कर दी', तभी से एक विचित्र द्वंद्व कमल के मन में आरंभ हो गया था। उसके कहे दूसरे वाक्य और आवेग उससे जुड़ कर इस तरह की आँधी बन गए थे जो घुमड़ कर सभी बंधनों को शिथिल करने लगे थे।

'जो अनुबंध किसी की सहमति से न किया गया हो, शक्तिशाली के द्वारा किसी पर लाद दिया गया हो, उसकी शर्तों को मानने को उसे बाध्य नहीं किया जा सकता। उसे तोड़ने में उसकी सहायता करना भी एक नैतिक कार्य है।' यह विचार उसके मस्तिष्क में आया था और इसने उस दुनिया को ही ध्वस्त कर दिया था जिसमें कुछ पहले घुमड़ती हुई आँधी भी बाहर निकलने का रास्ता नहीं पा रही थी। यह उसी घुमड़न से पैदा बिजली का आघात था। वह कहता है, यह पहला अवसर था, जब उसे लगा उसके भीतर एक क्रांतिकारी चिंतक बैठा हुआ है, जिसकी इस समाज को बहुत आवश्यकता है।

'नहीं ई नहीं होगा। ई पा' शोभा ने कहना चाहा पर 'पा' के आगे का अक्षर चार होंठों के बीच तड़पकर रह गया था। उसने 'ई नहीं होगा' भी 'हाँ' के इतने करीब कहा था कि मुँह से 'पा' भले निकल जाए, 'प' की तो वह गति होनी ही थी।

पिता को पहले कुछ पूछने या समझाने का साहस नहीं हुआ, परंतु धीरे-धीरे उन्हें लगा कि कुछ गड़बड़ है। और फिर एक दिन उन्होंने दिन में ही शोभा को घर में कहीं और नहीं पाया और कमल के कमरे को भीतर से बंद देखा तो किवाड़ पीटने लगे। दोनों चुप साधे पड़े रहे और जब दरवाजा खोलना ही पड़ा तो कमल ने कपड़े पहने, जेब में कुछ पैसे रखे और कमरा खोल कर पिता के पास से ही बाहर निकल गया।

पिता ने भीतर घुसकर हंगामा मचा दिया, 'साली, ईहे रहि गया था हमारे खानदान में।'

'एतना हल्ला काहे मचाते हैं जी। हई देखिए, ई मलिया में तेल ले के बबुआ के सिर में मालिश कर रही थी। उनके मन में ई त नाहीं आने को चाहिए कि हम उनसे सौतेला बर्ताव कर रही हूँ। जइसे आप आपन हैं, ओइसे ऊहो अपने आदमी हैं। कौनो बेगाना नाहीं हैं।'

पिता को मालूम था त्रियाचरित्र क्या होता है। वह शोभा को बालों से पकड़कर पीटने लगे, 'साली, छिनार। मैं तेरी जान ले लूँगा।'

'जनवे न लीजिएगा। तो ले लीजिए। जनवा तो ओही दिन चला गया जिस दिन आपके साथ नाता जोड़ दिया गया। अब तो खाली चिता सजाना बाकी है, ऊहो कर दीजिए। हम तो बइठ जाऊँगी, आप हमारा साथ देने को चितओ पर नाहीं बैठिएगा। जब कि ई उमिर हमार नाहीं, आपै की है। आप तो एक ठो और बियाह कर लीजिएगा।'

औरत एक तो कुकर्म करे और ऊपर से मुँहजोरी तो क्रोध तो आएगा ही।

पिता का क्रोध भड़क उठा, अब वह उसे लातों-घूँसों से मार रहे थे और इसकी आवाज बाहर तक पहुँच रही थी।

कमल कमरे से बाहर तो निकला था पर वहाँ से हटा नहीं था। अब उसके सँभाल से बाहर हो गया तो वह लौटा। पिता का हाथ पकड़कर इतनी जोर से झटका कि वह दीवार से जा टकराए, 'अपनी करनी नहीं देखते। सब दोष उनका है।'

'अरे ई देखो। ई हरामी मुझसे मुँहजोरी करता है।' वह सँभलकर उसे पीटने को बढ़े तो उसने उनका गट्टा पकड़ लिया। इसके साथ ही पिता को पता चल गया कि वह बूढ़े हो चुके हैं और लड़का जवान हो गया है।

'तू आज ही इस घर से निकल जा। पढ़ लिया, जितना पढ़ना था। अब मैं तुझे फूटी कौड़ी नहीं दूँगा।' पिता ने हाथ छूटते ही ऐलान कर दिया।

कमल अब उस घर में रह भी नहीं सकता था। कलकत्ता लौटने का भी सवाल नहीं था। उसे जो भी पहली गाड़ी मिली उसे पकड़ता सिलीगुड़ी चला गया। वहाँ पाँच साल लकड़ी के एक ठेकेदार के यहाँ काम करता रहा और फिर उसकी लड़की को फँसाने में कामयाब हो गया। इस बात पर उसकी नौकरी छूट गई पर वह उस लड़की को इस तरह प्रभावित कर चुका था कि वह उसके बिना रह ही नहीं सकती थी। उसके बाप को हार कर उसकी चुपके से शादी करनी पड़ी। वह बनिया था और यह बाभन। जगजाहिर होने पर इसका असर उसकी दूसरी बेटियों की शादी पर पड़ सकता था। उसने इसे कुछ पैसे देकर किसी दूसरे शहर में जाकर कोई काम-धंधा करने की सलाह दी। कह दिया कि लड़की के बारे में कोई पूछेगा तो कह देगा वह मामा के यहाँ रहकर पढ़ाई कर रही है। वही पैसा लेकर यह दिल्ली चला आया। फिर तो इसकी जिंदगी में जो मोड़ आया उसमें उसकी पत्नी का भी साथ रहना संभव नहीं रह गया। वह लाचार होकर अपने बाप के पास वापस लौट गई।

'ये तो उसके हाल हैं। लेकिन एक बात है, लिखता बहुत अच्छा है। उसका बहुत नाम है। आजकल सारा लेखन ऐसे ही लोगों के हाथ में है। जब तक उसका किसी से काम सधेगा तब तक वह उसका सगा है, नहीं तो पलटकर देखेगा भी नहीं। एक बात और है, उसके साथ रहने में जो मजा है न, वह तुमको समझा नहीं सकती। विटी साला इतना है कि कहाँ-कहाँ की चीजों को कहाँ-कहाँ पहुँचा देता है। एक बार दूसरे दौर में कहने लगा, 'रुको जरा प्रार्थना कर लूँ।' और हाथ जोड़ कर प्रार्थना करने लगा, 'बल दे और बड़ा कर दे। पहले जैसे...'

'चुप्। तू जानती है तू कितनी बत्तमीजी कर रही है !' शुभ्रा का चेहरा तमक उठा था।

नीरव हँसने लगी, 'तभी तो कहती हूँ, बहुत हरामी चीज है वह। वह मेरे पर्स पर भी हाथ साफ कर देता है। हरी ने जो प्रेजेंट मुझे दिए थे, उनमें से भी कई उड़ा लिए। और एक बार तो हद हो गई।'

वह कुछ ठिठकी। उसे उम्मीद थी कि शुभ्रा इसके आगे कोई जिज्ञासा करेगी। पर वह चुप रही। उसकी चुप्पी में भी आगे सुनने की उत्सुकता छिपी न थी।

'एक बार तो उसने मुझसे हरी का कांटैक्ट नंबर लिया और शर्त लगा दी कि पंद्रह दिन तक उससे कोई बात नहीं करनी है। उसे फोन कर दिया कि मैं पेट से हूँ और इसकी जिम्मेदारी उसी की है।

'वह घिघियाने लगा, लेकिन मुकर तो सकता नहीं था। बोला, अब इसके इलाज पर जो कुछ आएगा, उसे वह झेलने को तैयार है।'

'क्या बात करते हो कमीने, तुम्हें मैं इतनी आसानी से छोड़ने वाला नहीं हूँ। अब तुम्हें नीरू से शादी करनी पड़ेगी। मैं उसे लेकर तुम्हारे घर आ रहा हूँ।'

'नहीं भाई साहब, देखिए, आप जो कहें, मैं करने को तैयार हूँ। बस आप मुझे एक मौका तो दीजिए।'

'उसे तो यही चाहिए था। उसे मालूम था कि हरी शादीशुदा है और हराम की कमाई में जिस तरह के शगल सूझते हैं, उन्हीं के चलते मुझसे फँस गया था।'

'कैसी जबान है तुम्हारी ! फँस गया था। हत्तेरे की !' शुभ्रा ने झिड़का।

'अरे मैं नहीं कहती हूँ। वही कहता था। कमल। मैंने कहा न, वह...'

'अब चुप रहो। अगला शब्द मत निकालना।' शुभ्रा ने कहा और खुद हँसने लगी।

'चलो, यही सही। तो उसने हरी को बुलाकर इतना डरा दिया, इतना डरा दिया कि साले से दस हजार वसूल कर लिए।'

'तुम अपनी से बाज नहीं आओगी।' शुभ्रा ने इस तरह कहा जैसे अब ऐसे शब्द उसे उतने न चुभ रहे हों जितने पहली बार चुभे थे।

'तुम्हें कैसे पता चला कि उसने इतने पैसे ऐंठ लिए ?' शुभ्रा को अब मजा आ रहा था।

'उसी ने बताया। ऐसे लन-फन करने में उसे तनिक भी संकोच नहीं होता। बड़ी...'

वह आगे कुछ कहती, उससे पहले ही शुभ्रा ने कहा, 'हरामी चीज है। यही न ?'

दोनों एक साथ खिलखिलाकर हँसीं।

'तुम भी कम ढाँसू नहीं हो।' नीरव ने हँसी रुकने पर अपनी दोनों हथेलियाँ शुभ्रा की ओर बढ़ाईं तो उसने बढ़कर ताली देकर कहा, 'अभी तो हाथ दिखाया ही नहीं। अच्छा, हाँ, यह बताओ कि इस दस में तुम्हें क्या मिला ?'

'यार, यह क्या सोच डाला तुमने। अरे मैं तो फन के लिए जरा दाएँ-बाएँ हो जाती हूँ। अब क्या यही धंधा रह गया है ? नौकरी करती हूँ। असिस्टेंट की जॉब है। शान से रहती हूँ। पर उसके पास तो कोई काम नहीं। वह तो पक्का बोहेमियन है।'

'बोहेमियन नहीं, ब्लैकमेलर कहो। चलो, बोहेमियन भी और ब्लैकमेलर भी।'

'ठीक कहा तुमने,' जानती हो उसने यह बताने के बाद मुझसे क्या कहा। कहा, 'साझेदारी तो दोनों की बराबर थी। उससे तो दस हजार लिए। तुम बताओ तुम क्या देती हो।' मैं तो डर गई। उसने पूरा किस्सा बयान कर रखा था। सोचा, अगर यही तरीका अपनाकर वह हास्टल को खबर करने की धमकी देने लगे तो क्या होगा। यानी, यही खयाल उसके बाद आया। पर मैंने हिम्मत से काम लिया। मैंने कहा, 'मेरे पास बचा क्या है जो तुम्हें दूँगी। सब कुछ तो पहले ही तुम्हारा हो चुका है।'

उसने बढ़कर मुझे चूम लिया, 'यही तो मैं सुनना चाहता था।'

'मुझे अच्छा लगा। सबसे बड़ी तसल्ली तो इस बात को लेकर थी कि इसके मन में कोई और बात नहीं थी, नहीं तो मैं तो बर्बाद हो जाती। लेकिन यह तसल्ली अधिक देर तक नहीं ठहरी।' उसने कहा, 'तुम अपना सब कुछ कितने लोगों को दे लेती हो और फिर भी सब कुछ तुम्हारे पास बचा रह जाता है, यह पहेली मैं कभी नहीं समझ पाया।'

'मैंने उसे झिड़क दिया, मैंने क्या तुमसे कभी हरी के बारे में कुछ छिपाया था ? तुम्हें तो उसके दिए हुए प्रेजेंट तक दिखाए थे मैंने और तुमने उनमें से भी कुछ रख लिए थे। तुमने खुद ही बताया कि उन्हीं में से कुछ जिन्हें तुम बेच नहीं पाए थे, उन्हें दिखाकर तुमने यह सिद्ध किया था कि तुम मेरे भाई हो। हरी को तुम्हारे बारे में कुछ बताया था, क्या ? फिर भी तुम कहते हो तुम मेरे सब कुछ नहीं हो ? मैंने अपने आप से लेकर अपने विश्वास तक को तुम्हें सौंप दिया और तुम...क्या बचा है मेरे पास अपना कहने को।'

'वह शैतान की तरह मुस्कराता रहा। वह आदमी है ही नहीं। वह एक...'

शुभ्रा देर से चुप थी इसलिए उसने बेसब्र होकर कहा, 'शैतान है।'

'नहीं। शैतान भी नहीं। वह एक फिनोमिना है। क्या कहते हैं, एक परिघटना। एक बात बताऊँ न तो मुझे फिनोमिना समझ में आता है न ही परिघटना। ये दोनों शब्द हमारी चेतना में कहीं थे ही नहीं। पर यह बताओ, यह बोहेमियन क्या होता है।'

शुभ्रा हँसने लगी, 'यह तो तुम खुद कह रही थीं कि वह बोहेमियन है।'

'मैं कब कह रही थी। यह वही कहता है। कहता है, 'मैं बोहेमियन हूँ। जो बोहेमियन नहीं है वह आदमी है ही नहीं क्योंकि यह आदमी के आदमी होने की अंतिम पहचान है।' पर मैंने कभी यह समझने की कोशिश नहीं की कि बोहेमियन होता क्या है। मैं जो समझ पाई हूँ वह यह कि बोहेमिया नाम का एक देश है। वह जंगली है। वहाँ के रहने वालों को तो जंगली समझा जाता है और जिसमें भी जंगलीपन पाया जाए उसे बोहेमियन कहा जा सकता है। या इस नाम का कोई कबीला है। उसके

अनुसार जो आचरण करे, वह उस कबीले का न भी हो तो भी, वह बोहेमियन है।'

'समझा तो तुमने बहुत गलत नहीं है। पर यह समझ लो कि जंगली आदमी जंगल में रहने के बाद भी उतना जंगली नहीं होता जितना नगरों का कुंठित आदमी जंगल को आदर्श बनाकर जंगली हो जाता है। तब वह जंगली आदमी नहीं, जंगली पशु हो जाता है। वह मानता है कि मनुष्य एक पशु है और कोई भी पशु जो कुछ कर सकता है वह एक मनुष्य को करने का अधिकार है और यहीं से एक कहानी जुड़ कर उसकी मिसाल बन जाती है जिसके बारे में मैं खुद भी नहीं जानती कि वह बाइबिल में है या बरकतउल्लाह खाँ की तिजोरी में।'

'लेकिन जब तुम्हारी जबान चलती है तो लगता है युद्ध के मैदान में तलवार चल रही हो। काट कर इधर का उधर और उधर का इधर कर देती हो। मैं घंटों बड़-बड़ करती रहती हूँ और तुम्हारा एक जुमला ऐसा गिरता है कि मैं तीन टुकड़ों में बँट जाती हूँ।'

शुभ्रा को यह प्रशंसा अच्छी लगी पर वह अपने को यह पूछने से रोक नहीं पाई कि यदि वह आदमी इतना घटिया है तो नीरव का उससे संपर्क कैसे है।

'यही तो तुम समझ नहीं पाओगी। वह जो आदमी है न उसके साथ होने का मजा ही कुछ और है। उसके लिए तो मैं नरक में भी जा सकती हूँ। उसने बता दिया होता कि वह हरी के साथ ऐसा करने जा रहा है तो भी मैं ऐसा करने देती। किसी लोभ या डर में नहीं। वह चीज ही अलग है। इसे तुम नहीं समझ पाओगी। पर सच तो यह है कि डर भी लगता है साले से। वह कुछ भी कर सकता है और किसी हद तक जा सकता है।'

शुभ्रा को लगा, नीरव झूठ नहीं बोल रही है।

'अब कल बात करेंगे।' शुभ्रा ने कहा और इस डर से कि कहीं किसी न किसी बहाने वही चर्चा आरंभ न हो जाए, कमरे से बाहर निकल गई।

जब तक वह नहीं लौटी, नीरव डर से काँपती रही कि कहीं इस बहाने सारा भेद लेकर वह मैडम चौधरी के पास न चली गई हो। यह डर तीन दिन तक बना रहा और फिर जैसे सभी डर खत्म होते हैं, सदा के लिए खत्म हो गया।

38

ज्योति कपूर ने जब अपने पति के माध्यम से बरेली के एक पत्रकार से संपर्क साधा और उन्हें देवेश का पता देकर व्यक्तिगत अनुरोध किया कि वह उससे मिलकर उन्हें फोन करने को कहें, तो उन्हें यह आशा नहीं थी कि फोन पर शुभ्रा के बारे में जानकारी

देने के स्थान पर वह दौड़ा हुआ स्वयं उनसे मिलने चला आएगा।

जब उसे पूरी स्थिति का पता चला तो उसकी घबराहट और बढ़ गई, 'क्या मुझे श्रीमती चौधरी से मिलना चाहिए ? हो सकता है उन्हें इस बारे में कोई और जानकारी मिली हो।'

'मिली होती तो वह मुझे जरूर बतातीं। अभी वह स्वयं घबराई हुई हैं। आपके जाने पर पता नहीं वह आपके बारे में क्या सोचें। वह बहुत सख्त महिला हैं। हो सकता है हास्टल के परिसर में ही किसी पुरुष के घुसने पर पाबंदी लगा रखी हो।'

'तो आप ही कुछ कीजिए। उसको कुछ हो गया तो मैं अपने को क्षमा नहीं कर पाऊँगा।'

'इसमें तुम्हारा क्या दोष। तुम या हम इसमें क्या कर सकते हैं ? बोलो न।'

'दोष तो मेरा ही है मैडम। मैंने ही उससे कुछ कह दिया था जिस पर उसने मुझसे संबंध तोड़ लिया और फिर जिस क्वार्टर में रहती थी उसे छोड़कर हास्टल में रहने लगी।' यह कहते हुए, देवेश को याद आया कि यह सुझाव तो स्वयं उसी ने दिया था।

कपूर को देवेश को यह समझाने में बहुत कठिनाई हो रही थी कि जो कुछ हुआ लगता है, वह उसके कहीं भी रहने पर हो सकता था। उसके लिए उसे अपने को नहीं कोसना चाहिए, 'आप उसके लिए चिंता न किया करें।'

'सब कुछ अपने वश में कहाँ रहता है। चाहता तो मैं भी हूँ पर उसके बारे में सोचने से अपने को रोक नहीं पाता।'

'क्यों ?'

'यही तो मैं नहीं जानता। जानता होता तो उसका कोई उपाय करता। मुझे लगता है, अन्य बातों में सामान्य होते हुए भी इस एक मामले में मैं असामान्य हूँ।'

'तुमने मेरी बात को गलत समझ लिया। मेरा यह मतलब नहीं था।'

'जानता हूँ। आपने ऐसा सोचकर कहा, यह नहीं मानता। मुझे कई बार स्वयं लगता है। या इसका एक कारण यह हो सकता है कि मैं उसे अपनी पत्नी मान चुका था। उसके साथ इस रूप में रह चुका था और उसके बदले हुए तेवर के बाद भी यह मानता हूँ कि वह मेरी पत्नी है। केवल रीति का निर्वाह बाकी रह जाने से संबंध तो खत्म नहीं हो जाता।'

पिछली बार अखबारों में शुभ्रा के बारे में कुछ पढ़ या सोचकर जब वह कपूर से मिलने आ पहुँचा था, उस समय भी वह उन्हें बहुत भोला लगा था। उन्होंने उसके विषय में शुभ्रा से बात करना चाहा तो पहले उसने बात करने से इन्कार कर दिया था। एक-दो मौकों पर फिर वह उसकी चर्चा छेड़ बैठी थीं तो उसने कहा था, 'देखिए मैडम, जो लोग किसी की इतनी चिंता करते हैं कि उसके बारे में छोटी-से-छोटी बात सुनकर परेशान हो जाते हैं, वे उसके हितैषी होने का दावा तो कर सकते हैं पर

हितैषी नहीं हो सकते।'

कपूर हँसने लगी थीं, 'तुम उलटी बातें करती हो। हितैषी होने का दावा करने वाले हितैषी न होंगे तो रास्ते में काँटे बिछाने वाले होंगे ?'

'काँटे बिछाने वालों से कभी किसी को हानि नहीं हुई है। उन्होंने केवल अपनी मलिनता का परिचय दिया है, पर उनके कारण ही आदमी में उन काँटों को कुचलने या नए रास्ते बनाने की क्षमता भी पैदा होती है।'

'जो लोग हमेशा ऊँची और विचित्र बातें करते रहते हैं वे नया कुछ नहीं कहते। पुरानी और कम अमल में आने वाली बातों को दुहराते रहते हैं। तुम भी अक्सर वही करती हो।' कपूर ने शुभ्रा को अपनी औकात बताने के अंदाज में कहा।

वह चुप हो गई। कुछ सोचती-सी कि इसका उत्तर वह किस भाषा में दे।

'साधारण ढंग से रहो, साधारण ढंग से सोचो, साधारण ढंग से जिओ, साधारण होते हुए भी यह कोई छोटी चुनौती नहीं है।' अब वह उसे प्यार से उपदेश दे रही थी।

'आप तो स्वयं कह रही हैं कि साधारण बने रह पाना बहुत बड़ी चुनौती है। जो उस चुनौती के लिए नहीं बने हैं, उस साँचे से नहीं निकले हैं जिनसे साधारण और औसत निकलता है, जो दूसरों से भिन्न और विचित्र होते हैं, वे क्या करें। जीने का अधिकार तो उन्हें भी है। कोई दूसरा उन्हें अपनी अपेक्षाओं के अनुसार काट और पंगु बनाकर क्यों रखना चाहे ?'

'तर्क तुम अच्छे दे लेती हो। यह तो मैंने पहले ही दिन नोट किया था, यह बताओ देवेश तुम्हें कब काट और पंगु बनाकर रखना चाहता है ?'

'जो ऐसा करना चाहते हैं, क्या इसका दावा भी करते हैं ?'

कपूर प्रश्न भरी आँखों से उसे देखती रहीं। बात उनकी समझ में नहीं आई थी।

'वे जो कुछ करते हैं उसी से पता चलता है, वे क्या चाहते हैं। जो लोग अपने प्रिय जनों की अतिशय चिंता करते हैं, जैसे कि देवेश मेरी करता है, वे उनकी अपनी योग्यता और निर्णयों पर भरोसा ही नहीं करते। वे उसे अंडे या अबोध बच्चे की तरह सँभालकर रखना चाहते हैं और यही बनाए रखना चाहते हैं। देवेश मुझे वह स्वतंत्रता नहीं दे सकता जो मैं अपने लिए जिंदगी के बाद, और कई बार तो जिंदगी से अधिक जरूरी समझती हूँ। वह मुझे बाँधकर रखना चाहता है। गुलाम बनाकर।'

कपूर को विचित्र लगा, 'वह तुझे इतना प्यार करता है और फिर भी तुम उस पर इतना अविश्वास करती हो।'

'गुलाम प्यार से भी बनाए जाते हैं, मैडम। क्या आप नहीं मानतीं।' शुभ्रा ने श्रीमती कपूर को चुनौती नहीं दी थी।

वह हँसने लगीं, 'बनाए तो जाते हैं। परिवार के सारे संबंध इस तरह की गुलामियों के तार से ही तो जुड़े होते हैं। जब हम पति को सामने रखकर सोचती हैं, पिता को सामने रखकर सोचती हैं तो लगता है हमारी निजता पर प्रहार है यह। पर जब शिशु को लेकर सोचती हैं तो लगता है इस गुलामी के सामने स्वतंत्रता के सारे रूप कितने तुच्छ हैं।'

'मैं आपसे बहस नहीं करना चाहती मैडम। पर एक बात बताऊँ। मुझे एक बार सपने आने लगे कि यदि मैंने देवेश से विवाह किया तो वह मेरा कत्ल कर देगा। मुझे अब लगता है कि मैंने उससे विवाह न किया तो भी वह मुझे चैन से नहीं रहने देगा।'

कपूर ने हथियार डाल दिए थे। पर आज देवेश से बात करने पर उन्हें लगा कि वह सचमुच शुभ्रा को इतना बाँधकर रखना चाहता है जिसमें वह अपने ढंग से कुछ कर ही न सके, 'तुम्हारा तो विवाह नहीं हुआ। लोग विवाह करके भी तलाक ले लेते हैं। यदि दूसरा बँधकर न रहना चाहे तो क्या उसे बाँधकर रखा जा सकता है ?'

'मैं ऐसा कब चाहता हूँ। मैंने तो उसे विवाह करने से भी नहीं रोका है। मैं केवल यह कहता हूँ कि मेरे जीवन में वह एक बार पत्नी बनकर रह चुकी है। वह कहीं रहे, किसी के साथ, किसी रूप में, मैं केवल यह चाहता हूँ कि वह सुखी और सुरक्षित रहे। केवल यह चिंता मुझे परेशान कर देती है।'

'मैं तुम्हारी भावनाओं को समझती हूँ पर तुम्हारी मदद नहीं कर सकती।'

'इस मामले में तो कुछ कीजिए।'

'क्या किया जा सकता है ?'

'मान लीजिए उसका किसी ने सचमुच अपहरण कर लिया हो तो ?'

'तुम चाहते क्या हो ?'

'पुलिस में रपट तो की ही जानी चाहिए।'

इस मामले में वह स्वयं भी दुविधा में थीं। श्रीमती चौधरी की घबराहट वह देख चुकी थीं, 'ठीक है। मैं चौधरी से बात करूँगी। कुछ हुआ तो तुम्हें खबर भी करूँगी। अब तुम जा सकते हो।'

'उसके बारे में आपको फोन करता रहूँ तो आपको असुविधा तो न होगी ?'

'ठीक है। कर लेना।'

रपट लिखाने की नौबत अगले दिन आई। अगले दिन शुभ्रा का एक पत्र उन्हें मिला। पत्र में स्थान नहीं दिया गया था पर तारीख थी। पहले तो उनको सूचना दिए बिना चल देने पर खेद प्रकट किया था। फिर लिखा था, 'निकली तो दो एक दिन के लिए ही थी, पर उस समय भी यह तय नहीं था कि लौटना कब होगा। एक नया प्रयोग करने लग गई। एक नया अनुभव। दो-चार दिनों के बाद लौटूँगी।

फिर बताऊँगी यह कैसा रहा। श्रीमती चौधरी को भी इसकी सूचना दे दें।'

श्रीमती चौधरी को सूचना दी तो उन्होंने पहला सवाल किया, 'इस समय वह है कहाँ ?'

कपूर ने बताया कि स्थान का उल्लेख पत्र में नहीं है।

'यही तो असल बात है। यह चिट्ठी भी दबाव में लिखवाई गई है नहीं तो वह स्थान का नाम क्यों छिपा जाती। इसे धोखा देने के लिए लिखवाया गया है कि हम असावधान होकर कोई कार्रवाई न कर सकें, और करें भी तो कोई अपराधियों तक न पहुँच सके।'

कपूर का संदेह फिर लौट आया।

39

शुभ्रा ने जब से कमल के बारे में नीरव से सुना था उसके मन में उथल-पुथल मच गई थी। वह जो कुछ सुन रही थी वह एक साथ ही आकर्षक और विकर्षक दोनों ही था। वह एक तटस्थ श्रोता की भाँति सुन और सोच रही थी। जैसे कोई न्यायपीठ पर बैठा व्यक्ति सुनता और सोचता होगा। उसे पहली नजर में हरी छिछोरा और कमल ब्लैकमेलर लगा था। उसने अपने इस भाव को छिपाया भी नहीं था।

उनकी संगति के कारण नीरव उसे छिछली तो लगी थी पर दुष्ट नहीं। उसे लगा था कमल, कम से कम कमल, उसे भी ब्लैकमेल कर रहा है। उसने मान लिया था कि हरी के होश तो दस हजार की चोट से ही ठिकाने आ गए होंगे और फिर उससे नीरव का साथ रह ही न गया होगा।

उसने मात्र कुतूहलवश पूछा था, 'तुमने कभी यह नहीं पूछा कि उसे कभी इस बात का पछतावा भी हुआ या नहीं कि उसके कारण उसकी विमाता को पूरे जीवन अपने पति की यातना सहन करनी पड़ी होगी।'

'पूछा क्यों नहीं।' पूछा था, 'तुम तो छोड़कर चले आए, पर उस बेचारी पर क्या गुजरी होगी, यह कभी सोचा ?' बोला, 'यह सोचने की जरूरत ही नहीं थी।'

'क्यों भला ?'

'मैंने तो यह भी नहीं सोचा था कि उसने इतने समय तक पिता के साथ रहते हुए क्या सोच रखा था। मैंने तो उसके साथ कुछ किया ही नहीं। उसने जो तय कर रखा था, वह मुझसे करा लिया। वह मुझसे अधिक समझदार थी।'

'तुम जिस तरह बयान कर रहे थे उससे तो लग रहा था कि वह साक्षर भी नहीं थी। समझदार क्या होगी, भला।'

'समझदार होने के लिए साक्षरता और पोथों की क्या जरूरत। मैंने तो बहुत विद्वान लोगों को परले दर्जे का गधा पाया है। वे यह तक नहीं जानते कि वे क्या बोल रहे हैं और सुनने वाला उसका क्या अर्थ निकाल रहा है। समझदारी जिंदगी का सामना करने से आती है। उसे समाज ने जिस नरक में फेंक दिया था, उसे भोगते हुए ही उसने, मेरे माध्यम से, उससे बाहर आने का रास्ता तलाशा था।'

'तुम मानते हो, उसने तुम्हारे साथ अनुचित किया।'

'यह कब कहा मैंने। मैं तो उसका आज भी बहुत सम्मान करता हूँ। उसने मुझे एक बार मेरे पिता के ही माध्यम से बुलवाया भी था।'

यह आश्चर्य की हद थी। नीरव ने जब सुना था तब उसके लिए भी और शुभ्रा जब नीरव से यह सुन रही थी तो उसके लिए भी। उसने चौंककर पूछा, 'बुलवाया था, और वह भी उसके पिता के ही माध्यम से !'

'इसी तरह मैं भी चौंकी थी, जैसे तुम चौंक रही हो। इसी तरह मैंने भी पूछा था और साथ ही यह भी कि 'उसे तुम्हारा पता कैसे मिला ?'

'कहने लगा, बंगाल और असम की ओर हमारी तरफ के बहुत से लोग काम की तलाश में चले जाते हैं। कोई ऐसा शहर या कस्बा नहीं है जहाँ एक-दो न मिल जाएँ और उनसे कभी न कभी मुलाकात न हो जाए। ऐसा ही एक परचून का दूकानदार था जो मेरे बासे से पचास गज आगे ही दूकान लगाए था। उसी के यहाँ सिगरेट लेने गया तो उसने पहचान लिया, 'आप तो लगता है, मझौली के रहने वाले हैं ?'

'कमल को हैरानी से अपनी ओर देखते पाकर उसका अनुमान विश्वास में बदल गया। अब उसने उसके पिता का नाम लेकर उसकी पुष्टि की, 'आप गोकुल राय के लड़के कमल नरायन राय तो नहीं हैं न ?'

'उसने कहा, 'आपको धोखा हो रहा है।' इसके बाद वह कभी उसकी दूकान से सिगरेट लेने नहीं गया और उधर से गुजरते हुए भी सावधान रहता कि उसकी दूकान की ओर रुख न करे। पर इससे क्या होता है। खबर गाँव तक पहुँच गई। अभी तक गाँव वालों को यह पता था कि वह कलकत्ता में रहकर पढ़ाई कर रहा है। अब पता चला कि पिता के बुढ़ापे में विवाह करने का सदमा न झेल पाने के कारण लड़का नाराज होकर, घर छोड़कर चला गया और इतना योग्य होकर भी अब एक लकड़ी की दूकान पर काम कर रहा है। लोग उसके पिता को राह चलते छेड़ने लगे, 'सुना है, कमल नरायन सिल्ली गुड़ी में नौकरी कर रहे हैं।' पिता जवाब देने से बचते, 'कहाँ है वह आदमी जो ऐसी बात करता है।' यह कहते हुए भी उनकी आवाज यह सोचकर कमजोर पड़ जाती कि एक न एक दिन तो यह बात लोगों पर जाहिर हो ही जाएगी।

'गाँवों में कोई बात दबाई जाए तो हवा की तरह फैलती है और यदि उसमें सचाई न हो तो भी इस कारण ही सबकी जबान पर चढ़ जाती है, इसलिए यह

समाचार गोकुल राय की तरुणी पत्नी तक भी पहुँचा। जब उसने यही सवाल गोकुल राय से पूछा तो उनकी सिट्टी-पिट्टी गुम हो गई, 'आप मनई नहीं, राकस हैं। सर्वन कुमार जैसे बेटा पर बदफेली का कलंक लगा दिया। ई हो नाहीं सोचा कि ऊपर भगवानो सब कुछ देख रहे हैं। आपको तो नरको में जगह नाहीं मिलेगा।'

'गोकुल राय ने अपने को जितना दमदार समझकर दूसरी शादी का खतरा उठाया था वह दम-खम एक युवती की जरूरतों के लिए काफी नहीं था इसलिए जल्द ही वह करतब के मैदान में ही अपमानित होने लगे थे, 'जब कुछ होना जाना नहीं है त झुट्ठे लब-लब क्यों करते रहते हैं। जाइए इहाँ से। मरद लोग को बाहरे सोना अच्छा लगता है।'

'अब देखो तो ऐसी बात तो न तो उसने देखी होगी, न ही किसी से सुनी हो सकती है। वह गढ़ता इतना था कि मुझे तो कई बार लगा यह सौतेली माँ वाली बात भी उसने यह दिखाने के लिए गढ़ ली होगी कि वह किस सीमा तक जा सकता है। इधर हाल की जो पीढ़ी है न अकविता, अकहानी, अमानुष वाली उसमें इस तरह की शेखी बघारने का फैशन भी है इसलिए इसमें अपिता, अपुत्र, अपत्नी, अपराधी कुछ भी तैयार किया जा सकता है और स्वयं अपने को साबित किया जा सकता है। और कमल के लिए तो फिर पूछो मत। साले का नाम बहुत है।

'खैर, तो वह कहता कि उम्र का अंतर होने के कारण विमाता, देखो अब मैं भी आज की ही भाषा में उसे आगे से अमाता और कमल को उसका अपुत्र कहूँगी, क्योंकि असली संबंध तो इसी से प्रकट होता है।'

शुभ्रा हँसने लगी, 'अमाता तो तू भी बन चुकी है।'

नीरव ने समझने में कुछ समय लिया फिर कहा, 'ग्रेट। लेकिन मैं उसकी अपत्नी हूँ। वह मेरा अपुत्र नहीं, अपति है। अपति तो साला क्या होगा, अप्रेमी है। हाँ, तो वह जो उसकी अमाता थी, वह अपने पति को इस तरह दबा चुकी थी कि गोकुल राय के खेत-खलिहान के काम से दरवाजे से हटते ही उसका अधिक समय ड्योढ़ी में ही खड़े बीतता। भिड़े हुए पल्लों के भीतर से ही वह बाहर की दुनिया का अवलोकन करती रहती। इसी बीच सामने से गुजरते हुए बिजराज नजर आ गए थे। भरे बदन के जवान पर खेती-बारी कम होने के कारण शादी की उमर निकली जा रही थी, और उम्मीद कम होती जा रही थी। वह उधर से गुजरते तो एक नजर गोकुल राय के घर की ओर जरूर चली जाती।

'उस दिन नजर गई तो किवाड़ के पल्ले कुछ हट से गए और पास आने का इशारा करते हाथ भी दिखाई पड़ गए। बिजराज पास गए तो घूँघट को कुछ खींचते हुए अमाता ने कहा, 'ई पता नाहीं कहाँ चले गए हैं। आ ऐही में हमारा जीउ अन्पन हो गया है। तनि एक काम कर दीजिएगा ?'

'बिजराज तो कोई काम करने को तैयार थे, 'बताइए न का काम है।'

'त ऊँहाँ काहे ठाढ़ हैं। आता-जाता लोग देखेगा तो पता नहीं का सोचे। एहँरिए चले आइए न।'

'बिजराज भीतर चले गए, 'का काम है। काम तो बताइए। का हुआ है।'

'हम्मे त खुद्दे नाहीं बुझा रहा है। देखिए न।' उन्होंने बिजराज का हाथ पकड़ कर छाती से लगा लिया, 'देखिए न करेजा केतना धक्क-धक्क कर रहा है। करेजा सचमुच धक्-धक् कर रहा था। बिजराज को अब और कुछ जानने की जरूरत नहीं रही, 'चलिए उधर। ई किल्ली बंद कर दीजिए।'

'और किल्ली बंद हो गई। कमल कहता, इसीलिए कहता हूँ, मुझको निमित्त बनाकर उसने पहली बार अपनी मुक्ति का रास्ता खोजा था। उसके बारे में मुझे क्या पछतावा होता। बल्कि संतोष इस बात का था कि मैं उसकी मुक्ति में सहायक बना। मुक्ति का मार्ग तो उसने खुद ही खोजा था। बुद्ध की तरह, यातना सह कर। जिस दिन उसने सोचा था कि उसके साथ अन्याय किया गया है और इस बात का संकल्प किया था कि वह इस अन्याय को नहीं सहन करेगी, मुक्त तो वह उसी दिन हो गई थी।

'खैर, तो उसने कोस-कोस कर अपिता का बुरा हाल कर दिया, 'आपके आँखि पर पर्दा पड़ गया था। ऐसा अकलंक लगाया कि लड़िका मुँह ही फेर लिया।'

'कई चिट्ठियाँ मिलने के बाद भी जब उसने कोई जवाब नहीं दिया तो लाचार कर दिया कि वह खुद ही जाकर उसे मना कर लाएँ। आखिर एक बार को उसे जाना ही पड़ा। वह दो-चार दिन ही रहा। उसने देखा बिजराज उसके घर के काम में बहुत रुचि ले रहे थे। गोकुल राय को कोई काम करते देखते तो बढ़कर सँभाल लेते, 'छोड़िए, ई उमिर आपके आराम करने का है। हमारे रहते आप काहें एतना झंझट उठाते हैं।' इसलिए वह गोकुल राय के घर पर विराजमान रहने पर भी भीतर-बाहर आने-जाने लगे थे।

'बदले हुए हाल को देखकर उसने पूछा था, 'आजकल बिजराज का यहाँ बहुत आना-जाना है।'

'अब ऊहे त सँभालते हैं सारा काम। इनसे त कुछ सपरबे नहीं करता है। दुसरा कोई सवांग तो है नहीं घर में। आप रहबै नहीं करते हैं। त का होगा। मनई कौनो न कौनो उत्फाल तो करबै करेगा।'

' उसने खुद ही बिजराज को रोक दिया था, 'अब बबुआ आ गए हैं त कौनो काज-बात पड़ेगा त ई देखी लेंगे। फेर जब नहीं रहेंगे तब तो आपको छोड़ अउर किसका सहारा है।'

' बिजराज को भी लगा था कि लड़के के मन में किसी भी बात को देख किसी प्रकार का शक न हो इसलिए ही उसने उसे बरजा है। वह सचमुच फिर सामने नहीं आए।

'ये यहाँ कैसे आने लगे ?' कमल ने सब कुछ भाँप लेने के बाद भी पूछा था।

'अरे आएँगे कइसे, उनहू का अपना खेत-खरिहान है। लेकिन सुभाव अच्छा है एलिए सबके दुख-सुख में सामिल रहते हैं। त ई त हम्में भी मालूमे था, ए लिए एक दिन जिउ अंवड़ेरने लगा, पते न चले कि का हुआ है। ई घर पर थे नहीं। डेवढ़ी में खड़ी इन ही का राह अगोर रही थी कि बिजराज बाबू दिखाई पड़ गए। अब करेजा कड़ेर करके इनको ही बुलाया, त ईहे दवा दारू किए। तबहिंए से इनको हर बात का खयाल रहने लगा।' '

'कमल ने यह बताकर कहा था, 'देखा तुमने, गुलाम उन्हीं को बनाकर रखा जा सकता है जो पैदा ही गुलाम बनकर रहने के लिए होते हैं। जिसमें स्वतंत्रता का तनिक भी ध्यान होगा वह फौलादी बेड़ियों को भी पिघलाकर बाहर आने का रास्ता निकाल लेगा।'

'मजेदार आदमी है।'

'पढ़ता बहुत है।' नीरव ने इस तरह कहा जैसे पढ़ने से आदमी मजेदार हो जाता हो।

'करता क्या है।'

'कुछ नहीं। लिखता जरूर है। कहता है, 'टैलेंटेड लोग काम नहीं करते। उनके लिए दूसरे काम करते हैं। वे अपराध कर सकते हैं, फरेब कर सकते हैं, पर काम नहीं कर सकते। प्रतिभा रहते हुए हाथ से काम करना पड़े, यह तो उनका अपमान है।'

'सचमुच मजेदार आदमी है।' शुभ्रा ने फिर दुहराया।

अब शुभ्रा को वह अच्छा या बुरा नहीं, सिर्फ मजेदार आदमी दिखाई देने लगा था।

यही तो है वह युवक जो उसे चाहिए। जो किया सो हो गया। बीत गया। जिस पड़ाव को छोड़ आए वह पीछे छूट गया। उसकी कोई याद नहीं। मन पर कोई बोझ नहीं। पकड़ केवल उसकी जो हाथ में है। नजर केवल आगे आने वाले पर और उसे किसी भी तरीके से हासिल करने पर।

किसी की जिम्मेदारी मेरे ऊपर नहीं। जब जो जी में आएगा, करूँगा, कोई बंधन मेरे ऊपर न होगा। सदाचार और नैतिकता का भी नहीं। जरूरत हुई तो धोखा भी दूँगा। ब्लैकमेल भी करूँगा। इसमें हरज क्या है। जरूरत हुई तो धोखा भी दूँगा, जैसे एक जानवर अपने शिकार को देता है। नैतिकता की मेरी परिभाषा अलग है। जो मेरे पास नहीं है पर मेरे लिए जरूरी है, उसे किसी तरह हासिल करूँगा।

उसे लगा, यही वह पुरुष है जो उसकी कल्पना में था। यही है जिसके साथ वह रहने की सोचती थी और जिससे मिलाकर देवेश को देखने पर पाती कि यह

वह नहीं बन सकता। उसे ऐसा साथ चाहिए जो बंधन न पैदा करे। जिम्मेदारी से न बाँधे। जितने समय तक रुचा, साथ रहे, फिर इस तरह अलग हो गए जैसे कभी परिचय ही न रहा हो। एक-दूसरे से मुक्त और निरपेक्ष।

देवेश न मुक्त हो पाता है न मुक्ति दे पाता है। कमल। उसे कमल चाहिए। उसके जी में आया नीरव से कहे, 'तू उससे मिला तो कभी।'

फिर उसने सोचा, इससे तो वह नीरव से भी छोटी हो जाएगी। उसकी नजर में भी तुच्छ। फिर नीरव में रीढ़ नहीं है। एक ओर उसके साथ रहती है, दूसरी ओर उसे गालियाँ देती है। वह सचमुच उससे प्रेम नहीं करती, उसके साथ मजा लेती है। बस। उसके जी में आया, वह अपने लिए पुरुष की खोज स्वयं करेगी। वह, जिसके साथ जो कुछ भी होगा उसके लिए न तो वह जिम्मेदार होगा, न यह।

'मैं कुछ ऐसा करना चाहती हूँ जो मुझसे पहले किसी ने न किया हो। कुछ इस तरह करना चाहती हूँ जिस तरह किसी ने कभी न किया हो।' अपने ही कहे और अनेक बार दुहराए गए वाक्य उस पर सम्मोहन की तरह हावी होने लगे और फिर उसने वह योजना बनाई जिसका नीरव को भी पता नहीं चलने पाया।

40

अब नीरव को शुभ्रा से अपनी पत्रिकाएँ और पुस्तकें नहीं छिपानी पड़ती थीं। उल्टे यदि कोई चटक कहानी होती तो वह शुभ्रा को भी उसमें शामिलकर लेती, 'आओ, जरा इसे देखो।'

एक ऐसा ही लेख नग्नवादी आंदोलन पर छपा था। रोचक बात यह कि यह एक भारतीय पत्रिका थी जो भारतीय सीमाओं में प्लेब्वाय बनने की कोशिश में लगी थी और इसके बीच के पन्नों में छपने वाली नग्न तस्वीरें इसकी लोकप्रियता का सबसे बड़ा कारण थीं। लेख में नग्नवाद का दर्शन और इतिहास विस्तार से दिया ही गया था, इस बहाने स्त्रियों और पुरुषों की एकल और सामूहिक नंगी तस्वीरें घुसाने का मौका भी मिल गया था।

इसमें सबसे रोचक बात यह थी कि इसमें एक ऐसे पत्रकार की भी कहानी छपी थी जो इस आंदोलन की अंतर्कथाएँ जानने के लिए स्वयं दिगंबर बन गया था। न्यूडिस्ट क्लब के नाम से जानी जाने वाली इस संस्था की नियमावली के अनुसार कोई भी व्यक्ति इसके हाल में पूर्णतः निर्वस्त्र होकर ही पहुँच सकता था। किसी पढ़े-लिखे आदमी के लिए यह कोई नई बात नहीं थी, परंतु एक ऐसे आदमी का केवल भेदिया बनकर उसमें प्रवेश करना और फिर अपने अनुभव बयान करना एक

नई चीज थी अवश्य। शुभ्रा जानती थी कि बहुत-सी बातें लोग खुद लिखकर इस तरह प्रकाशित कराते हैं कि उनकी विश्वसनीयता और पठनीयता बनी रहे और यह कहानी भी इसी तरह की हो सकती थी। पर काल्पनिक ही सही, इस तरह की कहानियाँ पढ़ने का एक अपना आकर्षण तो था ही।

जब इस पत्रकार ने क्लब के हाल में प्रवेश की अनुमति माँगी तो उसके साथ भी यह शर्त रखी गई कि उसके भीतर जाने पर कोई आपत्ति नहीं है, पर जाना उसे निर्वस्त्र होकर ही पड़ेगा।

यह पहला अवसर नहीं था जब किसी पत्रकार ने उनके हाल में प्रवेश की अनुमति माँगी हो, पर जब उनके सामने यह शर्त रखी जाती थी तो वे लौट आते थे। यह पत्रकार उनकी तुलना में अधिक साहसी था इसलिए इसने उनकी शर्त मान ली।

उसने लिखा था कि पहली बार यह सोचकर कि वह दूसरों के सामने नंगा रहेगा, वस्त्र उतार देने के बाद बाद झिझक-सी हुई, परंतु उनके हाल में पहुँचने के बाद न तो किसी ने इस बात पर ध्यान दिया कि मैं नंगा हूँ न ही लोग किसी दूसरे को इस कुतूहल से देख रहे थे कि वह नंगा है और नंगा होने पर कैसा दीखता है। हाल में अनेक सूक्तियाँ फलकों पर लिखकर लटकाई गई थीं।

एक सूत्रवाक्य सुनहले अक्षरों में दीवार पर लिखा था, 'केवल बेदाग आदमी ही सत्य का सामना कर सकता है, केवल शारीरिक और मानसिक दृष्टि से स्वस्थ मनुष्य ही नंगा रह सकता है, बाकी लोगों के लिए परदा जरूरी है'।

उसके ठीक दूसरी ओर लिखा था, 'अपने जननांगों को छिपाकर रखना, अपने स्त्री या पुरुष होने पर संदेह करना है'।

एक तीसरे स्थान पर 'हवा और प्रकाश सभी अंगों के लिए जरूरी है'।

एक अन्य स्थान पर, 'ईश्वर ने मनुष्य को अपनी शक्ल में ढाला, मनुष्य इसके योग्य नहीं बन पाया था इसलिए उसने अपने को कपड़ों में छिपा लिया।'

फिर अन्यत्र; 'परदा प्रथा जननांगों से शुरू हुई, स्त्री के चेहरे तक पहुँची और उसकी आत्मा में समा गई, जिससे मानवता आज तक मुक्त न हो पाई'।

एक अन्य, 'जो अपने असली रूप में आदमी का सामना नहीं कर सकता वह भगवान का सामना कैसे करेगा।'

उसे इन सूक्तियों को पढ़ते देखकर एक-दो लोगों की दृष्टि उधर गई तो वे मुस्कराए जरूर, पर उन्होंने भी विशेष ध्यान नहीं दिया। हो सकता है कि उन्हें इस क्लब में अपने प्रवेश के पहले दिन का अनुभव याद आ गया हो और इससे ही उन्होंने यह जान लिया हो कि वह क्लब का नया सदस्य है। सच तो यह है कि एक से न रहा गया तो वह आगे बढ़कर पत्रकार के पास पहुँचा और बोला, 'मैं क्लब के सभी सदस्यों की ओर से आपका स्वागत करता हूँ।'

उसने मुस्कराकर उसका धन्यवाद दिया। वह सज्जन वृद्ध थे। इसने अपना परिचय दिया और उनसे परिचय पाना चाहा तो पता चला वह अपने सेवाकाल में न्यायाधीश रह चुके थे। उन्हें तो इस क्लब का सदस्य बनने के बाद ही पता चला था कि सत्य सतही नहीं होता। वह गहन भी नहीं होता। वह अपने होने के तर्क से ही गहन, व्यापक और इसलिए सतही भी प्रतीत होता है। पर जो इन सभी परीक्षाओं में खरा न उतर पाए वह सत्य नहीं है।

अभी तक वह इस गुमान में था कि जहाँ लोगों को पता चला कि वह कितना विशिष्ट है, वे उसे 'अहा ! अहा' करते हुए घेर लेंगे। जब उसे पता चला कि उससे बात कौन कर रहा है तो उसका पारा एकदम नीचे आ गया, 'आप जैसा प्रबुद्ध व्यक्ति...' उससे आगे कुछ कहते नहीं बना था।

'आप नए हैं। यहाँ के लोगों से मिले नहीं हैं शायद। ये सभी बहुत असाधारण लोग हैं। साधारण आदमी में इतना आत्मविश्वास कैसे आ सकता है कि वह समाज के सुनहले बंधनों को उठाकर फेंक सके और कह सके, मैं जो कुछ हूँ उसी का सम्मान चाहता हूँ। जीते जी मैं अपनी तुलना में अपने गहनों का सम्मान नहीं सहन कर सकता। आपके ऊपर लादी गई सभी मर्यादाओं का पालन आपकी हैसियत को बढ़ाता है। इसका लाभ आपको अधिक कायर और अधिक ढोंगी और अधिक जघन्य बनाता है। पर जब बेड़ी सोने और हीरे की हो तो लोग अपना अपमान झेल कर भी सोना और हीरा बटोरना चाहते हैं। ऐसे बंधनों का पालन वफादार गुलाम बनकर अपनी साख बढ़ाने की बेकाम कोशिश है। गुलाम तो अपनी विश्वसनीयता के अनुपात में ही गुलाम और अपनी कृतघ्नता के अनुपात में ही स्वतंत्र होता है।'

पत्रकार को लगा उसे चक्कर आ रहे हैं। वह नग्नतावादी समाज का सदस्य बनने के लिए यहाँ नहीं आया था। आया था इसकी भीतरी गंदगियों को दुनिया के सामने लाकर इसकी पोल खोलने के लिए। पर यहाँ आकर उसे लगा जिसे हम नियम, सभ्याचार और शुचिता के नाम पर अपने और दूसरों के ऊपर लाद बैठे हैं और जिसका उल्लंघन करने वाले अपने लोगों को भी हम निर्ममतापूर्वक दंड देते हैं, वह सबके लिए पालनीय बना दी गई गंदगी है।

इसके बाद वह इस क्लब का सनातन सदस्य बन गया। उसे लगा वह प्रकृति से दूर चला गया है, इसलिए प्रकृति ने जो नेमतें आदमी को बंदर रहते ही दी थीं, उन्हें उसने वापस ले लिया। उसे अब लगने लगा कि प्रकृति के रहस्यों को समझने के लिए हमने जितने प्रयास किए हैं वे सभी इन रहस्यों को अधिक रहस्यमय बनाने या इस रहस्यमयता को समझने के सूत्र मात्र हैं।

उसे लगा मनुष्य समाज के प्रभावशाली वर्ग ने अपने स्वार्थ के कारण सचाई के सभी रूपों पर परदा लगा रखा है और इस परदे को बनाए रखने के लिए ही सारे नियम, विधाने और आचार-संहिताएँ बनी हैं। आदमी, आदमी के रूप में बचा

न रहे, वह सुविधाभोगियों का दास बनकर रहे, इसीलिए तो बने हैं ये सारे विधान। जो इसे मानता है वह दिमागी तौर पर कमजोर, मेरुहीन और भ्रष्टता और दासता का पक्षधर है। जो इन बंधनों को तोड़ता है, मनुष्य कहलाने का अधिकारी तो वही हो सकता है। भले उसके सामने अपने आचरण की दार्शनिक सचाई उजागर हुई हो या नहीं।

क्लब के दूसरे लोग एक-दूसरे से बातें कर रहे थे। खेल खेल रहे थे। पढ़ रहे थे और उनका सारा ध्यान जो कुछ वे कर रहे थे उस पर था।

वह जज कहने लगा, 'आप तो पत्रकार हैं। आपकी जानकारी अधिक है और सोचते भी आप अधिक मुक्त होकर हैं। पर क्या आपने सोचा कि पूरे समाज की समग्र ऊर्जा का कितना बड़ा हिस्सा अपने सेक्सजीवन को दूसरों की इच्छा या अनिच्छा के अनुसार ढालने में खर्च हो जाता है और इस दबोच को झेलने के बाद जो बाकी बचता है वह या तो ध्वंसकारी दिशा अपना लेता है या आत्मनाशी आयोजनों में खर्च हो जाता है। इसका रंच मात्र ही अनुसंधान, आविष्कार और निर्माणकार्यों पर खर्च होता है। मैं तो यह भी कहूँगा कि दुनिया में इतनी भ्रष्टता और विचलन इसलिए है कि लोग नंगा नहीं रहते। कोई न कोई दिन तो ऐसा आएगा ही कि लोग नंगा रहने का मतलब समझ जाएँगे, नंगा रहने लगेंगे, वस्त्र आदि पर फालतू खर्चों को रोक कर अपनी पूरी अर्थशक्ति और सर्जनाशक्ति वहाँ खर्च करेंगे जहाँ मानव समाज को इसकी जरूरत है।'

पत्रकार अब ध्वस्त हो चुका था। बाहर निकलते समय जब सदस्य बनने के लिए उसने फीस दी तो रसीद देते समय काउंटर पर बैठे व्यक्ति ने इस संस्था के उद्देश्य और दर्शन का विवेचन करने वाली पुस्तिका उसकी ओर बढ़ाई। उसके मुँह से निकल गया, 'इसकी जरूरत नहीं।' सचाई भी यही थी। फिर उसने पुस्तिका भी लेकर रख ली। इसके बाद वह आजीवन उस संस्था का सदस्य बना रहा और उसके बारे में पत्रों पत्रिकाओं में लिखता रहा।

कहानी समाप्त करने के बाद शुभ्रा ने कहा, 'यह तो मैं पहले ही जानती थी। इसका यही अंत होना था।'

'आपने कुछ कहा ?' नीरव के कान में आवाज पहुँची तो उसने पूछा।

'नहीं, कुछ नहीं। पर कहानी अच्छी है।'

'यह सच्ची घटना है। आप इसे कहानी कहती हैं ?'

'होगी। यदि झूठी हो तो भी उससे कम सच्ची नहीं जितनी सच्ची होने पर होती।'

41

शुभ्रा ने एक दिन पहले ही कालिज से लौटते समय बैंक से पैसे निकाल लिए थे। वह हास्टल से निकलकर सीधे करौलबाग गई। वहाँ उसने कुछ कपड़े और एक अटैची और कैरी बैग खरीदा। फिर वह दिल्ली स्टेशन आ गई। उसने एक प्लेटफार्म टिकट लिया और फिर वेटिंग रूम में चली गई। वहाँ उस समय दो महिलाएँ और बैठी थीं। समय काटने के लिए उसने एक पत्रिका निकाली और उसे पढ़ने लगी। कुछ देर बाद जब दोनों महिलाएँ चली गईं तो वह अटैची और कैरी बैग लिए-दिए बाथरूम में घुसी और उसके प्रवेश द्वार को भीतर से बंद कर लिया। वहाँ उसने स्नान किया। हल्का-सा मेकअप किया। लिपस्टिक लगाई जो उसकी पूरी सावधानी के बाद भी कुछ फैल गई। स्कर्ट पहना, मोजे और जूते चढ़ाए और फिर सामान लिए निकलकर प्लेटफार्म पर आ गई और यूँ ही भटकती रही।

अभी वह तय नहीं कर पा रही थी कि वह क्या करे। इतने में किसी ट्रेन की सवारियाँ गेट से बाहर जाती दिखाई दीं। वह उधर ही बढ़ गई और बाहर निकल आई। उसे अकेली और कुछ झिझक के साथ चलते देख दो-तीन गाइड उसके पास आए, 'होटल, मैडम, होटल चलना है।'

एक आटो ड्राइवर भी था। वह बढ़कर उसकी अटैची सँभालने लगा, 'कहाँ चलना है, मैडम।'

उसने अटैची पीछे खींच ली और गुस्से से उसे देखा। एक गाइड ने उसे झिड़का, 'सामान को हाथ लगाता है। चल भाग यहाँ से। फूट।'

गाइडों में से वह उस गाइड की ओर मुड़ी जो नौजवान था और देखने में खासा गुंडा और मनचला-सा लग रहा था, 'मुझे एक सस्ता रूम माँगता। गुड, बट सस्ता।' उसने अपना उच्चारण थोड़ा-सा बदल लिया था और उसमें कान्वेंट की हिंदी का भी थोड़ा असर ला दिया था।

'टौप्क्लास मैम। गुड ऐंड चीप।' उसने अपना कार्ड शुभ्रा की ओर बढ़ा दिया।

'ओके। कितना दूर ?'

'पास ही है। बिल्कुल पास। वाकिंग डिस्टैंस।' उसने एक साइकिल रिक्शे को हाथ दिया। रिक्शा आ गया तो बोला, 'बैठिए।' और उसके बैठते ही खुद भी पास में बैठ गया। देखने में वह जितना मनचला था उतना व्यवहार में नहीं था। रिक्शे में जगह यूँ भी बहुत थोड़ी होती है, पर वह इस तरह बैठा था कि शुभ्रा को कोई असुविधा न हो। बस एक बार मोड़ पर रिक्शे के मुड़ते समय उसने अपने हाथ में उसको लगभग लपेट सा लिया था, पर वह भी तब, जब वह अपना संतुलन नहीं कायम रख सकी थी और एक ओर को इतनी तेजी से झुकी थी कि वह न सँभालता तो गिर भी सकती थी। उसके सीधा होने के साथ ही उसने अपना हाथ खींच लिया था।

वह उसे फतेहपुरी के एक होटल में ले गया था। होटल की तीसरी मंजिल पर एक कमरा खाली था, 'सिंगिल रूम। वन। थर्ड फ्लोर।'

उसके मुँह से निकलने ही जा रहा था, 'चलेगा।' तभी उसने अपने को सँभाल लिया, 'ओके।'

होटल में उसने अपना नाम 'मिस क्रिस्टी कार्ल्टन' लिखाया।

'पता ?'

उसने अपना पर्स खोला और उसमें से बहुत सँभालकर रखा, एक मात्र, विजिटिंग कार्ड निकाला।

क्रिस्टी से उसकी मुलाकात भी संयोगवश ही हो गई थी। वह अपने कालेज से बस स्टाप की ओर आ रही थी। क्रिस्टी फुटपाथ पर दिल्ली का नक्शा हाथ में लिए असमंजस की स्थिति में खड़ी चारों ओर देख रही थी और माथे पर बल डालकर कुछ सोच रही थी। वह बीच-बीच में नक्शे को देखकर फिर चारों ओर देखने लगती थी।

उसको पास से गुजरते हुए देखकर वह उसकी ओर बढ़ आई और नक्शा फैला कर उसके सामने कर दिया, 'मैं कहाँ हूँ ?'

प्रश्न बहुत सीधा था पर इसे समझने में शुभ्रा को कुछ समय लगा था। समझने के साथ ही उसने नक्शे पर नजर दौड़ाकर कहा था, 'यहाँ।'

'ओह !' वह खी-खी करके हँसने लगी थी। हँसते हुए उसने अपने को पीछे की ओर इस तरह झटका कि उसका सिर आसमान की ओर उठ गया।

सँभलने के बाद उसने कहा, 'मैं याहाँ समजा था।' उसके उच्चारण में ऐंग्लोइंडियन पुट था जरूर, पर हिंदी ठीक-ठाक बोल ले रही थी।

शुभ्रा ने उसकी मदद करनी चाही, 'आपको जाना कहाँ है ?'

'अब ठीक है। चली जाऊँगी।' वह फिर रोड मैप देखने लगी थी, 'नेशनल म्यूजियम।' उसने नक्शे में म्यूजियम पर उँगली रख दी।

'दो-तीन किलोमीटर होगा। कोई आटो या टैक्सी रोकूँ ?' आम हिंदुस्तानी की तरह शुभ्रा भी सोचती थी कि यदि पैसा हो तो कोई किलोमीटर दो किलोमीटर की दूरी पैदल क्यों तय करेगा।

'नो, थैंक्यू। पैदल।' वह चलने को हुई।

दिशा एक ही थी इसलिए शुभ्रा बात करने लगी। एक सहज जिज्ञासा जो किसी भी आदमी को होती है, कि वह कहाँ से आई है, कितने दिन से है, हिंदी कहाँ सीखी। उसकी हिंदी की उसने प्रशंसा भी की, 'बहुत अच्छा बोल लेती हैं आप।' और फिर दिल्ली और यहाँ के लोग उसे कैसे लगे। इसी क्रम में अपना पता बताने के लिए उसने अपना कार्ड दे दिया था और उसे उसने अपने पर्स में रख लिया था।

स्टेशन से जब वह रिक्शे में होटल की ओर आ रही थी तभी उसने तय किया

था कि वह अपना नाम क्रिस्टी कार्ल्टन ही लिखाएगी।

काउंटर पर बैठे रिसेप्शनिस्ट ने एक बार उसकी ओर कुछ उलझन में देखा था और फिर पता लिखकर कार्ड उसे वापस लौटा दिया था।

होटल मामूली सा था। सफाई की ओर विशेष ध्यान नहीं दिया गया था। सजावट का तो सवाल ही नहीं उठता था। कमरे में लोहे का एक पलंग था, एक बड़ी-सी मेज थी जो कभी ड्रेसिंग टेबल रही होगी। इसमें शीशा लगा था पर उसका निकल जगह-जगह से उखड़ गया था। उसके पास ही एक आदमकद शीशा था और एक स्टूल था जिसके ऊपर एक सुराही रखी थी जो ऊपर से एक गिलास से ढकी थी। एक छोटी सी सेंट्रल टेबल और उसके दोनों ओर बेंत की बुनी दो कुर्सियाँ थीं। दीवारों पर कपड़ा टाँगने के लिए खूँटियाँ लगी थीं और वाड्रोब के नाम पर लोहे की एक अलमारी थी।

अभी वह पूरी तरह व्यवस्थित भी नहीं हो पाई थी कि किसी ने दरवाजा खटखटाया। शुभ्रा ने दरवाजा खोला। बैरा था। उसने बनावटी झिझक और आदर दिखाते हुए पूछा, 'मेम साब, कुछ चाहिए ?'

'हाँ चाय ले आओ।'

बैरा चाय ले आया और उसे सेंट्रल टेबल पर रखकर लौट पड़ा। दरवाजे तक जाकर वह फिर मुड़ा और हाथ बाँधे शुभ्रा के सामने खड़ा हो गया, 'मेम साब, कुछ और ?'

'नहीं।' शुभ्रा को उसका सवाल कुछ अजीब लगा।

वह लौट पड़ा। लौटते समय उसके होठों पर एक शरारत भरी मुस्कान उभर आई थी जिसे शुभ्रा ने भी लक्ष्य किया।

शुभ्रा ने अभी चाय पूरी पी भी नहीं थी कि वह फिर आया, 'मेम साब। कुछ चाहिए तो बता दीजिएगा।'

शुभ्रा को खीझ-सी हुई। उसने जवाब देने की जगह उसकी ओर झुँझलाकर देखा। उसके माथे पर बल पड़ गए, 'क्या बात है ? तुम्हें कोई और काम नहीं है ?'

'हमारा तो काम ही यही है, मैडम, आप लोगों की सेवा करना।' उसकी आँखों में हल्की-सी शैतानी थी। वह धृष्ट की तरह अब भी खड़ा था, 'किसी भी चीज की जरूरत हो तो बताइएगा।'

वह अठाईस-तीस का एक युवक था। कुछ-कुछ गँवार सा। उसकी शक्ल देखकर ही कोई कह सकता था कि उसमें सलीका है ही नहीं। वह बाहर निकलने ही वाला था कि शुभ्रा को एक शरारत सूझी। उसने कहा, 'सुनो, यहाँ ह्विस्की मिल सकती है ?'

'मिलेगी क्यों नहीं। आप हुक्म तो दीजिए। बस, आज मंगलवार है। ड्राई डे। यहाँ, होटल में तो हम रखते नहीं। बाहर से लानी होगी इसलिए कुछ महँगी मिलेगी।'

'कोई बात नहीं।' शुभ्रा ने मनीबैग खोला। उसने इसे खोलते हुए जानबूझ कर बैरे की ओर किए रखा। उसमें से दस का एक नोट निकालकर उसकी ओर बढ़ा दिया।

उसने नोट अपने हाथ में ले लिया, 'मेमसाब, अद्धे के लिए तो यह कम पड़ेगा।'

उसने दस का एक और नोट निकाला और उसके हाथ में दे दिया। बैरा सलाम बजाकर चला गया।

शुभ्रा की समझ में आगे का कोई कार्यक्रम नहीं आ रहा था। उसे अब थोड़ा-सा डर भी लगने लगा था, कहीं कोई ऐसी-वैसी बात न हो जाए। यह केवल डर नहीं था। डर से अलग भी कुछ था जिसमें यह इच्छा भी मिली थी कि ऐसा हो तो सही। देखें, क्या और कैसे होता है।

बैरा सोलन का एक अद्धा लेकर लौटा। उसने पैंट की जेब से अद्धा कुछ इस अदा से निकाला कि देखिए, किस जुगत से लाना पड़ा है और उसे मेज पर रख दिया, 'सोडा भी लाऊँ या नीट लेंगी ?'

'हाँ, सोडा ले आओ।'

सोडा आने में अधिक समय नहीं लगा। यह ठंडा भी था। बैरे के कमरे से बाहर होने के बाद उसने कमरा भीतर से बंद कर लिया।

वह कपड़े बदलने जा रही थी कि इसी समय दरवाजे पर फिर दस्तक हुई। शुभ्रा कुछ खीझती-सी बढ़ी, 'इस बार इसको झिड़कना ही पड़ेगा।' दरवाजा खोला तो पाया, बैरा नहीं, यह एक खूबसूरत पर कुछ अक्खड़-सा अधेड़ आदमी है। उसे देखकर शुभ्रा कुछ सहम-सी गई।

'गुड इवनिंग मिस क्रिस्टी। आपको डिस्टर्ब नहीं करना चाहता। मैं इस होटल का मैनेजर हूँ। अगर किसी बात की शिकायत हो तो मुझे बताइएगा। मैं हर तरह की खिदमत के लिए हाजिर रहूँगा।'

शुभ्रा ने कहा, 'शुक्रिया !' और किवाड़ बंद कर लिया।

अब वह निश्चिंत होकर कपड़े बदल सकती थी। पर नहीं। यह कुछ खास तरह का होटल था। दस्तक फिर हुई।

'क्या बात है ?' कहती हुई वह फिर दरवाजे तक गई। खोला तो बैरा सलाद से भरी प्लेट लिए खड़ा था, 'सलाद लाना तो मैं भूल ही गया था।'

'सलाद के लिए तो मैंने कहा नहीं था।' वह अभी दरवाजे से हटी नहीं थी।

'मेम सा'ब, साथ में कुछ तो लेना ही चाहिए। उसके बिना तो मजा ही नहीं आएगा।'

वह खीझी हुई थी फिर भी उसे इस पर हँसी आ गई। हँसी को छिपाने के लिए उसने होंठ दबाए और मुँह फेर कर पीछे को हो ली।

'होटल छोटा जरूर है लेकिन हम लोग अपने मेहमानों की हर जरूरत का

ध्यान रखते हैं। जो एक बार यहाँ आकर ठहरा वह दुबारा यहीं आता है', वह सलाद की प्लेट मेज पर रखने के बाद कहता रहा। वह किसी न किसी बहाने शुभ्रा से बातें करना चाहता था।

'ठीक है, ठीक है। अब जाओ। अब जब-तक मैं न बुलाऊँ डिस्टर्ब मत करना। समझे।' उसका लहजा सख्त हो गया था।

'समझ गया, मैडम। बुलाना हो तो घंटी इधर है।' उसने घंटी की स्विच की ओर इशारा किया और कुछ झेंपता-सा कमरे से बाहर हो गया।

शुभ्रा ने जब बैरे को ह्विस्की लाने को कहा था उस समय उसके मन में पीने की उतनी जोरदार इच्छा नहीं थी जितनी यह दिखाने की कि वह सचमुच क्रिस्टी ही है क्योंकि उसने ऐसे लोगों के बारे में जो कुछ जान और सोच रखा था उसके अनुसार उन्हें और किसी चीज से परहेज हो या न हो पर शराब से परहेज नहीं होता। वह अपने साहस से बैरे पर यह असर भी जमाना चाहती थी कि वह आम हिंदुस्तानी लड़कियों की तरह छुई-मुई नहीं है। अपने ढंग से रहना जानती है। पर अब जब मँगा ही लिया था तो शगल के लिए यह भी बुरा नहीं था।

शुभ्रा ने इससे पहले कभी नहीं पी थी। ले-देकर एक बार देवेश के साथ बीयर पी थी। इसका स्वाद कड़वा होता है इसका कुछ अनुमान उसे था, पर असर कैसा होता है और कितना पीने के बाद क्या असर होता है, यह उसे पता नहीं था। इस समय उसे यह समाज में, विशेषतः स्त्रियों के लिए, वर्जित होने के कारण अधिक आकर्षित कर रहा था। उसकी समझ में नहीं आ रहा था कि वह इसे पिए कैसे। कभी किसी को पीते भी नहीं देखा था। बैरे ने सोडे की बात न की होती तो उसकी समझ में यह भी नहीं आता कि इसमें सोडा भी मिलाया जाता है। देवेश के साथ जब उसने बीयर पी थी तो उसमें कुछ भी मिलाना नहीं पड़ा था। सीधे गिलास में भर कर पीते रहे थे।

पहले थोड़ी-सी लेकर देखना होगा। नीट। यानी नीट भी पी तो जाती ही है। सोडा इसका असर और बढ़ा देता होगा। नीट का घूँट भरते ही इतनी जलन हुई और इसी के साथ इतने जोर की खाँसी आई कि एक-दो चम्मच जो मुँह में पहुँचा था वह भी उसके कपड़ों पर बिखर गया। रूमाल निकालकर उसने जल्दी-जल्दी साफ किया। अब उसे बीयर और ह्विस्की का फर्क मालूम हुआ। उसने बढ़कर सुराही से पानी ढाला और किसी तरह अपने गले की जलन पर काबू पाया।

अब उसने जितनी ह्विस्की उतने ही सोडे का नुस्खा आजमाना चाहा। बस, दो-दो चम्मच। इस बार उसने चाय की चुस्की की तरह, दो-चार बूँदें ही गटकीं। कड़वाहट अब भी बहुत अधिक थी। थोड़ा सोडा और मिलाया, 'हाँ, यह चलेगा।' उसने कहा और सोचने लगी, यह आवाज कमरे के बाहर तो नहीं गई होगी।

अब वह टमाटर की एक फाँक उठाकर चबाने लगी। एक पूरी घूँट। कड़वाहट

के बाद भी माथे में जो एक हल्की सनसनी पैदा हुई वह उसे अच्छी लगी। अब उसे ध्यान आया कि शराब की तो पेग होती है। वह बोतल लेकर देखने लगी। जरूर कहीं यह लिखा होगा कि इस बोतल में कितने पेग हैं, पर मात्रा के नाम पर उस पर 375 एमएल लिखा हुआ था। वह कुछ देर तक सोचती रही। फिर उसे अंग्रेजी फिल्मों के कुछ ऐसे टुकड़े याद आए जिसमें गिलास में शराब ढालने के दृश्य थे। अब कुछ पत्रिकाओं में छपे विज्ञापनों की भी याद आई और कुछ अंदाज हुआ कि एक बार में कितनी शराब पी जाती होगी, हालाँकि जिस अंग्रेजी फिल्म की उसे याद आई थी उसमें हीरोइन ह्विस्की नहीं, वाइन पी रही थी और इसलिए उसने उसमें कुछ मिलाया भी नहीं था। एक उपन्यास में पीने का जो विवरण याद आया था वह शैंपेन का था। वह शैंपेन को भी ह्विस्की की ही एक ब्रांड समझती थी और वाइन तो अंगूर से बनने वाली ह्विस्की है ही। जो भी हो, वह पेग का एक मोटा अंदाज इस समय पा गई थी इसलिए इस बार पूरा एक पेग भरा और उसमें सोडे की आधी बोतल ढाल दी।

अब उसे कड़वाहट कड़वाहट जैसी नहीं लग रही थी। एक अजीब-सा स्वाद जिसके बारे में वह किसी से बात करना चाहती थी। कोई भी होता, पर पहले से परिचित और विश्वस्त। उसे देवेश की याद आई। उसके साथ बीयर पीते हुए उसके शुरूर में कुछ बहकती सी बातें करने की। पर इसे उसने झटककर किनारे कर दिया, 'नहीं। देवेश नहीं। जो छूट गया सो छूट गया।' कमल ? परिचित भी नहीं है, विश्वस्त तो हो ही नहीं सकता, फिर भी वह उसे जितना जानती है उसमें उसके साथ बातें करने का अपना ही आनंद होता।

उसे पीने का सही अंदाज नहीं था, इसलिए कुछ तेजी से पी रही थी। सलाद न होती तो शायद इतनी देर भी न लगाती। पहले पेग से उसे लगा उसके विचारों में रंगीनी आ गई है। विचार और लोग सचाई और सपने के बीच कहीं इस तरह कि उन्हें पकड़ा तो जा सकता था पर पकड़ते ही छूट भी जाते थे। उसने थोड़ी देर के लिए मान लिया कि कमल उसके सामने है। उसी के साथ पीता हुआ। उसे गाली देने का जी हुआ, 'स्साला हरामी।' उसने अपने को रोका। वह पूरी तरह सचेत थी। कुछ भी नहीं हुआ था। बस गाली में मजा आ रहा था और इससे उससे अपनापा अधिक बढ़ता जा रहा था। नीरव उसे गाली देते हुए कितना गद्गद हो जाती है।

नीरव की याद आते ही उसने कमल को एक झटके में अलग कर दिया। नहीं। वह भी नहीं। क्या जरूरी है कि कोई हो ही। और वह पुरुष ही हो। क्या वह अपने आप में पूर्ण नहीं हो सकती जिसे किसी की भी ज़रूरत न हो। उसने दूसरा पेग ढाला। और पीती रही। अब वह झूमने लगी थी। उस तरह नहीं जैसे आदमी अपना संतुलन खोकर झूमने लगता है। उस तरह बिल्कुल नहीं। उस पर शराब का सिर्फ इतना असर हुआ था कि झूमना अच्छा लग रहा था। वह सोचकर,

यह जानती हुई कि वह बेकाबू नहीं हुई है, झूमने का आनंद लेती हुई झूम रही थी।

उसने तीसरा पेग ढाला। इस बार कुछ बड़ा। फिर बोतल पर नजर डाली। आधी से कुछ अधिक शराब बाकी थी। वह कुछ सोचती रही। उसे एकाएक यह मोटी जानकारी याद आई कि शराब पौए, अद्धे और पूरी बोतल में बंद की जाती है। बीयर के अद्धे और पौए नहीं होते। इसका मतलब ? इसका मतलब यह कि जितनी मस्ती एक बोतल बीयर में आती है वही पौए में आती है। बीयर की पूरी बोतल तो वह एक बार पी ही चुकी थी, फिर डर क्या। उसने पेग और बड़ा कर लिया और बोतल बंद कर दी। अब नहीं। आज इतना ही।

पर एक मुसीबत सामने आ गई। सलाद के तो एक-दो टुकड़े बचे भी रह गए थे, सोडे की बोतल खाली हो चुकी थी।

क्या ऐसी हालत में बैरे को बुलाना ठीक होगा ? उसने अपने आप से पूछा। जवाब मिला, 'नहीं। इस समय नहीं। नीट ? नहीं। खाँसी आ जाएगी।'

उसकी निगाह पानी की सुराही पर पड़ी। यह ठीक रहेगी। गिलास लगभग आधी भर गई थी। पानी डालते समय सँभाल नहीं पाई तो कुछ पानी अधिक हो गया और शराब गिलास के कोर से बहने लगी। उसने सुराही सीधी की पर इसके साथ ही वह स्टूल को लिए दिए लुढ़की पर वह नशे में तो थी नहीं। सिर्फ मस्ती थी, इसलिए वह संतुलन खोकर गिरता इससे पहले ही उसने उसे सँभाल लिया और मजे की बात यह कि दूसरे हाथ में उसने गिलास पकड़ रखी थी। वह हिली जरूर पर छलकी बहुत कम।

अब वह पूरे इतमीनान से पी रही थी। कुछ अपने आप में डूबती हुई। पहले की मस्ती की जगह अब एक गहरी आत्मलीनता आ गई थी जिसमें विचार उठकर इतनी गहराई में चले जा रहे थे कि उनका दूसरा छोर किसी दूसरी दुनिया में इस तरह घुलमिल जा रहा था कि न तो उन्हें विचार कहा जा सकता था न कल्पना। स्वप्न तो वे हो ही नहीं सकते थे।

उसे लगा ऐसे माहौल में जब कोई बात करने को भी न हो और मस्ती सँभाल में न आ रही हो तो गाना चाहिए। वह कुछ सोचती रही फिर उसे एक फिल्मी गीत याद आया, 'ऐ काश किसी दीवाने को मुझसे भी मोहब्बत हो जाए।' अगली पंक्ति याद आते-आते फिसल गई और वह उसे देर तक टटोलती रही, और हर बार वह याद के आखिरी छोर पर और विस्मृति से उभरती-उभरती सी लग कर रह जाती थी। वह इसी एक पंक्ति को गुनगुनाने लगी। गुनगुनाने के क्रम में ही दूसरी पंक्ति कौंध गई, 'मैं लुट जाऊँ, मैं मिट जाऊँ, वल्लाह कयामत हो जाए।'

वह आत्ममुग्ध होकर इन्हीं दो पंक्तियों को गुनगुनाती रही। गला उसका बहुत अच्छा नहीं था पर खास बुरा भी नहीं था। पर इस समय इस गाने में कुछ ऐसा था जिसमें शराब गाने की धुन में और गाने की धुन दुनिया की सभी नायाब चीजों

में घुल जा रही थी। उसका जी सचमुच लुट जाने का हो रहा था।

गाते हुए अभी दुहराए हुए शब्द भी इतनी मंद गति से चेतना में उभर रहे थे कि तार न टूटे इसलिए उसे उनका उच्चारण कुछ फैलाकर करना पड़ रहा था। इसके बाद भी वे भूलने से लगे या उन्हें याद करने में आलस्य-सा आने लगा। अब वह केवल 'वल्लाह कयामत हो जाए' को ही बार-बार दुहरा रही थी।

अब उससे बैठा नहीं जा रहा था। उसने गिलास में बची पूरी शराब एक साथ हलक के नीचे उतारी और उठकर बिस्तर की ओर चली। उठने के साथ उसे पहली बार लगा कि वह लड़खड़ा रही है और यह लड़खड़ाना अपने को सँभालने की उसकी कोशिश के बाद भी जारी है। कुर्सी को पकड़े वह एक क्षण को खड़ी रही। अब वह संतुलित हो गई थी। वह बिस्तर तक पहुँच तो गई पर पहुँचने के साथ ही उस पर बैठते हुए धम्म से गिर-सी पड़ी और नशे और नींद की दुहरी बेहोशी में उसे यह भी ध्यान न रहा कि वह किस तरह सोई है।

42

शुभ्रा को और बातों के अलावा इस बात का भी पता नहीं था कि शराब पी कब जाती है। गलती अधिक नहीं हुई थी, पर कुछ तो हुई ही थी। उसने छह बजे ही शुरू कर दिया था और सात बजे तक चारपाई पर लुढ़क चुकी थी।

इसके बाद बैरा दो बार दरवाजे पर दस्तक देकर लौट चुका था। होटल छोटा भले हो, इसमें ग्राहकों की जरूरतों का ध्यान रखा जाता था, इसलिए उसे इतनी-सी बात का पता था कि मेम साब तो घंटी बजाने की हालत में होंगी ही नहीं। अब उनकी हर जरूरत का खयाल उसी को करना होगा।

बैरा यह भी जानता था कि मेमसाब के साथ कुछ गड़बड़ है। इसका इशारा रिसेप्शनिस्ट ने कर दिया था। उसने क्या सोचकर कहा था, '305 नंबर की मैडम का खास खयाल रखना।' उसका पता तो उसे नहीं था। वह अपने ढंग से यह ताड़ने की कोशिश करता रहा कि आखिर मामला क्या है।

इस होटल में जितने कम पैसे मिलते थे और जितना खटना पड़ता था उसके कारण इसमें लंबे अनुभव वाले बैरे मिल ही नहीं सकते थे। जरूरत होने पर किसी भी तरह की नौकरी की तलाश में भटकते रहने वाले नौजवानों में से ही किसी को पकड़ कर बैरा बना लिया जाता था, इसलिए वे इतने समझदार भी नहीं हो सकते थे कि खास खयाल का कारण समझ सकें। कुछ लोग किसी जान-पहचान के कारण खास खयाल के हकदार बनकर ही होटल में घुसते थे। कुछ पुराने गाहक होते थे

और होटल को अपना घर समझते थे और घर जैसी देख-भाल की उम्मीद रखते थे। कुछ साफ न समझ पाने के कारण उसे कोई न कोई बहाना बनाकर शुभ्रा का दरवाजा कुछ अधिक ही खटकाना पड़ता था।

शुभ्रा की समझ में नहीं आ रहा था कि उस पर इतना ध्यान क्यों दिया जा रहा है। उसने सोचा शायद यह होटल ही ऐसा है। उसने होटल के चुनाव में गलती की। उसे उस लफंगे जैसी शक्ल वाले गाइड को देखकर ही समझ जाना चाहिए था कि वह किस तरह के होटल में ले जाएगा। फिर सोचा तो पाया, इस देश का रवैया ही ऐसा है। किसी युवती को अकेली देखकर अपने को ऋषि-मुनि कहने वाले तक लार टपकाने लगते हैं और जब जिम्मेदारी लेने की बात आती है तो कहानियाँ गढ़कर बताने लगते हैं कि दोष उनका नहीं है। वह तो उसे देखकर लगातार अपनी लँगोटी कसते जा रहे थे, और इस कसने में ही वह बीच से फट गई। राजा, रंक फकीर सबकी यही दशा।

मेनका से सब कुछ कर लेने के बाद जब वह पेट से रह जाती है तो विश्वामित्र दुहाई देने लगता है देखो इसने मेरी तपस्या भंग कराकर जो चाहा सो करा लिया। मैं नहीं जाता इसकी कोख की जिम्मेदारी लेने। कालिदास का दुष्यंत उसकी बेटी शकुंतला को देखकर कहता है 'यह अछूती चीज न जाने किसे भोगने को मिलेगी' न जाने भोक्तारं कमिह समुपस्थास्यति भुवि, और जब भोगने को मिल जाती है और ठहर जाती है तो पहचानने से भी इन्कार कर देता है।

लाखों करोड़ों भारतीय किसी युवती को अकेली पाकर अपनी-अपनी जबान में इसे ही राष्ट्रधुन की तरह दुहराने लगते हैं, 'अकेली और निराश्रय दीखने वाली यह युवती न जाने किसे भोगने को मिलेगी !' और किसी न किसी बहाने उसके सामने परेड करने लगते हैं। इस तरह सोचने के बाद उसे थोड़ी तसल्ली हुई थी और थोड़ा मजा भी आया था। उसने मन ही मन तय किया, ठीक है, जो होगा देखा जाएगा।

जब रिसेप्शनिस्ट कहता अमुक नंबर के कमरे पर विशेष ध्यान देना तो इसका एक मतलब यह भी होता कि उसमें ठहरे गाहक की गतिविधि के कारण होटल को मुसीबत का सामना भी करना पड़ सकता है। ऐसी स्थिति में संकेत होता, वह देखने में जितना भी भोला दिखे, उसको मामूली चीज न समझना, न ही उसके झाँसे में आना। अकेली और बेलौस दीखने वाली लड़कियों के मामले में तो तस्करी और झाँसेबाजी के किस्से आते ही रहते हैं।

इस हिदायत के बाद बैरे उसकी खीझ की चिंता किए बिना भी उसकी जरूरतें पूछते रहते थे। इसलिए शुभ्रा की इस चेतावनी के बाद भी कि जब तक वह घंटी न बजाए, किसी के आने की जरूरत नहीं है, साढ़े सात बजे बैरे को 305 नंबर का दरवाजा यह जानने के लिए खटखटाना पड़ा कि मेम साब कमरे में ही खाना

खाएँगी या बाहर जाएँगी।

यह पूछना एक तरह से जरूरी भी था क्योंकि यह होटल नहीं एक तरह का रैनबसेरा था। यहाँ खाने-पीने की सुविधा नहीं थी। आसपास ऐसे ही कई होटल थे इसलिए इनमें ठहरने वालों की जरूरतें पूरी करने के लिए पास में ऐसे ढाबे भी थे जिनमें चाय से लेकर भोजन तक सब कुछ मिल जाता था और बैरे उनकी कीमत में अपनी टिप जोड़कर उसे ही कमरों में पहुँचा देते थे। ढाबेवालों को यदि समय से पता चल जाता तो वे सामान उसी हिसाब से बनाते थे। इससे उनका नुकसान कम होता था। इसलिए बैरे उन्हें अपने-अपने होटल की जरूरतें बता दिया करते थे और इस सेवा के बदले भी उन्हें महीने में कुछ मिल जाता था। इन होटलों में रहकर और उन ढाबों का खाना खाकर जो गाहक वापस लौटते थे वे अपने परिचित यात्रियों को इनका नाम खास तौर पर लिखवाते थे, क्योंकि इसके बाद भी यह खाना सस्ता ही पड़ता था और रात काटने के लिए क्या महल, क्या झोपड़ा।

साढ़े सात की दस्तक पर कोई आवाज नहीं आई थी। हार कर उसने एक हाथ नचाते हुए कहा था, 'बत्ती गुल हो गई।' और क्रेष्टो मुखर्जी की तरह गर्दन झटकते हुए आँख नचाने की कोशिश की थी। फिर उसके दिमाग में एक बात आई थी जो उसी समय आ जानी चाहिए थी जब उसने सोडे के बारे में पूछा था। सोडा कोई कमरे में रखकर गर्म तो करने से रहा। पीने के समय पर ही मँगाएगा। छः बजे का समय इसके लिए कुछ जल्दी का था। मतलब, लड़की या तो रंग जमाने के लिए ह्विस्की और सोडा मँगा बैठी है, इसे पता नहीं कि ह्विस्की पी कब और कैसे जाती है, या यह बहुत परेशान है और इस परेशानी के पीछे कोई खास बात है।

साढ़े नौ बजे उसने फिर दस्तक दी थी। इस बार कुछ देर तक और अधिक जोर से। भीतर से आवाज आई थी, 'कौन है। भाग जाओ।'

अब ग्यारह बज रहे थे। होटल बंद हो जाएँगे तो साली भूखी रह जाएगी। पीते समय भी सलाद जबर्दस्ती न दे गया होता तो खाली पेट ही पी जाती। इस बार उसे एक नया डर भी समा गया, कहीं जिंदगी से तंग आकर किसी गलत इरादे से न आ गई हो। कई बार लोग आत्महत्या करने के लिए भी ऐसे ही तरीके अपनाते हैं। वह देर तक दरवाजा खटकाता रहा। बाहर से ताला लगा हो तो दूसरी चाभी से फिर भी खोला जा सकता है, पर जब कमरा भीतर से बंद हो तो वह भी तरीका काम नहीं आता।

इस बार थप् थप् करती वह दरवाजे तक आई, 'क्या बात है ? क्यों परेशान कर रखा है ?'

'मेमसाब होटल बंद हो जाएँगे। अब खाने को कुछ नहीं मिलेगा। कुछ लेना हो तो बताइए।'

'कुछ नहीं लेना चले जाओ।' उसने किवाड़ खोले बिना ही कहा और वापस

लौट गई। उसे सिर में हल्का-हल्का दर्द होने लगा था।

वह लौटकर फिर सो गई। नींद के बीच भी सरदर्द बीच-बीच में उभरकर तेज हो जाता था। फिर कुछ आवाजें उसके सपने और सरदर्द से टकराने लगीं। उसकी नींद हल्की पड़ती हुई एकदम टूट गई। पास के कमरे से एक औरत और मर्द के झगड़ने की आवाज आ रही थी। रात के सन्नाटे के कारण आवाजें बहुत ऊँची न होने पर भी साफ सुनी जा सकती थीं।

उनमें काफी देर तक बक-झक होती रही। पहले उसे इन बातों में रस आता रहा फिर उसे ऊब सी होने लगी, क्योंकि वे लगातार झगड़ते चले जा रहे थे जब कि उसे हर बार यह लगता था कि अब उनमें हाथापाई शुरू हो जाएगी।

कमरे में जीरो पावर का बल्ब जल रहा था। उसके कमरे में पीछे की ओर दो खिड़कियाँ बनी हुई थीं। वह उठकर उस कमरे के पास वाली खिड़की तक गई। खिड़की खोल कर उस ओर को देखा। उस कमरे की खिड़की इस खिड़की से अधिक दूर नहीं थी। उस पर शीशे चढ़े हुए थे। उसने गर्दन बढ़ाकर उस कमरे में देखना चाहा। बल्ब उसमें भी जल रहा था पर शीशों के भीतर कुछ दिखाई नहीं दिया। वह कुछ निराश-सी लौट पड़ी। तभी उसकी नजर मच्छरदानी के डंडों पर पड़ी जो इस मौसम में कमरे के एक कोने में खड़े कर दिए गए थे। इसके साथ ही उसे एक शरारत सूझी। डंडा उठाकर दबे पाँव वह फिर खिड़की पर गई। डंडे वाले हाथ को बाहर निकालकर पूरे जोर से खिड़की पर दे मारा। झन्न की आवाज हुई। शीशा टूटकर बिखर गया था।

इसके साथ ही वह डर गई। यदि शीशे का कोई टुकड़ा किसी को जा लगा हो तो। डंडा उसने पीछे खींच लिया और धीरे से उसी कोने में टिका दिया। उसने अपनी खिड़की बंद की और वहीं सकपकाकर खड़ी हो गई।

दूसरे कमरे में दो व्यक्तियों के धम् से चारपाई से कूदने की आवाज आई। दोनों खिड़की की ओर दौड़े, 'शीशा टूटा कैसे ?' मर्द ने कहा और चुप हो गया।

'किसी ने बदमाशी की है। लफंगों की नजर हमारे ही कमरे पर लगी रहती है। वह तो कहो बच गए। शीशा आकर लग गया होता तो।' यह स्त्री का स्वर था।

शुभ्रा को राहत अनुभव हुई। लगा, किसी को चोट नहीं लगी है। उसके दोनों हाथ उसके बिना सोचे ही जुड़ गए जैसे ईश्वर को इस कृपा के लिए धन्यवाद दे रही हो। मजेदार बात यह कि इस दुर्घटना ने उनकी कटुता को कम करके उनमें निकटता पैदा कर दी थी।

इसी वक्त बच्चे जाग गए थे। एक बच्चे का स्वर आया, 'क्या हुआ पापा ?

'शोर मत करो। सो जाओ।' यह किसी दूसरी स्त्री का स्वर था जो शायद बच्चों के साथ ही सोई थी। उसकी आवाज में उनींदापन भी था। शायद इसी के

साथ वह करवट बदलकर सो भी गई थी।

इसके बाद उन दोनों के खिड़की से हटने की आहट मिली। अब उस कमरे की बत्ती गुल कर दी गई थी।

दबे कदमों से वह अपनी चारपाई तक आई और धीरे से, इस बात की सावधानी बरतते हुए कि किसी तरह की आहट न होने पाए, चारपाई पर फैल गई। इसके साथ ही उसका सरदर्द तेज हो गया। उसे हैरानी हो रही थी कि इतनी देर तक यह गायब कैसे रहा था। उसके शरीर में रोमांच इस समय भी बना हुआ था। उसने अपने दोनों पाँवों को एक-दूसरे से कसते हुए शरीर को ताना। अच्छा लगा पर दर्द का इससे भी कुछ संबंध था। वह और तेज हो गया। वह फैल रहा था। पूरे शरीर में और एक तनाव में बदलता जा रहा था।

उसने उठकर सुराही से एक गिलास पानी पिया। लौटी तो उसने अपनी नाइटी भी उतारकर कुर्सी पर फेंक दी। अब वह लिहाफ में लिपटी हुई थी और अपने ही शरीर पर हाथ फेरती हुई इसे प्यार कर रही थी। इससे उसकी बेचैनी घटने की जगह बढ़ने लगी। उसे फिर पानी की तलब हुई। वह फिर उठी, पानी पिया और खड़ी हो गई। निरावरण। आदमकद शीशे में उसकी पिंडलियों से लेकर माथे तक की छाया पड़ रही थी। वह अपने को निहारती रही। आत्ममुग्ध। पता नहीं कहाँ पढ़ा था, स्त्री नंगी होने पर सुंदर नहीं लगती है। किसी मूर्ख ने लिखा होगा। वह जानती थी कि वह असाधारण सुंदर है पर इतनी सुंदर है इसका आभास उसे आज से पहले हुआ ही नहीं था। बहुत पहले देखी हुई संगमर्मर की एक नग्न स्त्री प्रतिमा उसे याद आई। उसके उभरे उरोज और उन्हें छिपाने को तिरछे उठे हुए एक हाथ और उभार को एक भिन्न आयाम देने के लिए ऊपर की ओर आसमान छूने को उठे दूसरे हाथ के साथ ही ऊपर को तनी ग्रीवा और वस्ति को छिपाने के लिए मुड़कर कुछ आगे को निकले और दूसरी जांघ पर टिके हुए दूसरे पाँव में वह प्रतिमा इतनी भव्य लगी थी कि वह कुछ दूरी से परे की ओर देखने का बहाना करती हुई देर तक उसे देखती रही थी। उसने ठीक वैसी ही मुद्रा अपनाने की कोशिश की क्योंकि उस प्रतिमा का सा ही संतुलन उसे अपने आप में दिखाई दिया था, पर इस प्रयास में उसका वह पाँव जिस पर शरीर का भार था, डगमगा गया और वह गिरते-गिरते बची। दुबारा यह प्रयोग करने का उसका साहस नहीं हुआ। उसके जी में आया कोई बड़ा चित्रकार होता और उसे न्यूड करना चाहता तो वह अपने को उसे सौंप देती, 'लो, मेरी काया को अपनी तूली से अमर कर दो।'

अपने ही इस खयाल से जाने कैसे वह झेंप गई। सोचना अलग बात है, यह उससे हो नहीं पाएगा। शरीर केवल तूली के सामने खुल नहीं सकता। वह उसी के सम्मुख खुल सकता है जिसके सम्मुख समग्रतः खुल चुका हो।

इस जाग्रत स्वप्न ने किसी अज्ञात तर्क से उसके शरीर को शिथिल कर दिया

था और अब उसका दर्द भी इतना कम हो गया था कि प्रयत्न करने पर वह एक झपकी और ले सकती थी।

उसने नाइटी फिर डाल ली और बिस्तर में लौट आई। उसे लगा, दूसरे कमरे में फिर सक्रियता बढ़ गई है क्योंकि अब दबी आवाजें आ रही थीं जिनमें प्यार और आवेश को छोड़ कुछ न था। क्या वे इतने निम्न स्तर पर उतरकर अपने प्रणयाचार को अधिक उत्तेजक बना रहे थे ? बड़े विचित्र लोग हैं।

नहीं, अब वह उनकी ओर ध्यान न देगी। केवल अपने बारे में सोचती रहेगी। कल के बारे में। वह शिथिल होकर सोचने लगी और फिर नींद में समा गई।

दरवाजे की खटखट से उसकी नींद टूटी। खिड़की से छनकर आती सूरज की किरणें उसके गालों को छू रही थीं। उसने लेटे-लेटे ही पूछा, 'कौन ?'

उत्तर में उसी बैरे की आवाज आई, 'चाय लाया हूँ मैडम।'

शुभ्रा उठी और तुरत उसे ध्यान आया वह नाइटी में है जिसमें शरीर के सारे उभार और दबाव आवरण के बाद भी आदिम स्वरों में चीत्कार करते हैं। फिर उसने अपनी झिझक को उस पत्रकार की तरह झटककर फेंक दिया जो जिस दुनिया में चला गया था उसी का होकर रह गया था।

'आई।' उसने बैरे से कहा, और सोचा, 'आइ'म मिस क्रिस्टी कार्ल्टन। नॉट शुभ्रा।' इसके साथ ही उसकी चाल में एक अल्हड़ता आ गई।

'चाय तो यहाँ पाँच बजे भी मिल सकती है। आपने मना किया था इसलिए नहीं आया। फिर सोचा आपको भूल गया होगा।' उसने चाय का सेट टेबल पर रख दिया।

'तुम बातें बहुत करते हो।' शुभ्रा ने उसे झिड़का।

'पहली बार सुन रहे हैं ऐसी बात। लोग तो कहते हैं कि तेरी जबान पर ताला पड़ा रहता है।' वह मुस्करा रहा था।

वह जाने लगा तो शुभ्रा ने कहा, 'अखबार मिलेगा ?'

'आप जो चाहेंगी, सब मिलेगा मैडम। आप आर्डर तो दीजिए। होटल छोटा जरूर है, पर कमी किसी बात की नहीं है। यहाँ तो फरिश्ते तक हाजिर किए जा सकते हैं।'

शुभ्रा ने होठों में कहा, 'बत्तमीज !' जबान से निकला, 'आए तो भेज देना।' और अंतरात्मा से कहा, 'कोई ऐसा भी कहने वाला तो होना ही चाहिए।'

43

बैरे के चले जाने के बाद शुभ्रा ने जल्दी-जल्दी ब्रश किया और चाय डालने लगी। उसे याद आया कि कमरे के साथ लगा प्रीवी तो है पर नहाने का इंतजाम नहीं है।

उसने कमरा बुक करने से पहले इसे देखा नहीं और जब कमरे में आई तब भी उसका ध्यान इसकी ओर गया ही नहीं। उसने बढ़कर बजर दबाया और फिर इत्मीनान से चाय पीने लगी।

बैरा आया तो उससे कहा, 'इसमें नहाने की तो जगह ही नहीं है।'

'गुशल यहाँ किसी कमरे के साथ नहीं है, मेमसाब। पहले गुशल की नाली पीछे की तरफ को गली में गिरती थी। उसे लेकर पड़ोसियों से मुकदमेबाजी चल रही है। फैसला न होने तक नालियों का इस्तेमाल करने पर रोक है। इसीलिए इसे बंद करना पड़ा। नहाने के लिए आपको सामने नीचे की मंजिल पर जाना होगा। वहाँ बाथ है।'

'पानी ? गर्म पानी का क्या होगा ?'

'पानी तो' वह कुछ उलझन में पड़ा, फिर कुछ सोचकर बोला, 'वहाँ मैं आपके लिए गर्म पानी का भी इंतजाम कर दूँगा।'

शुभ्रा ने आगे बढ़कर उस जगह को देखा जिसे बैरा बाथ बता रहा था। वहाँ लकड़ी के फट्ठों के पार्टीशन लगाकर तीन केबिन बनाए गए थे। वहाँ से देखने पर ही लग रहा था कि उनके बीच इतनी फाँक बनी रह गई है कि पर्दे का कोई सवाल ही नहीं रह जाता। बाथ तक जाने की सीढ़ी अलग थी। वहाँ तक पहुँचने के लिए तीन चार कमरों के सामने से होकर गुजरना पड़ता था, जहाँ दो-तीन नौजवान इस समय भी खड़े थे। उसने कुछ खीझे स्वर में कहा, 'भला, वहाँ कोई कैसे नहा सकता है ?'

'अब इंतजाम तो यही है, मेमसाब। नहाने वाले तो नहाते ही हैं। वहाँ तो दूसरों के लिए गर्म पानी का भी इंतजाम नहीं है। बस आपके लिए मैं स्टीवर्ड साहब से कहकर खास तौर से टब का इंतजाम करूँगा और गरम पानी पहुँचा दूँगा।'

शुभ्रा कुछ सोच में पड़ गई, 'अच्छा ठीक है। पानी गरम कराओ।'

बैरा जाने लगा तो उसने उसे फिर आवाज दी, 'अरे सुनो। अखबार का क्या हुआ।'

'अभी लाया।' अब उसने जाने में कुछ खास जल्दी दिखाई।

अखबार लेकर वह जल्द ही लौट आया। वह अखबार ही नहीं, अखबारवाले को भी लाया था, 'कौन सा अखबार।'

'हिंदुस्तान टाइम्स।'

अखबारवाला अखबार देकर एक मिनट खड़ा रहा। अब उसे ध्यान आया कि अखबार का पैसा अभी देना होगा। पैसा लेकर वह वापस लौट गया। बैरा पहले ही जा चुका था। वह अखबार उलटती हुई पानी गर्म होने का इंतजार करती रही।

दस-पंद्रह मिनट बाद आकर बैरे ने खबर दी, 'गुशल तैयार है, मेमसाब।'

वह कुछ झेंपती-झिझकती सी अपने कपड़े लिए कमरे से निकली। बराबर के

कमरे से एक युवती और प्रौढ़ को झाँकते देखकर उसने अनुमान लगाया, रात जिस जोड़े के झगड़ने की आवाज आ रही थी, वह यही होगा। मर्द को शुभ्रा पहले ही देख चुकी थी। यह वही व्यक्ति था जिसने अपने को होटल का मैनेजर बताकर अपना परिचय दिया था। वह आगे बढ़ गई और सीढ़ियाँ उतर गई। अगले दरवाजे से वे युवक उसकी ओर आँखें फाड़कर देख रहे थे जो कुछ देर पहले बरामदे में खड़े दिखाई दिए थे। उसने उनकी ओर ध्यान नहीं दिया। वह बाथ के दरवाज़े पर आ गई। बैरा वहाँ यह पूछने के लिए खड़ा था कि पानी ज्यादा गर्म तो नहीं हो गया।

उसने छूकर देखा, 'ठीक है, जाओ।' बैरा वापस हो लिया। शुभ्रा तौलिया खूँटी पर टाँगकर दरवाजा बंद करने जा रही थी। इसी समय बगल की केबिन से नहाकर एक साँवली-सी लड़की निकली और इसे देखकर सामने खड़ी हो गई। उसने इसे नमस्कार किया। उसके पतले-पतले होंठ और चमकती आँखें देखकर वह मन ही मन सराहती सी मुस्कराई, 'नमस्कार।'

उसने पूछा कि क्या वही कल शाम 305 नंबर कमरे में आई है। शुभ्रा के हामी भरने पर उसने कहा, 'तब आप मेरी पड़ोसी हैं।'

'आप 304 में हैं ?'

'हाँ। मेरा नाम रेखा है।'

'मैं क्रिस्टी। क्रिस्टी कार्ल्टन। तीन सौ चार तो होटल के मैनेजर का है शायद। क्या उसी में रहती हैं ?'

'वह मेरे जीजा हैं।'

'ओह आई सी। अभी तो नहाने जा रही हूँ। फुर्सत मिले तो मेरे कमरे में आना।'

'जरूर।' उसकी आँखों की चमक बढ़ गई।

आँखों में भी कई रंग के चिराग जलते हैं। शुभ्रा ने सोचा और अपना एक हाथ विदा देने के अंदाज में उठा दिया, 'चाय मेरे साथ ही पीना।' उसने उसके जाते-जाते कहा।

अब उसने किवाड़ के नाम पर उस केबिन में जो कुछ भी था, उसे बंद कर लिया। कपड़े उतारे और बाथ टब में उतर गई। अच्छा लगा। टब की ऊँचाई अधिक नहीं थी। बैठने के बाद पानी मुश्किल से उसके वक्ष तक आ रहा था। वह उसी में प्रसन्न थी। सहसा उसे लगा, पटरों की फाँक से कोई भीतर झाँकने का प्रयत्न कर रहा है। उसकी पहली प्रतिक्रिया तौलिया खींचकर अपने को ढकने की हुई, पर तुरत ध्यान आया कि इस तरह तो तौलिया ही भीग जाएगा। उसने अपने को ढकने का खयाल ही छोड़ दिया। धीमे स्वर में गुनगुनाती सी बोली, 'स्वाइन आर दे, दैट पीप इन व्हेन ए फेयरी बेद्स।' झाँकने वाला फिर भी नहीं हटा। शायद उसकी समझ में ही नहीं आया कि इसके पीछे भर्त्सना भी छिपी है। उसने उसकी ओर से ध्यान

हटा लिया और नहाती रही। इसी समय दूर से रेखा की तेज़ आवाज सुनाई दी। वह झाँकने वाले को गालियाँ दे रही थी, 'लफंगे। वहाँ क्या झाँक रहा है ?'

यह भाषा उस आदमी की समझ में आ गई। वह उल्टे पाँव भागा।

वह अपने कमरे में लौट कर फिर अखबार के बचे हुए अंश को देखने लगी थी। इसी समय रेखा उसके कमरे में आई।

'बैठो !' शुभ्रा ने अखबार एक ओर रखते हुए कहा।

'कहाँ ? बेड पर या कुर्सी पर।' रेखा की आँखों में शरारत थी और शरारत के इस क्षण में वह बहुत आकर्षक लग रही थी।

'मेरे दिल में।' शुभ्रा ने उतनी ही शरारत से कहा।

'यही ठीक है।' रेखा किलकारी मारकर हँसी और उससे सटकर बिस्तर पर ही बैठ गई।

'क्या लोगी।'

'सिर्फ चाय।'

शुभ्रा बजर दबाने को उठने लगी तो रेखा खुद उठ खड़ी हुई, 'मैं बोल कर आती हूँ।' वह बाहर बरामदे में निकल गई। लौटी तो कुछ झल्लाई हुई थी, 'कंबख्त कहीं के।'

'क्या हुआ ? किसे कोस रही हो ?'

'ये, निचली मंजिल में जो चार छड़े ठहरे हैं। इतने लफंगे हैं कि क्या बताऊँ। खरी-खोटी सुनाती हूँ उसका भी असर नहीं होता।'

'क्यों, क्या करते हैं ?'

'छेड़ते हैं ?'

'छेड़ते ही तो हैं ?'

'लफंगों की तरह फिकरे कसते हैं। इनमें एक लंबा-सा लड़का है न, उसे तो एक बार सैंडल उठाकर पीटने जा रही थी। कुछ दिन तो चुप रहा फिर शुरू हो गया। वही तो था जो तुम्हारी कैबिन में झाँक रहा था। बहुत बत्तमीज है।'

'क्या नाम है उसका ?'

'पाल। राजिंदर पाल।'

'कितने दिन से है यहाँ ?'

'वह किसी व्यापारी का एजेंट है। दो-चार दिन के लिए जाएगा तो जाएगा, नहीं तो उसके लिए माल खरीद कर मेल और सुपरफास्ट गाड़ियों से बिना बुक कराए भेजता है। यहाँ से फोन करता है और वहाँ माल उतार लिया जाता है।'

'माल कोई रास्ते में उतार ले तो ?'

'उतारेगा कैसे ? स्लीपर में जाता है सब कुछ। कंडक्टर से सेटिंग होती है। महीने का बँधा पैसा मिलता है। नीचे के इन तीन-चार कमरों में ऐसे ही छड़े रहते हैं।'

'इतनी सारी जानकारी राह चलते तो मिल नहीं जाती। तुम कुछ छिपा रही हो।'

'तुम जितनी भोली दीखती हो उतनी हो नहीं।' रेखा ने भी चुटकी ली।

'तुम बचने की कोशिश कर रही हो।' शुभ्रा ने फिर घेराबंदी की।

रेखा का चेहरा शर्म से चिकना हो गया।

'तुम इन पर इतना बिगड़ती क्यों हो ?'

'सब पर नहीं बिगड़ती। सिर्फ इस पाल पर। यह सबके सामने बदतमीजी कर बैठता है। अब मैं उसे बिल्कुल घास नहीं डालती।' इसी बीच रेखा की निगाह अद्धे में बची शराब पर चली गई, 'अरे, तुम लेती हो ?'

'रात ली। पहली बार। तुम ?'

'आदत नहीं। कभी ले लिया तो ले लिया। मुझे हैंगओवर हो जाता है।'

'हैंगओवर यानी ?' शुभ्रा की समझ में नहीं आया, यह क्या बला है।

'हैंगओवर यानी हैंगओवर। नशा उतर जाने के बाद भी सरदर्द, थकान, झपकी और खट्टा-खट्टा सा जायका यानी जितना मजा नहीं आया उससे कई गुना कोफ्त।'

'यही तो बात है।' शुभ्रा की समझ में अब आया।

'क्या हुआ था ? चढ़ गई थी।'

'यह मत पूछो क्या हुआ था। और उतरी भी कहाँ है जो कहूँ चढ़ गई थी।' शुभ्रा ने जान-बूझ कर अपनी आँखों को नशीला बनाते हुए कहा। शराब तो उसने पहली बार पी थी पर अभिनय में शराबी की अदाएँ कई बार दिखा चुकी थी।

इसी समय दरवाजे पर दस्तक हुई।

'आ जाओ।' रेखा ने यह मान कर कहा कि बैरा चाय लेकर आया होगा। कई बार आप जो मान बैठते हैं वह सच भी निकल आता है। बैरा ही था और चाय की ट्रे के साथ। साथ में कुछ बिस्किट भी थे।

'क्या बात है ? बड़ी देर लगा दी।'

'दूध जल गया था। दूसरे के यहाँ से लाना पड़ा।' वह चाय मेज पर रख रहा था पर दबी निगाहों से इन दोनों को देख रहा था।

उसके चले जाने के बाद शुभ्रा ने बढ़कर किवाड़ बंद किए और लौटती हुई बोली, 'कम तो ये हजरत भी नहीं हैं।'

'कम कोई नहीं होता।' रेखा ने अनुभवी की तरह कहा।

'स्त्री हो या पुरुष।' शुभ्रा ने इस दार्शनिक उक्ति में जो कमी रह गई थी उसे भी पूरा कर दिया।

'एक बात है। तुम्हारी जबान बहुत सलीस है। मैनेजराइन तो बहुत गलत-सलत बोलती है।' शुभ्रा यह कह तो गई, पर इसके साथ ही घबरा-सी गई। उनसे तो अभी

तक उसका सीधा पाला पड़ा ही नहीं था। रेखा ने यदि इसकी असलियत भाँप ली तो। पर रेखा ने इसकी ओर ध्यान ही नहीं दिया।

'मेरी बड़ी बहन को पढ़ने का मौका नहीं मिला। उसे कई तरह के पापड़ बेलने पड़े और कह सकती हो अभी तक बेलती ही जा रही है। पर उसी के कारण मुझे कुछ पढ़ने का मौका मिल गया। उसका मुझ पर बहुत अहसान है।'

शुभ्रा की रुचि रेखा के इतिहास में बढ़ गई। 'तुम्हारे पिता ने कुछ नहीं किया ?'

'हमारा परिवार कुछ अपने ही ढंग का है। मेरी माँ ने दो शादियाँ की थीं। पहली एक क्रिश्चियन से। उससे यह रोजी है। दूसरी एक हिंदू से जिसका नतीजा मैं हूँ। वह बहुत अभागी थी। पहले से पटी नहीं, उसे छोड़ना पड़ा और दूसरा मेरे पैदा होने के चार साल बाद ही मर गया। माँ खुद भी कुछ खास पढ़ी-लिखी नहीं थी। उसने हमारे लिए एक ही त्याग किया कि मेरे बाप के मरने के बाद उसने तीसरी शादी नहीं की। उसने क्या-क्या कष्ट झेलकर रोजी को किसी तरह दसवीं कराई उसे बताने चलूँ तो आज भी अपने को सँभाल नहीं पाऊँगी और रोना आ जाएगा।'

'फिर तो रोजी को भी बहुत कुछ उल्टा-सीधा करना पड़ा। यह जो आज होटल का मैनेजर बना फिरता है, उसे भी इसके काबिल इसी ने बनाया। लंबी कहानी है। यह होटल भी किराए पर है। इसका जो मालिक था उससे चल नहीं पा रहा था। ये जो मेरे जीजा हैं वह उसके यहाँ लगे थे और इन्होंने कहा, 'होटल मैं चलाऊँगा और आपको महीने के इतने मिलते रहेंगे। बाकी घाटा-नफा मेरा।' तब से यह मैनेजर भी हैं और मालिक भी।'

'करती क्या हो तुम ?'

'मेरा तो बिना बताए ही मालूम हो जाएगा। तुम अपनी बताओ।'

शुभ्रा को अपना नाम छिपाने से अधिक अपना पेशा छिपाना मुश्किल हो रहा था। नाम एक शब्द था, व्यवसाय जीवनचर्या। उसके ब्यौरे में जाते ही झूठ पकड़ में आ सकता था।

'प्रेम।' उसने सोचने के लिए कुछ अवकाश पाने के लिए उसके प्रश्न को नया मोड़ दे दिया, 'एक लड़के से प्रेम हो गया है। हम दोनों के परिवार के लोग शादी के पक्ष में नहीं हैं। हमने तय किया कि चुपचाप शादी कर लेंगे और फिर कुछ दिनों के लिए कहीं निकल जाएँगे। फिर वापस लौटेंगे तो घर वालों को भी झख मार कर हमारे फैसले के सामने झुकना ही पड़ेगा।'

'मैं तो पहले ही भाँप गई थी कि मामला टूरिज्म का नहीं है।' रेखा ने कुछ गर्व से कहा।

अपनी बात को अधिक सच साबित करने के लिए शुभ्रा ने शर्म से आँखें

नीचे झुका लीं।

'कब आएगा तुम्हारा प्रेमी ?'

'पता नहीं। कई बार डर लगता है कि कहीं फरेबी न हो।'

'कितनी गहराई तक जा चुकी हो उसके साथ ?'

'छोड़ो भी।' शुभ्रा ने नकली झुँझलाहट दिखाते हुए कहा। उसे डर लग रहा था कि बातचीत अधिक बारीकी में होने लगी तो उसकी चोरी पकड़ में आ जाएगी, 'यह बताओ, तुम्हारे यह जीजा जो हैं, इनसे तुम्हारी बहन की नहीं पटती ?'

'रोज तो झगड़ा होता है। वह रोजी को छोड़ भी नहीं सकता और उसके साथ चैन से रह भी नहीं सकता।'

'बहुत मजेदार हो तुम, रेखा। इतनी साफ भी कि लगता ही नहीं कि हम अभी आज ही मिले हैं।'

अपनी तारीफ सुनकर वह कुछ सकुच-सी गई, 'मैं तुमसे यह सब कह सकती हूँ क्योंकि जानती हूँ, तुम चार दिनों के लिए यहाँ हो और फिर यहाँ से चली जाओगी। कई बातें ऐसी हैं जिन्हें किसी से कहने की बेचैनी बनी ही रहती है, कभी शगल के लिए, कभी अपनी ग्लानि को कम करने के लिए।'

शुभ्रा का मन भारी हो आया। उसने कुछ कहा नहीं, पर 'ग्लानि कम करने' की बात से उसे लगा कि रेखा जिन अनुभवों की लालसा की बात कर रही थी वह भी एक सरलीकरण ही है।

'जानती हो रोजी न रहे तो यह होटल चल ही नहीं पाएगा। कई गाहक तो इस होटल में आते ही उसी के कारण हैं।

'एक बात तो तुम्हें बताई ही नहीं।'

शुभ्रा उसकी ओर उत्सुकता से देखने लगी।

'जानती हो रोजी को जीजा ने कैसे पहले गेस्ट के साथ रहने को राजी किया था ?'

शुभ्रा न कुछ जानती थी, न इसकी ओर उसका ध्यान गया था, 'कैसे ?'

'उसने कहा, 'यह बताओ, तुम चाहती हो यह होटल चले या चाहती हो यह न चले और इसी के साथ मेरा बेड़ा डूब जाए।' उसने यह सवाल बड़े भोलेपन से किया था।

'तुम कैसे आदमी हो ? मैं कैसे चाहूँगी कि तुम्हारा होटल डूब जाए, तुम डूब जाओ। इसके साथ तो मैं भी डूब जाऊँगी।'

'जीजा बोला, 'तो यह समझ लो कि यह होटल तुम्हें चलाना है।'

'मेरी अपनी नौकरी है। जब तक यह होटल पूरा चल नहीं जाता, उसी का तो सहारा है। उसे करूँ या यह होटल चलाऊँ ?'

'दोनों चला लोगी। कोई काम रुकेगा नहीं।'

'और फिर तुम क्या करोगे ?'

'तुम्हारा हुक्म बजाऊँगा। तुम कान पकड़कर कहोगी, उठो तो उठ जाऊँगा। कहोगी, बैठो, तो बैठ जाऊँगा।'

'रोजी हँसने लगी, 'इतने भोले तो तुम हो नहीं। यह बताओ तुम्हारी चाल क्या है ?'

'इसने कहा, 'चाल और तुमसे ? देखो रोजी, यह जो होटल का धंधा है न, यह इधर पैसे के जोर पर कुछ मोटी गाँठ वालों के हाथ में आ गया है। पुराने जमाने में यह मालदार औरतों का धंधा था। मालदार औरत, यानी खूबसूरत और जवान औरत का धंधा। तब यह जरूर था कि होटल की जरूरत शहर में नहीं पड़ती थी, शहर के बाहर पड़ती थी जहाँ यात्री आकर आराम करते थे और अगली सुबह तरोताजा शहर में आकर अपना कारोबार करते थे और फिर लौट जाते थे। शहर में तो धर्मशाले और आरामगाह होते ही थे। तो दिल्ली शहर के पास ही देखो तो छबीली भटयारन से लेकर जाने किस-किस भटयारन के नाम से आज भी इलाके मशहूर हैं। वे बहुत ताकतवर भी होती थीं। मजाल कि कोई उनकी मर्जी के बिना उनको हाथ लगा दे। हाँ मीठा बोल, हुस्न का जादू और आँखों की बिजली सबके लिए थी। अगर तू मेरी बात समझ गई है तो समझ ले होटल चल गया और हम भी कुछ बन गए। अगर समझ में नहीं आई तो समझ ले हम सब डूब जाएँगे। चल, तू जवान है, इतनी हसीन है, तेरे पास एक नौकरी भी है, तेरा तो कुछ न बिगड़ेगा, पर मैं तो तबाह हो जाऊँगा।'

'रोजी ने कहा, 'तू यह बता मुझे करना क्या है ?' उन दिनों वह इसे प्यार भी बहुत करती थी। आदमी में तो कोई खोट है नहीं, बस पैसा जो न कराए।

'इसने कहा, 'तुझे क्यों करना पड़ेगा कुछ। करने वालों की यहाँ कमी है ! तुझे तो बस कमरा नंबर एक सौ चार में चला जाना है और जैसे तू मेरे साथ पीती-पिलाती है, आज उनका साथ दे देना। बहुत बड़ा लाला है। कहता है, पैसा मुझसे लो, इस होटल को जरा सुधारो। और हमारी जरूरत का ध्यान रखा करो। होटल चलेगा कैसे नहीं।'

'और फिर रोजी कमरा नंबर एक सौ चार में यह पूछने चली गई थी, 'आपको किसी चीज की कमी तो नहीं।' और उस आदमी ने, जो तब अधेड़ हो चुका था, कहा था, 'आपके रहते कमी किस बात की। बैठिए। मुझे अकेले पीने, खाने और सोने की आदत नहीं। आपका साथ चाहिए।'

'और रोजी ने उसका साथ दे दिया था।' शुभ्रा ने हँसकर कहा और रेखा उसके साथ ही खिलखिलाकर हँस पड़ी।

44

रेखा से बात करना शुभ्रा को अच्छा लग रहा था। वह बहुत कुछ ऐसा जानती थी जिसका शुभ्रा अनुमान भी नहीं कर सकती थी। उसका वश चलता तो उसे पूरे दिन साथ ही रखती। पर उसे ड्यूटी पर जाना था।

'अरे मैं तो मर गयी। मेरी तो ड्यूटी का समय हो गया।' अच्छा साढ़े चार बजे मिलेंगे। वह चली गई।

शुभ्रा अकेली रह गई। उसके मन में कोई योजना नहीं थी। एक धुँधला-सा खयाल था कि जिस तरह निपट अकेला रहकर एक पुरुष रह लेता है, मुक्त होकर घूमता-फिरता है, जहाँ जी में आता है बैठकर सुस्ता लेता है, किसी भी भीड़वाले या सुनसान इलाके में अकेले घुस जाता है, उसी तरह वह कर सकती है, या नहीं। इसे ही आजमाने के लिए उसने इस तरह की जोखिम मोल ली थी।

रेखा के चले जाने के बाद जब वह अकेली रह गई तो उसे देवेश की याद आने लगी। जितने मुक्त भाव से वह देवेश से बात कर लेती थी उस तरह किसी अन्य से नहीं और दोनों में जितनी खट-पट होती रहती वह भी बेमिसाल थी। बात-बात पर तुनक जाना।

देवेश से बहस करते हुए एक बार उसने कहा था, 'इस दुनिया पर पहले औरतों का ही राज था। सभी समाजों में माताओं की ही चलती थी। वे जैसे चाहतीं घर को चलातीं। स्त्रियाँ किसी भी उम्र में जिस भी आयु के पुरुष से संबंध रखना चाहतीं, रखती थीं। धीरे-धीरे स्त्री का यह स्वामित्व पुरुष ने छीन लिया। आज स्थिति ठीक उल्टी हो गई है। मैं उस युग की वापसी के सपने देखती हूँ जब स्त्री की प्रधानता थी।'

देवेश ने कहा था, 'तुम उस युग की वापसी क्यों नहीं चाहतीं जब आदमी बंदर था और औरत बंदरिया ?'

शुभ्रा कुछ देर तक सोचती रही थी। फिर उसने कुछ कड़वाहट से कहा, 'तुमको मैं बंदरिया लगती हूँ ?'

'लगती तो नहीं हो, पर यह पूछते हुए जरूर लग रही हो क्योंकि जिस तरह तुम सोच रही हो उस तरह सोचूँ तो तुम्हें बंदरिया कहने से पहले मैंने अपने को बंदर कहा था। इस पर तुम्हारा ध्यान जाता तो तुम इतना खट्टा मुँह न बनातीं।'

'तुम अपने को क्या कहते हो यह तुम जानो। पर मुझे जो चाहो वह कैसे कह सकते हो ?' उसकी कड़वाहट गई नहीं थी।

'इसलिए कि तुम्हारे पास दिमाग कुछ कम है।'

'यह तुम नहीं, तुम्हारे भीतर का पुरुष बोल रहा है।'

देवेश हँसने लगा था, 'उसके होने के कारण ही तो मैं हूँ। वह है तो बोलेगा

क्यों नहीं। मुझे तो हैरानी है कि तुम्हारे भीतर से भी पुरुष ही बोल रहा है।'

'मतलब ?'

'मतलब तुम इस समय नहीं समझोगी।'

'समझाओ। तुम्हारे पास तो बहुत सारा दिमाग है। सिर से लेकर पाँव तक। पुरुष जब हाथ-पाँव चलाता है तब भी उसका दिमाग ही चलता है और स्त्री का जब दिमाग चलता है तब भी पुरुष को वह दिखाई नहीं देता।' वह अड़ गई थी।

देवेश मुस्कराता रहा था और इससे भी शुभ्रा को खीझ हो रही थी कि वह इतनी कड़ी सचाई बयान कर रही है और यह उसको हँसी में उड़ाने की कोशिश कर रहा है। जब वह चुप हुई तो वह नरमी से बोला, 'देखो शुभ्रा, तुम सामाजिक विकास की पिछली अवस्थाओं की बात कर रही थीं जिसमें हो सकता है नारी की प्रधानता रही हो ?'

'हो सकता है क्या, यह तो एक सचाई है। सभी इसे मानते हैं।'

'सचाई नहीं है, अनुमान है। आज के आदिम समाजों में से कुछ को नारी प्रधान देखकर लगाया हुआ अनुमान है जो गलत भी हो सकता है।'

'कैसे, जरा सुनूँ तो सही।'

'क्योंकि जिन समाजों में नारी की प्रधानता के लक्षण पाए जाते हैं उनसे बहुत-बहुत पुराने समाज भी हैं जिनमें नारी प्रधानता नहीं पाई जाती। पचासों हजार साल से एक ही स्थिति में रहने वाले समाज जो तब भी पुरुष प्रधान थे, आज भी हैं। इसी तरह कुछ में विशेष परिस्थितियों में नारी की प्रधानता आई। कुछ तो इसलिए कि वे परिस्थितियाँ बदली हैं और कुछ अपने चारों ओर के आगे बढ़े हुए पुरुष प्रधान समाजों के दबाव में, उनमें भी नारी की प्रधानता घटती जा रही है। इसी के आधार पर कल्पना की गई कि जितने भी पुरुषप्रधान समाज हैं वे मातृप्रधान से इसी तरह धीरे-धीरे पुरुषप्रधान हुए होंगे।'

'यह तो अपनी बात सही सिद्ध करने की तुम्हारी जिद है।' अब वह पिछली तिक्तता से हटकर फिर तर्क करने लगी थी।

'हो सकता है। हो सकता है ऐसी ही जिद तुममे भी हो और उसी के कारण तुम्हें मेरी बात समझ में न आ रही हो। इसीलिए तो मैंने कहा था, हो सकता है उस पिछली अवस्था में नारी की प्रधानता रही हो। मैंने निर्णायक स्वर में यह तो नहीं कहा कि ऐसी प्रधानता नहीं थी। इसे लेकर मेरे मन में स्वयं संदेह था और ऐसा संदेह तुम्हारे मन में भी होता तो हम अधिक सुलझे ढंग से बात कर पाते। पर तुम तो...'

'बस आ गए न अपनी पर।' इस बार वह चिढ़कर नहीं, हँसकर बोली थी।

'हाँ भई, आ गया। मान लो यह मेरी आदत है। मान लो पुरुष होने के कारण यह मेरे स्वभाव में ही है, पर बात तो सुनो।'

'सुनाओ।'

'तुम समाज के विकास की एक पीछे की अवस्था की बात कर रही थीं। मैंने मनुष्य के विकास की पिछली अवस्था की बात करते हुए उस बात को और साफ करना चाहा था।'

'क्या ? किस बात को ?'

'अब भी नहीं समझीं। अरे भाई बानरों के समूह में मादा की प्रधानता होती है या नर की ?' वह हँसने लगा था।

'यू ईडियट।' उस समय शुभ्रा के हाथ में कोई किताब थी। उसे ही चलाकर उसने देवेश को मारा था और उसने किताब रास्ते में ही लपक ली थी। इसके बाद दोनों देर तक हँसते रहे थे।

इसके बाद से पुरानी अवस्था और नई अवस्था का भूत उसके सिर से कुछ कम हो गया था। उसने सोचा तो यह भी पाया कि यदि सचमुच विकास जैसी चीज है तो नारी प्रधानता हुई तो पिछड़ी अवस्था की ही सचाई। उसकी ओर तो कोई लौटना नहीं चाहेगा। और कुछ और सोचने के बाद अपने आप से कहा, 'पर आज पुरुषों द्वारा भी स्त्रियों को क्रमशः अधिक से अधिक अधिकार देना, स्त्रियों द्वारा इसकी माँग करना, यह भी तो विकास को ही प्रकट करता है, फिर और अधिक स्वतंत्रता, और अधिक बराबरी तो समाज को आगे ही ले जाएगी न।'

'अच्छा, एक बात बताना देवेश, क्या तुम नहीं चाहते कि स्त्रियाँ पुरुषों की बराबरी पर आएँ ?' इस चर्चा के घंटों बाद उसने देवेश से पूछा था।

'दो नाबराबर चीजें बराबर कैसे हो सकती हैं शुभ्रा ?' देवेश ने देवेश की तरह ही जवाब दिया था।

'हो सकती हैं। जिस दिन नाबराबर चीजों का बराबर होना बंद हो जाएगा, यह पूरी व्यवस्था खत्म हो जाएगी।'

'कैसे, जरा सुनूँ तो।'

'तुम एक चवन्नी लिए जाते हो और एक किलो नमक लिए चले आते हो। दोनों के न तो भार में बराबरी, न रूप और गुण में समानता और फिर भी दोनों में बराबरी का एक रिश्ता बना हुआ है।'

'जरूरत के कारण।'

'जरूरतों के कारण ही। जरूरतें बराबरी की दुनिया तैयार करती हैं और नाबराबरी की दुनिया भी बनाती हैं। वे हमें जोड़ती भी हैं और अलगाती भी हैं। इनको खत्म कर दो तो पूरी व्यवस्था खत्म हो जाएगी।'

'व्यवस्था पर ही क्यों रुक गईं। कहा होता प्रलय आ जाएगा।'

'कह लो। गलत न होगा। अभी जो तुम विकास की बात कर रहे थे वह प्रकृति की अपनी जरूरत है। जिस दिन यह रुक जाएगा एक महाविस्फोट के साथ

उसी तरह सब कुछ नष्ट हो जाएगा जैसे हृदय की गति के तनिक-सा रुकने पर यह फट जाता है।'

देवेश की आँखें फैल गई थीं, 'शुभ्रा !' उसका विस्मय युक्त श्रद्धाभाव देखते ही बनता था।

शुभ्रा हँसने लगी थी। अपने विजय गर्व को मिटाती हुई जैसे बच्चे मिट्टी के घर बनाकर उन्हें स्वयं मिटा देते हैं। फिर वह गंभीर ही नहीं कुछ कातर-सी हो गई थी, 'मैं उसे पाना चाहती हूँ, देवेश।'

'बराबरी को ? यह बराबरी तो स्त्री को पुरुष ने कब से दे रखी है। विवाह करते ही एक कम उम्र की, अनपढ़, गँवार लड़की भी अपने पति के इतने बराबर आ जाती है कि उसके निर्णयों को काटती हुई अपने निर्णय लाद देती हैं। कई बार तो लगभग अधेड़ औरतों की जेठानियाँ बन जाती हैं, और कई बार...'

शुभ्रा ने वाक्य अपनी ओर से पूरा कर दिया, 'अपनी उम्र के बच्चों की माताएँ तक बन जाती हैं।'

'हाँ, वह भी है।'

'मैं उस बराबरी की बात नहीं कर रही हूँ देवेश। उस बराबरी को पाना चाहती हूँ जिसमें एक ही व्यापार में शामिल पुरुष उस दाग और लांछना से बच जाता है, बल्कि स्वयं उसका प्रचार करता है, परंतु स्त्री का नाम उससे जोड़कर गालियाँ दी जाती हैं। जिस चीज को स्त्री ने जैसे भी हो कभी हासिल किया था, और जिसे पुरुष ने जिस भी कारण या जुगत से क्यों न हो, उससे छीन लिया, मैं उसे पाना चाहती हूँ। अपने लिए।'

'मनचलापन ?'

'यही कह लो। वह मुझे चाहिए।'

'तुम पहली स्त्री नहीं हो जिसे इसकी चाह है। पर इससे पहले जिसने भी ऐसा चाहा है उसे समाज ने अपने पाटों के बीच पीस कर रख दिया है। मैं नहीं चाहता तुम उसकी कामना करो। मैं नहीं चाहता वह तुम्हें प्राप्त हो।'

'यह मैं जानती थी देवेश। तुम मुझे वह नहीं दे सकते।'

'केवल मेरे देने से मिल जाता हो तो मुझे इसमें कोई आपत्ति न होगी, शुभ्रा। यह तो ऐसा देय है जिसे देने वाला भी उसी तरह पिस जाएगा। पीसने वाला वह नहीं है। वह व्यवस्था है जिसे भी शायद विकास की आंतरिक शक्ति ने निर्मित किया हो। प्रकृति ने स्वयं। विकास के इस रथ को वापस नहीं मोड़ा जा सकता।'

'मुड़ेगा यह। मुड़ता है यह। तुमने बंदरों की तुलना करके कहा था वह भी पुरुष प्रधान था। कहा था न।'

'कहा था।'

'माना था न कि यदि आदिम अवस्थाओं में सभी नहीं तो कुछ समाजों में

स्त्री ने वह प्रधानता छीन ली थी। विकास के इस तर्क को या तो उसने उलट दिया था या विकास का यही सच्चा तर्क था जिसने आगे चलकर अपनी पेशी के बल पर पुरुष ने उससे छीन लिया। अब वह माँग उठ रही है, मेरे भीतर से, मेरे जैसों के भीतर से। जैसे मुक्त होकर पुरुष विचरता है और उन सभी आस्रवों से मुक्त रहता है जिनमें वह और उसकी व्यवस्था स्त्री को लिप्त कर देती है, उनसे उस जैसी ही मुक्ति मैं चाहती हूँ। परिणाम की चिंता किए बिना।'

'इस पर फिर कभी बात करेंगे, शुभ्रा। तर्क से बहुत-सी चीजें सही लगती हैं पर व्यवहार में गलत हो जाती हैं।'

'क्योंकि वहाँ व्यवहार और आचार ही गलत होता है।'

'मैंने कहा न, फिर कभी।'

'तुम कभी इस पर बात नहीं करोगे, देवेश। क्योंकि तुम केवल पुरुष नहीं हो, उन पुरुषों में एक हो जो इस व्यवस्था को जेल की दीवारों की तरह मजबूत बनाए रखना, पर स्वयं इससे बाहर रहना चाहते हैं।'

सच तो यह है कि उसी दिन शुभ्रा ने तय किया था कि देवेश के साथ रहकर वह उसे भी दुखी रखेगी और स्वयं भी रहेगी।

45

शुभ्रा कुछ देर तक बीती हुई बातें याद करती रही फिर उसे थकान-सी अनुभव होने लगी। उसने शर्ट और मिनी स्कर्ट डाली, जुर्राब और जूते पहने, मेकअप किया और कुछ देर तक शीशे में अपने लिपस्टिक से चमकते होठों को निहारती रही। उसने खुद अपने को छेड़ा, 'वाह, क्या अदा है।' और इतरा उठी।

पर्स उठाकर वह बाहर को निकली तो एक बार खयाल आया, यह पर्स भी क्यों। कोई लड़का इस तरह पर्स लेकर तो निकलता नहीं। क्यों न कुछ पैसे जेब में डालकर यूँ ही निकल पड़े। उसने टटोलकर देखा तो पाया उसकी कमीज में जेब है ही नहीं, 'चलो, कोई बात नहीं।' उसने अपने को समझाया और कमरा बंद कर दिया।

वह होटल से बाहर आई और टहलती हुई चाँदनी चौक की तरफ निकल आई। वह किनारे फुटपाथ से होकर चलने लगी। दोपहर का समय होने के कारण भीड़ नहीं थी। इक्के-दुक्के लोग ही आते-जाते दिखाई दे रहे थे। उसने तय किया वह जँचने वाले नौजवानों को उसी तरह लालसा भरी निगाहों से देखेगी जैसे वे लड़कियों को देखते हैं। आखिर जो काम वे कर सकते हैं, वह क्यों नहीं कर सकती ?

उसने एक नौजवान को इस तरह देखा और मुस्कराई। पचीस-छब्बीस की उम्र

का रहा होगा। सुंदर और चुस्त, पर वह कुछ समझ नहीं पाया। वह उलझन में पड़ गया। वह चलते हुए कुछ सोचने लगा और फिर जैसे यह सोचकर कि उसने उसी दिशा में किसी दूसरे को देखकर मुस्कान बिखेरी होगी, सामान्य हो गया और आगे बढ़ गया।

उसे वह पुरानी घटना याद आ गई जिसमें आई पी की ओर फुटपाथ से जाती हुई लड़की ने पैंट के कूल्हे पर 'चेज मी' का स्टिकर लगा रखा था और कुछ इठलाती हुई चल रही थी और उसे देखकर एक-दो लड़के सीटी मारने लगे थे। 'आज मैं इसका पीछा करूँगी' उसने सोचा और मुड़ कर उसके पीछे हो ली। कुछ दूर जाने के बाद उसे इस बात का आभास हो गया कि वह उसके पीछे लगी है। उसने मुड़कर देखा तो वह फिर उसी तरह मुस्करा पड़ी।

वह रुक गया, 'आपने मुझसे कुछ कहा ?'

'नहीं तो।' उसने मजा लेते हुए कहा।

'फिर ?' वह परेशान-सा निगाहें झुकाकर और फिर पीछे को मुड़कर अपने कपड़ों को देखने लगा कि कहीं कोई ऐसी बात तो नहीं जो अटपटी हो।

'फिर, कुछ नहीं। यू'अर रिएली वेरी क्यूट।' उसने कुछ और पास जाकर कहा।

'ओह ! थैंक्यू।' वह मुस्कराता हुआ आगे बढ़ गया। इससे अधिक वह कुछ चाहती भी नहीं थी।

दो लड़के उम्र में उससे भी कम रहे होंगे, एक-दूसरे से बातें करते आ रहे थे। उनकी चाल में एक लापरवाही थी जिससे लग रहा था वे बाजार करने नहीं निकले थे, बल्कि बाजार से गुजर रहे थे। किसी बात पर वे हँस रहे थे। उसने अपने सीने को कुछ उभार देते हुए चलना शुरू किया और उनके पास से रगड़ खाती-सी गुजरी। कई लोगों की नजर उसकी ओर गई। जिस लड़के से वह टकराते-टकराते सिर्फ रगड़ खा कर आगे निकल गई थी वह भौचक होकर उसे देखने लगा। वह स्वयं भी यह देखने के लिए कि उन पर क्या प्रतिक्रिया हुई उलटकर बनावटी खीझ दिखाती हुई, जैसे यह सब उनकी ही शरारत से हुआ हो, देखने लगी। और फिर अपनी मुस्कराहट को दबाती हुई आगे बढ़ गई। 'मजा आ गया।' उसने सोचा और फिर लापरवाही से इधर-उधर देखती हुई चलने लगी।

उसे हैरानी इस बात पर थी कि अधेड़ और बुढ़भस लोगों की भी आँखों में उसे देखकर ऐसी चमक आ-जा रही थी जैसे वह अकेली मिल जाए तो वे भी अपने को सँभाल न पाएँगे। जिस पुस्तक में उसने स्त्रीप्रधान समाज के बारे में पढ़ा था उसमें कुछ ऐसा भी था कि कुल की बूढ़ी शासिका जी चाहने पर अपने बच्चों-पोतों की उम्र के लड़कों को और जब-तब अपने ही बच्चों-पोतों को भी नहीं छोड़ती थी।

'कोई नहीं छोड़ता किसी को मौका मिलने पर। बस ये जो समाज की बनाई वर्जनाएँ हैं और थोड़ा-बहुत न्याय का दिखावा है उसी का नतीजा है कि हदें बनी हुई हैं।' उसने सोचा और सामाजिक मर्यादाओं के प्रति उसका जो भीतरी असंतोष

था, वह कुछ कम हुआ।

चाँदनी चौक वह तीन-चार बार आ चुकी थी इसलिए गलियों की मोटी-सी जानकारी थी। उसे यह मालूम था कि यहाँ जो गली-कूचे में पनवाड़ियों जैसी छोटी-सी दूकानें लिए बैठे हैं वे भी लाखों के असामी हैं। अब वह दरीबे की ओर मुड़ गई थी। यहाँ कुछ सँभलकर चलना पड़ रहा था। उसके सामने ही सड़क के किनारे जलेबी की दूकान थी। सड़क की दूसरी ओर उस दूकान की भट्ठी जल रही थी। सड़क पर ही खड़ा एक नौकर जलेबियाँ निकाल रहा था। दूकानदार तख्ते पर बैठा गद्दी सँभाले हुआ था। दूकान के अंदर भी काफी भीड़ थी पर बाहर खड़े लोगों को देखते यह भीड़ किसी गिनती में न थी। आगे फुटपाथ पर लाल रंग का एक साइनबोर्ड रखा था जिस पर 'गोली ताकत शौकीनों के लिए' और उसके नीचे कुछ पतले अक्षरों में 'खोई जवानी भी वापस आ सकती है' लिखा था।

तो यही है दरीबे का मशहूर जलेबी वाला। उसने सोचा और जी में आया वह भी एक ओर को खड़ी होकर जलेबी खाकर देख ही ले कि इतने सारे लोग किस बात पर मरते हैं, पर पुरुषों की भीड़ के कारण ही नहीं, अपनी पोशाक के कारण भी उसे यह हास्यास्पद-सा लगा। वह आगे बढ़ गई। तभी एक युवक पीछे से उसके पास आकर बोला, 'माफ कीजिएगा, मैडम, आप से एक बात थी।'

इस बार वह चक्कर में आ गई, 'बात क्या है।'

'आप से एक बात कहनी थी। हम कुछ देर से आपके ही पीछे आ रहे हैं, पर हिम्मत नहीं हो रही थी।'

'बात क्या है ?' उसने पुराना वाक्य ही फिर दुहराया।

'आपको एक किस देना होगा।'

'ऐं ! क्या कहा ?'

घबराने की जगह वह और दुस्साहसी हो गया, 'सिर्फ एक किस और इसके पचीस रुपये मिलेंगे।' वह तीस के आसपास का एक युवक था। देखने में अधिक पढ़ा-लिखा नहीं पर गँवार भी नहीं। शरीर से स्वस्थ और सुंदर और वेशभूषा से पंजाबी।

'हैं, तुम्हारा मतलब क्या है ?'

उसने न शोर मचाया था, न गुस्सा दिखाया था, इससे उस नौजवान की झिझक पूरी तरह खत्म हो गई थी, 'एक बोसा। बस और कुछ नहीं। और पचीस रुपये आपके।' उसके स्वर में अनुनय का भाव आ गया था, 'बस, एक मिनट की बात है। और कोई बदसलूकी नहीं होगी।'

'रीएली ! कहाँ ?' उसने हैरानी से पर कुछ हँसते हुए पूछा, जैसे यह कोई साधारण सी बात हो।

'यहीं पास में एक रेस्त्राँ में चलना होगा। मिनट भर भी नहीं लगेंगे।'

'चलो।' वह उसके साथ हो ली।

वे जिस रेस्त्राँ में घुसे वह था बहुत साधारण, पर इसमें केबिन बने हुए थे। वह एक खाली केबिन में घुसा और शुभ्रा के भीतर जाते ही अपने पीछे चले आ रहे दूसरे नौजवान से बोला, 'आ यार, अब तो बैठ पास में।' वह खुद शुभ्रा के सामने की सीट पर बैठा था।

दूसरा नौजवान आकर शुभ्रा के पास बैठ गया, पर इस तरह बचाता हुआ जैसे उसे डर हो कि यदि शरीर सट गया तो वह झल्ला उठेगी। शुभ्रा ने मुड़कर उसकी ओर देखा। वह शर्मा रहा था।

'क्या पिएँगी, ठंडा या गरम।'

'कुछ नहीं। मैं कुछ जल्दी में हूँ।'

'कुछ तो लेना ही पड़ेगा। आप जल्दी में हो सकती हैं, पर उतनी जल्दी में नहीं हैं जितनी दिखा रही हैं। मैंने कहा न, हम दोनों बहुत पहले से ही, जब आप दो लड़कों से बचते-बचते टकराने की हालत में आ गई थीं, फिर भी किसी तरह बच कर निकल आई थीं, तभी से आपके पीछे चले आ रहे हैं। इंसान की चाल से जल्दी और फुर्सत का पता तो चल ही जाता है। बोलिए, आपको कुछ लेना जरूर पड़ेगा।'

शुभ्रा का झूठ पकड़ में आ गया था इसलिए वह भीतर से झेंप गई थी, 'बात यह है कि हफ्ते में एक दिन मैं फास्ट रखती हूँ। आज वही दिन है।'

'फिर तो बात ही अलग है। मैं तो सोच ही नहीं सकता था कि आप लोग भी व्रत रखते हैं।'

'व्रत नहीं, फास्ट। आप लोग जिसे उपवास कहते हैं, पर नहीं वह भी नहीं। बस खाना नहीं खाती, पानी नहीं पीती। सेहत के खयाल से।'

'कमाल है। तभी तो इतनी अच्छी फिगर है। तब हम आपको अधिक नहीं रोकेंगे।'

उसने अब उस नौजवान की ओर देखा, कुछ इशारा किया। शुभ्रा अपांग से उसे देखती रही। वह संकोच से सिकुड़ा जा रहा था।

'अब क्यों झेंपता है साले, ले ले बोसा।' उसने उसके पास बैठे युवक को उकसाते हुए इतनी दबी जबान में कहा कि आवाज केबिन के बाहर न जाने पाए।

शुभ्रा दबे होंठों से मुस्कराती और पहले की ही तरह कनखियों से उसकी गतिविधि को निहारती रही। उसके पास बैठे युवक ने गर्दन ऊपर उठाई और फिर मुँह उसकी ओर मोड़ा और इसके साथ ही उछलते-उछलते रह गया। सामने से उस लड़के ने उसके पाँव को जूते से दबाया था, शायद।

उसने इस बार मुँह उसकी ओर किया तो शुभ्रा ने अपने गाल उसकी ओर बढ़ा दिए। उसने होंठों से हल्का-सा स्पर्श किया और उसके साथ ही काँप उठा। रोमाँच हो आया हो जैसे। शुभ्रा को हैरानी हो रही थी। जैसी उम्र है, यह दो एक

बच्चों का बाप हो चुका होगा। इतनी उम्र में भी आदमी में इतना संकोच बना रह जाता है, क्या। उस युवक ने अपनी आँखें नीचे झुका ली थीं।

सच तो यह था कि जब शुभ्रा की शोखियाँ देखकर उसने हैरानी प्रकट की थी तो उसके सामने बैठे उसके साथी ने कहा था कि उसने अभी दुनिया में देखा ही क्या है। अगर वह पचीस रुपये खर्च करे तो वह उससे बोसा तक दिलवा सकता है। इस पर उसे विश्वास नहीं हुआ था तो उसने उसे उकसाया था, चल अभी देख। और उसे खींच लाया था। उसकी झुकी हुई निगाहों से लग रहा था उसकी हैरानी अभी तक नहीं गई थी।

'अब ला निकाल पैसे।' सामने वाले युवक ने कहा था।

उसने चुपचाप जेब से मनीबैग निकाला था और उसमें से दस-दस के पाँच नोट सामने वाले को बढ़ा दिए थे। दूसरे ने कहा था, 'अब एक चांस मुझे भी। प्लीज।'

'नो, बिल्कुल नहीं।' वह उठने लगी।

'ले यार मेरी किस्मत ही खोटी है। तेरे पचीस बच गए।' उसने तीन नोट उसे वापस लौटा दिए थे और पाँच का एक नोट लेकर शुभ्रा को पकड़ा दिया था।

शुभ्रा ने पैसे अपने हाथ में ले लिए थे, 'अब एक शर्त मेरी।' उसने खड़े-खड़े ही सामने वाले लड़के से कहा था।

'हाँ, हाँ, बोलिए।'

'ये पचीस आपके यदि आप इनका एक बोसा ले लें तो।'

'अरे वाह ! मजा आ गया', उसने बढ़कर अपने दोस्त को इस तरह चूमा था जैसे उसके गालों में दाँत धँसा दिए हों।

'ये रहे आपके पैसे।' शुभ्रा ने पैसे उसकी ओर बढ़ा दिए थे।

'नहीं, शुक्रिया। पैसे तो उल्टे इसे मुझे देने चाहिए।'

'रखिए, मुझे इसकी जरूरत नहीं।' शुभ्रा ने मुस्कराते हुए कहा।

'किसी जरूरतमंद को हमारी ओर से, हमारी ओर से क्यों, अपना समझकर ही दान में दे दीजिएगा। आज आपका फास्ट है, एक साथ दो-दो पुण्य हो जाएँगे।'

तीनों खुश-खुश केबिन से बाहर निकले। दरवाजे से वह बाहर होने लगी तो दोनों ने हाथ उछालते हुए होठों को बोसे के अंदाज में सिकोड़ा और फिर मुड़कर रेस्त्राँ में चले गए। यह रेस्त्राँ ऊपर की मंजिल पर था और उतरने की सीढ़ियाँ सीधी और पतली थीं। उसे लगा कहीं वह खुशी के मारे सीढ़ियों से फिसल न जाए। एक ओर की रेलिंग पर नीचे उतरने तक उसका एक हाथ लगातार बना रहा।

अब उसे वह मस्ती महसूस हो रही थी जिसमें नौजवान छोकरे चलते हुए गुनगुनाते या फिल्मी धुनों पर सीटियाँ बजाते रहते हैं। अब वह मुख्य सड़क के फुटपाथ पर कुछ उचकती हुई चल रही थी और सचमुच सीटी बजाने लगी थी :

मेरी जाँ मेरी जाँ

प्यार किसी से
हो ही गया तो
हम क्या करें।

अब पूरे चाँदनीचौक में वह जिधर से होकर गुजर रही थी सारी निगाहें उसकी ओर और वह उनकी ओर से बेपरवाह, 'पता नहीं शहर और बाजार लूटने के लिए हमलावर इतनी बड़ी फौजें लेकर क्यों आया करते थे। सिर्फ एक खूबसूरत लड़की इस पूरे बाजार को लूटने के लिए काफी है।' उसने सोचा ।

वह अजीब-सी मस्ती में डूबी चल रही थी। हर ओर बेझिझक देखती। इसी बीच उसकी निगाह एक प्रौढ़ से दुबले-पतले आदमी पर पड़ी जिसकी चाल में एकाएक कुछ बदलाव आ गया था। पहले वह सीधे चला आ रहा था पर उसको देखते ही वह झूमता-सा, किन्हीं खयालों में गुम-सा हो गया था। दूसरों से अलग वह उसकी ओर से अपनी दृष्टि हटाए बगल की दूकानों को देखता हुआ चल रहा था। वह ठीक उसके पास से गुजरा और भरे बाजार उसे बड़े भोलेपन खोद दिया। वह कपड़े लत्ते से बहुत साधारण था और उम्र भी चालीस से ऊपर की रही होगी। शक्ल से निहायत सीधा-सादा लग रहा था। वह इतना सधा हुआ था कि उसकी इस हरकत पर शुभ्रा स्वयं हैरान रह गई। उसे उसने बहुत ध्यान से देखा था। बिना उसकी ओर दृष्टि डाले उसने इतनी सफाई दिखाई थी कि लगा जिंदगी भर वह सिर्फ इसी का अभ्यास करता आया हो।

अब बस। अब लौटना होगा। उसकी सीटी तो रुक ही गई थी, अब चाल की मस्ती भी कम हो गई थी, पर इतनी नहीं कि दूसरों को शक हो जाए कि उसके साथ कुछ हुआ है।

46

रेखा समय से कुछ पहले ही आ गई थी। आने के साथ ही वह अपने कमरे में जाने के स्थान पर शुभ्रा के दरवाजे पर दस्तक देने लगी। किवाड़ खुलते ही कमरे में आ धमकी, 'कहीं घूमने निकलीं या कमरे में ही घुसी रह गईं ?'

'निकली तो थी लेकिन राबर्ट के बिना किसी चीज में जी नहीं लगता।' उसने खट्टा-सा मुँह बनाया।

'वह बात तो है। अकेले घूमना तो वैसे भी आफत मोल लेने जैसा है। तुम कहीं से होकर तेजी से निकल जाओ, कोई बात नहीं। जरा-सी चाल में ढील आई और आने-जाने वालों को लगा कि तुम घूमने निकली हो, चारों ओर से ऐसे जुमले

सुनने को मिलते हैं कि जूती मारने का मन हो।'

'ठीक कहती हो तुम। मेरी एक सहेली के साथ तो इसी चाँदनी चौक में एक बार ऐसा हुआ कि क्या बताऊँ।' वह चुप हो गई जैसे बताने में उसे सचमुच संकोच हो रहा हो।

'क्या हुआ था ?' रेखा की उत्सुकता जाग उठी।

शुभ्रा ने अपने आज के कारनामों और अनुभवों को अपनी सहेली के नाम से जड़ कर बयान कर दिया।

'तुम नमक-मिर्च लगाकर बता रही हो। ऐसा तो कभी हो ही नहीं सकता। कोई लड़की वैसा तो कर ही नहीं सकती।'

'वह लड़की भी कुछ दूसरी तरह की थी यार !' शुभ्रा को नीरव का लहजा याद आ गया। कहती थी, जो काम लड़के कर सकते हैं, वह क्यों नहीं कर सकती। लड़के बड़ी शान से कहते हैं, 'मस्ती मारने निकला था।' या 'आवारागर्दी कर रहा था।' और करते भी हैं, फिर वह क्यों नहीं कर सकती।'

'वह तो ठीक है, लेकिन जो तुम वह बोसे-ओसे वाली बात कह रही हो, अगर उसने सचमुच कहा था तो उसने अपनी ओर से कहानी बना ली होगी। मैं मान नहीं सकती।'

शुभ्रा हँसने लगी, 'तुम भले न मानो, मुझे उस पर कभी शक नहीं हुआ। वह कुछ भी कर सकती थी। यह बताओ तुम्हें क्या आज तक ऐसा कोई अनुभव नहीं हुआ ?'

'अनुभव की बात अलग है। चार दीवारों में घिरी लड़की को भी ऐसे अनुभव हो जाते हैं जिन्हें कहने चले तो जबान तलवे से सट जाए। और वह जो उसके साथ हुई आखिर वाली बात है, वह तो जवान लड़कियों के लिए इन भीड़-भाड़ की जगहों में, वे अपने परिवार के साथ चल रही हों तब भी, हो जाना एक साधारण-सी बात है।'

'पर एक बात है, यार। इस ड्रेस के कुछ फायदे तो हैं ही। सुंदर से सुंदर लड़की उसी राह से गुजर रही हो, लोग उसकी ओर से आँखें फेर कर स्कर्ट और शर्ट वाली साधारण और कुछ अधिक उम्र की लड़की को भी निहारने लगते हैं।'

'वह तो है, इसीलिए मैं तो स्कर्ट तो दूर, पैंट तक नहीं डालती। अपनी तो साड़ी ही अच्छी। रास्ते में तमाशा तो नहीं बनना पड़ता।'

शुभ्रा ने रेखा की बात पर ध्यान ही नहीं दिया। अभी वह अपनी पिछले वाक्य पर ही टँगी हुई थी, 'और कभी-कभी तो मियाँ अपने बीवी के साथ जा रहे हैं, बीवी सुंदर भी है, फिर भी उसकी आँखों के सामने ही स्कर्ट वाली को इस तरह देखने लगते हैं जैसे बीवी को छोड़ कर उसका पीछा करने लगेंगे। कितनी शर्म लगती होगी उसे।'

'दुनिया में हर तरह के लोग होते हैं। छोड़ो इसे। अभी तुमने इसे देखा ही कहाँ है। भरे परिवार की लड़की हो, पोशाक कोई भी पहन लो, रहना सुरक्षित क्षेत्र में ही है। तुम चाहो तो भी उन अनुभवों से नहीं गुजरना पड़ेगा जिनसे हमें गुजरना पड़ा है।'

शुभ्रा अब रेखा को टटोलने लगी। टटोलने की अधिक जरूरत नहीं थी। वह खुद भी कह चुकी थी कि उसे उससे कहने का इसलिए भी जी करता है कि कोई तो हो जिससे बिना डर या झिझक के जी की बात की जा सके।

शुभ्रा को एकाएक ध्यान आया कि अभी तक तो उसने रेखा को चाय के लिए भी नहीं पूछा, 'रुको, तुम्हारे लिए चाय मँगाती हूँ।'

'चाय ही क्यों, वह कल वाली चीज मँगाओ न जिसे आधा बचा रखा है।'

'वह तुम्हारे हिस्से की ही तो है।' शुभ्रा ने कहा।

'नहीं, अकेले नहीं। तुम्हारे बिना तो मैं एक घूँट नहीं ले सकती।'

'ठीक है, आधी-आधी कर लेंगे।'

'इतने से क्या बात बनेगी।'

'मँगाऊँगी। तुम चाहोगी तो और मँगा लूँगी। पर अभी चाय तो पिओ।'

'क्रिस्टी, तुम कितनी प्यारी हो ! हाउ स्वीट !' रेखा ने हाथ बढ़ाकर शुभ्रा के गाल मसल दिए।

शुभ्रा ने बैरे को बुलाने के लिए बजर दबाया और लौट कर अपनी जगह पर बैठ गई। अब वह अधिक विश्वास से बात कर सकती थी, 'एक बात बताओ रेखा। सच-सच बताना।'

रेखा सतर्क होकर शुभ्रा को देखने लगी।

'क्या इस होटल की हालत बहुत खस्ता है ?'

'ऐसा तुमने कैसे सोचा ?'

'तुम कह रही थीं, कह क्या रही थीं, अब तो मैं देख भी रही हूँ, कि तुम्हारे जीजा का पूरा परिवार और उनके साथ तुम, एक कमरे में गुजर करते हो। कोई लाचारी तो होगी ?'

'यह जो हमारे जीजा साहब हैं, उनका इरादा अब इस होटल को ही खरीद लेने का है। वह अब इसके लिए पैसे जमा कर रहे हैं जिससे इसके मालिक को जो पैसे देने पड़ते हैं वह भी न देने पड़ें। मालिक भी चाहता है इसे बेचकर जो पैसा मिले उससे कोई दूसरा धंधा करे। वह जमीन में पैसा लगाना चाहता है। उधर जमुना पार शकरपुर, सीलमपुर, खुरेजी, कृष्णनगर, गांधीनगर, रोहताशनगर, खेती की जमीन खरीद कर रिहायशी प्लाट बनाए और बेचे जा रहे हैं और नई बस्तियों के नाम रखे जा रहे हैं। होटल का मालिक अपने नाम पर बँधे पैसे को उसी में लगा रहा है और जीजा का भी पैसा उसी में लगवा रहा है। जिस दिन उनका कुछ प्रतिशत

आबाद हो जाएगा चुनाव आते ही बिजली और पानी और बस आदि की सुविधा भी मिल जाएगी, अधिक से अधिक उससे अगले चुनाव तक वे नियमित भी कर दिए जाएँगे। फिर तो उन प्लाटों की कीमत एक साथ उछाल लेगी और एक के सौ होते देर न लगेगी। अब उससे मिले पैसे से चाहो नया होटल खड़ा कर लो या इसे ही खरीद कर अपने नाम कर लो। एक राज की बात बताऊँ ?'

शुभ्रा उस राज की बात को सुनने के लिए उत्सुक हो गई।

'दो प्लाट मेरे नाम भी बुक हो चुके हैं।'

'लोग बहुत दूर की सोच लेते हैं।' शुभ्रा ने कहा।

'तुम सोचती हो सोचने का काम मोटे-मोटे पोथे पढ़ने वाले ही करते हैं ?'

'नहीं, नहीं, ऐसा नहीं सोचती। तुम्हारी बात सुनकर तो यह लगता है कि मोटे-मोटे पोथे पढ़ने वाले कल किस बात पर सोचेंगे और किस रूप में सोचेंगे, इसे आज की तारीख में अनपढ़ और अपढ़ लोग ही तय करते हैं।'

रेखा की समझ में शुभ्रा की बात नहीं आई। वह रीती आँखों से उसे देखती रही जिसमें समझने की कोशिश तक नहीं दिखाई दे रही थी।

'एक बात और भी है।' रेखा ने समझाना जारी रखा, 'अब काम तो यहीं करना है। आना यहीं पड़ेगा। इसलिए जीजा को तो यहाँ रहना ही है। बीवी दूसरे कमरे में तो रह नहीं सकती। बच्चे भी किसी कमरे में अकेले नहीं रह सकते।'

'तुम्हारे साथ तो रह सकते हैं।'

रेखा कुछ कहती इससे पहले ही दस्तक की आवाज सुनकर सँभल गई, 'बैरा होगा।' उसने शुभ्रा से कहा और बैरे से बोली, 'चले आओ।'

बैरा ही था। आया, चाय का सेट और बिस्किट रखे और चला गया। उसके निकल जाने के बाद शुभ्रा ने उठकर दरवाजा बंद कर दिया और चाय ढालने लगी।

'यह काम मेरा है।' रेखा ने तत्परता दिखाई।

'कोई काम किसी का नहीं होता। जो करता है उसका होता है।' शुभ्रा ने एक प्याला रेखा की ओर बढ़ा दिया और अपना प्याला उठा लिया। वह मुस्करा रही थी।

'तुमसे तो मैं जीत नहीं सकती।'

'मैंने जो पूछा था उसका जवाब नहीं दिया तुमने। कम से कम उससे बच्चे तो नहीं बिगड़ते।'

'मेरा तो अपना भी ठिकाना नहीं रहता। कभी-कभी पूरी रात आती ही नहीं हूँ।'

'क्यों ?'

'बताया तो था तुम्हें। तुम भूल गई हो। और जहाँ तक बच्चों के बनने-बिगड़ने का सवाल है, तुम नहीं जानतीं कि दुनिया में बच्चे किन-किन रूपों में पलते हैं और

पाले जाते हैं। वे क्या-क्या उम्र से पहले ही जान ही नहीं जाते, सीख भी जाते हैं और क्या-क्या जानने और सीखने से उम्र भर वंचित रह जाते हैं।'

'तुम ठीक कहती हो। मैं सचमुच कुछ नहीं जानती।' शुभ्रा ने सोचा अबोध बनने पर रेखा उसे विस्तार से समझाएगी।

'न जानो तो ही अच्छा। जैसे आदमी के दिमाग का थाह नहीं पाया जा सकता उसी तरह उसके बनाए हुए समाज का भी थाह नहीं पाया जा सकता। इसमें पेंच के भीतर पेंच हैं और पर्त के भीतर पर्त।'

'बताओगी तब न समझ पाऊँगी।'

'क्यों जानना चाहती हो ? क्या मिलेगा जान कर ? उल्टे मन खराब हो जाएगा। भूले रहने पर जी तो खुश रहेगा।'

'देखो रेखा, तुम अधिक पढ़ी-लिखी भले न हो दुनियादार मुझसे अधिक हो। फिर भी सुख के कई रूप होते हैं। उन सभी को तो हम जानते तक नहीं। पर यह जानने का जो सुख है, वह ऐसा है कि इसके लिए आदमी नरक की आग में भी उतरने को तैयार हो जाता है। वह दुख को कल्पना से खुद झेलकर जानना चाहता है कि दुखी आदमी को यह कैसा लगता होगा। जिसे हम हमदर्दी कहते हैं, सहानुभूति कहते हैं वह और है क्या। इसके बिना तो आदमी, आदमी रह ही नहीं जाता।'

'कहाँ तक जानोगी। कहाँ से कहाँ तक। इस दुनिया में ऐसी बहुत-सी बातें होती हैं जिसे सुनने पर तो विश्वास होता ही नहीं, कई बार आँखों देखने पर भी विश्वास नहीं होता। पर वे होती तो हैं ही।'

'जैसे ?'

'तुम मानोगी नहीं।' उसने खाली प्याले को एक मेज पर रख दिया, 'लाओ, इसे भी दो।' उसने शुभ्रा के हाथ से भी प्याला लेकर रख दिया।

'कहाँ से शुरू करूँ। आज शाम को ही देखना। दिखाऊँगी तुम्हें। एक अट्ठाईस-तीस का नौजवान है। शरीर से भी हट्टा-कट्ठा है और शक्ल भी बुरी नहीं है। पढ़ाई के नाम पर उर्दू में दस्तखत कर लेता है। काम के लिए आता है। काम के लिए और काम के पैसे के लिए। दिखाऊँगी तुम्हें।'

'इसमें क्या बुराई है ? काम तो अच्छा-बुरा सभी को करना ही पड़ता है।'

'उसे कुछ नहीं करना पड़ता। काम उसकी बहनें करती हैं। चार-चार हैं और बीवी भी करती है। वह पूछने आता है कि किसी को जरूरत तो नहीं। यहाँ ठहरने वालों में से कई को जब-तब जरूरत होती है और वे बैरे के कान में डाल देते हैं और बैरा जीजा को खबर कर देता है। जरूरत हुई तो उसे इतना ही बताना काफी होता है कि कमरा नंबर अमुक में जरूरत है।'

शुभ्रा को अब याद आया कि बैरा उससे भी कई तरह से जानना चाहता था कि उसे किसी और चीज की जरूरत तो नहीं और वह भरोसा भी दे रहा था कि

यहाँ गाहक की हर तरह की जरूरत पूरी करने की कोशिश की जाती है। उसने कहा, 'अरे, बैरा तो मुझसे भी कह रहा था कि किसी और चीज की जरूरत तो नहीं।' वह हँसने लगी।

'हाँ कह दिया होता तो देखतीं, जरूरत पूरी होकर रहती।'

'मेरी भी।'

'अरे तुम्हारी जरूरत के लिए तो तुम्हें कुछ खर्च भी नहीं करना पड़ता। ऐसा फूल सा खिला बदन।' रेखा हँसने लगी।

'वह नौजवान, अपनी बहनों का और बीवी का सौदा करता फिरता है। कोई बहुत बड़ी मजबूरी होगी।'

'मजबूरी तो है। मजबूरी क्यों नहीं है। उसी मजबूरी में वह अपने हाथ तक सिर्फ पैसे माँगने के लिए हिलाता है, दूसरा कोई काम नहीं कर पाता। शराब जरूर पीता है। रोज। घर में जाओ तो पता चलेगा बहुत शरीफ, बहुत तमीज वाला, मामूली हैसियत का, फिर भी खाता-पीता, परिवार है। कमी किसी चीज की नहीं।'

'तुम गई हो उसके घर ?'

'एकाध बार। जब किसी को ऐसे दिन जरूरत पड़ी जिस दिन वह किसी वजह से नहीं आ पाया था। जब कुछ अधिक पैसे हाथ लग जाते हैं तो वह इतनी चढ़ा लेता है कि अगला दिन खुमार उतारने में लगाता है। काम माँगने तक नहीं आता।'

'तुम ऐसे काम कर लेती हो ?' शुभ्रा हैरान थी।

'न करती तो मुझे वही काम करना पड़ जाता। तुम मेरे जीजा साहब को समझती क्या हो। जो आदमी अपनी बीवी को गाढ़े दिनों में चला सकता है, वह अपनी साली को कहाँ बख्शने वाला।'

शुभ्रा इस परिवार के व्यवहार पर ही नहीं, रेखा की स्पष्टता पर भी चकित हो रही थी। उससे कुछ कहते न बन पड़ा।

हठात् रेखा ने ही चुप्पी तोड़ी 'अरे मैंने एक बात तो बताई ही नहीं। आज मैंने इवनिंग शो का टिकट मँगा लिया था। पाकीजा है। सुनते हैं बहुत अच्छी फिल्म है।'

'होगी, पर लौटने में देर हो जाएगी।'

'हुआ करे। अकेली तो हो नहीं। और दूर जाना भी नहीं है। पैदल का रास्ता है।'

'लेकिन आज तो तुम कुछ और मँगाने की सोच रही थीं।'

'उसका भी इंतजाम हो जाएगा। अब उठो, जल्दी करो।'

वह खुद भी उठकर अपने कमरे में चली गई। और मुँह-हाथ धोकर कुछ तरोताजा होकर आ गई। शुभ्रा ने तैयारी में अधिक समय नहीं लिया। उसे एक बात पसंद आई कि रेखा को छोड़ कर पास के कमरे से कोई उसके कमरे में झाँकने तक नहीं

आया और रेखा भी उसके बुलाने पर ही आई थी। 'छिछोरेपन के बाद भी प्रोफेशनलिज्म बना हुआ है।' उसने अपने मन में सोचा।

रेखा ने रुखाई कम करने के लिए हो या खुशबू के लिए, चेहरे पर क्रीम कुछ अधिक लगा ली थी। सेंट भी लगाया था। शुभ्रा का सामना रेखा से नहीं उसके साथ आए खुशबू के झोंके से हुआ था। वह अभी शीशे के सामने खड़ी हल्का-सा रूज लगाकर उसे ब्रश कर रही थी। मुड़कर देखा, रेखा चमक-सी रही थी।

'ओहहो, तुम्हारा तो मुँह चूम लेने का जी करता है।'

रेखा उसके पास चली आई। गाल उसकी ओर करके बोली, 'तो चूम लो न।'

शुभ्रा ने उसे हल्के से चूम लिया।

'देखो, मुझसे अनुभव तो कोई बाकी नहीं बचा, पर एक बात कह दूँ, प्यार से मुझे आज तक किसी ने चूमा भी है तो रोजी ने ही। और किसी ने नहीं। तुमने भी कंजूसी ही की।'

वे होटल से निकलीं और रिक्शे पर बैठ गईं।

'मोती।' रेखा ने कहा। रिक्शा चल पड़ा। पहुँचे तो पाया अभी मैटिनी शो ही चल रहा था।

'इसका मतलब पिक्चर कुछ लंबी है।' रेखा ने स्वयं सफाई देते हुए कहा। समय काटने के लिए वे बाहर आकर चहलकदमी करने लगीं।

'इसी समय यदि दोपहर का वह लड़का दिखाई दे जाए और पीछा करने लगे तो।' शुभ्रा के मन में यह खयाल आया तो वह कुछ उलझन में पड़ गई। फिर उसने तय कर लिया कि वह उसे डाँट देगी। इसके बाद भी नहीं माना तो उसी की फजीहत होगी।

उसने अनुभव किया कि एक नौजवान सचमुच उनसे कुछ दूरी बनाकर चल रहा है। अब वह कुछ पास आता जा रहा था। शुभ्रा ने मुड़कर उसे घूरकर देखा तो वह सिटपिटा गया। रेखा ने भी इसके साथ ही मुड़कर देखा, 'अरे तुम ?' वह कुछ रुक कर उसके साथ हो ली। शुभ्रा उसकी ओर से अपना ध्यान हटाए चलती रही। कुछ देर तक दोनों कुछ बातें करते रहे। उनके शब्द शुभ्रा के कान में नहीं पड़ रहे थे पर उनकी आहट उसे मिल रही थी और इससे उसे यह बोध भी बना हुआ था कि रेखा भी साथ ही आ रही है। फिर वह लड़का मुड़कर चला गया।

पिक्चर सचमुच अच्छी थी। सीट बाल्कनी में ली गई थी। हाल जितना भी साधारण हो, इसमें महिलाओं के लिए अलग व्यवस्था थी इसलिए पिक्चर देखते समय कोई परेशानी पेश न आई।

वे दोनों वापस लौटीं तो साढ़े नौ बज रहे थे। मौसम को देखते हुए रात कुछ अधिक ही हो गई थी। रेखा शुभ्रा के साथ उसके कमरे में ही चली आई। बैरा कहीं से उन्हें आता देख रहा था। कमरा खोलने के साथ ही आ पहुँचा। मेमसा'ब कल

वाली चीज तो नहीं चाहिए।'

'कल वाली चीज क्या ?' रेखा चौंकी।

'वही, जो तुम कह रही थीं।' शुभ्रा ने कहा और दस का नोट निकालकर बैरे को थमा दिया, 'आज तो ड्राई डे नहीं है न !'

वह चुपचाप चला गया। दो-चार कदम आगे जाने के बाद ही वह लौटा, 'मेमसा'ब खाने का भी आर्डर इसी समय दे दीजिए। बाद में आपको याद नहीं रहता।'

शुभ्रा कुछ कहती इससे पहले ही रेखा बोली, 'तुम्हें नानवेज से परहेज तो नहीं। शुभ्रा ने न 'हाँ' की न 'ना', वह कुछ सोचने लगी थी, इसे रेखा ने उसकी हामी समझकर आर्डर के साथ नोट बढ़ा दिए, 'फिश फ्राई अभी दे जाना। फिर चिकनकरी और नान। दो जगह। समझे।'

वह सिर झुकाकर चला गया।

'आज मैं तुम्हारे साथ ही रहूँगी। पीकर वहाँ गई तो मेरी खैर नहीं है।' रेखा ने कहा।

शुभ्रा ने कहा, 'ठीक है। चलेगा।'

रेखा ने उसके कानों के पास मुँह ले जाकर कहा, 'चलेगा नहीं, चलता रहेगा।' और अलग होकर खिलखिलाकर हँसी।

'देखने में तुम बहुत भोली लगती हो और फिर भी इतनी शोख हो कि लगता है तुम्हारे भीतर एक रेखा नहीं, कई रेखाएँ हैं। सीधी, आड़ी, बेंड़ी, टेढ़ी और सब एक-दूसरे से अलग फिर भी किसी खास तरीके से अपने को ही काटती हुई।'

'क्या कमाल है।' रेखा ने कहा और फिर जैसे कुछ याद आया हो बोली, 'यार, तुम बात करती हो तो कुछ ऐसा कह जाती हो जिससे सचमुच हैरान हो जाती हूँ।'

शुभ्रा कुछ कहने जा रही थी कि रेखा ने रोका, 'अरे, रुको, रुको।' एक आदमी के किसी से घिघियाते हुए मिन्नतें करने की आहट मिली। वह सीढ़ियों की ओर से इसी तरफ चला आ रहा था।

'वही है। रुको तुम्हें दिखाती हूँ।'

रेखा ने इशारा किया। वे दरवाजे के पास जाकर कान पल्ले के किनारों से लगाए सुनने का प्रयत्न करती रहीं।

'बहुत सख्त जरूरत है साहब। न होती तो मैं न कहता। पहले कभी इतना इसरार किया है। आप ही सोचिए। बस पचास रुपए से काम चल जाएगा।'

'मैंने कह दिया न। आज न कोई काम है, न मेरे पास पैसे हैं। जाओ, अब मेरी जान न खाओ।'

'बाद में हिसाब में काट लीजिएगा मैनेजर साहब। मैं कहीं भागा तो नहीं जा रहा हूँ।' वह अपनी दुहराए जा रहा था।

मैनेजर ने कोई जवाब नहीं दिया। अपने कमरे में घुसकर किवाड़ बंद कर

लिया। किवाड़ कुछ जोर से ही बंद किया गया था इसलिए उसकी आवाज भी तेज थी।

वे दोनों दरवाजे के पास से पीछे हट आईं, 'यही है वह आदमी। जिसके बारे में कहा था।'

'मक्कारी कर रहा होगा।' शुभ्रा ने टोह लेने के लिए पूछा।

'हो सकता है। इसके ऊपर विश्वास नहीं किया जा सकता। पर कई बार जब कई कई दिन काम नहीं मिल पाता तो रोटी तक नसीब नहीं होती।'

शुभ्रा का ध्यान उन पचीस रुपयों की ओर गया जिन्हें वह अपने पास नहीं रखना चाहती थी। उसने अपने पर्स से वे रुपये निकाले और रेखा को देते हुए कहा, 'किसी भारी परेशानी में लगता है। उसे बुलाकर दे दो।'

'उसकी तो यह आदत है। कई बार इतना चढ़ा लेता है कि उतारने में वक्त लग जाता है। कोई दूसरा काम तो करता नहीं। कब तक खाएगा इस तरह।'

'तुम दे दो उसे। मेरी तरफ से।'

'चलो कुछ मैं भी जोड़ देती हूँ।' उसने दस रुपंये अपने पर्स से निकाल कर उसमें मिलाकर शुभ्रा को लौटा दिए, 'तुम्हीं अपने हाथ से दे दो। पता चला मैंने दिया है तो जीजा को बुरा लगेगा। जब उन्होंने मना कर दिया तो मैं कौन थी देने वाली।' वह स्वयं पल्ला खोलकर बाहर निकल गई।

वह नौजवान मुड़कर आया और उसके दरवाजे के पास खड़ा होकर एक उँगली से पल्ले पर टहोका देने लगा।

शुभ्रा दरवाजे तक आई। उसकी वेशभूषा या काठी से गरीबी का कोई आभास नहीं मिल रहा था। बस मुँह लटका हुआ था।

'यह लीजिए। लगता है आप बहुत तंगी में हैं।'

पैसा हाथ में आते ही उसकी आँखों में चमक आ गई, 'शुक्रिया। बहुत-बहुत शुक्रिया। मैं दो एक दिन में ही ये पैसे लौटा दूँगा।'

'कोई बात नहीं।' शुभ्रा ने कहा। उससे यह न कहा गया कि लौटाने की कोई जरूरत नहीं।

वह चला गया। शुभ्रा उसे जाते हुए देखती रही। अब चाल में ऐंठ आ गई थी। रेखा लौट रही थी। उस पर नजर पड़ते ही चाल ढीली हो गई। उसके निकट आने पर उसने मुँह से बिना कुछ बोले, सिर को हल्का झुकाकर एक हाथ माथे से लगाते हुए आदाब किया। रेखा उसकी ओर ध्यान दिए बिना ही चलती रही।

वह भीतर आ गई तो शुभ्रा पल्ला बंद करके सिटकिनी लगाने लगी।

'अभी रहने दो। अभी तो बैरे को भी आना है। बल्कि किनारे से कुछ खुला ही रहने दो जिससे उसे घंटी न बजानी पड़े।'

बैरे ने अधिक समय नहीं लगाया। वह एक हाथ में फिश फ्राई और दूसरे

में सोडे की बोतलें लिए आया और पल्ले को खुला देख उसे धक्का देकर सीधे भीतर आ गया। सोडे की बोतलें और प्लेट मेज पर रखने के बाद उसने जेब से ह्विस्की का पौआ निकाला, 'दूकानें बंद हो गई थीं इसलिए आज पौए का ही जुगाड़ हो पाया।' पौआ रखते हुए उसने सफाई दी और ओपेनर से सोडे की बोतलें खोलने लगा।

'कोई बात नहीं। खाना एक घंटे बाद ले आना।' वह जाने लगा। वह दरवाजे के पास पहुँच गया था तब शुभ्रा को याद आया, 'सुराही का पानी तो बदल दो। और हाँ, एक गिलास भी लेते आना।'

बैरे ने लौटकर सुराही उठाई और चला गया और दो-तीन मिनट के भीतर ही सुराही और गिलास लाकर रख गया।

'ये लोग बहुत ऊँची चीज हैं। कल ड्राई डे कहकर बीस ले गया था। आज ड्राई डे नहीं था इसलिए दस ही पकड़ाए तो उस समय तो चुप रहा पर पौआ लिए चला आया कि दुकान बंद हो गई थी। इतने का ही इंतजाम हो पाया।' शुभ्रा ने मजा लेते हुए कहा।

'गहरी चीज कहो। इनको हर चीज का पता रहता है।'

अब वे दोनों पीने बैठ गईं, 'माल की कमी नहीं है। कल का तो बचा हुआ है ही।'

'मैं तो अधिक लेती भी नहीं।' रेखा ने कहा और ढालने लगी।

वे एक-दूसरे को छेड़ते हुए पीती रहीं। बैरे ने घंटी बजाई तब तक पौआ खाली हो गया था, पर अद्धे में शराब बची रह गई थी।

दरवाजा रेखा ने ही खोला। वह चिकेन के बाउल पर प्लेट रखकर उसके ऊपर दूसरी प्लेट को उलटकर रखे हुआ था। प्लेट में दो नान और दो चम्मच थे। रखकर वह चुपचाप बाहर चला गया।

'अब इतनी बचाकर क्या होगा।' शुभ्रा ने कहा और बाकी बची शराब दोनों गिलासों में ढाल दी।

रेखा ने आपत्ति की, 'अरे यह क्या किया।' फिर शुभ्रा के कुछ कहने या करने से पहले ही उसी क्रम में बोली, 'चलो, देखा जाएगा।'

चिकन का स्वाद कैसा था यह समझने की ताकत नहीं रह गई थी। रसे में मिर्च कुछ अधिक थी इसलिए उसे सी-सी करते हुए खाना पड़ रहा था।

अब वे सोने की तैयारी में लगीं। चारपाई एक ही थी। कुछ चौड़ी जरूर थी पर उसे किसी हालत में आराम से दो आदमियों के सोने के लिए तो नहीं ही बनाया गया था।

'इस पर तो काम चलेगा नहीं।' शुभ्रा ने कुछ सोचते हुए कहा।

'चलेगा क्यों नहीं। आधा बोझ तो इन कपड़ों के कारण रहता है। इन्हें उतार

देते हैं।' रेखा के दिमाग में सब कुछ पहले से तय हो जैसे।

'तुम्हें आदत है, मुझे नहीं।' शुभ्रा ने प्रतिवाद किया।

'आदत तो मुझे भी नहीं है। और फिर यह उल्टी आदत तो हम लोगों ने ही डाली है नहीं तो अल्लाताला ने तो लिबास पहनाकर भेजा नहीं था। अरे भई, आदम और हौवा को तो जन्नत से निकाला ही इसलिए गया था कि उन्हें शरम आने लगी थी और उन्होंने अपने तन को ढक लिया था। जन्नत में लौटने के लिए तो यूँ भी इस झंझट को उतार फेंकना चाहिए।' रेखा ने कहा।

'मुझे अटपटा लगता है।' शुभ्रा ने प्रतिवाद किया।

'पहली बार सभी को लगता है। कुछ लोगों को तो हम्माम में भी कपड़े उतारने में अटपटा लगता है।'

शुभ्रा राजी हो गई।

वे बिस्तर में चली गईं। लिहाफ के भीतर। उस संकरी जगह में भी शुभ्रा ने अपने को कुछ अलग करते हुए सोना चाहा।

'यह हो सकता है क्या। इतना सँभलकर सोओगी तो करवट भी नहीं ले पाओगी। पूरी रात खराब हो जाएगी।' रेखा ने उसे खींच कर अपनी छाती से सटाते हुए बाँहों में ले लिया।

'नहीं, इस तरह नहीं सो सकती मैं।' शुभ्रा को सचमुच बेचैनी-सी मालूम हुई। रेखा ने पकड़ ढीली कर दी और कुछ अलग सरक जाने दिया।

शराब का असर तो था ही, दिन में कुछ चहलकदमी भी कर आई थी और वह भी ऐसे जूते में जिसे पहनकर चलने पर हर कदम पर जोर पड़ता था, इसलिए उसे जल्द ही नींद आ गई।

वह नींद में खोई पड़ी थी कि उसे लगा रेखा उसके स्तनों को सहला रही है। वह पड़ी रही। अच्छा लग रहा था। रेखा के हाथ में कुछ अलग ही जादू था। इतना चिकना और कोशिकाओं तक फैलता हल्का स्पर्श अपनी फिसलन के साथ रक्त की कोशिकाओं और कोशिकाओं से होता नीचे गहराई में उतर रहा था, जहाँ यह शब्दातीत अनुभूति में बदलता जा रहा था। जैव भाषा में एक क्रिया का कई प्रक्रियाओं और अनुभूतियों में अनुवाद भी होता है और इसे इस रूप में जान लेने के बाद यह सुखानुभूति आनन्दातिरेक में बदल गई थी।

गूँगों को क्या वे ही सुख भाषा के अभाव में अधूरे रूप में प्राप्त होते होंगे ? या वाचिक भाषा की अनुपस्थिति कायिक भाषा को इतना प्रखर कर देती होगी कि वे ही अनुभूतियाँ उन्हें कई गुना होकर प्राप्त हों। आखिर आनंद की चरम अनुभूतियों के साथ हम गूँगे क्यों हो जाते हैं ?

वह कुछ समय तक इसी ऊहापोह में खोई निष्क्रिय पड़ी रही। वह पूरी तरह सचेत हो इससे पहले ही पाया रेखा उसे चूम रही है। गालों पर, स्तनों पर, बाँहों

पर। वह अब भी चुप पड़ी रही। अब रेखा की सँभाल में कुछ नहीं रह गया था न ही उसकी किसी वर्जना का कोई अर्थ।

'यह क्या करती हो तुम।' शुभ्रा के प्रतिरोध में दम नहीं था।

रेखा ने कोई जवाब नहीं दिया। केवल अपनी सक्रियता बढ़ा दी। और थोड़ी देर में निढाल को कर पड़ रही।

इसके बाद रेखा तो सो गई पर शुभ्रा ने थकी और उनीदी आँखों ही पूरी रात काटी। उसे लगा यदि नरक जैसी कोई चीज हो तो वह सचमुच किसी नरक में गिर गई थी। अपना ही शरीर उसे गंदा और घिनौना लग रहा था और अपने आप पर भी लज्जा आ रही थी।

47

दुनिया में बहुत-सी ऐसी बातें हैं जिन्हें जान लेने के बाद दुनिया जीने लायक नहीं रह जाती। शुभ्रा एक हफ्ते तक दुनिया के एक ऐसे ही कोने को जानने में लगी रही।

इनमें सभी अनुभव अप्रिय ही होते तो वह पहले ही लौट आई होती, पर दो एक अनुभव जरूर ऐसे थे जिन्होंने आदमी पर उसके विश्वास को हिलाकर रख दिया था। इनमें से एक का संबंध तो रेखा से ही था। उसने कहा था, 'चल आज तुझे एक ऐसी चीज दिखाती हूँ जिसे जिंदगी भर नहीं भूलेगी।'

वह जिस आदमी के यहाँ ले गई वह बहुत संपन्न था, इसलिए उसका दोस्त नहीं हो सकता था। उसका रेखा से कैसे परिचय हुआ था, यह उसने नहीं बताया था। शुभ्रा कमजोर पड़ रही थी कि तभी इस विचार ने उसे ताकत दी कि जो रेखा के लिए सहज है वह उसके लिए इतना डरावना क्यों हो।

उसकी उम्र पचास के लगभग की थी। पहले वह समझ नहीं पाई कि इसके पास वह कौन सी चीज है जिसे देखने के बाद उसे कोई जिंदगी भर न भूले। वह देखने में बहुत शालीन लगा और सलीके से बात करता रहा। बात कुछ इस तरह चलती रही जैसे वह रेखा को भी बहुत अच्छी तरह न जानता हो, 'आप लोग यहाँ कब तक बैठे रहेंगे, भीतर तो आइए।'

यह एक बड़ी-सी बैठक थी। एक ओर एक नीची-सी चौड़ी तखत पर गद्दे बिछे थे जिन पर सफेद चादर थी और दीवार की ओर को कई मसनद थे। और दूसरी ओर चौड़े और विशाल सोफे जो खास कर इस बैठक के लिए ही बनवाए गए थे और एक ओर के कोने की दोनों दीवारों में इतनी दूर तक चले गए थे कि

इन पर पचास-साठ आदमी आसानी से बैठ सकते थे। पर्दे से लेकर रोशनी की व्यवस्था तक सब कुछ भव्य। दो शेंडेलियर दोनों इतने बड़े और इतने झक्क कि देखने पर आँखें चौधिया जाएँ। शायद इसीलिए उसने बत्ती जलाने के नाम पर गलती से शेंडेलियर का ही स्विच दबाया था और फिर ओह कहकर बुझाने लगा था, फिर, 'चलो जब जल ही गए तो कोई बात नहीं।'

उसने बैठक का दरवाजा बंद कर दिया था, 'यह वैसे भी सभी लोगों के लिए नहीं खुलता।' उसने बिना किसी के पूछे कहा था।

'हम वह खास चीज देखने आए हैं आपके यहाँ।' रेखा ने बैठने के साथ कहा।

'अरे वह चीज। उसे तो जो भी एक बार देख लेता है, बार-बार देखना चाहता है। मेरे बच्चे तो मुझसे छिपाकर उड़ा ले जाते हैं। मैं भी सोचता हूँ उम्र है। अब नहीं देखेंगे तो कब देखेंगे।' उसने रेखा के कंधे पर हाथ रखा तो वह पुलकित हो गई।

'इनका परिचय तो आपने कराया ही नहीं।' उसने बड़े भोलेपन से कहा।

'मेरी सहेली है। अभी कुछ ही दिनों का परिचय है।'

'क्या करती हैं ?' उसने शुभ्रा की अधखुली जाँघों की ओर देखते हुए पूछा।

'करती नहीं हैं। करना चाहती हैं। ऐक्टिंग। कोई अच्छी फिल्म मिल जाए तो।' रेखा ने अपनी ओर से जड़ दिया था। शुभ्रा ने उससे कभी ऐसी इच्छा प्रकट नहीं की थी, पर अपना यह परिचय सुनकर उसे अच्छा लगा।

'वह तो कोई मुश्किल बात नहीं है। जैसी फिगर है, और यह जितनी सुंदर हैं, इनको तो कोई भी हीरोइन का रोल देने को तैयार हो जाएगा। मैं अपने ही डाइरेक्टर से बात करूँगा।' उन्होंने बहुत बेतकल्लुफी से कहा।

अब उन्हें कुछ नहीं बताना था। रेखा ही बता रही थी कि वह कितनी फिल्मों में फिनांस कर चुके हैं और उत्तरी क्षेत्र के कितने बड़े फिल्म डिस्ट्रीब्यूटरों में आते हैं। अब उनका करोड़पति होना तो एक मामूली-सी और अरबपति होना एक संभावित बात थी ही।

'नाम क्या बताया तुमने ?'

रेखा ने अभी तक नाम बताया ही नहीं था, 'मिस क्रिस्टी कार्ल्टन।' उसने अब बताया।

'भई, नाम तो बदलना पड़ेगा। हिंदी फिल्मों में यह क्रिश्चियन नाम हीरोइन के साथ नहीं चल पाएगा। विलन के लिए भले चल जाए। डांसर के लिए भी चल जाएगा, पर हीरोइन के लिए नहीं।'

शुभ्रा के मन में सचमुच सपनों का एक रंगबिरंगा संसार आकार लेने लगा।

'बोलिए, नाम यदि कोई दूसरा रखा जाए, सिर्फ फिल्म के लिए। कई दूसरे लोगों ने भी रखा है, मधुबाला, दिलीप कुमार...। तो इसमें कुछ हरज भी नहीं है।

बोलिए क्या कोई नया नाम पसंद होगा ?'

शुभ्रा के मुँह से निकलने ही जा रहा था, 'शुभ्रा' कि उसने अपने को रोक लिया। अपने होंठ चबाती हुई, वह कुछ सोचने लगी।

'वंदना। वंदना कैसा रहेगा नाम।' यह आपने जो पोशाक पहन रखी है उससे आपका जो भोलापन है वह कुछ छिप रहा है। नहीं तो साड़ी में आप इतनी भोली और इतनी पवित्र लगेंगी कि वंदना नाम बहुत फिट रहेगा आपके लिए।'

शुभ्रा को अपनी चूक का तीखा बोध हुआ। गलती उसकी नहीं थी। गलती तो रेखा की थी जिसने चलने से पहले यह बताया ही नहीं था कि वह उसे क्या सोचकर, किसके पास ले जा रही है। जानती होती तो साड़ी पहनकर ही आई होती।

'नहीं, वंदना नहीं। नीहारिका। नीहारिका, जानती है न किसे कहते हैं।'

वह बताती कि वह जानती है इससे पहले ही वह स्वयं बोल उठे, 'आकाशगंगा को। गैलेक्सी को। कहकशां। वाह।' वह अपने दिए हुए नाम पर इतने मुग्ध हो गए कि सिर उठाकर शेंडेलियर की ओर देखने लगे और उसकी चकाचौंध से अपने आँखें झपकाने लगे, 'हाँ, यह नाम ठीक है।'

अब आधा काम हो गया लग रहा था। शुभ्रा के भीतर खून की रफ्तार बढ़ गई थी और गालों में ऐसी चमक आ गई थी जो उसे स्वयं भी दिखाई सी दे रही थी।

'पहले उसका इंतजाम कीजिए न।' रेखा ने हठ-सा किया।

'हो जाएगा। वह भी हो जाएगा। जब उसी के लिए आयी हो तो वह भी होगा। पर यह बात अधिक जरूरी है। हमारी एक फिल्म के लिए नए चेहरे की तलाश भी चल रही है। बहुत जरूरी होता है यह। लोग किसी को सभी कोणों से देखने के बाद बहुत जल्द ऊब जाते हैं। नए की माँग होने लगती है। इनके इंडेक्स क्या हैं ?'

इंडेक्स शुभ्रा की समझ में नहीं आया। रेखा को भी समझ में नहीं आया था। वह भावशून्य चेहरे से उसकी ओर देख रही थी, 'इंडेक्स ?'

'अरे भई फिजीकल डिटेल। यानी वजन, लंबाई, ब्रेस्टलाइन, कमर, हिप वगैरह के डिटेल। वह तो बताना होगा न।' उसने बहुत व्यावसायिक अंदाज में बात आगे बढ़ाई.।

शुभ्रा को लगा वह कितनी मूर्ख है। अपने बारे में इन सबकी तो जानकारी होनी ही चाहिए। उसे लगा हाथ आया हुआ अवसर कहीं सदा के लिए खिसक न जाए। उसने इससे पहले कभी इस तरह की कल्पना भी नहीं की थी, हाँ, अभिनय में जब-तब भाग लेते रहने के कारण सितारों की दुनिया उसे सितारों भरी जरूर लगती थी। और अब एकाएक जिसे सोचा भी नहीं था वह हासिल के करीब आ गया था और वह इतनी मूर्ख थी कि इतनी मामूली बात भी बताने की हालत में नहीं थी।

'कभी लिया नहीं।' उसने झेंपते हुए, अपराधी के से भाव से कहा।

'नहीं लिया।' वह सोचने लगे, 'इधर आओ। इधर सामने, जरा सीधी होकर खड़ी रहो। हिलना नहीं।' उन्होंने उसकी पिंडलियों को छूकर देखा और हाथ अलग हटा लिया। शुभ्रा को खीझ हुई, कहीं ऊपर भी ऐसा ही न करे। पर किया नहीं। सिर को कुछ नीचे लाकर निगाहें इस तरह ऊपर कीं कि जो कुछ संभव हो सब दीख जाए।

'नहीं, इस तरह नहीं बनेगा। डिटेल तो चाहिए ही। ठीक है, नहीं लिया है तो अब ले लो, उसमें रखा क्या है।' वह उठे और दीवार में लगी अलमारी खोली तो पता चला वहाँ अलमारी भी थी। हाल के भीतरी हिस्से को लकड़ी के पैनलों से इस तरह नीचे से ऊपर तक ड्रेस किया गया था कि दीवारें पूरी तरह गायब थीं। अब यदि कोई कहता कि दूसरी दो दीवारों में जिधर सोफा नहीं था उधर एक सिरे से दूसरे सिरे तक अलमारियाँ ही थीं तो अविश्वास न होता। शायद चारों दीवारों में थीं।

उन्होंने एक इंचटेप निकाला और फिर वापस आ गए, 'एक बात है। कपड़े कुछ कम करने पड़ेंगे।'

शुभ्रा का चेहरा लाल हो गया। इसमें क्या कम करेगी वह। कमीज के नीचे एक पतली-सी बनियान है और उसके नीचे ब्रा। और नीचे तो सिर्फ स्कर्ट है और उसके नीचे पतली-सी जाँघिया। इसमें क्या कम करना।

उसने कहना चाहा, उसने कोई खास कपड़ा पहना ही नहीं है जिससे नाप में अधिक फर्क आए। पर होठों में ही कुछ बुदबुदाकर रह गई जो उसकी अपनी समझ में भी न आया। अजीब बात है कि उसकी समझ में यह बात आ गई।

'कपड़े तो मैं भी देखता हूँ कि कुछ खास नहीं हैं। मोटे तौर पर इससे काम चल ही जाना चाहिए। पर नाप तो नाप ही है। उसमें मिलीमीटर तक का हिसाब देखना पड़ता है। और खास बात प्रपोर्शन की है। वह तो एक सूत के अंतर से भी बदल जाता है।'

शुभ्रा के मुँह से न 'हाँ' निकली न 'ना'। उसे बस इस बात का भरोसा था कि वह अकेली नहीं थी। उसके साथ रेखा भी थी। वह कोई ऐसी हरकत नहीं कर सकता था जिसे अशोभन कहा जाए। वैसे भी बातें सलीके से ही कर रहा था।

'झिझक लगती होगी। वह तो सभी को पहली बार लगती ही है। ऐसा है कि मैं यह लाइट बुझा देता हूँ। सिर्फ यह जीरो का लाल बल्ब जलता रहेगा जिससे आपको पशेमानी न महसूस हो। नीचे कुछ न कुछ तो डाला ही होगा।'

शुभ्रा ने रेखा के आँख मारने के बाद भी इसके लिए सहमति नहीं जताई। असहमति जताने का भी उसका साहस नहीं हो रहा था।

'कभी किसी लड़की को स्विमिंग ड्रेस में देखा है। या ये जो जिमनास्टिक करने

वाली लड़कियाँ हैं। उनको तो कभी इस बात का ध्यान तक नहीं आता कि कपड़े कुछ कम हो जाने से कोई फर्क पड़ गया। ये जो मिस इंडिया और मिस वर्ल्ड की प्रतियोगिताओं में जाती हैं सभी के साथ यह होता है। कोई नई बात तो है नहीं।' उसने समझाया। वह इतना संभ्रांत तो था ही कि कोई भी बात शुभ्रा की इच्छा के विरुद्ध नहीं करना चाहता था।

शुभ्रा के होंठ कुछ हिले पर शब्द नहीं निकले। होठों के उस कंपन से ही प्रकट था कि इसमें कोई खास हर्ज नहीं है।

उस आदमी ने उठकर शैंडेलियर की बत्तियाँ बुझा दीं और जीरो बल्ब जला कर लौट आया। जीरो बल्ब के बाद भी शुभ्रा को एकदम अँधेरा-सा लग रहा था जिसमें उसको अपना हाथ तक नहीं दीख रहा था। धीरे-धीरे आँखे अभ्यस्त हुईं तो परछाईं की तरह वह आदमी अपने सामने प्रतीक्षा में खड़ा दीखा। शुभ्रा ने अपनी कमीज और स्कर्ट उतार दी।

उस सज्जन ने जिसका नाम उसे अभी तक पता नहीं था कुछ आगे आकर उसकी ब्रेस्ट की नाप ली। और टेप को अलग कर लिया, 'अब यही तो मुसीबत है। इतनी कम रोशनी में यह देखा ही नहीं जा सकता कि निशान क्या है। कोई बात नहीं।' वह सोफे के कोने में गए और बैठकर एक ढक्कन उठाया और रोशनी का एक छोटा-सा गोलक नीचे की ओर टार्च की तरह आ गया। उन्होंने नाप देखी, जेब से एक नोटबुक निकालकर उसमें दर्ज किया और स्विच बुझाकर फिर नाप के लिए आ गए। गरज कि कपाल, गर्दन, माथे से लेकर चिबुक, उरोजों के नोकों की दूरी, कमर, कूल्हा, जाँघ, पिंडली और पाँव सबकी नाप उन्होंने इतने सलीके से ली कि हर नाजुक स्थल को छूते हुए भी छूने से बचने का प्रयत्न एक साथ अनुभव हो रहा था।

'अब आप कपड़े डाल लीजिए।' उन्होंने वीतराग की तरह कहा और जब पता चल गया कि कपड़े डाले जा चुके हैं तो स्विच फिर ऑन कर दिया। शुभ्रा को लगा, वह नाहक घबरा रही थी, इससे अधिक दबाव तो लोगों के देखते-देखते दर्जी दे लेते हैं।

'मैं आज ही बात करूँगा। मेरी ओर से तो बात पक्की जैसी ही है, पर ये डाइरेक्टर लोग जो हैं ये किसी की नहीं सुनते। जब तक खुद उनको तसल्ली न हो जाए तब तक 'हाँ' नहीं करते। लेकिन उसमें कोई खास दिक्कत नहीं आनी चाहिए। क्योंकि ऐसे चेहरे आसानी से नहीं मिलते और हमारी फिल्म के डाइरेक्टर भी उतने खब्ती किस्म के आदमी नहीं हैं।'

शुभ्रा उल्लास से फटी पड़ रही थी। उसकी आँखों में चमक आ गई थी। नथुने सँभालने के बाद भी फूले जा रहे थे। होठों को उसने कस रखा था कि मुस्कराहट फूट न पड़े और इस प्रयत्न में वे लगातार काँप रहे थे।

'उसका क्या होगा ?' रेखा ने मचलकर कहा। उसे जरूर जलन हो रही थी।

'वह भी होगा। वह भी होगा। लेकिन यह अधिक जरूरी था। हम लोग महीनों से परेशान थे। चलो अभी हो जाता है।' उन्होंने अल्मारी से प्रोजेक्टर निकालकर उसे सेट किया, स्क्रीन लगाई और फिर, 'यहाँ से ठीक नहीं रहेगा। इसके लिए गद्दी ही ठीक रहेगी। वहाँ मसनद का सहारा रहेगा। यहाँ तो कमर टेढ़ी हो जाएगी।'

स्क्रीन और प्रोजेक्टर फिर साधे गए। अब सभी गद्दों पर आकर बैठ गए। उस सज्जन के सटे पास रेखा और उसके पास शुभ्रा।

वह मुस्कराये, 'तुम्हें क्या मुझसे डर लगता है क्रिस्टी ?' वह शुभ्रा की प्रतिक्रिया देखने के लिए कुछ आगे झुक आए थे।

शुभ्रा ने 'नहीं' में सिर हिलाया।

'तब फिर आओ न, इधर बैठो। इस तरह घबराई हुई क्यों बैठी हो।'

शुभ्रा झिझकी, पर उनके अनुरोध में इतना विश्वास था कि वह 'नहीं' नहीं कर सकी। उठकर उनके दूसरे बाजू में आ बैठी।

'यह हुई न एक अच्छी लड़की जैसी बात।' उन्होंने उसके कंधे पर हाथ फेरते हुए कहा।

उन्होंने मसनद पर पीछे की ओर झुकते हुए रोशनी गुल और फिल्म चालू कर दी। हल्का संगीत जो धीरे-धीरे उभर रहा था और इसके साथ ही एक झील के भीतर पक्षी क्रेकार करते हुए कामातुर एक-दूसरे का पीछा कर रहे थे। एक बारहसिंगा देर तक एक हिरनी को सूँघता, उछलता कुलाचें भरता रहा। उसने अलग होकर अपने सींग एक झाड़ी से रगड़ना शुरू किया जिससे झाड़ी की कुछ टहनियाँ और घासें उसके सींग में उलझकर बाहर आ गई। फिर उसने एक लंबा पैंतरा लिया और हिरनी के पास आकर एक तेज छलाँग जिसके साथ ही सब कुछ पूरा हो गया। वह भागता एक किनारे को चला जा रहा था। प्रकृति के पूरे परिवेश से विविध प्राणियों की चर्या से ऐसे ही दृश्यों को लेकर उनका संयोजन इस तरह किया गया था जिससे लगे कि प्रकृति में केवल यही होता है।

अब वास्तुकृतियों की बारी थी।

'आदमी के हाथ में आकर पत्थर भी पत्थर के साथ क्रीड़ा कर सकता है।' अद्भुत है उसके हाथ का जादू।' उन्होंने एक कलापुजारी की तरह प्रशंसा की।

फिर मनुष्यों की बारी थी जिसका वर्णन करने से अच्छा होगा केवल इतना बता कर जगह की बचत करना कि यह एक ब्लू फिल्म थी और संभव से लेकर, असंभव मुद्राओं में लीलाएँ दिखाई देने लगी थीं।

शुभ्रा को लगा उसके शरीर के साथ कुछ छेड़छाड़ की कोशिश हो रही है। वह कुछ अलग हटने लगी। अब वह अधिक पास सरक आए और उसे अपनी बाँह में लपेटकर दूसरे हाथ से उसकी कमीज के बटन खोलकर उसके स्तनों के लिए

राह बनाने लगे।

'नहीं, यह नहीं।' शुभ्रा ने प्रतिवाद किया। संगीत इस समय कुछ अधिक तेज हो गया था। उसके प्रतिवाद का स्वर संगीत का हिस्सा बनकर रह गया।

उस सज्जन ने जो अब सज्जन नहीं रह गए थे, उसे खींचकर अपनी गोद में बैठा लिया। शुभ्रा ने प्रतिरोध किया जिसमें हाथों की अकड़ और शरीर का कंपन अधिक था, पर ताकत का प्रयोग कुछ कम। उसने उनके दूसरे बाजू की ओर देखा तो रेखा पता नहीं कब वहाँ से खिसक गई थी।

'नहीं !' उसने कुछ ऊँचे स्वर में कहा।

'यह तो सभी के साथ होता है। सभी के साथ हुआ है। इसके बिना तो...'

अब शुभ्रा विरोध की स्थिति में भी नहीं रह गई थी।

बाद में जब वह होटल से विदा हो रही थी तो रेखा ने अपने दूसरे निजी रहस्यों की तरह उससे क्षमा माँगते हुए बताया कि उसे इसके लिए एक हजार मिले थे और वह फिल्म का फाइनेंसर जरूर है पर जो आश्वासन दे रहा था वह सब नाटक था, तो शुभ्रा को इतना आघात लगा, जिसके अदृश्य दाग जीवन भर उसके मन पर बने रह जाएँगे।

दूसरा अनुभव उस आदमी को लेकर था जिसे घिघियाते हुए देखकर उसने अपने पचीस और रेखा के दस रुपये दिए थे। यह उसके होटल छोड़ने से ठीक एक दिन पहले की बात है। वह उन गंदी और सँकरी गलियों में निकल गई थी जिनमें दीवारें पास से बहती नाली के कारण सीलन से भरी मालूम होती थी। एक खास तरह की मायूसी और खीझ और घुटन और इसके ऊपर से बहुत कुछ ऐसा जिसके लिए शब्द नहीं बने हैं, एक चिपचिपी भाप बन कर वहाँ की हवा में फैले थे। अभी तो जाड़े की शुरुआत थी। गर्मी और बरसात के उमसभरे दिनों में कैसा लगता होगा। हर चीज से केबल बदबू फूटती-सी लग रही थी। इस बेचैनी भरे माहौल का एक अलग तरह का सन्नाटा था जो हँसते-बोलते लोगों के दिमाग तक में उतरा हुआ था।

वह लौट रही थी कि ठीक उसी समय वह नौजवान मिल गया था। उसने उसे दूर से ही पहचान लिया था। बढ़कर पास आया था और सलाम बजाकर आभार जताने लगा था कि उस दिन उसने पैसा न दिया होता तो उसके घर में किसी को रोटी तक नसीब न हुई होती। वह इस अहसान के नीचे इतना दब गया था कि उसकी समझ में नहीं आ रहा था कि वह इसे कैसे चुका पाएगा।

'पैसे तो फिर भी उतर जाते हैं मैडम, पर जो दिल का बोझ है वह जिंदगी भर बना रहता है। मैं इसे ता जिंदगी भूल नहीं सकता। और पैसे तो बस दो एक

दिन की बात है, मैडम। जहाँ थोड़ा काम का सिलसिला बैठा, मैं आपके पैसे जरूर लौटा दूँगा।'

शुभ्रा ने उसे समझाया कि उसे उन पैसों की जरूरत नहीं है। वे उसी के लिए थे। राह चलते उससे बात करते देखकर कुछ लोग मुस्करा रहे थे पर उसे उनकी परवाह नहीं थी। इसके बाद भी उसे उसका इस तरह चिपकना अच्छा नहीं लग रहा था।

'नहीं मैडम। हम इज्जतदार लोग हैं। हम अपने ऊपर किसी का बोझ नहीं रखते। बस जरा देर हो गई। इसके लिए माफी चाहता हूँ। लेकिन हम लोग इज्जतदार आदमी हैं।'

शुभ्रा ने कहा, 'मैं जानती हूँ।' वह उससे बहस में नहीं उलझना चाहती थी।

वह हें-हें कर हँसने लगा, 'आप बहुत समझदार हैं मैडम। बहुत अच्छी हैं। सोने का दिल पाया है आपने। ऊपर वाला सबका अच्छा-बुरा देखता है।'

शुभ्रा उसकी अनसुनी करके चलने लगी। अब उससे बात करना बेकार था। वह उसके पीछे-पीछे चुपचाप चलता रहा। इस बीच उसने एक शब्द भी नहीं कहा, पर शुभ्रा को उसकी उपस्थिति का भान होता रहा।

सहसा वह करीब आ गया, 'मैडम, दस रुपये दे सकती हैं ?'

शुभ्रा ने उसे खीझ कर देखा, 'मुझे परेशान कर रहे हो ?'

वह घिघियाने लगा, 'नहीं मैडम, ऐसा मत सोचिए।' वह अपने कान दोनों हाथों से पकड़कर कसमें खाने लगा, 'अल्लाह की कसम। आपकी जितनी इज्जत करता हूँ उतनी किसी की नहीं करता।'

'ठीक है। अब रास्ता छोड़ो।'

रास्ता छोड़ने की जगह वह उसके पाँवों को हाथ लगाने लगा, 'बहुत परेशानी है। बस सिर्फ दस। मैं आपका एक-एक पैसा लौटा दूँगा। हम इज्जतदार आदमी हैं मैडम। कोई घसियारे नहीं।'

शुभ्रा को उससे जान छुड़ाना भारी पड़ रहा था। उसने पर्स खोला, पाँच रुपये निकालकर कहा, 'यह लो। अब और नहीं दूँगी। समझे।'

उसने दस की जिद छोड़ दी। उतने से ही खुश हो गया, 'मैं काम मिलते ही आपको ...'

'ठीक है अब जाओ।'

वह लौट गया।

रेखा के साथ पीने के बाद उसने दुबारा शाम को पीने का नाम तक नहीं लिया था। पर कुछ तो इसलिए कि कल उसे होटल से चल देना था और आज इसका आखिरी मौका था, कुछ इसलिए कि उसे आज थकान लग रही थी, उसने बैरे को फिर ह्विस्की लाने को कह दिया था, 'क्वार्टर।'

क्वार्टर की शीशी और सोडा रखने के बाद वह खड़ा हो गया।

'क्या बात है ? खड़े क्यों हो ?'

'मेमसा'ब आपको बाद में खाने की याद न रहेगी। अभी बता दीजिए, डिनर में क्या लेंगी ?'

'कुछ नहीं। खाने का मन नहीं है।'

बैरा वहाँ से हटा नहीं। जैसे उसने उसकी बात सुनी ही न हो।

'क्या बात है ?'

'इसके साथ खाने को तो कुछ चाहिए ही मैडम। न खाने पर सिर पकड़ लेगी।'

'ठीक है, कुछ लेते आना।' उसने पैसे बढ़ा दिये थे।

आज वह जल्दी सो जाना चाहती थी। कुछ के नाम पर फिश फ्राई को ही उसकी निजी पसंद समझकर वह आज भी वही लेता आया था।

उसने सुन रखा था कि पीने से मन का बोझ हल्का हो जाता है। परेशानी कम हो जाती है। पर पहले ही पेग के साथ उसने पाया कि उसका मन अधिक भारी होता जा रहा है। वह अपने अनुभवों को सहेज रही थी और उसे समझ में नहीं आ रहा था कि उसने इस अवधि में जो कुछ पाया है वह सचमुच कोई मानी रखता है या नहीं, और जो खोया है उसे खोने के लिए क्या यही सही जगह हो सकती थी।

उसका जी उचट गया। शराब और तली मछली मेज पर ही छोड़कर वह चारपाई पर आ गई और मुँह औंधा करके पड़ गई। निढाल।

फिर उसे याद आया कि उसका हाथ चिपचिपा है। वह उठी और हाथ धोया और फिर उसी तरह पड़ रही।

वह सिर्फ उदास थी। इतनी कि उसके मन में किसी बात के लिए अफसोस तक नहीं था। उसे लग रहा था कि इस बीच वह कुछ करती नहीं, अपने को थकाती भर रही है।

वह फिर भाग्यवादी हो गई थी, 'यह भी भोगना ही था।'

यह सोचकर कि यह पहले से तय था और इससे चाह कर भी वह बच नहीं सकती थी, या इससे अलग कुछ चाह ही नहीं सकती थी, वह पहले जैसी बेचारगी अनुभव करती थी, उसी का दबोच इस समय भी बना हुआ था। वह बोध जिसमें अपनी आकुलता को सँभाल न पाने के कारण वह चुपचाप रोने लगती थी।

वह देर तक तकिए में सिर गड़ाए आँसू बहाती रही। पता नहीं कितनी देर तक। शायद इसी में उसे एक झपकी भी आ गई। फिर वह उठी। कपड़े बदले, और सोने की तैयारी करने लगी।

इसके साथ ही उसे बची हुई शराब की याद आई। उसने उसे गिलास में ढाला और नीट पी गई। इस बात की चिंता किए बिना कि यह पिघली आग की तरह

हलक से नीचे उतर रही है। वह आकर चारपाई पर पड़ रही। लिहाफ के नीचे चली गई।

फिर उसे लगा शरीर गर्म हो रहा है। उसने लिहाफ एक ओर को फेंक दिया। कुछ देर तक यूँ ही पड़ी रही।

गर्मी असह्य हो रही थी। कमरे में रहा नहीं जा रहा था। उसने कमरे की खिड़कियाँ खोलीं और पंखा चला लिया। कुछ राहत मिली। पर पूरी नहीं। नीट शराब ने सचमुच पूरे शरीर में आग लगा दी थी और चमड़ी जल सी रही थी। कुछ उस तरह की जलन जो लू के दिनों में खुले शरीर धूप में खड़े होने पर होती है।

उसने उठकर एक पर एक कई गिलास पानी पिया। इससे जी कुछ सँभला। वह दरवाजा खोल कर नाइटी में ही बाहर निकल आई और रेलिंग पकड़कर खड़ी हो गई। चारों ओर सन्नाटा फैल चुका था इसलिए दूर से रेल के गुजरने की आवाज संगीत की लय में ढली सी लग रही थी। उसने सोचा, यदि कहीं उसका संतुलन बिगड़ गया तो इसके साथ ही वह नीचे भी जा सकती है। उसने रेलिंग को जोर से पकड़ लिया। रेलिंग पुरानी थी और जोर से पकड़ने के साथ उसे लगा यह हिल रही है।

'रेलिंग तो खुद भी गिर सकती है।' उसने धीरे से कहा और उसे छोड़कर अलग हट गई। वह बरामदे में कुछ आगे तक चली गई और उधर से लौट रही थी कि उसे लगा कोई उसके कमरे में घुसा है। वह तेजी से कमरे में आई। कमरे में सचमुच कोई था, वह खड़ा-खड़ा चारों ओर आँखें दौड़ा रहा था।

वह चोर ! चोर ! का शोर मचाने ही जा रही थी कि उसने सुना, 'मैडम ! मैडम तो कमरे में हैं ही नहीं।'

आवाज से उसने नशे की उस हालत में भी पहचान लिया कि यह वही नौजवान है।

'तुम यहाँ क्यों घुस आए ?'

'ओह मैडम आप इधर हैं।' शुभ्रा ने नशे की हालत में भी अनुभव किया कि उसकी जबान लड़खड़ा रही है।

'तुमने पी रखी है। निकलो, यहाँ से बाहर जाओ।'

'निकलता हूँ।' वह निकलने भी लगा। दरवाजे तक आकर उसने सिटकनी भीतर से बंद कर दी और शुभ्रा की ओर मुड़ा, 'जाता हूँ। मैं तो चला ही जाऊँगा पर मेरी बात तो सुन लीजिए।'

वह दरवाजे की ओर पीठ किए शुभ्रा के सामने इस तरह खड़ा था कि शुभ्रा को बढ़कर दरवाजे तक जाने का साहस नहीं हो रहा था और ऊँची आवाज में उसे फटकारते भी नहीं बन रहा था।

'तुमने पी रखी है। अभी जाओ। कल आना।' शुभ्रा ने दबी जबान में उसे

आदेश देते हुए यह सोचा कि उसका इतना अहसान मानने वाला यह आदमी नशे की हालत में भी उसकी बात तो मानेगा ही।

'पी तो आपने भी रखी है मैडम।' उसने हँसते हुए कहा, पर अपनी जगह से हिला तक नहीं।

शुभ्रा के जी में आया एक बार ट्यूब लाइट जला दे, फिर डर गई। गर्मी से परेशान होकर उसने पंखा खोलने से पहले खिड़कियाँ भी खोली थीं। दूर मकानों में यदि कोई जगा हुआ तो उसे यह साफ दिखाई देगा कि उसके कमरे में कोई और भी है।

'तुम जाओ।' शुभ्रा ने फिर दुहराया और इसके साथ ही उसे एक हल्का-सा धक्का दिया।

उसने धक्का देने के लिए बढ़े हुए उसके हाथ को पकड़ लिया, 'आप मेरी बात तो सुनिए। पहले मेरी बात तो सुनिए।'

अब शुभ्रा के पास उसकी बात सुनने के अतिरिक्त कोई चारा नहीं बचा था, 'बोलो, क्या बात है ? एक बात समझ लो, मैं तुम्हें फूटी कौड़ी न दूँगी।'

'मत दीजिए, मत दीजिए। कौन हरामजादा आप से पैसे माँग रहा है।' उसकी आवाज ऊँची तो नहीं थी फिर भी ऐसी थी कि वह बाहर जा सकती थी।

'धीरे बोलो।' शुभ्रा ने उसके होठों को दूसरे हाथ की तर्जनी से दबाते हुए फुसफुसाया जैसे इसके बिना धीरे बोलने की बात की ही न जा सकती हो।

अब उसने शुभ्रा को लपेट लिया, 'मैं बताता हूँ। आप पहले मेरी बात तो सुनिए।' वह उसे लिए दिए उसकी चारपाई पर आ धमका और उसे अपनी बगल में बैठा लिया।

'मैंने आप से कहा था न, कि हम लोग इज्जतदार आदमी हैं।'

'हाँ, कहा था। अब जाओ।'

'कहा था न कि खानदानी आदमी हैं हम लोग। हम अपने सिर पर किसी का कर्जा नहीं रखते।'

'हाँ बाबा, कहा था।'

शुभ्रा को लगा, आज इसको काम मिल गया होगा और उसके साथ ही पैसे मिले होंगे और यह नशे में जल्द से जल्द लौटाने की झक में इस कुवेला उसके पास चला आया था। आदमी इज्जतदार हो या नहीं, ईमानदार जरूर है।

'मैं इसीलिए आया हूँ। आपके पैसे की आज वसूली देकर ही जाऊँगा।' और उसने शुभ्रा को दबोच लिया और शुभ्रा को चीखकर शोर मचाने का भी साहस नहीं हुआ। उस हालत में इसकी खबर बनती और अखबार में छपती तो उसकी पूरी योजना की रही-सही कसर भी निकल जाती। वह अकेले उससे जूझती रही पर उसके हाथों में इतनी ताकत थी कि वह उससे छूट नहीं पाई। वह जाने किन-किन के हाथों

हुए अपने अपमान का बदला पूरी निर्ममता से उससे लेता रहा। एक पशु की तरह इतनी क्रूरता से पेश आता रहा कि उसका शायद ही कोई अंग बचा हो जिस पर उसके दाँतों या नाखूनों के निशान न लगे हों। वह पूरी रात पैसे की वसूली देता रहा। उसने अभी तक बलात्कार शब्द सुना था। आज उसका अर्थ समझकर अपमान से काँपते हुए उसे झेल रही थी।

48

अपने सात दिनों के इस साहसिक अभियान के बाद जब वह क्रिस्टी वाले वेष में ही अपने हास्टल लौटी तो दरवान ने गेट खोलने से मना कर दिया। उसने मुस्कराकर कहा, 'अरे धनीराम, तुमने मुझको भी नहीं पहचाना' तो आधी उसकी आवाज और आधी हँसी से पहचानने की कोशिश करता, उसे हैरानी से देखता, धनीराम दरवाजा खोल कर एक ओर को हट गया।

कमरे में घुसी तो नीरव भी उसे पहचान नहीं पाई। वह इस समय भी कोई पत्रिका लिए अपने एकांत को बहुलांत बना रही थी। पल्ला भिड़ा जरूर रखा था पर बंद नहीं किया था। शुभ्रा के घुसते ही उसने चौंक कर देखा और जब शुभ्रा ने अपनी अटैची और कैरी बैग अपनी मेज की बगल में रखा तो उसने लगभग चीखते हुए स्वर में फटकारा, 'यह क्या तरीका है किसी के कमरे में आने का। कौन हो तुम ?'

शुभ्रा मन से कुछ खिन्न थी फिर भी उसे शरारत सूझी, 'तुम्हारे दीवानों में से एक।'

'क्या कहा ?' उसने इस बार कुछ ध्यान से देखा, 'शुभ्रा, यह तुम हो ?'

'शुभ्रा नहीं..' शुभ्रा के मुँह से 'क्रिस्टी कार्ल्टन' निकलने ही जा रहा था कि उसने अपने को सँभाला, 'शुभ्रा का भूत।'

'यह क्या शक्ल बना रखी है ?'

अब उसने बढ़कर दरवाजा बंद किया और अपने साधारण कपड़े और तौलिया लेकर गुसल में जा घुसी, 'पहले भूत को उतार लूँ फिर बात करूँगी।'

इस बीच किसी लड़की की नजर हास्टल में कमीज और स्कर्ट में आती कमरा नंबर 207 में घुसती एक युवती पर पड़ चुकी थी और उसके माध्यम से यह शिकायत श्रीमती चौधरी तक पहुँच चुकी थी कि धनीराम ड्यूटी में लापरवाही बरतता है और अब भी जिस किसी भी लड़की को भीतर घुसने देता है। धनीराम की पेशी तो होनी ही थी। जब उसने बताया कि यह कोई लड़की नहीं, शुभ्रा थी तो चौधरी से इतना

भी सब्र न हुआ कि वह उसे अपने पास बुलाएँ। भागी-भागी कमरा नंबर 207 में ही पहुँच गई।

शुभ्रा ने इस बीच नहा लिया था और अब कपड़े बदल रही थी। उसने वहीं से चौधरी मैडम की आवाज सुनी, 'शुभ्रा आ गई ?'

'हाँ मैडम, अभी-अभी आई है। नहाने गई है।' नीरव की आवाज थी।

'उसने कुछ बताया ?' उनकी चिंता उनकी आवाज में भी उतर आई थी।

'अभी बात नहीं हुई।' नीरव ने खरखराती-सी आवाज में कहा।

'निकले तो मेरे पास भेज देना।' वह लौट गईं।

शुभ्रा के हाथों से सलवार सरककर नीचे गिरने को हो आया। उसने उसे सँभाला, फिर भी उसका एक कोना फर्श को छू ही गया और वह गीला हो गया। अब वह सचमुच घबरा उठी थी। चौधरी मैडम पहले से अनुमति लिए बिना इस तरह चले जाने पर उसे जरूर डाँटेंगी।

वह अपने बालों को कंघा करती और श्रीमती चौधरी के कथन के आशय को समझने का प्रयत्न करती बाहर निकली ही थी कि नीरव ने तार वाली संक्षिप्तता से सूचना दी, 'मैडम आई थीं। बुलाया है। बहुत परेशान हैं।'

'क्यों ? क्या बात हुई ?'

'जाओगी तो खुद पता चल जाएगा।' उसने मशीनी भाषा में कहा।

शुभ्रा ने स्लीपर उतारकर चप्पल डाली और श्रीमती चौधरी के पास पहुँच गई।

प्रतीक्षा में आतुर श्रीमती चौधरी ने दरवाजे खुले छोड़ रखे थे कि कहीं उन्हें बंद देखकर शुभ्रा वापस न लौट जाए।

'मैडम आपने मुझे याद किया।' शुभ्रा ने यह कहते हुए ही कमरे में प्रवेश किया।

'आओ, इधर बैठो। तुम्हारे साथ क्या हुआ था ?'

शुभ्रा के चेहरे पर हवाइयाँ उड़ने लगीं।

'डरने की कोई बात नहीं है। साहस से काम लेना होगा।...'

शुभ्रा की समझ में फिर भी कुछ नहीं आ रहा था।

'तुम मुझे साफ-साफ बताओ। घबराने की बात नहीं है। वे कौन लोग थे ? उन्होंने तुम्हारे साथ क्या सलूक किया ? वे तुम्हें कहाँ ले गए थे ?'

शुभ्रा का हृदय धड़कने लगा, 'क्या किसी रहस्यमय तरीके से मैडम को यह पता चल चुका है कि कोई मुझे बहकाकर उस आदमी के पास ले गया था जो अपने को फिल्म का फाइनेंसर कह रहा था और जिसने उसकी महत्त्वाकांक्षा जगाकर उसके साथ मनमानी की थी।' इस विचार में इतना भी दम नहीं था कि वह वाक्य का अंत होने तक भी टिका रह पाता। नहीं, वह कुछ और कह रही हैं।

'तुम डर रही हो। घबरा रही हो कि वे ताकतवर लोग हैं। उन्होंने तुम्हें डराकर

तुम्हारी जबान बंद कर दी है। बोलो, है न यही बात।'

'किससे डर रही हूँ मैं ? किसने मेरी जबान बंद कर रखी है ? मैडम मेरी समझ में कुछ नहीं आ रहा है।'

'वे ही जिन्होंने बाजार से तुम्हारा अपहरण किया था। जिन्होंने अपने गुनाह को लंबे समय तक चलाते रहने के लिए तुमसे मेरे नाम अर्जी लिखवाई थी कि हम धोखे में रहें और वे तुम्हारे साथ मनमानी करते रहें। तुम्हें कहाँ ले गए थे वे ?'

'मेरा अपहरण करके कोई नहीं ले गया था मैडम। मैं अपनी मर्जी से गई थी। दिलबहलाव के लिए।' शुभ्रा ने खीझ भरे स्वर में कहा।

'यही तो, यही तो बात है। यहीं आकर तो हम कमजोर पड़ जाती हैं। बहादुर से बहादुर लड़की की हिम्मत जवाब दे देती है। बदनामी का डर। भविष्य की चिंता। और इसीलिए स्त्री के साथ लोग मनमानी कर लेते हैं। लेकिन देखो, यह अकेले तुम्हारा मामला नहीं है। यह हम सबका मामला है। मैं उन्हें छोड़ूँगी नहीं। मैंने पुलिस में उसी दिन रपट लिखा दी थी। हम इसे अंत तक लड़ेंगे। तुम्हें हमारा साथ देना होगा। बस।'

पुलिस में अपहरण का मामला दर्ज किए जाने की सूचना मिलते ही शुभ्रा को पसीना आने लगा। उसे अब क्रोध आ रहा था जो श्रीमती चौधरी से अधिक अपने ऊपर था और इसमें कहीं डर भी समाया हुआ था। अमूर्त डर। पता नहीं क्या होगा का डर, जो उस डर से अधिक त्रासद होता है, जिसमें हम परिणाम का अनुमान लगा लेते हैं, 'मैडम, आपने यह क्या कर दिया ! मुझसे पूछ तो लिया होता !'

'पूछने का सवाल ही नहीं था। देखो हम अभी चलकर तुम्हारी डॉक्टरी जाँच कराएँगे जिससे तुम्हारे साथ हुए बलात्कार का प्रमाण नष्ट न होने पाए। दो एक दिन का विलंब हो जाने पर कोई फायदा नहीं होता। तुम्हारे सारे कपड़ों का भी जो तुम पहनती रही हो। तुमने उन्हें धो तो नहीं डाला ?'

अब शुभ्रा का धीरज जवाब देने लगा। यदि बुढ़िया अपनी जिद पर अड़ी रही तो यह तो सिद्ध हो ही जाएगा कि उसके साथ संभोग किया गया है। इतना ही नहीं, पिछली रात उस राक्षस से अपने को छुड़ाने के लिए वह नीमबेहोशी में भी अपने को बचाने के लिए जिस तरह जूझती रही थी, उसका भी सबूत मिल ही जाएगा। उसके होंठ का एक कोना अभी तक कुछ सूजा रह गया था। नहाते समय कुछ जगहों पर साबुन से छरछराहट भी हो रही थी। इन सभी से यह सिद्ध तो हो ही जाएगा कि वह बलात्कार का शिकार हुई है।

श्रीमती चौधरी पुलिस स्टेशन को फोन करने लगी थीं, 'थाना। हाँ, मैं गर्ल्स हास्टल की वार्डन मिसिज चौधरी बोल रही हूँ। वह लड़की लौट आई है। वह बहुत डरी हुई है। ...उसका बयान आप यहीं आकर ले लें तो अच्छा। ...नहीं, वह अभी नहीं। अभी उसने कुछ नहीं बताया। हाँ, हाँ। वह तो होगा ही। ...और उसकी डॉक्टरी

जाँच भी जल्द से जल्द करवाइए। ...वही तो, वही तो, सबूत नष्ट होने के डर से ही तो मैं भी कह रही हूँ।' उन्होंने फोन रख दिया।

शुभ्रा काँपने लगी। क्रोध और भय दोनों के साथ, पर अब उसमें साहस भी आ गया था, 'आप क्या कर रही हैं मैडम ? आपने मुझे समझ क्या रखा है ?'

'मैं तुमको वही बहादुर लड़की समझती हूँ जिसने आत्मसम्मान की रक्षा के लिए अकेले दम पर एक आंदोलन खड़ा करके ताकतवर अखबारों को भी झुका दिया था। मैं यहाँ भी तुम्हारे उसी रूप को देखना चाहती हूँ। समझीं ?'

अब शुभ्रा का साहस जवाब दे गया था, 'वह रोने लगी। मैडम मैं आपकी कसम खाती हूँ, मेरा किसी ने अपहरण नहीं किया। किसी ने मेरे साथ बलात्..' बलात् के आगे कुछ कहते हुए उसे इतना अपमानजनक लग रहा था जितना अपमानजनक पिछले सात दिनों के बीच घटित कुछ भी नहीं लगा था। बलात्कार की क्रिया तक। वह फूट-फूट कर रो रही थी। हिचकियाँ बँध गई थीं और मुँह से शब्द नहीं निकल रहा था।

श्रीमती चौधरी उसकी पीठ पर हाथ फेरने लगीं, 'हिम्मत से काम लो बेटी। हिम्मत से काम लो। तुम्हारे भविष्य पर कोई आँच नहीं आने वाली। वह तुम्हारा मित्र है न, बरेली में रहता है। वह आया था। उसे जब मैंने अपना अंदेशा बताया तो उसने कहा, 'मैं इसके कारण शुभ्रा को अपमानित नहीं होने दूँगा।' बहुत बहादुर नौजवान है वह। ऐसे ही लोगों की तो जरूरत है आज।'

अब शुभ्रा की सहन सीमा चुक गई थी। वह कुछ ऐसा करना चाहती थी जिससे इस बुढ़िया का दिमाग ठिकाने आ सके। उसका मुँह नोच लेने का जी हो रहा था, पर साहस नहीं हो रहा था। वह उसके भले के लिए इतनी चिंतित होकर उसके सामने ही उसका सर्वनाश करने पर उतारू थी। अब उससे वहाँ ठहरा नहीं जा रहा था, वह रूमाल से अपनी नाक और मुँह को दबाए, अपने कमरे में जाने के लिए उठ खड़ी हुई, 'मैं अपने कमरे में जा रही हूँ।'

श्रीमती चौधरी ने उसका हाथ पकड़ लिया, 'दो मिनट की बात है। वे आ ही रहे होंगे। है ही कितनी दूर। लो, जीप हास्टल के सामने ही आकर रुकी है। वे पहुँच भी गए।'

श्रीमती चौधरी आकुलता में कमरे से बाहर हो गईं और फिर गेट की ओर बढ़ गईं कि धनीराम उन्हें भीतर घुसने से रोके तो वह उसे बरज दें।

इस बीच शुभ्रा की समझ में नहीं आ रहा था कि उसका वहाँ से उठकर चल देना ठीक होगा या नहीं। कुछ देर तक असमंजस में पड़ी रही। वहाँ अब उससे एक क्षण भी अधिक बैठा नहीं जा रहा था। उसने किसी तरह साहस बटोरा और उठकर चलने लगी। क्षोभ और अपमान से उसका पूरा शरीर काँप रहा था और चलते समय उसके पाँव लड़खड़ा से रहे थे। अपना सिर उसने नीचे झुका लिया था।

श्रीमती चौधरी इसी समय पुलिस वर्दी में लैस एक महिला इंस्पेक्टर और एक पुरुष सबइंस्पेक्टर को साथ लिए वापस लौट रही थीं। पुलिस वाले तो मुहावरे में भी पत्थर की नजर रखते हैं। उनको उसकी लड़खड़ाहट से यह अनुमान लगाने में कठिनाई नहीं हुई कि सचमुच इस लड़की के साथ सामूहिक बलात्कार किया गया है। 'केवल एक व्यक्ति के बलात्कार से शरीर के जोड़ इस तरह ढीले नहीं हो जाते कि पाँव रखने में भी कठिनाई हो। ठीक कहा मिसिज चौधरी ने। यह सब कई दिनों तक लगातार चलता रहा है।'

मिसिज चौधरी ने कुछ आगे बढ़कर रोका, 'शुभ्रा, कहाँ जा रही हो ? चलो, वहीं चलो। मेरे आफिस में ही ठीक रहेगा।'

शुभ्रा ने उनकी आवाज सुनी, पर उस पर ध्यान नहीं दिया। वह उसी तरह आत्मलीन-सी चलती रही। वह इस समय फिर नियति के सामने अपनी विवशता को याद करके कातर हुई जा रही थी। अपने पर काबू नहीं रखा गया तो रास्ते में ही फफक पड़ी।

श्रीमती चौधरी ने बढ़कर उसे सँभाल लिया, 'मन छोटा नहीं करते, शुभ्रा। चलो, चलो। तुम्हें कुछ नहीं होगा।'

शुभ्रा जहाँ पहुँच गई थी वहीं खड़ी रही।

'चलो न, यहाँ रास्ते में तमाशा क्यों खड़ा करती हो ?' श्रीमती चौधरी ने उसका हाथ कुछ मजबूती से पकड़कर उसे लगभग खींचना शुरू कर दिया।

'जो होना है, हो।' शुभ्रा ने समर्पण कर दिया। अब वह श्रीमती चौधरी के साथ चल रही थी और पुलिस के लोग धीरे-धीरे उसके पीछे-पीछे चले आ रहे थे, कुछ इस तरह कि उन्हें इस बात का ध्यान हो कि उनके जूतों से भी कोई आवाज नहीं पैदा होनी चाहिए।

अपने आफिस वाले कमरे में आकर श्रीमती चौधरी ने शुभ्रा को सहारा देकर एक कुर्सी पर बैठाया और फिर दोनों जाँच अधिकारियों को बैठने का संकेत किया। फिर वह उनके पूछे बिना ही, जो कुछ उन्हें पहले मालूम था और अब जिसका सच अपने नंगे रूप में सबके सामने आ गया था, उसे बताती रहीं।

इस कहानी में मंत्री महोदय के घिनौने चेहरे का जितना सजीव चित्र वह खींच सकती थीं, खींचने के बाद, उनकी आदतों पर और उनके इरादों पर उतर आईं और फिर बतायां कि कैसे उन्होंने 'इस लड़की को' शाम को अमुक घटना के समय पूछताछ के लिए अपनी कोठी पर बुलवाया था और वह किस तरह गुस्से में उठी थीं और बिना उनसे अनुमति लिए कमरे से बाहर हो गई थीं।

'वह हमारा तो कुछ बिगाड़ नहीं सकते थे, पर इस लड़की पर उनकी नजर थी। उनके आदमी 'इस लड़की' का पीछा कर रहे थे। उन्होंने, एक दिन जब यह कुछ खरीदारी करने के लिए बाजार को निकली थी, इसका अपहरण कर लिया और

इसे किसी अज्ञात स्थान पर ले जाकर इसके साथ मनमानी करते रहे। इसे यह भी पता नहीं चलने पाया कि यह कहाँ है। अब यह मुझसे तो कुछ बता नहीं पा रही है। सिर्फ रोए चली जा रही है। मेरा सम्मान भी बहुत करती है और उम्र का भी सवाल है। आप लोग पूछेंगे तो शायद पूरी कहानी बता देगी।'

पुलिस अधिकारी इस पूरी कथा को चुपचाप सुनते रहे। फिर महिला इंस्पेक्टर ने कहा, 'यदि आप लोग कुछ समय के लिए मुझे इससे अकेले में बात करने दें तो अच्छा रहे।'

श्रीमती चौधरी को समझने में समय लगा। जब सबइंस्पेक्टर उठकर खड़ा हो गया और उन्हें इशारा किया तब उनकी समझ में आया कि उन्हें भी कमरे से बाहर जाने को कहा जा रहा है।

महिला इंस्पेक्टर देर तक शुभ्रा से कई बहानों से सवाल करती रही और वह चुप्पी साधे रही। इस सवालों का 'नहीं' तक में जवाब देना उसे अपना अपमान लग रहा था। और फिर कहीं यह विश्वास हो गया था कि यदि वह 'नहीं' कहना भी चाहे तो यहाँ कोई सुनने वाला नहीं है। इंस्पेक्टर उसकी चुप्पी को उसके मन और मस्तिष्क पर लगा आघात मान कर बहुत चालाकी से प्रश्न कर रही थी। उसकी सारी युक्तियाँ नाकाम हो रही थीं।

हार कर उसने अपने साथ आए इंस्पेक्टर का नाम कुछ ऊँची आवाज में लिया कि वे जहाँ भी हों, अब लौट आ सकते हैं।

'क्या हुआ ? क्या बताया ?' श्रीमती चौधरी ने आते ही सवाल किया।

'यह कुछ बोलती ही नहीं।' इंस्पेक्टर ने कहा।

'सदमा।' सब इंस्पेक्टर ने एक शब्द में इसका कारण बता दिया।

इंस्पेक्टर ने अपनी कुर्सी से उठते हुए कहा, 'ठीक है, एक-दो दिन में जब इसकी दिमागी हालत ठीक हो जाए और यह बयान देने की स्थिति में आ जाए तो आप मुझे फिर फोन कर दीजिएगा। मैं आ जाऊँगी।' वह चलने को हुईं।

'लेकिन वह डॉक्टरी जाँच । उसके लिए तो बाद में समय नहीं रह जाएगा।' श्रीमती चौधरी को एकाएक ध्यान आया।

'जबान बंद कीजिए मैडम। बहुत हो गया।' शुभ्रा ने चीखकर कहा। उसे अब इस बात की भी चिंता नहीं रह गई थी कि उसकी आवाज कहाँ तक पहुँच रही होगी।

श्रीमती चौधरी हक्का-बक्का रह गईं। पुलिस अफसर भी हैरान होकर एक नजर शुभ्रा पर डाल रहे थे और दूसरी श्रीमती चौधरी पर।

वह एक क्षण को रुकी रही और फिर उत्तेजित स्वर में बोलने लगी, 'तभी से पता नहीं क्या-क्या बके जा रही हैं। दिमाग खराब हो गया है। किसने किया था मेरा अपहरण ? कब कहा मैंने कि मेरा अपहरण हुआ था ? किसने देखा था

अपहरण होते। जाने क्या-क्या गढ़ती और बकती चली जा रही हैं।' वह फिर उत्तेजना में काँपने लगी थी।

आफिस के कमरे में सन्नाटा छा गया था। श्रीमती चौधरी का चेहरा फक। पुलिस इंस्पेक्टर ने शुभ्रा से नरमी से कहा, 'अब तुम जाओ।' और स्वयं अपनी कुर्सी पर वापस बैठ गई।

शुभ्रा उठी और चुपचाप सिर झुकाए आफिस से बाहर हो गई।

पुलिस इंस्पेक्टर ने इशारा किया तो सबइंस्पेक्टर ने इत्मीनान के लिए बढ़कर देखा कि वह वहाँ से चली तो जा चुकी। फिर उसने लौटकर धीरे से कहा, 'गई।'

अब इंस्पेक्टर श्रीमती चौधरी की ओर मुड़ी।' हुआ तो कुछ है। ऐसा तो हो नहीं सकता कि बिना कुछ हुए कोई इस तरह सकते में आ जाए और फिर जब बोले तो फट पड़े। हम लोगों की आँख धोखा नहीं खाती। हुआ तो है। पर जब तक वह स्वयं इसे बलात्कार मानने को तैयार नहीं है, डॉक्टरी जाँच का क्या मतलब है ? मान लीजिए यह सिद्ध हो ही गया कि कुछ हुआ है और जबरदस्ती हुआ है तो भी यदि यह बयान दे दे कि सब कुछ उसकी मरजी से हुआ है, तो हम क्या कर लेंगे ? यह नाम लेने को तैयार ही न हो तो हम किसके खिलाफ केस दर्ज करेंगे ?'

श्रीमती चौधरी के मुँह से बोल तक नहीं फूटा। वह अपने आँचल के कोने से ही अपनी आँखों के कोनों को पोंछती हुई अपनी कुर्सी से उठ खड़ी हुईं। पुलिस के अधिकारी उनके आगे-आगे कुछ उदास से फाटक तक गए और फिर अपनी जीप में सवार हो गए।

उन्हें छोड़कर लौटती हुई श्रीमती चौधरी को इतनी ग्लानि हो रही थी कि वह सिर उठाकर चल भी नहीं पा रही थीं। ग्लानि से बड़ा दुख। अब वह अपनी नौकरी तो नहीं ही बचा पाएँगी। सालवान को चार्ज देना ही पड़ेगा।

49

शुभ्रा अपने कमरे में लौटी तो कमरा भीतर से बंद कर लिया। अपना बिस्तर ठीक किया और उस पर लेट गई। नीरव ने पूछा, 'क्या हुआ ? किसलिए बुलाया था ?'

उसने कोई जवाब नहीं दिया।

वह उठकर पास चली आई, 'मैडम ने झुँझलाहट में कुछ कह दिया हो तो उसका बुरा मत मानना। वह बहुत परेशान हैं।'

शुभ्रा ने इसके बाद भी उनकी परेशानी में कोई रुचि नहीं दिखाई।

'उनको चार्जशीट मिल गई है।'

'क्या ?' शुभ्रा ने झटके से सिर उठाया और फिर उठकर बैठ गई।

नीरव चुप थी।

'ऐसा तो कुछ था नहीं। एक हफ्ते में क्या इतना सब बदल सकता है।'

'और यह हुआ भी तुम्हारे कारण।'

'क्या कहती हो ! मैं तो यहाँ थी ही नहीं।'

'उसी के कारण तो। होतीं तो कुछ न होता।'

न होना भी एक सक्रिय उपस्थिति है। अभाव का भाव। शुभ्रा खाली आँखों से नीरव को देखती रही।

'तुम्हारा पत्र पाने से पहले तो उनको पता ही न था कि तुम हास्टल में हो भी या नहीं। यहाँ कैदियों की तरह रोज सोने से पहले की हाजिरी तो होती नहीं। सारा फसाद तो तुम्हारे आवेदन से आरंभ हुआ। तुम्हें किसने कहा था कि इस तरह की गोल-मटोल भाषा में लिखकर आवेदन जरूर देना। वह तुम्हें कितना प्यार करती हैं यह तो मैंने उसी दिन जाना। ऐसी उलझन में पड़ गईं कि लगा इसका अंत उनके पागलपन में ही होगा। मुझसे पूछा तो मैंने बता दिया कि तुम बाजार करने गई थीं और फिर लौट कर नहीं आईं।

यह बात उनकी समझ से बाहर थी कि कोई बाजार करने जाए और वहाँ कोई ऐसी बात हो जाए कि वह वहीं से कई दिनों के लिए बाहर चली जाए। तुम्हारे पत्र में यह लिखा नहीं था कि तुम कहाँ हो, किन परिस्थितियों में तुमको जाना पड़ा, कब लौटना है, इसलिए मैडम और परेशान हो गईं। उनको लगा कि तुम्हारा अपहरण कर लिया गया है और अपहरण करने वालों ने ही तुम पर दबाव डालकर यह पत्र लिखवाया है, जिससे तुम्हारे गुम होने की पुलिस में रपट भी न लिखवाई जा सके और वे जब तक जी आए तुम्हारे साथ मनमानी करते रहें। उसी में घबराकर उन्होंने कोई मैडम हैं जो तुम्हें भी जानती हैं, उनको सलाह के लिए बुलवाया था और उन्हीं की सलाह पर पुलिस में अपहरण की रपट की थी।'

'ज्योति जी के कहने पर ?'

'मैं नाम नहीं जानती।'

'अरे ज्योति कपूर, वही जो एक बार हमारे जुलूस के भी साथ थीं। साल भर पहले की ही तो बात है।'

'उस समय तो मैं इस हास्टल में थी ही नहीं।'

'ओह, हाँ। इसका तो मुझे ध्यान ही न रहा।'

'फिर कई लोगों से पूछताछ करती रहीं। पुलिस वालों को तो लगभग रोज फोन करतीं, क्या हुआ। कुछ पता चला ?'

'सच ?' शुभ्रा एक बार को सिहर उठी। यदि किसी पुलिस वाले ने घूमते-फिरते समय उसे पहचान लिया होता और उसे ... इसके आगे वह सोच नहीं पाई क्योंकि

उसे मालूम नहीं था कि ऐसी स्थितियों में पुलिस वाले क्या करते हैं। वे उसे गिरफ्तार कर लेते या उसका पता ठिकाना मालूम करके मैडम को बताते कि वह कहाँ ठहरी हुई है, और क्या कर रही है। फिर उसकी घबराहट कुछ कम हो गई। यदि यह भी हो गया होता तो कम से कम मैडम की तो यह दुर्दशा न होती।

'लेकिन इस पूरे मामले में मैडम की क्या गलती है ?'

'अरे वही दफ्तर वाली भाषा, यार। वह अपने कर्तव्य के प्रति सावधान नहीं हैं उनकी निष्ठा संदिग्ध है। वह अपने पद का दुरुपयोग कर रही हैं और इस संस्था की गरिमा को उनके कारण क्षति पहुँची है।'

'तो ?'

'तो क्या ? कल तो यह अफवाह भी थी कि अगले हफ्ते इनकी छुट्टी कर दी जाएगी और सालवान मैडम उनसे चार्ज भी ले लेंगी।'

'कौन कह रहा था ?'

'अब अफवाह तो अफवाह होती है। सच भी हो सकती है। किसी से सालवान मैडम ने-ही कहा था अगले हफ्ते देखना, सब कुछ ठीक हो जाएगा। एक बार चार्ज तो मेरे हाथ में आ जाए।'

शुभ्रा ने अपने पाँव आगे की ओर फैलाकर घुटने मोड़ रखे थे और दोनों हाथों को पीछे चारपाई पर टिकाए बैठी बात कर रही थी। उसके चेहरे पर ऐसी उदासी उतर आई जैसे चमड़ी के नीचे एकाएक बहुत बारीक झुर्रियाँ पड़ गई हों। उसने घुटनों को और समेट लिया और सिर को उनके बीच गड़ाकर हाथों को माथे पर लगाए, जैसे उसे अपनी शक्ल से भी नफरत हो, चुपचाप बैठ गई। उसे अपने किए पर रोना आ रहा था। वह देर तक पता नहीं क्या-क्या सोचती रही।

'मैडम ने अपना जवाब भेज दिया ?' कुछ देर यूँही बैठी रहने के बाद उसने सिर को थोड़ा-सा उठाकर पूछा।

'पता नहीं।'

'यदि उनके साथ सचमुच कुछ हो गया तो क्या करेंगी ?'

'पता नहीं।'

'उनका तो पेंशन और प्राविडेंट फंड भी मारा जाएगा।'

'प्राविडेंट फंड किसी का नहीं मारा जाता पर पेंशन पर जरूर बट्टा आएगा।'

वह फिर अपना सिर गड़ाकर सोच में पड़ गई। अब उसकी समझ में आ रहा था कि अपहरण की बात छोड़ कर दूसरी कोई बात उन्हें समझ में क्यों नहीं आ रही थी और वह जो कुछ कह रही थी वह उन्हें सुनाई क्यों नहीं दे रहा था। यदि अपहरण की बात सिद्ध हो जाती तो उनकी ओर से किसी तरह की शिथिलता का आरोप लग ही नहीं सकता था, क्योंकि अपनी तरफ से जरूरी कार्रवाई उन्होंने कर ही दी थी। यदि नहीं, तो यह एक आम बात थी जो उनकी जानकारी में हो

रही थी और किसी खास अंदेशे में घबराकर उन्हें रिपोर्ट करनी पड़ी होगी।

शुभ्रा उठी, पाँवों में चप्पल डाला और चौधरी मैडम के पास जाकर खड़ी हो गई।

'अब किसलिए आई हो ?' उन्होंने ठंडे और रूखे स्वर में पूछा।

'मैडम, मैं अपनी गलती के लिए बहुत शर्मिंदा हूँ।'

'ठीक है। जाओ।' उनके स्वर में वही ठंडापन था। वह इस समय कोई फाइल देख रही थीं। उन्होंने अपनी निगाह फाइल में ही गड़ाए रखी।

'मैं जाने के लिए नहीं आई हूँ।' उसके स्वर में दृढ़ता थी।

'क्या कहा ?' श्रीमती चौधरी ने सिर ऊपर उठाया, 'किसलिए आई हो तुम ?'

'निकाली जाने के लिए आई हूँ।' शुभ्रा उसी स्वर में बोली।

'क्या कहती हो तुम ? मैंने तो किसी से कहा नहीं कि मैं तुम्हें निकालने जा रही हूँ।'

'आपने नहीं कहा, यह जानती हूँ।' उसकी दृढ़ता हवा हो गई, अब उसकी आँखें फिर डबडबा आई थीं, 'मैं खुद चाहती हूँ कि आप मुझे अनुशासनहीनता का आरोप लगाकर हास्टल से निकाल दें। मेरी अपनी मनमानी के कारण आपको...' उसकी समझ में नहीं आया कि 'आपको निकाला जा रहा है' कहना ठीक होगा या नहीं।

'उससे क्या हो जाएगा शुभ्रा ?' अब वह द्रवित हो गई थीं, 'क्या हो जाएगा इससे। जो सच बात है वह तो तुम बताने से रहीं।'

सच वही है मैडम जो मैंने बताया था। पर आपकी नौकरी बचाने के लिए झूठ बोलना पड़े तो वह भी बोलूँगी। जो बयान देने को कहिए, जहाँ भी बयान देना हो, आपके लिए मैं कुछ भी करूँगी, लेकिन अपनी गलती के कारण आपकी नौकरी और सम्मान पर आँच नहीं आने दूँगी।'

'तुम सचमुच अपनी इच्छा से चली गई थीं ?'

शुभ्रा ने 'हाँ' में सिर हिलाया।

'मुझे तो अब भी विश्वास नहीं आता।' वह कुछ रुकीं, उनका गला फँस रहा था, 'अब तो जो होना बदा होगा, होगा। क्या किया जा सकता है।'

'होना यही है कि आपको यहाँ रहना है। आप जो भी कहें, कहने को तैयार हूँ।' अब फिर उसके स्वर में आत्मविश्वास लौट आया था।

'मैं झूठ न तो बोलती हूँ, न इसकी सलाह देती हूँ। झूठ चल भी नहीं पाता।'

'आप झूठ का शिकार हो सकती हैं, पर झूठ का सहारा नहीं ले सकतीं।'

'मेरा पालन-पोषण ऐसे वातावरण में हुआ था कि मुझसे ऐसा हो नहीं पाता।'

'वह मैं जानती हूँ, मैडम। आपको देखकर ही जानती हूँ। पर उसमें झूठ को सहन न करना भी सिखाया जाता रहा होगा।'

'सहन कब कर रही हूँ। जवाब तो दे रही हूँ। नौकरी जाती है तो जाए, पर मैं झुकने वाली नहीं।'

'नौकरी जाएगी कैसे ?'

'वह तो जाएगी। तुम इन खादी वर्दी वालों को नहीं जानती। ये बड़े कुटिल होते हैं।'

'चार्जशीट तो डाइरेक्टर प्रशासन ने भेजी है।'

'वह स्वयं नहीं आए थे। उसी के कहने पर आए थे। मैने अपनी स्थिति समझाई तो वह पूरी तरह संतुष्ट थे। कह रहे थे इन स्थितियों में इससे अधिक कुछ किया ही नहीं जा सकता। पर साथ ही यह भी कह रहे थे कि इशारा ऊपर का है और इस बहाने मुझे हटा कर उस हराम..' हराम के बाद उन्होंने अपने को रोक लिया, 'क्या बताऊँ तुम्हें, सब कुछ पहले से तय है। इस बार हमने जो सावधानी बरती थी वह भी काम नहीं आएगी। नौकरी तो जानी है। मैं तो केवल सम्मान से जाना चाहती हूँ। बस।'

'आपको कुछ नहीं होगा। नौकरी भी रहेगी और सम्मान भी। नौकरी चली गई तो सम्मान की रक्षा भी कैसे होगी। आप कुछ भी समझाएँ, लोग तो अपने ढंग से सोचेंगे।'

श्रीमती चौधरी ने कुछ सोचते हुए कहा, 'हाँ, बात तो ठीक है।'

'आपने अभी जवाब भेजा तो नहीं ?'

'नहीं। अभी नहीं। परसों तक का समय मिला है। सोच-समझकर लिखना है।'

'मैं जो कुछ कहती हूँ, पहले आप वह कीजिए।' शुभ्रा अब अड़ गई थी।

'क्या ?'

'पहले आप मुझे तीन दिन की नोटिस हास्टल छोड़कर जाने के लिए दीजिए। यह तो आपको अनुशासन के लिए भी करना जरूरी बनता है।'

'देखो, जाना तो तय है, फिर जाते-जाते तुम्हें निकालने से फायदा ?'

'मैं निकल कहाँ रही हूँ।'

'क्या ?'

'मैं निकलूँगी नहीं। कुछ करूँगी। आपको जवाब दूँगी।'

'फिर इस नाटक की जरूरत ही क्या है।'

'है, मैं बताऊँगी। पहले आप नोटिस तैयार करके दीजिए।'

'चलो, कर दिया। अब आगे क्या होगा ?'

'पहले कीजिए, फिर बताऊँगी।'

श्रीमती चौधरी हँसने लगीं, 'अजीब लड़की है।' उन्होंने एक नोटिस तैयार करके हँसते हुए शुभ्रा को इस तरह पकड़ा दिया जैसे मजाक कर रही हों, 'अब ?'

'इस तरह नहीं, दो प्रतियों में बनाइए। और रजिस्टर पर चढ़ाकर दीजिए। मुझसे इसे पाने के सबूत के रूप में रजिस्टर पर इनीशियल भी कराइए। मैं गंभीरता से कह रही हूँ।'

पिछले अनुभवों से श्रीमती चौधरी को शुभ्रा की सूझ पर कुछ विश्वास भी हो चला था। उन्हें सचमुच लगा कि वह गंभीर है। उन्होंने कार्बन पेपर लगाकर नोटिस की दो प्रतियाँ बनाई। इसमें उस पर आरोप था कि वह अनुमति लिए बिना हास्टल से कई दिन के लिए गायब हो गई और इसकी सूचना अगले दिन भेजी। इसे असह्य बताते हुए उसे तीन दिनों के भीतर हास्टल खाली करने का आदेश भी दे दिया।

'अब आप अपनी सफाई में लगाए गए आरोपों को निराधार और दुराशय से प्रेरित बताते हुए यह लिखिए कि जिन परिस्थितियों में मैं चली गई थी उनके घटित होने से कठोर से कठोर प्रशासन भी नहीं रोक सकता था। परिस्थिति असामान्य थी इसलिए आपने संभावित कारणों का अनुमान करते हुए जिस तरह की छानबीन जरूरी थी, की, और इसके बाद पुलिस में रपट लिखाई। यदि इसमें आपकी किसी तरह की सहमति होती तो इतना कठोर कदम आपने न उठाया होता। यदि ऐसी घटनाएँ पहले कभी हुई होतीं तो उनमें भी ऐसी ही रपट दर्ज कराई गई होती। और फिर आप एक बार इस आरोप को दुहराते हुए कि इस आरोपपत्र को दुर्भावना के कारण भेजा गया है जिसके पर्याप्त प्रमाण आपके पास हैं, इसे तत्काल वापस लेने के लिए अनुरोध कीजिए। लिखिए कि यदि ऐसा न किया गया तो आप अपने सम्मान और हितों की रक्षा के लिए जो भी कदम उठाना जरूरी होगा उसे उठाएँगी।'

श्रीमती चौधरी शुभ्रा का चेहरा देखने लगीं, 'तेरा दिमाग तो बहुत खुराफाती है रे ! तुझे यह सब सूझता कैसे है ?'

शुभ्रा ने इसका उत्तर नहीं दिया, 'अब मुझे भी दो पन्ने और एक कार्बन दीजिए। अच्छा कागज रहने दीजिए। बस कार्बन दे दीजिए। नया। कागज मेरे पास होगा।'

श्रीमती चौधरी कार्बन शुभ्रा की ओर बढ़ाते हुए सचमुच रिलैक्स्ड अनुभव कर रही थीं।

कार्बन लेकर शुभ्रा अपने कमरे में चली गई।

कुछ ही समय में वह दो प्रतियों में अपना उत्तर लेकर श्रीमती चौधरी के पास पहुँच गई जिसमें कहा गया था कि वह यह समझकर हास्टल में रह रही है कि यह ऐसी एकल महिलाओं और लड़कियों के शांति और सम्मान से रहने के लिए है जो अपने परिवार से अलग हैं। यह कि श्रीमती चौधरी के कठोर अनुशासन ने इसमें जेल जैसा वातावरण तैयार कर दिया है जिसमें घुटन होती है। कोई व्यक्ति, चाहे वह परिवार का ही सदस्य हो, यहाँ तक कि महिला ही क्यों न हो, बाहर से मिलने नहीं आ सकता। निश्चित समय के बाद कोई बाहर नहीं रह सकता। बिना अनुमति के छुट्टियाँ बिताने कोई बाहर नहीं जा सकता। यह हमारे नागरिक अधिकारों के

विरुद्ध है। उसने इसलिए जाने से पहले आप से अनुमति नहीं ली कि वह जितनी छानबीन करतीं उसमें उसका छुट्टियाँ मनाने का मूड ही खराब हो जाता। ऐसा करके न तो उसने किसी मर्यादा का उल्लंघन किया है, न ही हास्टल की गरिमा को किसी रूप में कम किया है। इसलिए वह इस नोटिस का अनुपालन करने में असमर्थ है। यदि इसे आज ही वापस लेते हुए आवास की पूरी सुविधा न दी गई तो उसे इसमें श्रीमती चौधरी हस्तक्षेप के लिए मंत्री जी के पास जाने को बाध्य होना होगा, जो श्रीमती चौधरी के अपने हित में न होगा।

उत्तर पढ़कर श्रीमती चौधरी कुछ देर तक सोचती रहीं और फिर शुभ्रा की ओर देखने लगीं, 'और यदि मैंने तुम्हारी इस धमकी के बाद भी नोटिस वापस न ली तो ?' वह मुस्करा रही थीं।

'मैं कब चाहती हूँ आप वापस लें। मुझे तो मंत्री महोदय के दर्शन करने ही हैं।'

'तुम जाओगी उनके पास ? नहीं, उस आदमी को तुम नहीं जानतीं। वह तो यही चाहता है।'

'वह मुझे भी नहीं जानते मैडम। मैं उन्हीं से आपकी नोटिस को खारिज करा कर लाऊँगी। आप मुझे इस तरह निकाल कैसे सकती हैं ? मैं जाऊँगी कहाँ ?' हँस वह भी रही थी।

'हे भगवान्। यह लड़की है या भूतनी।'

शुभ्रा ने उनकी प्रशंसा की ओर ध्यान ही नहीं दिया, 'आप मुझसे यह कहलाना चाहती थीं न कि मेरा अपहरण हुआ था ?'

'नहीं तो। यह तो मैंने कभी नहीं चाहा, न ही चाहूँगी। किसी के भी लिए। मुझे तो इस बात का डर लगा था और मैंने सोचा था तुम डर के मारे इसे छिपा रही हो।'

'चलिए, वही सही। अब आप यह कहेंगी कि मैंने इतने विश्वास से मंत्री महोदय के हस्तक्षेप और इससे आपके हितों को नुकसान पहुँचाने की बात इसलिए की है कि मंत्री महोदय तक मेरी पहले से पहुँच है और वह आपके प्रशासन में शिथिलता से अप्रसन्न नहीं हैं, अपितु आपकी कठोरता से खिन्न हैं।'

'चुप। मूर्ख कहीं की। ऐसी बात तो मैं सोच तक नहीं सकती। लिखना तो दूर रहा। और तुम क्या समझती हो मंत्री इतनी मामूली हस्ती हैं कि उनके सामने मेरे मुँह से ऐसे वाक्य निकल सकेंगे। अब तू जा। भाग यहाँ से।' श्रीमती चौधरी ने उसके उत्तर की दूसरी प्रति पर अपना हस्ताक्षर किया और उसे लौटा दिया।

अब उन्हें सचमुच लग रहा था इस लड़की के रहते मंत्री महोदय भी उनका बाल बाँका नहीं कर पाएँगे। वह हँस नहीं रही थीं। हर्ष और आत्मविश्वास के इस बिंदु पर हँसी की जरूरत नहीं थी।

'आपको कहने की जरूरत ही नहीं है। लिखने की भी नहीं। यह तो हवा में फैल जाएगी और जरूरी होने पर अखबारों तक में इसकी चर्चा होगी।'

50

'नीरव, तुम एक मिनी टेपरेकार्डर दिखा रही थीं न उस दिन।'

'बात क्या है ?' नीरव ने सवाल कर दिया।

'वह तुम्हारे पास अब भी है या उसे लौटा दिया ?'

'लौटाऊँगी क्यों ? उसने मुझे गिफ्ट दिया है। लेकिन बात क्या है ?' वह अपना वार्ड्रोब खोल कर उसे तलाशने लगी।

'उसकी जरूरत पड़ सकती है।'

नीरव ने अब तक टेपरेकार्डर निकाल लिया था, 'इंडिया में तो मिलता भी नहीं है। आज भी पूरे तीन मन का टेपरेकार्डर काम में लाया जाता है। हांककांग से लाया था इसे।' रेकार्डर अभी तक उसके हाथ में ही था।

'कैसे चलाते हैं इसे ?'

नीरव ने प्ले दबा दिया और अभी उसने जो कुछ कहा था, वह सब 'कैसे चलाते हैं इसे ? तक सुनाई पड़ गया।

'कमाल है।' शुभ्रा ने हैरानी से कहा, 'हमें पता तक नहीं चला। क्या किया था तुमने, जरा बताना तो।'

नीरव उसे समझाने लगी, 'देखो, यह जो है...' वह बड़े गर्व से कैसेट लगाने, सेल बदलने, आगे और पीछे घुमाने और रेकार्ड करने के तरीके समझाती रही और फिर उसे उठाकर चूम लिया।

'तुम इसे दो घंटे के लिए मुझे दे सकती हो ?'

'नहीं। इसे मैं एक मिनट के लिए भी अपने से अलग नहीं कर सकती।'

'तुम्हें मुझ पर इतना भी भरोसा नहीं ?' उसने कुछ खिन्न होकर पूछा।

'है तो, अपने से भी अधिक भरोसा है तुम पर, लेकिन इसे मैं इतना...अच्छा काम तो बताओ।'

'इसे दो तो सही। काम भी बताऊँगी।'

नीरव ने रेकार्डर उसकी ओर बढ़ा दिया। शुभ्रा ने इसे लेकर अपने ब्लाउज के नीचे रखा और उठकर बाथरूम में चली गई। शीशे में अपने को देखा और लौट कर कहा, 'एकदम फिट।' बाहर आकर नीरव से बोली, 'अरे, इसे तो यहाँ भी रखा जा सकता है।'

'बात क्या है ?'

अब कुछ बोल कर बताना संभव न था। शुभ्रा नीरव के कान के पास मुँह ले जा कर देर तक कुछ फुसफुसाती रही।

'ठीक है।' नीरव ने कहा और फिर कुछ सोचकर बोली, 'लेकिन यार, तेरे साथ तो मैं भी चल सकती हूँ।'

सच तो यह था कि वह रेकार्डर को एक मिनट के लिए भी अपने से अलग नहीं करना चाहती थी।

शुभ्रा ने यह तो सोचा ही नहीं था, 'तब तो मजा आ जाएगा।'

अगली सुबह जब शुभ्रा ने सालवान को नोटिस दिखाकर कहा, 'मैडम आप बताइए, अब मैं रहूँगी कहाँ ?' तो वह उसे कुछ देर तक चुपचाप देखती रहीं।

वह इस नई स्थिति से प्रसन्न तो थीं पर शुभ्रा से डरती भी थीं। यह लड़की कुछ भी कर सकती है। वह देर तक उसे तौलती और सोचती रहीं और अब उन्हें लगा, कुछ भी कर सकती है तो हमारे भी काम आ सकती है।

'तुम चाहती क्या हो ? मैं इसमें क्या कर सकती हूँ ?'

'यहाँ सबसे अनुभवी आप ही हैं। आपका इतना प्रभाव है। मैं किससे सलाह लूँ।'

'तुम चाहती क्या हो ?'

'हास्टल में रहना। चाहती हूँ मुझे यहाँ से न निकाला जाए।'

'ठीक है। तुम्हें कोई नहीं निकालेगा। नोटिस मुझे दो।' शुभ्रा ने नोटिस उन्हें थमा दी।

'थोड़े दिनों की परेशानी है। फिर तो सब कुछ ठीक हो जाएगा।' उन्होंने कहा और तभी उन्हें ध्यान आया, 'तुम खुद क्यों नहीं मिल लेतीं ?'

'मिली थी। मैडम को समझाया। अपनी लाचारी बताई, पर वह कुछ सुनने को तैयार ही नहीं होतीं।'

'मैं मैडम से मिलने को नहीं कह रही हूँ।'

'तब ?'

'तुम सीधे ऊपर क्यों नहीं चली जातीं ?'

ऊपर का मतलब शुभ्रा की समझ में नहीं आया। वह मुँह बाए सालवान को ही देखती रही, 'ऊपर ? ऊपर मेरी कौन सुनेगा। मेरी तो किसी से जान-पहचान भी नहीं है।'

'तुम सीधे मंत्री जी के पास चली जाओ। वह बहुत अच्छे आदमी हैं। तुम तो उनके बच्चों जैसे हो। तुम्हें क्या डर।'

शुभ्रा सिहर उठी और उसका सिहरना सालवान को भी दिखाई दे गया, 'मुझे

कौन घुसने देगा वहाँ।'

'मुसीबत तो यह है कि यहाँ से फोन भी नहीं किया जा सकता।' सालवान ने अपना सिर पीट लिया। चलो, मैं दिन में बात कर लूँगी।

शाम को उन्होंने उसे बुलाकर बताया कि वह सीधे जा सकती है। कोई नहीं रोकेगा। वह मंत्री जी के निजी सहायक को जानती हैं। उनसे बात कर ली है। वह मौका देखकर बात करा देंगे।

अगले दिन जब शुभ्रा नीरव के साथ मंत्री जी से मिलने पहुँची और सहायक से बताया कि उन्हें सालवान मैडम ने भेजा है तो उसने सचमुच उन्हें बैठा लिया। अभी भीतर कुछ लोग और हैं । उनके निकलने तक प्रतीक्षा करनी होगी। वह अपने काम में लग गया पर बीच-बीच में उनको देख भी लेता था। उसने कुछ देर के बाद कहा, 'अपना नाम, पता और काम लिख दीजिए।' उसने स्लिप पैड से एक पर्ची निकाली और उनकी ओर बढ़ा दी।

नाम, पता और काम के साथ हस्ताक्षर किया पर्चा लेकर उसने एक बार उसे देखा और फिर घंटी बजाई। चपरासी आया तो पर्ची उसे दे दी।

'अभी कुछ समय लगेगा।' उसने इन दोनों से कहा।

ये चुप रहीं। समय काटने के लिए शुभ्रा अपने पर्स से एक किताब निकालकर पढ़ने लगी।

बाहर घंटी बजी। कुछ देर के बाद फोन आया। सेक्रेटरी ने उठाया और कहा, 'ठीक है सर।' उसने फोन रख दिया।

'अब आप जा सकती हैं।'

चपरासी दरवाजा खोलते समय कुछ गंभीर होने की कोशिश कर रहा था। भीतर घुसने के साथ इत्र की गंध से सुवासित कमरा। भरा शरीर और जिल्द के नीचे चर्बी की पतली पर्त से चमकती मुखाकृति।

इत्र की भभक निकट पहुँचने पर बढ़ गई थी। यह उनका अपना शौक था। ऐसे नेता पुरानी जमात में भी हैं जिसमें सादगी पर इतना जोर दिया जाता रहा है, यह सोचकर शुभ्रा को हैरानी हो रही थी।

'बैठिए।'

वे बैठ गईं।

'क्या बात है ? क्यों कष्ट किया ?'

'हम गर्ल्स हास्टल में रहती हैं।'

'वह तो आपने लिख दिया था।' वह मुस्करा रहे थे और मुस्कराते समय सुंदर लग रहे थे।

'मुझे मैडम ने हास्टल खाली करने का नोटिस दे दिया है।'

इसे वह नहीं समझ सके। सिर को कुछ इस तरह उचकाया जैसे कह रहे हों कहाँ है नोटिस।

शुभ्रा ने नोटिस की प्रति उनकी ओर बढ़ाना चाहा पर मेज इतनी चौड़ी थी कि हाथ बढ़ाने पर भी इतने निकट नहीं पहुँच सकता था कि वह आसानी से पा सकें। फेंकना तो उचित था ही नहीं। वह नोटिस लेकर उनके पास चली गई। एक कदम के फासले पर खड़ी होकर नोटिस की प्रति उनके सामने मेज पर रखना चाहा। इसके लिए वह झुकी ही थी कि उन्होंने हाथ बढ़ाकर उसके हाथ से ही नोटिस ले ली। क्षण मात्र के लिए वह कागज की मोटाई का सही अनुमान नहीं लगा सके इसलिए शुभ्रा की उँगलियों के साथ ही कागज को पकड़े रह गए। फिर कागज की मोटाई का ध्यान आया। उन्होंने उँगलियाँ ढीली कर दीं और शुभ्रा की ओर देखकर फिर मुस्कराए, 'बहुत मुलायम उँगलियाँ हैं, आपकी।'

वह कुछ बोल नहीं पाई। उससे लौटकर अपनी जगह पर भी जाने का साहस नहीं हो रहा था। वह वहीं खड़ी रही।

उन्होंने एक नजर नोटिस पर डाली, फिर सिर उठाकर शुभ्रा के चेहरे की ओर देखा और देखते रहे। शुभ्रा के मस्तिष्क में कालिदास की पंक्ति कौंधी, 'न जाने भोक्तारं कमिह समुपस्थास्यति भुवि' और उसके होठों पर एक व्यंग्यभरी मुस्कराहट उभर आई, जिसे दबाने के लिए उसे होठों को कुछ भींचना पड़ा।

उन्होंने नोटिस देख ली थी। उसे लौटाने लगे। शुभ्रा ने उसे लेने के लिए हाथ बढ़ाया तो दुबारा उसकी उँगलियाँ उनके हाथों में आ गईं। उन्होंने इस बार उन्हें दबा कर देखना चाहा कि वे सचमुच कितनी कोमल हैं और शुभ्रा के चेहरे पर फिर निगाह जमा दी। उनकी आँखों में बहेलिये जैसी चमक थी।

नोटिस लेकर शुभ्रा अपनी जगह पर आ बैठी।

'हाँ तो बताइए, समस्या क्या है ?'

'सर, बता तो'... वह 'दिया' कहने जा रही थी फिर अपने को रोक लिया। कुछ रुककर कहा, 'रहने की समस्या है, सर। मैं हास्टल छोड़कर कहाँ जाऊँगी ?'

'आप लोगों के लिए जगह की क्या कमी है ? आपको तो लोग दिल में भी बसा लेंगे।' अब उनके हँसने के साथ होंठ थूक से सन गए थे। उन्होंने रूमाल निकाल कर इन्हें साफ किया।

शुभ्रा ने उनके फिकरे पर ध्यान ही नहीं दिया, 'आप कोई उपाय कीजिए सर, मेरा वहाँ रहना जरूरी है।'

'यह कौन हैं ? क्या इन्हें भी निकाला जा रहा है ?'

'यह मेरी रूममेट है। हम दोनों एक ही कमरे में...'

उसे अपना वाक्य पूरा करने का मौका नहीं मिला, 'एक दिल दो जान हैं ?'

'नहीं ऐसा नहीं है। पर एक कमरे में दो-दो लड़कियों के रहने की व्यवस्था

है वहाँ। इसलिए, समस्या कुछ इसकी भी है कि पता नहीं मेरे बाद कौन आए। उसके साथ कैसी निभे।'

'मतलब, आप लोग एक-दूसरे के बहुत करीब आ चुकी हैं।'

शुभ्रा चुप रही।

'तो मैं इसमें क्या कर सकता हूँ ? जो कहिए वह कर दूँ।'

'सर आप लिख दें अगर या फोन से कह दें या...' वह चुप हो गई।

'मैं तो कुछ भी कर दूँगा। हमारा तो काम ही है जनता की सेवा। पर आप हमारे लिए क्या कर सकती हैं, यह भी तो जानूँ।'

'आप ..' शुभ्रा चुप साध गई।

'हाँ, हाँ, बताइए। चुप क्यों हो गईं। कुछ कह रही थीं आप।'

'सर आप इतने बड़े आदमी हैं। हम आपके लिए भला क्या कर सकते हैं ?'

'इधर आइए। यह सब इस तरह तो बताया नहीं जाता। आइए। इधर तो आइए।'

शुभ्रा हिचकिचाती हुई बोली, 'सर, हम तो आपके बच्चों जैसे हैं। आपका हुक्म...'

वह उठी और झिझकती-सी उनके पास जा खड़ी हुई। उन्होंने अपना हाथ बढ़ा कर उसे और करीब खींच लिया और उसका हाथ अपने हाथों में लेकर सहलाने लगे। वह उसके चेहरे को एकटक निहार रहे थे।

'सर, इसी समय कोई ...' शुभ्रा दरवाजे की ओर देखने लगी।

'कोई नहीं आएगा। इस समय लाल बत्ती जल रही है। वह देखिए। कोई नहीं आएगा।' अब वह उसकी पीठ पर हाथ फेरने लगे थे। उनकी दृष्टि नीरव की ओर गई।

इस बीच नीरव लगातार कसमसाती-सी लग रही थी, 'मैं बाहर जा सकती हूँ, सर ?'

यह बात तो उन्हें ही सोचनी चाहिए थी। वह कुछ देर तक सोचते रहे फिर कहा, 'नहीं। आप से क्या पर्दा है। हम थोड़ी देर के लिए इधर...' उन्होंने अपने विश्राम कक्ष की ओर इशारा किया।

'एक छोटा-सा काम था मेरा सर। बहुत छोटा-सा।' नीरव ने कहा तो वह उसकी ओर देखने लगे।

वह कुछ कहें इससे पहले ही नीरव उठी और मेज की दूसरी ओर से उनके पास पहुँच गई। शुभ्रा ने इस बीच अपने को कुछ अलग खींचा तो उनकी दृष्टि उसकी ओर चली गई। इसी बीच नीरव ने तेजी से अपने हाथ होली वाले अंदाज में उनके गालों और माथे पर फेर दिया। वह कुछ समझें और उसकी ओर पलटें तब तक दोनों तेजी से बढ़कर दरवाजे तक पहुँच चुकी थीं। वे जिस तेजी से बाहर निकलीं उसे देखकर चपरासी भी हैरान हो गया। उसने दरवाजा खोलकर भीतर एक नजर

डाली तो पाया मंत्री जी का चेहरा काजल से पुता हुआ है।

लालबत्ती देर तक जली रही। मंत्री जी वाशबेसिन पर देर तक अपना मुँह रगड़ कर धोते रहे। रंग ऐसा था कि धुलने के बाद भी धुल कर साफ नहीं हो रहा था। हल्का-सा, बहुत हल्का-सा असर सब कुछ के बाद भी बाकी था। उस दिन लंबे समय तक वह क्रोध और आत्मग्लानि के मिले-जुले आवेग से अपने भीतर धँसे रहे।

जब कुछ सँभले तो उन्होंने जल्दी से गाड़ी तैयार करने को कहा और मुँह पर सफेद रूमाल लगाकर सिर झुकाए तेजी से जाकर गाड़ी में बैठ गए और कई दिन तक घर से बाहर नहीं निकले।

शुभ्रा ने लौटकर जल्दी-जल्दी अपना सामान पैक करना शुरू किया पर नीरव ने बिना कुछ कहे जब उसकी ओर देखा तो उसका हाथ रुक गया, 'चल यार, यहीं रहेंगे। जो होगा देखा जाएगा।'

एक अजीब बात यह हुई कि उसके बाद श्रीमती चौधरी ने जो जवाब दिया था उसे संतोषजनक मान लिया गया था। सालवान दो दिनों के लिए अपने स्कूल न जा सकीं। उन्होंने यह समय अपने कमरे में ही बिताया और उनके तेवर में इतना बदलाव आ गया कि वह कुछ सहमी-सहमी सी रहने लगीं। मंत्री जी एक प्रदेश के गवर्नर बनाकर दिल्ली से बाहर भेज दिए गए। श्रीमती चौधरी को पता नहीं चल पाया कि यह सारा बदलाव दस-बारह दिनों के भीतर ही कैसे हो गया। उन्होंने अपने को समझाया, जब दिन फिरते हैं तो सब कुछ इस तरह ठीक हो जाता है जैसे कोई अदृश्य हाथ आदमी की सहायता कर रहा हो।

केवल पी.एम.ओ को पता था कि मंत्री जी का मंत्री रहना देश और पार्टी की छवि के हित में नहीं है। वहाँ किसी अज्ञात व्यक्ति ने कुछ ऐसी सूचनाएँ भेजी थीं जिनका उसके पास प्रमाण था और एक सप्ताह के बाद मंत्री महोदय को उनके विभाग से न हटाए जाने पर वह उन्हें प्रकाशित भी करा सकता था।

शुभ्रा ने जो जवाब श्रीमती चौधरी को दिया था उस पर उसके बाद उन्हें कुछ करना ही न था। लेकिन वह और नीरव कुछ दिनों तक सहमी-सहमी रहीं और फिर सामान्य हो गईं।

इस बीच मंत्री जी ने यह पूछने तक की जरूरत नहीं समझी कि जिस लड़की को कमरा खाली करने की नोटिस दी गई थी उसने कमरा खाली किया या अभी वहीं बनी रह गई है।

कुछ समय बाद धीरे-धीरे जब कुछ पता चला तो श्रीमती चौधरी ने अपने दाँतों तले उँगली दबा ली, 'हे परमात्मा, यह लड़की तो कुछ भी कर सकती है। इसे यहाँ रखना खतरे से खाली नहीं।' पर उनकी समझ में यह भी आ रहा था कि इस पर हाथ डालना भी खतरे से खाली नहीं है।

51

श्रीमती चौधरी को पूरी रात नींद नहीं आई। वह एक ऐसी मनःस्थिति से गुजर रही थीं जिसमें बैठे-बैठे ही सपने दिखाई देने लगते थे और वह उन्हें देखकर हँसने लगती थीं।

अभी तक वह मानती आई थीं कि खादीवर्दी वाले इतने ताकतवर होते हैं कि वे कुछ भी कर जाएँ, उन्हें कोई रोकने वाला नहीं। बेशर्म इतने कि काम बनाना हो तो कुछ भी कह दो, हेंहें करते सुनते रहेंगे। इन्हें तो नियम-कानून की भी परवाह नहीं होती। अपने मौखिक आदेश को विधान और संविधान, सबसे ऊपर रखते हैं, और कोई उनकी न माने तो उसके पीछे पड़ जाते हैं। अब उन्हें पता चला था कि कोई ठान ले तो इनके भी पर कतरे जा सकते हैं।

वह इस बात से तो बेहद संतुष्ट थीं कि शुभ्रा ने उस कमीने का मुँह काला कर दिया, क्योंकि कहानी इसी रूप में प्रचारित हुई थी। एक तरह से बात सही भी थी क्योंकि उसकी सूझ और पहल के बिना नीरव तो कुछ कर ही नहीं सकती थी। पर उन्हें डर इस बात का था कि इसके जी में कब क्या आ जाए और यह क्या कर बैठे इसका कोई भरोसा नहीं। वह इस तूफान से तो निकल गईं, पर यह कभी न कभी कोई ऐसा गुल खिला सकती है जिससे उबर पाना उनके लिए संभव न हो।

उन्हें एक ही आदमी का भरोसा था जो इस मामले में उनको कोई राय दे सकता था, या उनकी मदद कर सकता था। यह थीं ज्योति कपूर। 'नारी शक्ति' की अध्यक्षा के रूप में नहीं, केवल ज्योति कपूर के रूप में। उनका शुभ्रा इतना आदर करती थी कि उनकी किसी बात का प्रतिवाद उससे संभव न था।

उन्होंने अगले ही दिन कपूर से समय माँगा।

'अब आपको भी समय माँगने की जरूरत पड़ेगी ?'

'आपकी दूसरी व्यस्तताएँ भी तो हो सकती हैं।'

'आपके लिए उन्हें स्थगित भी तो किया जा सकता है ! जब भी आना हो, सिर्फ बता दिया कीजिए, मैं आपके स्वागत में खड़ी मिलूँगी।'

चौधरी ने पूरी घटना बयान करने के बाद जब, 'मुझे तो अब डर लगने लगा है। यह किसके साथ, कब, क्या कर बैठे, इसका कोई ठिकाना नहीं। इसे बरजते हुए भी डर लगता है। सोचेगी, मेरे सम्मान के लिए इतनी बड़ी जोखिम उठाई और उसके लिए प्रोत्साहन तो दूर, उल्टे रोका-टोका जा रहा है। इतनी सिरफिरी है कि क्या बताऊँ !' चौधरी हँसने लगीं। इस हँसी में प्रसन्नता नहीं, शिकायत और लाचारगी का भाव था।

ज्योति कपूर को लग रहा था ये पागलपन के आरंभिक लक्षण हैं। शुभ्रा का यही हाल रहा तो कुछ दिनों में यह पागल हो जाएगी।

'आप यह तो सोचिए कि यह लड़की एक अच्छा-खासा क्वार्टर छोड़कर हास्टल में रहने आ जाती है, हास्टल से दिनों गायब रहती है, किसी को कुछ बताए बिना ही जाने कहाँ-कहाँ भटकती रहती है और पूछने पर कुछ बता नहीं पाती। कुछ करते समय यह सोचती तक नहीं कि इस काम का क्या नतीजा भुगतना पड़ सकता है।'

इस पहलू से देखने पर चौधरी को भी लगा उनका अनुमान गलत नहीं है।

'और सबसे बड़ी बात यह कि यह सोचती है इसे इल्हाम होते हैं। जो होना है उसे यह पहले से ही जान लेती है। वहमी इतनी कि जो लड़का इसे इतना प्यार करता है उससे बात करने को तैयार नहीं।'

अब चौधरी का रहा-सहा संदेह भी दूर हो गया, 'बहुत बारीक नजर है आप की। मैं तो इसे केवल दुस्साहसी समझ रही थी। इसे तो लगता है दौरे पड़ते हैं। और अब सचमुच लग यह रहा है कि कुछ दिनों बाद यह पूरी तरह पागल हो जाएगी।'

'पागल तो मैं हूँ। एक ऐसी दुनिया में, जिसमें हर आदमी दूसरो की दुम पकड़ कर आगे बढ़ रहा हो, जो अपनी नजर से देखते हुए, अपने रास्ते तय करते हुए चलेगा, वह पागल तो लगेगा ही।' एक बार जब ज्योति कपूर ने उसे झिड़कते हुए पागल कहा था तो उसने यही उत्तर दिया था।

'तुम मुझे दूसरों की दुम पकड़ कर चलने वाली मानती हो ?' कपूर ने पूछा था।

'नहीं। अपनी ही जमात का प्राणी मानती हूँ आपको। न होतीं तो इतना सारा सरदर्द न लेतीं। घर में एक कमरे से दूसरे में डोलती हुई नौकरों को फटकार लगाती रहतीं। आप पागल हैं इसलिए ही कुछ हैं। जो पागल नहीं हैं वे अपने तई कुछ हैं ही नहीं। बस एक ही बात है, आप लोग पागल शब्द से डरती हैं। पागल कहे जाने से डरती हैं, इसलिए अधूरी पागल हैं। मैं पागलपन को अपनी पहचान मानती हूँ। पूरी पहचान और इसलिए कोई पागल कहता है तो लगता है उसने मुझे सम्मान दिया है।'

उन्होंने चौधरी को उसके वाक्य सुनाए तो वह स्तब्ध रह गई।

दोनों कुछ देर तक उसके पागलपन की कल्पना से दुखी होकर चुप रहीं फिर चौधरी का ध्यान अपनी समस्या की ओर गया, 'फिर किया क्या जाय ? इसका वहाँ रहना तो ठीक नहीं।'

'ऐसा कीजिए आप उसे मेरे पास भेज दीजिए। मैं उससे बात करती हूँ। मैं उसे समझाने की कोशिश करूँगी कि वह कोई दूसरी व्यवस्था कर ले।' कपूर ने कहा तो चौधरी को माँगी मुराद मिल गई।

वह चलने को हुईं तो कपूर उन्हें कुछ दूर तक छोड़ने को बढ़ आईं, 'एक

काम और कीजिए। आप उसे जो पहले नोटिस दे चुकी हैं उस पर एक अनुस्मारक भेज दीजिए कि उसे इतना समय मिला इसके बाद भी उसने हास्टल खाली नहीं किया।'

'मेरी हिम्मत नहीं पड़ती।' चौधरी जहाँ तक पहुँची थीं वहीं रुक गईं।

'आप दीजिए तो सही। आप यह तो जानती हैं कि वह मेरा कितना सम्मान करती है, पर यह नहीं जानतीं कि वह आपका कितना सम्मान करती है। आपके सामने वह चूँ तक न करेगी।'

अगले दिन शुभ्रा श्रीमती कपूर से मिलने आई तो वह उसे देखकर प्रसन्न नहीं हुईं। शुभ्रा 'नारी शक्ति' के दफ्तर में ही गई थी। उसने नमस्कार किया तो उन्होंने हल्के से सिर हिलाकर इसे स्वीकार किया और चुप साधे उसे देखती रहीं। उनके चेहरे पर एक ऐसा खिंचाव था जो बहुत सारे कड़वे सवालों के घुल कर जम जाने पर आता है।

'मैं जानती हूँ आप मुझसे नाराज हैं।' शुभ्रा ने कहा।

'तुम किसी को खुश रख सकती हो ?' उन्होंने खीझ भरे स्वर में कहा, 'किसी को खुश रखना भी चाहती हो ? किसी के खुश या नाराज होने की तुम्हें चिंता भी है ?'

'बैठ जाऊँ ?'

कपूर उसी खिंचे चेहरे से उसे देखती रहीं और फिर उनके मुँह से निकला, 'हूँ।'

'आप कहतीं 'नहीं' या कहतीं 'निकल जाओ', तो भी मुझे बुरा नहीं लगता।' शुभ्रा ने सिर लटकाए हुए ही कहा। वह फर्श को निहार रही थी।

'अब बैठो भी।' कपूर ने कहा तो वह कुर्सी पर बैठ गई।

'तुम जानती हो तुमने चौधरी को कितना परेशान किया। वह बेचारी इतनी भली हैं, इतना प्यार करती हैं तुम्हें और तुम हो कि...' कपूर को सचमुच गुस्सा आ रहा था।

'उन्होंने मुझे तीन दिनों के भीतर हास्टल छोड़ने का नोटिस दिया। और अब देखिए, उनका यह नया पत्र।' उसने श्रीमती चौधरी का पत्र अपने पर्स से निकाला।

'ठीक किया। मैं रहती तो मैं भी यही करती। नहीं मैं यह भी नहीं करती। हम लोग तो हंगामे से डरते नहीं, इसलिए तुम्हारे सामान सहित तुम्हें बाहर फेंक देती।'

'इसका मतलब है, बहुत नाराज हैं। पर आप बताइए मेरी गलती क्या है ? यही न कि कुछ दिनों हास्टल से बाहर रही। क्या यह कोई अपराध है ?'

'यह बहुत अच्छी बात है। हास्टल होटल नहीं होता, मैडम। यह दूसरा घर

होता है। आप जब जी में आएगा घर के बड़ों से पूछे बिना कहीं भी चल देंगी। यही न !'

शुभ्रा चुप लगा गई।

'देखूँ, जरा नोटिस तो दो।'

नोटिस अभी तक शुभ्रा के पर्स में ही थी, उसने निकाला और उसे बढ़ा दिया।

कपूर ने देखा और लौटा दिया, 'तुम चली कहाँ गई थीं ?'

'वह कभी फिर बताऊँगी। जब मन शांत हो जाएगा तब।'

'इसका मतलब है कि कुछ है जिसे बताना मुश्किल पड़ रहा है।'

शुभ्रा इस बार भी चुप रही।

'तुम जो यह नोटिस दिखा रही हो, इसका रहस्य भी मुझे मालूम है।'

'क्या ? चौधरी मैडम आप से मिली थीं ?' शुभ्रा चौंक उठी।

'मेरी नाराजगी सबसे अधिक इस बात को लेकर है...' वह अपना वाक्य पूरा नहीं कर पाईं।

शुभ्रा कपूर को देखती रही।

'तुम दुस्साहसी हो। जो जी में आता है कर बैठती हो। यह भी नहीं जानतीं कि जो कर रही हो उसका परिणाम क्या होगा।'

उसे एक कौंध की तरह सूझा कि ज्योति'दी को मंत्री के दफ्तर की घटना का और उसके बाद उसने जो खुराफात छुपे-छुपे किए थे उन सबका पता हो गया है। फिर भी उसने अपनी ओर से यह दिखावा जारी रखा कि उसकी एकमात्र भूल चौधरी मैडम को पहले से सूचित किए बिना घूमने निकल जाने की थी।

'पर इसमें मेरी गलती तो कुछ थी भी, उनकी क्या थी कि इसके लिए उनकी नौकरी ली जाती ?'

'गलती किसी की नहीं है। नासमझी जरूर है। और जहाँ तक नौकरी की बात है, इतना आसान नहीं है कि कोई किसी की पक्की नौकरी ले ले। इस देश में नियम-कानून का शासन है, किसी पुराने नवाब का नहीं जो जैसा चाहे कर बैठे।'

'मैडम घबरा गई थीं।' शुभ्रा ने कहा।

'घबराना उनके स्वभाव में है। सीधी हैं इसलिए जल्द घबरा जाती हैं। पर भीतर से बहुत मजबूत हैं। ऐसी महिलाएँ बहुत कम हैं।' कपूर चौधरी से सचमुच बहुत प्रभावित थीं, 'हाँ, तुमसे उन्हें ऐसी उम्मीद नहीं थी ?'

'मैं समझी नहीं।'

'तुम समझना भी नहीं चाहतीं। तुम जानती हो तुम्हारे साथ क्या हो सकता था। मुझे तो हैरानी है कि उसने तुम लोगों को तुरत पुलिस को क्यों नहीं दे दिया। जानती हो तब क्या होता ?'

'आप' वह कहने जा रही थी, 'आप पता नहीं क्या कह रही हैं, मैं तो समझ

ही नहीं पा रही हूँ ', कि 'आप' कहने के साथ ही जबान तालू से चिपक गई। आगे कोई शब्द नहीं निकला।

'सुनो, मेरी ओर देखो। इस तरह सिर झुकाकर बातें मत करो।' कपूर ने आदेश के स्वर में कहा।

शुभ्रा उनकी ओर देखती रही। वह बिना कुछ बोले उसकी आँखों में एकटक निहारती रहीं और फिर कहा, 'अब कहो। क्या कहना है। क्या जो कुछ सुन रही हूँ वह गलत है ?'

'क्या सुन रही हैं आप, यह तो बताइए।' शुभ्रा ने एक बार फिर बचने की कोशिश की।

'वही मंत्री वाली बात। उसके कमरे में पहुँचकर उससे बात करने और उस बात को टेप करने की बात, उनकी मेज पर उस पत्र की एक नकल छोड़ आने और उसके अंजाम को समझाकर लिखने की बात, उनके चेहरे पर कालिख पोतने की बात, उनके परिवार को फोन करके उस वार्तालाप को सुनाने की बात जो तुम्हारे और मंत्री के बीच हुई थी और पी.एम.ओ को अज्ञात व्यक्ति बनकर रपट करने की बात कि मंत्री महोदय के कारनामे क्या हैं और उनके क्या प्रमाण तुम्हारे पास हैं और उनको हटाए न जाने की दशा में उस सामग्री का प्रयोग करते हुए लेख लिखकर छपवाने की बात। क्या यह गलत है।'

अब कोई चारा नहीं था, 'पर यह सब फैला कैसे ? मैंने तो किसी को बताया ही नहीं।' अब वह इस पर पर्दा डाल भी कैसे सकती थी।

' 'हाँ' या 'ना' में जवाब दो। यह सच है या नहीं।'

'सच तो है।' शुभ्रा ने बुदबुदाकर कहा और अपराधी भाव से सिर नीचे झुका लिया।

'फिर तुमने इसे छिपाए क्यों रखा ?' इस बार कपूर को अपनी हँसी पर काबू पाना कठिन हो गया।

'इससे हीरोइज्म की गंध आती थी। मैंने उसके लिए ऐसा नहीं किया था।' वाक्य उसने सिर झुकाए हुए ही कहा था पर इसके समाप्त होने के साथ ही गर्दन सीधी कर ली।

इससे पहले कि कपूर कुछ कहतीं, वह आगे बोल पड़ी, 'और एक और डर था।'

'किस बात का डर ?'

'आप लोगों के नाराज होने का डर। आप से पूछे या बताए बिना ऐसा कर बैठी थी इसलिए। और पूछा इसलिए नहीं कि मुझे पता था कि आप दोनों में कोई इसकी अनुमति न देगा। चौधरी मैडम का तो सुनकर ही हार्ट फेल हो जाता। और फिर एक और खतरा था।'

कपूर ने इस बार पूछा नहीं, चुप साधे उसके अगले वाक्य का इंतजार करती रहीं।

'अगर यह बात फैल जाती तो मंत्री महोदय अपने बचाव में मेरा सत्यानाश करने के लिए कुछ भी उठा नहीं रखते। जब तक इसके साथ रहस्यमयता जुड़ी थी तब तक वह कोई ऐसा कदम स्वयं उठाने से इसलिए कतराते कि कहीं उनकी चूक से यह सार्वजनिक न हो जाए। ये लोग कानून से भले न डरें, बदनामी से डरते हैं। अलोकप्रिय होने से डरते हैं।'

'बाप रे बाप ! तेरा दिमाग यहाँ तक चलता है ?'

शुभ्रा ने कोई उत्तर नहीं दिया पर अब वह इस बात से आश्वस्त हो गई थी कि मैडम ने अपने दिल और दिमाग से उसे क्षमा कर दिया है।

'जानती हो इतनी दूर तक की सोचने और योजना बनाने और चुपचाप उस पर अमल करने वालों का आगे चल कर क्या होता है ?'

शुभ्रा उनकी ओर देखती रही।

'वे अपराधी हो जाते हैं। अपराध के लिए अपराध करने वाले। अपराध में आनंद लेने वाले। अपराध को सर्जनात्मक कल्पना का एक खेल मानने वाले। नटवर लाल का नाम सुना है कभी ?'

शुभ्रा की गर्दन फिर झुक गई। इस बात की ओर तो उसका ध्यान गया ही नहीं था।

'जाओ, मैडम कुछ नहीं करेंगी। पर आगे फिर ऐसा कोई काम न करना।'

शुभ्रा वहाँ से चली आई। पर उसके आने के बाद ही ज्योति कपूर उसके विरुद्ध एक साजिश में जुट गईं और श्रीमती चौधरी को भी इसमें शामिल कर लिया।

52

'मैडम तो हैं ही नहीं।' शुभ्रा ने एक उड़ती हुई नजर चौधरी की खाली कुर्सी की ओर डाली, 'बुलवाया तो उन्होंने ही था।' वह बाहर निकलने लगी तभी उसे लगा कोई आदमी उनकी अनुपस्थिति में भी उनकी मेज के सामने लगी कुर्सियों में से एक पर, किनारे की ओर, बैठा हुआ है।

कोई पुरुष। यहाँ ! और वह भी मैडम के कमरे में ! दरवाजे से निकलते ही उसे यह सोचकर हैरानी हुई। उसने मुड़कर फिर कमरे के भीतर देखना चाहा, कौन हो सकता है ? सामान्य पोशाक में खुफिया का कोई आदमी तो नहीं।

यह सोचने के साथ ही वह भीतर तक हिल गई। तुरत ज्योति कपूर से कुछ

दिनों पहले हुई बातचीत याद आई। तो इसीलिए वह सीधे 'हाँ' या 'ना' में जवाब माँग रही थीं। उसके साथ विश्वासघात ! कैसे लोगों से भरी है यह दुनिया। रेखा और ज्योति कपूर में कुछ तो अंतर होना चाहिए।

उसने अपने दिल को मजबूत किया। यदि इस तरह निकलकर लौट गई तो उसका संदेह और पक्का हो जाएगा। अभी तो वह मुकर भी सकती है।

वह कमरे में दुबारा गई, 'मैडम कहाँ गईं ?' उसने उस आदमी से घुसते ही सवाल किया।

'अभी आ रही हैं।' उसने गिरी हुई आवाज में कहा। इस बार चेहरा शुभ्रा की ओर घुमा लिया था।

'देवेश तुम ? तुम यहाँ भी पहुँच गए ?' शुभ्रा के स्वर में तल्खी थी। वह कमरे से निकलने को मुड़ी।

'तुम ठीक कहती थीं। मैं ही गलत था।'

शुभ्रा उससे बात ही नहीं करना चाहती थी।

'अच्छी बात है। मैडम आएँ तो बता देना, मैं आई थी।' वह दरवाजे तक चली गई लेकिन फिर रुक गई, लौटकर उसके निकट आ गई, 'तुम मेरा पीछा कब छोड़ोगे, देवेश ?'

'उसी के लिए तो आया हूँ।' उसने अधबुझे स्वर में कहा जो चौधरी के, 'शुभ्रा, मैं एक मिनट में आई। एक चीज तलाश रही हूँ। बैठो।' के साथ मिलकर डूब गया।

इसका मतलब है मैडम ने जानबूझ कर ऐसा किया है। अब यह सब उन्हें भी पता हो गया है। अरे हाँ, यह तो एक बार आकर उनसे मिल भी चुका है।

वह अब वहाँ से हट भी नहीं सकती थी। एक कुर्सी खींचकर उस पर बैठ गई।

'तुम मेरी जान लेकर ही दम लोगे।' उसने सिर को उल्टी दिशा में फेर कर कहा।

'उसी के लिए तो आया हूँ।' देवेश ने फिर अपना पुराना वाक्य दुहराया।

'क्या कहा ?' अब वह उसकी ओर मुड़ गई।

'तुम्हें सपनों में जो पूर्वाभास मिला करते थे वे सच साबित होने वाले हैं।' देवेश ने दुखी स्वर में कहा।

'क्या ?'

'मैं तुम्हें पूरी तरह मिटा देना चाहता हूँ।' उसकी आवाज में दृढ़ता थी। यह कहते हुए वह तनिक भी हिला-डुला नहीं था, नहीं तो शुभ्रा कुर्सी से उछलकर भाग खड़ी होती।

उसने फिर भी सावधानी के लिए अपनी कुर्सी कुछ पीछे सरका ली।

'मैं तुम्हें अपनी यादों तक से मिटा देना चाहता हूँ।' उसने खिन्नता से मुस्कराते

हुए कहा।

'ओह !' शुभ्रा को राहत मिली।

श्रीमती चौधरी लौटीं तो उनके हाथ में एक पैकेट था। उनके कमरे में घुसने के साथ ही देवेश अपनी जगह पर ही अदब से खड़ा हो गया था। शुभ्रा को तो खड़ा होना ही था।

चौधरी अपनी कुर्सी की तरफ बढ़ गईं, 'देखो मैं शादी में तो आ नहीं पाऊँगी। यहाँ से एक दिन के लिए भी हटना मुश्किल है। इसलिए मेरी तरफ से यह बहू के लिए।' उन्होंने पैकेट देवेश की ओर बढ़ा दिया।

'इसकी क्या जरूरत थी। आप नाहक तकल्लुफ में पड़ गईं। मुझे तो सिर्फ आपका आशीर्वाद चाहिए।'

'यह तो लेना ही होगा। पर अभी जाना नहीं। मैंने तुम्हारा मुँह मीठा तो कराया नहीं। मैं अभी आती हूँ। शुभ्रा बस एक मिनट। मुझे तुमसे जरूरी काम है। उसी के लिए बुलाया था। इसी बीच देवेश आ गए, अपनी शादी का कार्ड लेकर।'

वह तेजी से बाहर निकल गईं।

शुभ्रा को लगा उसके भीतर नीचे से ऊपर तक अम्ल का एक घोल लहर की तरह दौड़ गया है और इसके साथ ही वह सुन्न हो गई है।

इस तरह तो वह हार जाएगी। यह विचार आते ही उसने अपने को समान्य बनाने का प्रयत्न किया, 'किससे कर रहे हो शादी ?' वह मुस्करा रही थी।

'यह नहीं बताऊँगा। जान कर करोगी भी क्या ?' उसने उसी तटस्थता से कहा।

शुभ्रा को कुछ समझ में नहीं आया। इस बार एक तेज पिघली हुई आग की लहर जिसे वह पीछे ठेलने की कोशिश कर रही थी, उसकी कोशिशों को नाकाम करती हुई, उछाल लेती, फूट पड़ी।

'जान कर करूँगी क्या ? जान कर करूँगी क्या ?' उसने देवेश की कमीज को एक झटके में चीरकर रख दिया और अब वह उसे पीट रही थी, गालों पर, सिर पर, बाँहों पर, 'कमीने। जान कर करूँगी क्या ? यू रैस्कल, मैं जान कर करूँगी क्या ?'

देवेश के पास अपने हाथों को ढाल बनाकर इस बौछार को सहने के अतिरिक्त कोई चारा नहीं था, 'यह क्या कर रही हो तुम, शुभ्रा। यह क्या हो रहा है ? तुम्हें यह भी खयाल नहीं कि गुस्से में आकर तुम अंग्रेजी बोल रही हो।' देवेश परेशानी में भी उसे छेड़ने से बाज न आया।

'तुम मेरी जान लेने आए थे। तुम ! तुम मेरी जान क्या लोगे। मैं तुम्हारी जान ले लूँगी।' उसने उसके गले को अपने दोनों हाथों से पकड़ने की कोशिश की।

इस बार देवेश ने उसकी कलाई पकड़ ली, और ऐसा झटका दिया कि वह उसके ऊपर ही आ गिरी, 'यह क्या हो रहा है ? यह भी कोई तरीका है ?' वह

खीझ भरी हँसी हँस रहा था।

शुभ्रा का सारा आवेश इसके साथ ही उतर गया। उसने अपना सिर देवेश के कंधे पर रख दिया। कुछ देर यूँ ही पड़ी रही, फिर सुबकने लगी, 'मैं इसी के काबिल हूँ। तुमने ठीक किया। मैं इसी के काबिल हूँ।'

'बैठो, बैठो। अभी मैडम आ गईं तो पता नहीं क्या सोचेंगी।'

अब वह बैठ गई थी और अपना सिर मेज पर टिकाकर रोती जा रही थी। उससे कुछ बोला नहीं जा रहा था। सुबक रही थी, पर उस पर भी काबू पा लिया।

देवेश ने ठीक ही सोचा था। मैडम सचमुच आ धमकीं, 'यह शोर किस बात का हो रहा था ? अरे, यह क्या है ? यह इस तरह सिर क्यों झुकाए बैठी है ? हुआ क्या ?'

'देखिए न, मेरी क्या गत बना दी इसने ?'

'अरे, तुम्हारी तो कमीज ही फट गई ! यह क्या हुआ ? यहाँ से जाओगे कैसे ? लड़कियों का हास्टल ठहरा, यह भी नहीं हो सकता कि किसी की पुरानी कमीज ही मिल जाए। कैसे हो गया यह ?'

शुभ्रा अभी तक अपनी सिसकियों पर काबू रखे हुई थी, अब वह दोनों हाथों के बीच अपना सिर छिपाए मेज पर ही झुकी इतनी जोर से सिसकने लगी थी कि उसकी पीठ धौंकनी की तरह चल रही थी।

'तुम यह नहीं जानना चाहोगी कि मैंने देवेश को क्या उपहार दिया है ?'

उसने 'नहीं' भी नहीं किया। धौंकनी की रफ्तार अवश्य तेज हो गई।

'देखो तो सही।' श्रीमती चौधरी मुस्करा रही थीं।

उसने अपने को संयत करके सिर उठाना चाहा पर उठा न सकी।

'चलो मैं ही दिखा देती हूँ।' श्रीमती चौधरी देवेश के सामने रखे डिब्बे को अपनी ओर खींच कर उसका रैपर खोलने लगीं।

उसने फिर भी सर नहीं उठाया। वह मेज में ही अपना सिर धँसा लेना चाहती थी।

रैपर खुलने के बाद उन्होंने उसमें से यदि कुछ निकाला तो उसकी आवाज भी शुभ्रा को सुनाई न दी।

'लो देखो।' श्रीमती चौधरी ने कहा और इसके साथ ही उस चीज को उसकी ओर बढ़ा दिया। अपने हाथों पर किसी सख्त चीज के दबाव से उसने अपना सिर धीरे से उठाया और फिर कुछ और ऊपर उठा लिया। यह एक मढ़ा हुआ चित्र था। देवेश के साथ कभी उसने यह चित्र क्रेस्टलाइन में खिंचवाया था। एक-दूसरे के कंधे पर अपना हाथ रखे हुए।

उसने भरी आँखों से उस चित्र को देखा, फिर देखती रह गई और तभी दूसरा विस्फोट, 'नहीं, यह नहीं हो सकता।'

'क्या नहीं हो सकता ? कौन क्या कर रहा है तुम्हारे साथ ? देखो, मैं तुम्हें इस हास्टल में रख नहीं सकती। मैंने तुम्हें पहले ही लिख रखा है। मैंने टेंडर नोटिस जारी किया कि हमारे हास्टल में एक ऐसी लड़की है जिसे जगह की तलाश है। यदि कोई इसे जगह दे सकता हो तो हमसे संपर्क करे और इतने सारे अखबारों में नोटिस देने के बाद सिर्फ एक आदमी तैयार हुआ। इस फोटो के साथ।

'मैं तो अब जा रही हूँ इनकी कमीज खरीदने। किसी दूसरे को यह काम सौंपा नहीं जा सकता। जब तक मैं नहीं आती हूँ तब तक तुम लोग तय कर लो कि क्या हो सकता है, क्या नहीं।' यह कहने के साथ ही श्रीमती चौधरी बाहर निकल गईं।

वह दो सेकंड के बाद ही लौटीं, 'अरे, मैंने तुम्हारा नंबर तो लिया ही नहीं। क्या साइज है तुम्हारा।'

'एक सौ पाँच।' देवेश ने सहज भाव से कहा।

श्रीमती चौधरी इसके साथ ही वापस लौट गईं।

कमरे में कुछ देर तक सन्नाटा रहा। जब श्रीमती चौधरी के चप्पलों की धरती को पीटने वाली आवाज आगे बढ़ती हुई ऐसी दूरी पर पहुँच गई जहाँ से उसका सुनाई देना बंद हो गया तो शुभ्रा फिर रोने लगी, 'मैं सच कहती हूँ देवेश। यह नहीं हो सकता। मैं तुम्हारे योग्य नहीं हूँ। मैं इतनी गिरी हुई हूँ और इतनी गिर चुकी हूँ कि अपना जीवन तो नरक बना ही लिया, तुम्हारा जीवन भी नरक बना दूँगी। मैं यह नहीं चाहती।'

'तुम गिरी हुई हो यह क्या मुझसे छिपा है ? मैं तो इसे पहले से ही जानता था।'

शुभ्रा देवेश को देखने लगी।

'मेरी मुश्किल यह है कि दूसरी जितनी लड़कियों को देखा उन्हें तुमसे अधिक गिरी पाया। मैंने सोचा जब मेरे भाग्य में गिरी हुई लड़कियों में से ही कोई एक बदा है तो तुममें क्या बुराई है। पर यह बताओ, किसमें है इतना साहस जो उस व्यक्ति से कह सके कि वह गिरी हुई है जिसको वह इतना प्यार करती है कि उसे खोने की नौबत आने पर विक्षिप्त सी हो जाए ? चुनाव तो मुझे इन्हीं के बीच करना है न।'

'तुम नहीं जानते, मैंने कभी तुमसे पूरी बात बताई ही नहीं।'

'उसे मैं नहीं जानूँगा तो कौन जानेगा। किसी बात को पूरा बताने का मौका मिलता कहाँ है। बात शुरू करो तो बीच में ही कहाँ से कहाँ पहुँच जाती है। मैं तुम्हारा पत्र लेकर उस पर बात करने आया था, तुम उस पर बात करना चाहती थीं, हो पाई थी बात ? हुआ सिर्फ यह था कि हम सूखे तिनकों की तरह टूट गए थे।'

'नहीं वह बात नहीं है। जो बात बताई थी वह भी अधूरी। मैंने अपनी कहानी में सोनू को हँसिये से डरा-धमका कर भगा देने की जो बात लिखी थी वह भी गलत थी। मैं उसे भगा नहीं पाई थी।'

'वह तो मुझे पहले से मालूम था।'

शुभ्रा ने मुड़कर देवेश के हाथ को पकड़ा और उस पर अपने दाँत गड़ा दिए, और फिर कुछ अलग होकर बोली, 'सर्वज्ञ बने हो तुम ? फिर कहा तो काट लूँगी।'

'काटना चाहो तो काट लो पर मालूम तो था।'

'कैसे ?'

'ऐसा न होता तो तुम क्यों ग्लानि में कहतीं 'पर मैंने जो किया वह !' देखो, मुझे याद है न ? हो सकता है शब्द कुछ बदल गए हों।'

शुभ्रा विस्मय से उसे देख रही थी, 'देवेश !'

वह फिर रोने लगी, 'और इस बीच जो हुआ तुम्हें मालूम है ?'

'बताओ। सर्वज्ञ तो हूँ नहीं।'

उसने बिना किसी दुराव के अपने पूरे हफ्ते का अनुभव दुहरा दिया। उसके साथ यह भी कि पिछले दिनों वह किस मनोदशा से गुजर रही थी।

'यह तो होना ही था। इसका डर मुझे पहले भी था। इसीलिए तो मैं बार बार घबरा जाता था। शायद यह जरूरी भी था।' देवेश ने हँसकर कहा।

'अब बताओ।'

'बताना क्या है। बताना तो तब होता जब मैं तुम्हें अच्छी लड़की समझता होता और एकाएक पता चलता तुम बुरी हो गई हो। तुम तो पहले से ही बुरी थीं। थीं न ?'

'इतनी सारी अंतरंग बातें जान लेने के बाद क्या हम सुखी रह पाएँगे ?'

'कौन जाने। मैं तो यह जानता हूँ कि जितना तुम्हें जानता हूँ उसमें तुम्हें खोकर सुखी नहीं रह पाऊँगा।'

'अच्छा, एक वादा करो।'

'बोलो।'

'तुम गुस्से में आकर कभी इन बातों का ताना न देना नहीं तो मैं सचमुच आत्महत्या कर लूँगी और मेरा इल्हाम सच हो जाएगा।'

'बदचलन, तू मुझको इतना बाँध कर रखेगी।' देवेश ने उसे खींच कर अपनी गोद में बैठा लिया था। वह उसे चूमता जा रहा था। गालों पर, माथे पर, गर्दन पर और यहाँ तो उसने दाँत भी गड़ा दिए, 'काटूँ ?'

धरती को अपनी चप्पलों से पीटती श्रीमती चौधरी चली आ रही थीं। वह उछल कर अलग हो गई।

'मेरा ख्याल है, यह तुम्हें ठीक लगेगा।' उन्होंने देवेश को कमीज का पैकेट

देते हुए कहा, 'और शायद यह तुम्हें भी पसंद आए।' उन्होंने शुभ्रा की ओर एक डिब्बा बढ़ा दिया।

उसने डिब्बा लेकर खोला तो उसकी आँखें फैल गईं। यह एक कलाबत्तू की चटक बनारसी साड़ी थी, 'मैडम, इतने महँगे गिफ्ट की क्या जरूरत थी।'

चौधरी ने इसका जवाब बहुत रुखाई से दिया, 'अब तुम दोनों इस हास्टल से चुपचाप निकल जाओ। समझे ?'

'लेकिन मैं कहाँ जाऊँगी ?'

'तू तो सच नहीं जाएगी रे। जाने के बाद भी मेरे पास बनी रहेगी। इतनी जंगली लड़की तो मैंने जिंदगी में देखी नहीं।' श्रीमती चौधरी रोते हुए उसे चूम रही थीं।

जब कुछ सँभली तो शुभ्रा को एक खुशखबरी भी दी, 'जानती है, देवेश की पोस्टिंग दिल्ली में हो गई है ?'

वह इस बात को छिपा गईं कि इसके लिए कपूर परिवार ने स्वयं किसी उच्च स्तर पर प्रयत्न किया था। हर नाटक के कुछ पहलू परदे के पीछे ही रह जाते हैं। देवेश स्वयं कहाँ जान पाया था इसे।

●●●